古典与人文 / 现代中国丛稿
CLASSICS & HUMANITY

张源 张沛 主编

学衡派谱系

历史与叙事

沈卫威 著

古典与人文
CLASSICS & HUMANITY

主 编

张　源　北京师范大学文学院
张　沛　北京大学中文系

学术委员会（按姓氏拼音排序）

陈戎女　北京语言大学人文学院
方维规　北京师范大学文学院
高峰枫　北京大学外国语学院
洪　涛　复旦大学国际关系学院
李　猛　北京大学哲学系
梁　展　中国社会科学院外国文学研究所
梁中和　四川大学哲学系
林国华　华东师范大学政治学系
刘铁芳　湖南师范大学教育科学学院
刘耘华　复旦大学中文系
任军锋　复旦大学国际关系学院
唐文明　清华大学哲学系
魏朝勇　中山大学中文系
徐晓旭　中国人民大学历史学院
张　辉　北京大学中文系
张新刚　山东大学历史文化学院

"古典与人文"书系

总　序

　　古人云,知今而不知古,谓之盲瞽;知古而不知今,谓之陆沉。在我们所处的历史时刻,今人更宜"瞻前"而不忘"顾后",这并非"遁世无闷""退藏于密"的隐忍退缩,而是必要的"温故知新""鉴往知来"的积极筹划。

　　出于历史意识的同一性认定,"古人"成了"今人"的自我镜像和本己他者。如果说"古人"是"今人"的他者,那么西方的"古人"对于我们来说就是他者之他者、双重的他者。今天我们惯于以"后见之明"纵论古人的"历史局限性"——这个说法本身就是一种傲慢无知的表现,事实上,这种对古人充满优越感的认识(确切说是缺乏认识)是一种偏见,甚至是无所见。我们首先要倾听古人—他者的声音,才有可能真正进入对话或进入真正的对话,而不是陷入自以为是的自说自话之中。"前不见古人"或将导致"后不见来者"的绝境(ἀπορία),这是需要我们严肃面对的一个"现代问题"。为此,我们回眸古人的世界,与"古代"建立对话关系,作为"现代"的他者参照,此即我们所理解的古典研究的精神实质。

　　在中西方古典之中,我们首先看重文学。如果说文明意味着个人、民族乃至人类整体的自我教育,那么这种教育的核心和基础——也是最生动和最丰富的一个部分——就是文学。优秀的古典文学作品是历史中持存的最深刻的人性记录,是人类在时间中战胜了时间流变的伟大标记。从现代大学学科设置来看,我国普通大学文学院的课程往往从《诗经》、屈原一路讲到鲁迅和当代,乃至最新的网络文学;而西方各国国文教育和研究(例如英国的英语系、法国的法语系或研究所)只涉及现代语文部分,中古以前的文学一律归入古典学研究。就此一项而言,西方文明的古今断裂和分立似乎更加明显。同时中国也有自己的问题,即在"中国文学"的统一叙事中,作为"研究对象"的文学文本之间的"平等"成为不言自明的前提,文学作品的价值差异随之消弭。我们既不盲目崇古,也不盲目崇今;既承认文学作品的价值差异,也不惮于对这些作品下价值判断。并非"古典的"就是"好的",而是"好的"终将变成"古典的";优秀的现代文学作品经过历史的择选与淘洗,将如耀眼星辰不断加入灿烂群星之中。

古典研究必须和现代生活发生更加广泛的联系,古典注目于现代就不会变得枯燥板滞,现代依托古典则不会流于浅薄浇漓。当前人文学科过分强调"研究方法",这多少导致了思想与学术的分离;而随着专业分工不断细化、深入,"前人之述备矣",有些学者为了出奇制胜,不惜数典忘祖、标新立异,而美其名曰"创新"。人文研究当然重视原创性,但首先要区分什么是真正的创新,什么又只是浅妄的标新立异。人文复兴的希望在于把古今对抗所割裂的人文传统结合起来,只有这样,日趋工具化、技术化的人文研究才有可能得到拯救。

这里谈到的人文传统并非旧人文传统。旧式传统有时会诱发玩乐主义的生活态度,在象牙塔中把玩故纸而心满意足的人文学者不在少数。人文研究要注入新的生命,不可能指望通过重振旧人文传统来完成,而是要在研究中更广泛地应用比较和历史的方法,把经典作品作为古代与现代世界一脉相承的发展链条上的环节,以更加广阔、有机的方式与当代生活联系起来。方法是外在的,贯通古今的人文精神才是问题的本质与核心。

基于以上理念,我们邀约志同道合的朋友,共同发起"古典与人文"书系,以辑为单位设定责任主编,从2022年起陆续推出。丛书分为"西方古典丛稿""中国古典丛稿""现代中国丛稿""现代西方丛稿"四个部类,形式包括(但不限于):1. 经典译介(西),2. 经典新刊(中),3. 经典研究(中西),4. 词典手册(中西),等等。以"西方古典丛稿"(第一辑)为例,其中既有经典译介(昆体良的《演说术教育》),也有经典研究(《柏拉图对话二十讲》),还包括工具书(《柏拉图戏剧对话背景手册》)。承蒙商务印书馆信托,编者愿尽心竭力筹划建设这一书系,诚望以此为平台,与同道学人携手培育一方园地:让我们手把青秧,在这里自足耕作,时而抬起头来仰望日月,照见古今一体,心地清净方为道,退步原来是向前。

编者

2021年6月22日(辛丑年五月十三)

于京城·海淀

目　录

第一卷　学术理路

导引：现代中国的人文主义思潮 ……………………… 3
绪论：史实与理路 ……………………………………… 26

第二卷　文化载体

文化整合：《学衡》 ……………………………………… 91
历史寻根：《史地学报》 ………………………………… 113
地缘文化：《东南论衡》 ………………………………… 139
文学批评：《大公报·文学副刊》 ……………………… 159
民族意识：《国风》 ……………………………………… 193
国家观念：《思想与时代》 ……………………………… 226

第三卷　大学场域

大学理念：人文主义与实验主义 ……………………… 283
大学学术：学分南北 …………………………………… 316
大学精神：诚朴雄伟 …………………………………… 372
大学张力：校长、刊物与课程 ………………………… 393

大学人事：内耗与外补 459

第四卷　个人体验

刘伯明：事功与影响 473
柳诒徵：大树成荫 481
胡先骕：科学与人文的双重企求 490
梅光迪：新人文主义者的语境错位 513
汤用彤：过了和过不了胡适这道"坎儿" 543
郭斌龢：中西融通 559
缪凤林：传承东南史学 570
张其昀：历史地理学的承传 584
陈　铨：从《学衡》走出的新文学家 600
王国维：从北大到清华 612

参考文献 645
后　记 671

第一卷
学术理路

导引:现代中国的人文主义思潮

人文主义的视野

在西方,人文主义是与神学主义、自然主义相对存在的。许多著名哲学家都倾向于视"人文主义"为一种对于生活的态度。因为"在古希腊,这种萌芽最先发展成为一种对人和世界的理性态度"[1]。以至于后来以"人文主义"著称的思想流派,几乎一律把古希腊和古罗马视为灵感和智慧的源泉。文艺复兴时人文主义的贡献在于对人的再发现,即从宗教权威的压制下,释放艺术和智慧的能量,将人的心灵"从宗教转向哲学,从天堂转向地上,也向讶异的一代泄露了异教思想和艺术的宝藏"[2]。对古典文化的研究,也被冠以"人文学科"的称呼,并被视为有关人性的学问。启蒙运动的人文主义者提出"培育"和"教化"的口号,是在寻求新的美和文化的理念,因为从世俗和宗教权威解放出来的人,犹如一头野兽,"在他能够适当运用他的自由之前必须加以驯化"[3]。法国大革命以后,尤其是浪漫主义时代开始后,人越来越多地摆脱了被"驯化"的思想场所。这正是马修·阿诺德(Matthew Arnold, 1822—1888[沈按:学衡派同人有译作马休·安诺德])、欧文·白璧德(Irving Babbitt, 1865—1933)以下新人文主义思想家所关心的问题,也是白璧德重新强调人的"标准法则"的原因。白璧德说:"与所有伟大的希腊人一样,亚里士多德认识到人是两种法则的产物：他有一个正常的或自然的自我，即冲动和欲望的自我；还有一个人性的自我，这一自我实际上被看作一种控制冲动和欲望的力量。如果人要成为一个人性的人，他就一定不能任凭自己的冲动和欲望泛滥，而是必须以标准法则反对自己正常自我的一切过度的行为，不管是思想上的，还是行为上的，感情上的。这种对限制和均衡的坚持不仅可以正确地确定为希腊精神的本质，而且也是一般意义上的古典主义精神的本质。"[4]

爱德华·W.萨义德在"人文主义的范围"的演讲中进一步说明了人文主义所具有的双重性，特别是它内在联系的两个方面："一方面，人文主义作为一种态度或实践通常涉及非常有选择性的、宗教的、贵族的或者教育界的精英，另一方面，它涉及一种截然相反的态度……人文主义可能成为一种民主进程，产生一种批判的、日益自由的思想。"[5]现代中国的人文主义思潮是以学衡派的活动为历史发散途径的。梅光迪曾把学衡派文化保守主义行为看作人文主义运动在中国的展开。他是从自己的老师欧文·白璧德那里得到了思想资源。白璧德在《什么是人文主义》中强调："今天，需要捍卫人文学科不受到自然科学的侵犯，正如曾经需要捍卫它们不受到神学的侵犯那样。"[6]因为"在白璧德自己的人文主义里，他把自然主义作为浪漫主义的一个支流，并且批判这两种思想都侵蚀了永恒的伦理规范"[7]。爱德华·W.萨义德认同杰克逊·李尔斯对美国新人文主义产生背景的揭示和发展路向的说法："是美国式的反现代主义，它孕育了新人文主义者及其后来的追随者。……所有这些反现代情绪可以得到最有效的象征，凭借一副预示不祥的皱紧的眉头，一个严厉的正面否定，一种虚张声势的禁欲主义——它从一开始就摒除人文主义的快乐和发现。"[8]

学衡派同人反新文化、反新文学的行为，同样也是从白璧德那里获得了一种哲学上的确认和知识资源上的支持。因为白璧德曾明确号召人文主义者要通过自己的努力以取得社会有价值的支持。他说:"激进分子曾使用一些理论来攻击人文主义传统,人文主义者必须站在自己的立场上直面对手并清晰阐述自己的信念,这样他也许会在那些并不直接对其普遍性论证感兴趣,但却本能地具有良好判断者那里获得有价值的支持。"[9]

新文化运动领袖人物胡适也有《人文运动》一文,但主要是追述人文运动的历史,并有意将其和白话文学联系在一起。他认为"人文运动"(Humanism)、"人的文学"(Litterae humane)的运动,目的在提倡希腊、罗马的语言文学研究。胡适说人文运动的成绩至少有六点:1. 发现和保存古书,活字排印流通,字典文法的编纂。2. 教育范围的扩大,人文教育的兴起。3. 接近古学,解放思想。4. 文学与美术都得到新的冲动,新的材料,新的意境。5. 人文运动中的领袖虽往往轻视各国的白话文学,然而古文学的复兴很促进各国白话文学的进化。6. 批评的精神与方法促进宗教改革运动。[10]海登·怀特根据卡尔·曼海姆在《意识形态与乌托邦》中的分析,提出了四种基本的意识形态立场:无政府主义、激进主义、自由主义和保守主义。同时,他还指出:"一种历史叙述的意识形态维度反映了历史学家就历史知识的性质问题采取特定立场的伦理因素,以及对过去事件的研究所包含的对理解现在事件的意义。"[11]罗西特主张将保守主义进一步分为四种类型:本质上的保守主义、情境上的保守主义、政治保守主义和保守主义哲学。[12]与学衡派相关的人文主义运动,是以情境上的保守主义形式出现的,更多地表现出一种态度或心态。其主要兴趣不在政治,而在文化,对激进主义的恐惧和反感也主要在文化上。非政治本身也是一种间接的政治立场。罗杰·斯克拉顿更是认定"保守主义的主要敌人,乃是自由主义及其所主张的个人自主和自然权利"[13]。

我是把学衡派放在五四运动以后思想史、文学史的激进主义、自由主义、保守主义这个三位一体的构架中,做整体性把握,由《学衡》这一个刊物、一批人的保守主义倾向,扩大到学衡派的多个刊物(在东南大学创办,属于学衡派的《学衡》《史地学报》《文哲学报》,与学衡派有关联而又保持疏离的《国学丛刊》,中央大学的《国风》,吴宓在清华大学主持编辑的《大公报·文学副刊》、在武汉大学主持的《武汉日报·文学副刊》,浙江大学的《思想与时代》)和三所著名大学(南京高等师范学校—东南大学—中央大学、清华大学、浙江大学)数十人所有意倡导的整体的人文主义运动。

在20世纪的社会,政治思想和政治经验居于中心位置,保守主义的非政治化选择并非易事,尤其是他们要在泛政治化的社会从事文化建设,既是非主流意识形态的行为,也与占据主流文化的激进主义和自由主义相抗衡。卡尔·曼海姆在《意识形态与乌托邦》一书中通过对知识社会学的类型分析后指出:文化激进主义和自由主义都十分看重"时代精神"这一进步概念,因此他们反对文化保守主义所坚守的"民族精神"。当保守主义与激进主义、自由主义在"自由"的概念和它作用的社会秩序层面上展开论争时,保守主义者"为了维持事物的原状,他们也不得不把关于自由的争论问题从外部政治领域转向内部的非政治领域"[14]。他们通常会从过去,也就是历史传统中,寻求已经消亡了的或者原本子虚乌有的乌托邦的超越现实的精神化世界,尤其是想"通过恢复宗教感情、理想主义、象征和神话来起这样的作用"[15]。同时,我们也可以看到,保守主义在理论上追求"内心的自由"。而"内心的自由"在其不明确的、世俗的目标方面,"必须服从于已被规定的道德信条"[16]。而所有的"道德信条"都是理想化的产物。道德和社会秩序的结合更是理想主义的心灵之约。尤其是道德理想主义的秩序法则,诸如有关良知、责任的道德伦理,在变革的社会和文化激进主义、自由主义的强大攻势面前,时常显得苍白无力。

美国《人文》杂志社同人在确立办刊方针时强调:"激进主义与保守主义在某种意义上是不可区分、互相依赖的。它们是保存与革新这样一个同等重要的过程的两个方面。'保守主义'思想必须具备创新性因素并与过去相分离,它不是一个过时的口号,而应该直接与现实相关。'激进主义'思想也必须有可能对过去有所发展,并且有持续的关怀,它不是迅速熄灭的火花,而是能够持久的启发。"[17]这也就是卡尔·曼海姆说的"正是保守主义思想的自由主义对手,迫使它进入这个斗争的领域"[18]。

五四新文化运动后期的 1922 年 1 月,《学衡》创刊,中国现代思想文化界开始了一个"学衡时代",即出现一股从学理上反对新文化运动的文化保守主义力量。《学衡》杂志所面临的是文化问题。《学衡》同人的主要目的是借融化新知、昌明国粹来反抗新文化的话语霸权,并试图从学理上来瓦解这种霸权。"学衡时代"的《大公报·文学副刊》所做的工作主要是介绍西洋文学理论,并侧重古典主义和新人文主义。《史地学报》的作用是为东南大学师生提供一个回望历史的舞台,在历史时空中寻找中国文化的历史精神。《湘君》的存活和影响有限,它只是《学衡》的文学影子。由此可以看出,保守主义的知识类型是和传统、习惯以及环境相结合的,它对激进主义、自由主义进行反思和批判也是在这些方面展开的。

1932 年《国风》创刊,开始了学衡派的"中兴"时期。文化保守主义通常与民族主义相伴随。"中兴"时期面临的是民族危机和内战,《国风》民族主义精神的张扬和民族情感的宣泄,《思想与时代》的国家观念、国家意识的强化,使得刊物的倾向性十分明显。这种"倾向性"的具体表现,正是学衡派谱系中文化、历史、文学、民族、国家的不同聚像和个体的不同担当。

白璧德在《卢梭与浪漫主义》一书中表明,他直接反对过度强调"物的法则",且要重新证明"人的法则"[19]。他自己通常把"人的生活经验分为三个层面——自然主义层面，人道主义层面和宗教层面"，并且认为"儒教与亚里士多德的教诲也是一致的，而且总的来说与自希腊以来那些宣布了礼仪和标准法则的人也是一致的。若称孔子为西方的亚里士多德也显然是对的"。从其主张中庸之道和对人的美德的强调看，孔子是"一个道德现实主义者"[20]。

学衡派主要人物中有多位是白璧德的学生。白璧德等人所领导的人文主义运动的主要目标是：要把当今误入歧途的人们带回到过去圣人们走过的路径之上，即"用历史的智能来反对当代的智能"。中国现代人文主义运动是相对于五四运动以后兴起的浪漫主义、现实主义、自然主义和唯科学主义而言的，以柳诒徵、梅光迪、刘伯明、吴宓、胡先骕、汤用彤、张其昀、王国维、陈寅恪、缪凤林、景昌极、刘掞藜、张荫麟、贺麟为代表的一批人共同参与的活动，是同新文化、新文学运动对立的一场人文主义运动。因此，推崇自然、人性，主张自由、性灵而不肯接受白璧德"标准说"的林语堂说：白璧德的人文主义不同于文艺复兴时代新文化运动中所张扬的人文主义，它一方面与宗教相对，一方面与自然相对，"颇似宋朝的性理哲学"[21]。他甚至幽默道：白璧德佩服孔子，中国的孔子门徒自然也就极佩服白璧德。白璧德个人的学问，谁都佩服，"论锋的尖利，也颇似法国Brunetiere[沈按：布吕纳介]先生，理论的根据，也同Brunetiere一样，最后还是归结到古典派的人生观。总而言之，统而言之，就是艺术标准与人生正鹄的重要——所以Brunetiere晚年转入天主教，而Babbitt稍为聪明一点，以为宗教最高尚当然是最高尚，不过并非常人所能苾臻之境，所以转而入于Humanism，唯人论"[22]。事实上，虽然林语堂本人不肯接受白璧德"标准说"，但他对人文主义却十分感兴趣。他在文章中多次谈论中国的人文主义，并与白璧德倡导的人文主义做比较。他曾在《从人文主义回到基督信仰》一文中写道："三十多年来我唯一的宗教乃是人文主义。"[23]这是因为孔子提倡礼、忠恕、责任心和对人生的严肃态度。他相信人的智能,也相信借教育的力量,可以达到完美的境界。"这种哲学和欧洲的人文主义颇相似,现在成为我自己的哲学了。"[24]但是现实的挫折,又使他回到基督信仰,在《吾国与吾民》中,他专门谈到"中国的人文主义"[25],说欲了解中国人对于生命之理想,先应明了中国的人文主义。因为"中国文化的精神,就是此人文主义的精神"[26]。他说:

"人文主义"(Humanism)含义不少,讲解不一。但是中国人的人文主义(鄙人先立此新名词)却有很明确的含义。第一要则,就是对于人生目的与真义有公正的认识。第二,吾人的行为要纯然以此目的为指归。第三,达此目的之方法,在于明理,即所谓事理通达,心平气和(spirit of human of reasonableness),即儒家中庸之道,又可称为"庸见的崇拜"(religion of commonsense)。[27]

这实际上是林语堂个人对人文主义的体认。

学衡派主要成员都是尊孔的,张其昀更是明确提出"孔子是中国人文主义的创立者","孔子学说与人文主义可视为同义语","吾人深信中国人文主义之精华,为人类共同的精神遗产,这是一种最伟大的道德与精神永无穷尽的潜势力"[28]。作为人文主义的孔子学说,以人为本,虽不含有神学的理论,却有"朝闻道夕死可矣"的气概,因此"谓孔学实含有宗教性亦无不可"[29]。

张其昀在《新人文主义》一文中认为:人文主义与浪漫主义或唯情主义针锋相对,与自然主义大相径庭。他以中国的孔子精神和儒教传统,赋予人文主义新的内容。他说浪漫主义偏重感情,流于狂热,以感情衡量万事;人文主义"期于综合理智与感情,而成为中庸之美德。要能驾驭热情,制止冲动,掌握重心,趋于中行,务使感情无过与不及的流弊"。浪漫派不重内心的修养,而欲殚其精力,以谋人群之进步为己任;人文主义"己立立人,己达达人,先从自身的修养入手,以好学深思,进德修业,向内做功夫为要义"。浪漫派献身于群众,或一阶级,其弊为外重内轻;人文主义"则讲本末先后之序,谋理性与感情的和谐,而求人格上之完整"[30]。张其昀主张"科学的人文主义,或新人文主义"。他要求"现代人文主义者必须了解科学之方法与精神,与时偕进"[31],在中国文化背景上来发展科学,使科学人文化,正德、利用、厚生,三者合而为一,同时以人本哲学来协调科学方法与工程技术。

话语权力与知识资源

知识的取舍往往受制于思想观念,而二者又互为作用。观念和学派自然是以知识谱系为依托,并与道德谱系关联。知识谱系与道德谱系关联,常常会使特定的偏爱变成偏见,并使群体立场僵化,不能对问题持开放的态度。

事实上,新文化派和学衡派都在为古老中国寻求现代转机。不同的是,他们在接受和选择时,对现代欧美文化的认同不一样。但根本目的都是要使得中国文化复兴,并出现了"名同实异"现象。1915 年 10 月 5 日吴宓在清华学校读书时,把将来要创办的报刊的名字都想好了,他在日记中说他日所办之报的英文名字为 *Renaissance*(《文艺复兴》),意在"国粹复光[沈按:疑"兴"之误排]"[32]。而 1919 年 1 月北京大学胡适学生所办刊物《新潮》的英文译名也是 *Renaissance*。余英时说,"毫无疑问,采用'文艺复兴'作为学生刊物的英文副题乃源于胡适的启示"[33]。这似乎是一种名义上的巧合,但背后实际目的却显见不同。1930年,梅光迪在《人文主义和现代中国》的英文著述中,明确指出学衡派主要人物吴宓、柳翼谋等先后依靠三个报刊《学衡》《史地学报》《大公报·文学副刊》,成为中国人文主义运动的支持者和"最热忱而忠诚的捍卫者"[34]。胡适1933年在芝加哥大学作关于"中国的文艺复兴"的系列演讲时,把五四新文化运动比作"中国的文艺复兴",而同时又说"它也是一个人文主义运动"[35]。对立双方都用了"文艺复兴"和"人文主义运动"之"名",而"实"却是截然不同的。[36]

在论述"积极自由"与"消极自由"两种观念时,以赛亚·伯林强调:"在目的一致的地方,惟一有可能存在的问题是手段问题,它们不是政治的,而是技术的。"[37]在20世纪,东西方那么多人的观念和生活被狂热的政治学说所改变,甚至被猛烈地颠覆,并形成对立的多元化世界格局。因此,以赛亚·伯林重申一百多年前德国诗人海涅对法国人的提醒:不要轻视观念的影响力。历史事实已经证明,"教授在沉静的研究中所培育出来的哲学概念可能摧毁一个文明"[38]。除自然灾害外,所有的历史运动和人类冲突,都可以归结为信仰、观念或精神力量间的结果。以赛亚·伯林的意思是:"理解这些运动或冲突,首先就是理解包含在它们中的生活观念或态度;只有这种观念或态度才使这些运动成为人类历史而非纯粹的自然事件的一部分。"[39]对新文化派和学衡派的认识也必须从这一路径进入。

1917年,胡适在博士学位论文中阐明了他写《先秦名学史》的理由:"我渴望我国人民能看到西方的方法对于中国的心灵并不完全是陌生的。相反,利用和借助于中国哲学中许多已经失去的财富就能重新获得。更重要的还是我希望因这种比较的研究可以使中国的哲学研究者能够按照更现代的和更完全的发展成果批判那些前导的理论和方法,并了解古代的中国人为什么没有因而获得现代人所获得的伟大成果。"[40]因为"一个具有光荣历史以及自己创造了灿烂文化的民族,在一个新的文化中决不会感到自在的"[41]。同时胡适明确指出:"如果那新文化被看作是从外国输入的,并且因民族生存的外在需要而被强加于它的,那么这种不自在是完全自然的,也是合理的。如果对新文化的接受不是有组织的吸收的形式,而是采取突然替换的形式,因而引起旧文化的消亡,这确实是全人类的一个重大损失。因此,真正的问题可以这样说:我们应怎样才能以最有效的方式吸收现代文化,使它能同我们的固有文化相一致、协调和继续发展?"[42]

胡适说,解决这个重大问题的办法,"唯有依靠新中国知识界领导人物的远见和历史连续性意识,依靠他们的机智和技巧,能够成功地把现代文化的精华与中国自己的文化精华联结起来"。具体说来,胡适又感到这是一个较为特殊的问题:"我们在哪里能找到可以有机地联系现代欧美思想体系的合适的基础,使我们能在新旧文化内在调和的新的基础上建立我们自己的科学和哲学?"[43]所以,胡适在1930年12月6日历史语言研究所茶话会上的讲话中,特别明确地提出自己平生三大志愿:"一是提倡新文学,二是提倡思想改革,三是提倡整理国故。"[44]而这一切都依赖他"作为新中国知识界领导人物的远见和历史连续性意识"。

价值趋向和文化立场的不同,使胡适等新文化派认同了杜威及实验主义,而学衡派则接受了白璧德及新人文主义。白璧德认为,"卢梭和感情的个人主义者所发起的针对普遍意识的战争实际上意味着对两种伟大传统的战争——古典主义传统和基督教传统"[45]。同时他又指出,"现代的实证主义常常忽略掉人的片面性"。而胡适及新文化派所发起的针对普遍意识的战争实际上意味着对中国两种伟大传统的战争——文学的古典主义传统和儒教传统。由白璧德反对卢梭及浪漫主义,到白璧德的中国弟子及学衡派同人反对胡适及新文化派的文化激进主义,内在关联是显而易见的。胡适及新文化派是要解放思想,将国人从僵化的儒学伦理、道德中拯救出来,以适应来自西方冲击下的现代中国的社会伦理、道德。他们借助五四政治运动而占据舆论的制高点,使自己的言论成为主流话语,并形成话语霸权。他们获得了社会的普遍拥护,是因为他们从自由主义理念出发,批判了中国传统社会的种种缺陷。当然,这种自由主义理念的具体展示姿态是反传统的激进主义形式。其中最为突出的表现是他们拆穿了传统中国许多约定俗成的谎言,尖锐地批判了道貌岸然的古典传统伦理对人的个体性压制,称其阻碍了个人生命状态的健全发展,以至于有"礼教吃人"的激烈言辞。而学衡派则是以抵抗的姿态,要将新文化派直接、间接极力摧残的"宗教之精神与道德之意志"恢复或重建。

五四运动以后,人道主义曾一时成为重要的社会思潮。而1922年《学衡》的出现,又将美国的新人文主义思潮推到学界。白璧德指出:"相对于人道主义者而言,人文主义者感兴趣的是个体的完善,而非使人类全体都得到提高这类空想;虽然人文主义者很大程度上考虑到了同情,但他坚持同情须用判断加以训练和调节","真正的人文主义者,在同情与选择两者间保持着一种正确的平衡"。[46]这种平衡是在极度的同情与极度的纪律与选择之间游移,即"有限制的自由"与"有同情心的选择"的平衡,并根据调和这两个极端之比例的程度而变得人文化。这种人文主义与中国儒学的中庸之道在形而上学的精神上是一致的。

在《学衡》创办五年后的1927年7月3日,吴宓与日本友人桥川时雄谈到自己的志业时说:"中国人今所最缺乏者,为宗教之精神与道德之意志。新派于此二者,直接、间接极力摧残,故吾人反对之。而欲救中国,舍此莫能为功。不以此为根本,则政治之统一终难期。中国受世界影响,科学化、工业化,必不可免。正惟其不可免,吾人乃益感保存宗教精神与道德意志之必要。故提倡人文主义，将以救国，并以救世云。"[47] 直到1946年10月，吴宓在接受《中华人报》记者"锐锋"采访时，重申他对人文主义的选择和坚守："予半生精力，瘁于《学衡》杂志，知我罪我，请视此书。大体思想及讲学宗旨，遵依美国白璧德教授及穆尔先生之新人文主义。"[48]

学衡派同人实际上是在响应白璧德的号召："激进分子用一些观念来攻击人文主义传统，人文主义者必须站在自己的立场上予以回应，清楚地解释自身的忠诚。然后，他也许会在那些并不直接对他的总结感兴趣却有着良好直觉的人那里获得有价值的支持。"[49]

在学衡派同人看来，捍卫中国知识界的伟大传统，维护它的声誉，推动中国文化的发展，是他们神圣的历史使命。他们坚信目前更为紧迫的任务是要对已经取得的成就加以重新审视，为现代中国重塑平衡、稳定的心态。有了这个文化本位，才会有批判性地接受西方文化中有益的东西的可能。学衡派刊物的特别之处更在于它以各种方式告示国人，民族传统中的精华部分，才是建设新中国的唯一基础。其立场集中表现在哲学、政治和教育上的理想主义及文学中的古典主义。梅光迪明确指出，《学衡》"立足点是儒家的学说"。这与新文化的激进派要"打孔家店"的行为是公然敌对的。和美国的人文主义者一样，中国人文主义运动的领导者都十分强调道德和文学的重要性，将其视为一种表达方式和生活方式。因此，他们成了中国文学古典派的拥护者，并且特别推崇中国传统文人所追求的诗意的个性化生活。

对人文道德精神的重视，是学衡派与新文化派的根本不同，也是学衡派普遍道德理想主义的体现，并且这种"道德理想主义"是以现代新宗教精神作为内在支持的。白璧德、穆尔（Paul Elmer More，1864—1937[沈按：学衡派同人还有译作摩尔、莫尔]）通过对基督教神学新的阐释来弘扬新人文主义，就是要使现代人避免受实证主义、经验主义以及唯科学主义思潮的冲击。纯粹的道德理想主义有时是软弱的,具体的宗教道德精神却是排他的、执着的,甚至是党同伐异的。而具体的人文主义者,往往会以人文主义的名义去"做不切实际的古怪行为"[50]。吴宓、梅光迪特立独行和古怪性格,有时表现出"错乱的善行"[51]。王伯沆曾说梅光迪的古怪行为是"迪生守狷洁"[52]。贺昌群则进一步说这是"狷介自守,有所不为"[53]。

吴宓认为政治实业等皆须有"宗教精神充盈贯注于其中"的观点,是对白璧德、穆尔思想的接受和认同。这一点,吴宓弟子贺麟在1940年代所著的《五十年来的中国哲学》中就已经明确指出过。他在谈到吴宓《艺术修养与宗教精神》(《建国导报》创刊号)一文时说:"吴先生认政治实业等皆须有宗教精神充盈贯注于其中的说法,尤值得注意,盖依吴先生之说,则宗教精神不一定是中古的出世的了,而是政治实业,换言之,近代的民主政治,工业化的社会所不可缺少的精神基础了。德哲韦伯(Max Weber)于其宗教社会学中,力言欧美近代资本主义之兴起及实业之发达,均有新教的精神和伦理思想为之先导,吴先生之说,实已隐约契合韦伯的看法了。"[54]这段话在表达上虽有些艰涩,但基本意思已经明了。

大学场域

布尔迪厄认为大学铸就国家和社会的精英,国家和社会同时也为大学提供外在的生存空间。但大学又是一个相对自足的场域,有属于自己的独特空间,并由内在联系的标准和差异共同构成。[55]

中国现代大学产生的时间较欧洲短,1910年代北洋政府时期形成的国立大学、教会大学和私立大学的基本形态,成为现代大学的基础。1912年北洋政府取法日本而新开办的六所高等师范学校随后融入国家的教育体制。从中国现代大学的初级形态看,基本上是由三种师资力量影响大学的教育趋向:高等师范学校的日本教员,国立大学的留学日本、欧美教授,私立大学的外国教员。1927年以后,日本教员完全退出中国的大学教育讲台,特别是退出高等师范学校。高等师范学校的办学模式,也由日本化转向美国化。国立大学逐步由留学日本、欧美归来的教授占据,并形成大学理念中的德国教育理念和美国教育理念。不同留学背景和知识结构的差异,以及文化观念、大学理念的差别,特别是教授的学术权力和社会思潮结合所形成的个人话语权力的大小(主流或边缘),共同构成了大学场域多种力量的交汇和相互作用。

大学场域在某种程度上说也是一个权力场域,即相互斗争的实际场所。校长—教授—学生既是一个和谐相处共存共生的集合体,又是一个站在不同位置上相互斗争的场域,这是大学的内在属性。同时,这一集合体又具有与政治、社会斗争以及争取各种权利的外在属性。大学场域既是国家、社会的一个独立力量和空间,也是知识和尊严的象征性存在。在大学场域里,争夺话语权是一件显而易见的事。学衡派成员与新青年派成员的较量,就是被边缘化的非主流话语向占据主流话语的霸权挑战,是保守与激进在大学场域竞技空间的较量。从文化的视野看,是代表传统文化或坚守本位文化者对外在文化冲击的回应和反抗。

学衡派成员大都是大学的师生,他们的个人行为是大学场域许可的。这个群体的活动不同于其他文学团体或政治、宗教团体,大学场域与文化传媒有密切的关系,但又有其相对的独立性。《学衡》《文学副刊》分别对中华书局、《大公报》社的依附关系是经济上的,而不是思想信念上的。我所展示的学衡派与大学场域的关系,也是在学术思想,尤其是精神层面上进行的,诸如大学的理念、学风、传统、张力、内耗以及教授的学术权力、校长的个人魅力等,而非关注大学的技术层面。

个人的文化体验及同人文主义思潮的关系因人而异,因为知识背景不同,时间、环境不同,从事的专业也不一样。著名艺术家、民间思想家黄永玉有一段充满智慧的语录:"世上写历史的永远是两个人。比如,秦始皇写一部;孟姜女写另一部。"[56]事实上,还有作为知识分子的司马迁的一部。爱德华·W.萨义德在转述了班达关于"知识分子是一小群才智出众、道德高超的哲学家-国王(philosopher-king),他们构成人类的良心"[57]的定义后强调:真正的知识分子是罕见之人,并形成一个阶层,他们支持、维护的正是不属于这个世界的真理与正义的永恒标准。"他们的活动本质上不是追求实用的目的,而是在艺术、科学或形而上的思索中寻求乐趣,简言之,就是乐于寻求拥有非物质方面的利益,因此以某种方式说:'我的国度不属于这世界。'"[58]爱德华·W.萨义德还进一步强调:"知识分子既不是调解者,也不是建立共识者,而是这样一个人:他或她全身投注于批评意识,不愿接受简单的处方、现成的陈腔滥调,或迎合讨好、与人方便地肯定权势者或传统者的说法或作法。不只是被动地不愿意,而是主动地愿意在公众场合这么说。"[59]

　　在关注知识阶层的角色问题时,卡尔·曼海姆也曾指出,"知识阶层是一个处在阶级与阶级之间的空隙中的阶层","它是存在于阶级之间而不是阶级之上的集合体"[60]。与其他群体相比,知识阶层更缺少共同利益,也缺乏团结一致的精神。在大学体制下,学衡派是一个"相对自由飘移的知识阶层",其"位置取向"是文化,而非政治、经济利益。因此,他们的"责任"和"意图"所展示的统一性是文化担当上的继往开来。

　　卡尔·曼海姆还将知识分子的社会处所分为地方的、制度的和独立的三种类型。[61]大学作为兼有这三种类型共性的场所,为人文主义者提供了思想的产生和发散的机会,使得他们可以不投身任何政党。研究中国政治思想史的学者萧公权在1940年代指出过:"教育文化是一种前进的努力。愈是自由,愈能发展。……'讲学自由'只能在学校师生自动自择条件之下存在。"[62]现代大学场域是学衡派成员的学问交流场所,他们的存在,依靠知识共享和友情系联。

1917—1937年间,中国南北大学思想观念与学术精神是不同的。鲁迅在东南大学学衡派与北京大学新文化派论争时,是先"估《学衡》",后"观北大"。1922年2月,他就《学衡》第1期说,"诸公掊击新文化而张皇旧学问","可惜的是于旧学并无门径"。[63]在1925年底为北大27周年纪念征文所写的文章中,他说:"惟据近七八年的事实看来,第一,北大是常新的,改进的运动的先锋,要使中国向着好的,往上的道路走。……第二,北大是常与黑暗势力抗战的,即使只有自己。"[64]鲁迅以"只有自己"强调北大的独特性。曾在北大执教,后担任过武汉大学校长的王世杰也曾指出:"从思想的革命方面去评量北大,北大的成就,不是当时任何学校所能比拟,也不是中国历史上任何学府能比拟的。"[65]尽管周、王都提出了其他高校与北大的不可比性,胡适、鲁迅等大家因占据主流话语霸权地位而表现出对学衡派的严重轻蔑(当然吴宓、梅光迪、胡先骕对新文学家也有极端的谩骂和抱怨),但本书还是从南北学术的差异进行了一点相应的比较。同时也特别彰明学衡派的存在是建立在反北京大学及新文化运动的基点上。同时,我特别认同爱德华·W.萨义德对1920年代和1930年代新人文主义者局限性和生存空间的揭示:"除了大学之外,还有什么地方能够容忍白璧德及其追随者们的褊狭,他们千篇一律的腔调,他们的训示中的喋喋不休的抱怨?"[66]把学衡派放在新文化运动、新文学运动历史行进的互动、互为制衡中,以及现代大学场域内考察,并与北京大学作比较,一方面可以看出从南京高等师范学校—东南大学—中央大学到南京大学的精神、学风和传统;另一方面也可看到学衡派及现代人文主义思潮保守的反现代化困境,和最终因民族主义意识的偏狭和道德救国的偏执,而陷入国家观念强化、拥护极权统治的境地。因为从那种强烈的民族文化认同,到寻求国家的政治建构,现实的、时代的期待和集团利益左右了一部分学衡派成员。

历史与叙事

对于早已成为历史的学衡派来说,它是否遭遇历史的误解和学界的误读?是否有被压抑的现代性?而现在重读是否会因新的"意图伦理"的产生而遮蔽了某些历史事实和意义?

是非评判与价值重估,以及学理的充分论证都是所谓哲学上的范畴。"范畴总是存在于言语之中……并以意识的直接习惯形式存在。"[67] 20世纪由于"革命""进步"等先验性话语的实际影响和与中国政治的有机结合,使得对"保守"的评价有落伍、落后、守旧的感性色彩,在相关的"叙事"中就有明显二元对立的表达,和相应的由"叙事"达到的象征性效应。学术研究本是学理运作,不是政治评判。但在实际的"叙事"中,政治伦理会以自己的强权对学术伦理的秩序强势入侵,一种外在秩序影响或左右了学术本身。政治的象征决定学术的实际命运。我在这里试图淡化政治伦理和模糊哲学范畴,以维护文化自身的有机性和尊严。

学衡派与新青年派的尖锐对立是建立在彼此共存的保守与激进、人文主义与实验主义、儒学本位与西方文化(科学、民主)、尊孔与反孔、古文与白话、信古与疑古等多重关系之上的,同时在地缘上出现了南与北、东南大学与北京大学在思想、学术中的差异。

怀特海为自然科学研究提供了一条"寻找简单并怀疑之"的路向。而文化的解释则可能是"寻找复杂并使之有序"[68]的路向。学衡派是什么,不是什么,这早已成为历史。而我说,这个历史的存在是什么,不是什么,则是叙事。

海登·怀特提醒我,作为过去的"历史"存在具有可言说的意义,历史话语才是可能的。因此"历史"不仅是我可以研究和进行研究的一个客体,"甚至从根本上是由一种独特的书写话语与过去相协调的一种关系。事实上,历史话语是据结构上具有意义的形式发挥作用的,是一种特殊的书写"[69]。同时,海登·怀特又明确指出:"在历史的修撰中,话语始终是而且将依然既是受制于规则的,又是发明规则的。"[70]而对于旧规则的使用,是要通过"转义策略"来实现的。

在历史研究过程中,叙事"既不是理论的产物,也不是方法的基础,而是一种话语形式"[71]。而作为一种特别的认知模式,叙事又不仅仅是话语形式,因为"独特的历史话语必定生产关于其题材的叙事性阐释"[72]。当历史话语出现在叙事的过程中时,必然会表现出事实(数据或信息)与解释(关于事实的解释或故事)的双向互动,会有意识形态的渗透。当然,在以叙事再现历史进程的某一时刻,作者不可能把全部历史事实都包含进来,在阐释事实材料时,会把无关叙事目的的事实材料排除出去。这就是海登·怀特所说的"一个历史叙事必然是充分解释和未充分解释的事件的混合"[73]。

学衡派作为东方人文主义对来自西方唯科学主义、文学的浪漫主义和文化自由主义的抵抗,尤其反对新文化运动以后以西方世界为参照所建立起来的话语霸权,他们有自己的一套文化理念和思想方法。1990年代以后,所谓"全球化"带来的"共同文化"的倾向极端,使得在原有的殖民主义和帝国主义共同文化研究思想与方法影响下的"东方学",出现了自己的话语反抗。反映东方人文主义的研究范式,就是爱德华·W.萨义德所建议的"跨越了学科的界线,把推论领域、阅读文化、政治和历史这些不同部分当作有着紧密联系的范畴"的"对比法"[74],并以此来抵抗西方学术研究中的"二分想象"。这里我有意识地含混以往"历史"与"价值"、"传统"与"现代"、"冲击"与"回应"的二分"范式",同时尽量在走进历史语境中,进行动态的"历时性"叙事,而避免过多的文本想象或审美叙事。这也是我略去对学衡派成员在文学上所整体坚守古典主义诗词创作的批评的缘故。当然,我是一向服膺"一时代有一时代的文学"的。古典诗词和现代白话文学分属于不同的时代,分别代表着自己时代的民族文化精神。

学衡派骨干人物柳诒徵说:"历史之学,最重因果。人事不能有因无果,亦不能有果而无因。"[75]历史的因果链条,我以叙事来连接。从《学衡》杂志的"原发性"思想与学术资源,到学衡派形成后的许多"继发性"学术活动,我由"简单"走向"复杂",并形成了作为学衡派可"叙事"的"历史"。这种"历史"的"叙事",非文学的"想象叙事",同时也有意避开文学文本(诗词)的叙事空间,因此,我在以下"叙事"中选用了大量而又觉得是必要的、基本的史料。当然,史料本身是历史的最基本元素,其意义却是在于这"叙事"本身。

注

[1] 冯·赖特:《知识之树》(陈波等译)第90页,生活·读书·新知三联书店,2003。

[2] 威尔·杜兰:《文艺复兴》(幼狮文化公司译)第105页,东方出版社,2003。

[3] 冯·赖特:《知识之树》(陈波等译)第95页。
[4] 欧文·白璧德:《卢梭与浪漫主义》(孙宜学译)第10—11页,河北教育出版社,2003。
[5] 爱德华·W.萨义德:《人文主义与民主批评》(朱生坚译)第18页,新星出版社,2006。
[6] 美国《人文》杂志社、三联书店编辑部编:《人文主义:全盘反思》(多人译)第20页,生活·读书·新知三联书店,2003。
[7] 美国《人文》杂志社、三联书店编辑部编:《人文主义:全盘反思》(多人译)第175页。
[8] 爱德华·W.萨义德:《人文主义与民主批评》(朱生坚译)第24页。
[9] 欧文·白璧德:《文学与美国的大学》(张沛、张源译)第56页,北京大学出版社,2004。
[10] 季羡林主编:《胡适全集》第13卷第166—170页,安徽教育出版社,2003。
[11] 海登·怀特:《后现代历史叙事学》(陈永国、张万娟译)第393页,中国社会科学出版社,2003。
[12] 罗杰·斯克拉顿:《保守主义的含义》(王皖强译)"中译者序"第2页,中央编译出版社,2004。
[13] 罗杰·斯克拉顿:《保守主义的含义》(王皖强译)"中译者序"第18—19页。
[14] 卡尔·曼海姆:《意识形态与乌托邦》(黎鸣、李书崇译)第278页,商务印书馆,2000。
[15] 卡尔·曼海姆:《意识形态与乌托邦》(黎鸣、李书崇译)第265页。
[16] 卡尔·曼海姆:《意识形态与乌托邦》(黎鸣、李书崇译)第244页。
[17] 美国《人文》杂志社、三联书店编辑部编:《人文主义:全盘反思》(多人译)第3页。
[18] 卡尔·曼海姆:《意识形态与乌托邦》(黎鸣、李书崇译)第236页。
[19] 欧文·白璧德:《卢梭与浪漫主义》(孙宜学译)"原序"第2页。
[20] 欧文·白璧德:《卢梭与浪漫主义》(孙宜学译)"原序"第8页。
[21] 林语堂:《〈新的文评〉序言》,《林语堂名著全集》第27卷第190页,东北师范大学出版社,1994。

[22] 林语堂:《〈新的文评〉序言》,《林语堂名著全集》第 27 卷第 189—190 页。
[23] 林语堂:《林语堂自传》第 169 页,河北人民出版社,1991。
[24] 林语堂:《林语堂自传》第 171 页。
[25] 林语堂:《吾国与吾民》第 90 页,中国戏剧出版社,1990。
[26][27] 林语堂:《林语堂著译人生小品集》第 216 页,浙江文艺出版社,1990。
[28] 张其昀:《孔学大义》,《张其昀先生文集》第 21 册第 11297 页,中国文化大学出版部,1989。
[29] 张其昀:《中国的文艺复兴》,《张其昀先生文集》第 19 册第 10024 页,中国文化大学出版部,1989。
[30] 张其昀:《新人文主义》,《张其昀先生文集》第 10 册第 5061 页,中国文化大学出版部,1988。
[31] 张其昀:《新人文主义》,《张其昀先生文集》第 10 册第 5062 页。
[32] 吴宓:《吴宓日记》第Ⅰ册第 504 页,生活・读书・新知三联书店,1998。
[33] 余英时:《重寻胡适历程》第 245 页,广西师范大学出版社,2004。
[34] 罗岗、陈春艳编:《梅光迪文录》第 222—223 页,辽宁教育出版社,2001。
[35] 转引自余英时:《重寻胡适历程》第 244 页。
[36] 梅光迪在《人文主义和现代中国》一文中对"中国的文艺复兴"和"人文主义运动"赋予的实际内涵是,捍卫中国传统,批判地接受西方文化,建立以儒家学说为核心的民族文化,立场集中表现为哲学、政治和教育上的理想主义及文学中的古典主义,注重道德基础和文学的重要性,反对"文学革命"者推崇的偏激思想和倾向。见罗岗、陈春艳编:《梅光迪文录》第 223—224 页。胡适在"中国的文艺复兴"演讲中对"中国的文艺复兴"和"人文主义运动"赋予的实际内涵是:首先,它是一种有意识的运动,发起以人民日用书书写的新文学,取代旧式的古典文学。其次,它是有意识地反对传统文化中的许多理念与制度的运动,也是有意识地将男女个人,从传统势力的束缚中解放出来的运动。它是理性对抗传统、自由对抗权威,以及颂扬生命和人类价值以对抗其压制的一种运动。同时,倡导这一运动的人了解他们的文化遗产,但试图用现代史学批评和研究的新方法重整这一遗产。在这个意义上说,它也是一个人文主义运动。参见余英时:《重寻胡适历程》第 244 页。

[37] 以赛亚·伯林:《自由论》(胡传胜译)第186页,译林出版社,2003。
[38] 以赛亚·伯林:《自由论》(胡传胜译)第187页。
[39] 以赛亚·伯林:《自由论》(胡传胜译)第188页。
[40] 季羡林主编:《胡适全集》第5卷第13页。
[41][42] 季羡林主编:《胡适全集》第5卷第10页。
[43] 季羡林主编:《胡适全集》第5卷第11页。
[44] 季羡林主编:《胡适全集》第31卷第825页。
[45] 欧文·白璧德:《卢梭与浪漫主义》(孙宜学译)第70页。
[46] 美国《人文》杂志社、二联书店编辑部编:《人文主义:全盘反思》(多人译)第5—6页。
[47] 吴宓:《吴宓日记》第Ⅲ册第364—365页,生活·读书·新知三联书店,1998。
[48] 李继凯、刘瑞春选编:《追忆吴宓》第469页,社会科学文献出版社,2001。
[49] 美国《人文》杂志社、三联书店编辑部编:《人文主义:全盘反思》(多人译)第56页。
[50] 美国《人文》杂志社、三联书店编辑部编:《人文主义:全盘反思》(多人译)第3页。
[51] 美国《人文》杂志社、三联书店编辑部编:《人文主义:全盘反思》(多人译)第4页。
[52][53] 转引自贺昌群:《哭梅迪生先生》,罗岗、陈春艳编:《梅光迪文录》第262页。
[54] 贺麟:《五十年来的中国哲学》第60页,商务印书馆,2002。
[55] P.布尔迪厄:《国家精英》(杨亚平译)第405页,商务印书馆,2004。
[56] 黄永玉:《斗室的散步》第254页,生活·读书·新知三联书店,1997。
[57] 爱德华·W.萨义德:《知识分子论》(单德兴译)第12页,生活·读书·新知三联书店,2002。
[58] 爱德华·W.萨义德:《知识分子论》(单德兴译)第12—13页。
[59] 爱德华·W.萨义德:《知识分子论》(单德兴译)第25页。
[60] 卡尔·曼海姆:《卡尔·曼海姆精粹》(徐彬译)第173页,南京大学出版

［61］卡尔·曼海姆:《卡尔·曼海姆精粹》(徐彬译)第219页。
［62］萧公权:《问学谏往录》第190页,学林出版社,1997。
［63］鲁迅:《估〈学衡〉》,《鲁迅全集》第1卷第379页,人民文学出版社,1981。
［64］鲁迅:《我观北大》,《鲁迅全集》第3卷第158页。
［65］王世杰:《追忆蔡先生》,见陈平原、郑勇编:《追忆蔡元培》第80页,中国广播电视出版社,1997。
［66］爱德华·W.萨义德:《人文主义与民主批评》(朱生坚译)第22页。
［67］转引自P.布尔迪厄:《国家精英》(杨亚平译)第13页。
［68］克利福德·格尔茨:《文化的解释》(韩莉译)第43—44页,译林出版社,1999。
［69］海登·怀特:《后现代历史叙事学》(陈永国、张万娟译)第292页。
［70］海登·怀特:《后现代历史叙事学》(陈永国、张万娟译)第303页。
［71］海登·怀特:《后现代历史叙事学》(陈永国、张万娟译)第125页。
［72］海登·怀特:《后现代历史叙事学》(陈永国、张万娟译)第295页。
［73］海登·怀特:《后现代历史叙事学》(陈永国、张万娟译)第63页。
［74］巴特·穆尔-吉尔伯特:《后殖民理论——语境 实践 政治》(陈仲丹译)第76—77页,南京大学出版社,2001。
［75］柳诒徵:《中国文化史》(上)第1页,上海古籍出版社,2001。

绪论:史实与理路

"精神结构复合体"

在民国学术思想史的视野里,学衡派不是个单纯的在某一特定时段与《学衡》相对应的社团、流派。时间与空间的延续和变化、成员的流动性出入、精神的内在联系、学术的师承相传,使得文化认同成为其群体内部维系的关键所在。社会政治和大学行政可以不介入这个群体,若有介入,则是个别成员的自觉和个人行为,与作为文化保守主义的学衡派群体成员无涉。借用卡尔·曼海姆在《保守主义》中的界说,可称学衡派这一文化群体为一"精神结构复合体"。也就是学衡派精神导师欧文·白璧德所说的排斥绝对论者和相对论者,强调实际生活中统一性和多样性的融合。[1]

卡尔·曼海姆认为"保守主义指的是一种可以从历史上和社会学上加以把握的连续性,它在一定的社会历史状态下产生,并在与生活史的直接联系中发展"[2]。作为这样一种客观的、历史嵌入的、动态变化的结构复合体,总是某一特定时期社会历史现实总的心理—精神结构复合体的一部分。它"总是以包含着不同时期、不同历史阶段、总是变化不居的不同客观内容的意义复合体为取向"[3]。个体之所以用一种保守主义的经验方式和行为表现着,是因为他只是以这种保守主义结构复合体的某一阶段为取向,并把自己的行为建立在这种结构复合体之上,"或者只是全部或部分地对它进行重建,或者通过使它与某一特殊的状态相适应而对它加以进一步的发展"[4]。学衡派从形成到发展、变化,是因为其成员遵从着一种内在意义指向,并形成保守主义学理的连续性。历史和社会学上的"连续性",又具体表现为对以往事实存在的阶段性复活,和嵌入现实的文化传统的当下生活显现。

建立在基本客观史料上的事实,和由此形成研究者主体意识上的所谓史识,是一个互动的存在。从基本学理出发,于再现中描述历史,并以史料体"知识谱系"这种无声语言来观照学衡派,这实际上是认同了米歇尔·福柯所说的"对历史来说,文献不再是这样一种无生气的材料,即历史试图通过它重建前人的所作所言,重建过去所发生而如今仅留下印迹的事情;历史力图在文献自身的构成中确定某些单位、某些整体、某些体系和某些关联"[5]。知识谱系一旦凸现,通常会瓦解已经成为某些"事实"的话语和概念,自然也省去了言说中的陈述或者概念上的推绎。

在日常工作和知识学理中,思想和观念一旦成为主义,便会出现主义独尊,具有鲜明的排他性和倾向性。学派的出现,即意味着相应派系的产生。而派系态度的产生会使思维习惯在相应的学术团体构成方式上形成整体的褊狭。"特定群体的偏见使得立场僵化"[6],并表现出党同伐异的现象。

卡尔·曼海姆说:"只有在保守主义作为一个统一的政治和精神流派存在时,我们才能把保守主义的思想风格视为一个现代思想史上的统一流派。"[7]激进的革命使两极对立成为现实。保守主义是法国大革命的反动,也是起源于对启蒙运动之主流的辩证反动。史华慈研究表明,"在十八世纪末与十九世纪初的西方,保守主义才以主义的形式出现。惟自十九世纪初,有些人始被别人或自身称为保守主义者。保守主义成为一种自觉的理论,是以三位一体——保守主义/自由主义/激进主义——之不可分离的整体出现"[8]。这说明保守和主义相加,不是一个独立的存在,而是有相应历史语境和思想发展脉络的。

　　就保守主义本身来说,其内部有众多流派。拉塞尔·柯克在《保守主义思想》中总结出了保守主义的六项基本内涵:确信良知、珍爱传统、守护秩序、保护私产、相信习惯、排斥激进。这自然包含了保守主义思想的主要内容。相对于政治、经济、哲学而存在的所谓文化,和保守主义联姻,在这里被称为文化保守主义。其基本内涵是"注重自由与美德以及传统和宗教"[9],并表现出新人文主义的诸多特性。

　　保守主义的路径是从存活到现在的过去内容出发来介入历史。这一经验在卡尔·曼海姆看来,其"在本真形式上意味着从某些经验的中心获取养分,这些经验的根源在于过去的历史格局。它们直到现代保守主义成型都相对保持不变,因为它们处在社会潮流中那些直到那时都还没被现代事件的潮流卷走的部分。保守主义思想从这些生活的本真源头和经验形式获得了它远胜于纯粹思辨的丰富和尊严"[10]。这里对学衡派的解说,则是基于外在观念移植与内部历史语境,以及对史实的重新梳理、整合,并于存在和群体的关联性上,衔接中西思想文化的历史脉络,同时又在叙事中呈现或还原。

从时间上看其借刊物集合力量

　　因《学衡》存在而形成所谓的学衡派,这是一个基本历史事实,是民国思想史、文学史和学术史上的一次震荡性起伏。《学衡》杂志实际存在于1922年1月—1933年8月(最后一期具体出版时间不明,但内文的启事中显示有8月1日的时间,所以将出版时间判为最早8月)。学衡派成员的活动却不限于这个具体的时间。准确地说,学衡派的存在是新文化—新文学的反动。换句话说,学衡派是反对新文化—新文学的,是以保守来反对、牵制和制衡激进的新文化—新文学运动的;在反抗新文化—新文学的话语霸权时,是以求中西思想融通、尊孔、国学研究和古典诗词创作来作为对抗手段的。成员活动开始于1915年的美国,是和新文学运动的讨论、发生同步的。1915—1917年间,与胡适由酝酿、讨论文学变革走向观点矛盾、尖锐对立的是梅光迪。

1917—1921年间,新文化—新文学运动在国内高涨,并借助报刊等大众传媒和中小学教育的推动,取得了成功。学衡派作为反对势力,其形成之前的基本力量酝酿、集结是在美国的哈佛大学。可称这一时期为"前学衡时期"。

这一时期,南京高等师范学校—东南大学师生中,反新文化—新文学的力量也正在鼓动,首先站出来批评胡适等人的是胡先骕[11]、柳诒徵[12],继之便发生了《时事新报·文学旬刊》(郑振铎主编)上文学研究会主要成员对《国立东南大学南京高师日刊》1921年10月26日上"诗学研究号"的激烈批评和反批评。[13]由于南京高等师范学校—东南大学学生反对新文学,特别是抗拒白话新诗,他们"诗学研究号"中所表现出的文学立场是与新文学相对立的。

1922年1月,《学衡》在南京东南大学创刊,此时自哈佛大学归来的梅光迪、吴宓、汤用彤、楼光来都在东南大学执教。《学衡》杂志社社员基本上是这批留学哈佛的学生,加上南京高等师范学校—东南大学刘伯明、柳诒徵和他们的学生,以及南京支那内学院师生,极少数为其他学术机构的成员。1922年1月—1933年8月这一时段,可称之为"学衡时期"。

在柳诒徵、童季通、朱进之、竺可桢、徐则陵的指导下,由南京高等师范学校—东南大学国文史地部学生组织史地研究会主办的《史地学报》,在《学衡》之前创刊,实际是《学衡》的外围刊物。与《学衡》同时出现的还有学生组织文学研究会和哲学研究会合办的《文哲学报》。稍后,东南大学南高师国学研究会于 1923 年 3 月又创办了《国学丛刊》。1921 年 11 月—1926 年 10 月,《史地学报》共出版 4 卷 21 期 20 册(有两期合一册的)。1922—1923 年间,《文哲学报》出版 4 期。《国学丛刊》共出版 9 期。这三个刊物锻炼了学生,刊物的作者后来大都成了《学衡》《国风》《思想与时代》的主力。

与北京大学胡适、钱玄同、顾颉刚等古史辨派疑古立场针锋相对的是南京高等师范学校—东南大学柳诒徵和他的学生刘掞藜的信古立场。可以说,1923—1924 年、1926 年的两轮论争,是在北京大学新青年派—新潮派和东南大学学衡派之间展开的。前者的阵地是胡适主编的《努力》周报副刊《读书杂志》(顾颉刚主编,共出版 18 期)、顾颉刚参加编辑的《北京大学研究所国学门周刊》,后者的阵地主要是《史地学报》和《学衡》。[14] 同时北京、上海的多家报刊也介入了讨论。柳诒徵及其学生反对古史辨派的疑古,一直持续到 1940 年以后,当时任中央大学历史学教授的缪凤林还写文章批评顾颉刚。[15]

在双方论争中,顾颉刚明确地认识到,学术上对立的原因"是精神上的不一致"[16]。钱玄同、魏建功都感受到了"我们的精神与他们不同的地方"[17]。这种由"精神上的不一致"所产生的群体"对立",表现为"疑"与"信"的分歧,是"继承"与"突破"的关系问题。他们都继承了清代考证学的遗产,在史学观念上,古史辨派则突破了传统的格局,"把古代一切圣经贤传都当作历史的'文献'来处理"[18]。

1922 年 8 月,学衡派成员还在湖南长沙明德中学办了一个《学衡》的外围刊物《湘君》(最初定为季刊,随后成了不定期刊)。这个刊物与《学衡》的关系十分密切,其反对新文学的几篇文章,《学衡》都转载了。[19] 1928年1月2日—1934年1月1日,几乎与后期《学衡》共存的《大公报·文学副刊》,由吴宓主编,由他原在东南大学和清华大学的几个学生协编,每周一期,共出313期。

《学衡》停刊前的一二年间,在南京中央大学的学衡派成员因不满吴宓一人在清华大学把持刊物,南京的成员连个空名也没有,于是开始酝酿新办刊物。实际上,在《学衡》后期(1928年以后),南京成员已经不再与吴宓合作,学衡派出现了明显的分裂现象。1932年9月1日在南京中央大学的学衡派成员创办《国风》杂志,把原《学衡》的大部分作者吸引过来了。吴宓一人在清华大学无力支撑《学衡》,1933年8月第79期之后,便宣布自第80期改由南京中央大学的学衡派成员接办,交钟山书局出版。实际上,是《国风》迫使《学衡》停刊的。南京的学衡派成员没有再用《学衡》的名字,而是用《国风》取代。吴宓本人也只好加入《国风》的作者队伍。《国风》开始于1932年9月1日,1936年12月终,它把原《学衡》的成员重新集结,实际上开始了学衡派的"中兴"时期。

由于反对新文化—新文学,新文学第一个十年(1917—1927)间,南京高等师范学校—东南大学很少人写白话新文学作品,而是坚持写古体诗词。文科五个主要刊物中,除与其他学校合办的《新教育》外,《史地学报》《学衡》《文哲学报》《国学丛刊》四个刊物上的"文苑"或"诗词"栏目也只登古体诗词。但在1929年10月1日创刊、1931年1月16日停刊的《国立中央大学半月刊》出现了例外。共出版两卷24期的《国立中央大学半月刊》新文学创作和古体诗词并存,许多期包含属于新文学的诗歌、小说、剧本或翻译小说,并在第1卷第7期出了"文学专号"(白话新文学作品专辑)。[20]但至第1卷第15期又出现学衡派势力的反弹,这一期上有学衡派成员参加的"上巳社诗钞"和"禊社诗钞"。[21]但到1932年9月《国风》创刊后,新文学被完全排斥,刊物只登古体诗词。在文学古典主义风尚的笼罩下,中央大学、金陵大学的部分毕业生、在校学生组织的新文学社团"土星笔会"和刊物《诗帆》(1934年9月1日—1937年5月5日)也未能充分展开。

1941年8月—1948年11月,原《国风》主持人张其昀与张荫麟等在浙江大学文学院创办《思想与时代》杂志,学衡派成员在大西南再度集结。1946年12月9日至1947年12月29日,吴宓在武汉大学主持《武汉日报·文学副刊》,仍坚持刊登古体诗词。

1949年以后,学衡派成员在中国大陆的活动终止。到台湾的学衡派成员活动兵分两路:以张其昀为首的于1962年创办中国文化学院(1980年改为中国文化大学),复刊《思想与时代》,影印《学衡》《史地学报》等;以戴运轨(《国风》时期的主要作者)为首的于1962年筹备成立"国立中央大学"地球物理研究所,随后恢复中央大学。

所以,这里的结论应当是:学衡派的活动时间不仅存在于《学衡》时期,而且有这么一个分为不同时期的长的时段。时间变化使学衡派许多人的生活、思想、学术都产生了变异,但基本的文化保守精神没有变。

从空间上看其借大学营造舞台

1915年至1949年间的中国大学校园,是一个相对自由的公共空间,为中国自由知识分子荟萃之地,也是中国现代新思想和新学术的生产基地。《学衡》时期的主要作者多在大学,他们的学术活动相对集中在东南大学—中央大学、东北大学、清华学校—清华大学,少数在湖南长沙明德中学和其他行业。《学衡》杂志的编辑工作主要在南京、沈阳、北京完成，印刷、出版、发行在相对保守的上海中华书局。

《学衡》初期，与之相伴的有三个外围兄弟刊物——《史地学报》《文哲学报》《湘君》，前两种活动地点在南京高等师范学校—东南大学，后者活动地点在湖南长沙的明德中学。《湘君》影响是有限的，或者说只限于长沙的部分学生和学衡派的部分成员之间。《学衡》后期，与之相伴的是《大公报·文学副刊》，主要作者活动多在北京，组稿、编辑在清华大学，出版发行在天津。《大公报》是当时北方最大的新闻媒体，实际影响很大。《文学副刊》的影响也超过了《学衡》。学衡派成员由于没有《学衡》和《文学副刊》的印刷、发行权，因此要受制于中华书局和《大公报》社。《学衡》停刊，经济问题是主要原因。《文学副刊》被杨振声、沈从文主持的《文艺副刊》取代，也主要是由于吴宓等人没有独立的经济支撑能力，另外还有守旧形象和反对新文学的办刊方针。这时候，学衡派成员的学术活动很大程度上要依附中华书局和《大公报》社这两大文化资本家。胡适与《大公报》社领导阶层良好关系的确立，必然促使创新的《文艺副刊》取代守旧的《文学副刊》。

吴宓及《学衡》同人本是反对北京大学以胡适为首的新文化—新文学派，北方反击声自然是很大的，尤其以《晨报副镌》的声音为最。在南方上海，吴宓注意到文学研究会中沈雁冰、郑振铎及《小说月报》一派，邵力子及《民国日报·觉悟》一派与《学衡》敌对。[22] 同时吴宓也注意到了赞同《学衡》的上海《中华新报》[23]，和因有哈佛大学毕业生介入，而登一些反对新文学文章的《民心》周报。

1927—1937年间，国民政府定都南京，中央大学成了首都大学，加上战时蒋中正一度兼任中央大学校长，中央大学的地位在中国大学中得以提升。抗战时期，中央大学、浙江大学实际上也是得蒋中正及国民政府照顾最多的学校。[24]

《国风》印刷、发行在张其昀自己主持的南京钟山书局。刊物和出版社是一家人，内部团结，稿源充足。《国风》编辑、出版、发行是一体的，没有经济压力，这是《国风》有别于《学衡》的地方之一。

由于抗日战争爆发，华北、东南地区大片沦陷，中国著名大学都迁到西南，学衡派主要成员也随之散居在昆明、重庆、成都、乐山、遵义等地的西南联合大学、云南大学、中央大学、金陵大学、齐鲁大学、四川大学、武汉大学、浙江大学等高校。《思想与时代》在遵义的浙江大学创刊，又将散居西南各地的学衡派成员"群聚"在一起。《思想与时代》在这时就是学衡派成员的阵地。1947—1948年，《思想与时代》在杭州的浙江大学复刊，编辑部在杭州，出版发行在杭州、上海，学衡派散居各地的部分成员再次"群聚"于一刊。

抗战时期，胡先骕、王易等还把学衡派的文化精神带到了江西泰和的中正大学（胡为校长，王为《文史季刊》主编）。汪国垣在重庆主编《中国学报》，继续刊登古体诗词，并极力主张尊孔。

抗战胜利后，吴宓在武汉主持《武汉日报·文学副刊》，试图重聚学衡派成员，但只坚持一年之久，便弃之。

空间变化，所显示出的是学衡派作为相对松散的流动群体存在。空间变化的一个重要特点是生活困苦和磨难，虽然空间多有变化，但他们坚守的文化道统没有变，守望的精神是一贯的。

从成员看其作为流动的群体存在

如果说凡是给学衡派刊物《学衡》《史地学报》《文哲学报》《湘君》

《文学副刊》《国风》《思想与时代》《中国学报》写文章的作者都属于学衡派成员，那未免太绝对了，也太简单化了。但有一点是可以肯定的：那就是为这些刊物写文章的人大都认同其文化保守倾向。尽管《学衡》创刊时，梅光迪提出凡是给《学衡》写文章的自然是学衡社社员，但实际运作中，刊物的同人性只体现于最初的几个发起人而已。陈中凡在东南大学主办《国学丛刊》，他有北京大学出身的特殊背景，虽是五四时期北京大学国故社成员，有文化保守的个人倾向，但他又不满学衡派反新文化的复古行为，在刊物上没有明显表现出与北京大学对立，而是积极地响应胡适整理国故的号召。同是整理国故，和而不同。对于陈中凡个人来说，《国学丛刊》实际上是《国故》的继续，自然与胡适派文人整理国故的思想、方法不同，并表现出南北学术的差异。朱自清虽是吴宓的朋友，吴宓拉他一起编《文学副刊》，他以"知白"为笔名在《文学副刊》上写评介新文学的文章，但他从不为《学衡》写文章。罗家伦做中央大学校长，《国风》就是在他任上创办的，他与《国风》同有"民族主义"的文化倾向，但他没有给《国风》写稿。因为朱自清、罗家伦都是胡适的学生，是新潮社成员，新文化—新文学运动的拥护者和参与者。北京大学、清华学校—清华大学出身的段锡朋、罗家伦、顾毓琇曾出任中央大学的校长，但在文史教授的聘任上，中央大学内部"南京高等师范学校—东南大学"的势力始终与北京大学、清华学校—清华大学出身的教授有矛盾。[25]

当然，在北京大学与南京高等师范学校—东南大学—中央大学激进与保守的内在张力中，著名教授的具体表现不尽相同。黄侃不满北京大学的激进，五四运动后离开北京，辗转几个高校后，最后于1928年春选择了相对保守的中央大学。[26]吴梅、陈汉章（伯弢）、朱希祖是从北京大学任上离开的，最后融入东南大学—中央大学（吴是1922年秋，陈是1928年春。朱希祖是被北京大学学生集体"驱赶"走的，经执教中山大学三年，于

1934年春到中央大学）。王易、汪辟疆是北京大学毕业生（分别是1911年、1912年毕业），陈中凡是在两江师范学堂学习之后入北京大学，北京大学毕业后于1921年8月—1924年11月任东南大学国文系系主任，他们后来在东南大学—中央大学相处。[27]反过来，北京大学所接受的是东南大学的著名哲学教授、学衡派重要人物汤用彤。汤用彤是吴宓的同学、朋友，同时也是胡适的朋友。他进北京大学完全是胡适的缘故（张歆海向胡适推荐）。而东南大学的另一位著名教授柳诒徵想进清华学校（由吴宓推荐）却不成。

如同可以把北京大学学生办的《新潮》看作《新青年》的影子和外围刊物，我把南京高等师范学校—东南大学学生办的《史地学报》《文哲学报》看作《学衡》的影子和外围刊物。就文化领袖人物之间的对立来说，追随他们的学生常常出现在不同的对立阵营，而且会影响到学生未来的学术活动。

柳诒徵、竺可桢、徐则陵是学衡派的主要成员，他们指导的《史地学报》作者后来也大都成了学衡派成员。在学衡派队伍中可以明显地看出老师对学生的导向性作用。[28]

学衡派成员主要是文史哲领域的学者，成员中的科学家只是少数，如胡先骕、竺可桢等。因此，从时间与空间变化上，可把他们分为不同的层面。他们之间有着相应的群体存在的关联性，而非完全自足封闭的党派。

《学衡》初期成员是几位归国的哈佛大学留学生和南京高等师范学校—东南大学的师生，以及南京支那内学院的师生。[29]尤其是《史地学报》《文哲学报》《国学丛刊》的作者，因多是出自原南京高等师范学校国文史地部的学生，三个刊物的作者有很大的交叉。指导教师更是这样。随后又加入了郭斌龢、张尔田、李详、孙德谦等。另有留学生汪懋祖，1918年夏在美与梅光迪相识并交谈，在反对新文化—新文学，反对新道德，反对"实利主义"(实验主义)等问题上,两人意见一致,"而恨相见之晚"[30]。回国后,汪懋祖也成为《学衡》作者。

1925年,吴宓到清华学校,清华学校研究院的导师王国维、陈寅恪被他拉进《学衡》。清华学校研究院的研究生、清华学校的部分年轻教师(有原东南大学毕业的王庸、浦江清、赵万里等)和学生(贺麟、张荫麟、陈铨三位为吴宓的弟子。贺麟说吴宓的"翻译"课,人数最少时只有他们三人[31]),以及北京大学、清华学校部分教授(如姚华、黄节等)也加入到《学衡》的队伍里。

《湘君》主要作者刘永济、刘朴、吴芳吉,同时也是《学衡》作者,原因在于他们为吴宓清华学校读书时的同学。另有胡元倓、胡徵(彦久)、徐桢立、凌其垲、刘易俊(竣)、刘泗英、周光午等,也为《学衡》写稿。

这一时期加入《学衡》的成员中,还有原属国粹派、南社、常州词派和宗法宋诗的同光体派的许多诗人。[32]

《学衡》时期,有四个学衡派主要成员去世:刘伯明(1923年)、王浩(1923年)、王国维(1927年)、吴芳吉(1932年)。

《大公报·文学副刊》的6年间,文章作者大都与《学衡》交叉重叠,以吴宓、张荫麟、浦江清、王庸、赵万里、贺麟写的文章为多。

1927年,借助南方革命运动,中山大学在广东崛起,北京大学的力量对这所大学渗透和支持最大。仅从文科基本师资看,核心人物都出自北京大学。由于傅斯年、顾颉刚的努力,中山大学语言历史学研究所在1927年成立,并仿照原《北京大学研究所国学门周刊》编辑出版《国立中山大学语言历史学研究所周刊》。为刊物写文章的基本力量是北京大学的学者以及到中山大学任教的原北大教授、清华学校研究院毕业生。原《学衡》作者吴梅、张荫麟、赵万里、陈柱,和东南大学—中央大学的任中敏、陈中凡、胡小石、罗根泽、张世禄等也为《国立中山大学语言历史学研究所周刊》写稿。《学衡》作者中原来与北京大学尖锐对立的其他教授则没有写文章。

《国风》在南京中央大学,原南京高等师范学校—东南大学毕业生,多成了刊物的作者。《国风》作者和《学衡》不同的是,一批科学家为刊物写文章,如翁文灏、秉志、竺可桢、熊庆来、顾毓琇、戴运轨、胡敦复、张江树、卢于道、钱昌祚、严济慈、谢家荣、凌纯声等。出身清华学校的顾毓琇本人又是新文学作家。

相对于《学衡》,《国风》新作者有章太炎、朱希祖、钱锺书、胡光炜、范存忠、唐圭璋、卢前、任中敏、唐君毅、贺昌群、钱南扬、滕固、谢国桢、萧一山、萧公权、陈诒绂、李源澄、朱偰等;尤其是两对父子朱希祖、朱偰,钱基博、钱锺书在同一刊物上露面,呈现出文学创作与学术研究的传承和创新。

学衡派成员吴芳吉去世后,《国风》在第 1 卷第 4 期用三分之一篇幅为他刊登了七篇纪念文章。刘掞藜(1899—1935)去世,原南京高等师范学校同学中学衡派成员在《国风》为他专门发起了"征赙启事"[33]。《国风》还为刘伯明去世九周年[34]、南京高等师范学校建校二十周年出了纪念专号[35],并借机会造势使学衡派群聚成员,以弘扬"南高"精神和"南高"学风。

为《思想与时代》写稿的学衡派成员相对集中在浙江大学文学院,如梅光迪、郭斌龢、王焕镳、张其昀、陈训慈、张荫麟、缪钺等。在《学衡》《国风》原有作者的基础上新加入了冯友兰、钱穆、朱光潜、熊十力等著名学人。

抗战期间,由胡先骕任校长的中正大学所创办的《文史季刊》,同样继承了《学衡》的文化精神。他们认为国学中的文史研究,就是要弘扬民族文化精神。《文史季刊》坚持刊登胡先骕自己所写的古体诗词。王易所做的《发刊辞》就明显昭示出与《学衡》的精神联系。《中国学报》(重庆)作者主要是中央大学、金陵大学的文史教授,如汪辟疆、唐圭璋、王玉章、汪东、朱希祖、陈匪石,以及支那内学院的欧阳竟无(渐)等。

三个主要人物张荫麟(1942年10月24日去世)、王伯沆(1944年9月25日去世)、梅光迪(1945年12月27日去世)的死,是这一时期让学衡派成员伤心的事。为此,《思想与时代》为张荫麟、梅光迪出了两个纪念专号,《南京文献》为王伯沆出了纪念专号。

学衡派成员为刘伯明、王国维、张荫麟、梅光迪、王伯沆所出的纪念专刊,无一不显示了他们自觉的群体意识和文化托命的责任感。同时又借悼亡友来悼中国传统文化之衰亡。[36]

文化保守作为精神系联

三个刊物、两个报纸副刊、三个外围刊物,都是学衡派成员办的,时间、空间虽有变化,但内在精神是相通的,文化保守特性是共同的。这种精神特性,实际上是中华民族的本位文化信念,是一种体现传统的信仰,尤其是对外来文化冲击的自觉回应,是世界范围内现代化浪潮中民族国家的自我认同,并在1920年代、1930年代、1940年代明显地表现出对文化伦理、民族意识、国家观念的坚守。

学衡派成员在1920年代的精神倾向,是要坚守中国文化的基本伦理。柳诒徵当时就明确提出中国文化的核心是"五伦",并一直坚持自己的这一观点。"五伦"是维护中国政治文化和社会生活的等级秩序。在近代英美国家,"保守主义的立场要求维护一种公民秩序"[37]。这也是许多保守主义者都信奉的一种社会有机理论,并成为保守主义的原则之一。[38]因为"对于保守主义者而言,社会秩序是比个人自由更重要的主题,只有在立足于传统和权威的基础上的秩序中,才能找到个人自由的位置"[39]。罗杰·斯克拉顿特别强调"个人从属某种持续的、先在的社会秩序"[40]的重要性,说这一事实决定了人们何去何从。这种公民秩序在近代英美国家表现为权威、忠诚、社会契约与家庭。而这又与中国文化的"五伦"相通与相似。

在对伦理秩序认同上,学衡派成员有相当的一致性。王国维、陈寅恪、吴宓、钱穆等人都表现出与柳诒徵的求同。1927年6月王国维投湖自杀后,陈寅恪在《学衡》第64期刊出《王观堂先生挽词》序中提出"文化—义尽""独立—自由"说的同时,挽词中也始终贯穿着"殉清"说。他的第三句"一死从容殉大伦"的"大伦",在吴宓为之作注时就明确地指出是指"君臣"关系。因为陈寅恪在另一首《挽王静安先生》诗中同样说明了王国维自沉是效屈原(灵均)投水。[41]吴宓在两首诗中也同样表达了王国维自沉是效屈原(屈子、屈平)殉"君臣"这一"大伦"。[42]钱穆晚年在《晚学盲言》中有"五伦之道"的专题探讨,强调"亦可谓中国全部文化传统乃尽在此五伦中"[43]。

在1920年代以后学衡派活动的岁月,"五伦"已经成为一种传统,这一"传统"在中国人政治文化和社会生活中,已经无法对伦理秩序产生决定性影响。柳诒徵《明伦》以及学衡派同人重申已经成为"传统"的"五伦",目的是想借助"传统"来"赋予历史以理性,从而把过去引入现在的目标"[44]的双重力量,重塑现代人的伦理秩序,以稳定被文化激进主义、自由主义变革了的人的心态,制衡文化的过度失范。而这一切必须要重新确立社会秩序中每一个个体的自我和自身形象。

而胡适、陈独秀、鲁迅及新青年派掀起的新文化运动,就是要反对旧的伦理道德,并有超越中国文化伦理的全面举措。对文化伦理坚守和超越的不同取向,形成了双方矛盾斗争的焦点。1930年代国共内战,两党在朝在野,残酷的政治军事对立,使双方有意识形态上"政治伦理"之争。原有文化上的激进与保守之争,发展成为左翼阵营所倡扬的无产阶级文学与当局主张的民族主义文学之争,形成了暴力叙事上的尖锐对立。文化思想形态上也形成社会主义、自由主义、三民主义的实际分化。学衡派的非政治倾向表现在他们超越"政治伦理"之争,取向为对"民族意识"的张扬,而又不同于"民族主义"文学的政治叙事。1940年代,由于外敌入侵和山河破碎的刺激,知识分子对于家和国的诉求,尤其是对于小我与大家、大国的重新审视,加上学衡派一部分成员的政治化倾向,导致《思想与时代》和学衡派成员陈铨、贺麟等介入的《战国策》,都具有明显的国家观念色彩。

贺麟是学衡派的第二代,同时也是受到五四新文化运动影响的一代。他对"五伦"的看法是超越式的,是"新儒家"推陈出新的理想化认识。在1940年5月1日《战国策》第3期上刊出的《五伦观念的新检讨》一文中,他明确提出:"五伦的观念是几千年来支配了我们中国人的道德生活的最有力量的传统观念之一。它是我们礼教的核心,它是维系中华民族的群体的纲纪。我们要从检讨这旧的传统观念里,去发现最新的近代精神。从旧的里面去发现新的,这就叫做推陈出新。必定要旧中之新,有历史有渊源的新,才是真正的新。"[45]这样做的目的是要从"旧礼教的破瓦颓垣里,去寻找出不可毁灭的永恒的基石。在这基石上,重新建立起新人生、新社会的行为规范和准则"[46]。这种所谓的"新社会的行为规范和准则"具有明显的国家观念色彩,超越了柳诒徵在《国风》时代纯粹的民族主义理念。

贺麟认为,"五伦观念是儒家所倡导的以等差之爱、单方面的爱去维系人与人之间常久关系的伦理思想"[47]。五伦观念的最基本意义为三纲说,五伦观念的最高、最后发展,也是三纲说。而且五伦观念在中国礼教中权威之大、影响之大,支配道德生活之普遍与深刻,亦以三纲说为最。三纲说实为五伦观念的核心。西汉既然是有组织的伟大帝国,所以需要一个伟大的有组织礼教、一个伟大的有组织伦理系统以奠定基础,于是,其将五伦观念发挥为更有力量的三纲说,及以三纲说为核心的礼教。这样,儒教便应运而生了。"由五伦进展为三纲包含有由五常之伦进展为五常之德的过程"[48],"由五伦到三纲,即是由自然的人世间的道德进展为神圣不可侵犯的有宗教意味的礼教"[49]。贺麟尖锐地指出,这个传统礼教在权威制度方面,有严重的僵化性和束缚性。"三纲说的躯壳,曾桎梏人心,束缚个性,妨碍进步,达数千年之久"[50],他同时强调:"三纲说在历史上的地位既然如此重要,无怪乎在新文化运动时期,那些想推翻儒教,打倒旧礼教的新思想家,都以三纲为攻击的主要对象。据我们现在看来,站在自由解放的思想运动的立场去攻击三纲,说三纲如何束缚个性,阻碍进步,如何不合理,不合时代需要等等,都是很自然的事。"[51]

学衡派两代人对五伦观念的认识虽有明显不同,但内在联系和文化脉动却是相通的。

北京大学和南京高等师范学校—东南大学—中央大学思想、学术传统的差异,可以用自由主义与民族主义做简单的概括,也可以看作文化激进主义与文化保守主义的对立。

新文化—新文学以超越中国传统文化伦理,追求现代性为理性导向,而现代性价值表现是在它与流动的时间关系上。运动的不确定性和对传统的瓦解是现代性的表现形式。科学、民主是新文化运动的旗帜,是观念层次上的东西。活的文学(兴白话)与人的文学(张个性)是新文学的基本内涵,其和国语运动合流,表现为直接改变口语和书写方式。科学主义、自由主义以及文学上"活"与"人"的特性(废古文、反载道)都是与传统敌对的。因此希尔斯在指出科学主义与传统敌对时,特别强调科学主义"只承认被认为建立在科学知识之上的规则,而这些知识又与科学程序和理性分析密不可分。那些没有科学根据的实质性传统应该被取代"[52]。

从南京高等师范学校到东南大学,办学七年,使这所学校成为南方最大、最好的大学。张其昀说"母校智育的最大特色,当然是注重科学","南高和其它高师不同的地方,即在其造就科学人才之众"。[53] 随后改制为中央大学,以及1949年以后的南京大学、南京工学院(现东南大学),注重科学仍是其最大特色。这里要说的是其人文形态和人文精神,即张其昀所说的科学时代的人文主义精神。

反抗新文化—新文学的话语霸权,以文化保守的姿态抗衡文化激进,强调民族历史文化传统的继承和发扬,弘扬人文主义精神,是《学衡》杂志的特征(包括《湘君》)。人文主义强调必须正确对待历史和过去的文化,并持同情理解的态度。张其昀在《中国与中道》一文中强调:"中国所以能统制大宇、混合殊族者,其道在中。我先民观察宇宙,积累经验,深觉人类偏激之失,务以中道诏人御物,以为非此不足以立国,故制为国名。历圣相传,无不兢兢焉以中道相戒勉。"在旁征博引中国典籍的同时,张其昀还引用了白璧德的《中西人文教育谈》,他在新人文主义思想家那里找到了兴奋点。因为白璧德说过:"十九世纪之大可悲者,即其未能造成一完美之国际联盟。科学固可为国际的,然误用于国势之扩张。近之人道主义、博爱主义,亦终为梦幻。然则若何能成一人文的君子的国际主义乎?初不必假宗教之尊严,但求以中和礼让之道联世界为一体。吾所希望者,此运动若能发轫于西方,则中国必有一新孔教运动。"[54]

《史地学报》主要体现了南京高等师范学校—东南大学师生对中国传

统史学的继承,和对新兴历史地理学的接受。其中历史学研究是以尊重民族文化传统和立足民族文化本位为基本理路的。梅光迪指导的《文哲学报》,与《学衡》在精神上是相通的。《大公报·文学副刊》的古典主义立场和《学衡》的文化伦理坚守、文化整合态度,在精神上相呼应,使主编吴宓的影响发散到大学校园之外。

由于"九一八"民族蒙难的巨大刺激,强调民族文化本位、张扬民族主义、内凝民族精神,以及主张尊孔,是《国风》的精神特征。《国风》在强调民族精神、国防教育,倡导科学精神的同时,仍不忘反对新文化—新文学,坚持刊登古体诗词。当《国风》把张扬民族主义作为最大政治时,实际上就成了无政治,因为其主要表现形式仍是学术活动。《大公报·文学副刊》的文化保守主义立场在向民族主义做应时顺转过程中,一度经过了"道德救国"和"道德理想主义"的中介。《国风》则是一开始就张出民族主义的大旗。

《国风》为孔子诞辰[55]、刘伯明逝世九周年、南京高等师范学校成立二十周年等出了纪念专号。这种群体活动的出现可见其十分鲜明的思想倾向和内在精神的联系。其中尊孔是《国风》一开始就标榜的鲜明立场,写文章的都是学衡派主要成员。作者之一唐君毅二十多年后成为新儒家代表人物,这其中隐含着可触摸的文化脉动。

张其昀说《思想与时代》"与《学衡》及《国风》杂志宗旨相同,以沟通中西文化为职志"[56]。《思想与时代》所展示出的是学衡派成员国家观念的强化。张其昀说刊物的目标是倡导科学时代的人文主义,其实际意图曾被胡适道破,那便是《征稿启事》上说的"建国时期主义与国策之理论研究。我国固有文化与民族理想根本精神之探讨"。胡适站在新文化—新文学的立场上,以民主、科学的理路寄托自己的社会政治理想,因此,他说《思想与时代》的反动主要表现在文化保守和拥护集权的倾向上。拥护集权就是《思想与时代》的政治主张,也是刊物的政治背景。刊物主要成员张其昀、张荫麟、贺麟与国民政府领袖人物有直接的关系。正如学者胡逢祥在对《思想与时代》解读后所指出的:"尽管四十年代的学衡派因不合时尚,已被国内思想文化界的主流意识渐渐挤到了不甚起眼的边缘地带,但它作为一股思想力量的长期存在,其潜在影响依然是不可低估的。"[57]

这三个刊物、两个副刊都以学术作为思想文化载体,以融通中西学术,强调学风作为表现形式。从对待历史、传统的态度看,以柳诒徵为代表的南京高等师范学校—东南大学的文史研究,是坚守传统文化伦理,崇尚古典,对中国文化道统有深切关怀和心灵体会;以汤用彤、陈寅恪、吴宓、梅光迪、郭斌龢为代表的留学哈佛大学、白璧德的学生,主张中西融通,对中国古代文化持同情理解的姿态。

从《学衡》《文哲学报》《国学丛刊》《文学副刊》到《国风》《中国学报》,其刊登的所谓文学创作,就是古体诗词。热爱旧文学形式,抗拒白话新文学,是学衡派成员文学活动的一个重要组成部分。特别是吴宓、胡先骕、陈寅恪等人,坚持写古体诗词,他们是从人文主义立场出发,向白话新文学发动一场不指望获胜的殊死防守。这在白璧德看来恐怕也属于"过时而不足以适应时代的要求"的"旧人文主义"行为。他说"旧人文主义有时将会导致超美学的(ultra-aesthetic)、享乐主义的生活态度,即退回到自己的象牙塔中,仅仅在古典文学中寻求精致慰藉的那种倾向"[58]。

国学研究作为学术承传

学衡派形成于1920年代初的东南大学,梅光迪主张称这一时期的文化保守主义思潮为"现代中国的人文主义运动"。

从三江师范学堂—两江师范学堂—南京高等师范学校,到东南大学、中央大学、南京大学的百年历史来看,学衡派为这所学校所带来的文化精神和学术传统主要体现在人文学科上,传统国学研究和中西融通之学是其主要学术特色。这里主要说国学研究。

为《学衡》杂志撰写《简章》,并提出"论究学术,阐求真理,昌明国粹,融化新知"作为刊物宗旨的是吴宓。动议创办《学衡》的是梅光迪、吴宓。吴宓提出的《〈学衡〉杂志简章》自然也得到同人的认可。问题在于梅光迪、吴宓的学术背景和所学专业是西洋文学批评。《简章》中"昌明国粹"的提法也是笼统、含混的。因为他们两人既不研究这个"国粹",也就不再提这个"国粹"了。可以说"国粹"在他们两人仅仅是一个口号而已。后来刊物上有关"国粹"的文章都不是他们二人所作。而刊物登出所谓"昌明国粹"的文章,实际上就是有关国学的基本东西。

章太炎是晚清国粹派代表人物,他在一次"我的生平与办事方法"的白话演讲中,对提倡国粹有明确所指和目的揭示。他说:"为什么提倡国粹?不是要人尊信孔教,只是要人爱惜我们汉种的历史。这个历史,是就广义说的。其中可以分为三项:一、语言文字。二、典章制度。三、人物事迹。"[59] 章太炎特别强调这样做是出于"感情"上的需要,"是要用国粹,激动种性,增进爱国的热肠"[60]。这里有反清排满的极端民族主义倾向性,也是他带动起来的国粹派学术政治化的体现。学衡派"昌明国粹"是非政治化的,他们的对立面是白话新文学和整个新文化运动。同说"国粹",内容可能多有相似,而目的却不同。

国学研究实际上是知识传统的延续。胡适在1922年12月北京大学校庆演讲中曾说,北京大学只有社会科学研究(即实际的国学研究)可在世界上有自己的地位,因为中国现代大学的科学研究都是刚刚起步。国学研究自然也是东南大学的优势,相对保守的国学研究的学术基础和学术传统可追溯到张之洞。

张之洞是晚清的大政治家、学问家,在倡导实业、发展经济、兴办教育的同时,坚持文化保守主义的立场。《劝学篇》《书目答问》集中体现了他"中学为体,西学为用"的思想。他是三江师范学堂的创办人,三江师范学堂的首任校长是缪荃孙。《书目答问》实际是张之洞、缪荃孙合作的产物。缪荃孙在三江师范学堂—两江师范学堂—南京高等师范学校—东南大学最有影响的门人是柳诒徵。[61]学衡派成员柳诒徵在南京高等师范学校—东南大学培养的从事国学研究的学生最多。所以张其昀在纪念老师柳诒徵的文章中说:"民国八年(1919)以后,新文化运动风靡一时,而以南京高等师范为中心的学者们,却能毅然以继承中国学统,发扬中国文化为己任。……世人对北大、南高有南北对峙的看法。柳师所以能挺身而出,领袖群伦,形成了中流砥柱的力量,可说是南菁书院求是学风的发扬光大。"[62]

张其昀甚至在谈到他的创业历史,特别是华冈兴学时,还联系南京高等师范学校,说它是对中国正宗文化的继承。他说:"民国十年左右,南高与北大并称,有南北对峙的形势。北大是新文化运动的策源地,而南高则是人文主义的大本营,提倡正宗的文化。classics 一字,一般译为经典,南高大师们称之为正宗。从孔子、孟子、朱子、阳明,一直到三民主义,都是中国的正宗。本人在南高求学期间,正当新文化运动风靡一世,而南高师生,主张融贯新旧,综罗百代,承东西之道统,集中外之精神,俨然有砥柱中流的气概。南高、北大成为民国初期大学教育的两大支柱,实非偶然。"[63]

陈三立、李瑞清、江谦三位江西人分别是三江师范学堂—两江师范学堂—南京高等师范学校三个不同时段的校长,陈三立之子陈寅恪后来成为学衡派成员也是必然的。由于陈三立、李瑞清、江谦的缘故,许多江西籍学者在这所学校任教(如胡先骕、汪辟疆、王易、邵祖平、萧纯锦、杨铨、熊正理、陈植等)。同时,宗法宋诗、崇尚江西诗派的同光体的许多诗人也成为《学衡》作者。也有非《学衡》作者的黄侃、胡小石等,和非江西籍《学衡》作者汪东、王伯沆、胡翔冬等宗法宋诗,而胡小石、胡翔冬本是李瑞清门人。1930年代,在中央大学、金陵大学,这批宗法宋诗的诗人,还结为"上巳社"和"禊社",同时吸引了文学新人如沈祖棻、程千帆等,随他们学习古体诗词。抗战期间,中央大学西迁重庆,他们在"沙磁文化区"又结为唱和古体诗词的"真社"。无独有偶,1980年代中国第一部以"江西诗派研究"为题的博士论文出自南京大学中文系莫砺锋(程千帆弟子)之手。这就是传统的力量。

东南大学学生办的刊物《史地学报》《文哲学报》《国学丛刊》的学术工作,大都是在国学领域。学衡派主要成员胡先骕,虽是科学家,但他是同光体诗人沈曾植的门生,反对白话新诗,他是先锋官,同时毕生写古体诗。[64]其他几位《学衡》作者如王国维、张尔田、李详、孙德谦也都是沈曾植的门人。

钱穆抗战时成为《思想与时代》作者,并应张其昀之邀到浙江大学讲学一月。[65]其思想观念与张其昀等人趋同的原因,如他自己所说是意见早与学衡派较近。[66]

将陈寅恪归为学衡派,除他留学美国,受白璧德及新人文主义影响,成为《学衡》作者之外,主要还是基于他国学研究中所体现出的文化精神。当时清华研究院四大导师,三人是胡适推荐的,陈寅恪本人由吴宓引荐。吴宓把《学衡》带到清华学校编辑后,陈寅恪自然成了《学衡》作者。陈三立于1900年4月举家移居南京,陈寅恪侄女陈小从说:"我父和六叔在出国前那段启蒙教育都是延师在家教读,先后所延聘教师有王伯沆(瀣)、柳翼谋、萧屋泉(散原精舍诗中所称萧稚泉)等。"[67]王伯沆、柳翼谋分别是两江师范学堂—南京高等师范学校文史学科的骨干力量和南京高等师范学校—东南大学时期的著名教授。陈寅恪在1934年为冯友兰《中国哲学史》下册所写的审查报告中明确表明:"寅恪平生为不古不今之学,思想囿于咸丰、同治之世,议论近乎湘乡、南皮之间。"[68]"南皮"即张之洞。在同一篇文章中他更是说明了自己的文化立场,他从中国六朝吸收外来文化谈起,说:"窃疑中国自今日以后,即使能忠实输入北美或东欧之思想,其结局当亦等于玄奘唯识之学,在吾国思想史上,既不能居最高之地位,且亦终归于歇绝者。其真能于思想上自成系统,有所创获者,必须一方面吸收输入外来之学说,一方面不忘本来民族之地位。此二种相反而适相成之态度,乃道教之真精神,新儒家之旧途径,而二千年吾民族与他民族思想接触史之所昭示者也。"[69]陈寅恪的这一文化立场,正是学衡派同人"昌明国粹,融化新知"的主张。他们所认同的也正在这一基点上。即便到了晚年,巨大的政治变革,也没能改变陈寅恪的文化立场。据南下访问陈寅恪的吴宓在1961年8月30日、31日的日记中所示:"寅恪兄之思想及主张,毫未改变,即仍遵守昔年'中学为体,西学为用'之说(中国文化本位论),而认为共产党已遭遇甚大之困难……即是中国应走'第三条路线'……独立自主,自保其民族之道德、精神、文化,而不应'一边倒',为C.C.C.P.之附庸。……但在我辈个人如寅恪者,则仍确信中国孔子儒道之正大,有裨于全世界,而佛教亦纯正。我辈本此信仰,故虽危行言殆,但屹立不动,决不从时俗为转移。"[沈按:为删节式引文]吴宓特别感慨陈寅恪"威武不能屈"的事实:"始终不入民主党派,不参加政治学习,不谈……不经过思想改造,不作'颂圣'诗,不作白话文,不写简体字,而能自由研究,随意研究,纵有攻讦之者,莫能撼动。"[70]这是由学统到道统的守护。

新人文主义作为其思想方法的外在资源

阿伦·布洛克在《西方人文主义传统》一书中反复强调,"人文主义不是一个哲学体系或者信条,而是一场曾经提出了非常不同的看法而且现在仍在提出非常不同的看法的持续的辩论"[71]。学衡派成员中,有一批是留学美国哈佛大学的学子。在五四时期,旧派文人、学者或者说传统的国学研究者反对新文化—新文学是可以理解的,而一批留学生反对新文化—新文学却是件有着特殊原因和不被理解的新鲜事。其原因则是在他们思想、学术活动中始终摇曳着美国新人文主义思想家、文学批评家白璧德、穆尔、薛尔曼(又译谢尔曼,1881—1926)的身影,有一种保守的西学知识和思想支援。

学衡派与新文化运动主力人物论争时,一条清晰可见的线索是:"对知识的争夺,争夺的焦点是:谁掌握了西方文明之精髓?"[72]这是海外学者的简约之说。梅光迪、吴宓、胡先骕有明显的知识元典精神崇拜倾向。吴宓在《再论新文化运动(答邱昌渭君)》一文中说中国的新文化简称之曰欧化。清末光绪以来,欧化则国粹亡,新学则灭国粹。"言新学者,于西洋文明之精要,鲜有贯通而彻悟者","西洋正真之文化,与吾国之国粹,实多互相发明,互相裨益之处。甚可兼蓄并收,相得益彰。诚能保存国粹,而又昌明欧化,融会贯通,则学艺文章,必多奇光异彩",吴宓认为对于西洋文化的选择,"当以西洋古今博学名高之定论为标准,不当依据一二市侩流氓之说,偏浅卑俗之论"。[73]为了论证胡适等人西学上浅薄,他们引用、借助的是白璧德的基本观点。白璧德认为16世纪以来,特别是个人主义出现以后,西方主流文化有一种趋势,那就是对古典人文主义传统的背叛。因此,吴宓认为中国人不须膜拜以卢梭为代表的浪漫主义以下之狂徒,冒进步之虚名,而忘却中国固有之文化。反倒是应该昌明国粹,研究、吸收、融化西洋自希腊以来真正的古典文化。

美国批评家里昂纳尔·特里林称马修·阿诺德为"我们的时代中人文主义传统在英国和美国的伟大继承者和传播者"[74]。白璧德的思想和学术资源得自英国著名批评家马修·阿诺德。其文学批评与马修·阿诺德是"一脉相承"[75]的:他们不接受任何教条的宗教和任何系统哲学,要求人们安于"诗境的"人生观,其既无传统宗教信仰又无系统哲学理论但却重视道德和情感;趋于保守的尚古与道德教谕,以及主张中庸之道是他们共同的理性导向。马修·阿诺德是一位文化决定论者和"真正的理想家",他所谓西方伟大的精神传统就是希腊精神和希伯来精神的体现。这两大精神传统,就像是两大准绳,自然地坚固人类的道德力量,铸就必要的人格基础。这些宗教信仰、思想理念、价值观念和历史事实,共同形成所谓的文化资源。他认为:"文化就是或应该是对完美的探究和追寻,或曰美好与光明,就是文化所追寻的完美之主要品格。"[76]具体说来,"文化认为人的完美是一种内在的状态,是指区别于我们的动物性的、严格意义上的人性得到了发扬光大。人具有思索和感情的天赋,文化认为人的完美就是这些天赋秉性得以更加有效、更加和谐地发展,如此人性才获得特有的尊严、丰富和愉悦"[77]。他一再强调所谓文化传统崩溃将导致人的精神陷入混乱状态的观点,对五四新文化运动时期学衡派重要成员的影响也是十分有刺激性的。因为文化所具有的智慧和美好是理性的,也是可靠的权威基础,是中国士大夫的"内圣"理念。马修·阿诺德坚信文化可以"提炼出最优秀的自我,将普通自我大量的骚动、盲目的冲动协调起来,使之服务于优秀的自我,服务于完美的人性的理念"[78]。一旦"有了最优秀的自我,我们就是集合的,非个人的,和谐的。将权威交给这个自我不会危及我们,它是我们大家能找到的最忠实的朋友;当失序状态造成威胁时,我们尽可以放心地求助于这个权威。其实这就是文化,或曰对完美的追寻所要培育的自我"[79]。

学衡派成员梅光迪、吴宓等基本上是将这些理论移植到中国,然后再在现实语境中融通。在梅光迪、吴宓、汤用彤、楼光来、陈寅恪等成为白璧德学生之后,另一位跟从白璧德读书的中国学生是张歆海。他的博士论文是《马修·安诺德的古典主义》。东南大学西洋文学系学生胡梦华在1922年12月24日和1923年12月25日《时事新报·学灯》上分别刊出《英国批评家安诺德与中国文学界》《安诺德之教育论》《安诺德论文学与考据》,同时批评汪静之新诗集《蕙的风》的道德失范。此时在美国留学的闻一多,在1922年11月26日致梁实秋信中说:"《蕙的风》只可以挂在'一师校第二厕所'底墙上给没有带草纸的人救急。实秋!便是我也要骂他淫。"[80]又在1923年3月25日一封致闻家驷信中说汪静之的艺术"粗劣"。"胡梦华底批评我也看见了,讲得有道理。"[81]梅光迪在1923年2月《学衡》第14期上刊出《安诺德之文化论》,并借机批评胡适。[82]据《吴宓诗集》所示,吴宓在1935年所写的一首诗中,自称"我是东方安诺德"[83]。作为诗人的吴宓,其精神人格更接近阿诺德,并在多处文章中称道阿诺德。在《学衡》第14期《英诗浅释》中,他译有阿诺德的挽歌,并有《论安诺德之诗》详细解说。他特别认同阿诺德"惟诗可以代宗教,而能为人生慰藉扶持之资"[84]之说。为此,他还将此文收入《吴宓诗集》。

1923年12月23日、30日,东南大学师生在"南京文艺评论社"所创办《新江苏日报》副刊《文艺评论》第23号、24号上出版"安诺德号"。23号内有胡梦华《发端》,张佩英《安诺德传》,黄宪组《安诺德与十九世纪之英国》,安诺德著、徐书简译《失望》,安诺德著、邵森译《思美人》,顾应荪《安诺德的抒情诗》,华桂馨《安诺德给我的教训》,未署名《编辑余沥》;24号内有署名"编者"的《安诺德研究之中文译著》,安诺德著、李今英女士节译《今日批评界之功用》,安诺德著、顾德隆(仲彝)节译《论诗》。其中胡梦华、张佩英、黄宪组、顾应荪、顾德隆、华桂馨、李今英为原南京高等师范学校英文专修科同班同学,后转升入改制的东南大学西洋文学系,1924年7月毕业。

同时马修·阿诺德的批评精神也直接影响到了学衡派的文化批评立场。《学衡》杂志英文译名为 *The Critical Review*,具有批评和评论的实际含义。《〈学衡〉杂志简章》和《大公报·文学副刊》的《本副刊之宗旨及体例》都由吴宓撰写。其中《〈学衡〉杂志简章》"宗旨"中所谓"以中正之眼光,行批评之职事。无偏无党,不激不随"。《大公报·文学副刊》的《本副刊之宗旨及体例》中所说的"文学副刊之言论及批评,力求中正无偏,毫无党派及个人之成见"。这二者相同的"宗旨"即是马修·阿诺德批评精神所提倡的"超然"态度,寻求"精华"。雷纳·韦勒克把马修·阿诺德这种"超然"态度进一步解释为:"摈弃眼前的政治及宗教目的;视野开阔;不存偏见;不为一时激情所动而保持沉静。"[85]即马修·阿诺德本人所说的"力求……如其本然地看待客体本身"。"精华"则指"摆脱所处时代区域的束缚,意识到西方的全部传统,意识到经典名著的存在"[86]。*The Critical Review* 所具有的批评和评论的实际含义正如同爱德华·W. 萨义德在"人文主义的范围"的演讲中所强调的:"从根本上说,认识人文主义,就是把它理解成民主的,对所有阶级和背景的人开放的,并且是一个永无止境的揭露、发现、自我批评和解放的进程。我甚至说,人文主义就是批评。"[87]

胡先骕第二次留学美国是在哈佛大学,一个植物学家的人文修养和文学主张也受白璧德的直接影响。批评胡适的人,说胡适实用主义是杜威思想的中国版;与胡适对垒交战的梅光迪、吴宓、胡先骕等人,其新人文主义主张,何尝不是照搬阿诺德、白璧德的学说?在中国现代文化的变革进程中,导师的思想学说,由学生承继过来进行交锋,同时也是适者生存,胜者为王。王者便占有主流话语权。

没有为《学衡》写文章,但以学生身份到东南大学听过吴宓讲课的清华学子梁实秋,也是白璧德的学生。中国第一部关于白璧德与新人文主义的文集是他编的。他的文学人性论主张、对新文学源流的揭示和批评,以及文学的纪律都来自马修·阿诺德和白璧德。梁实秋是胡适的弟子、朋友,也是吴宓的弟子、朋友。因此他的双重身份十分明显:政治上的自由主义和文化—文学上的保守主义。梁实秋1977年10月11日为文集《论文学》写序时再次强调:"白璧德教授是给我许多影响,主要的是因为他的若干思想和我们中国传统思想颇多暗合之处。"[88]"他强调西哲理性自制的精神,孔氏克己复礼的教训,释氏内照反省的妙谛。我受他的影响不小,他使我踏上平实稳健的道路。"[89]

1933年4月16日《论语》半月刊第15期载有林语堂的《有不为斋随笔·论文》一文。主张"文章者,个人性灵之表现"的林语堂,借评论沈启无编的《近代散文钞》,由谈论胡适与公安三袁排斥仿古文学的性灵立场,进而拉出金圣叹与白璧德对决。他说了这样一段让梁实秋不快的话:

> 文章者,个人之性灵之表现。性灵之为物,惟我知之,生我之父母不知,同床之吾妻亦不知。然文学之生命实寄托于此。故言性灵

之文人必排古。因为学古不但可以不必,实亦不可能。言性灵之文人,亦必排斥格套,因已寻到文学之命脉,意之所之,自成佳境,决不会为格套定律所拘束。所以文学解放论者,必与文章纪律论者冲突,中外皆然。后者在中文称之为笔法、句法、段法,在西洋称为文章纪律。这就是现代美国哈佛大学白璧德教授的"人文主义"与其反对者争论之焦点。白璧德教授的遗毒,已由哈佛生徒而输入中国。纪律主义,就是反对自我主义,两者冰炭不相容。……

中国的白璧德信徒每袭白氏座中语,谓古文之所以足为典型,盖能攫住人类之通性,因攫住通性,故能万古常新,浪漫文学以个人为指归,趋于巧,趋于偏,支流蔓衍必至一发不可收拾。殊不知文无新旧之分,惟有真伪之别,凡出于个人之真知灼见,亲感至诚,皆可传不朽。因为人类情感,有所同然,诚于己者,自能引动他人。金圣叹尤能解释此理,与西方歌德所言吻合。[90]

梁实秋随即在天津《益世报·文学周刊》第 27 期(1933 年 5 月 27 日)刊出《说文》,表示不满。他说自己是"哈佛生徒"之一,但不自称是"中国的白璧德信徒"之一,"因为白璧德教授的思想文章有些地方是我所未能十分了解,亦有些地方是我所不十分赞同的。不过白璧德教授这个人的六部著作,中国现在在杂志上随便写写文字的人怕还未必能读得懂罢。林语堂先生当然是另当别论,他译过《新的文评》,他至少从侧面,从反面多少晓得一点白璧德的文章思想"。他认为林语堂所说的"遗毒",颇似卫道口吻,未免有违幽默之旨。梁实秋说:"以我所知,白璧德教授并未主张过'笔法、句法、段法'之类的'文章纪律',并未说过'古文足为典型',亦并未说过文章要什么'格套、定律'。"并进一步表示:"林语堂先生要谈'性灵'尽管谈,要引金圣叹尽管引,但不知为什么拉上一位哈佛老教授做陪衬?"[91]

梁实秋表示他个人的私见,和林先生一样,也以为"性灵"是很重要的。还说自己的意见比林先生的还要更进一步,不但反对"模拟古人",也反对模拟今人。模拟金圣叹,模拟郑板桥,令人作呕;模拟鲁迅,模拟萧伯讷[纳],也令人作呕。何以呢?因为,林先生说得最好。"文章者,个人性灵之表现也。"一模拟起来,便容易发生林先生所谓的"遗毒"了。

梁实秋这时候实际上回击了林语堂,因为林语堂本人正在大谈金圣叹,欣赏金圣叹的"不亦快哉"三十三则,并和周作人一起推崇公安派。

这里需要指出,白璧德的中国学生中,陈寅恪、林语堂、汤用彤、张歆海、梁实秋五人都是胡适的好友。陈寅恪、梁实秋虽与胡适的文化观念和知识背景不同,但没有影响他们的朋友关系。梁实秋与胡适的文学思想不一致,也批评胡适的文学革命,但在自由主义议政方面,又是战友、朋友。他晚年回忆说:"我在新月书店出版《白璧德与人文主义》一书,按常理胡适先生会要提出异议,因为《学衡》一向和胡先生处在敌对地位,但是胡适先生始终没说过一句话,他的雅量是可佩服的。胡先生也从来没有讥讪过白璧德一句话。"[92]而林语堂、张歆海从不和胡适及新文学对立。在白璧德的中国学生中,梁实秋最具有批评家的气质和明晰的文学思想。陈寅恪、汤用彤是史学家、哲学家,林语堂、楼光来受白璧德的影响并不大,尤其是楼本人有"活字典"之称,一生没有著作,以纯教书生活终。吴宓是诗人、自传(日记)体作家,因始终搅不清伦理与艺术、文学与道德的关系而无法形成自己完整的文学批评观。

新人文主义早在第一次世界大战前就已赫赫有名,在1930年代仍一直很有影响。因此,杰·格拉夫在《美国文学批评中的左派与右派》一文中特别指出:"在颓废派和激进派兴盛的年代,保守派(或者说反革命新派)阵营中影响较大的是以欧文·白璧德、保罗·艾尔马·摩尔和斯图亚特·谢尔曼为代表的新人文主义。"[93]学衡派成员在美国时即受到他们极大的影响。在梅光迪、吴宓反新文化—新文学的文章中,这些新人文主义代表人物的名字经常出现。他们的主张通常也是学衡派的理论武器。尤其是吴宓主编《大公报·文学副刊》时,曾系统地介绍过美国新人文主义代表人物朗乃尔(又译布劳内尔,1852—1929)、白璧德、穆尔、薛尔曼。这些文章多数被《学衡》转载。

白璧德及新人文主义在学衡派成员中的影响,主要表现在文化观念和文学批评上。其直接影响力在学衡派大本营东南大学—中央大学,之外还有张歆海、吴宓、陈寅恪执教的清华学校—清华大学和抗战时期学衡派成员聚集的浙江大学文学院。同时由大学发散到整个中国的思想文化界。梅光迪认为,学衡派的集体活动与白璧德、穆尔领导的人文主义运动颇为相似,"就许多基本的思想和原则而言,美国的人文主义运动为它提供重要的资料和灵感源泉"[94]。

意大利学者加林强调:"正是在对待过去的文化,对待历史的问题上所持的态度,明确地确定了人文主义的本质。这种态度的特征并不在于对古代文化的特殊赞赏或喜爱,也不在于更多地了解古代文化,而是在于具有一种非常明确的历史观。"[95]因此,其著作《意大利人文主义》中文译者李玉成在"译序"中说,意大利人文主义的主要观点有重视研究历史和继承古代文化遗产,重视文学、语言学和修辞学,崇尚理性、智慧和从经验中得来的知识,以及重视伦理和内心修养生活等特性。

从《学衡》到《大公报·文学副刊》,宣扬西洋文学的古典主义及新人文主义精神,是学衡派同人一项重要的学术工作和与新文学抗衡的有意追求。他们和美国的人文主义者一样,十分注重道德基础和文学的重要性,进而成了中国古典文学的拥护派,反对文学革命者推崇的偏激思想和否定倾向。他们表现出保守的姿态,并以这种方式告示国人,"建立一个新中国唯一的坚实的基础是民族传统中的精华部分。其立场集中表现在哲学、政治和教育上的理想主义及文学中的古典主义。也就是说,其立足点是儒家学说"[96]。

五四运动以后,杜威、罗素等人自由、进步、民主、科学的思想在中国影响日益深远,使得最古老、最沉稳的中国文明形式趋向西方化,文化保守主义者对不同派别的现代激进思潮加以抵制,但都显得无力和苍白。而学衡派的企图是明确的,也是最有学理的。

学衡派同人希望有机会向中国人和西方人证明,中国文化真正的创造力在本国现代化进程中同样可以大有作为。他们和白璧德、穆尔的人文主义主张有亲和力,并且希望借助人文主义的影响,能使中国人的思想混乱得以澄清。因为梅光迪、吴宓、陈寅恪等人在哈佛大学留学时,白璧德在对他们的一次讲演中,就希望西方的人文主义运动,可以在中国的新儒家运动中得到呼应,"这种儒家学说就能够彻底挣脱几百年来背负着的学究式的、形式主义的沉重包袱"[97]。

当然,白璧德及新人文主义与中国现代文化—文学的关系并非如此简单,实际遭遇和"宿命角色"[98]也颇有意思,同时也有更复杂的文化互动和影响关系。白璧德本人并不懂中文,他对中国文化原典的接受,是通过法文阅读到《论语》《孟子》的译本[99],并从他那位出生在中国、父母都是传教士的夫人多拉(Dora Drew)那里得到影响。[100]"白璧德的文化保守主义和精英主义,与儒家的传统十分契合……在这点上,与其说学衡派发现了白璧德,毋宁说是白璧德通过他们发现了中国,因而使他能论证人文主义的国际性",因此,"两者之间有一种相互影响的关系"。[101]白璧德本人的儒家研究,得到过梅光迪协助,而他的佛教研究则得益于与张歆海的讨论。张歆海曾说:"白璧德并不想成为一个专业的东方学者;他只是想从佛教中找到能支持他观点的东西。"[102]而事实上,他在中国传统文化中找到了印证自己人文主义思想的东西,并在中国学生身上加以实验和验证。

出身清华大学而后又在中央大学任教的批评家李长之对白璧德人文主义的理解是:"人文主义者的人生态度,必需的是二元的。这意义是在他必须承认人人有两个人格,一个人格是能够去约束节制的,另一个人格却是需要被约束节制的。前者是一种很高的意志,据他说,正是孔子所谓的'天命'(the will of Heaven),它之能节制人的,自然的,物质的,生物的一方面,是比理性的节制更方便了许多的。白璧德的人文主义,是一种希腊思想和东方神秘思想的混合,又佐之以近代种种科学常识而成的。他的特色,在我看,是掇拾一切,又不创造,又不偏于一方面的一种东西。"[103]李长之自然是说不清白璧德的人文主义究竟是什么东西。这还得由梁实秋来说。

梁实秋认为人文主义并不仅仅是一套浅显的文艺理论,而实在是一种人生观,是一种做人的态度。人文主义没有抽象的理论系统,所以又异于纯粹的人生哲学。据诺曼·福斯特(Norman Foerster)在他的《走向标准》("Towards Standards")中所说,人文主义的内容有八项:

(一)标准的人性是完整的,需要各各部分的涵养,不要压制任何部分。

(二)但人性各各部分的发展需要均衡,要各各部分都是和谐的。不无条件的"承认人生",而要有价值的衡量。

(三)完整的均衡的人性要在常态的人生里去寻求。常态的人生是固定的,普遍的。

(四)完整均衡的标准人性也许是从来没有存在过,但是在过去有些时代曾经做到差不多的地步。例如希腊的人生观,基督教的传统精神,东方的孔子和佛教等等,这里面都含着足以令后人效法的东西。

（五）浪漫主义重情感,人文主义则信仰理性。

（六）人文主义异于由科学演变出来的人生观,因为人文主义者除了理性之外还要运用伦理的想像。此伦理的想像,乃是透视人生的一种直觉。

（七）伦理的基本原则是节制。"自然律"是完全物质的,若适用于人生则流于紊乱放浪,一方面变成定命主义的唯物论,另一方面变成浪漫主义。

（八）人文主义异于宗教,因为人文主义者没有"禁欲"的趋势,也没有形式的"神学";但有一点又同于宗教,因为他反对"自我的扩张"而主张对于"普遍的理性"的遵从,即宗教中所谓之 humility。[104]

简约言之,人文主义文艺论即古典主义文论的一种新解释。因此,梁实秋把人文主义者的批评方法归结为：第一步是历史的了解,第二步是价值的判断。这种以研究始,以论断终,是完全异于近代所谓"科学的批评"。他认为人文主义有三大优点：积极的主张、不涉及宗教与玄谈、倡导节制的精神。同时他也不回避人文主义的缺憾：人文主义者的论著在文字上太嫌含混笼统,人文主义不应该与近代科学处在敌对的位置。

梁实秋在理念与文字"含混笼统"的学衡派中是个例外。其理论明晰,论说有力有据。他尽管只是学衡派外围成员和边缘性人物,并不居于学衡派反新文学的敌对前沿,但却是一位宣扬白璧德及人文主义思想,同时又敢于指出其不足的中国学生。这也是他和其他学衡派成员的不同之处。

实际上梁实秋所说的人文主义缺憾,也正是中国学衡派及其人文主义思潮的缺憾。特别是五四运动以后,他们在《学衡》上还固执地用文言文来介绍白璧德及人文主义,连梁实秋都认为这样一来很难引起青年人的共鸣,同时也有极大的含混笼统性。意义本身的不明确恐怕连他们自己也不甚清楚,在行为上自然也不遵从。梅光迪、吴宓离婚后追求女学生,特别是吴宓陷入了浪漫诗人与人文主义者的矛盾时,郭斌龢就一针见血地指出这有碍人文主义的开展。[105]吴宓的行为正是吴宓自己,也是白璧德及人文主义者所反对的romantic。[106]

梁实秋认定人文主义者所谓人性是固定的、普遍的,文学的任务即在于描写这根本的人性。他在《文学的纪律》一文中指出:"一切的文学都是想像的,我们要问的是:这想像的质地是否纯正","文学发于人性,基于人性,亦止于人性","文学的态度之严重,情感想像之理性的制裁,这全是文学最根本的纪律,而这种纪律又全是在精神一方面的"。最后他强调:"文学的纪律是内在的节制,并不是外来的权威。文学之所以重纪律,为的是要求文学的健康。"[107]

文化缔造个人。从文化信仰和知识谱系上看,文化激进和文化保守都是一种时间过程,是现代与传统的历史分野。文化激进主义者和文化保守主义者以不同的文化立场,在信仰和知识上寻求相应的个人承担,并试图实现各自的人生理想。

非政治化与道德秩序法则作为内在制约

罗杰·斯克拉顿认定"保守主义没有什么普遍性的政治主张",和"保守主义与事物的外观保持一致,与社会从中汲取活力的动机、理性、传统和价值观念相吻合"这两项原则足以"构成保守主义思想的公理"。[108]

这里说文化保守主义的非政治化，是符合20世纪上半叶中国国情的。学衡派的思想和行为也是在这一文化保守主义语境中展开的。新人文主义在美国是学院式的，没有政治势力，不具有政治影响，因此是非政治化的。1928年，马西尔在《美国人文主义之运动》一书中所列举的三位人物布朗乃尔、白璧德、穆尔，是大学教授或报刊编辑，均以反现代化思潮的保守者身份著名。他们无法和美国的主流文化抗衡。史华慈认为20世纪上半叶的中国，几乎没有柏克式全盘肯定现行社会秩序的保守主义，所有的只是一种受民族主义情感影响的文化保守主义。这种由民族主义情感贯穿其中的文化保守主义很少会对当时的政治秩序有所肯定。[109] 现代中国的文化保守主义者，在根本上既放弃了前清社会的皇权统治思想，也不墨守现行社会政治的思想统治。他们关心的是如何保存中国文化中固有的精华，使之不被激进主义者的全面反传统所彻底毁灭。同样，文化保守主义非政治化的基本观念也是从西方传入中国的。

在政治思想和政治经验居于中心位置的社会，保守主义的非政治化选择并非易事。尤其是他们要在知识社会从事文化建设的企图，是非主流意识形态的行为，也是与占据主流文化的文化激进主义和自由主义相抗衡的。卡尔·曼海姆在《意识形态与乌托邦》一书中通过对知识社会学类型的分析，指出文化激进主义和自由主义都十分看重"时代精神"这一进步概念，因此他们反对文化保守主义坚守的"民族精神"。当保守主义与激进主义、自由主义在"自由"的概念和它作用的社会秩序层面上展开论争时，保守主义"为了维持事物的原状，他们也不得不把关于自由的争论问题从外部政治领域转向内部的非政治领域"[110]。他们通常会从过去也就是历史的传统中，寻求已经消亡了的或者原本子虚乌有的乌托邦超越现实的精神化世界，尤其是想"通过恢复宗教感情、理想主义、象征和神话来起这样的作用"[111]。同时，我们也可以看到，保守主义理论上追求

"内心的自由",而"内心的自由"在其不明确的、世间的目标方面,"必须服从于已被规定的道德信条"[112]。事实上所有的"道德信条"都是一种理想化产物,道德和社会秩序结合更是理想主义的心灵之约。尤其是道德理想主义的秩序法则,特别是有关良知、责任的道德伦理,在变革的社会和文化激进主义、自由主义的强大攻势面前,时常显得苍白无力。

保守主义者一旦有意识地将注意力放在文化这一层面上,便摆脱了与政治联盟的可能,并把自己定位在文化精神的特殊历史经验和思想方式上。他们重传统文化中的经验性知识、思维方式和行为准则,并以此来观照现实的思想和社会状况,呈现出相对自由的文化继承态势,而没有政党或党派团体的组织原则和思想一统。那种以继承文化道统为己任的姿态,使得他们自觉地成为现实的新文化的反对派。

由于此时中国的保守主义者居于文化层面,所以在与马修·阿诺德、穆尔、白璧德的思想亲和时,其表现出人文主义的理性。拉塞尔·科克(Russell Kirk)在1953年出版的《保守主义心智》中以英国和美国的保守主义者为参照,指出"保守主义者一般相信,存在一种超验的道德秩序,我们应当努力使社会中众多的行为方式与这种秩序相一致"[113]。而"道德秩序"通常是和"社会秩序"相关联的。柏克关于"慎重变革的社会必要条件",是在强调"社会连续性原则"中的渐进式变革。"道德秩序"与"社会秩序"在这种渐进的变革中会取得一致。道德秩序是保守主义者理性精神的体现。这种体现,实际上是一种道德的强制性和自我约束性,是建立在对"道德传统"和"道德权威"[114]的认同上。

事实上,"道德是对一个普遍性法则服从的产物,这个普遍性法则可以被发现于我们自身,而非现象世界。道德要成为可能,它必须独立于支配现象的种种法则"[115]。因此,道德法则就不可能像物理法则一样。道德的有序原则,既不依赖神性,也不依赖高级的形而上学基础,而是"依赖独立地、批判地进行活动的心灵所获得的东西"[116]。

作为文化保守主义一部分的新人文主义者,有其基本的道德秩序法则和神学色彩。马修·阿诺德、穆尔和白璧德都有基督教神学背景。欧美文化保守主义者在提出传统、古典的合法性问题时,喜欢作神学—神秘的或超验的定义,并且具有十分鲜明的道德教谕作风。卡尔·曼海姆指出:"神权的观点位于保守主义思想的底层,即使后者已泛神论化——也就是说事实上不信仰什么时——仍然如此,这样,历史取代了神圣超验性。因此,保守主义的论证所遵从的研究路线首先在一个神秘超验的水平上操作。"[117]这种研究路线上的神秘超验性操作方式,体现在他们以道德理想主义为底线的人性二元论,和思想方法上的两极对立原则:物质/精神、理智/情感、理想/实际、分析/综合、古典主义/浪漫主义、人文主义/自然主义、写实/审美。

同时,作为文化保守主义一部分的新人文主义者,又将道德秩序法则落实为个体立身社会的准则:中庸、节制、纪律、规范、标准和合理。这样一来,学衡派成员和阿诺德、布朗乃尔、穆尔、白璧德在中西文化之源上便找到了基本精神的契合。

道德秩序和法则的具体体现,是自律。埃里·凯杜里说"合法的限制就是自我强加的限制"[118]。因为道德的艰辛成为道德的标志,"一种行为过程如果不是深刻的道德斗争的结果便不是好的过程"[119]。而一个自律的人,必然有一个永远遭受磨难的,同时又是自由的灵魂支撑。学衡派中受穆尔和白璧德影响的学生梅光迪、吴宓、陈寅恪等人都曾尝试过道德自律和与政治疏离。1927 年 6 月 29 日,吴宓、陈寅恪因王国维的死而相约不入国民党,反对党化教育,保全个人思想自由与精神独立。"艰难固穷,安之而已。"[120]这也正是罗杰·斯克拉顿在《保守主义的含义》中所说的,"对于厌恶所有党派观念的人来说,保守主义是一种有吸引力的立场"[121]。

由个人道德自律式体验到中国语境中的文化—文学批评,学衡派成员有外在知识支持和精神依托。道德理想主义者思想基础上的道德秩序法则和道德教谕作风,是马修·阿诺德批评英国政治与社会时的表现[122],是布朗乃尔所谓的生活"作风"(他说标准即是一种作风)[123],是白璧德批评法国文学时的标准[124],也是穆尔写《绝对之鬼》的基本立足点[125]。而学衡派中白璧德门生梅光迪、吴宓、梁实秋更是全面继承了白璧德的这些思想,并移植到中国反新文化—新文学运动,或批评胡适文学主张的语境中,以其作为理论武器。他们在与新文化—新文学倡导者交锋时,虽然力不从心,或语境错位,但都显得有来头,有背景,即有学理支撑。梁实秋说白璧德"强调人生三境界,而人之所以为人在于他有内心的理念控制,不令感情横决。这就是他念念不忘的人性二元论"[126]。白璧德认为卢梭的浪漫主义颇有中国老庄的色彩。《中庸》所谓"天命之谓性,率性之谓道,修道之谓教",孔子所说的"克己复礼",正是白璧德所乐于引征的道理。他重视人的克制力,而不是创造力。"一个人的道德价值,不在于做了多少事,而是在于有多少事他没有做。"[127]白璧德所坚持和力主的是健康与有尊严的人生态度。所以梁实秋说白璧德"在近代人文主义运动中,他是一个最有力量的说教者"[128]。

白璧德、艾略特之后,人文主义批评谱系中一个重要发展人物是英国剑桥大学的文学教授弗·雷·利维斯(1895—1978),他表现出与中国学衡派部分同人极其相似的关注"文学与人生"和重视传统的文学思想。他和白璧德一样十分关注大学文学教育,有专论《教育与文学》。他既推重马修·阿诺德所呼吁的批评才智和批评标准以及关于"核心立场"的思想陈述,维持"人生批评"这一提法[129],强调"文学批评必须始终体现人文主义"[130],认为人文文化应该"始终恰当意识到自身胎源于而且依傍本土文化"[131]。同时又发挥了艾略特的洞见和趣味,并对马修·阿诺德、白璧德思想观念中过分的道德和文化偏重有所修正。[132]他一方面排斥批评中纯粹的说教作风,同时却强调批评活动中隐含的道德判断。甚至声称批评家不得已时,也可能成为"显见的道德家"。这是西方知识界普遍认同的人文主义者必须坚守的伦理标准底线,也可以说是一种重要的道德原则,甚至可以说是人文主义者注重个人自身荣誉的价值立足点——颇似伏尔泰对个人的劝谕:"谨记你为人的尊严。"

反潮流倾向与反思性作为行为导向

20世纪初开始的新文化—新文学运动,在陈独秀、胡适看来,类似欧洲的启蒙运动或文艺复兴,是有组织、有目的,也充满理性的运动。即便是对西方五百年人文主义作出另类解释的当代美国学者约翰·卡洛尔也十分看重启蒙运动。他说:"启蒙运动将人文主义的潜能发挥得淋漓尽致。它是人文主义理想最纯粹、最坚定的体现,是人文哺育的最生气勃勃、最乐观、最成功的孩子。"[133]中国的启蒙运动同样是以人的解放、自新和知识进步作为主导性目标,首次以科学的方法让理性和自由意志来面对客观事实本身,进而由思想界进入知识界,成为民国大学教育的基础。但在新文化运动的反对力量学衡派看来,则是一场浪漫主义运动,是非理性的。梅光迪、吴宓、梁实秋借助白璧德研究法国文学的方法——推崇古典主义,反对卢梭以下浪漫主义的思想方法,把新文化—新文学运动看成是西方浪漫主义运动在中国的表现。

事实上,陈独秀、胡适、鲁迅面临中国文化强大的保守势力,为了达到思想—文学革命的目的,也就有意识地摒弃一切传统思想,乃至求助于非理性[134],从根基上反对传统文化,而没有把僵死的传统文化与流动的文化传统区别对待[135]。文化保守主义者群起而攻之,所痛击的正是这一要害部位。

从思想史内在结构看,浪漫主义是作为启蒙主义意识形态的反动开始的,是从理性主义到非理性主义的转向。卡尔·曼海姆把浪漫主义倡导者看成是独立的"社会上自由飘荡的知识分子"。说这些独立自由知识分子都是典型的辩护家、意识形态专家,"他们善于为他们所为之效力的政治提供基础和予以支持"。"由于这些浪漫主义文人具有一个远远超出他们狭隘生活领域的精神视野,他们极端敏感,道德上不稳定,总是愿意接受冒险和蒙昧主义"[136],尤其是其思想风格上的敏感、自我张扬和泛神论倾向,使得他们遭到社会的种种非议,并与保守主义者对立。"浪漫主义的特征在于它吸收了不受法则控制的概念,并因此超出了启蒙运动的线性发展概念。"[137]以赛亚·伯林明确指出浪漫主义的重要性在于它是近代史上规模最大的一场运动,改变了西方世界的生活和思想。在文学艺术上,浪漫主义带来自由观念,破坏了宽容的日常生活和世俗趣味,破坏了常识和人们平静的娱乐消遣,把每一个人提升到满怀激情的自我表达经验的水平。[138]白璧德个人就十分反感浪漫主义文学自我中心观所表现出的狂热和极端自我主义倾向,以及由此所引发的思想、政治和社会革命。保守主义的反潮流倾向也由此而生。只是在 1915—1920 年间,新文化—新文学运动中这种所谓的浪漫主义并不明显。1921 年,创造社等一批新文人崛起,才使中国真正有了相应的浪漫主义文学。而倡导新人文主义的学衡派,同样具有浪漫的倾向性和超现实的理想主义色彩,他们失败的原因也正是其和自己的反对派一样具有"自由飘荡"的习性。这可以从吴宓、梅光迪思想—行为的内在分裂中看出。

在 20 世纪初的欧美,坚守保守主义阵营的人文主义者,曾付出六年的努力,以理性与文化相结合的运动形式,将新人文主义推上社会历史的舞台。梅光迪认为,在中国,一场与白璧德和穆尔领导的人文主义运动颇为相似的运动也引人入胜地展开了。人文主义在中国传播与其在欧美传播有类似过程。新人文主义领袖白璧德和穆尔的"主要目标是要将当今误入歧途的人们带回到过去的圣人们走过的路途之上";用白璧德的话来说,就是"用历史的智慧来反对当代的智慧"[139]。梅光迪说学衡派所做的是要捍卫中国的传统文化。因为现代中国激进的新文化运动有两个突出特点:"只专注于传统中的瑕疵;鼓吹低劣而不加选择的世界主义。"这样一来就"带走了仅剩不多的一点点民族自尊心和自信心,将现代中国推向了自我诅咒的无边深海中"[140]。但同时,梅光迪也承认,他们这种保守的反新文化—新文学的人文主义运动失败了。

事实上,陈独秀、胡适、鲁迅等激进的反传统主义者,是知耻近乎勇。谁也没有,也不可能只专注传统中的瑕疵,或鼓吹低劣而不加选择的世界主义。他们反传统的目的很明确,就是为了"再造文明",或"文艺复兴"。由文学革命而进入"整理国故"的胡适,曾说"整理国故"是为了打鬼,即拆穿古典文化中虚伪的、不合人性的东西,为中国再造新的文化基础和精神形态。

20世纪世界文化主潮是科学与民主,中华民族是从向西方学习中求进步的。这一思想文化进步的动力,是新文化—新文学运动,而不是学衡派的所谓人文主义运动,更不是中国文化的传统力量在起主要作用。这是历史事实。而这些倡导人文主义运动的文化保守主义者在反对新文化—新文学运动时,本身就存在着巨大的思想与行为逆差和内在冲突。在1920年北洋政府教育部下令一、二年级小学生改学白话文后,起而反白话新文学的学衡派中人,如梅光迪,不得不让自己女儿学白话文。反新文化—新文学最有力的胡先骕、吴宓、梅光迪,也都是享受新文化运动带来的实惠,在二婚时或娶或爱上受过新式教育的新女性。吴宓更以一个浪漫诗人之资质来反对浪漫主义文学,身陷浪漫文人与古典主义倡导者的严重分裂之中。这实际上正是白璧德在《卢梭与浪漫主义》一书中提醒注意的新古典主义理论家成为形式主义的教训[141],即他所警告的"纯粹传统的人文主义者经常有陷入伪古典主义的形式主义的老套中去的危险"[142]。因为他们喜欢搬弄大量根据外在东西建立的概念,而不是根据实际工作来确立批评对象和规则,必然会陷入形式主义的困境,犹如唐·吉诃德大战风车之尴尬。批评胡适、陈独秀,抵抗新文化—新文学运动的梅光迪、吴宓,在古典主义中庸、节制、纪律和人文主义标准限制下,有强烈的道德责任感和愤世嫉俗的痛苦,但这又与其身为浪漫主义文人"梦想着一种能够满足自己所有被压抑的欲望的生活"的诉求自相矛盾,形成对立的分裂人格。这二者之间的张力,就是两种情绪纠缠,看似自相矛盾,而又不可分割。他们的"古典主义"倾向和对"传统"的诉求,事实上只是一个形式,或陷入形式主义迷阵,如吴宓用古体诗写自己婚外恋的痛苦。这正是传统中国向现代中国转型时代,一部分知识分子的"精神分裂"现象,也同样是过渡时代的现代人的人格表现,"分裂"本身正是"现代性的想象起源"[143]。具有传统古典主义倾向的形式主义迷雾和堂皇的人文主义色彩,往往会遮蔽他们所隐含的现代性。

事实上,白璧德强调"人文主义者的目标是平衡和协调地生活。他们渴望通过遵守行为准则来实现这一愿望"[144]的同时,也明确指出,"遗憾的是,人文主义者的理论与事实总是不一致"[145]。

保守主义所表现出的反思性意识和反思行为,是区别它与传统主义的关键。

希尔斯认为,几乎任何实质性内容都能够成为传统。"实质性传统是人类的主要思想范型之一,它意味着赞赏过去的成就和智慧以及深深渗透着传统的制度,并且希望把世传的范型看作是有效指导"[146]。传统有相应的规范,同时也就在人们心中形成一定的心理定势,并成为一种普遍的人类属性,自觉与不自觉地遵从,便形成所谓的传统主义。事实上,人们在传授和接收任何信仰、知识和习惯性生活方式时,总有其固有的规范因素。传统主义的意图,就是要人们去肯定它,接受它。生活在过去和重建过去的生活方式都是不可能的,那么,传统主义所能做到的就是引导人们"对于想象中的过去的依恋"[147]。

卡尔·曼海姆主张将传统主义与保守主义区别开来。他认为保守主义是作为一种思考"人与社会"的方法出现的,"它重视某些被理性化毁坏了的精神和物质的利益,但又通过一个有效性的标准为新近才政治化和理性化的世界提供了实践的方向。因此,它显然和它的对手一样也属于新时代"[148]。因此,保守主义在20世纪同样具有现代性。保守主义与传统主义的区别在于:前者指的是一种特殊的历史和现代现象,其行事时表现出的是与一种客观存在的结构性环境相一致的行为;后者指的是一种普遍的人类属性,是在每个人那里都多少存在的心理态度,是一种对旧方式的依恋,表现为对革新的恐惧。传统主义的这种心理状态是人类所普遍具有的。马克斯·韦伯认为这种行为模式与神秘意识有关,是原始人类所固守的代代相传的生活方式,与对带来变化的神秘的邪恶所产生的恐惧感相关[149]。

保守主义的反思性表现在由于对手或对立行为的存在,它必须流露出某种思想方式的倾向性,同时对自己所操持的内容和形式能够通过历史的深层做出解释,并对自己的对立面作出反省式的批评。因此,可以把保守主义看作是一种反运动。卡尔·曼海姆十分肯定地说:"这个事实本身就使它成为反思性的。"[150]其显著的表现是对经验和思想中科学、民主、自由、平等等所谓"进步"因素的"自我组织"与凝聚的一种回应。这种回应的表现形式是对宏大潮流的"反潮流"。

保守主义只有在他们被迫做出反应时才会以体系的方式进行反思,

即被迫建立或借助一种思想体系来对抗激进主义的体系,这时候,保守主义才会从自我反思中意识到自己的性质,同时将对思想经验的反思作为与对立面共同存在的基础,并借助这种反思的思想方法保全自己。学衡派奋力抗衡新文化—新文学运动的巨大浪潮,是明知不可为而为之。他们试图在对新文化—新文学运动进行瓦解的过程中,以小抗大,以少对多,其明显的对立存在和有意识的反动,显得悲壮而孤寂。

学衡派成员坚持古文观和用古文写作的意图,是要争夺语言使用的合法性和古文的话语权。以争夺话语权为目的的斗争,实际上就是争夺语言使用的合法化。这自然是一场以弱抗强的较量。1920年1月,北洋政府教育部下令小学一、二年级课本废止文言文,改用国语;1930年2月,教育部又通令全国学校厉行国语。这样古文就失去了原本可以依托的文化形态和专制政治力量。白话文借助新文化形态和新政治社会基础,特别是新教育体制形成的霸权性意识形态,使其作为文学语言和大众语言趋向统一,同时也就自然而然地形成世俗语言和文人语言趋同的局面。白话文社会普及化程度是其话语霸权的基础和可以依托的文化形态,也是学衡派所无力抗拒的宏大潮流。

受白璧德新人文主义影响的梁实秋,其身上表现出政治上的自由主义和文化上的保守主义的二元倾向。在梳理古典主义与浪漫主义基本概念时,白璧德强调既要在明显不同的事物中看出相同,又要在明显相似的事物中看出区别。他说古典主义与浪漫主义有着根本的对立。"只有一件东西是奇异的、出乎意料的、强烈的、夸张的、极端的、独特的时,它才是浪漫的。另一方面,只有当一件东西不是独特的,而是一个阶层的代表时,它才是古典的。……当一件东西属于高等阶层或最优秀的阶层时,只要将其意思稍微扩展一下,它就成为古典主义了。"[151]在呈现文学观念时,古典与浪漫对立,即人性中永恒、实在、有限与变革、超越、无限的对立。梁实秋在自己的文学批评中，尤其是在使用古典主义与浪漫主义基本概念时，通常直接照搬白璧德。因为他觉得白璧德会通了中西最好的智慧。正如他在《关于白璧德先生及其思想》一文中所昭示的那样，他是在逐渐明白了白璧德人文主义思想在现代的重要性后，从极端的浪漫主义，"转到了多少近于古典主义的立场"[152]。

梁实秋在清华学校读书时，属于新文学派，他是《创造》季刊的作者，有白话新诗《荷花池畔》和新诗评论集《〈草儿〉评论》（与闻一多合作出版《〈冬夜〉〈草儿〉评论》）等发表。1923年9月—1926年7月，他留学美国，其中1924年9月—1926年7月在哈佛大学。1926年9月—1927年4月，梁实秋在东南大学任教。他在《槐园梦忆》中说："我拿着梅光迪先生的介绍信到南京去见胡先骕先生，取得国立东南大学的聘书。"[153]半年后他到了上海，成了胡适领导的《新月》总编辑。他在《影响我的几本书》中列了八本书，排在前三位的是《水浒传》、《胡适文存》、白璧德的《卢梭与浪漫主义》。这分明可见他思想的二元倾向。同时，历史的反思性也因此显示出来。他说胡适影响他的地方有：明白清楚的白话文、独立思考的思想方法和认真严肃的态度。他自己是五四运动养育的，也是新文学的积极参与者。到美国听了白璧德"法国十六世纪以后的文学批评"[沈按：梁误写为"英国"]选修课后，"前所未闻的见解，而且是和我自己的见解背道而驰"的刺激，使他得以读到白璧德的《卢梭与浪漫主义》。他说："白璧德的思想主张，我在《学衡》杂志所刊吴宓、梅光迪几位介绍文字中已略为知其一二，只是《学衡》固执的使用文言，对于一般受了五四洗礼的青年很难引起共鸣。我读了他的书，上了他的课，突然感到他的见解平实通达而且切中时弊。我平凤心中蕴结的一些浪漫情操几为之一扫而空。我开始省悟，五四以来的文艺思潮应该根据历史的透视而加以重估。我在学生时代写的第一篇批评文字《现代中国文学之浪漫的趋势》就是在这个时候写的。随后我写的《文学的纪律》《文人有行》,以至于较后对于辛克莱拜金艺术的评论,都可以说是受了白璧德的影响。"[154]他在反思五四新文学运动时,把视野投向西方,说这种浪漫趋势来自欧美,是对欧美文化思潮和文学思潮的移植,或者说是在中国的延续性表现,"现今中国的新文学就是外国式的文学"。他在《现代中国文学之浪漫的趋势》[155]一文揭示"新文学运动"趋向是"浪漫主义"。到了20世纪30年代,梅光迪借助保守的新人文主义基本理论和方法,通过《人文主义和现代中国》一文进行自我反思。周作人在对中国新文学的产生进行反思时,把注意力落在固有文学传统中,他反思的结论是:中国新文学的源头在明代的公安派;中国新文学是从反载道始,到载道终;这是言志与载道互为消长的一种历史轮回。

非学衡派成员,而与梅光迪等人交往颇好的中央大学历史系教授贺昌群(为"文学研究会"成员,入会号是169),在《哭梅迪生先生》一文中,对新文学运动与学衡派的价值取向有一客观的历史评说。他说一种影响后世几千年的思想学说,本身有两个不可分的成分:一是属于时代的,一是属于超时代的。前者是现实的,后者是集文化之大成的,形而上学的。五四新文化运动所攻击的,"是儒家思想的时代部分,这是曾经历代帝王政治利用、墨守、假借,成了一种虚伪的古典的形式主义,演成了中国政治、文化思想的种种腐败与停滞,百害而无一利,我们应当绝对排斥的,我们有我们的问题。'五四'运动所做的是这个破坏工作,我们现在还需要继续做这个工作"[156]。关键问题是要具备高超的鉴别古今的能力,才能不至于在攻击应当破坏之物时,玉石俱焚。同时贺昌群也指出学衡社所欲发扬的,是那超时代的部分,那是一个民族文化的基石,终古常新,虽打而不倒。因为我们自身与古代即在这个同样的时间、空间内,无法跳出这个文化圈。"不过'五四'运动的攻击得其时,'学衡社'的发扬非其时,须知在一个深厚的文化基业上,没有破坏,如何能先言建设?"[157]这是学衡派语境错位的关键,也是双方对立的症结所在。

自恋与表演呈现出自身真实的人性

　　自恋是文化保守主义的重要特征之一,是文化精英人士日常生活的自我审美行为,在情绪化的自我陶醉中,保留人性的本真。特别是义人雅士,因适度"自我感觉"而将诗词曲赋融化到生活之中,呈诗意地栖居;更因过度"自我陶醉"而表现出行为的过分文饰、张扬,呈戏剧化表演。如浦江清认为"吴先生天才不在诗,而努力不懈,可怪也"。梅光迪对胡适说"我的白话,若我肯降格,偶尔为之,总比一般乳臭儿的白话好得多,但是我仍旧相信小说、戏剧可用白话,作论文和庄严的传记(如历史和碑志等)不可用白话"。当然,自恋者也可能是林中路上听心、从心者在寻找寂静之音,在自我的世界里,享受澄明的诗意与诗意的澄明,因过分自我,而成为孤独者。这也让自我世界之外的他人感觉到,文人自恋是将文学生活化和将生活文学化,而非现实生活的常态。

　　他们为什么保守,是因为有。面对变革,对于已有,他们要保存、守护。而文化上拥有,往往在自恋和自我表演中显现。

　　吴宓诗化自己的生活,却让自己陷入悲情之境,用坚持写日记的方式将苦情表演得淋漓尽致;梅光迪慎独、愤世嫉俗,却落入思想—行为逆反的自我表演;陈寅恪在古体诗创作中,会植入大量的古典;更有群体交游、雅聚时的联句作诗,平日来往的诗词唱和。酬唱的文学形式,更多的是表演。他们都将文学、学术和生活戏剧化,有意注入过多的自我表演成分。这即是自恋者镜像化"看"的自我表演方式,也是应对强迫性"被看"的异化演饰。真中有假,假中有真,展现出人性的全部。

　　正如同巴赫金所言,思想不是独白,而是多种声音的对话交流。借用雷纳·韦勒克在《近代文学批评史》第六卷中对白璧德的评价,这里可以说,学衡派不论存在什么局限性,也还是有值得称道的。因为他们"维护了评判的自由:批评的必要性"[158]。这正是法国启蒙思想家伏尔泰所强调的:你我可以不同意他们所说的具体意见,但要尊重他们说话的权利。

注

[1] 美国《人文》杂志社、三联书店编辑部编:《人文主义:全盘反思》(多人译)第110页。

[2] 卡尔·曼海姆:《保守主义》(李朝晖、牟建君译)第61页,译林出版社,2002。

[3][4] 卡尔·曼海姆:《保守主义》(李朝晖、牟建君译)第60页。

[5] 米歇尔·福柯:《知识考古学》(谢强、马月译)第6—7页,生活·读书·新知三联书店,1998。

[6] 美国《人文》杂志社、三联书店编辑部编:《人文主义:全盘反思》(多人译)第1页。

[7] 卡尔·曼海姆:《保守主义》(李朝晖、牟建君译)第55页。

[8] 史华慈:《论保守主义》,见傅乐诗等:《近代中国思想人物论·保守主义》第20页,时报出版公司,1980。

[9] 刘军宁:《保守主义》第237页,中国社会科学出版社,1998。

[10] 卡尔·曼海姆:《保守主义》(李朝晖、牟建君译)第99—100页。

[11] 胡先骕:《中国文学改良论》(上),《东方杂志》第16卷第3号(1919年3月)。此文是转载,文后注有"《南京高等师范日刊》"。

[12] 柳诒徵:《论近人讲诸子之学者之失》,《史地学报》创刊号(1921年11月)。

[13] 《时事新报·文学旬刊》上关于《国立东南大学南京高师日刊》"诗学研究号"的激烈批评和反批评文章共刊7号(期):1921年11月12日第19号上

有斯提(叶圣陶)《骸骨之迷恋》,1921年12月1日第21号上有薛鸿猷《一条疯狗》、守廷《对于〈一条疯狗〉的答辩》、卜向《诗坛底逆流》、东《看南京(高)日刊里的"七言时文"》、赤《由〈一条疯狗〉而来的感想》,1921年12月11日第22号上有缪凤林《旁观者言》、欧阳翥《通讯——致守廷》、守廷《通讯——致欧阳翥》,1921年12月21日第23号上有静农《读〈旁观者言〉》、吴文祺《对于古体诗的我见》、王警涛《为新诗家进一言》、薛鸿猷《通讯——致编辑》,1922年1月1日第24号上有幼南《又一旁观者言》,1922年1月11日第25号上有吴文祺《驳〈旁观者言〉》、西谛(郑振铎)《通讯——致凤林、幼南》和凤林、幼南《通讯——致西谛》,1922年2月11日第28号上有吴文祺《〈又一旁观者言〉的批评》。随后此刊转向对《学衡》的批评。

[14] 1923—1924年、1926年"古史辨"两轮论争中疑古方的主要人物及言论有:

顾颉刚:《与钱玄同先生论古史书》,刊胡适主编的《努力》周报的副刊《读书杂志》第9期(1923年5月6日),又被《史地学报》第3卷第1、2合期(1924年6月)转载;《答刘、胡两先生书》,刊《读书杂志》第11期(1923年7月1日),这里"胡先生"是胡适的乡友胡堇人,又被《史地学报》第3卷第1、2合期(1924年6月),第4期(1924年12月)转载;《讨论古史答刘、胡两先生书》,刊《读书杂志》第12、13、14、15、16期(1923年8月5日、9月2日、10月7日、11月4日、12月2日);《讨论古史答刘、胡二先生书》,刊《史地学报》第3卷第3期(1924年10月1日)、第3卷第4期(1924年12月)、第3卷第6期(1925年5月1日);《答柳翼谋先生》,刊《北京大学研究所国学门周刊》第15、16期合册(1926年1月27日)。上文均收入《古史辨》第1册,北京朴社,1926。

钱玄同:《答顾颉刚先生书》,刊《读书杂志》第10期(1923年6月10日),又被《史地学报》第3卷第1、2合期转载;《论〈说文〉及〈壁中古文经〉书》,刊《北京大学研究所国学门周刊》第15、16期合册;《研究国学应该首先知道的事》,刊《读书杂志》第12期(1923年8月5日)、《史地学报》第3卷第3期(1924年10月1日)。上文均收入《古史辨》第1册。

胡适:《古史讨论的读后感》,刊《读书杂志》第18期(1924年2月22日),又被《史地学报》第3卷第6期(1925年5月1日)转载。收入《古史辨》第 1 册。

魏建功:《新史料与旧心理》,刊《北京大学研究所国学门周刊》第 15、16 期合册。收入《古史辨》第 1 册。

容庚:《论〈说文〉谊例代顾颉刚先生答柳翼谋先生》,刊《北京大学研究所国学门周刊》第 15、16 期合册。收入《古史辨》第 1 册。

反对疑古一方的主要人物及言论有:

柳翼谋:《论近人讲诸子之学者之失》,刊《史地学报》第 1 卷第 1 期(1921 年 11 月),首先批评胡适的《中国哲学史大纲》《诸子不出于王官论》,《学衡》第 73 期(1931 年)转载此文。此文同时涉及对章太炎、梁启超的批评。《论以〈说文〉证史必先知〈说文〉之谊例》,刊《史地学报》第 3 卷第 1、2 合期(1924 年 6 月),批评顾颉刚。同时这一期还刊出刘掞藜、顾颉刚、钱玄同讨论古史的文章。《史地学报》讨论古史的文章在第 3 卷第 3、4 期继续进行。《北京大学研究所国学门周刊》第 15、16 期合册转载了《论以〈说文〉证史必先知〈说文〉之谊例》,作为"《说文》证史讨论号"讨论的缘起,并同时刊登顾、钱、魏、容的文章。双方言辞激烈,针对性批评的态度十分明确。

刘掞藜:《读顾颉刚君〈与钱玄同先生论古史书〉的疑问》,刊《读书杂志》第 11 期(1923 年 7 月 1 日),又刊《史地学报》第 3 卷第 1、2 合期(1924 年 6 月),收入《古史辨》第 1 册;《讨论古史再质顾先生》,刊《读书杂志》第 13、14、15、16 期(1923 年 9 月 2 日、10 月 7 日、11 月 4 日、12 月 2 日),收入《古史辨》第 1 册;《与顾颉刚讨论古史第二书》,《史地学报》第 3 卷第 3 期(1924 年 10 月 1 日);《与顾颉刚先生书》(未完),《史地学报》第 3 卷第 4 期(1924 年 12 月);《与顾颉刚先生书》(三续,未完),《史地学报》第 3 卷第 6 期(1925 年 5 月 1 日)。

张荫麟:《评近人对于中国古史之讨论》,刊《学衡》第 40 期(1925 年 4 月)。文章指出顾颉刚史学方法上误用"默证"。

[15] 顾颉刚:《我是怎样编写〈古史辨〉的》,《古史辨》第 1 册第 20 页,上海古籍出版社,1982。

[16] 顾颉刚:《答柳翼谋先生》。

[17] 魏建功:《新史料与旧心理》。

[18] 余英时:《现代学人与学术》第 391 页,广西师范大学出版社,2006。

[19] 据《〈湘君〉季刊简章》所示,"本刊以陶写性情,注重文艺趣味,借以互相观摩、砥砺为宗旨","无论文言白话,新旧体裁,俱所欢迎"。第一期所登《〈湘君〉发刊词》中有"相尚相勉者三事":道德、文章、志气。第一期的负责人为吴芳吉。刊物分为"学习之部":诗歌类、散文类、小说类、戏曲类;"批评之部":社论类、研究类、介绍类、通信类;"杂纂之部":翻译类、图表类、民谣类、附录类。为《湘君》写文章的主要作者有:吴芳吉、刘朴、刘永济、吴宓、徐桢立、刘先沛、李肱良、凌其垲、景昌极、贺楚楠、胡徵、罗元锟、张璞友、刘鹏年、汪剑馀、苏拯、刘作健、陈鼎芬、鄢远猷、谢羡安、孙子仁、易俊(竣)、刘泗英、胡元倓、王凤歧、周光午、童锡祥、王光益、吕光锡、汤素民、张潜秀、曾伋安、刘颂、石漱之、刘植、钱无咎、屈凤梧、张镇湖、文大衡、李赓等。吴宓除刊登古体诗外,还有《文学入门》的文章。在大量古体诗词外,尚有胡徵少量白话新诗《牵牛花》《我是一个蚕儿》。反对新文学的文章主要是吴芳吉《论吾人眼中之新旧文学观》(共分一、二、三论,分别刊《湘君》第一、二、三期)、刘朴《辟文学分贵族平民之讹》、刘永济《迂阔之言》。这些反对新文学的文章,《学衡》有转载。

关于《湘君》与《学衡》关系,《湘君》第三期刊出的《上期报告》中特别写道:"《湘君》之稿有互见于《学衡》者,以《学衡》《湘君》同声气也。所微有不同之处,《湘君》旨趣但言文章,《学衡》范围更及他事;《湘君》之性近于浪漫,《学衡》之人恪守典则;《湘君》意在自愉,《学衡》存心救世。"《湘君》在第三期末介绍《学衡》的文章《〈学衡〉杂志》中特别强调:"凡有志文哲艺术之士,欲不为时髦之言所愚,不为一偏之见所蔽,不为一主义一党派所拘束,不为一家之见解、一国之文字言语所颠倒错乱者,请读《学衡》杂志,则黑暗之境自有光明,烦闷之情自能解慰,纷乱之象自有条理,枯燥之思自滋生趣。"文章最后又说《学衡》杂志内涵丰富,"盖其于安身立命之道、齐家治国之方、文化之真谛所存、汉族之精神所在",等等。

[20] 1930 年 1 月 1 日。刊物每年寒暑假 2 月、7 月、8 月、9 月不出版。

[21] 1930 年 6 月 1 日。

[22] 吴宓:《吴宓自编年谱》第 235 页,生活·读书·新知三联书店,1995。吴宓

错将《学灯》当成《民国日报》副刊。《学灯》为《时事新报》副刊。《觉悟》为《民国日报》副刊。

[23] 吴宓:《吴宓自编年谱》第 236 页。《中华新报》主编为张季鸾,同吴宓家世交,为吴乡友。因此时赞同《学衡》,和与吴宓的这份特殊关系,1928 年他作为天津《大公报》主持人,使得吴宓能自荐主编《文学副刊》成功。

[24] 陈平原:《首都的迁徙与大学的命运——民国年间的北京大学与中央大学》,《文史知识》2002 年第 5 期。

[25] 参见刘敬坤:《烽火连天别金陵　巴山蜀水弦歌声——八年抗战中的国立中央大学》,《高教研究与探索》(南京大学)2002 年第 1 期。

[26] 参见程千帆、唐文编:《量守庐学记——黄侃的生平和学术》,生活·读书·新知三联书店,1985。

[27] 据陈中凡《自传》所示,他 1921 年 8 月—1924 年 11 月任东南大学国文系系主任时,"对当时的学衡派盲目复古表示不满,乃编《国学丛刊》,主张用科学方法整理国故"。见吴新雷编:《学林清晖——文学史家陈中凡》第 4 页,南京大学出版社,2003。

[28] 彭明辉:《历史地理学与现代中国史学》第 103 页,东大图书股份有限公司,1995。

[29] 据欧阳竟无《金陵师友录》所示,金陵刻经处研究部及支那内学院筹备处时期,在他门下受学的学生中学衡派成员有蒙文通、王恩洋、汤用彤、缪凤林、景昌极。1922—1940 年支那内学院时期,他的住院弟子中学衡派成员有蒙文通、缪凤林、景昌极。转引自徐清祥、王国炎:《欧阳竟无评传》第 182—183 页,百花洲文艺出版社,1995。

[30] 汪懋祖:《送梅君光迪归圆桥(Cambridge Mass.,U.S.A.)序》,《留美学生季报》第 6 卷第 1 号,1919 年春季号,又刊《学衡》第 4 期(1922 年 4 月)。

[31] 贺麟:《我所认识的荫麟》,《思想与时代》第 20 期(1943 年 3 月 1 日)。

[32] 详见沈卫威:《吴宓与〈学衡〉》第 19—20 页,河南大学出版社,2000。

[33] 《国风》第 7 卷 1 号(1935 年 8 月 1 日)。

[34] 《国风》第 1 卷 9 号(1932 年 11 月 24 日)。

[35] 《国风》第 7 卷 2 号(1935 年 9 月)、第 8 卷 1 号(1936 年 1 月 1 日)。

[36] 学衡派成员去世,与学衡派直接相关的刊物都出版有纪念专号,或发纪念专集:

王国维:"王静安先生逝世周年纪念",《大公报·文学副刊》第 22 期(1928 年 6 月 4 日)、23 期(1928 年 6 月 11 日)、24 期(1928 年 6 月 18 日);"王静庵先生纪念专号",《学衡》第 60 期(1928 年 1 月)。"王静安先生逝世周年纪念",《学衡》第 64 期(1929 年 4 月)。此是转载《大公报·文学副刊》的纪念文章。

与学衡派有间接关联的学术刊物也有纪念,如"王静安先生纪念专号",《国学论丛》第 1 卷第 3 号(1927 年 10 月,清华研究院出版);"王静安先生专号",《国学月报》第 8、9、10 合期(1927 年 10 月,清华研究院研究生参与组织的北京"述学社"编辑,北京朴社承印);上海《文学周报》本是文学研究会的刊物,曾激烈地批评过《学衡》及学衡派同人的复古倾向,此时也出了王国维纪念专号(1927 年 8 月 7 日,第 5 卷第 1、2 期合刊),内有顾颉刚、徐中舒、周予同、贺昌群、陈乃乾、史达、陆侃如的悼念文章,其中徐中舒、陆侃如为清华研究院研究生。

刘伯明:《学衡》第 26 期(1924 年 2 月)有郭秉文《刘伯明先生事略》;"刘伯明先生纪念专号",《国风》第 1 卷第 9 号(1932 年 11 月 24 日)。

吴芳吉:"白屋诗人吴芳吉逝世"、(续志)、(三志),《大公报·文学副刊》第 229 期(1932 年 5 月 23 日)、第 230 期(1932 年 5 月 30 日)、第 231 期(1932 年 6 月 6 日)、第 233 期(1932 年 6 月 20 日)。《学衡》第 76、79 期有纪念文章。"江津文献",《国风》第 1 卷第 4 号(1932 年 10 月 1 日)。另在《国风》第 5 卷第 8、9 号,第 5 卷第 10、11 号,第 6 卷第 1、2 号,第 6 卷第 3、4 号,第 6 卷第 5、6 号,第 7 卷第 1 号的多期还有零星的纪念文章。吴芳吉(1896—1932 年 5 月 9 日),清华学校时与吴宓同学,后任教于西北大学、成都大学,去世时为四川江津中学校长。

刘掞藜:《国风》第 7 卷第 1 号,内有《征赙启事》(为刘掞藜逝世征集赙金),署名是他的几位同学,也是"史地研究会"成员:景昌极、缪凤林、张其昀、陈训慈、王焕镳、向达、郑鹤声、周恕。同时还登有陶元珍《亡师新化刘先生事略》、景昌极《故友刘掞藜楚贤事略跋》。刘掞藜(1899—1935 年 8 月 6

日),湖南新化人,1921年秋入东南大学,毕业后先应冯友兰之约,执教于开封中州大学,1927年由沈雁冰推荐至武昌中山大学历史系,后到成都大学,去世时为武汉大学历史系教授。景昌极在文章中特别提到刘掞藜在古史辨论争中的作用和影响:"北京大学顾颉刚等,汲新文化运动之流,盛倡疑古之风,而渐趋于激。楚贤抗函与辨,理充辞畅,翘焉如圭角之渐露。然当尔时,南高醇正朴茂之学风,可称极盛。同学中类多劬学笃行之士,各有以自树立,壹是以温故知新,折衷至当为归。楚贤之作,适为此潮流中之一澜,未以为甚异也。"

张荫麟:"张荫麟纪念专号",《思想与时代》第18期(1943年1月1日)。此刊物以后仍有纪念文章。

梅光迪:"梅迪生先生纪念专号",《思想与时代》第46期(1947年6月1日)。

王伯沆:"王瀣纪念专辑",《南京文献》第21号(1948年9月)。1945年8月18日第106号"国民政府令"对王伯沆发出褒扬令:"耆儒王瀣一生治学,造诣精深。历任南京高等师范、中央大学教授,垂三十年。成德达材,后进咸知钦仰。近年因病蛰居陷区,坚贞守道,皭然不污,尤为难得。兹闻溘逝,轸惜良深。应予明令褒扬,用彰儒硕,而资矜式。此令。"据《南京文献》第21期。另有柳诒徵、胡小石、卢前等联合南京市通志馆上书南京市政府,请求将门东仁厚里三号王伯沆故宅及墓地加以永久保存,得南京市政府1947年第4632号公函批准。

未能随中央大学西迁,留在沦陷区南京的王伯沆,生活无着,贫病交加之时,弟子钱堃新致信在教育部任秘书的原南京高等师范学校同学张廷休,张廷休便致信高等教育司司长吴俊升(南京高等师范学校教育专修科1920级学生),提议给王伯沆每月120元生活补助,自1938年9月始。吴俊升随即批示"拟准登记每月给生活费百二十元　俊升"。见中国第二历史档案馆五—1326《青年读物临时编辑徐作喆、余协中、李醒僧等要求工作救济增加生活费与教育部高等司来往信函及相关文件》第54—56页。

1939年3月,西迁重庆的中央大学为滞留南京的王伯沆办理正式退休,随后向教育部、财政部为他申请年度养老金1050元,由在重庆的弟子钱堃新、胡焕庸代领转寄。由于物价暴涨,王伯沆1943年的养老金由原来1050元,增至2100元。

1942年1月21日,教育部停发王伯沆120元生活补助费,改为每月特支经学专题研究编辑费300元。(见中国第二历史档案馆五—13918《教育部关于救济补助教育界人士的有关文书》第269—272页。)

1944年1月10日,教育部部长陈立夫收到原南京高等师范学校毕业生张廷休(此时为贵州大学校长)、胡焕庸(中央大学教务长)、郑衍芬(重庆大学教务长)、郭斌龢(浙江大学训导长)、陈石珍(教育部参事)、陈训慈(军事委员会委员长侍从室第二处秘书)联名为在南京沦陷区的王伯沆申请两万元医疗补助。陈立夫批准。见中国第二历史档案馆五—13914《教育部关于战区专科以上学校教职员登记证明及救济补助生活费的有关文书》第16—18页。王伯沆1944年9月25日去世后,中央大学弟子又积极为其家属申请抚恤金。

[37] 罗杰·斯克拉顿:《保守主义的含义》(王皖强译)第13页。

[38] 罗杰·斯克拉顿:《保守主义的含义》(王皖强译)"中译者序"第9页。

[39] 罗杰·斯克拉顿:《保守主义的含义》(王皖强译)"中译者序"第19页。

[40] 罗杰·斯克拉顿:《保守主义的含义》(王皖强译)第7页。

[41] 参见沈卫威:《回眸学衡派——文化保守主义的现代命运》第285页,人民文学出版社,1999。

[42] 参见沈卫威:《回眸学衡派——文化保守主义的现代命运》第46页。

[43] 钱穆:《晚学盲言》(上)第222页,广西师范大学出版社,2004。

[44] 罗杰·斯克拉顿:《保守主义的含义》(王皖强译)第26页。

[45] 贺麟:《五伦观念的新检讨》,《文化与人生》第51页,商务印书馆,1988。

[46][47] 贺麟:《五伦观念的新检讨》,《文化与人生》第62页。

[48] 贺麟:《五伦观念的新检讨》,《文化与人生》第59页。

[49][50] 贺麟:《五伦观念的新检讨》,《文化与人生》第60页。

[51] 贺麟:《五伦观念的新检讨》,《文化与人生》第58页。

[52] E. 希尔斯:《论传统》(傅铿、吕乐译)第317页,上海人民出版社,1991。

[53] 王成圣:《郭秉文与南高、东大》,见张宏生、丁帆主编:《走近南大》第95页,

四川人民出版社,2000。

[54] 张其昀《中国与中道》,先刊《学衡》第 41 期,后发《史地学报》第 3 卷第 8 期（1925 年 10 月）。

[55]《国风》第 1 卷第 3 号（1932 年 9 月 28 日）。

[56] 张其昀:《六十年来之华学研究》,《张其昀先生文集》第 19 册第 10257 页。

[57] 胡逢祥:《社会变革与文化传统——中国近代文化保守主义思潮研究》第 153—154 页,上海人民出版社,2000。

[58] 欧文·白璧德:《文学与美国的大学》(张沛、张源译)第 106—107 页。

[59] 章炳麟:《章太炎的白话文》第 72 页,辽宁教育出版社,2003。

[60] 章炳麟:《章太炎的白话文》第 69 页。

[61] 柳曾符:《柳诒徵与缪荃孙》,见柳曾符、柳佳编:《劬堂学记》,上海书店出版社,2002。

[62] 张其昀:《吾师柳翼谋先生》,《张其昀先生文集》第 9 册第 4712 页。

[63] 张其昀:《华冈学园的萌芽》,《张其昀先生文集》第 17 册第 9038—9039 页。

[64] 胡先骕为沈曾植门人一事,见胡先骕遗稿《忆沈乙庵师》(《学林漫录》第五辑,中华书局,1982)。另据《黄侃日记》所示,胡先骕与黄侃交往颇多。胡先骕也曾将自己的诗给黄侃看,并托他转请陈衍看。

[65] 钱穆:《八十忆双亲·师友杂忆》第 243—244 页,生活·读书·新知三联书店,1998。

[66] 钱穆在《纪念张晓峰吾友》一文中说:"民国二十年,余亦得进入北京大学史学系任教。但余之大体意见,则与《学衡》派较近。"见《张其昀先生纪念文集》第 7 页,私立中国文化大学《张其昀先生纪念文集》编纂委员会,1986。

[67] 蒋天枢:《陈寅恪先生编年事辑》第 12 页,上海古籍出版社,1997。关于王伯沆(名瀣,字伯沆、伯谦,号冬饮)为陈三立家塾师之事,钱塈新在《冬饮先生行述》中说:"如文道希、陈伯严、俞恪士诸公,一见先生诗词,咸大惊折节下之。陈伯严建精舍为文酒之会,雅知先生有师道,固请就馆,使子女执经问业。"见《南京文献》第 21 期。

[68] 陈寅恪:《金明馆丛稿二编》第 285 页,生活·读书·新知三联书店,2001。

[69] 陈寅恪:《金明馆丛稿二编》第 284—285 页。

[70] 吴宓:《吴宓日记续编》第 V 册第 160—161 页,生活・读书・新知三联书店,2006。

[71] 阿伦・布洛克:《西方人文主义传统》(董乐山译)第 233 页,生活・读书・新知三联书店,1997。

[72] 刘禾:《语际书写——现代思想史写作批判纲要》第 8 页,上海三联书店,1999。

[73] 《留美学生季报》第 8 卷第 1 号(1921 年春季号),1922 年 4 月《学衡》第 4 期转载。

[74] 转引自阿伦・布洛克:《西方人文主义传统》(董乐山译)第 167 页。现译名通用阿诺德。1920 年代译名为安诺德。

[75] 雷纳・韦勒克:《近代文学批评史》(杨自伍译)第 4 卷第 181 页,上海译文出版社,1997。

[76] 马修・阿诺德:《文化与无政府状态——政治与社会批评》(韩敏中译)第 41 页,生活・读书・新知三联书店,2002。

[77] 马修・阿诺德:《文化与无政府状态——政治与社会批评》(韩敏中译)第 11 页。

[78] 马修・阿诺德:《文化与无政府状态——政治与社会批评》(韩敏中译)第 169 页。

[79] 马修・阿诺德:《文化与无政府状态——政治与社会批评》(韩敏中译)第 62 页。

[80] 闻一多:《闻一多全集》第 12 卷第 127 页,湖北人民出版社,1993。

[81] 闻一多:《闻一多全集》第 12 卷第 162 页。

[82] 梅光迪在文章最后影射胡适"借用势力威权,以强人之必从","垄断教育","滥收门徒,收买青年"。

[83] 吴宓:《吴宓诗集・空轩诗话》第 199 页,中华书局,1935。关于吴宓与马修・阿诺德的关系,参见向天渊:《吴宓与马修・阿诺德》,王泉根主编:《多维视野中的吴宓》,重庆出版社,2001。

[84] 《吴宓诗集》卷末所附录安诺德像的解说语。

[85][86] 雷纳・韦勒克:《近代文学批评史》(杨自伍译)第 4 卷第 183 页。

[87]《人文主义与民主批评》(朱生坚译)第26页。

[88]《梁实秋文集》编辑委员会编:《梁实秋文集》第7卷第740页,鹭江出版社,2002。

[89]《梁实秋文集》编辑委员会编:《梁实秋文集》第7卷第734页。

[90]林语堂:《林语堂散文经典全编》第1卷第59—61页,九州出版社,2002。《梁实秋文集》编辑委员会编《梁实秋文集》第7卷第136—137页引了林语堂的这段话。

[91]《梁实秋文集》编辑委员会编:《梁实秋文集》第7卷第137页。

[92]《梁实秋文集》编辑委员会编:《梁实秋文集》第7卷第735页。

[93]凯·贝尔塞等:《重解伟大的传统》(黄伟等译)第197页,社会科学文献出版社,1999。

[94]梅光迪:《人文主义和现代中国》,见罗岗、陈春艳编:《梅光迪文录》第215页。

[95]加林:《意大利人文主义》(李玉成译)第14页,生活·读书·新知三联书店,1998。

[96]梅光迪:《人文主义和现代中国》,见罗岗、陈春艳编:《梅光迪文录》第224页。

[97]梅光迪:《人文主义和现代中国》,见罗岗、陈春艳编:《梅光迪文录》第228页。

[98]参见朱寿桐:《欧文·白璧德在中国现代文化建设中的宿命角色》,《外国文学评论》2003年第2期。《中国现代作家对哈佛的发现》,《中国比较文学》2003年第2期。

[99]王晴佳:《白璧德与学衡派》,见陆晓光主编:《人文东方——旅外中国学者研究论集》第510页,上海文艺出版社,2002。

[100]梁实秋在《现代》第5卷第6期(1934年10月1日)的"现代美国文学专号"上所写的《白璧德及其人文主义》一文中,误认为白璧德母亲出生于中国宁波,"故对于中国文物特具同情,对于儒家典籍、道家精神均有领悟"。

[101]王晴佳:《白璧德与学衡派》,见陆晓光主编:《人文东方——旅外中国学者研究论集》第539页。

[102]王晴佳:《白璧德与学衡派》,见陆晓光主编:《人文东方——旅外中国学者研究论集》第533页。

[103] 李长之:《现代美国的文学批评》,《现代》第 5 卷第 6 期(1934 年 10 月 1 日)"现代美国文学专号"。

[104] 转引自梁实秋:《白璧德及其人文主义》,《现代》第 5 卷第 6 期(1934 年 10 月 1 日)"现代美国文学专号"。

[105] 吴宓:《吴宓日记》第 V 册第 56 页,生活·读书·新知三联书店,1998。

[106] 吴宓:《吴宓日记》第 V 册第 72 页。

[107]《新月》第 1 卷第 1 号(1928 年 3 月 10 日)。

[108] 罗杰·斯克拉顿:《保守主义的含义》(王皖强译)第 30 页。

[109] 史华慈:《论保守主义》,见傅乐诗等:《近代中国思想人物论·保守主义》第 36 页。

[110] 卡尔·曼海姆:《意识形态与乌托邦》(黎鸣、李书崇译)第 278 页。

[111] 卡尔·曼海姆:《意识形态与乌托邦》(黎鸣、李书崇译)第 265 页。

[112] 卡尔·曼海姆:《意识形态与乌托邦》(黎鸣、李书崇译)第 244 页。

[113] 美国《人文》杂志社、三联书店编辑部编:《人文主义:全盘反思》(多人译)第 112 页。

[114] 关于"道德传统"和"道德权威"的具体分析,参见约翰·凯克斯:《为保守主义辩护》(应奇、葛水林译),江苏人民出版社,2003。

[115] 埃里·凯杜里:《民族主义》(张明明译)第 14 页,中央编译出版社,2002。

[116] 埃里·凯杜里:《民族主义》(张明明译)第 13—14 页。

[117] 卡尔·曼海姆:《保守主义》(李朝晖、牟建君译)第 35 页。

[118] 埃里·凯杜里:《民族主义》(张明明译)第 23 页。

[119] 埃里·凯杜里:《民族主义》(张明明译)第 22 页。

[120] 吴宓:《吴宓日记》第 Ⅲ 册第 363 页。

[121] 罗杰·斯克拉顿:《保守主义的含义》(王皖强译)第 1 页。

[122] 参见马修·阿诺德《文化与无政府状态——政治与社会批评》(韩敏中译)。雷纳·韦勒克在《近代文学批评史》(杨自伍译)第 4 卷中,特别指出马修·阿诺德的道德教谕作风对白璧德的影响。

[123] 马西尔:《布朗乃尔与美国之新野蛮主义》(乂山译),《大公报·文学副刊》第 130 期。

[124] 欧文·白璧德:《法国现代批评大师》(孙宜学译),广西师范大学出版社,2002。

[125] 吴宓在《大公报·文学副刊》第62期介绍《绝对之鬼》。第101期译介该书的部分章节,题目为《穆尔论自然主义与人文主义之文学》。此文《学衡》在第72期(1931年3月)转载。

[126][127] 梁实秋:《影响我的几本书》,《中华散文珍藏本·梁实秋卷》第134页,人民文学出版社,2001。

[128]《梁实秋文集》编辑委员会编:《梁实秋文集》第1卷第552页,鹭江出版社,2002。

[129] 雷纳·韦勒克:《近代文学批评史》(杨自伍译)第5卷第382页,上海译文出版社,2002。

[130] 雷纳·韦勒克:《近代文学批评史》(杨自伍译)第5卷第383页。

[131] 雷纳·韦勒克:《近代文学批评史》(杨自伍译)第5卷第375页。

[132] 雷纳·韦勒克:《近代文学批评史》(杨自伍译)第5卷第383页。

[133] 约翰·卡洛尔:《西方文化的衰落:人文主义复探》(叶安宁译)第153页,新星出版社,2007。

[134] 参见林毓生:《中国意识的危机——"五四"时期激烈的反传统主义》,贵州人民出版社,1988。

[135] "传统文化"与"文化传统"概念上的区别,参见朱维铮《音调未定的传统》(辽宁教育出版社,1995)第14—26页"传统文化与文化传统"一章。

[136] 卡尔·曼海姆:《保守主义》(李朝晖、牟建君译)第127—129页。

[137] 卡尔·曼海姆:《保守主义》(李朝晖、牟建君译)第31页。

[138] 以赛亚·伯林:《浪漫主义的根源》(吕梁等译)第145页,译林出版社,2008。

[139] 罗岗、陈春艳编:《梅光迪文录》第223页。

[140] 罗岗、陈春艳编:《梅光迪文录》第218页。

[141] 欧文·白璧德:《卢梭与浪漫主义》(孙宜学译)第13页。

[142] 美国《人文》杂志社、三联书店编辑部编:《人文主义:全盘反思》(多人译)第101页。

[143] 美国《人文》杂志社、三联书店编辑部编:《人文主义:全盘反思》(多人译)第202页。
[144] 欧文·白璧德:《卢梭与宗教:我相信什么》,《性格与文化:论东方与西方》(孙宜学译)第154页,上海三联书店,2010。
[145] 欧文·白璧德:《卢梭与宗教:我相信什么》,《性格与文化:论东方与西方》(孙宜学译)第155页。以《吴宓先生之烦恼》为例看其分裂中的真诚与无奈:"一、吴宓苦爱毛彦文,三洲人士共惊闻。离婚不畏圣贤讥,金钱名誉何足云。二、作诗三度曾南游,绕地一转到欧洲。终古相思不相见,钓得金鳌又脱钩。三、赔了夫人又折兵,归来悲愤欲戕生。美人依旧笑洋洋,新妆艳服金陵城。四、奉劝世人莫恋爱,此事无利有百害。寸衷攘攘洗浊尘,诸天空漠逃色界。"写罢此诗,吴宓又开始忙着写情书、写情诗,追女生。
[146] E. 希尔斯:《论传统》(傅铿、吕乐译)第27页。
[147] E. 希尔斯:《论传统》(傅铿、吕乐译)第72页。
[148] 卡尔·曼海姆:《保守主义》(李朝晖、牟建君译)第3页。
[149] 卡尔·曼海姆:《保守主义》(李朝晖、牟建君译)第56页。
[150] 卡尔·曼海姆:《保守主义》(李朝晖、牟建君译)第71页。
[151] 欧文·白璧德:《卢梭与浪漫主义》(孙宜学译)第3页。
[152] 《梁实秋文集》编辑委员会编:《梁实秋文集》第1卷第548页。
[153] 《梁实秋文集》编辑委员会编:《梁实秋文集》第3卷第542页。
[154] 《梁实秋文集》编辑委员会编:《梁实秋文集》第5卷第200页。
[155] 梁实秋《现代中国文学之浪漫的趋势》完成于1926年2月15日的纽约,刊发在《晨报副镌》第1369、1370、1371、1372号(1926年3月25、27、29、31日),收入1927年新月书店刊印的论文集《浪漫的与古典的》。他的结论是:"现今中国文学是趋向于浪漫主义。"
[156] 贺昌群:《哭梅迪生先生》,见罗岗、陈春艳编:《梅光迪文录》第261页。
[157] 贺昌群:《哭梅迪生先生》,见罗岗、陈春艳编:《梅光迪文录》第262页。
[158] 雷纳·韦勒克:《近代文学批评史》(杨自伍译)第6卷第63页,上海译文出版社,2005。

第二卷
文化载体

文化整合:《学衡》

人与事

《学衡》杂志创刊于1922年1月,编辑部设在南京东南大学,出版发行为上海中华书局。该杂志为月刊,每月一日出版发行。1923年冬,继刘伯明之后出任东南大学校长办公处副主任、行政主任(相当于副校长)的任鸿隽(叔永)对这所大学的认识是:"东南大学者,承江南优级师范及南京高等师范之后,尝为江南教育界新旧势力角逐之场。"[1]

据版权页上标明的时间和期刊号所示,1922年1月至1926年12月,《学衡》以月刊形式刊行了60期。1927年停刊一年。1928年1月复刊,以双月刊印行,至1929年11月,出版第61—72期。1930年停刊。1931年以后,时出时断,至1933年8月又印行了第73—79期。但事实上,由于战乱和吴宓欧游,乃至经济因素,刊物出现了标示日期和实际出版时间不符的情况。[2]

此时的东南大学校长郭秉文(1880—1969),字鸿声,江苏江浦人,曾留学美国哥伦比亚大学,1914年以《中国教育制度沿革史》获哲学博士学位。此君有政治意识、商业头脑(同时兼任上海商科大学校长),虽略输学者风采,作为大学主持人,他对民国高等教育,特别是南京高等师范学校向东南大学过渡、发展有重要的贡献。但新旧两派学人多对他不满,胡先骕、梅光迪、任鸿隽都有具体的文字表示。1926年胡先骕对这位校长的评价是"其缺大学校长之度,无教育家之目光,但以成功为目的","对学术政治无一定之主张"。[3]任鸿隽说:"当时校长郭秉文君与江苏教育会接近,甚为新派诸人所不喜。会民国十三年冬,南方民党势力浸入北方,素不慊于郭者遂因而倾之。"[4]1926年的东南大学毕业生李清悚(1903—1990)说:"郭氏本人学术上无所表现。其态度作风有如交际家、政客。"[5]郭秉文1925年1月6日被国民党政治势力与北洋政府教育部联手免职,被迫离开教育界后,步入商界、外交界。这对于他来说,是不得已而为之。从事教育和为官、经商是不同路向,有各自的理念,无法兼而为之。

郭秉文与胡适为哥伦比亚大学同学,同时也是新文化运动,特别是新教育运动的积极参与者,他与胡适始终是朋友。东南大学《学衡》杂志社中反对胡适及新文化运动的核心人物是梅光迪、吴宓、胡先骕、柳诒徵。因此,他没有从校方对《学衡》给以经济支持。他虽是商务印书馆股东,在《学衡》出版陷入困境时,也没有出手相救。

此时东南大学副校长刘伯明(1887—1923),名经庶,江苏南京人,留学美国西北大学,获哲学博士学位。刘伯明兼任哲学系主任,为《学衡》杂志社社员,同时也是《学衡》杂志强有力的支持者。著有《西洋古代中世纪哲学史大纲》《近代西洋哲学史大纲》等。刘伯明有蔡元培执掌北京大学的风度和学识,为人谦和,待人真诚,处事公道,治学严谨,是促成东南大学在1921—1924年间群贤纷至、学者济济的灵魂人物。可惜天公不假以时日,他英年早逝,东南大学的人文优势在1925年即散落。吴宓对刘伯明的评价是:以道德入政治,先目的后定方法。开诚心,布公道,纳忠谏,务远图。合学问与事功,有理想并期实行。[6]

《学衡》杂志发起人梅光迪(1890—1945),字迪生,一字觐庄,安徽宣城人。南社社员。留学美国西北大学、哈佛大学,师从白璧德。此时任东南大学西洋文学系主任、教授。他性格孤傲,思想偏至,放言空论,眼高手低,在《学衡》社主要成员中,学术建树最少。吴宓对他的评价是:"好为高论,而完全缺乏实际工作之能力与习惯。"[7]在他去世后,友人收集其旧作,结集印行一小册《梅光迪文录》。他和另一位中央大学教授楼光来一样,毕业于哈佛名校,出自名师门下,执教于名校,一向鄙夷他人著书立说,成了章太炎告诫黄侃时所说的"吝不仁"的"重著书"[8]者。

"集稿员"为吴宓(1894—1978),原名陀曼,字雨僧,陕西泾阳人。留学美国弗吉尼亚州立大学、哈佛大学,师从白璧德。此时为东南大学西洋文学系教授,《学衡》杂志的实际主持人,也是维系《学衡》杂志编辑出版12年的灵魂人物。他集苦难和风流于一身,融古典人文主义思想与浪漫主义诗情为一体,重感情,讲道义,自己却陷于感情与道义纠缠不清的泥淖之中。有严重的精神、人格分裂,学术成就平常,是一位以日记传世的自传体作家。一个主观情感上的浪漫诗人和理性信念上的古典主义者,在一系列抗争、挫折和妥协之后,情感与戒律两者都得以保留下来。著有《吴宓诗集》《吴宓日记》等。吴宓对自己有深刻的认识,他说:"与寅恪谈,并与他人较。自觉(一)我犹未免为乡人也。其识见之偏狭,行事之朴陋,虽自诩真诚,而常为通人(如寅恪、宏度等)所笑。(二)我腹中空空,毫无实学。但务虚理空说,而绝少真获。既不通西国古今文字,又少读中国书籍。(三)我之所思所行,劳精疲神者,皆无益事,皆不可告人之事。宜痛改之。"[9]这里所说的"不可告人之事"即是他追逐女性时写情书、情诗,写日记的浪漫行为。

陈寅恪对吴宓的看法是:"昔在美国初识宓时,即知宓本性浪漫,惟为旧礼教、旧道德之学说所拘系,感情不得发舒,积久而濒于破裂。犹壶水受热而沸腾,揭盖以出汽,比之任壶炸裂,殊为胜过。"[10]

吴宓小女儿吴学昭对父亲的评价是:性格悲剧(引诺瓦利斯的一句

话:"性格即命运。")。[11]

吴宓同事温源宁对吴宓的评价（英文），经吴宓哈佛大学同学林语堂的翻译变成了:"悲哉雨生，你是那样的孤芳自赏，不屈不移。更可悲者，是雨生对自己也没有了解。他立论上是人文主义者，雅典主义者；但是性癖上却是彻头彻尾的一个浪漫主义者。雨生为人坦白无伪，所以此点人人都已看出，只有他自己看不见。"[12]"这个弱点，病不在论理不明或者立意不诚，病在他人文主义的立场——而且是白璧德式的人文主义的立场。雨生不幸，坠入这白璧德式的人文主义的圈套。现在他一切的意见都染上这主义的色彩。伦理与艺术怎样也搅不清。你听他讲，常常莫名他是在演讲文学或者是在演讲道德。"[13]

温源宁是林徽因的姊丈（温娶林的表姐曾语儿），是徐志摩留学英国时的同学。他对吴宓的认识，和林徽因对沈从文、徐志摩、雪莱的认识相同。1934年，因沈从文个人陷入一场感情危机，林徽因在给费正清、费慰梅的信中说道:"他的诗人气质造了他自己的反，使他对生活和其中的冲突茫然不知所措，这使我想到雪莱，也回想起志摩与他世俗苦痛的拼搏。……过去我从没有想到过，像他那样一个人，生活和成长的道路如此地不同，竟然会有我如此熟悉的感情，也被在别的景况下我所熟知的同样的问题所困扰。这对我是一个崭新的经历。"[14]吴宓本人在1936年3月1日《宇宙风》第12期发表有《徐志摩与雪莱》，他承认"志摩与我中间的关键枢纽，也可以说介绍人，正是雪莱"[15]，"我那时沉酣于雪莱诗集中（虽然同时上着白璧德师的文学批评课），以此因缘，便造成我后来感情生活中许多波折"[16]。他特别强调凡是受过雪莱影响、身历人生困苦的人，谁不为志摩同情而哀悼呢？"我一生处处感觉Love（所欲为）与Duty（所当为）的冲突，使我十分痛苦。"[17]"大家哀悼志摩，我便更要哀悼我自己！"[18]林徽因此信所要表达的正是新月派理论家梁实秋所谓永恒的人性。她在沈从文这样的"乡下人"身上看到了和他们留学生所共同具有的浪漫情怀。在这种对比中同时也彰显出吴宓的两个精神"导师"——诗情的浪漫的雪莱与人文的古典的白璧德,以及其间的矛盾,甚至可以说吴宓在本质上是一个浪漫的诗人,他那得自白璧德人文的古典的外衣,只是偶尔的穿着打扮。

吴宓学生钱锺书对老师的评价是:是伟人,也是傻瓜。最终只是一个矛盾的自我,一位精神错位的悲剧英雄。[19]

吴宓学生、女朋友陈仰贤对他的评价是:吴先生是最好的教授,但是没有资格做父亲,也没有资格做丈夫。[20]吴宓一生痴迷的情人毛彦文说他是"书呆子"[沈按:1999年6月21日在台北,毛彦文与沈卫威谈话录]。

最初同人遵从梅光迪的主张,决议:《学衡》杂志不立社长、总编、撰述员等,以免有名位之争,凡为《学衡》杂志做文章者,即为社员,不做文章即不是社员。因此笔者把为《学衡》杂志撰文者即视为宽泛的学衡派成员。

《学衡》杂志仿《庸言》体例,分为"插画""通论""述学""文苑""杂缀""书评"等。具体编辑事务分工如下:

"通论"负责人为梅光迪。

"述学"负责人马承堃(1897—1976),字宗霍,湖南衡阳人,王湘绮晚年门生,1930年代又师从章太炎。通今文经学、古文经学,无门户之见。此时为南京暨南学校教授,晚年任中华书局编审。著有《中国经学史》《音学通论》等。

"文苑"负责人为胡先骕(1894—1968),字步曾,号忏庵,江西新建县人。南社社员,宗法宋诗,推崇"同光体"。他10岁参加科举考试时得晚清著名学者沈曾植赏识,成为沈的门生。就读京师大学堂预科时,与秉志、李协、汪辟疆、王易、姚鹓雏、林庚白、黄秋岳、梁鸿志等同学。留学美国加州伯克利(柏克莱)大学、哈佛大学,学习森林植物学。在美国留学时,曾有《忏庵诗稿》《忏庵词稿》刊于1914年、1915年的《留美学生季报》(上海出中文版)第1卷第2、3号,第2卷第4号上。当胡适等转向写作白话新诗时,他极力反对。他此时为东南大学植物学教授。

由于胡先骕的关系,《学衡》杂志上大量刊登江西人的诗,且作者大都宗法宋诗(江西诗派)。同时南社社员的诗作也大量流入《学衡》,使得《学衡》杂志的"文苑"成了"江西诗派"之绝响,南社社员之余音。南社社员中因"宗唐"与"宗宋"而出现内讧,"宗唐"者把持了南社社员的话语霸权,将"宗宋"的"江西诗派"排斥在诗社之外。但《学衡》杂志的"文苑"则包容了他们双方诗学的"唐宋之争"。

从文化精神上看,学衡派内承"南社""国粹派"的余脉,外受白璧德新人文主义思想的影响。79期《学衡》杂志中,南社社员计有胡先骕、梅光迪、诸宗元、叶玉森、吴梅[21]、黄节、吴恭亨、曹经沅、杨铨、汪精卫、徐英、陈柱、林学衡。南社保守的文学和极端文化民族主义倾向也被带进了《学衡》杂志。其中汪精卫学诗词时为朱祖谋弟子。"国粹派"成员计有:黄节、诸宗元、陈澹然、王国维。《学衡》杂志简章所说的"昌明国粹",即可见其与"国粹派"的密切传承关系。1928年,在南京的学衡派成员胡先骕与黄侃商议,有将《学衡》与后"国粹派"刊物《华国》合刊的动议。[22]

为《学衡》写文章的"常州词派"成员有:朱祖谋、况周颐。"桐城派"后期成员有:方守彝、方守敦、姚永朴、林纾。《学衡》作者中宗法宋诗的"同光体"诗派成员计有:陈三立、夏敬观、华焯、王易、王浩、胡先骕、汪国垣、陈衍恪("江西派")、沈曾植("浙派")、诸宗元、林学衡、陈宝琛("闽派")、陈澹然。

为《学衡》写文章的沈曾植、朱祖谋、陈三立、张尔田、孙德谦,同时也是1912年10月7日在上海发起成立的"孔教会"的重要成员。其中沈曾植、朱祖谋、陈三立位列"孔教会"成立时的13位发起人之中。沈曾植本人也是1915年袁世凯称帝、1917年张勋复辟的积极支持者，其文化保守性质十分明显。张尔田、孙德谦为1913年2月《孔教会杂志》的创刊编辑。张、孙两人为《学衡》写文章，是吴宓1923年9月3日亲自到上海约成的。

"杂缀"负责人邵祖平（1898—1969），字潭秋，室名无尽藏斋、培风楼，江西南昌人。此时为南京东南大学附属中学教师。著有《培风楼诗存》《中国文字概说》《七绝研究》等。此君因身处中学，与诸位大学教授相比，略有自卑，于是处处表现出自卑的超越，时常与吴宓等抵牾。

"书评"负责人为吴宓。

上海中华书局的具体负责人为"新书部"主任左舜生（1893—1969），名学训，号仲平，湖南长沙人。

为封面题"学衡"二字的是曾农髯（1861—1930），名熙，湖南衡阳人，马宗霍的老师，著名书法家。曾农髯为光绪二十九年（1903）进士，1915年以后至上海，以卖字为生。他与当时江宁提学使、两江师范学堂监督李瑞清（梅庵，1867—1920）为友，两人书法各树一帜，并称"曾李"。"曾李"的书法是当时学书者的榜样。沈从文1931年8月在青岛写作《从文自传》时特别提到自己1922年在湘西巡防统领陈渠珍的部将张云龙（子青）身边作书记员，每天练习书法，他说："我房间中却贴满了自写的字。每个视线所及的角隅，我还贴了小小字条，上面这样写着：'胜过钟王，压倒曾李。'因为那时节我知道写字出名的，死了的有钟王两人，活着却有曾农髯和李梅庵。我以为只要赶过了他们，一定就可独霸一世了。"[23]事实上，李梅庵此时已经去世，沈从文尚不知道。

"发刊辞"即《弁言》为柳诒徵（1880—1956）所撰，柳氏字翼谋，号劬堂，江苏镇江人。由原南京高等师范学校国文史地部主任，改任此时的东南大学历史系教授。著有《中国文化史》《历代史略》等。执教南京高等师范学校时,指导"史地研究会"和《史地学报》,培养了胡焕庸(肖堂)、缪凤林(赞虞)、刘掞藜(楚贤)、景昌极(幼南)、张其昀(晓峰)、王焕镳(驾吾)、徐震堮(声越)、王庸(以中)、向达(觉明)、郑鹤声(萼荪)、胡士莹(宛春)、赵万里(斐云)、陈训慈(叔谅)、钱堃新(子厚)、范希曾(耒研)、陆维钊(微昭)等一批学有所长的学生,且多成了《学衡》杂志作者暨社员,后来又都成为著名学者。柳氏是南京高等师范学校国文史地学科的代表人物,后来浙江大学文学院史地系"历史地理"学的崛起,是南京高等师范学校国文史地学术精神的延续,是一种自然的学术传承。

而今重识这批南京高等师范学校史地学会成员,学衡派弟子辈学人,全面而富有创造性地继承柳诒徵、竺可桢学术思想,贯通史地,最具独创性且影响深远的是人口地理学家胡焕庸。他曾赴法、美求学,践行融化新知,升发本土。1935 年 6 月,他在《地理学报》二卷二期发表《中国人口之分布》,提出"瑷珲—腾冲"线,即"胡焕庸线"——中国人口的地域分布界线,至今被视为 20 世纪地理学最具原发性学术成果。随后他在地缘政治、淮河治理,特别是琉球历史问题、南沙群岛命名等重大国家战略问题上,都有卓越的学术贡献。

近代以来,南京一直是佛学研究、传播的中心。1910 年,以杨文会(仁山)为会长的佛教研究会成立于金陵刻经处,沈曾植、陈三立、章太炎、欧阳竟无、张尔田等多人入会。这些学人后来直接或间接都与学衡派刊物发生联系。因金陵刻经处此时改为研读佛学的支那内学院,《学衡》作者中汤用彤、吴宓、景昌极等到那里短期学习过佛学,与当时的主持欧阳竟无及其弟子吕澂、熊十力、蒙文通等相识,使得蒙文通成为《学衡》作者。后来《国风》在南京创刊,欧阳竟无、熊十力也加入写文章。同时汤用彤、景昌极也在支那内学院兼课。其中蒙文通1911年在成都存古书院读书时,为廖平、刘师培弟子,通过支那内学院的学习,成了学衡派成员。学衡派因支那内学院师生的加入而使学术势力加强。熊十力、蒙文通在1928年以后也都曾在中央大学执教。

刊物的立场

《学衡》的编辑有意学习《国粹学报》,《学衡》开卷"插画"中的两位人物是孔子、苏格拉底[24],其意在于融通中西。10多年前《国粹学报》创刊时,第一卷刊登的25位人物的"插画"中,第一位是孔子。以后各卷(共7卷)均有先贤画像,或名人字画、著名器物、碑刻。而《学衡》是将中西人物、名人字画、著名器物、碑刻、建筑作为卷首或文中"插画",在"国学"上,《学衡》是有意继承《国粹学报》的。

《学衡》的《弁言》全文如下:

> 杂志迄例,弁以宣言。综其旨要,不逾二辙。自襮则夸饰,斥人则詈诃。句必盈尺,字或累万。同人俭劣,谢未能也。出版之始,谨矢四义:
> 一、诵述中西先哲之精言,以翼学。
> 二、解析世宙名著之共性,以邮思。
> 三、籀绎之作,必趋雅音,以崇文。
> 四、平心而言,不事嫚骂,以培俗。
> 揭櫫真理,不趋众好,自勉勉人,期于是而已。庄生有言,瞽者无以与乎文章之观,聋者无以与乎钟鼓之声。岂惟形骸有聋盲哉,夫知

亦有之。同人不敏，求知不敢懈。第祝斯志之出，不聋盲吾国人，则幸矣。

胡先骕在《评〈尝试集〉（续）》一文中将 Irving Babbitt 译为欧文·白璧德，将 Humanism 译为人文主义。白璧德及新人文主义思潮进入中国，从此开始，《学衡》杂志是白璧德及新人文主义精神展示的舞台。白璧德是《学衡》作者中一部分人的精神领袖，新人文主义思潮是《学衡》杂志一部分作者的理论武器。

自第三期始，卷首刊有《学衡杂志简章》，为吴宓撰写。其主要宗旨是："论究学术，阐求真理，昌明国粹，融化新知。以中正之眼光，行批评之职事。无偏无党，不激不随。"

《学衡》作为现代文化保守主义的一个重要刊物，也是学衡派的发端阵地，我在这里谨述其史略。尽管《学衡》借"昌明国粹，融化新知"的理性来整合文化断裂的努力和作用十分有限，且多时代色彩。但是，其试图进行文化整合所开启的人文主义思想理路，在以后学衡派同人的学术活动中却得到了进一步发挥。[25] 至于《学衡》本身的变化和流动性，可以从吴宓任教地点的变化和作者队伍的变动中看出。[26]

吴宓与刊物的实际运作

吴宓认为自己的名字进入知识界，被人所知，是由于《学衡》杂志。这是一个名分上的所得。为了这一名分，也是他所谓的志业，他投入很多，付出也最大。而大学教授的身份与平常的教学工作，只是一份谋生的职业。

《学衡》刊物存在标明的出版日期与实际出版时间不符的情况：如第60期标明为1926年12月出版，实际却是1928年1月才印出[27]，因为王国维1927年6月自杀，这一期为王国维纪念专号；第71期版权页写明为1929年9月出版，但内文中却登有1930年5月15日逝世的英国小说家洛克像，同时还刊登有1930年5月10日被命名为英国桂冠诗人的梅丝斐尔像；第78、79期出版时间也是模糊不清的；1933年8月为终刊号第79期出版时间，因内文中有注明1933年8月1日启事的日期，因此推断终刊号时间为8月。对这种现象，只能推断编辑时间和出版时间不一致，特别是版权页上的标明时间和实际出版时间不一致。

该杂志由"发起同志数人，担任编辑"，但自始至终实际主持编务的是"总编辑兼干事吴宓"。1924年8月吴宓到东北大学执教半年，《学衡》增设柳诒徵、汤用彤为干事，1928年1月第61期改由缪凤林担任副编辑兼干事。

《学衡》出版发行至1932年秋冬，在南京的《学衡》杂志社社员不满吴宓独揽本属南京东南大学的这个刊物的编辑权，即他一人在清华大学编，上海印行，南京社员连个空名也没有，便提出与中华书局解约，使杂志归张其昀创办的南京钟山书局印行。吴宓坚决反对，因为这些年，他独立主持编务，备尝艰辛，当经费困难时，他拿出了自己的薪水，也曾请清华研究院的导师梁启超出面向中华书局说情，以减免部分印刷费用。吴宓由于不同意与中华书局解约，便与南京社员产生了意见分歧，相持之中，吴只好辞去总编辑职务。南京社员改举缪凤林为总编辑，并与中华书局解约。其结果是《学衡》无法再出版，第79期遂成终刊号。

《学衡》杂志实际运作是这样的：一是它没有政治和经济上的依靠。东南大学在经济上并未给它提供任何经费。因此，可以说它在政治、经济上是独立的（这样也就超越了政治保守主义，游离于党派之外）。基本印刷费用是最初志同道合的骨干社员每人出一百元作基金。二是刊物始终没有稿酬。三是吴宓一人始终主持编务。在后期出版经费紧张时,他个人每期补贴百元,又向亲友募捐来维持刊物运行。

事实上,吴宓作为《学衡》实际主持者,在编辑经营过程中,还遇到了来自内部的磨难,和朋友们对他的不理解。梅光迪自1923年1月第13期始,便不再为刊物撰稿,并对人说:"《学衡》内容愈来愈坏。我与此杂志早无关系矣!"为《学衡》撰稿的人并不多,经费时常不足,社员则无人过问,无人捐助,只有吴宓一人为刊物筹款操心,因此编辑权也就落在他手中,所以社员中有人说"《学衡》杂志竟成为宓个人之事业"[28]。在《学衡》社员中,吴宓与邵祖平矛盾较尖锐,冲突也最明显。对此他在日记和自编年谱中都有记述。在1923年9月15日冲突之后,他在日记中写道:

> 予平日办理《学衡》杂务,异常辛苦繁忙。至各期稿件不足,中心焦急。处此尤无人能知而肯为设法帮助。仅二三私情相厚之友,可为帮顾。邵君为社中最无用而最不热心之人。而独喜弄性气,与予一再为难。予未尝不能善处同人,使各各满意。然如是则《学衡》之材料庸劣,声名减损。予忠于《学衡》,固不当如是徇私而害公。盖予视《学衡》,非《学衡》最初社员十一二人之私物,乃天下中国之公器;非一私人组织,乃理想中最完美高尚之杂志。故悉力经营,昼作夜思。于内则慎选材料,精细校雠;于外则物色贤俊,增加社员。无非求其改良上进而已。使不然者,《学衡》中尽登邵君所作一类诗文,则《学衡》不过与上海、北京堕落文人所办之小报等耳。中国今日又何贵多此一杂志?予亦何必牺牲学业、时力以从事于此哉?
>
> 予记此段,非有憾于邵君。特自叙其平日之感情与办事之方针

耳。故于邵君訾评同社之作,及强欲凌驾胡君先骕等情,均不述及云。[29]

在1925年5月25日的日记中,他记有好友张歆海对《学衡》的意见。张歆海认为吴宓办《学衡》是"吃力不讨好",不如不办。8月23日日记有他与胡先骕、邵祖平的矛盾,说自己"为《学衡》忍辱含垢,惟明神知之耳"。1926年11月16日,吴宓在接到中华书局关于《学衡》第60期以后不再续办印刷的信后,与陈寅恪谈《学衡》停办事。陈寅恪认为《学衡》对社会无影响,理当停办。这事对吴宓刺激很大,他感愤百端,夜不能寐,担心自己会陷入浪漫派诗人的境地。他说:"以宓之辛苦致力,而世局时变,江河日下,阻逆横生。所经营之事业终于破坏,同志友朋,均受社会排斥,秉其学德志节,归于日暮途穷之境。可痛哭之事,孰有甚于此?且恐以宓之生性多感,又富诗情,从此将下堕于抑郁忧愤,如陶潜之饮酒,效阮籍之猖狂,即有所吟咏著作,亦同于浪漫派 Byron(拜伦)、Shelley(雪莱)之怨愤,Lamb(兰姆)、Hazlitt(赫斯列特)之琐细,成为世所摈弃、独善其身之人。而宓等之本志,则欲效 Matthew Arnold(马修·阿诺德)之正大光明,平和刚健,为世人之导师,因势利导,顺水行舟。今后境遇如斯,志业全挫,岂不辜负初心也哉!但顾一身,著作诗文小说以自乐,不谈世事,不问实功,固宓之所好,然终不忍恝然为之耳。"[30]

陈寅恪所言属实,《学衡》的社会影响力,就是依靠在东南大学最初两年间批评新文化—新文学的几篇文章展示的。而这些文章的基本观点,特别是梅光迪、吴宓的文章也都是当年在美国与胡适讨论文学革命时已经展示过(梅光迪与胡适通信的观点,此时换一种方式公开)或先行刊出过(吴宓论新文化)。恰是吴宓所言,他因编辑《学衡》而被人所知,这便是他不忍放弃的。自己贴钱也要坚守一份没有发行量,没有读者,没有社会影响力的刊物,即是吴宓所说的志业。特别是在刊物没有批评新文化—新文学的文章之后,能够坚持刊登古体诗词,即是一种立场与反抗姿态。

11月29日,中华书局在致吴宓的信中,说《学衡》五年来的销售数平均只有数百份,"赔累不堪",故停办。30日,吴宓致信《大公报》张季鸾,托他转商上海泰东书局接办《学衡》,但得到的复函说,无能为力。为此,吴宓在12月1日的日记中感叹:

> 近顷意态消极殊甚。念宓于《学衡》业已竭尽智力,而举世莫助,阻难横生。即社中同志,亦皆落漠,不问此事。宓如此牺牲,殊觉不值,似不若任其停办,而宓专心读书修养,并撰作吾心所好之诗及小说,不强似今之劳而无功,徒为人执贱役者耶?呜呼,自创办至今,《学衡》虽屡经挫折,而吾极端热心,始终不存他想。今兹乃有此消极放任之念,是宓之退步欤?抑《学衡》此次终必停办,先兆已萌,自然之机,无心之感,有不可挽救者欤?吾之苦痛,谁复谅之哉?[31]

12月29日,吴宓又接中华书局来函,说《学衡》"赔累过大",且时局如此,此正缩小范围,故不能续办。1927年3月20日,吴宓在与曾琦谈话中得知,"中华书局已党化。其欲停办《学衡》,实为图破坏我辈之主张及宗旨,必非为经济之故"[32]。在这种情况下,吴宓只得通过吴其昌求助于梁启超。中华书局看在梁启超面子上,答应续办,但提出了续办的条件:"(一)每月津贴中华六十元。(二)纸版归中华。(三)赠送150册取消。(四)不得逾120页。(五)插画取消。"[33]吴宓只同意(一)(二)(四)项。于是,他又通过梁启超与中华书局老板陆费逵讨价还价(5月23日),结果是陆费逵在回复梁启超的第三次信中表示不能接受吴宓的条件

（6月6日）。所以吴宓感到自己为《学衡》已经尽了大力，如今不能维持刊物于不坠，只得搁置，以待时局变好，再求奋起而已。

时值1927年10月12日，吴宓又向中华书局提出了新的计划和要求，即改为双月刊，续办一年（61—66期），每期补款百元，其余条件照旧。由此可见，吴宓是把《学衡》当作自己的精神寄托和志业。他在日记中写道："中夜不寐，细思人生学问理想，虽高远博大无限，然事业须有定而持之以恒，精神名誉要必有所寄托。《学衡》为我之事业，人之知我以《学衡》。故当冒万难而竭死力，继续办理，不使停刊。近顷颇流于怠废，急当自警，重振前数年之精神，以维持《学衡》于不坠。其事虽小，其效虽微，然吾生亦渺小，不寿至短，吾但能为此事，亦是机缘有定，身在局中，不容脱避。只求奋战一场，不损我之精神荣誉而已。岂可妄为虚空之比较，而安于消极哉？"[34]

他甚至为自己的劳作得不到同人理解、支持和社会上的承认而伤心。他说："生平苦作，而不能感动一人。独力辛勤从事，而无人襄助，无人矜怜，无人赞许，无人鼓励，殊可痛伤。"[35]吴宓在《学衡》后期与胡先骕的意见不合。在1927年11月14日胡先骕到北平与吴宓的一次聚会之后，吴宓在日记中记述了《学衡》社友如今已无法做到"志同道合"的实情，说这种意见分歧对《学衡》的事业已没有帮助。他说："始吾望胡之来，以为《学衡》社友，多年暌隔，今兹重叙，志同道合，必可于事业有裨。乃结果大失所望。盖胡先骕不惟谓（一）专心生物学，不能多作文。（二）胡适对我（胡）颇好，等等。且谓（三）《学衡》缺点太多，且成为抱残守缺，为新式讲国学者所不喜。业已玷污，无可补救。（四）今可改在南京出版，由柳［沈按：柳诒徵］、汤［沈按：汤用彤］、王易三人主编。（五）但须先将现有之《学衡》停办，完全另行改组。丝毫不用《学衡》旧名义，前后渺不相涉，以期焕然一新。而免新者为旧者所带坏云云。"[36]

在吴宓提出改良内容,仍用《学衡》名义办下去的建议之时,胡先骕断然否定,认为"《学衡》名已玷污,断不可用。今之改组,决不可有仍旧贯之心,而宜完全另出一新杂志。至于原有之《学衡》,公(指宓)所经营者,即使可以续出,亦当设法停止云云。宓遂言止于此,改谈他事。而中心至为痛伤。夫宓维持《学衡》之种种愚诚苦心,以梅、胡诸基本社友,乃亦丝毫不见谅。宓苟有罪,罪在无功。交涉失败,续办难成,此宓之罪。至若其它种种,悉为宓咎,夫岂可者?人之责宓把持者,何不代宓分劳?何不寄稿?何不垫款?又何至以《学衡》之名义为奇耻大辱,避之惟恐不遑。偶谈及印学衡社丛书事,胡君谓书可印,单本各名,而断不可冠以学衡社等字,亦不必作为丛书"[37]。这使吴宓为之伤心,感到自己维持《学衡》的种种愚诚苦心,梅光迪、胡先骕等基本社友,亦不能谅解。为此,他有一段感慨:

> 社外阻难,宓所不恤,社内攻讦,至于如此。同室操戈,从旁破坏,今世成风,岂《学衡》社友之贤者亦不免此。且即以事论,停办之局已成,破坏尤不费力。但改组出版,未必能成耳。吾但馨香祝其能成,且决当力助,毫无意气之私,惟求志业有神,至于何日可以出版,内容若何进步,则责在诸君子矣。夫《学衡》之局,已成弩末。始谓琴碎弦绝,尚留余思,可供凭吊回环。以今观之,并此而不吾许矣。兼以近今诸种情事,宓益深悲痛。呜呼,天实鉴之,宓之本心,实欲植立中心,取得一贯之精神及信仰,而成为光明端正,内质诚而外活泼之人物。所模仿者,为安诺德,为白璧德,为葛德,为曾文正。今乃以种种之驱迫:(一)外界之阻难;(二)世人对宓等之冷落;(三)同志之萧条及离异;殆将逼宓走入旁路,困守一隅。只务成己,不敢立人;只求自喻,难期人谅。谢绝交际,避去世缘,退心冥思,专务著作小说及诗,以自写其经验,鸣其悲思也乎?[38]

在梁启超和吴宓的进一步努力下，中华书局于1927年11月15日来函，答应1928年续办《学衡》一年（年出6期），每期由吴宓津贴100元。随后，时出时停，一直坚持到1933年8月，共出版79期。其中的艰难辛苦，吴宓在日记中多有自诉和怨尤。这既是文化保守主义者所处时代的特殊苦难，也是文化保守主义群体内部压力的具体表现。吴宓本人比其他人更多地承受了这一压力。

吴宓在1935年中华书局出版的《吴宓诗集》卷末所附《〈学衡〉杂志论文选录》的题言中写道："民国二十一年（1932）秋冬，《学衡》杂志社员在南京者，提议与中华书局解约，以本志改归南京钟山书局印行。宓当时力持反对。盖以已十余年之经验，宓个人与中华书局，各皆变故屡经，艰苦备尝，然《学衡》迄未停刊。以昔证今，苟诸社员不加干涉，任宓独立集稿捐赀，仍由中华印行，必可使此志永永出版而不停，纵声光未大，而生命得长。任何改变办法，皆不免贪小利而损大计。故宓坚持反对云云。乃社员卒不谅，宓不得已，于民国二十二年（1933）夏，正式辞去总编辑职务。于是诸社员举缪凤林君继任，然后与中华书局解约。但迄今一年有半，尚未见《学衡》第八十期出版。此事伤宓心至大，外人不明实情，反疑《学衡》之停刊由于宓之疲倦疏懒。宓既力尽智全，不能阻止，反尸其咎，乌得为平。故于此略述真相，以告世之爱读《学衡》杂志者。"[39]

事实真相是在南京的《学衡》杂志社员，认为《学衡》已经背落后、保守的恶名，决定弃用《学衡》名字，在1932年9月另起炉灶，创办了《国风》。

在义利取舍过程中，吴宓有过痛苦的抉择。1928年2月1日，他与学生陈铨谈及售小说稿给《国闻周报》一事时，便将自己与新文学作家做一比较，且以义利取舍为评判尺度。他在日记中写道："陈铨来，为售小说稿与《国闻周报》事。因谈及中国近今新派学者，不特获盛名，且享巨金。如周树人《呐喊》一书，稿费得万元以上。而张资平、郁达夫等，亦月致不赀。所作小说，每千字二十余元。而一则刻酷之讥讽，一则以情欲之堕落，为其特点。其著作之害世，实非浅鲜。若宓徒抱苦心，自捐赀以印《学衡》，每期费百金。而《大公报》在我已甚努力，所得酬报亦只如此。呜呼，为义为利，取舍报施，乃如斯分判。哀哉！"[40]

事实上，在出版、报刊业发达的现代社会，大众传媒崛起，已极大地改变了传统文人的写作方式和交流手段。吴宓在与新文学作家较量中，已不单是信念、道义和话语之别，更有最为实际的大众传媒导致金钱上的逆差。新文学作家占据大众主流话语后的获得，和吴宓等瓦解、反对大众主流话语霸权所必需的付出，二者对比太明显了。这也是他时常痛苦呻吟的重要原因之一。[41]

注

[1]《任鸿隽自述》，《近代史资料》总第 105 号第 16 页，中国社会科学出版社，2003。
[2] 详见沈卫威《吴宓与〈学衡〉》。
[3] 胡先骕：《东南大学与政党》，《东南论衡》第 1 卷第 1 期(1926 年 3 月 27 日)。1926 年 3 月 27 日，原《中国评论》改组更名为《东南论衡》。据现在查得的 30 期可知，《东南论衡》为周刊，每星期六出版。刊物自 1926 年 3 月 27 日—1927 年 1 月 15 日共出版 30 期。其中胡先骕发表诗、文有 11 篇(首)。第 1 卷第 1 期上刊出的《本刊启事一》说"本刊为纯粹公开讨论机关"。编辑部在南京东南大学。胡先骕在《东南论衡》上刊出反胡适及新文化的著名文章是《学阀之罪恶》(第 1 卷第 6 期，1926 年 5 月 1 日)。
[4]《任鸿隽自述》，见《近代史资料》总第 105 号第 16 页。

[5] 李清悚:《回忆东大时代柳翼谋师二三事》,见柳曾符、柳佳编:《劬堂学记》第125页。
[6] 这里是节录。见《吴宓自编年谱》第254页。
[7] 吴宓:《吴宓自编年谱》第230页。
[8] 程千帆、唐文编:《量守庐学记——黄侃的生平和学术》第2页,生活·读书·新知三联书店,1985。
[9] 吴宓:《吴宓日记》第Ⅲ册第429页。
[10] 吴宓:《吴宓日记》第Ⅴ册第60页。
[11] 吴宓:《吴宓自编年谱》第263页。
[12] 温源宁:《一知半解及其他》(南星等译)第99页,辽宁教育出版社,2001。
[13] 温源宁:《一知半解及其他》(南星等译)第98页。
[14] 林徽因:《林徽因诗文集》第203页,上海三联书店,2006。
[15] 徐葆耕编:《会通派如是说:吴宓集》第265—266页,上海文艺出版社,1998。
[16] 徐葆耕编:《会通派如是说:吴宓集》第266页。
[17] 徐葆耕编:《会通派如是说:吴宓集》第270页。
[18] 徐葆耕编:《会通派如是说:吴宓集》第273页。
[19] 转引自李洪岩:《钱锺书与近代学人》第53—54页,百花文艺出版社,1998。
[20] 浦江清:《清华园日记·西行日记》第38页,生活·读书·新知三联书店,1999。
[21] 吴梅在北京大学执教5年后,于1922年9月到东南大学任教,东南大学改制后仍在中央大学教授词曲,同时在金陵大学国文系兼课。
[22] 黄侃:《黄侃日记》第285页。1928年5月28日日记有:"至萧叔䌹处晤学衡社人。伯弢先生亦在。综其所议,大氏谋与《华国》合并,续印《学衡》,请汪旭初为经理三事而已。胡步曾发议,谓其报宗旨略有二事,一则必须用文言,二则沟通中西学术,非纯乎保存国粹。"5月29日日记有:"在校时曾与小石、锡予论步曾昨语之失。"萧叔䌹为学衡派的萧纯锦。伯弢为原北京大学教授陈汉章,此时为中央大学史地系主任。汪旭初为《华国》月刊的编辑汪东,黄侃的同学,与黄同为章太炎弟子。胡步曾即胡先骕。小石为胡小石。锡予为汤用彤。事实上,黄侃一开始对《学衡》就有好感。1922年2月

23日黄侃得到《学衡》第1、2期,内有黄侃门人张文澍(馥哉)、钟歆(骏臣)之作。他对《学衡》中梅光迪文章的评价是:"讥弹今世新学狂人。多中肯綮。"1922年2月24日黄侃日记有"致张馥哉、钟骏臣一书,赞《学衡》之美,并指其违误三事"。"违误三事"分别指柳诒徵、胡先骕、张馥哉的诗文之误。见《黄侃日记》第127页。

据1923年9月《华国》月刊创刊号所示,《华国》由上海华国月刊社编辑,中华书局出版发行。章太炎任社长(主任),编辑兼撰述为汪东,撰述为黄侃、孙世扬(鹰若)、钟歆、但焘(植之)、李健、孙镜、田桓。编辑为方海客、汪景熙。而后实际的作者还有刘师培(遗稿)、唐大圆、刘绍宽、吴承仕、汪荣宝、吴梅等。古体诗作者有陈柱、况周颐、姚华、陈三立、陈衡恪、姜忠奎等。少数作者与《学衡》交叉。两篇反对新文学及白话文的文章出自汪东(《新文学商榷》)、章太炎(《论白话诗》)之手。1923年9月—1926年7月,《华国》共出版3卷(第1卷12期,第2卷12期,第3卷4期)。《华国》之后,他们又创办了《制言》和《国学论衡》(1933年6月1日出版的第1期名为《国学商兑》,第2期改名为《国学论衡》)。《学衡》作者中,陈柱、姜忠奎、吴梅、邵祖平、马宗霍、孙德谦、胡焕庸等和南京中央大学部分史地专业的教授同时也为苏州《国学论衡》写文章。因胡焕庸曾任苏州中学校长,他在此刊第1期即刊发《历代土地政策》。陈柱就是《国学论衡》的"文学部干事"。据《国学论衡》第6期(1935年12月31日)所登《国学会员迁移表》《国学会撰述员表》所示,姜忠奎、邵祖平、马宗霍、孙德谦为撰述员。陈柱同时还为上海大东书局《国学月刊》写文章。抗战期间,中央大学迁至四川重庆,在南京的汪伪政权又新立"中央大学",陈柱曾出任文学院院长、校长,为学界所唾骂。而在北京的部分《学衡》作者又为述学社办的《国学月报》写文章。

1935年9月16日,《制言》半月刊由苏州"章氏国学讲习会"创刊发行。在"章氏国学讲习会征求会员"的"发起人"中,有原《学衡》作者马宗霍、邵祖平。"赞助人"中有原《学衡》作者陈柱、赵万里、陈训慈。"发起人"和"赞助人"本身就是《制言》作者,其他学衡派成员为《制言》写文章的还有吴梅、汪辟疆、李详、徐英、柳诒徵、李源澄。

另外,吴宓1925年到北京清华学校,把《学衡》编辑部设在清华后,刊物引起了反对新文学的章士钊及《甲寅》周刊同人的注意。据《吴宓日记》所示，1926年2月，梁家义向吴宓表示，要介绍吴宓与章士钊及《甲寅》周刊经理彭毅相识，并展开合作。17日《甲寅》周刊经理彭毅拜访吴宓，劝他将《学衡》从中华书局那里收回自己印刷发行，但遭吴宓拒绝。他表示仍将与中华书局合作（见《吴宓日记》第Ⅲ册第149—150页）。也就在这时候，《甲寅》周刊开始为《学衡》登广告。1926年2月27日《甲寅》周刊第1卷第31号用整版封底为《学衡》作宣传，题目很大，为《爱读〈甲寅〉周刊者不可不速订阅〈学衡〉杂志》。此时，为《甲寅》周刊写文章的《学衡》作者有汪辟疆（国垣）、汪荣宝、李濂镗、蒙文通、钱基博、吴其昌、唐大圆、林思进、邵祖平、缪钺等。

[23] 沈从文：《沈从文文集》第9卷第205页，花城出版社、生活·读书·新知三联书店香港分店，1984。

曾农髯1930年去世时曾引起胡适注意，他在日记中写道："曾农髯也在前几天死去。此种字匠，更不足道。"见季羡林主编：《胡适全集》第31卷第720页。

[24] 吴宓在1922年写有《苏格拉底像赞》，其中有"明法殉道，杀身成仁。……举世横逆，吾独辛勤。内省不疚，常视斯人"的诗句。见吴宓：《吴宓诗集·清华集下》第35页。

[25] 在南京东南大学—中央大学的学衡派成员，1920年代后期和1930年代，坚持与新文学对立，写古体诗词。到1940年代迁校重庆，一群人对古体诗词仍情有独钟。在重庆，1943年1月—1945年8月，汪辟疆（号方湖）主编的《中国学报》便体现这一倾向。（与此同时，北京有张绍昌主编的《中国学报》，1944年3月创刊。而早在1912年11月，北京的国粹派已创办有《中国学报》，中间停刊一段时间，复刊后由刘师培主编，主张"保存国粹，渝发新知"。）为刊物写文章（包括古体诗词）的有李翊灼、汪东、唐圭璋、陈匪石、王玉章、金毓黻、章士钊、朱希祖、欧阳渐、罗常培、容园、程康、熊公哲、刘修业、许承尧、潘重规等。汪辟疆在第1卷第1期重刊《近代诗派与地域》（由吴荼作笺），因为此文在1935年6月南京中央大学文学院办的《文艺丛刊》（第2卷第1期）已经刊登过，此文可与1920年代刊在北京《甲寅》周刊（连载于第1卷第5、6、7、8、9号，时间为1925年8月15日—9月12日）的《光宣诗坛点

将录》相印证。汪辟疆主编的《中国学报》与《学衡》相同的倾向性在于尊孔,推崇古体诗词。如李翊灼第1卷第1期刊出《中国学术与中国学报》,第2期刊出《复兴礼学之管见》(上)。汪辟疆第1卷第4期刊出《怎样了解孔子》。1941年11月《中央大学日刊》在重庆复刊,"真社"社员唱和、创作古体诗词,并在《中央大学日刊》上开辟"诗苑"。

[26] 乐黛云在《"昌明国粹,融化新知"——汤用彤与〈学衡〉杂志》一文中,说刊物具有"一贯性和稳定性",其实不是这样的。1925年以后,吴宓主要用北方作者稿件和借重清华力量,而原《学衡》大本营南京高等师范学校—东南大学的主力已经对他不满。文章见乐黛云:《跨文化之桥》,北京大学出版社,2002。

[27] 《学衡》拖(脱)期,在59—60期尤为明显。据《吴宓日记》第Ⅲ册440页所示,1927年11月17日,吴宓接中华书局11月10日复函,说《学衡》59—60期,"虽令出版部赶印,而因应印之书甚多,何日出版,殊不能预定"。结果是,吴宓于11月27日收到中华书局寄到的《学衡》第59期样本(《吴宓日记》第Ⅲ册第444页),1928年1月16日收到第60期《学衡》样本(《吴宓日记》第Ⅳ册第10页)。因此,可以认定《学衡》第59、60期出版时间分别为1927年11月、1928年1月。

[28] 吴宓:《吴宓自编年谱》第235页。

[29] 吴宓:《吴宓日记》第Ⅱ册第256页,生活·读书·新知三联书店,1998。

[30] 吴宓:《吴宓日记》第Ⅲ册第252页。

[31] 吴宓:《吴宓日记》第Ⅲ册第259页。

[32] 吴宓:《吴宓日记》第Ⅲ册第323—324页。

[33] 吴宓:《吴宓日记》第Ⅲ册第324页。

[34] 吴宓:《吴宓日记》第Ⅲ册第419页。

[35] 吴宓:《吴宓日记》第Ⅲ册第351页。

[36] 吴宓:《吴宓日记》第Ⅲ册第437页。

[37][38] 吴宓:《吴宓日记》第Ⅲ册第437—438页。

[39] 吴宓:《吴宓诗集·〈学衡〉杂志论文选录》第46页。

[40] 吴宓:《吴宓日记》第Ⅳ册第17页。

[41] 本章部分内容,先行刊印在我的《吴宓与〈学衡〉》一书导言中。

历史寻根:《史地学报》

上、史实呈现

研究会的组织原则及刊物的出版

1921年11月,南京高等师范学校史地研究会编辑的《史地学报》在上海商务印书馆出版发行。为创刊号作序的是柳诒徵。卷前有《本学报启事》,说"本学报为南京高等师范学校史地研究会刊物,预定年出四期","本学报取公开的态度,极愿海内同志自由投稿,积极批评;其能以实地观察,或教授经验见赐者,尤为欢迎"。

《史地学报》创刊号本是1921年3月15日由史地学会决议出版发行的,7月第1号稿件编就,计划8月1日出版。后因商务印书馆印刷冗繁,直到11月1日才印出。刊物封面署名"南京高等师范史地研究会编辑","上海商务印书馆发行"。第2号出版时间为1922年2月,而版权页误印为4月。第3号为5月。预定年出4号的季刊,在实际出版时间上有误差。第4号出版时间为8月。第1卷共出4号。

第2卷自1922年11月—1924年2月出版8期(号)。其出版时间分别为第1期1922年11月、第2期1923年1月1日、第3期1923年3月1

日、第4期1923年5月1日、第5期1923年7月1日、第6期1923年8月1日、第7期1923年11月1日、第8期1924年2月1日。

自第3卷始,刊物封面署名"东南大学史地研究会编辑","上海商务印书馆发行"。因为南京高等师范学校改为东南大学后,原南京高等师范学校的学生仍可用旧称,毕业时文凭也可两个校名中选一个。但要取得东南大学毕业生证者,须免费补修若干课程。张其昀就是用的南京高等师范学校的毕业证书,因为他是1919年9月南京高等师范学校新入学考生中的第一名,为纪念自己的这个荣誉,他一生中都称自己是南京高等师范学校的毕业生。

第3卷自1924年6月1日—1925年10月出版8期(1、2合期的版权页时间为4月,封底英文为6月)。其中第1、2期合为一册。第8期出版日期虽署时间为1925年10月,但实际出版时间滞后,因为内文本有郑鹤声1925年11月1日写的"启事"。据版权页所示其出版时间分别为:第1、2合期1924年4月1日,第3期1924年10月1日,第4期1924年12月1日,第5期1925年3月1日,第6期1925年5月1日,第7期1925年6月1日,第8期1925年10月。

第4卷第1期出版日期为1926年10月。这也是终刊号。

《史地学报》5年间共出版4卷21期,计20册。封面和版权页标明的是"期",而内文标的是"号"。

由于柳诒徵卷入东南大学易校长风潮,被迫离开东南大学,学生组织史地研究会解体,刊物停刊,其骨干力量加入到1926年新创办的《史学与地学》。

第1号刊首是柳诒徵《序》。[1]柳氏强调首先要"居今日而穷皇古","坐一室而烛全球",然后而鸣其学。

在第 3 号卷首登有《编辑要则——旨趣及门类》。[2]

从南京高等师范学校到国立东南大学,史地研究会章程有相应的完善和细化。《史地学报》第 1 卷第 3 期刊登的《南京高等师范学校史地研究会简章》[3]也具体化了。

在 1922 年 11 月出版的第 2 卷第 1 期卷首,又刊出了《编辑导言》,阐明本期刊物的具体编辑意见。在新开"史传""地志""论文摘述""表解"的同时,强调要注重三点:实际教育之应讨论、时事问题之应注重、书评一门之应扩充。

刊物对"史地之学"有具体解说:"史地之学,一由时间之绵延,示人事之蜕化;一由空间之阔大,明人类自然界之关系;广宇长宙,宏我心量;其于陶养公民,至为重要。"故应合力讨论。史地研究会的同人认为西方历史学家论史多能明现状的来历,地理学家研究人类与环境,特重人文的反映。史地之学关系国计民生,因此,要注重时事问题的研究。中国今日学术的荒堕,好名之士,徇风气以为学,历史地理更稀少过问。"同人以为述古启新,非有大规模之整理,大规模之翻译不为功。"其对著作的本末、价值和源流进行品评,也是当务之急。"上所述者,皆有关于全国文化之重。同人等不揣寡昧,愿努力尽一部分之责任。海内同道,当如何急起共图,以昌明学术乎!"[4]

到 1924 年 6 月 1 日出版第 3 卷第 1、2 合期,更完备、细密的《国立东南大学史地研究会简章》随刊物刊登。[5]

这是一个有着严格组织结构和学术规范的群体,其特性在他们具体的活动中得到了充分体现,并培养了他们严谨、扎实、稳重的良好学风,奠定了他们群体的学术基础。

实际运作过程

"史地研究会"的组织结构和《史地学报》的编辑出版情况是以自然学期为单元,平均每年分两段,不断改组和更新,因为学生自然入学和毕业离校,指导教师也有部分流动。据第1号后面所附《记录》示,本会自1919年10月至1921年10月两年间由南京高等师范学校国文史地部及他科学生组织,以研究史地为宗旨。其间经历了由地学会到史地学会的过渡。具体情况是,1919年秋,国文科改国文史地部后,同学们即有增设地学会的动议,并得到了地理教授童季通的实际支持。1919年10月1日,地学研究会正式成立,共有会员67人,举龚励之为总干事。此学期共有5次演讲:童季通"地名之研究"(10月14日)、柳诒徵"人生地理学"(10月28日)、童季通"中国之旅行"(11月10日)、黄炎培(任之)"南洋风土状况"(12月8日)、陈苞荪"斐列宾之现在与将来"。

1920年1月19日,地学会第二届选举,举诸葛麒为总干事,本届会员有73人;5月13日,决定改地学会为史地学会,并通过简章,延请柳诒徵、童季通、朱进之为本会指导员。1920年5月13日实为史地学会正式成立之日期。

史地学会第一届(1920年5月—6月)活动有暨南教员姚明辉讲"史地之研究"(5月18日)、朱进之讲"近代文化之起源"(6月12日)。6月20日改选下届职员,以陈训慈为总干事。

第二届(1920年9月—1921年1月)会员有62人,柳诒徵、徐则陵、竺可桢任指导员。本届学术活动有指导员徐则陵讲"史料之搜集"(10月11日),竺可桢讲"月蚀"(10月27日)、"彗星"(12月16日),柳诒徵讲"史之性质与目的"(11月3日);会员缪凤林讲"历史与哲学"、胡焕荣讲

"纪元问题"、陈训慈讲"何谓史"（11月29日）。同时，因地质学课程需要，学生们四次到野外考察。11月8日，改选下届职员，以胡焕荣（庸）为总干事。

第三届（1921年2—6月）会员64人，指导员同第二届。活动有徐则陵讲"新史学"（3月15日），北京高等师范学校地理教授白眉初讲"直隶水旱之原因"（5月25日），竺可桢讲"欧洲之现状"（5月26日）、"地理教授法"（6月1日）。6月18日改选下届职员，以诸葛麒为总干事。

1921年3月15日，经会员提议，先后于3月17日、4月20日、6月10日召开编辑会议，商议出版刊物，6月17日校出版委员会正式确认本会《史地学报》为学校丛刊之一，由上海商务印书馆承印。

《史地学报》第1卷第1期详细刊登了史地学会第三届职员录。[6]以后各界职员都有变化。

第四届（1921年9月26日—1922年1月11日）会员81人，其中国文史地部75人，指导员为柳诒徵、徐则陵、竺可桢、白眉初。[7]

本届演讲会有四次：李宜之讲"德国社会情形"（10月14日）、东吴大学教授摩尔讲"苏州之地质"（10月27日）、葛敬中讲"欧洲社会概况"（11月24日）、北京大学陈衡哲讲"中国史学家之责任及机会"（12月30日）。本届学会于1922年1月11日召开史地学会全体会议，由诸葛麒总干事报告会务经过，总编辑缪凤林报告《史地学报》情况，三位指导员致辞后选举下届职员。

同时史地学会还提出了今后的计划：联络毕业同学及外界同志，扩大会员范围；实行分组研究，期收实效；增多开会次数，使会员有演讲发表的机会；改良编辑，多用有趣味、实用的短篇，与长篇专论并行；增设门类，增订杂志（尤其是欧美杂志）。

第五届（1922年2月20日—7月）会员85人，其中国文史地部78人。

职员和指导员有所调整。[8]经本届大会议决,于1922年4月15日发布《通讯》,拟定"毕业同学愿入本会者亦可为本会会员"。

本届演讲会有徐则陵讲"爱尔兰问题"(3月4日)、曾鹰联讲"南洋风土情形"(3月24日)、竺可桢讲"美国之情形"(4月21日)、陈衡哲讲"中国与欧洲交通史大纲"(4月29日)、柳诒徵讲"中国近世史料"(5月12日)。同时有美国教授凯尔的六次演讲——"地中海东南岸诸国之文化",5月初科学社的春季讲演(段育华讲"天象浅说"、竺可桢5月3日讲"地理与文化之关系"),史地学会会员都到会听讲。

编辑会议在3月1日、3月26日、4月15日、6月9日共召开四次,讨论区分门类和发稿的具体事宜。同时在6月9日还召开了职员会议,讨论增添会员(包括分部)、会费、增加学报印数、大会召开及选举问题。6月17日下午,学会召开大会,总干事报告会务经过和学会的工作,然后讨论分组研究和分部办事,决定分设编辑部、出版部、调查部、图书部。决议改季刊为月刊。最后选举第六届职员。

本届学会还组织了古物保存调查、地学考察、与外界学术及毕业生联络等具体活动,有曾约、纪乃佺两位毕业同学愿意入会。

《史地学报》出版后,立即在国内学术界产生了反响。第4期《通讯》栏便刊出章太炎与柳诒徵学术通信,讨论柳诒徵在第1期刊发的《论近人讲诸子之学者之失》。同时还刊登北京高等师范学校史地学会、吉林第一师范学校李育唐,湖北第二师范学校涂海澄来信,及《史地学报》回复。

第六届(1922年9月—1923年2月)会员95人。其中有已经毕业于本校的6人。

本届演讲会有翁文灏讲"万国地质学会之略史及本年开会情形"(10月24日)、江亢虎讲"游俄杂谭"(11月1日)、顾泰来讲"Lecky论历史与政治"(11月8日)、梁启超讲"历史统计学"(11月10日)、竺可桢讲"关于测候所之实际"(12月15日)、柳诒徵讲"正史之史料"(12月18日)。梁启超同时于1922年10月—1923年1月在校讲"先秦政治思想史",史地学会成员大多选修此课。

同时,学会成员开始了"分组研究"和"调查研究",并决议改《史地学报》为月刊,年出8期;改《地理周刊》为《地理撮要》;筹备出版"史地丛书";进而使得史地学会的工作和任务更加细化[9]。

随后,第六届[10]、第七届[11]、第八届[12]职员录也因同学们的毕业流动而变化。新任指导员有1923年9月自美国留学归来的历史学教授杜景辉,但他在11月12日突然因病去世。

下、立场与言说

导师的作用

"史地研究会"两位最重要的指导老师柳诒徵与竺可桢,分别是史学、地学的著名教授,也是极具人格魅力和担负学术导师职责的重要学术组织者、领导者。南京高等师范学校—东南大学—中央大学、浙江大学的史地学科分别在柳诒徵、竺可桢培育下兴盛。同时浙江大学更是在竺可桢主持下发展壮大,浙江大学文科的基本力量也是南京高等师范学校—东南大学—中央大学出身的学者。所谓南京高等师范学校—东南大学史地之学的特色主要肇端于他们二人的研究提倡。尔后东南学术格局中史学、地学也以他们二人的学生的成长壮大为标志,集中体现在后来中央大学、浙江大学的史地学科。其中1923年就有主修地学的王庸、王学素、胡焕庸、张其昀、陆鸿图、诸葛麒六人毕业。

《史地学报》主要发表"史地研究会"成员,即学生的研究文章,另有指导员的少量文章。指导员中,柳诒徵文章最多,其次是竺可桢。柳诒徵在《史地学报》上共刊出文章20篇,和一封致章太炎的信。4卷21期20册中,除在第2卷第4期,第3卷第4、7期,第4卷第1期没有登其文章外,其他各期均有文章刊发。其中第1卷第4期登两篇文章和一封信,第2卷第1期登两篇,第3卷第1、2合期登两篇。竺可桢几乎每期都有《南京气象报告》系列,为刊物增添了新鲜的亮点,也开启了现代气象学的观测研究。因梁启超被请到东南大学讲学,同时也被聘为指导员,他的文章也在刊物上刊登,特别是第3卷连载了梁启超的《中国近三百年学术史》,影响颇大。其他如胡适、丁文江、钱玄同、顾颉刚、林长民等人的文章不是首发,而是因批评讨论需要而转载。可以说,刊物基本上保持了自己的会刊性、专业性和学生习作性,同时也具有相对保守的(缺少批判精神)学术倾向性。历史学最勤奋的作者是陈训慈、缪凤林、郑鹤声、王焕镳、刘掞藜、向达、景昌极;地理学最勤奋的作者是张其昀、胡焕庸。

从刊物具体运作可以明显地看出学生的学习、研究兴趣,即在历史学、地理学之外,他们对中西文化史个案的关注和比较研究。[13]这与柳诒徵具体指导和为学生开设"中国文化史"课程的导向有密切关系。[14]历史研究侧重国史、中国民族史(侧重历史地理学)。外国历史主要是翻译,如胡焕庸译《美国国民史》(连载)。地理学专门研究相对薄弱,翻译介绍的东西较多。待这批学生成为各自领域的学者后,在回忆读书期间这段与《史地学报》的共有时光时,他们都特别提到导师的影响。柳诒徵后来出任江苏国学图书馆馆长时,把自己的三个得意弟子范希曾、王焕镳、周悫带到图书馆工作。竺可桢任中央研究院气象研究所所长和浙江大学校长时,原南京高等师范学校学生诸葛麒一直是他的秘书。

在古史辨讨论中

1923年1月胡适在为《国学季刊》写的"发刊宣言"中指出了三个方向:"第一,用历史的眼光来扩大国学研究的范围。第二,用系统的整理来部勒国学研究的资料。第三,用比较的研究来帮助国学的材料的整理与解释。"[15]顾颉刚在1923年1月10日《小说月报》第14卷第1号"整理国故与新文学运动"[16]讨论专栏上写了《我们对于国故应取的态度》,指出我们对于国故应取的态度是研究而不是实行,是要看出它们原有地位,还给它们原有价值。顾颉刚强调新文学运动与整理国故并不是冤仇对垒的两处军队,乃是一种学问的两个阶段。因为在新文学作家和新文化运动的参与者看来,"整理国故"的目的是巩固新文化—新文学成果。整理旧的是为了创作新的。

"整理国故"运动中重要的一次冲突,是北京大学以顾颉刚、钱玄同、胡适为代表的疑古派遭到了南京高等师范学校—东南大学信古派的反击性挑战。南京高等师范学校—东南大学出场的主要是柳诒徵、刘掞藜、缪凤林师徒。在1920年7月至1925年5月,缪凤林、柳诒徵、刘掞藜主动出击四次。其中两次是柳诒徵在《史地学报》上单挑的。这和《学衡》上胡先骕、梅光迪、吴宓反新文化—新文学的言论几乎是同时发出,两个刊物形成合力之势。只是《学衡》侧重思想观念的倡导和批评,《史地学报》侧重知识层面展示。加上《南高东南大学日刊》1921年10月26日学生群体复古的"诗学研究号",南京高等师范学校—东南大学师生中保守的群体倾向也由此展示出来。南北对立表现在文化—文学观念上是激进与保守(具体的如白话与文言)的对立,历史观上是"疑"与"信"的对立,其分野十分鲜明地显现在五四运动后期中国文化思想界，同时也由此影响到日后中国思想和学术的基本格局，特别是南北两所著名大学。

南京高等师范学校—东南大学师生对北京大学胡适、顾颉刚的批评或质疑是从四个方面展开的：缪凤林质疑胡适《中国哲学史大纲》、柳诒徵质疑胡适的诸子研究、刘掞藜质疑顾颉刚的古史考辨、柳诒徵就《说文》问题批评顾颉刚。引发对方反击的力量却是一批人。因北京大学师生掌握学术和舆论的主流话语权，南京高等师范学校—东南大学师生在学术界和舆论界处于明显弱势。

先是缪凤林在1920年7月17日、19日—25日、27日—31日、8月1日—3日《时事新报·学灯》上连载长文《评胡适〈中国哲学史大纲〉》。继之在1921年11月出版的《史地学报》创刊号上，柳诒徵发表《论近人讲诸子之学者之失》，批评章太炎、梁启超、胡适在诸子学上的偏失。他说章、胡"多偏于主观，逞其臆见，削足适履，往往创为莫须有之谈"，批评章氏论孔、老，则似近世武人政党争权暗杀之风，说孔子有夺老子之名，含逢蒙杀羿之意。章氏以此诬孔子，胡适更为之推波助澜。柳氏说"胡氏论学之大病，在诬古而武断。一心以为儒家托古改制，举古书一概抹杀，故于书则斥为没有信史的价值"，说胡适菲薄汉儒，而服膺清儒。他还进一步指出胡适的病源：实由于不肯归美于古代帝王、官吏。最后他说："吾为此论，非好与诸氏辩难。只以今之学者，不肯潜心读书，而又喜闻新说，根柢本自浅薄，一闻诸氏之言，便奉为枕中鸿宝，非儒谤古，大言不惭，则国学沦胥，实诸氏之过也。诸氏自有其所长，故亦当世之学者，第下笔不慎，习于诋诃。其书流布人间，几使人人养成山膏之习，故不得不引绳批根，以箴其失。"[17]

章太炎早年反孔是由于革命的需要，和康有为（长素）等尖锐对立。晚年他又趋向保守而主张尊孔。《史地学报》第1卷第4期刊登有《章太炎先生致柳教授书》。章太炎在信中说："翼谋先生足下,顷于《史地学报》中得见大著,所驳鄙人旧说,如云孔子窃取老子藏书,恐被发覆者,乃十数年前狂妄逆诈之论,以有弟兄阋之语,作逢蒙杀羿之谈,妄疑圣哲,乃至于斯,是说向载《民报》,今《丛书》中已经刊削,不意浅者犹陈其刍狗,足下痛与箴砭,是吾心也,感谢感谢。"同时他指出胡适所说《周礼》为伪作,本于汉世今文诸师,《尚书》非信史,取于日本人,"长素之为是说,本以成立孔教;胡适之为是说,则在抹杀历史"。章氏还说自己"少年本治朴学,亦唯专信古文经典",与康长素辈背道而驰,其后深恶长素孔教之说,遂至激烈而诋毁孔子。"中年以后,古文经典笃信如故,至诋孔则绝口不谈,亦由平情斠论,深知孔子之道,非长素辈所能附会也。而前声已放,驷不及舌,后虽刊落,反为浅人所取。"他不满后生读他的书而信其旧说,不再读经史诸子的原典。最后他希望与柳诒徵成为诤友,更希望柳诒徵"提挈后进,使就朴质,毋但依据新著,恣为浮华,则于国学庶有益乎"。[18]

柳诒徵在复章太炎信中表明了自己写作此文的用心是因为"今文家喜为非常异义可怪之论,颇合近世好奇心理,故于经术毫无所得者,辄侈然以今文家自命,疑经蔑古,即成通人。杨墨诋孔,以傅西教。后生小子,利其可以抹杀一切,而又能尸国学之名,则放恣颠倒,无所不至。斯则诒徵所尤心痛者耳",同时他表示"提挈后进,使就朴质。际兹文敝道丧,舍此末由药之"。[19]此时,柳诒徵、章太炎的学术思想和文化观念已经趋于一同,而与胡适的思想观念截然相反。章太炎所希望柳诒徵提挈后进的事,柳正在积极实践中,并将成为一生的事业。

从柳诒徵后来的《自传与回忆》看,他对写作此文是很在意的。他说章太炎在回信之外,"后来相见,甚为契合。写一扇面赠我八字,是《刘歆传》的'博见强识,过绝于人'。任公过后对我的批评也无反响。1922年冬,任公到东南大学讲学,对我很客气,也曾写一联相赠:'受人以虚求是于实,所见者大独为其难。'适之见面,也很客气。我的学生乘间问适之对我的批评如何？他说:'讲学问的人,多少总有点主观'"[20]。实际上,此事在胡适日记中也有反映。柳诒徵文章是先在学生中散发传阅后发表的。1921年7月31日,胡适应刘伯明邀请,到东南大学暑期学校演讲"研究国故的方法"。他的观点和南京高等师范学校—东南大学教授的观点截然不同。他的"研究国故的方法"分为四段:

1. 历史的观念:"一切古书皆史也。"2. 疑古:"宁可疑而过,不可信而过。"3. 系统的研究:"要从乱七八糟里寻出个系统条理来。"4. 整理:"要使从前只有专门学者能读的,现在初学亦能了解。"[21]

演讲后,早在1920年暑期学校也曾听过胡适演讲的南京高等师范学校学生缪凤林等与他谈话,并出示柳诒徵的文章,胡适表示:"他的立脚点已错,故不能有讨论的余地。"[22]

1924年5月,《学衡》第29期刊有柳诒徵《评陆德懋〈周秦哲学史〉》。他说陆氏之作起因于读日本人宇野哲人《支那哲学史讲话》,病其缺略;又读胡适之《中国哲学史大纲》,病其择焉不精,语焉不详,故别为一书,以明古代道德、政治学说之精旨。"全书驳胡氏之谬误者凡廿余条",他认为"陆氏之书,固较他著为纯正"。

胡适本人似乎无法忘却柳诒徵对他的批评,所以他在1933年6月《清华学报》第8卷第2期上刊出的《评柳诒徵编著〈中国文化史〉》一文中,对柳著进行了尖锐的批评,说柳诒徵没有经过现代史学训练,"信古"而不"疑",不重视新史料。胡、柳关系和好是在1946年10月。[23]

柳诒徵文章没有引起与胡适或胡适同人大的争论。随之而来关于古史辨的两轮论战分别由刘掞藜和柳诒徵挑起。最关键的两轮交战是在东南大学刘掞藜、柳诒徵和北京大学顾颉刚、胡适、钱玄同之间展开的。

刘掞藜是柳诒徵的学生,在向顾颉刚疑古行为挑战之前,刘掞藜写于1922年11月,刊发时间较晚的文章有《儒家所言尧舜禹事,伪耶?真耶?》,他说梁启超的文章《历史研究法》深信汲冢书之真,胡适《中国哲学史大纲》深疑《尚书》为儒家所造以"托古改制",致使尧舜禹事迹成了真或伪,可信或不可信的大问题。刘掞藜列出五项所谓的明断:1. 尧之初政、中政之时,群小在位。2. 尧实克明俊德以使时雍。3. 尧舜禅让之事实际真。4. 尧之殂落,非以放死。5. 尧舜禅让之事亦真,但舜之崩葬可疑。文章最后表示:"而于所传尧舜禹事一一笃守而固信之,愚也。无参证而遽以儒墨道法等一家之言为真,诬也。今日而言上古之事,非愚即诬,甚哉,古史之难治也!"[24]他对于古史的基本立场明显地受到自己老师的影响。刘掞藜写于1923年5月13日,刊在顾颉刚主编的《读书杂志》第11期(1923年7月1日)上的《读顾颉刚君〈与钱玄同先生论古史书〉的疑问》一文,掀起了古史辨南北讨论的高潮。刘文首先表示对顾颉刚这种研究精神的钦佩,但不同意他对古史传说的推想,对他所举的证据也不满意。刚好这时候,胡适乡友胡堇人也以《读顾颉刚先生论古史书以后》[25]投书《读书杂志》,与刘掞藜文章一起刊出。胡堇人自然也是不同意顾颉刚所谓中国古史是层累地造出来的、尧舜禹稷事迹是靠不住的等一系列观点。他尤其不满顾颉刚对禹不是人类可能是虫的推断。认为顾颉刚要推翻全部古史的证据不充分,这样附会,不能让人信服。于是顾颉刚一并作答。

顾颉刚在《读书杂志》第11期上的《答刘、胡两先生书》中,提出了区分信史与非信史的基本观念,并以四项标准表达:1. 打破民族出于一元的观念。2. 打破地域向来一统的观念。3. 打破古史人化的观念。4. 打破古代为黄金世界的观念。随后他又写了《讨论古史答刘、胡两先生书》,刊《读书杂志》第12—16期。刘掞藜因不满意顾颉刚答复而又以《讨论古史再质顾先生》投书《读书杂志》(刊第 13—16 期)。对于顾颉刚所谓"四项标准"的基本态度,刘掞藜只同意 1、4 两项,不同意 2、3 之说。顾颉刚对刘掞藜的"再质"表示感谢,自己没有时间回答,且对原来问题的答复还没有写完。他先后在《读书杂志》第 14、15、17 期上刊发"启示三则",表示"希望再有许多人加入我们的讨论,因为这个问题的解决不仅是我们几个人的责任"。双方有来有往两个回合。讨论也是学术层面的,心平气和,没有发生出言伤感情的事。

  这一讨论引起钱玄同、胡适注意。钱玄同在《读书杂志》第 12 期刊出《研究国学应该首先知道的事》,说他是借刘掞藜、胡堇人文章而发出以下三点议论,但实际也是针对刘、胡的:1. 要注意前人辨伪的成绩。2. 要敢于疑古。3. 治古史不可存"考信于六艺"之见。胡堇人是胡适朋友,远在安徽绩溪乡村。刘掞藜是柳翼谋学生,代表东南大学的文化保守力量。胡适在《读书杂志》第 18 期(1924 年 2 月 22 日)刊出《古史讨论的读后感》,他认为讨论古史这件事"可算是中国学术界的一件极可喜的事,他(它)在中国史学史上的重要一定不亚于丁在君先生们发起的科学与人生观的讨论在中国思想史上的重要"。这半年多的两组讨论文章也是《努力》周报副刊《读书杂志》上最有永久价值的文章。双方都在求历史真相,问题是证据是否充分和这种怀疑精神对中国人心灵和史学界的影响程度。胡适强调自己服膺黄以周在南菁书院做山长时房间壁上的座右铭"实事求是,莫作调人"。他首先表彰顾颉刚,说顾颉刚"层累地造成的古史"见解是今日史学界的大贡献,肯定其三层意思都是治古史的重要工具:"1. 可以说明时代愈后,传说的古史期愈长。2. 可以说明时代愈后,传说中的中心人物愈放愈大。3. 我们在这上,即不能知道某一件事的真确的状况,也可以知道某一件事在传说中的最早状况。"胡适把这种方法概括为"剥皮主义",说这是顾颉刚讨论古史的根本见解,也就是他的根本方法。这是用历史演进的见解来观察历史上的传说。胡适还具体地把顾颉刚的方法分解为下列方式:1. 把每一件史事的种种传说,依先后出现的次序,排列起来;2. 研究这件史事在每一时代有什么样子的传说;3. 研究这件史事的渐渐演进,由简单变为复杂,由陋野变为雅驯,由地方的(局部的)变为全国的,由神变为人,由神话变为史事,由寓言变为史事;4. 遇可能时,解释每一个演变的原因。

胡适同时也考察了刘掞藜的史学方法,说他的一些结论是全无历史演进眼光的臆说(两年前,柳翼谋批评胡适时用"臆见",此时胡适反送给柳翼谋的学生)。胡适说我们对于"证据"的态度是:一切史料都是证据,但史家要问:1. 这种证据是在什么地方寻出来的。2. 什么时候出来的。3. 什么人寻出的。4. 地方和时候上看起来,这个人有做证人的资格吗。5. 这个人虽有证人资格,而他说这句话时有作伪(无心的或有意的)的可能吗。而刘掞藜对这一层是没有意识的。胡适最后的结论是,刘掞藜搜求史料有功夫,而无治学方法的自觉,无评判眼光和评判精神,简单地信而不疑。

胡适认为顾颉刚的历史学方法和刘掞藜的完全不同。因为刘掞藜在史学上没有新的精神和方法,他仍在传统史学中转。刘掞藜在与顾颉刚讨论的同时,也在《史地学报》上表明了自己的方法。他有《史法通论——我国史法整理》一文,文章对"史法"论述分为:弁言、史学、史识、史体、通史、史限、详略、史才、史文、史德、自注、史论、史称、阙访、史表、史图、纪元、叙源、句读。[26]这完全是传统史学的东西。他和顾颉刚学术思想、方法的不同也由此可见。

这两个回合的讨论,使刘掞藜受到学术界关注。作为东南大学史地研究会成员的刘掞藜和《史地学报》的其他编辑,也就把北京《读书杂志》的这批讨论文章转载到《史地学报》第3卷第1、2合期,第3、4、6期上。

《史地学报》第3卷第1、2合期转载《读书杂志》讨论古史文章的同时,又新刊出柳翼谋《论以〈说文〉证史必先知〈说文〉之谊例》。这是有意显示东南大学的群体力量,因为在《读书杂志》上刘掞藜是一人对顾颉刚、胡适、钱玄同三人,且明显处于弱势。柳翼谋公开站出来支持自己的学生,同时又挑起了新一轮论争。

北京大学同人针对柳翼谋的文章,立即组织反击,在《北京大学研究所国学门周刊》第15、16期合册(1926年1月27日)上开出"《说文》证史讨论号",并转载了柳翼谋《论以〈说文〉证史必先知〈说文〉之谊例》。柳翼谋文章是针对顾颉刚的,北京大学同人刊登的文章有顾颉刚《答柳翼谋先生》、钱玄同《论〈说文〉及〈壁中古文经〉书》、容庚《论〈说文〉谊例代顾颉刚先生答柳翼谋先生》、魏建功《新史料与旧心理》。

柳翼谋是以长者语气来教训顾颉刚的,批评他以《说文》释"禹"得出"虫"的结果。柳翼谋指出:"今人喜以文字说史,远取甲骨鼎彝古文,近则秦篆,爬罗抉剔,时多新异可熹之谊。顾研究古代文字,虽考史之一涂术,要当以史为本,不可专信文字,转举古今共信之史籍,一概抹杀。即以文字言,亦宜求造字之通例,说字之通例;虽第举一字,必证之他文而皆合。"最后强调:"今之学者,欲从文字研究古史,盍先熟读许书,潜心于清儒著述,然后再议疑古乎?"[27]

顾颉刚等人的反驳文章此时火气加大了,且以占据学术和舆论主流阵地的姿态强势反击。顾颉刚认为柳翼谋不了解他的态度,也轻蔑了他的学识。他辩论古史的主要观点,在于传说的经历,并申明之所以引《说文》的理由。他尤其不满柳翼谋文章最后的训词,说"这种隘狭的见解,我不敢领受。我们现在研究学问,自有二十世纪的学问界做我们的指导。我们只有以不能达到当世的学问界的水平线为自己的愧耻。至于许书和清儒著述,原只能供给我们以研究的材料,并不能供给我们以学问的准绳。就是要从文字研究古史,也应以甲骨文、金文为正料,以《说文》等随便凑集的书为副料",顾颉刚特别表示:"柳先生文中责我的话,我很知道这是精神上的不一致,是无可奈何的。"[28]

钱玄同《论〈说文〉及〈壁中古文经〉书》一文,开始便分出个"咱们"与"他们"的阵营,以强势语言对顾颉刚说:"他们看错了咱们啦。咱们对于一切古书,都只认为一种可供参考的史料而已。对于史料的鉴别去取,全以自己的眼光与知识为衡,决不愿奉某书为唯一可信据的宝典","他们正因为缺乏'勇敢疑古'的胆量,所以'创获'未免太少了;正因为太'熟读许书',对于假字误体不敢'议疑古',所以承误袭谬的解说又未免太多了。咱们正想改变那'信而好古'的态度,不料反有人来劝咱们做许老爹的忠奴。这种盛情只好'璧还'他们了"。[29]

魏建功在《新史料与旧心理》中强调科学方法是清儒学问成功的大手腕,科学方法的重要性在求真,在勇于怀疑。他尖锐地指出"多半他们既没有方法,又没有思想,结果便只有学学古人的舌;假使只有方法,又没有思想,结果也只有学学古人的舌。学舌的人教不学舌的人学舌去,实在是一件梦想的事!不学舌的人与学舌的人分别就在思想的基础和方法的施展上"。他得出的结论是:"中国的历史,真正的历史,现在还没有,所谓'正史'的确只是些史料。这些史料需要一番彻底澄清的整理,最要紧将历来的乌烟瘴气的旧心理消尽,找出新的历史的系统。"[30]

容庚《论〈说文〉谊例代顾颉刚先生答柳翼谋先生》一文,则向柳翼谋进言,要他注意甲骨及彝器日出而不穷的新材料,如欲治文字之学,就要博采以为证,不能守许慎《说文》之言为已足。[31]柳诒徵读了容庚文章后,于1926年5月20日,致函顾颉刚称容庚"精于古籀,当审其说"。顾颉刚特将此信转给容庚。容庚感受到了柳诒徵作为老师前辈的包容和鼓励,于是27日专门写信给柳诒徵,表达后学对师长辈有所不敬的歉意,并称许慎《说文》集文字之大成,但仍然难掩其疏失之处。1927年,顾颉刚就职中山大学后,便将柳、容二信同刊于《中山大学语言历史学研究所周刊》第2集的"学术通信"栏中。

魏建功所说的"旧心理",有1923年1月10日《小说月报》第14卷第1号"整理国故与新文学运动"讨论专栏上玄珠《心理上的障碍》一文所指出的旧文人所谓"物极必反"的"循环论"成分。玄珠说:"旧文学的忠臣在四五年前早料得到白话文的'气运'是不会长久的;一般社会呢,因鉴于社会俗尚之常常走回旧路,也预先见到这个'新'过后接着来的,定是从前的'旧'。而最近一二年来的整理国故声浪就被他们硬认作自己的先见的实证了。"[32]

这里不仅有精神的差别,还有一个语境和知识资源的问题。此时北京大学研究所国学门已开始大量占据新的历史研究材料,如考古新发现(甲骨文)、敦煌史料和明清内阁档案。这是章太炎、柳翼谋及东南大学师生的学术研究所不及的。就柳诒徵来说,他的知识资源和历史研究方法与北京大学同人相比自然是恪守传统的。如他在《历史之知识》[33]一文中指出:1. 人为何要求历史的知识?答案是:同情、应用、识性、好奇、求备。2. 如何才算有历史的知识?他的答案是:变化(举一反三)、普遍、系统。3. 具体可操作的意见是:教本、考据、应用。柳诒徵在另外一篇名为《拟编全史目录议》[34]的文章中把自己要编的全史分为:分代史、分类史、分地史、分国史。而在《论臆造历史以教学者之弊》[35]一文中,柳诒徵则批评《新法历史自习书》太多错误,会伤害儿童。

柳诒徵对来自北京方面的批评,"不再去辩论这个是非"[36]。但他在1926年5月致顾颉刚信中说:"尊论仅属假设之词,且以《说文》为副料,则许书义例自无讨论之必要。"[37]在1935年"讲国学宜先讲史"的演讲中,他一方面对用外国的方法来讲中国历史成绩有所肯定,一方面还是表明了其保守的"信古"立场:

另外有一种比较有历史兴趣的人,知道近来各国的学者很重历史,有种种的研究方法论,因此,将他们的方法来讲中国历史。在现今看来,确也有相当的成绩。但是有一种毛病,以为中国古代的许多书,多半是伪造的,甚至相传有名的人物,可以说没有这个人,都是后来的人附会造作的。此种风气一开,就相率以疑古辨伪,算是讲史学的唯一法门,美其名曰"求真"。不知中国的史书,没有多少神话,比较别国的古代历史完全出于神话的,更可信得多。我们不说中国的史书,比外国的史书是可以算是信史的,反转因为外国人不信他们从前相传的神话,也就将中国的人事疑做一种神话,这不是自己糟蹋自己吗?况且古书不尽是伪造,即使拆穿西洋镜,证实他是谣言,我们得了一种求真的好方法,于社会、国家有何关系。史书上真的事情很多,那种无伪可辨的,我们做什么功夫呢?所以只讲考据和疑古辨伪,都是不肯将史学求得实用,避免政治关系,再进一步说是为学问而学问,换句话就是讲学问不要有用的。[38]

柳翼谋对古史"信"和"用"的立场,以及缺乏批判精神的史观,使之与现代史学家的分歧越发明显,同时这种分歧也是彼此无法改变的。

"史地研究会"的群体意识

南京高等师范学校—东南大学学生的团结和群体意识在当时"史地研究会"中得以充分体现。陈训慈在《中国之史学运动与地学运动》一文中指出:"历史学与地理学在文化学术上之重要,甚为显著;而其与人生关系之切,亦为学者所公认。诚以历史寓时间之渊远,示人类文化之演进;地理揭空间之广博,明人类与环境之关系。无历史则失源流,无地理则亡背景,而人生并将失其意义。是以人智尤进,对于史识与地理观念尤其浓厚。"[39]而中外的现实情形是:史学、地学在近世人类知识中极其重要,在近世欧美学术上进步甚速。吾国古时史学、地学颇为发达,而今日史学、地学各方面皆呈荒堕之象。中国史学运动的六项任务是:古史之开拓、旧史之全盘整理、近代史料之搜集、地方史料之保存、历史博物馆之建设、学校历史教学之统筹改造。中国地学运动的六项任务是:积极从事测量与调查,敢于进行探险事业,注重观象测候,抓紧沿革地理之整理,建立地理陈列馆,在学校对地理教育进行统筹改造并谋求地理常识的普及。要做好这两项活动,特别要注意的是:广集人才和宏筹经费。

同时郑鹤声发出《对于史地学会之希望》[40]的呼吁。他说:"史地之学,不仅为当世治乱得失之林,抑亦研究自然科学之本。"他要求:1. 毕业同学方面:唯交四方诸同志,首创斯会。奋发有为,常能缅怀初衷,勉为永图。2. 在校同学方面:昌黎有言,莫为之前,虽美弗彰,莫为之后,虽盛弗传。继承之责,义无旁贷。3. 师长方面:传道授业解惑,学风养成,实由于是。4. 外界方面:生有涯而知无涯。学理研究,贵相助理。张其昀在《地理学之新精神》[41]一文中为"史地研究会"的地理学同人提出了他们所要遵从的基本精神是:1. 实地研究之精神。2. 解释之精神。3. 批评之精神。4. 致用之精神。张其昀还译介了英国密尔博士的《方史之价值》[42],这为他后来主持编辑《方志月刊》打下了基础。

为了显示东南大学历史地理学科的优势,谋求历史地理学常识的普及,《史地学报》第3卷第1、2期合期还刊出了《国立东南大学民国十三年历史地理公民学试题》(第一次、第二次)两套试卷。同时他们还组织了专书出版,如本会会员翻译《欧战后新形势》《美国国民史》《英国经济史》,编著《天象述要》;指导教师白眉初出版《地理哲学》(北京师范大学印,1923年8月初版);另外在商务印书馆还出版有"东南大学丛书"(如江亢虎《社会问题讲演录》、"国学研究会"编《国学研究会讲演录》、陈中凡《诸子通谊》、郑晓沧编校《英美教育近著摘要》)等。[43]

注

[1]《史地学报》第1卷第1期。
[2]《编辑要则——旨趣及门类》为:

> 史地学报与世相见,于今五阅月。虽浅学一得,无当宏智,顾区区之心,冀与国人砥砺实学,当为识者洞鉴。同人深维史地之学,一由时间之连续示人类之进化,一由空间之广阔明人类与自然界之关系。其博大繁赜,实超其它科学。而就其近者言之,则一事一物,莫不有其源流与背景,果屏斯二者,即不足晓事物之真,更无由窥学术之全。是以各种学问,靡不有所凭于史地;而史地之可贵,亦要在出其研几所得,供各学科之致用。此所以西洋自然科学发达,而史学、地学与之偕进而无已也。吾国自黄帝置史,大禹敷土,史地之学,肇端特早。只以科学不进,实学沉涸;故史籍虽富,史学不昌;地志图表,尤阙精进。遂使先民之绪,坠而不振,昌明光大,归美白人。近年以还,国人盛言西学,谈论著述,蔚为巨观。顾于真实之学,辄相畏避,史学地学,尤稀过问。新说之灌输无闻,旧籍之研究日荒,怀古例人,宁非大耻。同人等问学旨趣,偏此二学,心痛现状,爰布兹册,将以求正有道,希助友声,以共阐前古之积绪,而期今后之精进。发刊以来,时自勉策;本期付印之先,更察社会之批评,经共同之考虑,编辑内容,益图改善。举其要端如(1)考证论评,务为并重;(2)新闻时事,增其材料;(3)介绍新出之名著;(4)流通中外之消息;(5)述教学以供教者之参放;(6)列调查以促考察之兴趣;(7)报告气象;(8)插印图片:务求充实内涵,冀于学术有所贡献,于学者有所裨助。分门区类,都为二十,列示于下:
>
> 1.评论。2.通论。3.史地教学。4.研究。5.古书新评。6.读书录。

7. 杂缀。8. 世界新闻：(A)时事纪述；(B)地理新材；(C)中外大事记。9. 气象报告。10. 书报绍介。11. 史地界消息。12. 调查。13. 史地家传记。14. 谭屑。15. 专件。16. 选录（仿《东方》最录之意，酌量转载关于史地之文字）[沈按："东方"为《东方杂志》，"最"为"撮"之误]。17. 书报目录：(A)书籍；(B)杂志；(C)论文。18. 会务（记录、会员录、职员录）。19. 通讯。合卷首插图，共为二十。

本报嗣后内容，略准此分，惟每期所列，非必尽有诸类（本期门类，凡十有四）。夫史地至广大，毕生不能精其一，区区斯报，何济大体？海内学者，将何以奋起共图，以昌明学术乎！则此一册刊物，不过稚昧冥行，敢执杓扫前尘之役而已。

十一年四月十五日

[3]《南京高等师范学校史地研究会简章》中强调"本会以研究史学、地学为宗旨"，"凡本校史学系地学系或其它各科系同学有志研究史地者，皆得为本会会员。本校毕业同学愿入会者亦为会员"。

[4]《史地学报》第 2 卷第 1 期。

[5] 以封底所示时间 6 月为准。

[6]《史地学报》第 1 卷第 1 期刊出有《史地学会第三届职员录》（1921 年 2—6 月）。

[7]《史地学报》第 1 卷第 2 期刊出有《史地学会第四届职员录》（1921 年 9 月—1922 年 1 月）。

[8]《史地学报》第 1 卷第 3 期刊出有《史地学会第五届职员录》（1922 年 2—7 月）。

[9]《史地学报》第 2 卷第 4 期刊出分组研究后基本情况和任务细化情况为：

1. 中国史料组纪略

    分门研究：

    种族门（附地理环境）：诸晋生（主任）、郑鹤声、沈孝凰、仇良虎。

    社会门：刘文翮（主任）、束世澂、向达、赵祥瑗、仇良虎。

    政治门：周悫（主任）、刘掞藜、王焕镳、龙文彬、全文晟、赵祥瑗、王觉、束世澂。

经济门：周光倬（主任）、王庸、李莹璧、王觉、束世澂。

宗教门：全文晟（主任）、陈旦。

学术门：陆维钊（主任）、诸葛麒、周悫、王庸、王焕镳、束世澂、郑鹤声、周光倬、王锡睿、龙文彬、曹松叶、刘掞藜、王觉。

国际门：向达（主任）、唐兆祥、刘掞藜、张其昀。

具体步骤：搜集史料、编辑中国史研究论文集、参加历史统计学之实习、开展民国史之整理。

2. 地质学组纪略

12月25日成立，举全文晟、王学素为正副主任。

具体步骤：调查图书杂志、分任务研究、采集标本、向国外大公司请赠本会以地质标本、请地质学家演讲。

成员名录：陆鸿图、沈孝凤、陈忠、全文晟、陈咏洙、王学素、李汉信。

3. 时事组纪略

11月23日成立，举胡焕庸为主任。

分阅杂志日报、剪报备查、摘集目录、留心特别问题、中国方面之时事关注。

成员：胡焕庸、向达、张廷休、陈训慈、郑鹤声、杨楷、刘文翮、赵鉴光、黄英玮、唐兆祥、王学素。

4. 史学组纪略

12月22日成立，举陈训慈、刘掞藜为主任。

研究范围：史学原理、史法考证，中外学历史者研究。

调查书目

读书研究

成员：洪瑞钊、赵祥瑗、郑鹤声、王福隆、陈训慈、彭振纲、邓光禹、陈旦、胡士莹、陆维钊、郑沛霖、刘作舟、陈兆馨、刘掞藜、李莹璧。

5. 历史教学组纪略

12月20日成立。成员：张廷休、张其昀、张景玉、王庸、王福隆、唐兆祥、方培智、彭振纲、郑沛霖、刘作舟、邓光禹、郑鹤声。

6. 西洋史组名录：张廷休、刘掞藜、周悫、唐兆祥、彭振纲、赵鉴光、杨楷、王觉、束世澂、李莹璧、刘文翮、徐景铨。

7. 东亚史组名录:张廷休、向达、诸葛麒、全文晟、王福隆。
   8. 中国地理组名录:刘芝祥、王学素、诸葛麒、胡焕庸、严洪江。
   9. 世界地理组名录:张其昀、王学素、诸葛麒、刘芝祥、方培智。
   10. 气象组名录:陆鸿图、王学素、陆维钊、全文晟、李汉信。

[10]《史地学报》第2卷第1期刊出有《史地学会第六届职员录》(1922年9月—1923年2月)。

[11]《史地学报》第2卷第8期刊出有《东南大学史地研究会第七届职员录》(1923年2—7月)。

[12]《史地学报》第3卷第4期刊出有《史地学会第八届职员录》(1923年9月—1924年7月)。

[13] 比较研究的文章如张其昀《柏拉图理想国与周官》(《史地学报》第1卷第1期)、沃尔特·尤金·克拉克(Walter Eugene Clark)著,向达译《希印古代交通考》(《史地学报》第2卷第6期)、陈旦《古代中西交通考》(《史地学报》第2卷第6期)、诸葛麒《法显玄奘西行之比较》(《史地学报》第3卷第3、4、5期)、张世禄《日本藤原氏与春秋世族之比较》(《史地学报》第3卷第5期)、李莹璧《希腊文化蠡测》(《史地学报》第3卷第8期)。而《希腊文化蠡测》第五部分"希腊文化之精神"中所列的入世或人文的、理智或科学的、谐和、中庸,和中国文化十分相似。第六部分是"结论与中国文化"。

[14] 在具体文章中,如第1卷第1期上陈训慈《史学观念之变迁及其趋势》、缪凤林《历史与哲学》、张其昀《柏拉图理想国与周官》的注释中都注明受柳诒徵著作《中国文化史》《史学研究法讲义》的影响,或直接取材于柳著。随后南京高等师范学校—东南大学学生史学文章的注释中大都显示柳著的影响。对于学生出版的专书,柳诒徵多有序言褒奖。《史地学报》第3卷第3期登有他为《马哥孛罗游记导言》写的序。《史地学报》第3卷第5期(1925年3月1日)刊登柳诒徵为《中国史研究论文集》作的序。据《史地学报》第2卷第4期所刊《史地研究会第六届纪录》(续)示,这是因为"所集得之稿件,以篇幅与发行方面限定,不能悉数纳入……现关于中国史方面,已经征集研究稿件十数篇,决定于十二年夏间,出号外《中国史论文集》"。

[15] 季羡林主编:《胡适全集》第2卷第17页。

[16] 此专栏有7篇文章,作者分别是西谛(《发端》)、郑振铎(《新文学建设与国故之新研究》)、顾颉刚(《我们对于国故应取的态度》)、王伯祥(《国故的地位》)、余祥森(《整理国故与新文学运动》)、严既澄(《韵文及诗歌之整理》)、玄珠(《心理上的障碍》)。这是上海商务印书馆中支持新文化—新文学一派势力对北京大学整理国故的声援。因为他们多是新文学社团"文学研究会"成员,此时《小说月报》是他们的阵地。

[17] 《史地学报》第1卷第1期。

[18] 《史地学报》第1卷第4期。收入马勇编:《章太炎书信集》,河北人民出版社,2003。

[19] 《柳教授覆章太炎先生书》,《史地学报》第1卷第4期。

[20] 柳曾符、柳佳编:《劬堂学记》第18页。

[21] 季羡林主编:《胡适全集》第29卷第392—393页。

[22] 季羡林主编:《胡适全集》第29卷393页。

[23] 据胡适日记所示,他1946年10月26日到江苏省立国学图书馆见柳诒徵,借阅三部《水经注》。见季羡林主编:《胡适全集》第33卷第610页。

[24] 《史地学报》第2卷第8期。

[25] 《读书杂志》第11期,收入《古史辨》第1册。

[26] 《史地学报》第2卷第5、6期。柳翼谋、刘掞藜师徒二人的历史观和治史方法都十分相似。刘掞藜《史法通论》与柳翼谋史学原理多相同之处。柳翼谋1940年代在重庆中央大学讲学的讲义出版时名为《国史要义》,其中十部分章节是:史原、史权、史统、史联、史德、史识、史义、史例、史术、史化。见柳诒徵:《国史要义》,华东师范大学出版社,2000。

[27] 《史地学报》第3卷第1、2合期。

[28][29][30][31] 《北京大学研究所国学门周刊》第15、16期合册。

[32] 茅盾:《茅盾全集》第18卷第338页,人民文学出版社,1989。

[33] 《史地学报》第3卷第7期。

[34] 《史地学报》第3卷第1、2合期。

[35] 《史地学报》第2卷第2期。

[36] 柳曾符、柳佳编:《劬堂学记》第18页。

[37] 顾潮编著:《顾颉刚年谱》第124页,中国社会科学出版社,1993。
[38] 柳曾符、柳定生选编:《柳诒徵史学论文集》第501—502页,上海古籍出版社,1991。
[39] 《史地学报》第2卷第3期。
[40] 《史地学报》第2卷第5期。
[41] 《史地学报》第2卷第7期。
[42] 《史地学报》第2卷第4期。
[43] 彭明辉在《历史地理学与现代中国史学》一书中对《史地学报》有专门探讨,可参考。

地缘文化:《东南论衡》

语境的内在关联

美国哥伦比亚大学哲学与教育两大学科,对中华民国大学的影响最大。民国时期大学校长、师范学院院长有三十多位出自哥大,这是其他任何一个外国大学都没法比的。《新青年》最有影响力的时候,是蔡元培任北京大学校长。《学衡》在东南大学有影响的三年,勇于挑战北京大学胡适及新文化派,此时南北两所国立大学的校长分别是出身哥伦比亚大学的郭秉文、蒋梦麟。后来中央大学最稳定、最好的九年(1932—1941),是在有过哥伦比亚大学学习经历的罗家伦任上。这是思想自由、学术独立在民国大学及舆论空间的最好体现。

由"学衡社"及《学衡》衍生出的"学衡派",属于相对松散的"文化保守主义"或"新传统主义"文人群体。其社员的言论,有相对的同一性,即试图从文化发展的承继性和规范化上,在国粹与新知、保守与开创的实际生活中,追求继续性和平衡性的融合。在明晰、定义"学衡派"所体现的中国保守主义思潮时,我借鉴塞缪尔·亨廷顿《作为一种意识形态的保守主义》[1]一文界定保守主义的三个维度——贵族式、自主式、情境式,有意从文化上指认,是为了强调其非政治化、非贵族化,只能是既兼顾其自主式的重视秩序、规范、中庸、纪律、平衡等普遍观念,又关联其历史语境下情境式反抗的特殊性。这种最为明显的表现形式,即以制衡、拨乱反正的方式,来抗拒新文化运动的激进主义,以期保持、守护传统文化。同时,也明辨出"学衡派"所具有的吸纳性,即国粹派民族主义理念成为其内在文化支撑,白璧德新人文主义思想成为其外在精神资源。

作为一个文化保守主义社团流派,它既不是当事人凭心想象出的乌托邦式团体,也不是后来研究者想象出来的学术共同体,而是一个有文化伦理意图、有学术理性依据、有责任担当、有意识结社、有自己阵地、有基本作者队伍、有明确宗旨的群体。虽无政治党团的内在严密性、纪律性和进入即失去自我的反人性、被奴役性,却是卡尔·曼海姆在《保守主义》一书中所强调的"精神结构复合体"中有文化信念的一批人。此即发起人梅光迪在《学衡》杂志社第一次会议上宣布的清高主张,谓《学衡》杂志应脱尽俗氛,不立社长、总编辑、撰述员等名目,以免有争夺职位之事,甚至社员亦不必确定:凡有文章登载于《学衡》杂志中者,其人即是社员;原是社员而久不作文者,则亦不复为社员。[2]这是重点强调社员要在思想观念上,自觉认同《学衡》杂志的宗旨。

1921年,梅光迪纠集胡先骕、吴宓、刘伯明等一批留美归来学子,在郭秉文任校长的东南大学相聚,结为"学衡社",创办《学衡》。因是归国留学生群体公开反对新文化—新文学,所以在当时就特别引人注目。在常人看来,前清的遗老遗少或旧文人反对新文化,拒绝白话新文学是可以理解的,而沐浴欧风美雨,负载新思想、新文化归来的留学生反对新文化—新文学,就匪夷所思,这正是《学衡》杂志当时的亮点。

民国后的许多思想交锋和文化论争,已经不是1840年以来中西、古今、新旧、传统现代等以本位文化为坐标看外来文化的思维模式,更多是外国的政党政治、意识形态和思想方法,直接转移到中国的现实舞台上碰撞,对中国政治、社会或学术问题的解释,就直接移植西学的思想方法,连话语本身都要全面接受。仅就学术而言,从王国维借用康德、尼采、叔本华基本理论批评中国文学,到胡适用进化论史观写哲学史、文学史,无不具有"拿来"的急功近利。"学衡社"社员从哈佛大学带回的新人文主义思想,就直接对撞胡适从哥伦比亚大学带回的实验主义。两位的导师正是美国的白璧德、杜威。

中华书局负责《学衡》杂志的出版发行,这里有更复杂的内在关联。1912年1月1日陆费逵出资创办中华书局,主要经营中小学教科书。他原本是商务印书馆的重要人物,与商务高层分裂后,出来单干。在新文化运动兴起后,商务印书馆迅速接纳胡适的《中国哲学史大纲》卷上,以及大批新文学作家的著作,改革《小说月报》,同时将儿童刊物、中学生读物、妇女杂志、教育杂志等改用白话文,以适应新文化、新教育的需要。在编辑队伍中也聚集一大批归国留学生和新文学作家。东南大学校长郭秉文与商务印书馆大股东鲍咸恩、鲍咸昌兄弟有姻亲关系(其夫人鲍懿为鲍氏兄弟小妹),同时也是商务印书馆的股东。所以东南大学的《史地学报》《国学丛刊》等刊物,特别是许多教授的专著或教科书在商务印书馆出版。1921年夏,商务印书馆高层有请胡适来出任编译所所长的举措,胡适考察后决定自己仍留在北大,特推荐王云五出任此职。胡适7月20日日记记载,在上海商务印书馆考察时,遇到东南大学校长郭秉文。郭劝胡适留在商务印书馆,同时兼任东南大学教授。胡适当面拒绝。他说:"东南大学是不容我的。我在北京,反对我的人是旧学者与古文家,这是很在意中的事;但在南京反对我的人都是留学生,未免使人失望。"[3]

中华书局与商务印书馆有对着干的矛盾,所以就接受反对新文化、反胡适的《学衡》杂志。郭秉文出身哥大,与胡适为友,不是"学衡社"社员,也不为《学衡》写文章,唯一一篇署名"郭秉文述"的悼念文章是《刘伯明先生事略》。

"学衡社"主要社员胡先骕、梅光迪,在文章中均公开表示对校长郭秉文不满。柳诒徵更是参与了1925年初倒郭的派系斗争。胡适日记中记录了自己对杨杏佛策划倒郭的气愤:"今天……杏佛在座,我把叔永来信给他看了。此次东南大学换校长的问题,由国民党人作主力,也是他们的包办大学教育的计划的一部分。叔永来信痛说此事的办理不当。"[4]

吴宓说《学衡》"与东南大学始终无丝毫关系",是指"未尝借用东南大学一张纸一管笔一圆一角之经费"。这实际上是挑明校长郭秉文有能力支持《学衡》,却没有给予实际的支持。他和梅光迪只好把刊物交给商务印书馆的敌对一方出版。所以说,仅《学衡》的出版发行,即关联着中国两大出版机构背后复杂的人事关系和矛盾冲突。

《东南论衡》与《学衡》的关系

1922年1月《学衡》创刊时,"学衡社"的主要社员和编辑责任人依次是:柳诒徵(写作"弁言")、梅光迪(发起人,"通论")、马承堃("述学")、吴宓("集稿员""书评")、胡先骕("文苑")、邵祖平("杂缀")。此时东南大学校长办公处副主任为刘伯明(实际职权相当于副校长),也是"学衡社"社员,更是《学衡》杂志强有力的精神支持者。他协助校长郭秉文工作,可惜在1923年11月24日就英年早逝。吴宓为刘伯明写有一特长的挽联:

> 以道德入政治,先目的后定方法。不违吾素,允称端人。几载馆

学校中枢,苦矣当遗大投艰之任。开诚心,布公道,纳忠谏,务远图。处内外怨毒谤毁所集聚,致抱郁沉沉入骨之疾。世路多崎岖,何至厄才若是。固知成仁者必无憾,君获安乐,搔首叩天道茫茫。痛当前,只留得老母孤孀凄凉对泣。

合学问与事功,有理想并期实行。强为所难,斯真苦志。平居念天下安危,毅然效东林复社之规。辟詖说,放淫辞,正民彝,固邦本。撷中西礼教学术之菁华,以立诚笃成德之基。大业初发轫,遽尔撒手独归。虽云后死者皆有责,我愧疏庸,忍泪对钟山兀兀。问今后,更何人高标硕望领袖群贤。[5]

这么工对的一副挽联,正是"学衡社"社员梅光迪在与胡适就是否使用白话文论争时所强调的:"我仍旧相信小说、戏剧可用白话,作论文和庄严的传记(如历史和碑志等)不可用白话。"[6]这也是"学衡社"社员所要保守的底线。

1924年9月—10月,"学衡社"社员胡先骕、梅光迪、吴宓先后离开。

1925年1月6日,校长郭秉文被北洋政府教育部免职,柳诒徵陷入新校长任命过程中的派系之争,被迫辞职。所以,吴宓说《学衡》在东南大学的时间只有三年。

1925年,吴宓任教清华后,把《学衡》编辑部设在清华学校。1934年5月7日《清华周刊》第41卷第7期刊发有《〈学衡〉杂志编者吴宓先生来函》:

顷见《清华周刊》四十一卷六期《本刊二十周年纪念号导言》第三页,文中有"前东南大学的《学衡》"云云,实与事实不符。按查《学衡》杂志,乃私人团体之刊物,与东南大学始终无丝毫关系。此志乃民国九年冬梅光迪君在南京发起，旋因东南大学之教授欲加入者颇不少，梅君恐此纯粹自由之刊物，与学校公共团体牵混，而失其声光及意义，故径主张停办。民国十六年冬，重行发起，社员咸属私人同志，散布全国。其中仅有三数人（在社员中为少数）任东南大学教职，然本志历来各期即已宣明"与所任事之学校及隶属之团体毫无关系"，盖学衡社同人始终不愿被人误认与东南大学或任何学校为有关系也。读者试阅《学衡》各期内容，则间弟［第］二十期以后，几无一篇之作者为东南大学教员。而民国十三年七月（本志第三十期）总编辑吴宓北上，所有社员分散，且无一人留居南京者。自是迄今，凡阅九载，《学衡》由三十期出至七十九期，总编辑吴宓长居北平，诸撰稿人无一在南京，而经费二千数百圆悉由吴宓与三四社友暨社外人士（有名单久已公布）捐助，未尝借用东南大学一张纸一管笔一圆一角之经费。夫其实情如此，而社会人士每以《学衡》与东南大学连为一谈，实属未察，而乃学衡社友尤其总编辑吴宓所疾首痛心而亟欲自明者也。今敬求贵刊将此函登载，俾清华同学校友均可明悉此中真象［相］。又附学衡社启事一纸，亦望赐登，以便世人得知《学衡》现状，及负责为何人。

吴宓　五月初四日

民国以来，言论、结社与出版自由，在新文化运动高涨后尤为明显，南京高等师范学校—东南大学，先后有科学社、新教育共进社、史地研究会、学衡社、文学研究会、哲学研究会等。社团风起云涌，是大学内部思想、学术自由的象征。这种以言论自由为标志的无恐怖状态，在1928年国民党"党天下"时代到来、党政军一体化统治后，即发生根本性改变。

在1926年3月27日东南论衡社成立及《东南论衡》出版发行之

前,东南大学创办的刊物,主要有《新教育》《史地学报》《学衡》《文哲学报》《国学丛刊》。《东南论衡》的名字就有延续《学衡》在东南大学之意。

东南论衡社主力仍是有留学经历的几位东南大学教授。《东南论衡》为周刊,每星期六出版。刊物自1926年3月27日—1927年1月15日共出版30期。第1卷第1期刊出的《本刊启事一》说"本刊为纯粹公开讨论机关"。编辑部设在东南大学。7月初放暑假,7月3日出版第15期后,暂时停刊。7、8、9月不出版。第16期出版时间为1926年10月2日。

《本刊启事一》:

> 本刊为纯粹公开讨论机关如承社外人士不我遐弃 宠锡篇章无不竭诚欢迎尽优先选录来稿一经登载敬备薄贽(每篇千字以上一元至五元为率)已答
> 雅意不敢言酬聊供钞胥之费云尔其不愿受者听惟以不盖私人钤记为号

《本刊启事二》:

> 本刊编辑计共九人凡自己署名所发表论文责任完全由各个人自负至外来稿件经本刊披露者其责任由投稿者及本社编辑共同负之

在《东南论衡》第12、16期的封二相继出现词句稍稍不同的《本刊编辑部启事》,其中第16期内容为:

> 本刊为全国学者公开讨论机关主旨在博采群议研求真理无门户

之见无畛域之分秉不偏不党之精神收切磋观摩之效用凡有足供讨论增见识之文不论其作何种主张或持何种意见均所乐为披露惟词涉谩骂意存攻击者恕不登录

三份"启事"全为不用新式标点的古文，可见《东南论衡》抗拒白话文及新式标点符号。

其"博采群议、研求真理。无门户之见，无畛域之分，秉不偏不党之精神"与《学衡》宗旨中"论究学术，阐求真理"，"无偏无党，不激不随"完全一致。

同时在刊物封二或封三，多次出现名为"学衡杂志"的广告，即介绍《学衡》。《学衡》侧重文化批评，《东南论衡》侧重时政批评。但在反对胡适及白话新文学这一点上，两个刊物保持一致性，即坚持刊登古体诗词曲。

重要作者

《东南论衡》作者中，胡先骕、吴梅是"学衡社"社员。其中胡先骕是政论、诗词的跨界作者。

有资格、有能力在《东南论衡》谈论时政，批评当下时局的几位作者，都是大学校长或日后国民政府部长，并且多有国外留学经历。从政治、经济、军事、外交、教育，到学术研究、文学创作，他们都有相应的意见，体现出言论自由和参政议政的热情。如"中俄复交"、"学生运动与政治"、"美还庚款之分配"、"学阀问题"、"国民党问题"、"制宪运动"、"联省自治"、"北京血案"（三一八）、"教育独立"、"日本侵略东三省"、"言论自由"、"党化教育"、"劳资问题"、"反基督运动"等等，都是他们讨论的话题。

先后成为大学校长、部长的几位作者是：

陈茹玄(1894—1955)，字逸凡，广东兴宁县人，留学美国伊利诺大学、哥伦比亚大学，政治学、法学专家。在郭秉文被教育部免去校长职务，新任校长胡敦复被学生赶走后，陈茹玄曾被新成立校务委员会推选为主席，短期主持校政。他是刊物实际主持人，写文章最多。

胡先骕，字步曾，号忏盦，江西新建县人，获哈佛大学博士学位，抗战期间在江西创办中正大学，出任校长。

吴倚沧(1886—1927)，字雨苍，广东平远县人，肄业于广东实业学堂，同盟会会员，参加广东新军起义，后赴美国伊利诺大学留学，此时任教于上海暨南学校，1927年代理国民党中央执行委员会组织部部长职务。

范存忠(1903—1987)，字雪桥、雪樵，上海崇明人，此时为东南大学外文系学生，随后获哈佛大学博士学位，1956年始任南京大学副校长。

陈庆瑜(1899—1981)，字瑾功，江苏常熟人，东南大学经济系毕业。

李建勋(1884—1976)，字湘宸，河南清丰县人，清末秀才，毕业于北洋大学师范班，留学日本广岛高等师范学校、美国哥伦比亚大学，曾任北京高等师范学校校长。

卢锡荣(1895—1958)，字晋侯，云南陆良县人，1919年获哥伦比亚大学哲学博士，曾任东陆大学副校长。1927年4月，受国民政府委派，参与接管中央大学，出任中央大学文科主任、法学院院长。

蒋维乔(1873—1958)，字竹庄，江苏武进人。曾任民国教育部秘书长、江苏省教育厅厅长。继郭秉文、胡敦复之后短期任东南大学校长。同时在东南大学开佛学课程。

"文苑"作者多是东南大学吴梅弟子、"潜社"成员。

吴梅(1884—1939)，字瞿安，号霜厓，江苏苏州人，南社社员。他自

1924年2月始,与学生组织"潜社"[7],每一月或两月一聚,在游玩饮酒中填词谱曲。作词容易度曲难,传统文人稍稍用力即可填词,但能度曲者很少。

在《东南论衡》上发表文章的几个"潜社"成员是:

卢冀野(1905—1951),原名卢正绅,后改名为卢前,江苏南京人,此时为东南大学学生(1923年9月—1927年3月),同时写作白话新诗、古体诗词曲。王玉章(1895—1969),江苏江阴人,1919年9月入南京高等师范学校国文史地部,史地学会成员,1952年以后任南开大学中文系教授。周慧专,又名周惠专,东南大学学生。徐景铨(? —1934),字管略,江苏常熟人,南京高等师范学校史地学会成员,后任教于无锡国专,为《国风》作者。1934年7月1日钱锺书在《国风》第5卷第1号上发表诗作《哭管略》。张世禄(1902—1991),字福崇,浙江浦江人,1926年毕业于东南大学,曾任教于中央大学,1952年以后任教于复旦大学中文系,著名语言学家。唐圭璋(1901—1990),字季特,江苏南京人,此时为东南大学学生,曾在中央大学、金陵大学任教,1949年以后任教于南京师范大学中文系,编著有《全宋词》《全金元词》等。

非"潜社"成员陈家庆(1903—1970),字秀元,号碧湘,湖南宁乡人,其兄长家鼎(汉元)、家鼐(寿元)、家杰(志元)与其姊家英(定元)皆为同盟会会员、南社社员。其兄家鼎为同盟会湖南分会的主要创立者,也因率弟妹四人一同加入南社而闻名。陈家庆先就读于北京女子师范大学,此时为东南大学学生。先后从刘毓盘、吴梅学习词曲。著有《碧湘阁词》,曾任教于安徽大学、重庆大学,1949年后任教于上海中医学院。其丈夫徐英为著名诗人,《学衡》作者,1949年后任复旦大学教授、石河子医专教授、上海文史馆馆员。

梁实秋(1903—1987)是《东南论衡》中最为特殊的一位作者,在刊物上连载《亚里斯多德以后之希腊文学批评》(第 23、24 期)、《西塞罗的文学批评》(第 28 期)。他在清华学校读书时,专心研究新诗,1923年 3 月,到东南大学拜访吴宓,并听吴宓讲课数日,后留学美国哈佛大学,接受新人文主义,1926 年 9 月—1927 年 4 月在东南大学任教。他在胡适与吴宓之间,选择相对中立,不为《学衡》写文章,不加入"学衡社",即不属于梅光迪所说的"学衡社"社员。他因毕业于哈佛大学、为白璧德门生缘故,1929 年任新月书店总编辑时,编辑《白璧德与人文主义》一书由新月书店出版发行。此书内收文章包括胡先骕译《白璧德的中西人文教育谈》,徐震堮译《白璧德的人文主义》,马西尔著、吴宓译《白璧德之人文主义》,吴宓译《白璧德论民治与领袖》《论欧亚两洲文化》。而胡适正是新月书店和《新月》杂志的实际掌舵人。梁实秋身上兼具政治上的自由主义与文化上的保守主义双重属性,所以他有游走两派之间的能力,并保持独立性。

胡先骕的坚持与转变

胡先骕为南社社员,宗法宋诗,推崇"同光体"。此时为东南大学生物系系主任、教授。主持《学衡》"文苑"时,把多位江西籍学人如汪国垣、王易兄弟、陈三立父子的诗词编进来;此时又让《东南论衡》继续保持原《学衡》开设"文苑"诗词栏目,并刊发自己的多首诗词。

他在《东南论衡》上刊发两篇重要政论文章《东南大学与政党》(第 1 期)、《学阀之罪恶》(第 6 期)。《东南大学与政党》一文,猛烈抨击北方新文化运动,点名批评胡适、陈独秀、吴稚晖、张东荪、李石曾及《新青年》《新潮》《晨报》《时事新报》。他特别强调说:"东南大学与政党素不发生关系。言论思想至为自由。教职员中亦无党派地域之别。"东南大学"为不受政治影响专事研究学术之机关"。他指出自从易长风潮发生，"外间攻击郭秉文校长者，谓彼结纳军阀，又认郭为研究系，此乃最不平之事。郭氏为事业家，以成功为目的，对学术政治无一定之主张。此固其大缺点。然在军阀统治之下，欲求学校经济之发展，对于军阀政客与所谓之名人，势不得不与之周旋"。胡先骕以身处其中，又相对客观的言辞，说明东南大学无党派的自由情景："予为对于郭校长治校政策向表不满之人，即因其缺大学校长之度，无教育家之目光，但以成功为目的。然退一步论之，处今日人欲横流、道德颓落之世，责人过苛，亦非所宜，统观今日之大学校长，自蔡孑民以下能胜于郭氏者又有几人乎？然在郭氏任内，一方请梁任公演讲，一方学衡社同人即批评戊戌党人，一方请江亢虎演讲，一方杨杏佛即兴之笔战。大学言论自由，亦不过如此而已。"[8]

《学阀之罪恶》一文延续他一贯批评胡适的立场。胡先骕还进一步列举学阀、政客对教育抱有怀疑态度，以教育为武器，学生为爪牙，破坏固有文化，倡虚伪之教育，不顾国家命脉等多种罪状。"学阀"们"据学校为渊薮，引学生为爪牙"，"卑劣远胜于官僚"，"横暴倍蓰于武夫"，最后他表示要把"学阀""投诸豺虎，投诸有北"，使之"匿迹销声于光天化日之下"。[9]

《东南论衡》只生存两个学期，但吴宓在清华学校仍艰难地支撑着《学衡》。时间和现实生活会改变人际关系，《东南论衡》停刊之后，胡先骕与胡适关系缓和，不再出谩骂之声，在一定程度上接受了新文化和"新式讲国学者"。同时胡先骕与吴宓的矛盾凸显。1927年11月14日，胡先骕到北平与吴宓聚会之后，吴宓在日记中记述《学衡》社友如今已无法做到"志同道合"[10]的实情，在吴宓提出改良内容，仍用《学衡》名义办下去的建议时,胡先骕断然否定,认为"《学衡》名已玷污,断不可用。今之改组,决不可有仍旧贯之心,而宜完全另出一新杂志。至于原有之《学衡》,公(指宓)所经营者,即使可以续出,亦当设法停止云云"[11]。胡先骕所期待的"完全另出一新杂志",即1932年9月中央大学创办的《国风》。

卢冀野在此刊崭露头角

1926年,中国政治走向国共合作,欲颠覆北洋政府。在北京的国共政治势力,利用学潮,搞乱政府的阵脚。"三一八"执政府屠杀学生的惨案,导致广大青年学子对政府失望,并纷纷投身革命。他们以高昂的热情,迎接"大革命"的到来。政党势力利用学潮由此开始,所以傅斯年1946年8月4日在北平《经世日报》上发表的《漫谈办学》一文中强调五四学潮是纯粹的学生爱国运动:"五四与今天的学潮大不同。五四全是自动的……我深知其中的内幕,那内幕便是无内幕。现在可就不然了,后来的学潮背后都有政党势力在背后操纵。"[12]东南大学校园更乱,自1925年1月郭秉文被免除校长一职后,这所学校在新校长任命上,陷入北洋政府与国民党势力、江苏地方势力和各派教授之间争斗的泥潭。多位校长走马灯式上场,又被赶下或自动辞职,加上国民党执政带来的新变,这所学校有八年的动荡不安,直到1932年罗家伦出任校长,才稳住学校大局。

在南北政治势力纷争的1926年,被搅乱的大学校园内,年轻学子能够静下心来写诗的的确是少数。这一年,南京校园文坛属于卢冀野。在北方新文化中心北京大学、清华学校、北京女子师范大学、燕京大学校园作家、诗人群星闪耀之后,东南大学在校学生卢冀野以白话新诗集和古典词曲并举强势崛起。《东南论衡》及时充当了卢冀野展示才华的舞台。

14岁(1919年)即被新文学启蒙的少年诗人卢冀野,在1922年8月15日,南京高等师范学校附属中学毕业后,在附中谋得一校刊编辑职位,他创作了这首白话新诗《记得》:

> 记得那时你我年纪都小,
> 我爱谈天你爱笑;
> 有一回相肩坐在桃花下,
> 风在林梢鸟在叫。
> 我们不知怎么困觉了,
> 梦里花儿落多少?
>
> 记得是你年十岁我十一,
> 同在你家度七夕;
> 我们共卧在那庭院儿里,
> 数着残星问了你,
> 问你:我织女姑娘儿可愿意?
> 你笑眯眯,我也喜。
>
> 记得五年来你我各西东,
> 来匆匆,去也匆匆!
> 不想到在他乡一笑相逢,
> 欢快转疑是梦中?
> 那知道相对默默竟无言;

你颈儿垂,脸儿红!

这首诗刊发在1923年3月1日《民铎》杂志第4卷第1号。1926年,卢冀野出版新诗集《春雨》时,改《记得》题名为《本事》:

记得那时你我年纪都小,
我爱谈天你爱笑;
有一回并肩坐在桃花下,
风在林梢鸟在叫。
我们不知怎么样困觉了,
梦里花儿落多少?

1934年,《本事》经由黄自谱曲,收入小学音乐课本,经久传唱。原《记得》大幅度删节,"桃花"改为"桃树",童真、清纯、澄明,更适合小学生阅读、传唱。因为桃花在诗词中有情色的文学隐喻。

记得当时年纪小,
我爱谈天你爱笑;
有一回并肩坐在桃树下,
风在林梢鸟在叫。
我们不知怎样睡着了,
梦里花落知多少?

1923年9月,他由南京高等师范学校附属中学以特别生保送入东南大学文理科国文系,1926年印行新诗集《春雨》。1928年,他编辑新诗集

《时代新声》，收录胡适、沈尹默、冰心、刘复、刘大白、俞平伯、朱自清、郭沫若、徐志摩等二十多位诗人的作品，由上海泰东书局出版。1930年，他在开明书店出版了第二本新诗集《绿帘》。

大学期间，吴梅改变了他的文学人生和学术人生。1926年，他创作了五部戏曲：正目《琵琶赚蒋檀青落魄》《茱萸会万苍头流涕》《无为州蒋令甘棠》《仇宛娘碧海恨深》《燕子僧生天成佛》。《东南论衡》上连续刊登四部，依次是《燕子僧生天成佛（鸠由韵）》（第5期）、《仇宛娘碧海恨深（齐微韵）》（第17期）、《琵琶赚（家麻韵）》（第23期）、《茱萸会（萧豪韵）》（第29期），这四种曲本发表时有三种都是署名"卢冀野原稿，吴瞿安删润"或"卢冀野原稿，吴瞿安润辞"。这四个曲本与《无为州蒋令甘棠》合印为《饮虹五种曲》（《琵琶赚》《茱萸会》《无为州》《仇宛娘》《燕子僧》）。

吴梅在1927年11月（丁卯十月）为《饮虹五种曲》作序时，有如此褒扬：

> 近世工词者，或不工曲，至北词则绝响久矣。君五折皆俊语。不拾南人馀唾，高者几与元贤抗行。即论文章，亦足寿世矣。

1929年3月4日，原东南大学同学，此时任教于清华大学的浦江清以"毅"为笔名，专门为他写了书评《卢冀野五种曲》，刊登在天津《大公报·文学副刊》第60期上。

卢冀野在《东南论衡》还刊有《台城路》《金缕曲》等十多首词，书评《读王次回〈疑雨集〉》，研究论文《泰州学派源流述略》《再论泰州学派》《清代女诗人一瞥》，时文《所望于今之执笔者》。可以说吴梅在近一年30期《东南论衡》上，集中推出自己最得意的诗词曲传人卢冀野。这一年，卢冀野21岁。

更为重要的是,卢冀野也因此从白话新诗转向古体词曲创作,《春雨琴声》(第 8 期)一文展露了他这一转变的心迹。

卢冀野 1926 年转向的时间,正是闻一多在《晨报·诗镌》发表《诗的格律》(5 月 13 日)之年。闻一多提出音乐美、绘画美、建筑美,是对白话自由诗发展十年的反思和反拨。闻一多在美国是学美术的,也有古诗格律的旧学基础,但相对于卢冀野这样真正懂得音律,并写作词曲的诗人,就显出弱势。卢冀野在《春雨琴声》一文中说:

> 自胡适倡诗体解放,举国风从;光怪陆离,日甚一日;牛鬼蛇神,登骚坛而为盟主。五年前,予亦尝与二三子埋首为之,尝促膝斗室,相与纵谈:使民国后,能别创格调,以适新乐;远承词曲之遗,近采欧西之萃;亦盛事也。既而颇以为苦,成稿弃置箧中,自此不复下笔。去年,有友自海上来,谓武昌盲音乐家昌烈卿先生,精乐理,愿为予逐首制谱,共三十有二章,五月而就,集为一卷,名曰《春雨》。[13]

文章后面,卢冀野引出三首新诗,其一为《阳关曲》:

> 一行杨柳,
> 二分明月;
> 记得别离时,
> 恰是这般时节。
>
> 当日离情切切,
> 却不道重来告别!
> 是多少时光偷过了?

城南陌上花如雪。[14]

其三为《怀田汉》：

> 初逢在静安寺外，
> 握手相看一笑。
> 绿酒红灯都成梦了！
>
> 今夜风寒如许！
> 望望这明月江天，
> 照着几个飘零诗侣？[15]

象形表意汉字，形声合体，传统诗学的声韵格律建立在这个基石之上。白话新诗革命倡导者胡适的理想，是要通过形式解决内容问题。形式易改，而汉语的诗意弱化了。不讲声韵，音乐美感失去了。闻、卢反思白话诗革命，为新诗寻求发展变革的新路径。卢冀野的新诗，将小令、词、曲的形式，赋以新思想、新生活、新意境的创造性转化，并且是自觉的。将新诗、词曲创作打通，并以坚实的学术研究作为依托，是卢冀野的文学路向。他在雅俗、古今、新旧之间，寻求化解内在紧张的元素，成功消弭了其间的对立、疏离或人为设置的壁垒。

卢冀野不属于梅光迪所说的"学衡社"社员，但他的文学主张、学术观念十分契合《学衡》宗旨中所说的"昌明国粹，融化新知"。卢冀野传承吴梅曲学，成就最大，他的新诗创作独树一帜。

1938年10月10日、19日及21日下午7时，卢冀野在中央广播电台讲"民国以来我民族诗歌"，演讲收录入《民族诗歌论集》，由重庆国民图书出版社于1940年出版发行。他说:"与新体白话诗相反对的主张,以'学衡派'为代表。胡步曾先生的《中国文学改良论》《文学之标准》《评〈尝试集〉》《评〈五十年来中国之文学〉》,这几篇论文皆抨击胡适而击中要害。……力持以新材料入旧格律的主张者是吴雨僧先生。"[16]他最后明确提出:"我们现有的意识与材料和前人都不尽同。只要能以纯熟的技巧择适宜的体裁,装进丰富的材料,造成活泼的意境,自然成其为我们中华民国的诗歌。……把民族精神与时代精神反映到诗歌之中……所以先要舍弃以往诗人晦涩、居奇、鄙陋、享受诸旧习。发挥诗的力量,给他成为全民族的歌声!"[17]这充分体现了卢冀野超越新旧之争,融合外来与本土,进而将材料、技巧、体裁、意境合理会通,行之于文字的诗学观。

注

[1] 塞缪尔·亨廷顿:《作为一种意识形态的保守主义》(王敏译,刘训练校),《政治思想史》2010年第1期。
[2] 吴宓:《吴宓自编年谱》第229页。
[3] 胡适:《日记1921年》,见季羡林主编:《胡适全集》第29卷第373页。
[4] 胡适:《日记1925年》,见季羡林主编:《胡适全集》第30卷第191页。
[5] 吴宓:《吴宓自编年谱》第254页。
[6] 梅铁山主编,梅杰执行主编:《梅光迪文存》第553页。
[7] 吴梅:《吴梅全集·瞿安日记》第28页,河北教育出版社,2002。
[8] 《东南论衡》第1卷第1期(1926年3月27日)。
[9] 《东南论衡》第1卷第6期(1926年5月1日)。
[10] 吴宓:《吴宓日记》第Ⅲ册第437页,生活·读书·新知三联书店,1998。
[11] 吴宓:《吴宓日记》第Ⅲ册第438页。

[12] 傅斯年:《傅斯年全集》第7册第317—318页,联经出版事业股份有限公司,1980。
[13]《东南论衡》杂志第1卷第8期(1926年5月15日)。
[14]《东南论衡》杂志第1卷第8期(1926年5月15日)。
[15]《东南论衡》杂志第1卷第8期(1926年5月15日)。
[16] 卢前:《卢前文史论稿》第279—280页,中华书局,2006。
[17] 卢前:《卢前文史论稿》第281页。

文学批评:《大公报·文学副刊》

上、史实显现

基本过程

吴宓主编《大公报·文学副刊》是《学衡》后期的事。《文学副刊》在当时被视为《学衡》的同路刊物,且由于作为大众传媒的报纸发行量大和传播速度快,使得其实际影响自然超过了《学衡》。可以说,学衡派的势力和影响,一度从相对狭小的学术界渗透到北方最大、最有实力的大众传媒。

《大公报》是由英华(敛之)于1902年6月17日在天津创办,中间曾短期停刊。1926年9月1日,由吴鼎昌(达铨)、胡霖(政之)、张季鸾(炽章)等接办。

据《吴宓日记》所示,1927年12月5日,在清华学校执教的吴宓致函天津《大公报》老板张季鸾,自荐为《大公报·文学副刊》的编辑。第二天,吴宓便接到张季鸾复函,同意他的自荐。为此,吴宓特访陈寅恪,征求意见。陈寅恪极力主张吴宓主编此副刊,并表示将帮助他。

12月7日,张季鸾致函吴宓,约他到天津会晤。吴宓立即致信原东南大学毕业生、学衡派成员景昌极,拟约他来京协助编辑《文学副刊》。吴宓于9日到天津与张季鸾、胡霖相见,商谈编辑的具体事宜。由于景昌极以体弱多病为由不愿到京,吴宓便决定改请在清华学校的学衡派成员赵万里、王庸、浦江清(毅永)、张荫麟(素痴)协助自己。编辑部就设在清华学校内。

18日、22日,吴宓分别拜访胡霖、张季鸾,就《文学副刊》的具体编务相商,并于12月20日,发出《文学副刊》的第1期稿子。

1928年1月2日,《大公报·文学副刊》第1期出版发行。以后每周一期,至1934年1月1日,《文学副刊》共出版313期。随后《文学副刊》被杨振声、沈从文主编的《文艺副刊》全面取代。这在反对新文学的学衡派和拥护新文学的胡适门生之间是一种话语权力转移。

据浦江清《清华园日记》所示:"晚上,吴雨僧先生(宓)招饮小桥食社。自今年起天津《大公报》增几种副刊,其中《文学副刊》,报馆中人聘吴先生总撰,吴先生复请赵斐云君(万里)、张荫麟君、王以中君(庸)及余四人为助。每星期一出一张,故亦定每星期二聚餐一次。盖五人除赵、王与余三人在研究院外,余各以事牵,不相谋面,非借聚餐以聚谈不可也。"[1]

而在实际运作中,吴宓也有无可奈何的时候。1928年8月17日,国民政府决定改清华学校为国立清华大学,任命罗家伦为校长。《文学副刊》出版发行一年以后,即1929年1月16日,学衡派成员赵万里、浦江清向吴宓建议,《大公报·文学副刊》可加入语体文(白话文)及新文学作品,并请清华教授朱自清(佩弦)为社员,加盟《文学副刊》。这意味着向新文学运动缴械投降。对此,吴宓在日记中写道:"决即放弃一切主张、计划、体裁、标准,而遵从诸君之意。至论吾人平常之理想及宗旨,宓本拟以《大公报·文学副刊》为宣传作战之地,乃《学衡》同志一派人,莫肯相助。宓今实不能支持,只有退兵而弃权之一法耳。"[2]

18日,吴宓邀请朱自清加入《大公报·文学副刊》编辑部。朱自清在19日访吴宓时表示考虑几日后答复。

在19日吴宓与赵万里、浦江清、张荫麟的聚会上,大家商议并决定《大公报·文学副刊》增入新文学、白话文及新式标点(新诗及小说),不论团体和派别。[3]这是吴宓主动向新文学运动做出的一次重大让步和认输。21日,朱自清在浦江清陪同下拜访吴宓,并答应暂时加入《文学副刊》编辑部,春假为止,先作实验。这样一来,《文学副刊》编辑队伍中,吴、浦、赵、王、朱为清华的教师,张荫麟为清华历史系的学生。随后又有清华大学图书馆的毕树棠加入写稿。在1932年9月以后,吴宓请清华大学外文系第六级(1934年毕业)学生王岷源、季羡林、武崇汉、施宏诰参与写稿,于是作者中出现羡、羡林、岷源、源、汉、诰、宏诰、宏告等名字。其中外文系张骏祥的笔名为寡羊(根据天津社会科学院文学所孙玉蓉研究,证实"寡羊"不是季羡林的笔名,而是张骏祥的笔名)。同时,清华大学学生外文系(后研究院)曹葆华、哲学系李长之、国文系张露薇也为刊物写文章。

1934年1月1日,《文学副刊》第313期出版发行后,便停刊。吴宓不再为《大公报》做事。《文学副刊》被1933年9月23日《大公报》新创办(新文学家杨振声、沈从文主编)的《文艺副刊》全面取代。[4]《大公报·文艺副刊》在主持实际编务的沈从文手中兴盛,并由周刊出到每周四期(萧乾一度协助编辑)。由《文学副刊》到《文艺副刊》,编辑间权力转移是在新文学反对派吴宓和新文学作家朱自清、杨振声、沈从文之间,在《大公报》老板主持下自由过渡的,没有引起波动。《文学副刊》坚持6年的保守走向,被《文艺副刊》扭转。而《文艺副刊》是在先运行三个多月后,逐步取代《文学副刊》的。因此,吴宓把沈从文看作自己的敌人,并写进自己的讲义——"他[沈按:指吴宓]的敌人(如沈从文先生)"[5]。

吴宓主编《文学副刊》6年间,在《大公报》上与《文学副刊》并存的副刊还有《小公园》《医学周刊》《经济研究周刊》《经济周刊》《社会科学》《读者论坛》《儿童周刊》《戏剧》《世界思潮》《科学周刊》《妇女与家庭》《图书副刊》《军事周刊》等。

陈寅恪本人是支持吴宓主编此副刊的，所以他有诗文在《文学副刊》发表。而《文学副刊》编辑浦江清本身又是陈寅恪的助教，陈寅恪在致傅斯年信中曾为浦江清索书，希望傅斯年主持的中央研究院历史语言研究所出版物的目录能通过浦江清在《文学副刊》上刊登。[6]

宗旨与体例

1928年1月2日《大公报·文学副刊》第1期上，有吴宓执笔的《本副刊之宗旨及体例》。[7]此文内容共有7项，其中所说"不取专务描写社会黑暗及人类罪恶之作品"是针对新文学作家而言的。副刊的实际情况是：新文学作家写实的与浪漫的作品都不登，没有长篇小说连载，也无白话散文，所谓文学创作只是些古体诗词。

关于作者"不署名"问题。张荫麟在第38期写有《本副刊体例申言》（答朱希祖君），特就《文学副刊》文章多不署名问题做了说明。其中谈道："本副刊文字常多不署名。此决非不负责任之意。乃缘本副刊体例如此。"其理由是：

> 1. 西国大日报杂志文学评论之作，常多不署名。本副刊实仿效之。
>
> 2. 吾国普通人之习惯，尤注意作者及个人之关系，往往不就本篇细行阅看研究，而于人的关系妄为揣测，实属无当。故本副刊以为在今中国，惟有提倡不署名之批评，方可得近真理而免误会，此正区

区负责任之愚诚也。

3. 本副刊体例始终如一。"来稿"署真姓名或别号,一随其人之意。专篇"书评"均署名。因此中不免有个人意见,须昭郑重也。"通论"或撰或译,全不署名。其属于浮泛性质如"某人百年纪念"者更不署名。

4. 无论署名之问题如何,本副刊编者,对于全体文字均负责任。

事实上,在副刊文章中,前期不署名的多是吴宓本人的,其他作者如张荫麟只有少数文章不署名。后来他的学生都署名(笔名或别号)了。因此"不署名"一事开始只是主编吴宓和张荫麟两人的行为。欲盖弥彰,此事果如《本副刊体例申言》所说成为"愚诚"了。由于发生张荫麟与朱希祖的论辩,之后,张荫麟的文章也署名了(署名"素痴")。到了后来,吴宓的少数文章署名"吴宓",更多的署名"余生"。

就是否署名问题,在《文学副刊》编辑内部也有分歧,据浦江清《清华园日记》所记:"与吴先生争《文学副刊》署名不署名问题。先生成见甚深,全不采纳他人意见。视吾侪如雇工,以金钱叫人做不愿意做之文章,发违心之言论,不幸而为余在清华为吴先生所引荐,否则曷为帮他做文章耶。"[8]对于《文学副刊》内部的意见和分歧,吴宓个人在1928年9月20日的日记中说:"下午1—3,浦江清来,谈朱希祖攻诋《副刊》事。……盖《文学副刊》赞襄诸君,皆系文人书生。故(一)盛意气;(二)多感情;(三)轻视功利;(四)不顾实际需要及困难,往往议论多而成功少。一己成绩殊微而专好批评他人文章,干涉他人之思想言动。宓于诸君,又未可以寻常办事之手段及道理对付,而必维系其感情,缓和其性气,故只有自己每事吃亏,差可维持于不坠耳。"[9]

1932年1月14日,吴宓在《文学副刊》第209期上写了《第五年之本副刊》,他说:"宗旨体例仍旧不改,内容材料尽力求精。"但他同时说:"决拟注重纯文学,批评创作兼取。"吴宓觉得言犹未尽,在《文学副刊》第210期又写了《第五年之本副刊编辑赘言》。他对副刊大量刊登介绍、悼念西洋作家的文章,做了如下解释:"本副刊常登西国文学家生殁、百年、二百年等纪念文,且多长篇。读者或以为疑,甚至讥为为外国人作起居注。此实未明吾人之用意。夫此类文章,欧美文学杂志中多有之,其间毫无国界。且古今东西文学本为一体,息息相关,为了解享受计,岂可严分町畦。抑本刊所登各纪念文,大都精心结撰,且皆出吾人自作,依照定期刊载,异乎寻取东西杂志中之成篇钞录摘译者。尤有进者,即本刊每篇纪念文,实皆今日中国文学上之一大问题。"

他特别强调译介外国文学是有针对性的。他举例说第34期借纪念托尔斯泰来讨论"革命与文学""第四阶级之文学"问题;第40期借纪念马勒尔白(马莱白)来讨论文言、白话及我国文字、文体解放革新问题;第44期借纪念戈斯密(哥尔德斯密斯)来讨论文人生活与其著作的关系及文人有行、无行问题;第53期借纪念苏德曼来讨论个人在社会中的生活行事及道德价值问题;第55期借纪念雷兴(拉辛)来讨论艺术的类型及美的本质问题;第65期借纪念弗列得力希雷格尔(施莱格尔)来讨论翻译的原理与方法及翻译西洋文学名篇问题。每一期纪念文章都有深切的用意和所论究的问题。[10]

朱自清介入与刊物对新文学作家的反应

《文学副刊》对新文学作家著作的评介,多是客观、公正的新书推介式语言,少数是尖锐的批评。这与其"宗旨及体例"中所说"评其书而不评其人"有关。《文学副刊》评介的新文化—新文学刊物有20种以上[11],评介新文学作家或新派学者的著作更多。就作家而言有64人以上[12]，而新文学作家发表的创作却不多。

在吴宓主持的6年313期《文学副刊》上只登过两首白话新诗。第一首白话新诗是胡适《狮子（悼志摩）》（第205期）。同期还有吴宓的古体诗《挽徐志摩君》。第二首白话新诗是荪荃《我悄悄的在窗下徘徊》（第311期）。其中胡适的白话新诗《狮子（悼志摩）》和吴宓的七言古体诗《挽徐志摩君》是第一次因共同的朋友去世而登在一起。副刊连续登有关徐志摩的纪念和讨论（第202、209、210、211、212、215、216、223、254期），叶公超、吴宓、杨丙辰（震文）、方玮德、梁遇春（秋心）、韩文佑、唐诚、张露薇等都写有文章，且新文学作家的文章都是白话文。新文学作家在《文学副刊》上受如此待遇，是缘于吴宓与徐志摩心灵相通，两位本质上都是浪漫的诗人。吴宓悼徐志摩，实际是自悼，为他与毛彦文那失败、无望、虚幻的所谓爱情而苦诉。以至于他在1932年1月18日第210期《论诗之创作——答方玮德君》一文中，特别举徐志摩的诗为新材料、新形式的代表，并说他相信徐志摩既然选择了这样的写诗途径，那么这途径则必适于他。

朱自清曾一度被吴宓等人聘为编辑。他加入《文学副刊》，等于在刊物上为新文学争得了一席之地，不少评介新文学的文章都出自他手。他署名"知白"，为《文学副刊》写有《关于"革命文学"的文献》（第60、62期）、《民俗学之曙光》（第61期，此篇未署名）、《中国近世歌谣叙录》（第68、69期）和一系列评介新文学的文章。前者系统、详细地介绍了中国文坛发生"革命文学"的情况。而对歌谣的重视，是五四新文学运动开始后，新文学作家有意关注民间文学和从中寻求白话活文学动力的积极表现，并取得了丰富的成果。朱自清的这种行为，是对主编吴宓在刊物上多登古体诗词做法的公然对抗。

事实上,朱自清被浦江清等人拉来只为《文学副刊》写稿,不参与具体编务,无发稿权。这是吴宓对自己阵地要留守的底线,也是对新文学的基本防御。朱自清文章写好后,多交浦江清或吴宓处理。《文学副刊》一开始的稿件主要是吴宓、浦江清、张荫麟、赵万里、王庸提供,一年后,作者队伍才进一步扩大,外来投稿增多。浦江清在1929年1月31日日记中写道:"此数期稿件甚缺乏,缘《大公报》纸张加宽,每期需九千字,而负责撰稿者仅四人。佩弦新加入,尚未见稿来。"[13]最初,浦江清等人对朱自清文章还存有异议和戒心。2月5日,朱自清第一次为《文学副刊》交稿,浦江清在这一天的日记中写道:"佩弦交来副刊稿件,为评老舍君之《老张的哲学》《赵子曰》两小说之文。文平平,无甚特见。"[14]《春蚕》的评论文章写好后,朱自清送给了吴宓。[15]

由于吴宓及《文学副刊》与新文学运动对抗,而朱自清本人又是新文学作家和胡适的学生,连进清华大学当教授也是胡适推荐的,所以好心人就劝他不要为《文学副刊》写文章。据朱自清日记所示:"晚石孙来访,劝勿为《大公报》作稿,此等稿几于人人能作,又雨公未必愿我等为其作稿。余以为然,嗣思作书评本为素志之一,颇冀以此自见,且《大公报》销数好,故此事余殊未能决也。"[16]在《文学副刊》后期,《文艺副刊》出现并逐步取代《文学副刊》,杨振声、沈从文又积极拉朱自清为《文艺副刊》写文章[17],他便自然地转向《文艺副刊》,成为其主要作者。

这里特别要指出的是,吴宓在《文学副刊》的后期对新文学的态度有一次明显的转变,见其署名"云"对茅盾小说《子夜》的评论中。从《学衡》一开始,吴宓、胡先骕、梅光迪就极端敌视新文学,特别是对白话新诗歌有绝对的抵抗,视白话和英文标点为"怪体",并把"古文体"的文言作为文学创作的正法。[18]吴宓、胡先骕一生坚持写古体诗,吴宓在《文学副刊》上也只刊登古体诗。为此,吴宓曾在《论诗之创作——答方玮德君》中,以

"材料"与"形式"的关系,将此时的诗坛分为四类:旧材料—旧形式、旧材料—新形式、新材料—旧形式、新材料—新形式。他视徐志摩为"新材料—新形式"的代表,认为自己与徐志摩在诗学精神上是一致的。他特别强调"现代极旧派之人,其所表示者,亦是现代人之思想感情"。从对徐志摩"新材料—新形式"的认同,到"云"对茅盾小说《子夜》看法的转变,可视为主编吴宓"退兵而弃权之一法"的具体表现。

1933年4月10日《文学副刊》第275期上刊出署名"云"[沈按:赵万里在《文学副刊》第1期即署名"云";随后吴宓也用笔名"云"。此文是赵万里或吴宓所作,我曾存疑。根据1965年2月17日吴宓日记所记"借得茅盾小说《子夜》……此书宓于三十年前已经读,并作评介",可初步判定此文为吴宓所作]的评论文章《茅盾长篇小说:〈子夜〉》。此时"云"对《子夜》的好评,连茅盾本人都感到"出人意外"。[19]因为《学衡》初创时期,反对新文学的一系列言论,曾遭新文学阵营力主"为人生而艺术"的批评家茅盾的尖锐批评,吴宓特将茅盾的批评写在自编年谱里。[20]此时"云"对《子夜》的肯定主要是从小说的技巧着眼,分结构、人物、语言三个方面展现(节录):

> 第一,以此书乃作者著作中结构最佳之书。……而表现时代动摇之力,尤为深刻。不特穿插激射,具见曲而能直,复而能简之匠心……第二,此书写人物之典型性与个性皆极轩豁,而环境之配置亦殊入妙。第三,茅盾君之笔势具如火如荼之美,酣恣喷薄,不可控搏。而其微细处复能委宛多姿,殊为难能而可贵。尤可爱者,茅盾君之文字系一种可读可听近于口语之文字。

最后"云"阐明了自己从未有过的,也是一生中极为重要的一次对新文学的态度："吾人始终主张近于口语而有组织有锤炼之文字为新中国文艺之工具。国语之进步于兹亦有赖焉。"对此，茅盾在回忆录中表示："在《子夜》出版后半年内，评者极多，虽有亦及技巧者，都不如吴宓之能体会作者的匠心。"[21]茅盾在回忆录中说听郑振铎所言，此文为吴宓所作。

译介与纪念

新文学运动开始后，《新青年》《新潮》《小说月报》《创造》和四大副刊都有一定的篇幅介绍、翻译外国文学。有的刊物还出了"专号"。与《大公报·文学副刊》相比，《小说月报》的"海外文坛消息"简单、粗浅，四大副刊对外国文学的介绍、翻译也没有《文学副刊》的系统性、理论深度和"古典主义"倾向。五四时期，新文学作家注重外国弱小民族的文学，注重外国揭露社会黑暗、罪恶的批判现实主义文学和具有自然主义倾向的文学，以及注重表现自我个性的浪漫主义文学。这与新文化运动开始后倡导思想解放、个性自由和社会批判思潮有关。

《文学副刊》不定期地对外国作家进行评介，同时还不定期地开设"欧美文坛杂讯""欧美文坛近讯""欧美文坛短讯""欧美文坛消息""欧美杂志介绍"等专栏以及"本年英（法、德）国文人生殁纪念表"。对外国作家、文学理论的介绍，是有针对性的，其潜在功能是对新文学理论的清算和反拨，是以新人文主义对抗科学主义、自然主义、写实主义和自由功利主义，以古典主义对抗浪漫主义。如同吴宓在《本副刊之宗旨及体例》所说的"不取专务描写社会黑暗及人类罪恶之作品"。

从实际工作成绩看，《文学副刊》是20世纪前半叶中国现代出版传媒领域，对西洋文学介绍、评价最集中、最专业的刊物。当然，这主要得力于一个西洋文学教授的主持。仅其介绍的欧美哲学家、文学家、批评家和历史学家就有196人以上。[22]

周氏兄弟和创造社诸作家同日本文学界的特殊关系,使得中国新文学运动初期的诸多报刊上,都有译介日本文学的文章,特别是孙伏园主编的《晨报》副刊和《京报》副刊。《大公报·文学副刊》编者立足清华大学,与欧美文学界,特别是与美国有相应的亲缘关系,所以,译介欧美文学的东西自然就占主导地位。坚持来修吴宓翻译课的三位弟子陈铨、贺麟、张荫麟随后都留学美国,陈铨、贺麟后又转学德国,分别研究文学、哲学,所以对德国文学、哲学的译介主要来自他们二位。而他们对日本文学几乎很少涉及,所译介日本作家、学者的著作,多数是纯粹的学术文章,极少数与文学有关。作者如盐谷温(第13期)、三宅俊成(第15期)、土田杏村(第17期)、内藤虎次郎(第26期)、高獭(第58期)、厨川白村(第67期)、宫岛新三郎(第71期)、冈田正之(第112、137、139、173、174期)、原田淑人(第117、118、120、122、125、127、128、159期)、松元又三郎(第128期)、遍照金刚(第145期)、石田茂作(第148期)、箭内亘(第151期)、藤田丰八(第153、183期)、田泽金吾(第159期)、矢吹庆辉(第159期)、井上哲(第161、181期)、桑原骘藏(第164期)、小川琢治(第166期)、羽田亨(第188、189、190期)、本间久雄(第189、200、203、204、214期)、荒木贞夫(第273、298期)等。这些日本学者的著作,当时称为"支那学"或"东方学"论著,而作者与京津地区学者多有良好的学术联系。

在介绍外国报刊方面,《文学副刊》曾有系统的计划,如开设"欧美杂志介绍"专栏,但并没有坚持下去。其中零星介绍的外国报刊有:《亚洲学会年刊》(英国,第4、54期)、《文字同盟》(日本,第6期)、《万国评论》(瑞士,第10期)、《北美洲杂志》(第30期)、《日晷》(美国,第51、105期)、《民族》(日本,第78期)、《中央美术》(日本,第78期)、《染织》(日本,第

78期)、《民俗学》(日本,第87期)、《妇人沙龙》(日本,第87期)、《爱丁堡评论》(英国,第105期)、《新时代》(美国,第107期)、《斯克勒杂志》(美国,第109期)、《文艺类志》(美国,第110期)、《两星期评论》(法国,第111期)、《美国世纪杂志》(美国,第111期)、《伦敦水星杂志》(英国,第112期)、《大西洋月刊》(美国,第119期)、《新得非杂志》(英国,第121期)、《青丘学丛》(朝鲜,第150期)、《论坛》(美国,第161期)、《东方学报》(日本,第172、182期)、《文哲集刊》(美国,第192期)等。

宣扬美国新人文主义,推崇欧美文学的古典主义,是《文学副刊》的宗旨。在313期《文学副刊》中,与新人文主义有关的重要翻译文章以及撰文如:《韦拉里论理智之危机》(第8、9、10期),吴宓译;穆尔的《美国现代文学中之新潮流》(第27、28、29、30期),吴宓译;《班达论智识阶级之罪恶》(第51期),吴宓译;《白璧德论班达与法国思想》(第72期),素痴译;《白璧德论今后诗之趋势》(第97期),吴宓译;《穆尔论自然主义与人文主义之文学》(第101期),吴宓译;《薛尔曼评传》(第102、105期),吴宓译;《布朗乃尔与美国之新野蛮主义》(第123、129、130期),义山译;《白璧德论卢梭与宗教》(第191、192期),闲译;《悼白璧德先生》(第312期),吴宓。

这些文章大部分被《学衡》转载,形成《文学副刊》与《学衡》的互动。这也是吴宓最初所希望的"拟以《大公报·文学副刊》为宣传作战之地",并要《学衡》一派人支持、相助。

作者队伍

《文学副刊》不登新文学作家的小说、散文,尤其排斥白话新诗。这和"宗旨与体例"中所说"毫无党派及个人之成见""文言白话之体,浪漫写实各派，以及其他凡百分别，亦一例平视，毫无畛域之见，偏袒之私"完全相悖，也与"宗旨与体例"中所说"本报文学副刊既愿为全国文学界之公开机关，故所有各门，均极端欢迎社外人士投稿。而通论及长篇小说，尤为重视"不符。因为《文学副刊》实际上只登"通论"，而拒载"长篇小说"，所登的文学创作几乎全是古体诗词。古体诗词作者，大都是学衡派成员，且在北方，尤其以原吴宓的清华学校同学、清华大学教师和清华研究院毕业生为多，其次是原南京高等师范学校—东南大学毕业生。吴宓本人大量古体诗词是在《文学副刊》上刊出的，这曾引起胡适的强烈不满。[23] 后来《文学副刊》被胡适两个门生杨振声、沈从文所办的《文艺副刊》取代，变成新文学家的阵地，自然与胡适有关。

《文学副刊》上所谓的文学创作，主要是古体诗词。古体诗词作（译）者有：胡先骕、吴芳吉、吴宓、黄节、钱稻孙、吕碧城、李景堃、陈寅恪、缪钺（彦威）、汪玉笙、顾随、陈垣、王国维、柳诒徵、刘永济、赵万里、天啸、徐际恒、李濂镗、张澄园、闵尔昌、王式通、陶燠民、陈筑山、浦江清、郑骞、潘式（兕公）、胡宛春、叶石荪、张尔田、陈达、朱孝臧、龙榆生、黄侃、刘异、宗威、俞平伯、王秋湄、朱钵文、李拔可、刘泗英、朱师辙、胡坤达、龚遂、张鲁山、周仪杰、卢前、赵启雍、刘盼遂、常燕生、王越、刘兴德、李素英、卓远来、徐英、王荫南、张筱珊、杨圻、吴其昌、蔡松吾、戴培之、萧公权、王力、俞大纲、瞿宣颖（兑之）、刘海疆等。

关注中国传统学术是《文学副刊》在译介外国文学、外国学术之外的一个重要内容。副刊许多作者都是学衡派成员。他们品评中外学术，译介外国文学，表现出相应的一致性和趋同性，主要写（译）文章的有：吴宓、浦江清、张荫麟、赵万里、缪钺、向达、张尔田、李思纯、李秉中、景昌极、陈寅恪、傅任敢、陈铨、贺麟、吴其昌、叶公超、钱穆、顾颉刚、秦仲文、孙楷第、罗香林、胡宛春、张星烺、冯承钧、瞿宣颖、卢伽、余嘉锡、朱希祖、容庚、戴家祥、盛成、泽陵、水天同、杨葆昌、余超农、马君武、徐景贤、叶恭绰、冯友兰、王遽常、傅增湘、张季同、方苏、曹霈人、谢兴尧、费鉴照、徐祖正、张颐、宗白华、李辰冬、刘盼遂、杨树达、邵循正、侯堮、谭正璧、蒙文通、何春才、郑寿麟、章太炎、黄家澍、王越、陈恭禄、蒋廷黻、刘咸炘、郭斌龢、聂曾纪芬、马一浮、钱萼孙（仲联）、钱锺书（中书君）、陈垣、徐英、萧一山、刘文典、欧阳采薇、韩湘眉、杨敬慈、夏鼐、王岷源、季羡林、毕树棠、李长之、沈从文、缪凤林、邢鹏举、袁同礼、王重民、孙毓棠、严既澄、凌宴池、曾觉之、邓之诚、施闰诰、黎东方、梁念曾等。

其中陈寅恪《〈敦煌劫余录〉序》（第124期）、《冯友兰著〈中国哲学史〉审查报告》（第132期）、《与刘文典教授论国文试题书》（第244期）、《冯友兰著〈中国哲学史〉下卷审查报告书》（第268期）都是先在《文学副刊》上刊登，而后《学衡》转载（《〈敦煌劫余录〉序》、《冯友兰著〈中国哲学史〉审查报告书》易名《冯著〈中国哲学史〉审查报告》，登《学衡》第74期；《与刘文典教授论国文试题书》登《学衡》第79期终刊号）。

《文学副刊》的古体诗词作者或文章作者，有的也是新文学作者，如俞平伯、宗白华等。少数新文学作家如陈梦家（《论方玮德〈丁香花的歌〉》，第263期），孙大雨，废名（《悼秋心——梁遇春君》，第236期），沈从文（《丁玲女士失踪》，第284期）的白话文文章也在《文学副刊》出现。沈从文、陈梦家、方玮德、梁遇春（《吻火》，第223期）、废名的文章，则是纯粹的白话散文。孙大雨的译诗，也是白话文体。他们的文章没有在话语权上与学衡派成员及吴宓本人构成对立，只是应时之作。但这种文章只是少数。

吴宓等人与白话新文学运动的尖锐对立，表现在《文学副刊》上，即很少登白话文学作品，他所谓的文学创作，主要是指学衡派成员的古体诗词。这是有意排斥新文学作家的文学创作，也不登外国小说、散文、剧作。

少量外国诗歌翻译也是用古体诗格(如素痴译罗色蒂《幸福女郎》、杨葆昌译拜伦《王孙哈鲁纪游诗》)。其中对罗色蒂诗歌的翻译,呈现出明显的新旧对立之势。第19期(1928年5月14日)素痴译罗色蒂《幸福女郎》,第154期(1930年12月22日)上吴宓翻译《古决绝辞》《愿君常忆我》,皆是古体诗格。而同期罗家伦翻译《当我死了》,则是白话诗体。罗家伦翻译此诗的时间是1924年在欧洲留学期间,未曾发表。此时(1930年12月)在《文学副刊》第154期上发表,是为了纪念罗色蒂诞辰100周年。正好吴宓这时候在欧洲游学,未能实际控制《文学副刊》的编辑主权。可以说,《文学副刊》主要是译介文学批评、纪念外国文学理论家。

在吴宓主持下,《文学副刊》实际成了20世纪二三十年代北方最著名的文学副刊,与中国白话新文学创作主潮明显疏离,并形成尖锐对立性趋势——以张扬西洋文学的古典主义精神对抗中国新文学的浪漫主义、写实主义、自然主义倾向;以西洋文学的人文主义精神对抗中国文学日益强化的科学主义精神;以西洋古典文论所主张的文学纪律、标准、道德原则和理性精神来衡量、批评中国新文学作家的创作。从张扬文学的古典主义到新人文主义,是《文学副刊》鲜明的个性追求。

吴宓到欧洲旅行时(1930年9月—1931年9月),《文学副刊》登了胡适学生、新文学作家罗家伦用白话文译罗色蒂的诗《当我死了》(第154期),还刊出了胡适与冯友兰讨论《中国哲学史》的通信(第178期)。也就在这时候,吴宓便感到他主持副刊的权力将要丧失,并在日记中有所反映。他在1931年6月12日的日记中写道:

> 晚归,阅《大公报》万号特刊,见胡适文,讥《大公报》不用白话,犹尚文言;而报中季鸾撰文,已用白话,且约胡之友撰特篇,于以见《大公报》又将为胡辈所夺。且读者评《文学副刊》,是非兼有;宓在

国外,未为《文副》尽力,恐《大公报》中人,不满于宓,而《文副》将不成宓之所主持矣。又胡适文中,讥《大公报》中小说,为评人阴私。若指潘式君,则殊诬;且潘君方遭冤狱,胡不营救,且施攻讦,以视 Zola 之于 Dreyfus,何相去之远耶?念此种种,及中国人之愚妄,破坏本国文明,并吾侪主张之难行,不胜闷损,久不成寐。[24]

吴宓所说胡适之文是指《后生可畏——对〈大公报〉的评论》,作于1931年5月8日,刊5月22日《大公报》万号特刊。"季鸾撰文,已用白话"是指张季鸾在《一万号编辑余谈》中明确表示:"适之先生嫌我们不用白话,所以我们现在开始学着写白话文,先打算办到文语并用。"因为胡适在称道《大公报》为"中国最好的报纸"的同时,提出"有几个问题似乎是值得《大公报》的诸位先生注意的":

第一,在这个二十世纪里,还有那一个文明国家用绝大多数人民不能懂的古文来记载新闻和发表评论的吗?

第二,在这个时代,一个报馆还应该依靠那些谈人家庭阴私的黑幕小说来推广销路吗?还是应该努力专向正确快捷的新闻和公平正直的评论上谋发展呢?

第三,在这个时代,一个舆论机关还是应该站在读者的前面做向导呢?还是应该跟在读者的背后随顺他们呢?[25]

胡适所言,针对《文学副刊》,这与他1933年12月30日日记中所说一致。他与吴宓都有对对方尖锐的批评、诋毁之言。

学衡派与北京大学的矛盾在《大公报·文学副刊》上也有显示。如前所示胡适的不满。另据浦江清《清华园日记》所记:"荫麟驳朱逷先君在

《清华学报》上所发表之《古代铁器先行于南方考》一文之无据。朱反讥,张因又反驳。大体真理属张,特朱地位高,负盛名于国学界,一朝被批,岂有不强辩之理。长此辩论,恐无已时,然而《文学副刊》则不愁乏稿矣。马叔平向人言《大公报·文学副刊》专攻击北大派,实则余等初无是意也。"[26]

朱逷先即北京大学历史学教授朱希祖,马叔平(衡)为北京大学考古学教授。张荫麟在《文学副刊》上与朱希祖辩论,吴宓甚怕得罪人,颇不以为然。张荫麟声明再不做批评文字。因为张荫麟在《大公报·文学副刊》第 30 期所登介绍《清华学报》第 5 卷第 1 期的文章中,对朱希祖《中国铁制兵器先行于南方考》加以评论,且没有署名,朱希祖先后四次致信《大公报·文学副刊》编辑(第 32—34、39、40—41、54 期),张荫麟三次作答(第 32—34、38、46 期),形成论辩之势。

另外,学衡派成员与北京大学的矛盾、对立,还表现在缪凤林(此时任中央大学教授)等对顾颉刚、傅斯年持续多年的批评。其中缪凤林对傅斯年《东北史纲》的批评文章,也曾请示过黄侃。[27] 他除了在《文学副刊》刊登长文(连载 9 期)外,还在中央大学文学院的《文艺丛刊》上登出《评傅斯年君〈东北史纲〉卷首》(同一文章的不同版本)。[28]

尊孔倾向

《文学副刊》在 1931 年 11 月 2 日第 199 期以《新孔学运动》为题目报道了学衡派成员郭斌龢在北平华文学校的英文演讲"孔学"。演讲大意是说中国一向以孔学立国,孔学为中国之国魂。近三十年来,孔学遭重创,一蹶不振。其结果是国人失去根本信仰,思想成了无政府主义状态,外患也就日重。郭斌龢认为"孔学非宗教,而为一种人文主义。以人为本,不含神学与超自然之理论"。孔学为知识阶级的普遍信仰,为广义的宗教。中国今日所需者,为一新孔学运动。此种新孔学,应视为中国一切改革的原动力。新孔学是中国将死之国心复活的良方。他主张:1. 应发扬光大孔学中有永久与普遍性的部分。2. 应保存有道德意志的天的观念。3. 应积极实行知、仁、勇三位一体的道德。4. 应使孔学想象化、具体化。文章最后还提到郭斌龢从事中西文化之源比较研究,在美国用英文发表了《孔子与亚里士多德之人文主义》[29]、《浪漫派之庄子》[30]。

郭斌龢随后为《文学副刊》写有《曾文正与中国文化》(第 253 期)、《读梁漱溟近著〈中国民族自救运动之最后觉悟〉》(第 257 期)。前者指出:"一文化之能存在与否,当视此文化之有无价值而定。而此文化之有无价值,当视此文化所产生之人物有无价值而定。中国数千年来,旧有文化所产生之贤人君子、豪杰志士,史不绝书。最近复能产生曾文正公,道德文章事功,三者皆可不朽。文公之荣,亦中国文化之荣也。""孔子以匹夫而为百世师,自然贵族也。""自然贵族,昔日尊称之曰读书人,曰士大夫,其责任在为吾民族之领导人,为吾民族文化之继承者。"[31]他认为今日中国不能产生伟大之领袖,其原因是一般人太缺乏宗教性——纯洁之动机、坚强之意志与强烈之情感。他把这种情况进一步归因于教育。郭斌龢指出中国旧式教育的目的不在培养狭隘的专门人才,而在养成有高尚品格、多方面发展之完人。新文化运动以来,那些以提倡西方科学方法自命者,视旧文化为大敌,极力摧毁。他说曾文正是典型的新文化人物,理由是曾公最早主张向外派留学生,又在江南制造局组织翻译西书。曾文正这样做的目的自然是调和中西,取长补短。

后者是一篇读后感。他由梁漱溟文章而发出相应的感慨:自新文化运动以来,一种暴民精神弥漫全国。一知半解之徒,起而执思想界之牛耳。所谓名流先进,思想见识十分幼稚,却居于指导、影响青年学生的地位,实际上是在利用、欺骗青年学生。青年人不读古文,也就无法了解民族精神。现代大学教育,不列中国经史,也就与民族生命不发生关系。[32]客观地看,这实际上还是《学衡》初期反新文化—新文学的基本思路,试图对新文化—新文学运动主流话语进行再消解。

1932年9月26日《文学副刊》第247期有未署名而实际作者是吴宓的《孔诞小言》。他认为中国文化的精神,寄托于孔子一身。中国人现今欲挽救国难,起振人心,每个人必须取法其上,精勤奋勉,学习、模仿孔子。同时,吴宓搬出他老师白璧德和他所提倡的新人文主义。他说白璧德的新人文主义是"融汇世界圣贤之教化及人类经验智慧之结晶,更用实证批评之方法,针对近世社会之需要,本兹立言,以为全世界、全人类(中国亦在其内)受用之资"。研究孔子,首先要持了解与同情的态度。"孔子之更为人认识崇敬,亦文化昌明、学术进步必然之结果矣。"而此时南京学衡派同人创办的《国风》杂志也出版了纪念孔子的"圣诞专号"。学衡派成员在南北报刊同时纪念孔子,既是对五四新文化运动批孔反孔的有意识反抗,也是民族危急时刻对传统文化的重新反思和认同。

下、主编的立场

张扬古典主义,反对浪漫主义

吴宓在大学授课期间,多次开讲"文学与人生"的课。在《文学副刊》创办初期,他便刊登了《文学与人生》的部分内容。

吴宓首先主张文学的范围应当扩大,因为近代以来,中国与西洋接触,政治、经济、社会思想的种种变迁,使人生经验也发生了巨大的变化。人生情形日益纷繁,中国文学的范围不得不随之扩大。今天要创造和评论文学,均当以中外、东西、新旧人生之总和,及中外、东西、新旧文学之总和作为思想对象,为比较及模仿资料。批评者和普通读者要懂得文学的范围实际是与人生的全体同大。这是文学创作与批评的基础。[33]

吴宓认为文学中所描写的人生,是本能、直觉、理性、意志、感情、想象的联合构成。古典派的伦理主张,实际上是各种性情元素的调和融洽。因此他反对写实派、浪漫派和自然派的种种表现,认为西洋文学史上各派循环,专重性行元素某一方面的文学,绝非人性的正当和文学的正常现象。[34]吴宓指出文学是人生经验的表现,浪漫派最重主观,唯自我表现;写实派、自然派最重客观,唯真是崇。这些派别中作家所表现的人生,都不是真实、完美的艺术人生。文学是人生的模仿和经验的反映,是超越主观、客观之上的东西。因此,绝无绝对主观的文学,也无绝对客观的文学。[35]同时,他认为,文学所表现的是人生之常,兼及其变。凡古今伟大的作品,必须攫取人生、人性中之根本普遍事实为其题材,在选择中,专取人生经验中最有价值、最有趣味的奇妙精彩部分写入书中,并且写来酣畅淋漓,使读者激切感动。在这方面,古典派文学表现得真切完善,浪漫派、写实派、自然派,皆只注重表现人生、人性之变,而遗弃其常。他说:"浪漫派文学不遵规矩,惟务创新,以奇特为高,以诡异为尚。又凡事喜趋极端,矜炫浮夸,纵获奇美而失真善。写实派文学描绘务期得真,惟观察不广,选择不精。每以一时一地偶然掇拾之材料,概括人生、人性之全体。故不免拘囿而陷于一隅。自然派文学昧于人性二元之要理,不知人实兼具神性与物性,而视人如物。谓人之生活纯为物质机械,受环境之支配,为情欲所驱使,无复意志、责任、道德之可言。此其对于人生人性仅知其半,而未识人之所以为人者何在。"[36]

从这点出发,就小说而言,他推崇哈代的古典主义倾向,不满卢梭的浪漫;认为哈代丝毫没有浪漫主义色彩,其重视"三一律",精神实近古典。[37] 吴宓反对易卜生的问题小说和问题戏剧,认为这些东西是作者人生观偏狭的产物,其训诲主义是文学的禁忌。吴宓视易卜生的问题小说和问题戏剧为浪漫主义之余波,说易卜生把罪恶归于社会,个人实际上就不负责任了。他说这看似真诚负责,实为虚伪作假。[38] 他甚至把福禄特尔(伏尔泰)也视为伪古典派。因为真正的古典派目的必高尚,精神必庄严,格调必雅正。而福禄特尔攻击礼教,矢口谩骂,议论见解常近伪古典派,且常流于伪古典派矫揉造作的恶习,专以雕琢为工。[39] 吴宓认为当今社会被科学主义和感情上的浪漫主义所统辖,蔑视道德、任意改革、打破礼教、表现自我等种种事理,皆源于卢梭——"以感情为道德,以骄傲为美行。唯我独是。人皆可杀"。吴宓列举了反卢梭者所指出的卢梭及浪漫主义十大罪状:一、自尊自私,自命天才,而斥人为凡庸。凡有悖吾意者皆有罪。二、以奇异为高,异容异服。甚至别立文字,别创文体,但求新异,不辨美恶。三、纵任感情,灭绝理性。谓感情优美之人,无论其行事如何,不能谓之有罪。四、谓情欲发乎自然,无往不善,不宜禁阻。世间之美人,以及厚生利用之物,皆专为天才而设。五、天才及善人必多忧思,常深堕悲观。六、天才及善人必终身饥寒困苦。世人忌之妒之,皆欲害之。七、天才与世人皆不能相容,而独居乡野,寄情于花鸟草木,徜徉于山水风光,则异常快乐。八、天才常梦想种种乐境,不能办事,不善处事,喜过去与未来,而恶现实。九、天才喜动恶静,动无目的,无计划、无方向,任性情而不用思想。文章艺术皆成于自然,出之无心。十、天才必体弱多病,早夭者多,然赋性仁慈,存心救世。凡此种种,皆可从卢梭《忏悔录》中见之。[40]

在第33期《拉塞尔论博格森之哲学》一文译者前言中,吴宓特别指出拉塞尔原以反浪漫主义,痛诋卢梭而著名,此时又评论博格森之哲学,对其所谓"生力""创化"做了相应的进一步解释,说他重兴"精神主义",对人世有益。吴宓认为这是拉塞尔立场的转变,因其研究博格森而被其思想所俘获。

在这一点上,吴宓和梁实秋观点一致。一个老师教出的两个学生,有共同表现之处。梁实秋在1926年批评新文学时,也明确指出过"现代中国文学,到处弥漫着抒情主义"。他和吴宓一样,都有二元对立的批评倾向,把古典主义与浪漫主义对立起来。如梁实秋对古典主义和浪漫主义的形象化解说:

> 古典主义者最尊贵人的头,浪漫主义者最贵重人的心。头是理性的机关,里面藏着智慧;心是情感的泉源,里面包着热血。古典主义者说:"我思想,所以我是。"浪漫主义者说:"我感觉,所以我是。"古典主义者说:"我凭着最高的理性,可以达到真实的境界。"浪漫主义者说:"我有美妙的灵魂,可以超越一切。"按照人的常态,换句话说,按照古典主义者的理想,理性是应该占最高的位置。但是,浪漫主义者最反对者就是常态,他们在心血沸腾的时候,如醉如梦,凭借感情的力量,想像到九霄云外,理性完全失去了统驭的力量。据浪漫主义者自己讲,这便是"诗狂""灵感",或是"忘我的境界"。浪漫主义者觉得无情感便无文学,并且那情感还必须要自由活动。他们还以为如其理性从大门进来,文学就要从窗口飞出去。[41]

同时,梁实秋指明抒情主义显示出的无选择、无节制和写作中类型混杂,正是浪漫主义的具体表现形式,其结果是流于颓废主义和假理想主义。

他山之石

新人文主义在20世纪初的美国,是大学校园的学院派理论,以哈佛大学为主要理论发散中心。1928年,哈佛大学法文教授马西尔著有《美国人文主义之运动》一书,叙列美国人文主义运动的大师及领袖人物分别是布朗乃尔、白璧德、穆尔三人。1923年7月《学衡》第19期,刊登了吴宓翻译马西尔(梅尔西埃)《白璧德之人文主义》。由于此时"人文主义"内涵已经不是传统意义上的人文主义了,所以学术界为了区别对待"人文主义"而称此时美国布朗乃尔、白璧德、穆尔所张扬的"人文主义"为"新人文主义"。

白璧德是哈佛大学法国文学教授,他先后出版《文学与美国的大学》(1908年)、《新拉奥孔》(1910年)、《法国现代批评大师》(1912年)、《卢梭与浪漫主义》(1919年)、《民主与领导》(1924年)、《人文主义和美国》(1930年)等,明确高扬人文主义的大旗。他是以"因对人类大多数思想的正确性提出质疑而蜚声世界。他勇敢地指出,由于西方再次落入他所谓的'自然主义的陷阱',混淆了人的法则和物的法则,因此它在基本原则上已步入歧途"[42]。他拒绝把自己的学说称为"新人文主义"。白璧德认为"只有自然主义(或神、人、自然三者合一的一元论,其结果是否认存在一种先于人类经验的法则)和人文主义之间多年的对立。后者对于人有着清晰的认识:他本性超众独特,是一种物质和精神交汇于一体的神秘存在,故而他应向一种高于其自身的法则负责,他必须去发现这一法则,并必须学会使自己的自然意志服从于这种更高意志"[43]。宗教以上帝名义阐释这种更高的意志,于是白璧德就"借助宗教来支持人文主义"[44]。穆尔是和白璧德于1893年同时在哈佛大学获得硕士学位的同学,著有《谢尔本随笔》11卷。他和白璧德志同道合,力倡人文主义。吴宓在1933年12月25日《文学副刊》第312期刊出的《悼白璧德先生》一文中说:"先生与美国穆尔先生为今日全世界中学德最高之人。其学术综合古今东西,其立言皆不为一时一地。其教旨在保存人性之优点与文明之精华,且发挥而光大之,以造福于来兹,为全世人类根本久远之图。"

借助《文学副刊》,吴宓对白璧德、穆尔的理论做了较多介绍。同时,他借对人文主义的张扬,有时影射中国的新文学现实,有时鲜明地批评新文学运动中的写实主义和浪漫主义。穆尔《美国现代文学中之新潮流》是一篇长文,集中细究美国新派文人力求推翻英伦文学正统的原因。而吴宓译介的真实用意是比附、影射中国新文学运动对古典文学传统的变革。

穆尔认为,美国新派文学家的艺术主张,虽自诩为创造发明,实际上只是对英国新派文人的模仿,其根源在法国和俄国的新派。最根本原因有三:一是偏狭的地域之见;二是谬误的爱国心,专以摧毁国性为能事,借解放之名,破坏种种礼教法规;三是对于宗教道德的反抗,在生活与艺术中,借自由与解放,排斥宗教与道德。[45]新派文人实际上分为审美派和激进写实派。这种倾向主要体现在杜来色《美国的悲剧》等作品中。[47]

穆尔认为解决美国文学中的此类问题,要依靠思想彻底、负责的批评家,即白璧德这样人格伟大而又通晓古今东西文化、学术渊博的人文主义思想家来解决、救正、改良。[48]

中国新文学的现实是否像美国那样?是否需要白璧德这样的人文主义思想家来"解决、救正、改良"?这可能是吴宓在译文之外想要说而暂时没说出的话。

穆尔在《论自然主义与人文主义之文学》一文中,阐明了人性二元论(一为自然,同于物;二为超乎自然,在物之上。人性中实有高下两部分,曰理曰欲。人文主义哲学承认此事,强调意识有方向意志。而自然主哲学则持相反意见)的基本观点,并鲜明地指出"自文艺复兴时代迄今,一部欧西文化史,不外人文主义(谓人异于物)与自然主义(谓人同于物)之势力迭为起伏互争雄长而已"[49]。他为现代文学开出的良方是:"今欲重兴文学而使有生气,则非提倡人文主义不为功。"[50]

穆尔和白璧德有两个著名的弟子薛尔曼、T. S. 艾略特。而以《现代文学论》一书张扬师说的批评家薛尔曼却在生命的最后十年间,忽然改变其思想议论,一反两位老师的人文主义主张,倒戈从敌,与文学新派结盟。《文学副刊》刊登吴宓译《薛尔曼评传》,意在揭示美国人文主义倡导者及信徒的命运,并顾恋自己在中国的处境。徐志摩去世前曾将当红欧美的 T. S. 艾略特诗歌交给胡适看,胡适明确表示看不懂。而吴宓本人对 T. S. 艾略特也不敢轻易发批评之言。这起码说明,时代变迁,薛尔曼、T. S. 艾略特与穆尔、白璧德之间,产生了思想和文学理念的差异。

白璧德《论卢梭与宗教》一文初登美国《论坛》杂志 1930 年 2 月号,吴宓译文刊于 1931 年 9 月 7 日、14 日《文学副刊》第 191、192 期。白璧德对卢梭及其信徒的浪漫主义思潮有严厉批评,同时就美国的现实也提出了相应的抨击。他认为卢梭是二百年来影响最大的作家,讨论卢梭,"实乃辩论现代文学生活,政治生活,及教育生活之主要问题,而宗教生活尤为重要"[51]。白璧德认为宗教不但毁于卢梭之徒,且受伪科学家之害。他说自己所持积极与批评的人文主义态度,是要解决智慧与意志的二元问题,推翻卢梭情感主义至上、人性本善的新神话。

白璧德所说的真二元论,是指生命冲动与生命约束互为存在。人文主义所谓约束程度,即所持标准。白璧德反对卢梭信徒重才情、轻智慧,所以才推出所谓的标准,作为一个统一的原则,来衡量复杂及变化的精神。卢梭所谓的美德在人文主义者眼里都不是真正的美德。人文主义者是以由想象与分析的智慧合作所产生的标准、由个人定义考验后所产生的标准,来作用于个人,以助人在正确方向上实行较高的意志。[52]

白璧德指出人文主义者不信人性有突变,而偏重教育功能。"人必须自幼受训练,养成适宜之习惯,始可达人文主义之鹄的。"[53]他认为美国教育的迫切问题是要从卢梭教育思想影响下走出来。因为卢梭主义不仅统治了美国教育,而且摧毁了新教命脉,表现为功利主义与情感主义。而德、法等国正在恢复宗教的人文主义教育。最后白璧德强调:"吾人倘不恢复真二元论,或重新确立内心生活之真理,不问其形式为传说或批评的,宗教或人义的,则任何文化均有倾覆之险。"[54]白璧德这里显然有些杞忧。思想家超前思考和洞察现实,有时是孤立的,不合时宜的,但在学理上是有道理的,站得住的。与白璧德同在哈佛大学任教的科学史家G. 萨顿在1930年代也力主新人文主义,并提出与白璧德完全不同的路向,即科学时代的人文主义。他主张用科学史的教育、学习,来推广对科学的了解,消除人文工作者与科学的隔膜,进而在人性化的科学之上,建立一种新文化,即新人文主义,而不是白璧德那样将科学与人文主义对立。

有趣的是,白璧德1933年7月15日去世,《学衡》即在8月停刊。吴宓在1933年12月25日《文学副刊》第312期刊出《悼白璧德先生》后一周,《文学副刊》也停办。

据吴宓的编者按所示,布朗乃尔是在1929年去世的。当年6月,美国《论坛》杂志第81卷第6号刊登了马西尔《布朗乃尔与美国之新野蛮主义》的纪念文章。这篇文章和《美国人文主义之运动》第一章《孤立之人文主义者布朗乃尔及批评家之责任》互相发明。布朗乃尔著作颇丰,有《法国艺术论》(1891年)、《维多利亚时代之散文家》(1901年)、《美国之散文家》(1901年)、《批评论》(1914年)、《标准论》(1917年)、《法国人之特性》等。

布朗乃尔是爱玛生(爱默生)弟子,承爱玛生之学说,继续前进,追求美国理智生活的合理发展。他认为美国与欧洲文化的一切遗传关系,非恢复不可,否则美国的理智精神必然是幼稚的。爱玛生将德国的理想主义输入美国,但他的哲学宗于直觉,无批评精神。布朗乃尔超越了爱玛生,并有重大的发展。布朗乃尔笃信美国民治之将来,并同情群众。布朗乃尔通过研究法国文化,认明一个"真实之社会,存于法国国民之间。一共同之性格,合此国民为一体。一至高无上之权力,统辖之成一理想。此种权力,使个人与社会相融洽,国体精神得发展,真纯友爱之情得滋生。盖人人信仰相同,而又群策群力,以期与外在标准相合也"[55]。由法国历史文化的启示,布朗乃尔提出了自己对社会生活"标准"的进一步思考,意在唤醒美国人自觉其欧洲遗传之处,即对欧洲文化的认同,以摆脱美国人理智与精神的幼稚。

事实上,美国社会不可能完全接受外在标准,共同本能也就不能产生。所以布朗乃尔认为标准之哲学应为美国此时精神生活的新基础。他在1917年所著的《标准论》就是要阐明这一问题。在他欲求这一挽回标准的方法时,白璧德、穆尔的著作出现了,他们因有共同的思想而走到一起,于是,有了一场人文主义运动的提倡。[56]

"标准"既是一种完善的批评方法,也是文学艺术创造中艺术价值能否成立的判断。在个人与社会团体的表现中,"标准"是一种"作风"。这是"人文派"与"新野蛮人"的根本区别。美国人笃信个人发展的可能,此原则乃是美国今日富强无比的原因之一。同时,不重视"和谐及向心力"作为"标准"的进一步体现,才使得美国出现了新野蛮人和所谓的新野蛮主义。[57]

《文学副刊》对其系统介绍和有针对性的讨论,显然是有目的的,也是颇费心机的。影射、批评中国白话新文学是其真正意图。

借讨论民族与文学的关系,提倡道德救国论

作为具有浪漫主义诗人气质的道德理想主义者,吴宓在《本副刊之宗旨及体例》中曾明确提出"本报同人以为文学固非宣传之资,不可有训诲之意。然在其最高境界,文艺实可与道德合一"。文艺与道德合一之说,在吴宓讨论民族与文学关系时,有充分表现。

《文学副刊》创刊伊始,吴宓刊有《欧洲战后思想变迁之大势与吾国人应有之觉悟》,就中国思想界对欧洲战后思想变迁的两种不同认识,指出固陋之守旧派与偏激之急进派的错误看法,提出要以"相对之标准及归纳之方法,求综合之结果"[58]。并针对斯宾格勒西方文化沉沦没落之说,提出以"人文主义"作为"救今世之病之良药"[59]。

1931年"九一八"事变的强烈刺激,使得广大国人,特别是知识分子的民族意识高涨。知识分子作为"思想者",与奋起抗敌的军民"行动者"原有思想格局中"启蒙者"与"被启蒙者"的身份等差,立刻淡化。"思想者"真正走向经世致用,将文学与救国联系起来,且赋予如此神圣的使命和责任。吴宓道德救国论的主张在这一时期得以明确和强化,而这又首先是从民族意识出发的。作为副刊主编,吴宓通过探讨民族生命与文学的关系、中华民族在抗敌苦战中所应持的信仰及态度,提出了道德救国的主张。这和吴宓一贯的道德理想主义有密切联系,又突兀地立于思想文化界一贯主张的"科学救国""教育救国"之上。学衡派成员郭斌龢曾推崇曾文正道德、文章、事功三者皆不朽。在不能上阵杀敌、建立事功的民族危急时刻,知识分子除了呐喊助威外,道德、文章的理想追求,就落到民族大义和道德救国上。

在《民族生命与文学》一文中,吴宓提出文学在个人与社会密切关系

中所起"根本之培养与永久之趋向"的作用。他说：1. 文学能晓示真理，发明道德因果律。[60] 2. 文学中描写历史上或虚构的伟大人物，足为模仿之资。学习中西文学，阅读中外名著，效仿其中伟人的立意行事，实为我国人士之当务之急。[61] 3. 文学具有感化力，可造就理想品格。儒教是中华文明的正宗。从中华民族历史和现实的命运考虑，"应以儒教之精神为主，以墨家为辅，合儒与墨，淬厉发扬，而革除道家之影响与习性，实为民族复兴之要务及南针"[62]。在此基础上，创造一种"培养民族生命、鼓舞民族精神之新文学，则吾国文学家所有事也"[63]。

随后，吴宓撰写了"国难与文学"系列文章。在《中华民族在抗敌苦战中所应持之信仰及态度》一文中，吴宓强调"宁为精神、道德、正义、公理、光荣、自由、快乐、幸福而死，不为物质、货财、小利、私欲、卑屈、苟偷、麻木、呻吟而生"[64]。为信仰、为理想而生活，为中国文化而作战，这样抗敌奋斗，才有勇气与坚诚的实力。[65]

吴宓上述种种说辞又可归结为"道德救国论"。他认为道德救国这一问题在中华民族抗敌苦战中尤为重要，尤当如此。中国人在抗敌苦战中，应知保家卫国是我们自己的义务与天职，抗敌苦战也是我们道德上的承担，我们当自强、自奋，同时也是为世界公理、正义而战。[66]

在《论战争能振起民族精神并产生充实光辉之文学》一文中，吴宓希望借抗战重振我们民族精神，强化我们民族凝聚力，同时也使我们民族的文学得以充实并展现出光辉。[67]《世界历史文学训示吾国人应积极抗敌苦战牺牲到底论》一文中，他说我们抗敌苦战，要采取一种正当的态度和精神，要消除悲观，祛除盲目自大，确立抗敌救国的重心和凝聚力，团结一致，为民族大义而战。

与此相关的文章很多，这里仅以吴宓为代表。

先有《学衡》停刊，继之《文学副刊》被《文艺副刊》所取代，吴宓及学衡派在北方的势力迅速衰落，吴宓个人也陷入浪漫诗人意乱情迷的困境，不能自拔。

注

[1] 浦江清：《清华园日记·西行日记》第5页。
[2] 吴宓：《吴宓日记》第Ⅳ册第196页。
[3] 吴宓：《吴宓日记》第Ⅳ册第197页。
[4] 关于《文学副刊》的停刊原因，钱穆在《师友杂忆》中有一说："雨生本为天津《大公报》主持一《文学副刊》，闻因《大公报》约胡适之、傅孟真诸人撰星期论文，此副刊遂被取消。"见钱穆：《八十忆双亲·师友杂忆》第180页。

钱穆所言是有根据的。据1934年1月5日胡适的日记记录：

今年《大公报》邀了我们担任"星期论文"，已宣布了。

（一）本报今年每星期日敦请社外名家担任撰述"星期论文"，在社评栏地位刊布。先已商定惠稿之诸先生如下（以姓氏笔划多少为序）：一、丁文江先生。二、胡适先生。三、翁文灏先生。四、陈振先先生。五、梁漱溟先生。六、傅斯年先生。七、杨振声先生。八、蒋廷黻先生。我的是第一个星期（七日），所以昨晚试写了一篇《报纸文字应该完全用白话》，今晚写完。

见季羡林主编《胡适全集》第32卷第263—264页。胡适所写的内容同时也是针对《文学副刊》没有完全用白话文和专门刊登古体诗词的。

《大公报》"星期论文"，自胡适开始，1934年1月7日—1937年7月25日共有169篇，而胡适一人就有25篇，自然也是最多的。实际上为《大公报》"星期论文"写文章的大都是胡适朋友，自由主义知识分子精英人物。"星期论文"在北方也成了和胡适主编的《独立评论》一样，最有影响力的自由主义知识分子的声音。具体文章篇目和数据可参见贾晓慧著《〈大公报〉新论》

(天津人民出版社,2002)所附"星期论文"索引。
[5] 吴宓:《文学与人生》第51页,清华大学出版社,1993。
[6] 陈寅恪:《书信集》第44—45页,生活·读书·新知三联书店,2001。
[7] 《本副刊之宗旨及体例》摘要其中一段:

> 文学副刊之言论及批评,力求中正无偏,毫无党派及个人之成见。其立论,以文学中之全部真理为标准,以绝对之真善美为归宿。以古今中西名贤哲士之至言及其一致之公论为权威。以各国各派各家各类之高下文学作品为比较,以兼具广博之知识及深厚之同情为批评之必要资格。以内外兼到,即高尚伟大之思想感情与工细之技术完美之形式合而为一,为创造之正当途径。以审慎之研究、细密之推阐,及诚恳之情意,为从事文学批评及讨论者所应具之态度。更释言之,则重真理而不重事实,论大体而不论枝节,评其书而不评其人。即对于中西文学、新旧道理、文言白话之体、浪漫写实各派,以及其它凡百分别,亦一例平视,毫无畛域之见、偏袒之私。惟美是归,惟真是求,惟善是从。本报文学副刊之宗旨及态度,为纯然大公无我,而专重批评之精神。本报同人以为文学固非宣传之资,不可有训诲之意。然在其最高境界,文艺实可与道德合一。于创造文学,则不取专务描写社会黑暗及人类罪恶之作品。于文体,则力避尖酸刻薄、讥讽骂詈之风尚。

[8] 浦江清:《清华园日记·西行日记》第19页。
[9] 吴宓:《吴宓日记》第Ⅳ册第132页。
[10] 《大公报·文学副刊》第210期所刊《第五年之本副刊编辑赘言》。
[11] 这20种分别是:《莽原》(第3期),《语丝》(第3、136期),《一般》(第7、14期),《创造季刊》(第7期),《创造周报》(第7期),《创造月刊》(第7期),《文化批判》(第7、11期),《小说月报》(第7、8期),《北新》(第8期),《贡献》(第9期),《新月》(第15、20、101、110、111、129期),《北京文学》(第29期),《春潮月刊》(第78期),《商报文学周刊》(第98期),《骆驼草》(第123期),《新文艺》(第135、158期),《现代文学》(第136期),《现代学生》(第152期),《文艺杂志》(第185期),《优生月刊》(第225期)等。
[12] 据初步统计,《文学副刊》评介的新文学作家和新派学者共有80多位,涉及著作89种以上。

[13] 浦江清:《清华园日记·西行日记》第23页。
[14] 浦江清:《清华园日记·西行日记》第28页。
[15] 朱自清:《朱自清全集》第9卷第234页,江苏教育出版社,1997。
[16] 朱自清:《朱自清全集》第9卷第241页。
[17] 朱自清:《朱自清全集》第9卷第245页。
[18] 吴宓:《论今日文学创作之正法》,《学衡》第15期(1923年3月)。
[19] 茅盾:《我走过的道路》(中)第121页,人民文学出版社,1984。
[20] 吴宓:《吴宓自编年谱》第235页。
[21] 茅盾:《我走过的道路》(中)第122页。
[22] 此是初步统计数据。
[23] 胡适1933年12月30日在日记中记有:"今天听说,《大公报》已把《文学副刊》停办了。此是吴宓所主持,办了三百一十二期。此是《学衡》一班人的余孽,其实不成个东西。甚至于登载吴宓自己的烂诗,叫人作恶心。"见季羡林主编:《胡适全集》第32卷第254页。胡适写这日记后,《文学副刊》又于1934年1月1日出了第313期,作为终结。
[24] 吴宓:《吴宓日记》第Ⅴ册第332页。
[25] 季羡林主编:《胡适全集》第21卷第452页。
[26] 浦江清:《清华园日记·西行日记》第11页。
[27] 黄侃《黄侃日记》第885页有"缪赞虞以驳傅某《东北史纲》一文见示"。
[28] 《文艺丛刊》第1卷第1期(1933年11月)。
[29] 本文又曾以中文形式刊于1932年9月28日《国风》第3期。
[30] 作为白璧德的弟子,郭斌龢此文受到导师的直接影响。白璧德有《中国的原始主义》一文,他认为"历史上最接近于以卢梭为最重要的领袖人物的运动或许是中国早期的道教运动"。著《道德经》的老子和著《庄子》的庄周等道家学者"都是富有想象力的,而且都属于浪漫主义一线"。参见欧文·白璧德:《卢梭与浪漫主义》(孙宜学译)第237—238页。
[31] 郭斌龢:《曾文正与中国文化》,《大公报·文学副刊》第253期。
[32] 郭斌龢:《读梁漱溟近著〈中国民族自救运动之最后觉悟〉》,《大公报·文学副刊》第257期。

[33] 吴宓:《文学与人生》(一),《大公报·文学副刊》第 2 期。
[34] 吴宓:《文学与人生》(二),《大公报·文学副刊》第 4 期。
[35] 吴宓:《文学与人生》(三),《大公报·文学副刊》第 7 期。
[36] 吴宓:《文学与人生》(四),《大公报·文学副刊》第 98 期
[37] 吴宓:《哈代评传》,《大公报·文学副刊》第 5 期。
[38] 吴宓:《易卜生诞生百年纪念》,《大公报·文学副刊》第 12 期。
[39] 吴宓:《福禄特尔逝世百五十年纪念》,《大公报·文学副刊》第 21 期。
[40] 吴宓:《卢梭逝世百五十年纪念》,《大公报·文学副刊》第 26 期。
[41] 梁实秋:《现代中国文学之浪漫的趋势》(续),《晨报副镌》第 1370 号(1926 年 3 月 27 日)。
[42] 转引自《欧文·白璧德与吴宓的六封通信》(吴学昭译),《跨文化对话》第 10 期第 145 页,上海文化出版社,2002。
[43][44] 转引自《欧文·白璧德与吴宓的六封通信》(吴学昭译),《跨文化对话》第 10 期第 147 页。
[45] 穆尔:《美国现代文学中之新潮流》(吴宓译),《大公报·文学副刊》第 27 期。
[46] 穆尔:《美国现代文学中之新潮流》(续)(吴宓译),《大公报·文学副刊》第 28 期。
[47] 穆尔:《美国现代文学中之新潮流》(续)(吴宓译),《大公报·文学副刊》第 29 期。
[48] 穆尔:《美国现代文学中之新潮流》(续)(吴宓译),《大公报·文学副刊》第 30 期。
[49][50] 穆尔:《论自然主义与人文主义之文学》(吴宓译),《大公报·文学副刊》第 101 期。
[51] 白璧德:《论卢梭与宗教》(吴宓译),《大公报·文学副刊》第 191 期。
[52][53][54] 白璧德:《论卢梭与宗教》(续)(吴宓译),《大公报·文学副刊》第 192 期。
[55] 马西尔:《布朗乃尔与美国之新野蛮主义》(义山译),《大公报·文学副刊》第 123 期。

[56] 马西尔:《布朗乃尔与美国之新野蛮主义》(续)(义山译),《大公报·文学副刊》第129期。
[57] 马西尔:《布朗乃尔与美国之新野蛮主义》(续)(义山译),《大公报·文学副刊》第130期。
[58] 吴宓:《欧洲战后思想变迁之大势与吾国人应有之觉悟》,《大公报·文学副刊》第3期。
[59] 吴宓:《斯宾格勒西土沉沦论述评》,《大公报·文学副刊》第6期。
[60] 吴宓:《民族生命与文学》,《大公报·文学副刊》第194期。
[61] 吴宓:《民族生命与文学》(续),《大公报·文学副刊》第195期。
[62][63] 吴宓:《民族生命与文学》(续),《大公报·文学副刊》第197期。
[64][65] 吴宓:《中华民族在抗敌苦战中所应持之信仰及态度》,《大公报·文学副刊》第213期。
[66] 吴宓:《道德救国论》,《大公报·文学副刊》第214期。
[67] 吴宓:《论战争能振起民族精神并产生充实光辉之文学》,《大公报·文学副刊》第216期。
[68] 吴宓:《世界历史文学训示吾国人应积极抗敌苦战牺牲到底论》,《大公报·文学副刊》第262期。

民族意识:《国风》

上、刊物的实际运作

北大"新潮社"先锋到学衡派营盘当校长

1928年5月21日中午,胡适在南京出席全国教育会议后,应中央大学校长张乃燕(君谋)之请,与蔡元培等到中央大学出席宴会。胡适在宴会上发表演说。他说了这样一段话:

> 想中央大学在九年前为南高,当时我在北大服务。南高以稳健、保守自持,北大以激烈、改革为事。这两种不同之学风,即为彼时南北两派学者之代表。然当时北大同人,仅认南高为我们对手,不但不仇视,且引为敬慕,以为可助北大同人,更努力于革新文化。今者北大同人,死者死,杀者杀,逃者逃,北大久不为北大;而南高经过东大时期,而成为中央大学,经费较昔日北大多三倍有余,人才更为济济。我希望中央大学同人,担北大所负之责,激烈的谋文化革新,为全国文化重心云。[1]

胡适说的虽有道理，却是一厢情愿。昔日在北洋政府首都，北京大学肩负领导新文化运动的重任。现在首都迁徙改变了原南京高等师范学校——东南大学，如今中央大学的地位。他希望中央大学能像昔日北京大学那样为新文化发展尽自己的努力。此时在国民政府参政的罗家伦（志希）已经与胡适有过多次畅谈，使胡适很感愉快。当胡适说从"《民国日报》的社论来证国民党今日尚没有公认的中心思想"时，罗家伦便说《民国日报》不是党报。因此胡适致信罗家伦，希望他对推动新文化发展有所作为：

> 我有一个小小的建议，要请你尽力主张，但不必说是我的建议。
> 前天听说你把泉币司改为钱币司，我很高兴。我因此想，你现在政府里，何不趁此大改革的机会，提议由政府规定以后一切命令、公文、法令、条约，都须用国语，并须加标点，分段。此事我等了十年。至今日始有实行的希望。若今日的革命政府尚不能行此事，若罗志希尚不能提议此事，我就真要失望了。
> 稚晖、子民、介石、展堂诸公当能赞助此事，此亦是新国规模之大者，千万勿以为迂远而不为。[2]

因为自1920年起，北洋政府已经通令小学一、二年级课本改用白话，而政府的公文、法令、条约却迟迟不改。胡适希望政府的文字改革更有利于文学的变革和创新，进而推动文化的发展。事实上，罗家伦的职权有限，因为他很快出任了清华大学校长。胡适等了一年多后，没有结果，便自己站出来写了《新文化运动与国民党》，尖锐地批评国民政府在新文化运动中的反动。

1932年9月5日，罗家伦出任中央大学校长。这位五四运动的学生领袖,北京大学新潮社的先锋人物,由清华大学校长位置(1928年8月—1930年5月)转到南京中央大学任校长。罗家伦是胡适的学生,胡适派文人集团的重要人物。在学衡派主力、东南大学教授胡先骕发出反对胡适及新文学运动的《中国文学改良论》时[3],罗家伦以《驳胡先骕君的〈中国文学改良论〉》[4]进行反击,成为出阵应战的急先锋。东南大学改名为中央大学后,罗家伦做了9年校长(1932—1941年)。

先看一个基本的历史事实,即国民党政治激进与文化—文学保守。国民党兴起及民族革命进程,首先是与反清排满相关联。因此,革命一开始,便有十分强烈的民族主义倾向。与激进暴力革命相伴的,是文化—文学观念上的极端保守。这一点,在政治—文学群体南社社员身上表现得尤其明显。针对国民党政治上革命与文学上反动,胡适在1929年12月《新月》第6、7号合刊上发表的《新文化运动与国民党》一文中,曾尖锐地指出过。1927年国民政府定都南京后,当朝权贵,五院院长、副院长,多有南社之子且先后把持多年。其中如行政院:汪兆铭;立法院:邵元冲、叶楚伧(又先后任中央宣传部部长);司法院:张继、居正;考试院:戴季陶;检察院:于右任。他们都是当年南社社员。[5]

1932年9月,罗家伦出任中央大学校长后,积极从事学校各方面建设,很快提升了中央大学的学术水平和管理水平。1932年10月17日,他在中央大学"总理纪念周"发表演说《中央大学的使命》。全文刊登在10月20日《国立中央大学日刊》上。他说:"要把一个大学对于民族的使命认清,从而创造一种新的精神,养成一种新的风气,以达到一个大学对于民族的使命","这种使命,我觉得就是为中国建立有机体的民族文化"。[6]罗家伦在国民党革命成功并成为执政党后,从教育为立国之本上,为中国现政府、现政治意识形态提供了"民族文化"这一具有权力意志可借助的主流话语支持。这同时也是此时期思想界"民族本位文化"和文学界"民族文学"倡导者所持的基本观点,并得到了当局主流意识形态的认同。

昔日激进的"新潮"人物,此时的大学理念发生了如此大的变化!这是由于1931年"九一八"事变的强烈刺激,国人上下都受到民族蒙难的直接影响,"民族"大观念一时成为国人的共同理念和求团结的内在凝聚力。而"民族文化"则成为这一内在凝聚力的基础。

罗家伦能在学衡派大本营站稳脚跟,立足点很重要。他找到了与中央大学教授群体及学衡派同人沟通的共同理念:民族文化。而民族主义情绪在当时许多有留学背景的自由主义知识分子中也颇为高涨。如蒋廷黻在1932年以后就转向民族主义,并主张新的极权专制。而他这种思想根源在美国哥伦比亚大学留学时就已种下。他当时受哥伦比亚大学海斯教授《族国主义论丛》的影响,感受到了强烈的"刺激"。他说:"我们当代的中国人都是民族主义者。抛开精神方面问题不谈,中国已因乡土和氏族观念而积弱。如果实行高度的民族主义,对中国人一定是有好处的。以当前的政治而论,民族主义几乎成了教育界的宗教。"[7]在美国所接受的东西,在1932年以后的特殊国情中,因日本帝国主义军事侵略的刺激而显露到他思想的外在层面上。

昔日反清排满的老"革命",国学大师章太炎,在1912年以后,既不与袁世凯北洋政府合作,又与南京国民政府疏离。此时他的民族主义思想也更进一步强化。章太炎在1935年6月6日致张季鸾信中强调:"一、中国今后应永远保存之国粹,即是史书,以民族主义所依托在是。二、为救亡计,应政府与人民各自任之,而皆以提倡民族主义之精神为要。"[8]这正是《诗经·小雅·常棣》所说的"兄弟阋于墙,外御其侮"。

在这样的历史语境中,《国风》杂志诞生了。

这里需要指出的是,1930—1932年间,在国民党当局的有意倡导下,曾出现短期的民族主义文艺运动。1930年6月1日,潘公展、黄震遐、王平陵、朱应鹏、傅彦长、范争波等在上海成立"六一社",倡导民族主义文艺。《文艺月刊》《前锋周报》《前锋月刊》《开展》《长风》《黄钟》《晨光》等刊物都先后成为民族主义文艺的主要阵地。民族主义文艺[9]有强烈的政治倾向,即反"左翼文学"的党派色彩。张道藩在回忆录中说他是此运动的幕后导演。

1934年10月10日新创刊的《文化建设》又着重提出民族文化问题。第1期就是"中国文化建设检讨专号",陈立夫、吴铁城、戴季陶、陶希圣、王新命、何炳松等写有文章。其中陈立夫的文章是《中国文化建设论》[10],所说的核心问题就是"民族文化"。第2期又刊出方治的《民族文化与民族思想》。[11]1935年1月10日《文化建设》月刊第4期又集中刊出王新命、何炳松、武堉干、孙寒冰、黄文山、陶希圣、章益、陈高佣、樊仲云、萨孟武十教授的《中国本位的文化建设宣言》。这是针对胡适西化主张而发的[12],胡适的反击自然更为激烈。他在《大公报》"星期论文"栏目和《独立评论》上连续发表了《试评所谓"中国本位的文化建设"》[13]、《我们今日还不配读经》[14]、《纪念"五四"》[15]、《略答陶希圣先生——关于"中国本位文化"》[16]等文章。同时他的学生傅斯年也在《大公报》"星期论文"栏目发文,批评否定白话文和尊孔读经派的主张。

在南京金陵大学文学院的学生刊物上,也出现了对民族文学的响应。《金陵大学文学院季刊》第1卷第2期,登有向映富的《民族文学论》。文章提出"发扬中华民族文学,立此旗帜之下",凡"今日从事中华民族文学,应以为准绳者,试论之如次":1. 提倡性灵生活。2. 崇尚道德气节。3. 鼓励壮勇豪侠。4. 保持温柔敦厚。5. 爱好伟大自然。6. 指导向上进取。7. 养成自尊自立。8. 注重现世人生。9. 矢志报复国仇。

由上述 9 项所示,可见向映富的民族文学论只是一大杂烩,中心并不明确。

《国风》教授群体和他们的学术主张,以及由此体现出的学衡派文化精神,和民族主义文艺、中国文化本位派不同。罗家伦作为中央大学校长,为了团结中央大学教授,以民族文化内凝学校的重心,也曾于 1935 年春有计划地通过黄侃让寓居苏州的章太炎来中央大学讲学。[17] 罗家伦曾于 1932 年 12 月 21 日在南京接待法国汉学家伯希和时请黄侃作陪。[18] 以后,罗家伦曾有意招黄侃应酬酒会。脾气怪异、好骂人,同时也是来自北京大学的黄侃,此时在中央大学与北京大学出身的罗家伦友好相处。同时,罗家伦也有意与北方大学保持良好关系。陈寅恪在 1933 年也曾致信傅斯年,希望通过傅与罗家伦、汪东(旭初,中央大学国文系系主任)联系,推荐原清华研究院王国维的学生戴家祥到中大任教。[19]

《国风》诞生,开始了学衡派的中兴时期

20 世纪报刊史上,有三家报刊以"国风"命名。1910 年 1 月—1911 年 6 月由上海国风报馆出版发行的《国风报》。1932 年 9 月—1936 年 12 月南京中央大学教授群体创办的《国风》杂志。1942 年 11 月—1945 年 12 月中央周刊社出版发行的《国风》半月刊。

这里提出《国风》出现,标志着学衡派中兴时期开始,是基于以下几点根据。

《学衡》杂志到了 1927 年底,其局面如吴宓自己所言,已经成了强弩之末。据《吴宓日记》所示,1927 年 11 月,胡先骕向吴宓提出"先将现有之《学衡》停办,完全另行改组。丝毫不用《学衡》旧名义",也可改在南京出版,由柳诒徵、汤用彤、王易主编。原因是"《学衡》缺点太多,且成为抱

残守缺,为新式讲国学者所不喜。业已玷污,无可补救"。[20]第 78、79 期《学衡杂志社启示》说《学衡》自第 80 期改由南京钟山书局出版发行,编务由缪凤林担任。而实际上,南京学衡派同人已经另起刊名,创办了《国风》,没有沿用《学衡》之名。

据浦江清《清华园日记》所示,《国风》创刊之前,在清华大学的学衡派成员浦江清、向达、王庸曾于 1932 年 1 月 10 日商议,同时得到钱穆赞同,欲办一个名为《逆流》的杂志,"以打倒高等华人,建设民族独立文化为目的","逆流者,逆欧化之潮流也"。[21]这个动议中的刊物还没有出台,9 月 1 日《国风》在南京创刊后,向达、王庸成了这个新刊物的作者。

《国风》大本营在原《学衡》老地盘,基本队伍都是原《学衡》作者。刊物保持《学衡》原有以民族本位文化为体,反新文化—新文学、尊孔、倡导古体诗词、国学研究、译介西方新知的特色,并增加了倡导科学、鼓吹国防教育的新内容,连刊物的基本编辑模式都和《学衡》相同。

这里需要指出的是,罗家伦虽然把大学理念落实在"民族文化"上,但他始终没有给倡导"民族文化"本位观念的《国风》杂志写文章。因为这个刊物是《学衡》的继续和发展,是反新文化、反新文学的。而他自己是胡适派文人,也是五四新文化—新文学运动重要成员。这说明民族蒙难时期,激进、革命的新文化—新文学派和文化保守的学衡派在中央大学兼容共存,是有底线的。

《国风》的实际运作和钟山书局

1932 年 9 月 1 日《国风》在南京中央大学创刊。据《国风》杂志所示,中央大学教授先成立了"国风社",推柳诒徵为社长,编辑委员有张其昀、缪凤林、倪尚达。出版发行归钟山书局。刊物最初定为半月刊。

先说南京的钟山书局。

钟山书局的实际主持人为张其昀,设有董事会。常务董事有:编辑张其昀、出版缪凤林、会计倪尚达、营业沈思屿、西书罗廷光。

营业种类分为:教本部、丛刊部、杂志部、地图部、古书部、西书部、仪器部、文具部、寄售部。书局在全国十多个重要城市设有"各地特约经理"和"各地分销处"。

钟山书局出版有六种杂志:《国风》《旁观》《方志月刊》《科学世界》《科学的中国》《地理学报》。事实上,坚持办下去,且形成特色的只有《国风》和《方志月刊》。这两个刊物都是张其昀亲自操作的。

《国风》栏目分为:通论、历史、科学、地理、文学、教育、诗词文献杂著,同时有不定期的"特刊"专号。

《发刊辞》出自柳诒徵之手。柳诒徵特别强调只有奋发自强,复兴民族之精神,重振民族雄风,才可能"隆人格而升国格"[22]。

刊物初定为半月刊,但第一年即被"专号"打乱,以后有两期合刊、月刊、双月刊的现象。1932 年 9 月 1 日—12 月 16 日出了第 1 卷 1—10 号(加有两个专号)。1933 年 1 月 1 日—6 月 15 日出了第 2 卷 1—12 号。1933 年 7 月 1 日—12 月 16 日出了第 3 卷 1—12 号。1934 年 1 月 1 日—6 月 16 日出了第 4 卷 1—12 号。1934 年 7 月 1 日—12 月 16 日出了第 5 卷 1—12 号(其中 3、4 号合为一期,6、7 号合为一期,8、9 号合为一期,10、11 号合为一期)。1935 年 1 月 1 日—1935 年 5 月 1 日出了第 6 卷 1—10 号(其中 1、2 号合为一期,3、4 号合为一期,5、6 号合为一期,7、8 号合为一期,9、10 号合为一期)。1935 年 8 月 1 日—12 月出了第 7 卷 1—5 号。1936 年 1 月 1 日—12 月出了第 8 卷 1—12 号。

后张其昀受聘浙江大学,《国风》坚持到 1936 年底停刊。

下、《国风》的特色与专号

基本成员与出版专号

张其昀后来回忆说："九一八事变以后,作者任国立中央大学教授,创办《国风》杂志,以提倡民族精神教育,唤起国魂为宗旨;执笔者多是南高、东大、中大师友们。"[23]张其昀在这里除强调此刊物明确宗旨之外,还指出其具有同人刊物属性。1932年9月1日创刊后,由于作者基本上都是原《学衡》和其外围刊物《史地学报》《文哲学报》《史学与地学》以及《国学丛刊》的人马,所以仍保持《学衡》特色,同时增加了张扬科学精神、强调国防教育和普及地理知识的内容。

《学衡》最初成员除刘伯明去世外(《国风》"刘伯明先生纪念号"上还刊登了刘伯明原在《学衡》上发的文章),吴宓、梅光迪、胡先骕、柳诒徵、汤用彤等人都给《国风》写稿。原《学衡》主要成员王焕镳、汪辟疆、王伯沆、缪凤林、景昌极、张其昀、王庸、向达、刘永济、徐震堮、欧阳竟无、张尔田、徐英、刘朴、郑鹤声、钱基博、郭斌龢、缪钺、蒙文通、张荫麟、赵万里、陈训慈、陈柱、庞俊等此时都活跃在《国风》杂志上。

南京高等师范学校—东南大学,乃至中央大学,是中国科学社的大本营,新增张扬科学精神的文章,都出自这些国内著名科学家之手,如翁文灏、秉志、竺可桢、熊庆来、顾毓琇、戴运轨、胡敦复、张江树、卢于道、钱昌祚、严济慈、谢家荣、凌纯声、李书华、欧阳翥、倪尚达、刘咸、樊德芬、王家楫等。

普及地理学知识的主要作者有张其昀、胡焕庸、任美锷、叶莲夫等。

与《学衡》不同的《国风》新作者有章太炎、朱希祖、钱锺书、胡光炜、范存忠、唐圭璋、卢前、任中敏、唐君毅、贺昌群、钱南扬、滕固、谢国桢、萧一山、萧公权、陈诒绂、李源澄、朱偰等。这些人多数为中央大学教授。

专号是主编的编辑导向和问题集中展示的平台，一可显示主编和刊物的倾向性，二可利用集中的学术实力把问题说清楚。《国风》共用14期版面出了12个专号(其中有两个专号分上、下，共占4期)，分别是：

"圣诞特刊"，《国风》第1卷3号。
"国防特刊"，《国风》第1卷5号。
"刘伯明先生纪念号"，《国风》第1卷9号。
"现代文化专号"，《国风》第2卷1号。
"选印《四库全书》问题专号"，《国风》第3卷6号。
"徐光启专号"，《国风》第4卷1号。
"胶山黄氏宗谱选录"，《国风》第4卷10号。
"英国首相制与美国总统制之比较研究"，《国风》第5卷3、4号。
"金藏雕印始末考"，第5卷12号。
"南京高等师范学校二十周年纪念刊"(上、下)，《国风》第7卷2号、第8卷1号。
"元遗山年谱汇纂"(上、下)，《国风》第7卷3、5号。
"浙江文献专号"，《国风》第8卷9、10号。

其中"圣诞特刊"、"刘伯明先生纪念号"、"南京高等师范学校二十周年纪念刊"(上、下)集中体现了此时中央大学教授的人文倾向和集体意识,也是此时学衡派实力重新集结后"中兴"的标志。

反对新文化—新文学,主张读经

反对新文化—新文学,主张读经的文章主要出自胡先骕、章太炎、徐英之手。如章太炎《论读经有利而无弊》《再释读经之异议》《论经史实录不应无故怀疑》[24],徐英《读经救亡论》《十五年来所谓白话文运动之总检讨》。徐英有极端反对白话文的理念,他对白话文的总体结论是:

> 白话毫无文学之价值。白话为提高教育程度之障。白话不适于生活、工作之用。白话不适于学术工作之用。白话与复兴文化不能并存。白话只适于宣泄低级趣味之小说。白话应用之范围将不出低级趣味之小说以外。[25]

而徐英对读经则情有独钟。他在《读经救亡论》中鲜明地指出:救亡之道果何由?曰自发扬我固有之文化始。固有之文化如何发扬?曰自读经始。唯读经可以救世,唯读经可以救亡。他在论经之价值时说:

> 诸子百家之学皆出于经也。经者吾文化之核心也,经者吾文化之本位也,修齐治平之道,立国之基也。历代英贤豪杰之士,多通经术。吾历史不可忘,即经不可忘也。[26]

这种极端反对白话新文学的文章,在《学衡》中屡屡出现。新文学已经发展到了 1930 年代,《国风》杂志尚登载这种极端的反对意见,显然有倾向性和公然唱反调的用意。

胡先骕在第9号刊出的《今日救亡所需之新文化运动》一文中强调，吾国立国之精神大半出于孔子之学说。其根本意图是，要开始一种较五四运动更新并与之南辕北辙之新文化运动。[27] 胡先骕言论偏执，观点与他在《学衡》初始酷评《尝试集》时相同。他说白话新文体，对于普及教育并无什么贡献，显然是不合实际的。因为此时连顽固反胡适者梅光迪都认为白话文对于教育下一代有益。

有趣的是钱基博、钱锺书父子同为《国风》作者，钱锺书在《国风》上发表的大多是古体诗。当张其昀向钱锺书问及白话与文言关系问题时，他的回答是相对的、调和的。[28]

在反对新文化—新文学的同时，景昌极提出以"新理智运动"来否定五四新文化—新文学运动。他先后发表《新理智运动刍议》[29]、《新理智与旧理想》[30]、《理智与热忱》[31]等文。在《新理智运动刍议》一文中，景昌极指出1919年以来新文化运动，是幼稚偏颇的理智主义，其主要表现在以下几个方面：

> 1. 发起新文化运动诸人之大部分，似自始即政治的动机为重而学术的动机为轻。2. 民治之在西洋，仅属政治理想之一。3. 科学为西洋文化之特殊产物，固矣。然必先有纯正爱智的哲学态度，而后有条理清楚、察验周详的科学方法，而后有理论科学，而后有应用科学。4. 然新文化运动所予一般人深刻之印象，则既非民治，亦非科学，而为反旧礼教、提倡白话文、与疑古史书之三者。此亦国人重道、重文、重史的心理之反映也。5. 白话之提倡与所谓文学革命，似是一事，其实非也。6. 新文化运动诸人，以其所谓科学方法，为疑古之考据，多有过当之处，时贤论之者众。7. 哲学者能见其大之学也，尤贵自具主见。此中诸位人，似尤不足以语此。8. 不曰新学术运动而曰新

文化运动，或者以文化之词较新颖而意义较宽泛也。惟其宽泛，乃令人莫名其指归。

因此，他主张，要在中国开展一场新理智运动，以纠正五四运动带来的负面影响。而新理智运动的具体内容和基本路向是什么，景昌极也不十分清楚，但人文主义的文化观念倒是他所坚持的。因此他只是要求人们多一些理性，多一些中庸、中和，少求新求疑，少谈些激进与革命。

从徐英、胡先骕到景昌极，一致公开否定五四新文化—新文学运动的功绩，这正是《国风》的倾向性之一。

强化民族意识与张扬民族精神

强化民族意识和张扬民族精神是民族自觉的关键，教育、引导便是最主要的方式、途径。埃里·凯杜里在《民族主义》中强调"民族自决是一种意志的决定；而民族主义首先是一种教导正确的意志的方法"[32]。他同时引述费希特《爱国主义及其反面》所主张的教育政策，说"这种教育的目的是将精神融入对国家的热爱之中"[33]。创办《国风》，就是要强化中华民族的集体意识，弘扬民族的基本精神，并树立良好、健康的国风、民风，从根本上抗御外敌。柳诒徵作为国风社社长，在一系列文章中，都体现出他原本属于学衡派的文化保守主义立场，即中国文化本位的基本理念。在强化中华民族集体意识、弘扬民族基本精神时，他仍不忘对五四新文化运动的清算。

十年前，柳诒徵是张其昀、缪凤林等人的老师，如今又是《国风》社社长，是张、缪等人的精神导师。《正义之利》是柳诒徵在《国风》上继《发刊辞》后的开篇之文，他针对中国人普遍存在的"嗜短浅之小利，不知有所谓正义"等国民性弱点,和强敌入侵的现实,提出自己的意见。他说:"吾以为今日欲存族保邦,在此数千万人能憬然觉悟,致力于正义之利,其条件则:1. 对于正当之赋税必担负。2. 对于经征之黑幕必打破。3. 对于经费之使用必求有效。4. 对于非分之利益必不取。5. 对于公共之事业必努力。"[34]因为实际的正义乃为大利,明道乃为大功。不从道义进行,便没有功利可言。

《国风》第3号出了纪念孔子的"圣诞特刊",这也是学衡派对五四运动批孔反孔总的反攻、清算。该期特刊中有柳诒徵的两篇文章《孔学管见》《明伦》。前者是要阐明孔子精神,发扬孔子之道,同时对康有为尊孔和五四运动反孔都表示了不满。在《明伦》中,他认为人伦、伦理、礼教为今日研究中国学术、道德、思想、行为之根本问题。"人伦有五,亦曰达道",他说五伦中君臣、父子、夫妇、兄弟、朋友的道不能乱。同时他一反主张新文化者的意见,重新以明五伦作为改变世风、稳定社会心态的精神力量,并强调其在日常工作中的作用,和其作为中国文化的基本精神之所在。[35]

柳诒徵中国文化史观的核心是"五伦",他在几十年的历史研究中都坚持这一"五伦"中心观。而这正是五四新文化运动中激进的思想革命者所批判的。1924年2月12日《时事新报·学灯》上刊登柳诒徵的讲演《什么是中国的文化》,明确指出中国文化价值体系中,三纲五常起决定性作用。这立即引起周作人的批评。他以"荆生"为笔名,在1924年2月24日、28日北京《晨报副镌》第37号、41号上,发表《复旧倾向之加甚》[36]、《童话与伦常》[37]。前者由柳诒徵的讲演,指出五四运动高潮过后,社会上各方面的复旧倾向正逐步加重。后者针对柳诒徵讲演中所谓中国童话不讲"中国的五伦"的观点,提出了相反的看法。周作人说正因为童话中不讲传统的教训,所以才可以成为良好的儿童读物。

历史有时有一种极大的讽刺,周作人这里批评柳诒徵的复旧和讲五伦,但到了民族危机,日寇入侵时,柳诒徵坚守民族大义、大节和知识分子的文化道统,流亡到西南大后方,继续为文化教育界服务,而周作人却完全背离中国士人的民族大义和文化精神,叛变投敌,苟且偷生。

柳诒徵在《从历史上求民族复兴之路》一文中,主张从历史上求民族复兴之路,就是要讲兴不讲衰。讲民族就是要讲多数人,在多数人中求民族精神,而不是在少数人中。这是他的民族史观。他主张首先要讲民族主义,要从中国历史中寻找民族精神。"欲求民族复兴之路,必须认清吾民族何时为最兴盛,其时之兴盛由于何故,使一般人知今日存亡危急之秋,非此不足以挽回溃势。"[38]

在《论非常时期之教育》这篇文章中,柳诒徵批评过去及现在一些从事教育的人,无国家观念,不知外人欲侵略中国的野心,"标榜新奇,自欺欺人积为风尚","利用学生为武器,蟠踞学堂为地盘","黄茅白苇,牛鬼蛇神,提倡自由,推翻礼教,以恋爱为神圣,以拖尸为文明,国学既匪所知,科学亦无深造,彼其栖留异域,游览列邦,举朽质而镀金,腾秽声而辱国,久已甘为奴隶"。这些人"于古今中外作民溯吼,宏纲要旨,固未尝一涉脑海","亦复无长虑远图,严复所谓短命主义、无后主义,惟教育界中人为最甚"。[39] 国难当头,柳诒徵不忘批评新文化运动,他把外患日重的责任推给新文化运动的领导者,这话显然是针对胡适等人的。

柳诒徵是中国文化史专家,自然也是中国文化最忠实的崇拜者,他和学衡派同人有共同的道德理想主义信念和贤人政治主张,同时更有文化救国的鲜明倾向。柳诒徵在"对于中国文化之管见"的演讲中,将中国文化分为政法、学术和生活三个层面,并针对有人面对中国落后所"主张放弃中国所有的文化,去学习西洋的物质文明就可以强国的"论调,进行了批驳。柳诒徵认为"中国文化的根本,便是就天性出发的人伦,本乎至诚。

这种精神方能造就中国这么大的国家,有过去几千年光荣的历史"。他的具体意见是:"我们知道了中国文化的根本,先教一班士大夫有知识的人,明白人伦的道理,从少数人下手,然后再由根本推及枝叶,训导大多数的民众也明白这个道理","先从切身做起,慢慢的将人伦的天性,推而至于一村一乡一省一国,使中国文化的精神,从新发扬起来,那便是中国民族复兴的良药,见了功效了!"[40]

缪凤林是柳诒徵的得意学生之一,也是20多年间积极与五四新文化派对抗的学衡派成员。他在"文化的训练"[41]演讲中,一反五四新文化派的批判精神,站在保存和光大中国文化的立场上,极力主张发扬中国文化精神。他的文化观与柳诒徵相比有不同的着眼点。柳诒徵重伦理的精神形态,而他重具体的伟大人物(个体)。他特别强调五四新文化运动主要人物攻击礼教,"然此正以证明礼教之必不可不修明"[42]。这篇文章和他在"圣诞特刊"上的《谈谈礼教》主旨相同,既是对五四新文化运动方向的反拨,又是在民族主义情绪高涨之时坚持学衡派的文化保守主义主张。

欧阳翥是著名的动物学和人类学教授,他在《救亡图存声中国民应有之觉悟》[43]一文中强调,"种族之盛衰,除个人能力而外,尤赖通力合作","凡我国人为民族生存计,其速蠲除成见,团结一致,努力对外,以速天人之助乎。众志成城,同心断金"。[44]他所强调的实际是民族团结,是民族凝聚力作为重心体现,而这正是在国难当头,国人都认同并希望能够引起重视的。

竺可桢在1936年4月15日就任浙江大学校长时,对学生作"大学教育之主要方针"的讲话,他特别强调"民族自由重于个人自由",要同学们明白"民族没有自由,个人合理的自由也失去保障"。[45]

在基本生存权受威胁和民族危难时刻,文化保守主义者的精神更加亢奋,也更加焦虑。在亢奋与焦虑之时,容易言论偏至、情绪化。

从上述这种密集的自我文化认同看,民族主义意识和情感强化之后,可以超越集团利益和暂时的党争,成为一个共同恪守的信仰体系。这正是《国风》同人希望进行的文化价值整合,同时,通过这种整合,发展为一种状态,达到抵御外敌、强国强民的目标,并最终形成一种新的意识形态。[46]这种新的意识形态,在《国风》还只是一种朦胧的期待,但北方"清华三教头"蒋廷黻、吴景超、钱端升却明确表示要新式的开明专制。[47]

学衡派与孔子在二十世纪中国的影像

强化民族意识,是《国风》时期的思想趋势,也是刊物的鲜明导向。民族文化的思想基础是儒学,是孔子思想。尊孔是《国风》以"民族文化"为本位的又一个突出表现。

国民政府定都南京后,想到了孔子。针对这种现象,鲁迅在《现代中国的孔夫子》一文中道出了"治国者"的良苦用心和孔子作为"敲门砖"的作用。林语堂在《沙蒂斯姆与尊孔》中指出"孔教之盛衰与革命之狂潮成反比"的关系。从五四运动到北伐高潮的革命最旺时期,是孔教的低潮和灰暗时代。因此林语堂指明了孔教复兴的道理:

> 一则物极必反,时代潮流总是一激一返的,世界进化是螺旋式的,而非直线式的。再则,孔教到底是中国民族思想,其侵入国人思想之深,非马克斯所可比,故其根脉不易动摇,此点不可轻视。三则,儒教为安邦定国之道,历朝国基初奠之时,祀孔与封禅、郊祀、告上帝、祭山川一样不能免的。所以刘邦为"无赖"时期(用《史记》本纪高祖对太上皇语),尽可溺儒冠,一旦登极,却不能不复尊儒者,否则天下无赖以刘邦所以倒秦者,反而施诸身,汉室就岌岌可危了。[48]

同时，林语堂也指出了提倡尊孔者还有"借此以报复青年者"的另一层因素。

白璧德的中国学生因受其重视东方孔子及儒学的影响，而重新认识孔子，同时也对新文化运动的反孔激进行为进行反拨。事实上，白璧德在视孔子及儒学为中国人文主义运动核心的同时，也将卢梭与老子、庄子比较而得出他们具有浪漫主义，特别是自然主义运动基本倾向的结论，进而指出中国"儒教的标准太刻板了"和有"不能容忍变化因素"[49]的局限。但学衡派中白璧德的中国学生，在重绘孔子影像和张扬孔子及儒学精神时，则有意回避这一重要事实。

新文化运动在北京大学高涨时，《新青年》大本营就在北大。思想革命的一项明确任务就是反孔、批孔。打孔家店是北大一部分教授的重要活动。反孔、批孔是文化激进主义的显著标志之一。1970年代中国大地的"评法批儒"、批孔浪潮，同样初澜于北京大学。特别是胡适，直到晚年，仍然拒绝担任台湾"全体大专院校校长集会"发起组织"孔孟学会"的发起人。他在致梅贻琦的信中说："我在四十多年前，就提倡思想自由，思想平等，就希望打破任何一个学派独尊的传统。我现在老了，不能改变四十多年的思想习惯，所以不能担任'孔孟学会'发起人之一。"[50]因为他认为"过于颂扬中国传统文化了，可能替反动思想助威"。他在1930年代曾对曾琦（慕韩）说："凡是极端国家主义的运动，总都含有守旧的成分，总不免在消极方面排斥外来文化，在积极方面拥护或辩护传统文化。所以我觉得，凡提倡狭义的国家主义或狭义的民族主义的朋友们，都得特别小心的戒律自己，偶一不小心，就会给顽固分子加添武器了。"[51]可以看出，胡适不担任"孔孟学会"发起人，是早有心理基础的。他甚至更强调新文化的积极影响，在1940年1月3日的日记中他特意重复几年前《写在孔子诞辰纪念之后》说过的话："凡受过这个世界的新文化的震撼最大的人物，他们的人格,都可以上比一切时代的圣贤,不但没有愧色,往往超越前人。"[52]

相对于北京大学的文化激进,南京高等师范学校—东南大学—中央大学—南京大学在对待孔子的态度上,就显得持重、保守。

1906—1911年任两江优级师范学堂监督的李瑞清,在《两江优级师范学堂同学录序》中认为"环球之上,自古以来,未有无学而国不亡,有学而国不兴者",而"师学之兴自孔子"。[53]他在《诸生课卷批》中主张"奉孔子为中国宗教家,吾愿吾全国奉孔子为教主"。因为孔子以"孝弟革鬼神之命",实为"宗教之革命家也"。他的具体论述是:

> 谓孔子为教育家,非宗教家,时论皆如是,故西人讥我为无教之国,又曰宗教家必有崇拜鬼神之性质,不知孔子者,宗教之革命也。殷,宗教立国者也,殷之开国,伊尹、巫咸、巫古,于官属谏职,假神道以规君教民者也。殷人又尚鬼,墨子口称大禹,实殷学也。伊尹重任,墨子尚同。《抱朴子》有墨子符,《墨子》有尚鬼篇。孔子知后世哲理日明,鬼神不能使众人迷信,人心不可无所注意,故以孝弟革鬼神之命。宗教国萃也,教亡则国亡。崇之者至以耶苏纪年,至谓时移势易,孔子之论不必字字珠玑,愿收三教之精英,不作六经之奴隶。古人读书,本不禁后人之迷信。孔子与颜渊论为邦,采择四代礼乐,不泥一朝,择善而从,不善而改,方为孔教之真。故颜渊于言无不悦孔子有非助我之叹。盖学以反对而日进。凡学必具一个体段,以成其一种学问。故有一时之学问,有一种之学问。孔子之学,不局于一定时代,不囿于一个之体段,因时因地以立学。所谓凡宜于现今之学,皆孔子之学,凡不宜于现今之学,皆非孔子之学。春秋分三世之治,无一定死法也。何也?孔子之学,以时为宗旨者也。以孝弟为

本,以忠恕为用,以改良进化为目的。其所用以达其目的者,知仁勇也。其迹则载在春秋《孝经》。吾非为孔子讼直,吾断断奉孔子为中国宗教家,吾愿吾全国奉孔子为教主。

现今灭国之公例,必先灭吾文字,灭吾言语,灭吾宗教。语言、文字知有保之者矣,至于宗教则忽之,何也?宗教者,群学之母,使人之有爱力合群者,孰与于宗教也。况孔教又无一切魔魇,又无束缚人之才智之桎梏,为地球上纯粹完美之第一宗教乎。愿子母以哥白尼、达尔文之言,遂疑宗教之可废。毋惑于远藤隆吉、白河次郎之言,而自破坏我宗教。此卷颇喜其有言论自由、学术独立之概,故尤乐与详论之。[54]

他同时在《世界宗教会小引》中指出,批孔、排孔异己者的攻击,"使孔佛操戈,耶老对垒,因形色之细,故忘先师之本心,不亦悲乎。……愿我环球教主,互相研复,去其忮争,节彼离滞,吸此共实,庶几达义,俱举析符,复合澡斯民之垢渣,脱众生之桎梏,上慰先师之苦心,下拓同人之宏愿"[55]。

可以说,南京大学历史上的尊孔传统由此开始。[56]

1914年,两江优级师范学堂改名为南京高等师范学校后,校长江谦为南高写的校歌歌词中有"千圣会归兮集成于孔"。

此时柳诒徵在南京高等师范学校主讲中国文化史,孔子是重要的一讲。1921年,《中国文化史》以讲义形式由南京高等师范学校印行;1925年11月《学衡》第46期开始连载《中国文化史》;1928年,中央大学重印;1932年,南京钟山书局正式出版。[57]柳诒徵在课堂上为学生确立了对孔子的基本认识,并体现在他的《中国文化史》中。他说:"孔子者,中国文化之中心也。无孔子则无中国文化。自孔子以前数千年之文化,赖孔子而传;自孔子以后数千年之文化,赖孔子而开。即使自今以后,吾国国民同化于世界各国之新文化,然过去时代之与孔子之关系,要为历史上不可磨灭之事实。"[58]

1922年1月《学衡》在东南大学创刊,第一期所登的图片是孔子和苏格拉底。《学衡》公开表示尊孔,有意和《新青年》公然对立。

1932年9月28日是孔子的诞辰,中央大学教授在《国风》第3号出了"圣诞特刊",以纪念孔子。卷前有孔子像、曲阜孔林照片各一幅。

这期"圣诞特刊"中,发表有梅光迪赞扬孔子的文章《孔子之风度》,柳诒徵针对五四打孔家店,特别是就康有为、陈独秀等人的反孔言论而发的《孔学管见》,缪凤林反驳五四时期反孔、批孔的《谈谈礼教》《如何了解孔子》。这一期文章从整体上为孔子重新画像,也重新确立其价值。这是五四新文化运动以后,大学教授第一次有意识的集体行为,而这种集体行为发生在中央大学,展示在《国风》上。

《孔子之风度》说"孔子以多艺闻于当时"。孔子"除有最深之道德修养外,更富于艺术兴味","其发于外者,不为矜严局蹐之道学家,而为雍容大雅之君子"。梅光迪强调孔子是爱憎分明,多情而又多恨之人。在我国文化势力下所产生的人品,自当以孔子为极则。我国国民的人品通常分为三派:老庄派、道学派、孔孟派。其中孔孟派折中于前两者之间,有老庄派之超逸,而无其放荡;有道学派之谨严,而无其拘泥;所以为人品极则,有立德、立功、立言之不朽之举,显道德、文章之格调。人品极则关系到民族文化及其特性,所以,当以尊孔为是。

柳诒徵的《孔学管见》明确提出要在当下社会中推行孔子思想。他说:"孔子之学,最易亦最难。最易者,愚夫愚妇,与知与能,如饮食男女势位富厚皆顺人情而为之礼制,非若其它宗教,必殊异于平常之生活也。其最难者,则在根本观念,彻底树立。如仁之一义,浅言之,则孝弟为仁之本,随时皆可致力;深言之,则克伐怨欲不行,尚不得遽谓之仁。"柳诒徵认为今日青年受反孔之害,吃了不少苦头,"苟有不肯吃苦而求久远之安乐者,或者不妨弃所学而学孔子之学,由浅入深。由易至难,由有主义而至于不抱定一种主义,孔学倘亦有大明之一日乎"。十六年后,柳诒徵仍坚持尊孔的基本观点,他在《与青年论读史》一文中再次强调:"青年学者读中国史,首宜认识孔子。"[59]

下边几位作者都是亲炙柳诒徵教诲的学生,或受其尊孔思想影响的学生辈学人。于他们而言,尊孔的确形成了一股较强的势力。

缪凤林的《谈谈礼教》强调礼教作为维系社会稳定的精神力量是非常必要的。景昌极为孔子翻案的文章是《孔子的真面目》,他说孔子是集中国古代文化大成、承前启后的一个人。现代反孔者的理由:孔子把君臣一伦看得太重了,有助长专制的嫌疑;把男女间恋爱的神圣看得太轻了,养成所谓吃人的礼教。最后他强调:"吾们试把世界各民族的历史文化,做比较的研究,便可以知道,一个民族的伟人,是民族性的结晶,同时也是陶铸民族性的要素。又可知孔子实是中华民族的代表人物。把孔子和其余各民族的伟人比较一下,便可知中华民族性和希腊民族性比较相近而互有短长,经得彼此融会。印度便失之偏激,犹太、阿拉伯更失之鄙野了。因此吾们得着答案,孔子仍然值得全中华民族的崇拜,并且值得廿世纪受过科学洗礼的人去崇拜。"

郭斌龢的《孔子与亚里士多德》主旨是谈孔子与亚里士多德伦理学说的重要相似点。他说孔子与亚氏学说的相似实由于其人生观之相似,盖皆能以稳健平实之态度,观察人生之全体。孔子与亚氏对于人性有同一之见解——性相近而习相远。郭斌龢强调:孔子与亚里士多德关于意志自由和道德选择的自由,表现在中庸之道上。中庸的标准,亚氏曰理,孔子曰道。具体表现为亚氏所说的"庄严之人""心胸伟大之人";孔子所说的"君子",而君子之德为仁。孔子与亚氏在重视个人修养,同时强调人不能脱离政治社会方面是一致的。

范存忠的《孔子与西洋文化》一文比较客观。他强调孔子学说之影响西方思想,大概在政治与道德两方面。17、18世纪,孔子学说对于西洋思想的影响,不仅在政治与道德,就是在宗教上,也有相当的影响,即"礼教之争"——中西宗教的冲突。具体地说就是西洋思想与孔子学说有几处相近。但到了19世纪,在政治经济上,经过了种种的运动,谁都知道了孔子与柏拉图、亚里士多德一样无济于现代世界。

《孔子与歌德》的作者,是1928—1932年就读于中央大学哲学系,后来长期在中央大学任教的新儒家代表人物唐君毅,他在比较了两人多个方面相同和相似后得出的结论是:1. 生活之极端肯定。2. 生活之各方面化。3. 乐观。4. 生活的和谐。5. 现实主义的人世间的。6. 泛神的宗教。从唐君毅身上可以看到中央大学师生所受西方哲学中德国哲学传统的影响。当时哲学系主任是留学德国的宗白华,著名哲学教授方东美虽留学美国,但他对德国哲学家黑格尔有过系统的研究。后来研究德国现代哲学家海德格尔的熊伟也曾在这所大学教书。

另外,"圣诞特刊"上柳诒徵的《明伦》、张其昀的《教师节》,都从不同方面对孔子进行了赞誉。张其昀在《教师节》中提出九月二十八日为中国极有荣誉的教师节。其理由是:1. 中国讲学之风始于孔子;2. 中国以教授为职业始于孔子;3. 中国教育宗旨以修身齐家治国平天下为大纲始于孔子;4. 中国的文化统一始于孔子。

1945年8月31日,汪辟疆在重庆发表对全国的广播演讲"怎样了解孔子"。演讲稿同时刊登在8月出版的《中国学报》第1卷第4期上。此文的尊孔倾向十分明显。他说孔子的性格刚强、热烈、独立不惧、极端积极,代表以一个"诚"字贯通天人的大道。孔子的性格是我们后代人的模范,也是全人类的模范。孔子的学术对我们有正确的启示。孔子精神是中华民族永久的立国精神,并早已浸润在全民族的生命之中。重新发扬孔子的真学说,是为了救中国、救世界,乃至拯救全人类。最后汪辟疆呼吁:我们还要推行孔学,并普化到每一个国度、每一个角落的人民的灵魂和血液中。[60]

1949年以后,学衡派重要成员、《国风》灵魂人物张其昀到了台湾。他利用自己的特殊身份,促成国民党当局规定每年9月28日孔子诞辰为"教师节"。[61]在具体著作中,张其昀除写作专书《孔子传》外,还有十多篇涉及孔子的专论。他对孔子的整体性评价,可代表其孔学观:

> 孔子是中国文化的中心。自孔子以前数千年之文化,赖孔子而传;自孔子以后数千年之文化,赖孔子而开。孔子的学术思想,代表我中华民族的真精神。中国的民族性,复因孔子的教泽而发荣滋长。孔子学说的中心观念是人性的发扬与人格的完成。
>
> 孔子是中国史上一位最伟大的教师。教育是他心爱的职业,政治是他的抱负,淑世是他的理想。他以为政治必须以教育为本源,所以他的教育哲学就是他的政治哲学。[62]
>
> 孔子学说是中华民族思想上的大动脉,数千年来以迄于今,都要依恃孔子之道来镕铸立国的主义,指示民治的理想,统一国民的意志,与培养建国的能力。历览前史,凡能创造时代、开拓国运者,莫不以孔学为其最大之动力。我国巍然独立之民族精神就在于此。[63]
>
> 中国文化传统,宗于孔子,自成为一套华美无比的人文主义,一面着重社会上人与人的关系,一面注重各个人的进德修养,以仁义忠恕为根本。[64]

张其昀从文化中心、教师职业、民族思想和人文主义多个方面,为孔子确立无王而王的特殊地位。

1980年代初,伴随反"左"和思想解放浪潮而出现第一部《孔子评传》,著作人是两度执掌南京大学的"老革命"匡亚明。孔子影像成了教育文化的本源之尊。

宣传、普及国防教育

《国风》在办刊方针上,注意贴近现实,尤其注重宣传、普及国防教育,这也是民族意识强化和民族主义思想在特定时代的具体表现形式。为此,张其昀等人的确费了心血,尽了责任。1932年10月10日《国风》第5号为"国防特刊",内有柳诒徵《辽鹤卮言》、欧阳渐《中庸读叙》、竺可桢《天时对于战争之影响》、丁嗣贤《化学与国防》、顾毓琇《工程与国防》、钱昌祚《航空与国防》、倪尚达《电气与国防》、张其昀《太平洋上之二线》、朱炳海《九一八以前之东北》、缪凤林《中日战争与日本军备》[65]、张其昀《肉搏》[66]。至1933年12月16日《国风》第3卷第12号上还刊登了竺可桢的《航空救国与科学研究》[67]。

多篇宣传、普及国防教育的文章,在强调民族意识和民族精神时,都有相对务实的现实依托。张其昀《国防教育四讲》所谈的四项是:从国防观点谈国防教育、从教育观点谈国防教育、中小学之国防教育、青年之军事训练。但最后归结为召唤"国魂"二字。他说:"方今中国民气颓丧,国魂消沉,非发扬孔学,不能恢宏军队的元气,振作军队的精神。孔学为中国之国魂,亦为一切改革之原动力。哀莫大于心死,中国国心,已濒死境,新孔学实为使此将死之国魂复活之唯一良方。"[68]换句话说,就是要用孔子救国。

秉志在《关于国防之三点》[69]一文中认为,国防的根本在固民心、强民种、兴科学。随后他在《国家观念与国防》中指出,国防的物质建设固然重要,但精神方面也不能忽视,要使人民有国家观念,人人有强烈的爱国心。他还具体从五个方面阐明国家观念的重要性:1. 国家公务人员皆有热烈的国家观念而使政务清明。2. 知识分子皆因有坚强的国家观念而使人才的培养日众。3. 全国民众皆受国家观念之督促而勤苦奋励,使自卫能力加强,国家收入提高。4. 国家统一,力量才能强大。5. 人人皆有国家观念时,土匪汉奸无生存之地。[70]

1933年4月2日张其昀在苏州中学演讲"江南春色与国防革命"[71],他特别提到1932年春日寇侵略上海及长江三角洲,并指出中国现实的国防革命是要应对新式的战争,中国国防所需要的是坦克车、飞机和潜水艇。这才是国防革命的真正意义。从召唤"国魂"的国防教育,到重视现代武器装备的国防革命,张其昀一直用心良苦,为国家社会着想,为民分忧。

提倡科学精神与当前救国方略

面对强敌入侵,中国科学家都意识到提倡科学精神与科学救国是当务之急。为此《国风》在"国防专号"之后,又于1933年1月1日第2卷第1号出了"现代文化专号",内容包括张荫麟《传统历史哲学之总结算》、郑晓沧《教育学与现代文化》、张江树《中国科学教育之病源》、谢家荣《地质学与现代文化》、卢于道《心理学与现代文化》、刘咸《人类学与现代文化》、凌纯声《民族学与现代文化》、严济慈译《科学究竟是什么》[72]。没有按时交稿或后续的文章,《国风》仍继续刊登,如1933年1月15日《国风》第2卷第2号有孙鎕《数学与文化》[73]、1933年7月15日第3卷第2号上有张其昀《地理学与现代文化》。

秉志是1915年成立"中国科学社"时的发起人之一，也是中国杰出的科学家，他在《科学精神与国家命运》中强调科学精神是：公而忘私、忠于所事、信实不欺、勤苦奋励、持久不懈。他说："国家欲避免覆亡，政府宜努力以兴科学"，"科学精神者，政府宜有之，社会宜有之，吾科学界同人尤当负此责任，力求推进"。[74]同期还有伍献文《中国所需于科学者为何》，他特别强调："中国唯一图存之道，须在作贩运科学事业之外，急以大力量谋科学独立研究事业之发展。集国内第一流专家，规划方针，不囿于偏狭之见，不必为纯粹应用之争，不急事功，不避艰险，而以最终不落人后为鹄的。力行不懈，较短时期，可见小效，为时较长，当见大效也。"[75]民族蒙难，国家遭劫，科学家的忧伤和焦虑是如此强烈。

王志稼在《我国目前之科学教育问题》一文中明确指出，科学教育关系到一个民族的盛衰，中国面临的现实问题是：促进科学教育、奖励科学研究。其中科学教育应注意五项原则：科学知识的灌输、科学技能之传授、科学方法之教导、科学精神之养成、科学兴趣与理想之培植。而中国目前的科学教育存在着两大问题："师资之缺乏与专业训练之需要。普及科学教育于全社会民众。"[76]

在民族危急时刻，这批科学家和学衡派中重"精神"、重"传统文化"的人文学者不同，他们更看重科学力量在现代社会生活中的作用。现实、实用和求是的科学态度，使《国风》同人在办刊方针上，呈现出科学的立场、方法。精神文化层面上意义的倡导，与现实、实用层面上的积极主张，共同构成刊物人文与科学并重的两大特性。

关注日本及中国的东北、华北

《国风》关注现实，已经完全超越了原《学衡》的学院气和"昌明国粹，融化新知"的文化整合导向。关注日本历史和中国现实，是知识分子在民族危急时刻一种必然的心理和学理活动，也是现实需要，具有十分强烈的政治功利性。柳诒徵、张其昀、缪凤林都投以相当的精力。同时，从中国历史上看倭寇对中国东南沿海的侵扰，更容易理解现实的日寇入侵。柳诒徵在1933年4月15日《国风》第2卷第8号上发表《明代江苏省倭寇事略》[77]，揭露日本人的侵略本性和中国外患出现的内在问题。而缪凤林的系列文章《日本开化论》[78]、《中日战争与日本军备》[79]、《日本史鸟瞰》（上、中、下）[80]和《告山本实彦先生》[81]等则向国人介绍了日本的具体情况和日本军国主义者发动侵华战争的目的，以及注定要失败的必然性。张其春系统地翻译日本学者文章，刊登在《国风》或《方志月刊》上，对读者进一步了解日本有较大的帮助。诸如广濑净慧著《日本之文教》[82]，小野铁二著《日本之人口》[83]，下田礼佐著《日本之海外贸易》[84]，冈田武松著《日本之气候》[85]，寺田贞次著《日本之工业》[86]，中野竹四郎著《日本之畜牧业》[87]，西田直二郎、池田源太合著《日本国土之沿革》[88]，冈本重彦著《日本之通信》[89]，田中秀作著《日本之国内商业》[90]，泷本真一著《日本之航空》[91]，宇野哲人著《儒教与日本精神》[92]，峰岸米造著《德川光国创修之〈大日本史〉》[93]，并写有《〈日本八大论丛〉序》[94]。张其春同时还译有《战争地理学总论》在钟山书局出版。另外夏禹勋还翻译有小牧实繁著的《日本之民族》[95]。这些文章同时也成为"知己知彼"的现实需要，是国防教育的一个重要组成部分。

关注东北失地和正在丧失的华北地区也是《国风》的一个看点。如张其昀《毋忘东北失地》《兴安岭屯垦工作》[96]，刘广惠《沈阳回忆录》，王克章《我之第二故乡·辽宁桓仁》，曾宪文《辽宁省西安县》，刘咸《人种学观点下之东北》[97]，汪湘阳《一角的东北农民生活》，张其昀《二十五年来之河北》[98]、《热河省形势论》(上、中、下)，李守廉《介绍最近一个民族战场——热河凌源》。书写这类文章，既是张扬民族意识，更是一种爱国精神的自觉体现。书生的无用和有用，这时就在于笔端如何书写。

注

[1] 季羡林主编：《胡适全集》第31卷第117页。第20卷第108页又收录此演讲词，文字上略有出入。
[2] 季羡林主编：《胡适全集》第23卷第630页。
[3] 《东方杂志》第16卷第3号(1919年)。
[4] 《新潮》第1卷第5期。
[5] 柳无忌：《苏曼殊传》(王晶译)第81页，生活·读书·新知三联书店，1992。
[6] 《国立中央大学日刊》，1932年10月20日。
[7] 蒋廷黻：《蒋廷黻回忆录》第79页，传记文学出版社，1984年再版。
[8] 马勇编：《章太炎书信集》第957页。
[9] 详见倪伟：《"民族"想象与国家统制》，上海教育出版社，2003。
[10] 《文化建设》第1期(1934年10月10日)。
[11] 《文化建设》第2期(1934年11月10日)。
[12] 详见耿云志主编：《胡适论争集》中册，中国社会科学出版社，1998。
[13] 《大公报》"星期论文"，1935年3月31日。《独立评论》第145号(1935年4月7日)。
[14] 《独立评论》第146号(1935年4月14日)。
[15] 《独立评论》第149号(1935年5月5日)。

[16]《独立评论》第154号(1935年6月9日)。
[17]黄侃:《黄侃日记》第1037页。日记原话是:"罗家伦以预请太炎师至彼校讲学托交。"
[18]黄侃:《黄侃日记》第838页。
[19]陈寅恪:《书信集》第45—46页。
[20]详见沈卫威:《吴宓与〈学衡〉》第10—11页。
[21]浦江清:《清华园日记·西行日记》第61页。
[22]《国风》第1卷第1号(1932年9月1日)。
[23]张其昀:《六十年来之华学研究》,《张其昀先生文集》第19册第10252页。
[24]此三篇文章均刊《国风》第6卷第7、8号(1935年4月1日)。
[25]《国风》第5卷第10、11号(1934年12月1日)。
[26]《国风》第6卷第5、6号(1935年3月1日)。
[27]《国风》第1卷第9号(1932年11月24日)。
[28]钱锺书:《与张君晓峰先生书》,《国风》第5卷第1号(1934年7月1日)。
[29]景昌极:《新理智运动刍议》(上),《国风》第8卷第4号(1936年4月);《新理智运动刍议》(下),《国风》第8卷第5号(1936年5月)。
[30]《国风》第8卷第6号(1936年6月)。
[31]《国风》第8卷第7号(1936年7月)。
[32]埃里·凯杜里:《民族主义》(张明明译)第76页。
[33]埃里·凯杜里:《民族主义》(张明明译)第78页。
[34]《国风》第1卷第1号(1932年9月1日)。
[35]柳诒徵:《明伦》,《国风》第1卷第3号(1932年9月28日)。
[36]《复旧倾向之加甚》一文是针对柳诒徵讲演中所说的:"伦理上讲孝,是要养成人们最纯厚的性质,人之孝敬父母,并没有别种关系,只是报偿养育之恩。"
[37]《童话与伦常》一文是针对柳诒徵讲演所说的:"现在小学校里所用的教科书,不是猫说话,就是狗说话,或者老鼠变成神仙,这一类的神话,对于中国的五伦,反是一点不讲,实在是大错特错。……他们由国民学校毕业之后,固然不配做世界上的人,更不配做中国的国民,岂不是要变成猫化、狗化、畜

牲化的国民么?"

[38]《国风》第5卷第1号(1934年7月1日)。

[39]《国风》第8卷第2号(1936年2月)。

[40] 原注有"柳诒徵讲、柳定生笔记","四月二十二日在南京中国文化学会演讲"。《国风》第4卷第7号(1934年4月1日)。

[41] 原注有"缪凤林讲、黄乃秋笔记","五月六日在中国文化协会讲"。

[42]《国风》第4卷第9号(1934年5月1日)。

[43] 内文题目为《救亡图存声中国民应有之民族觉悟》。

[44]《国风》第8卷第8号(1936年8月)。

[45] 竺可桢:《大学教育之主要方针》,《国风》第8卷第5号(1936年5月)。

[46] T. 帕森斯认为社会体系中,民族主义的信仰体系,所要确立的意识形态,不过是一种特殊符号。参见克利福德·格尔茨:《文化的解释》(韩莉译)第299页。

[47] 参见沈卫威:《自由守望——胡适派文人引论》第四章,上海文艺出版社,1997。

[48] 林语堂:《中华散文珍藏本·林语堂卷》第128—129页,人民文学出版社,2000。

[49] 欧文·白璧德:《卢梭与浪漫主义》(孙宜学译)第238页。

[50] 季羡林主编:《胡适全集》第26卷第415页。

[51] 季羡林主编:《胡适全集》第34卷第744—745页。

[52] 季羡林主编:《胡适全集》第33卷第324页。

[53] 李瑞清:《清道人遗集》卷二第4—5页,中华书局,1939。

[54] 李瑞清:《清道人遗集》卷二第40—41页。

[55] 李瑞清:《清道人遗集》卷二19页。

[56] 关于"李瑞清的风格与贡献",参见苏云峰:《三(两)江师范学堂》第105—110页,南京大学出版社,2002。

[57] 柳曾符、柳佳编:《劬堂学记》第356—358页。

[58] 柳诒徵:《中国文化史》第263页。

[59] 柳曾符、柳定生选编:《柳诒徵史学论文集》第549页。

[60] 汪辟疆:《怎样了解孔子》,《中国学报》第 1 卷第 4 期。
[61] 笔者 1997 年 9 月第一次访学台湾时,亲身感受到了"教师节"气氛。
[62] 张其昀:《孔子传》,《张其昀先生文集》第 7 册第 3091 页,中国文化大学出版部,1988。
[63] 张其昀:《中国思想的动脉》,《张其昀先生文集》第 18 册第 9946 页,中国文化大学出版部,1989。
[64] 张其昀:《中国文化在美国》,《张其昀先生文集》第 21 册第 11428 页。
[65] 内文题目为《日本军备与最近中日战争》。原注释有"二十一年四月作,曾载《时代公论》第七号"。
[66] 原注有"为《申报》双十节增刊作"。
[67] 原注有"为《科学画报·飞机专号》作"。
[68] 《国风》第 3 卷第 3 号(1933 年 8 月 1 日)。
[69] 《国风》第 8 卷第 6 号(1936 年 6 月)。
[70] 《国风》第 8 卷第 11 号(1936 年 11 月)。
[71] 《国风》第 2 卷第 8 号(1933 年 4 月 15 日)。
[72] 原注有"A. H. Compton 原著严济慈、钱临照译"。
[73] 内文题目为《算学与近代文化》。
[74][75] 《国风》第 8 卷第 8 号(1936 年 8 月)。
[76] 《国风》第 8 卷第 11 号(1936 年 11 月)。
[77] 内文题目为《江苏明代倭寇事略》。
[78] 《国风》第 1 卷第 1 号(1932 年 9 月 1 日)。
[79] 《国风》第 1 卷第 5 号(1932 年 10 月 1 日)。内文题目为《日本军备与最近中日战争》,原注有"二十一年四月作,曾载《时代公论》第七号"。
[80] 《国风》第 3 卷第 1、2、3 号(1933 年 7 月 1 日、7 月 15 日、8 月 1 日)。缪凤林《日本史鸟瞰》随后作为单行本在钟山书局出版发行。其他相关文章收集为《日本论丛》,也由钟山书局出版发行。同时还在"钟山学术讲座"(丛书第一辑,每旬一册,自 1933 年 10 月 10 日—1934 年 9 月底)中出版有《中日关系论》。
[81] 《国风》第 8 卷第 4 号(1936 年 4 月)。

[82]《国风》第 2 卷第 4 号(1933 年 2 月 15 日)。
[83]《国风》第 2 卷第 5 号(1933 年 3 月 1 日)。
[84]内文题目为《日本之国外商业》,《国风》第 2 卷第 7 号(1933 年 4 月 1 日)。
[85]《国风》第 2 卷第 9 号(1933 年 5 月 1 日)。
[86]《国风》第 2 卷第 12 号(1933 年 6 月 15 日)。
[87]《国风》第 3 卷第 3 号(1933 年 8 月 1 日)。
[88]《国风》第 3 卷第 5 号(1933 年 9 月 1 日)。
[89]《国风》第 3 卷第 10 号(1933 年 11 月 16 日)。
[90]《国风》第 4 卷第 2 号(1934 年 1 月 16 日)。
[91]《方志月刊》第 6 卷第 3 期。
[92]《国风》第 6 卷第 1、2 号(1935 年 1 月 1 日)。
[93]《国风》第 4 卷第 7 号(1934 年 4 月 1 日)。
[94]《国风》第 4 卷第 12 号(1934 年 6 月 16 日)。
[95]《国风》第 3 卷第 4、8 号(1933 年 8 月 16 日、10 月 16 日)。夏禹勋还译有《日人眼中之东北经济》,由张其昀主持的钟山书局出版。
[96]内文题目为《兴安区屯垦工作》。张其昀的这些文章随后结集为《东北失地之经济概况》,列入"钟山学术讲座"丛书。
[97]内文题目为《人种学观点下之中华民族》。
[98]原注有"1936 年 10 月 12 日《大公报》星期论文"。

国家观念:《思想与时代》

抗战后期,中国面临的两大任务是取得战争全面胜利和为胜利以后建国做相应准备。学衡派近二十年的非政治化倾向,这时候却在一部分人那里发生了重大变化,并具有鲜明的时代倾向性。以往的文化守成、尊孔、道德理想主义和民族主义倾向,如今却被具有国家观念的新意识形态所强化,并呈现出集体性。学衡派中这部分人思想情感的表达也由民族话语转向国家话语。因此,我称《思想与时代》创刊开始了"后学衡时期"。

由民族话语向国家话语转化的一个内在知识—文化路径,是要借助儒学的新开展即新儒学来启动。《学衡》杂志一开始就强调要国人确立稳定心态和健全理智,抗拒新文化运动可能引起的文化动荡和文化失范。学衡派主要人物也通过对马修·阿诺德的接受而强调文化的重要性。马修·阿诺德指出"只有健全理智才能成为可靠权威的基础,而带领我们走向世界健全理智的正是文化"[1],因为"文化明白自己所要确立的,是国家,是集体的最优秀的自我,是民族的健全理智。良知作证,文化要树立国家的观念,不仅是为了维护秩序,也同样为了实现我们所需要的伟大变革"[2]。儒学新开展即新儒学的启动表现为《思想与时代》的部分作者重新认识被五四新文化运动重创了的中国儒家文化。贺麟、钱穆寻求儒学"精华"并加以改造和利用的意图,也正是马修·阿诺德的文化理念。

上、史实显现

过程

竺可桢1936年4月出任浙江大学校长,张其昀应他老师竺可桢之聘,于1936年夏离开中央大学到浙江大学。

张其昀到浙江大学一年,即爆发了抗战。浙江大学在迁徙中动荡了两年多,1940年2月在贵州遵义湄潭落定。浙江大学稳定后,《思想与时代》便于1941年8月在浙大文学院创刊。1945年2月1日第40期后停刊一年多,1947年1月复刊,1948年11月第53期后停刊。原《国风》主持人张其昀此时主持《思想与时代》的具体编辑工作。在《思想与时代》之前,张其昀主持的浙大史地学系办有学术刊物《史地杂志》。由于战争和浙大校址的空间迁移,53期《思想与时代》编辑出版和印刷发行的地点也多有改变。[3]刊物背后的情况,在张其昀文章中有所显示。他说张荫麟是原《国风》作者,又是刊物《思想与时代》的最初发起人。1940年7月底,张荫麟在昆明西南联合大学婚变后应聘到借地遵义的浙江大学任历史学教授。1941年4月,张其昀与张荫麟在遵义老城"纵谈至夜深",结果是他们决定"纠合同志,组织学社,创办刊物,在建国时期从事于思想上的建设,同时想以学社为中心,负荷国史编纂之业"。[4]

随后,张其昀赴重庆开会,见到了蒋中正。他把要办刊物的计划和目的向蒋中正作了汇报,并得到蒋中正14万元的实际支持。郭斌龢说:"经费来源据张告知系由陈布雷负责。"[5]于是,张其昀(晓峰)、张荫麟、郭斌龢(洽周)、贺麟(自昭)、钱穆(宾四)、朱光潜(孟实)作为基本社员,在1941年6月正式成立"思想与时代社",于8月1日出版《思想与时代》杂志。这六位基本社员中,张其昀、张荫麟、郭斌龢、贺麟是原学衡派成员。朱光潜为郭斌龢香港大学读书时同学。

据竺可桢日记(1941年6月14日)所示:

> 晓峰来谈《思想与时代》社之组织。此社乃为蒋总裁所授意,其目的在于根据三民主义以讨论有关之学术与思想。基本社员六人,即钱宾四(穆)、朱光潜、贺麟、张荫麟、郭洽周、张晓峰六人。主要任务在于刊行《思想与时代》月刊及丛刊,与浙大文科研究所合作进行研究工作。月刊定七月起发行,每月由总裁拨7500元作事业费,其中2500为出版费,1500元为稿费,编辑研究2000元,与史地部合作研究1500元。据晓峰云:拟设边疆、气象、南洋、东北四研究计划,补助文科研究所之不足云。[6]

竺可桢所言出版时间为7月,而实际出版时间为8月。由于张其昀的缘故,刊物与蒋中正、陈布雷及国民政府的特殊关系,在竺可桢日记(1941年10月19日、1943年1月23日)中还有显示:

> 一樵[沈按:顾毓琇]欲晤晓峰,遂偕至水峒街[沈按:水硐街]三号晤晓峰。晓峰出布雷、钱宾四函相示,知布雷对于《思想与时代》每文必读,且对于晓峰著《中国古代教育家》一文已集专刊,由委员长为之印行签署矣。[7]
>
> 九点叔谅[沈按:陈训慈,陈布雷之弟]来谈,知去年政府之所以忽然褒扬梁任公,乃因张晓峰之文提及任公对青年之影响未被政府

所重视,接着张荫麟又在《思想与时代》上著一文,均为委员长所见而有褒扬之议。[8]

另据王泰栋所著《陈布雷传》所示,陈布雷对刊物的具体指示是:"这本月刊,不要太显露本党面目,也不局限于三民主义政治范畴,而着重阐扬我民族优良文化传统与中西文化之比较。"[9]在刊物编辑出版期间,张其昀于1943年6月至1945年10月(17日离开美国,乘船行20日回国)到美国做访问教授,临行前,受到蒋中正、陈布雷宴请。随后张其昀在美国访问的延期又得到蒋中正资助。当然这也是张其昀1949年以后与蒋中正走到一起,并被视为"陈布雷第二"的重要原因。在张其昀出国期间,郭斌龢为《思想与时代》代总干事。[10]

1945年,基本社员中的张其昀、贺麟、朱光潜和主要作者冯友兰成为国民党"最优秀教授党员",其中贺麟、冯友兰两位也是被蒋中正专门从昆明请到重庆为其讲哲学、心学的教授。

宗旨及办刊方针

创刊时,刊物没有发刊辞,只有一个简单的《征稿启事》,出自张其昀之手:

一、本刊内容包涵哲学、科学、政治、文学、教育、史地诸项,而特重时代思潮与民族复兴之关系。

二、本刊欢迎下列各类文字。

1. 建国时期主义与国策之理论研究。
2. 我国固有文化与民族理想根本精神之探讨。

3. 西洋学术思想源流变迁之探讨。
4. 与青年修养有关各种问题之讨论。
5. 历史上伟大人物传记之新撰述。
6. 我国与欧美最近重要著作之介绍与批评。

三、本刊文字大都为通论,不载考据纂辑之作,但穷理力求精密,立论务期征信,以要言不繁深入显出者为尚。

四、投稿手续请参阅本期底页所载投稿简章。[11]

据张其昀所说,张荫麟对于"整理来稿尤特别认真,他力主扫除近人互相标榜及无端诋毁的积习,要培养忠实平恕的风气,来建立一个刊物的风格"[12]。1946年12月1日,张其昀在杭州为次年1月复刊的《思想与时代》写的《复刊辞》中进一步指明了刊物宗旨。他说:

> 就过去几年的工作看来,本刊显然悬有一个目标,简言之,就是"科学时代的人文主义"。科学人文化是现代教育的重要问题,也是本刊努力的方向。具体的说,就是融贯新知,沟通文质,为通才教育作先路之导,为现代民治厚植其基础。英国《自然》周刊(Nature),是一个有计划的论述现代自然科学人文科学和哲学教育的良好园地,本刊对于《自然》周刊的宗旨实深具同感。[13]

所谓"科学时代的人文主义"只是一个简单说辞,实际上,《思想与时代》杂志是"梅光迪、张荫麟、钱穆诸教授倡导人文主义,一以发扬传统文化之精神,一以吸收西方科技之新知,欲上承南高、东大诸教授创办《学衡》杂志之宗旨,以救世而济民"[14],也就是张其昀所说《思想与时代》是"以沟通中西文化为职志,与二十年前的《学衡》杂志宗旨相同"[15]。因为在《思想与时代》创刊后一年多，张其昀赴美国访学、讲学二年。他曾在哈佛大学的魏特纳图书馆（Widener Library）的专用研究室——白璧德的老师诺顿（Charles Eliot Norton）纪念室——读书研究，以充分体会白璧德的人文主义精神。

《思想与时代》与《学衡》《国风》的不同在于它《征稿启事》中第一项所示"建国时期主义与国策之理论研究"，胡适说这是拥护极权专制，而实际刊登的一系列文章中也正表现出这一点。这和张其昀、张荫麟[16]个人与国民党当局关系以及得到蒋中正14万元支持有关。《征稿启事》中第二项第2点所示"我国固有文化与民族理想根本精神之探讨"，是自《学衡》就标榜的，也是学衡派的一贯主张，是其文化保守的特性体现。所幸的是，刊物本身这时候已不再反对白话新文学，不再专登古体诗词了。但这些在胡适看来仍有"反动意味""保守的趋势"和"拥护集权的态度"。[17]

作者队伍

《思想与时代》在贵州遵义创办时，原《学衡》作者在浙江大学文学院任教的有张其昀、张荫麟、梅光迪、王焕镳、郭斌龢、缪钺、王庸、陈训慈，以及吴宓在欧洲游学时结识的费巩（福熊）。《国风》是《学衡》的后继，《思想与时代》又是《国风》的后继。原《学衡》作者有多人为《思想与时代》写文章。

从《思想与时代》的作者队伍看，张其昀、张荫麟、景昌极、梅光迪、郭斌龢、楼光来、唐君毅、徐近之、吴宓、刘永济、朱炳海、翁文灏、王焕镳、缪凤林、陈训慈、胡先骕、缪钺、竺可桢、卢于道、谢家荣、贺麟、贺昌群、范存忠、任美锷、方豪、钱宝琮等都是原《国风》作者。新进主要作者有钱穆、冯友兰、熊十力、朱光潜、谢幼伟，且集中在人文学科。当时，在浙江大学的张荫麟、谢幼伟分别负责史学和哲学稿件。成为《思想与时代》主要作者的贺麟，是张荫麟清华大学的同学和谢幼伟哈佛大学哲学系的同学。

从《思想与时代》作者所从事的具体专业来看，竺可桢、张其昀、任美锷、徐近之、叶良辅、涂长望、沙学浚、黄秉维、李春芬、李旭旦、朱炳海、丁骕、黄汲清大都是出自南京高等师范—东南大学—中央大学的地理学学者，且多人此时在浙江大学任教。这自然是与竺可桢、张其昀有关系的。胡先骕、翁文灏、陈省身、李四光、卢于道、谢家荣、张孟闻等都是科学工作者。冯友兰、熊十力、朱光潜、谢幼伟、贺麟、洪谦、唐君毅等研究哲学。梅光迪、郭斌龢、楼光来、吴宓、田德望、范存忠、张月超等研究西洋文学。刘永济、缪钺、詹锳、夏承焘等研究古典文学。钱穆、张荫麟、缪凤林、贺昌群、王绳祖、陈乐素、周一良、王栻、杨联升等研究史学。新进作者中只有陈梦家是原"新月派"诗人，胡适派文人，但他后来转向甲骨文研究。陈之迈、周鲠生是胡适的朋友，在自由主义议政时与胡适为同道。

《思想与时代》作者中，两人当选为部聘教授：吴宓、楼光来；五人被陈立夫、朱家骅推荐为"最优秀教授党员"：竺可桢、冯友兰、张其昀、贺麟、朱光潜；八人1948年当选为中央研究院院士：竺可桢、胡先骕、翁文灏、陈省身、李四光、黄汲清、谢家荣、冯友兰。

从作者在刊物上呈现出的文章实际内容来看，稿约第一项"建国时期主义与国策之理论研究"的主要实践者为张其昀、钱穆、冯友兰三人。"我国固有文化与民族理想根本精神之探讨"和"西洋学术思想源流变迁之探讨"本是《学衡》的基本精神，《思想与时代》诸多作者的文章都体现了这种倾向，尤其是钱穆、郭斌龢、冯友兰、熊十力、朱光潜、谢幼伟、贺麟、洪谦的著述倾向更为明显。其中钱穆在为1988年出版的《张其昀先生文集》作序时谈到他因此刊与张其昀结缘："余平生猖狂妄言,每于中西文化多有分别辨论,其事则始于为晓峰在对日抗战时所创办之《思想与时代》一杂志撰稿。而余之于国内党政稍有兴趣,稍加注意,则亦由晓峰启其端,而亦惟晓峰之是赖。"[18]

所谓"科学时代的人文主义"主要存在于一批自然科学家的文章中,如钱宝琮《科学史与新人文主义》的专题论文,陈立《赫胥黎论文教与科学》。同时,现代科学哲学也由洪谦引进到中国学术界,他连续发表了《自然科学与精神科学》《科学与哲学》《维也那学派与现代科学》《石里克的人生观》《维也那学派与现象学派》等重要文章。第46期"梅迪生先生纪念专号"是《思想与时代》同人和学衡派成员对中外新人文主义思想的一次集中展示,也是对所谓"科学时代的人文主义"思潮的集体回应。附录所刊梅光迪1944年在国民参政会上的两项提案《国立各大学应增设东方语文学系以加强东方各民族在政治经济文化上之联系而维护世界永久和平案》《大学教育在遵行国家教育方针之下应给予相当自由以利进展案》,则显示了一个新人文主义者的现实关怀和文化理想。

《思想与时代》杂志社还集结作者,编辑出版《思想与时代丛刊》五种;《现代学术文化概论》第一册,即《人文学》;另有《现代文库》三辑30册书籍,于1948年出版。[19]

这本刊物是战时中国一部分学术精英思想展示的重要舞台,也是学衡派文化保守主义在新历史时期的变异和发展。特别是学衡派文人,由《学衡》时期无政治企图、相对纯粹的文化保守主义,经过《国风》时期文化民族主义和道德理想主义之后,在此时,一部分人转向新儒学,尤其是以研究"建国时期主义与国策之理论",探讨"我国固有文化与民族理想根本精神"为主,并鲜明地表现出美化中国古代政治和拥护集权政治的倾向。

下、作者立场

国家重建的政治策略:宪法与集权

抗战时期,学衡派的文化保守倾向在张其昀、钱穆、冯友兰、张荫麟等人这里发生了相应的政治倾斜,由文化保守走向政治保守,并表现出极端的民族主义倾向,即主张、拥护集权统治,同时从学理上极端美化中国古代的皇权统治,放弃了作为现代知识分子的批判意识和批判责任。这是由五四追求个性解放,自由、民主,经民族主义、国家主义的时代演进之后,又回到集权统治的历史轮回。主张集权、建国与国防是《思想与时代》的第一要义,即"建国时期主义与国策之理论研究"。这也是张其昀、钱穆等人后来与蒋中正政权走到一起的思想基础,前后有必然的内在联系。

领袖与集权

"领袖与集权"以及下边所说的"建国"问题,当时也曾引起"战国策派"的关注。这是由民族主义情绪高涨到国家观念强化的必然产物。这种话语的确立与张扬,绝非由一人或一部分人来完成,而是有相应的政治基础和历史文化背景。

张其昀在《我国宪法草案之重要思想》一文中集中讨论了"五五宪草"(又称"五五宪法")的基本精神和纲纪之意义。所谓"五五宪草",即1934年立法院宣布初稿,1936年5月5日国民政府正式宣布的宪法草案,至1940年3月30日,国民参政会第一届大会又通过了中华民国宪法草案修正案。张其昀认为,自由、平等二义,在中国思想史上似不居于显要之地位。西洋历史以自由为中心观念,是因为西洋人民苦于不自由,故无时不为自由而奋斗。真正之平等其名曰义,分而言之曰礼义,合而言之曰纲纪。张其昀将"五五宪草"中体现出的纲纪观念和基本精神归结为:社会之纲纪、经济之纲纪、政治之纲纪。而这一切在张其昀看来又较西方为好。[20]

从下文相比之中,可以看到张其昀的政治倾向。陈恩成在解释宪法的权与能时,特别强调中国古代专制体制,无实际的宪法,有所谓的法律,也是在人治中被随时随地地曲解。他对中华民国"五五宪法"有具体的意见,而不是张其昀式地一味叫好。他说:"五五宪法忽以此大权不归于代表民众的国会或国民代表大会,而给予身为官吏机关的司法院,是在法理上又无异以官吏机关对抗民意机关,以官吏的意志对抗民意;承认司法权得侵犯立法权,既与五权分立之原则不符,且使司法权高于立法权,对于制衡原则亦非适当配合。至于在解释宪法的权与能的配称上,亦尚有考虑之必要。深望主持制宪运动的党国领袖和全国明达之士,对于此点特加注意。将来国民大会对于'五五宪草'的采纳批准,在这一点上也要切实斟酌。"[21]

《中央与地方之均权制度》是张其昀研究"五五宪草"的系列文章之一。他的议论中心是要统一与集权。他说统一为建国之最初义,亦为建国之最终义。非统一则无从谈均权。国家如不统一,即成地方割据之局,其彼此之关系只能称为均势,而不能称为均权。均权为中央与地方之关系,均势则为国际之关系。

张其昀指出,从历史发展来看,中央与地方的关系,为数千年来政治上的根本问题。经济发展也为向心力的基本力量。而文化的统一,其价值尤在经济与军事之上,统一的最要义为国民精神意志的一致。[22]同时,他还关注东北问题,为当局设计并提出了《解决东北问题之基本原则》[23],从国际交涉的侨务、商务、债务、界务(土地之交涉)四个方面做了具体论述。

在《论现代精神》一文中,张其昀指出,建国大业在于建设一个现代国家。中国的现代化问题,为近百年来我国论坛的中心问题,发其端者为曾文正公。[24]张其昀这里其实又是在美化中国的政治制度。因为近代中国的落后,恰恰在于政治哲学和政治制度。没有现代的政治哲学和政治制度,就不可能有科学昌明之效。洋务运动的努力,强大的北洋水师,还不是被落后、腐败的政治制度所葬送?

张其昀认为,作为两千年中国思想主流的儒家思想,素来以伸张民权为职志。他说中国的宰相(丞相)制,是实际的内阁,是保障民权的。如今考虑新中国的建设,就必须在我民族固有之精神与优良传统基础上,落实宪法规定的基本精神和职责,尤其是首相精神应常新,从而使得宪法真正能为民族立心、为国民立命。[25]

关于行政中枢的文章在《思想与时代》第15期上曾引起讨论。谢冠生认为三权制的精神重在制衡,而五权制的精神重在合作和建树万能的政府。陈伯庄认为民生主义的经济制度未立,而遽言民权选举,其势必使资本阶级和地主阶级一跃而抬头,这是不可提倡的。他主张要有党员的生活保障制度,使他们必须与做生意绝缘。占有权力,就会占有资源和财富。一党的绝对专制,就会有绝对的腐败。民生主义与国家的新生命相关。官商结合必然使政治腐败,也就无法做到维持中心力量和延续政权统一。[26]这是中国政治的病症所在。

对领袖人物的政治期待和善意进言,是《思想与时代》同人的一项现实表现,也是中国传统知识分子早已具有的对青天、贤明君主期待、依赖的心理定式。钱穆说一个政治家,在其可贵的政才与政绩之外,更可贵的是其政治风度。这种所谓的风度如同朱子论学时所说的学者气象。他认为目前中国政治上一大弊端就是理想的政治家风度的缺乏。人们对于民主与共和的误解,导致只有社团党派的群体利益和观念,而没有注意到对领袖人物的培养与爱护。"在此抗战建国的艰巨过程中,我们已经有了贤明的领袖,我们还需要理想的政府。我们所更要的是一个新的政治风度。"[27] 钱穆自命为儒者,其政治理想和所谓新儒家的个人体验,此时已完全显现。现代社会的民主、自由、平等思想,似乎与他是隔世而存在的。他对蒋中正个人的政治期待由此外露,并一直坚持到1960年代。

军政与军令是领袖、集权的重要内容,张其昀认为中国现行的国防机构是经 1931 年、1937 年两次改制完成的,军政与军令统一是国家统一和中央集权的标志。要达到抗战胜利与和平建国,就必须做到军政与军令统一。"纲纪为立国的命脉,欲外求独立,必先内求统一,此乃建军最大之方针,亦为建国最高之义谛"[28],张其昀文章表现出的旨意显然与当局宣传的无异,是蒋中正"攘外必先安内"政策的学者化表述。《思想与时代》上的此类文章,已如政府的政治传声筒了。

建国

对建国精神的重视,是张其昀多年的兴奋点。发表在 1937 年 7 月《史地杂志》上的《中国历史上之建国精神》[29],是他 1937 年 6 月 26 日在浙江省学生集中训练总队的讲演稿。他所谓的建国精神,是指中华民族作为统一国家时,汉、唐、宋、明建国方式所体现出的基本精神。建国方式有三:开基创业、承平建设、除弊中兴。建国的首要问题是人才,即需要国士,需要政治、军事与教育的三种人才。第二点是要制定纲纪法度。建国精神即是用人与确立纲纪法度。他认为这在对青年人的教育中尤其重要。

张其昀是历史地理学家,而钱穆则是守护传统、文史哲兼通的大儒。大儒梦寐以求的是遇到明君盛世,或被明君赏识、重用。他在《中国传统政治与儒家思想》中,指出这样一个事实:西人论中国政治每目之曰专制,国人崇信西士,亦以专制自鄙。钱穆为之做了辩解。

钱穆此文的真正用意是要强调,中国的建国不能因袭欧美和苏俄的政治理论和政治体制。因为中西政治理论各有渊源,这是其民族文化的体现。文化更新,也需要自本自根,从自身活力发荣滋长,不像拆屋造屋。"文化渊源本出一族,而立政定制,尚犹因势利导,随地成形。岂有建国于大地之上,而可寄托其国家民族安危存亡所系之政治精神与政治理论于某一外国异族脚跟之后,随其趋向以为奔走之理。更岂有各挟一外国异族之政制政论为标帜为号召,自分朋类,相争相笑而谓可以措其国家民族于盘石之安之理。然则欲完成建国大业,端在自本自根,汲出政治新理论,发挥政治新精神,使政局有安谧之象,而后凡百改进有所措手。而儒家思想之复活,中国传统教育精神之重光,尤当为新政导其先路。凡此所论,固不在彼我之较量,亦非为恋旧而怖新。爱国深识之士,当体斯旨。"[30]而事实上,几年后的"新政"未能在钱穆的理想中出现,他寄希望于国民党及蒋中正,而到浪花尽处,东海扬尘。

从理论阐述到具体的社会主张,是钱穆的思想理路。在《中国社会之剖视及其展望》一文中,他认为政治与社会互为因果,中国以大一统国家行使信托政权。从古代开始,中国就重农抑商,近代列强入侵和通商,改变了中国社会、经济、文化状况,使中国陷入次殖民地局面。中国要建国,首当是自己要摆脱次殖民地地位。如今在世界商业资本势力汹涌澎湃之时,我社会欲求自存则唯有民族集体造产一法。所谓民族集体造产,既不违背乡村文化传统,又可以抵抗外来经济势力压迫。能够肩负此历史重任并成为领导社会的中坚力量,则是中国的优秀知识分子,即传统的士者。[31]钱穆这里没有明说,他实际上是在强调知识分子(士)广泛的社会参与,不仅仅要有从政善俗的德行,同时还要力行科学救国、产业强国。这既是人文主义与科学主义并重的理念阐释,也是此时钱穆建国理想的具体展示。

张其昀还从地理区域上总结出战后建国的五大问题:建设西南,恢复东南,收复东北,关注西北,团结海外华侨。他说只有这样才能合全力以赴建国之大业。[32]

贺麟则强调学术建国。他在《学术与政治》一文中指出:"任何建国运动,最后必然是学术建国运动。离开学术而言建国,则国家无异建筑在沙上。学术是建立国家的钢筋水泥,政治上所谓真正的健康的'法治',或者儒家所提倡的'礼治''德治',本质上皆应当是一种'学治'。'开明的政治'就是'学治的政治'。"[33]但学术与政治又是密不可分的。他认为"学术是'体',政治是'用'"。如果要求学术独立自主可以,但求学术与政治根本脱节则不可。因为学术如果没有政治作用,就只是少数人支离空疏的玩物而已。这也正是现代新儒家精神形态上对内修身养性、对外政学合一的共同信念。

国家重建的行政中枢:都城设置

国都通常是对一个国家中央政府所在地的称呼,也是政治文化中心所在,形象地表达为首善之区,历史上的惯用称呼是国都、都城。1927年4月18日,国民政府定都南京。中国历史悠久,留下西安、洛阳、北京等多个王朝的故都,国民政府随之将南京称为首善之都。这样,中国人的政治生活中就有了"首都"的称呼。

建都问题,在民国期间就有过五次争论,分别是1912年、1927—1928年、1935年、1941—1943年、1946—1947年。《思想与时代》对此问题的关注,是其国家观念强化的具体表现。而张其昀对此事的热情关注则坚持了20年(1927—1947)。由学者纸上建言,到中央设计局组织专家论证,结果是国民政府悲催终结。

辛亥革命之后,"建都议起,南北殊言"[34]。针对孙中山等主张建都金陵(南京)者,章太炎在1912年初致信南京参议会,列述金陵建都的五害。他认为金陵那些坚持说燕京(北京)有使馆炮台和亡清污俗,"不足以成迁都之说"。他明确主张建都燕京,说作为都城,燕京可"以全邦计"。若迁都金陵,广大北方失去了文化和政治经济中心的影响和统治力,政府"威力必不能及长城以外",是一害。文化影响力不及,"是将北民化为蒙古",是二害。若袁氏被迫南迁,日俄会乘机侵及东北,中原失重,国体将土崩瓦解,是三害。政府南来,蒙古诸王相拥戴,使南北分裂,是四害。若政府和使馆南迁,耗资极大,民穷财尽,是五害。因此,章太炎提出,"谋国是者,当规度利病,顾瞻全势,慎以言之,而不可以意气争也",更不能"忘国家久安之计,而循朋友利禄之情"。[35]从后来的实际情况看,迁都南京后,蒙古分裂、日军侵占东北等问题,都被太炎说中了。

1946年12月,张其昀应《胜流》编者之约,写了《首都十论》[36],列举出他20年所写(讲)从《中国国都之问题》到《建国规模》十次关于首都问题的论文。其中刊发于1927年5月《东方杂志》的《中国国都之问题》[37],是他第一次主张在南京建都的文章,也是学术界第一次从学理上为南京建都作论证。他认为北京官吏腐败,积重难返,人文与物力都不及南京,加上风沙肆虐的环境,及缺乏海道的不利因素,不宜为首都。南京高山、深水、平原并有,有国际交通的便利,人文优势巨大,武汉难以匹敌。

故南京最适宜建都。"

1928年间所发生的建都问题论争,起因于1928年6月4日上午9时吴稚晖在上海市党部第7次"总理纪念周"的演讲。他在演讲中披露了国民党南北军事集团之间关于在南京、北京建都问题上的意见分歧。他说在1927年6月,国民革命军中以蒋中正为首的北伐主力与以冯玉祥为首的东征主力在徐州会师时,冯玉祥首先向蒋中正、吴稚晖等人提出了国民政府应从南京迁都北京的意见。

由于1912年1月1日中华民国建立时,曾在南京定都,到了1928年6月第二次北伐成功,乃至全国统一之时,关于在南京还是在北京建都的问题,南北军事集团之间展开了争执。国民党尤其是蒋中正军事集团的势力和利益在江浙,此时又依靠江浙财阀的经济支撑,维持局面,所以这时候国民党元老吴稚晖首先站出来讲话,说建都南京是孙中山的主张,他甚至留下葬身南京的遗嘱,即建都南京为"总理遗嘱"的说法。吴稚晖说:"南京建为首都是总理理想的主张,总理还要将遗体葬在南京。……首都建在南京已无问题。"[38]而北方舆论界在阎锡山、冯玉祥等军事集团的支持下,则有坚持建都北京的主张。[39]曾任教于南京东南大学地学系,此时在北京师范大学地理系任教的白眉初(月恒)教授,在1928年7月《国闻周报》第5卷第25期刊出《国都问题》。他以史为鉴,提出建都北京国运长久、建都南京国运短暂的历史问题。于是,在1928年7—8月间,双方以《大公报》系的《国闻周报》为阵地,开始了建都问题的第二次争论。

白眉初的《国都问题》分四部分:历史之观察、地势之评判、外侮之应付、现状之宏隘。他首先从历史地理的视野,列举中国五个古都的建都时间:长安建都总年数887年、洛阳建都总年数822年、北京建都总年数857年、南京建都总年数443年、开封建都总年数163年,并得出相应的结论:"南京十代国都,其特点所在,非偏安,即年促。"白眉初列举了南京十代国都的建都时间：吴 53 年、东晋 103 年、宋 60 年、齐 23 年、梁 53 年、陈 31 年、杨吴 16 年[40]、南唐 39 年、明太祖和惠帝两朝 53 年后迁都、太平天国 12 年。具体说来："平均之，每代不过四十五年。""除朱明以外，皆为偏安，而无一能成统一之局者。"

白眉初倾向于北京建都。他说："今世强国之都城，皆萃于北纬四十度南北。"这八大都城所占纬度如下：华盛顿北纬 38 度 32 分、伦敦北纬 51 度 25 分、柏林北纬 52 度 34 分、巴黎北纬 48 度 53 分、罗马北纬 41 度 55 分、莫斯科北纬 55 度 50 分、东京北纬 35 度 46 分、北京北纬 40 度。白眉初强调："一种气候之下，其民族之体力精神，随之变异。"北京居于国疆之上游，"表雄视八方之气概"。他说："今环拥北京之民族，西则秦陇，南则燕赵，东北则满蒙，东南则徐淮。此等民族，受气候之影响，而北京据乎其中，诚具雄武之气象也。"所谓南京金陵有天子之气，"要之，皆就其附近狭小之形势言之也。苟合大江南北百里内外观之，则一平原四战之区耳。非若北京之有大长城，大山脉，大沙漠。重重叠叠，千里环抱之雄图也"。

白眉初比较了北京和南京各自的地理、文化优势后尖锐地指出："南京温暖，夏期不免潮湿郁热，所为水分充足，物产丰富，人民生计独易，行则乘舟而体质柔弱，不能与燕赵徐淮之尚武民族比较。然而，山水明秀，风景绝佳……以故文风特盛，才人辈出，此亦天然美景之所赐也，盖不宜于武，必宜于文。"[41]在这种文化地理环境下，"南京十代建都，多偏安而年促者，一因北方地势占胜，民族强健，或被迫而南迁，或欲北伐而不得势。此其所以偏安也。二因恃长江以为天险，不修政治，甚且化于文弱，溺于荒淫，而不克自拔，而北方来侵，遂以亡国。前者为受地势之害，后者为食文弱之赐"[42]。最后，白眉初强调："假令总理生至今日，亦当幡然改计，以建都北京为宜也。"[43]

叶景葵的弟弟，国民政府财政部公债司司长叶景莘（叔衡）支持白眉初的观点,他说,至少从地理天时及历史各方面着想,我们是不能赞成建都南京的主张的。同时他尖锐地指出:"近来建都南京的主张似乎并不是从地理、天时上立论,而多是从政治、外交、经济各方面说话。"[44]并质疑吴稚晖讲话中所谓北京的建筑是封建式的,不适合现代的要求。最后的结论是:"就全国的形势与国家的大计说,首都应在北京,固无疑义;即就国民政府说,亦未尝不可建都于北京。"[45]

白眉初所说历史上南京十代国都"非偏安,即年促"的结论,大大地刺痛了国民政府。这等于是在为一个政权敲警钟或丧钟,也是一个新朝开局之时最不愿意听到的不吉利之言。随之而来的是代表国民政府的官方言论,是具有权力话语霸权的人身攻击和政治打压。龚德柏的文章《驳白眉初君〈国都问题〉》,不讲学理,多谈政治需要,以政府代言人身份,一剑封喉,不容讨论。龚德柏说:"白君对于近代国都之议毫无了解。故以十八世纪以前之国都论,而欲适用于现代,根本上已属错误。"强调:"盖南京建都已系既定之局势,决不为书生一两篇文字所左右也。"[46]他针对白眉初所说"列强之侵略"和"使馆保卫界之纠葛"一事,诋毁白眉初,说白的两段言论"与日人所希望者如出一辙"[47],"若为中国人(观此白君为中国人否尚属疑问)而竟能发此丧心病狂之怪论,不能不使吾人疑为外人作说客,为帝国主义者当走狗"[48]。龚德柏最后的结论更是武断,他说"白君大著,曲学推崇北京,不惜牺牲一切",是"荒谬绝伦之议论","图欺世人","贻误国家"。[49]

由于出现这种代表政府权力的话语,学者不再作"国都问题"的学术谈论,南京也就自然成了国民政府首都。龚德柏 1949 年以后在台湾,因言论得罪蒋中正,被关了多年。

1935 年 10 月 29 日,贺昌群应天津《益世报·史学副刊》编辑吴晗之约,写了《论历史建都与外患及国防之关系》[50],明确提出建都北平的主张。抗战期间,建都问题又一度引起学界的讨论。1945年抗战胜利后,此问题再度引起学人的广泛关注,并集中在《思想与时代》上讨论。

历史学家汤因比通过对世界许多国家首都的考察后指出:"一个统一国家的政府所在地,确是播撒精神种籽的一块良田,因为这样的城市是一个广大世界的小型缩影。"[51]如果主要考虑行政方便,那么,所选择地点可能是交通便利的中心;"如果主要的考虑在于防御侵略,那么所选的地点可能是在受威胁的边境上的一个便于发挥军事力量的城市"[52]。

建都问题是建国的一个重要组成部分,也是钱穆、张其昀、贺昌群等人关心并讨论的话题。1941年下半年,钱穆在致张其昀信中谈到,他自己虽然久抱国都必须迁北方的私见,但不敢轻易发议,特请教张其昀,问孙中山是否主张首都必须设在南京。

张其昀认为"首都之地位,实为一切国防计划之先决问题。历史上国都之位置恒与敌人进攻之方向针锋相对,且位于国防线之内,所以然者,即所以建立国威,而不欲示弱与敌人。至于其它条件,如国都常为经济中心、交通中心以及形势之险固等,当然均须考虑,但尚属次要"。他说孙中山的建国方略分为心理建设、物质建设和社会建设三部分。细读孙中山著作,发现其既富有大陆雄伟之精神,又富于海国超迈之气魄。其建国大业一方面重于大陆之开发,一方面又注重海外之发展。南京诚为经济计划之中枢,亦为国防计划之定点。南京有高山、平原、深水三种自然条件,天工钟灵毓秀,处世界各国首都之首。"南京可以统摄海陆之防务,可以兼筹东北与南洋,其与英之伦敦,美之纽约,海道航程适相等,在世界地图上诚居于优越之地位","定都于南京,则杭州湾两岸成为首都之外郭。以东方大港为门户,而与上海及象山港左右夹辅,气象至为开展","古时南京建都,内以长江为控扼,外以淮甸为藩篱。今日之南京,以舟山群岛为第一道防线,杭州湾为第二道防线。古时防御之目标,为南下之铁骑,今之目标则为东来之战舰"。[53]张其昀在这里是拍最高当局的马屁,为他们制造了一种虚无缥缈的假象。

从中国历史上看,秦一统中国后,自汉朝始,中国的外患,一直来自北方。到了明代,才开始有来自海上的东南之患,如倭寇骚扰东南和荷兰人入侵台湾。特别是欧洲工业文明开始后,其开拓海上道路,英国强大,以及欧洲多国争相从海上对全世界实施侵略,中国的主要外患转移到了东南。自鸦片入侵引发战争始,东南海上门户洞开。从军事上看,如果没有强大的海上自卫能力(现代战争又出现了空中路线),政府首都不宜设在东南沿海。

事实上,南京有一种历史宿命,即南京为短命之都、悲壮之都。仅中华民国而言,孙中山在这里不足两月即让位给袁世凯,大总统没有了,首都也完了。蒋中正在南京十年,因日寇要屠城,弃首都跑到重庆;抗战胜利后在南京三年多,且戴上行宪总统的帽子,很快又被赶到台湾。

钱穆研究秦汉史出道,也是秦汉文化精神的推崇者。他对中国早期国家性质和精神形态十分熟知。他主张战后新首都应该建在西北的长安,而以北平为陪都。他在《战后新首都问题》中提出自然国家(单式)和人文国家(复式)所面临的不同首都问题。他认为中国自秦汉以来,早已脱离自然单一的国家雏形,进入人文复式的国家阶段。所谓人文国家的意义,就是指其国家的创建,全由人文化成,而不复为自然的地形与民族之隔阂所限。因此,在人文复式国家里,选择首都,实为一项重要的事情。一个国家的规模和精神要看首都的选择。钱穆明确提出在长安建都的理由:长安北平一线,略相对黄河平原之地带,即代表前期中国汉唐精神的地带,应使长安为新中国的首都。"全国青年受国家政治、教育、宗教、哲学各部门精神方面的训练培养者,以集中此地带为相宜。壮阔的地形,严肃的天象,深沉古老的历史文化之真迹,全在此地带上。这一地带表示着中国民族之坚毅强韧笃厚伟大。大政治家、大教育家、大思想家、大宗教师、大军人,全应在此地带受洗礼。自此以北,益高益冷益旷益大的边疆区,应成为新中国之兵库。万里长城即其最好的象征。新中国人应在此带建设活的万里长城。"[54]南边长江平原,是代表后期宋明精神的地带,此地应成为新中国之胸腹营养之地,文艺、美术、科学、工业应在此发皇。此地象征中华民族之活泼、温良、清新、智巧。珠江平原代表着中国的近代新兴精神,与大海相吞吐,与世界相呼吸,工商制造,往来贸易。这里象征着中国之动荡、开放,与最北的凝定遥遥相对。这样一来,人文国家的大体制,历史国家的大精神将得以发挥,尤其是中华民族内心深处的至高情绪得以张扬。

钱穆反对首都偏在东南江海丘陵小局面之下。说偏在东南会使中国文化,特别是现代中国的中央地带和亚洲大陆冲荡斗争的大局面闭幕。东南江海丘陵小局面之下的人物,无驾驭大局的能力,也无回旋北方的大势。"我们用历史的、艺术的、军事的、政治的、哲学的、文化的、经济的、地理的各方面、各条件的眼光与理论来衡量战后新中国之首都问题,断然应向北迁移,尤其应该西北重于东北,中心重于偏隅,大陆重于海疆,则长安厥为首选。"[55]

在建都问题上,钱穆的见解明显高于张其昀,只是他的这份良苦用心,国民党当局没有能够理解和接受。

抗战胜利后,国民政府仍把首都设在南京,而不是钱穆所主张的长安(西安,抗日战争期间,日寇也未能入侵此地)和贺昌群主张的北平。这使得张其昀"首都问题"的兴趣不减,且更加得意洋洋。为此,《思想与时代》在第42期又转载了张其昀四篇关于建都的文章,总题为《再论建都》,同时,还刊出中央大学历史系教授贺昌群的《再论历代建都与外患及国防之关系》。

张其昀1946年3月8日在重庆《中央日报》发表有《南京乎？北平乎？》[56]的文章，坚持建都南京的主张。1946年4月28日，他又在南京《中央日报》刊出《定都南京之十大理由》[57]。这两篇文章又刊载于《思想与时代》第42期。张其昀说："在胜利还都声中，听到了迁都北平的论调。瞻念国事前途，不胜抱有杞忧。这些浮议和误解如果不能使其澄清，难免不致动摇国民的意志，影响建国的核心。因此作者想把定都南京的重大理由，归纳为十个要点。"

张其昀1946年12月22日在南京金陵大学的演讲题目是"建国规模与国都"[58]。他以孙中山建国方略为依据，从以下八个方面阐述了建国与首都的关系：全国性、世界性、水道系统、海上发展、土地利用、地下资源、工业化、大都市。紧接着，他又在1947年1月5日杭州《东南日报》上刊出《金陵与钱塘》[59]，阐述南京作为首都，与杭州形成门户的关系。金陵与钱塘互为表里，是中山先生深明空间观念而又富有历史意识的产物，也是世界眼光的表现。

曾任浙江大学史地系教授，此时为中央大学历史系主任的贺昌群针锋相对地指出，建都要以中华民国的利益为重，不要把中山陵与建都关系并为一谈。孙中山建都南京的计划，如果条件不够，任何人也不能以此为借口，造成一条金科玉律的宪法。中国没有海军，也就无海防实力和国防保障。中国的国防第一线至今仍是在大陆。日军很快侵占南京的事实说明，海防及军事无力，就无法保障首都的安全并发挥政治、经济作用。他说："国都的意义，不在战争爆发玉石俱焚之后，而在战争爆发之前，在如何敏捷地运用政治、外交、军事的机变，而尽可能消弭战祸于无形，在如何占得机先。"[60]建都长安的朝代是西北塞外民族强盛的时代。在北平建都，从地理上说，是依靠河北的重要地理位置，与东北、山东半岛、渤海湾、北方边事、大西北等多有关联。同时，中国历史上是北强南弱，战争是北方征服南方，文化是南方征服北方。北平南面黄河流域，属于北方。南京属于长江流域，南方温暖，适宜生活，且文化发展较优，然而文胜于质，身体纤弱而怯于战争，可在和平中求进取。坐守北平可顾及东北、西北。没有强大海防即无南京防御，现在设为首都只是暂时需要。贺昌群尖锐地指出："帝国主义在长江及沿海口岸的势力，是以兵舰为后盾的经济侵略，中国的国家财政不能不与帝国主义的经济势力相勾结，所以政府迁都南京，无宁说全因国家财政的关系，绝不能以国防为理由。"[61]

这里，贺昌群一针见血地指出国民政府定都南京的内在意图是财政关系而非国防之由。1911年辛亥革命后，孙中山要定都南京；1927年北伐胜利以后，蒋中正及国民政府定都南京；1945年抗战胜利后，又还都南京，莫不被贺昌群言中。

从贺昌群、钱穆、张其昀三人在首都问题上的不同意见，可以清楚地看出他们不同的历史眼光和政治目的。正如同汤因比所言：贺昌群操持的是历史深邃感和敏锐的现实批判能力，他"主要的考虑在于防御侵略"；钱穆具有强烈的儒学复兴理想和民族主义情感，他把首都看成是"播撒精神种籽的一块良田"；张其昀因有政治教条和对现政权的人身依附，他"主要的考虑在于行政的方便"。

这里需要指出的是，张其昀在政治原因之外还有他对南京的偏爱。他本为浙江人，1919年入南京高等师范学校读书，后来又长期在南京中央大学任教。他在1932年由南京钟山书局出版的《人地学论丛》中，就有《首都之人地关系》的长文，他从山、水、平原三个方面论述南京为"首善之区"，说"三种天工，交错于一处，正所谓'取精用宏'，诚为中国国都极优美的特色"[62]。同时收入《人地学论丛》的还有《北平附近之区域地理》，言国都南迁，是北平衰落的致命伤，昔日的繁荣，也因迁都而丧失。[63]

《国防中心论》的核心问题要讲精神意志统一。张其昀认为,民国三十年来的伟大成就,就是民族精神意志的统一,使国民都能认识到国防观念。他尤其强调统一军政军令,乃是克敌制胜的前提,也是国家统一的象征。[64]

事实上,对国防的认识,张其昀在抗战前就已经提出了自己的相应主张。1937年4月9日,他在浙江省教育厅辅导会议的演讲报告是"中国历史上之国防区域"[65],他说依据国家的地理形势与国际关系,划分为若干国防区域,一朝有事,易于动员。同时还列述了历史上中央政府统管这些地区的成败得失,以示不忘历史。

民生主义是建国方略的理想,建国方略则是实行民生主义的方法。张其昀在《建国方略之十大纲领》[66]一文之外,还就民生主义的主要精神从八个方面进行了解释:革命的思想、国际的正义、全盘的设计、均平的理想、海国的宏规、国防的深虑、历史的眼光、创造的精神。最后他的结论是:建国方略的实现,即民生主义的实现。这不仅是为中国人民谋幸福,对全人类的和平与繁荣,也将具有切实的贡献。[67]

学衡派同人在五四运动后期,极力反对学术研究中的功利主义行为和政治影射,认为这是曲学阿世,并从学风上加以批评和纠正。柳诒徵、刘伯明、梅光迪、胡先骕等人的文章都表现出这种尖锐的批评倾向,同时也影响到他们学生的治学思想和方法。但抗战的现实需要和民族主义思想的强烈刺激,使得他们的学术研究不得不有应时性变化,并烙上民族主义的印迹。关注并积极地研究现实政治、社会问题是其主要学术工作,同时又从历史上为现实行为寻找解释,并表现出相应的学理性。缪凤林《国史上之战斗观——从国史上证明战斗至上为历史的真理》即是这方面的代表之作。这和他抗战前在《大公报·文学副刊》发表长文评说傅斯年《东北史纲》的具体情景不同,但和傅斯年的内在理路相通。这是民族意识逐步强化,也是史学家在一个特殊时代自觉的学术选择。他说从历史上看,吾民战斗力的强弱,事关吾国族的兴亡。他引孙子所谓"兵者国之大事",号召要全民皆兵,全民战斗。[68]同样,谢幼伟的《逻辑与政治》[69]、《论道德判断》[70]、《论政治与道德》[71],黄翼的《心理学在军事上之应用》[72]都有意识地和政治贴近。贺麟还专门写了《功利主义的新评价》[73],从理论上对所谓的功利主义进行重新认识。他指出近代功利主义实有其超功利的宗教精神,有基督教精神作基础。新功利主义思想是从旧式内心道德、纯义务道德思想进化过来的。

钱穆认为中国是农业大国,中国的国防,必为农业国防。富国强兵者才有国防。欲富中国,先富农村,欲强中国,先强农民。所谓大陆农国的民主政治,是建立在公耕之新农村之上的,否则民主政治就是一块愚民招牌。维系农民和农村稳定、发展的是物质,把注意力放到农民和广大农村,沟通文化、武力、政治、经济,而一以贯之,这才是建国固防的基础。[74]

上述意见基本上是学术界的公开讨论,属于大学教授群体间的理论设计,而作为官方机构的国防最高委员会中央设计局(1940年10月1日正式成立,蒋中正兼任总裁,张群、王世杰、熊式辉、吴鼎昌先后出任秘书长。内设秘书室、调查室、专员室、第一科、第二科、第三科。成员分为设计委员、专任专员、专门委员、研究员等),在1941—1943年间,从实际可操作层面,为战后首都选址,还都或迁都时间、步骤等,进行了秘密设计。王世杰接替张群出任中央设计局秘书长期间,一份1943年6、7月的《中央设计局拟定战后复员计划纲要》机密档案显示,有来自学界、政界、军方的多份意见和总结报告,用统一纸张书写后呈报。国防最高委员会中央设计局档案中,有一份收集汇总报刊上《战后建都意见一览》的材料显示,1941年12月至1944年1月间,许多人在报纸公开发表文章,表达自己明确的建都主张:

南京：张其昀、叶青

西安：钱穆、丘良任、柯璜、龚德柏

北平：纪文达、《大公报·社评》、黄尊贵、王寒生等25位参政员，荣贞固、傅孟真、沙学浚、谭炳训、《新中华月刊》、陶孟和

武汉：陈尔寿

济南：翁文灏

长春：胡秋原

北方：张君俊

松辽平原：谷春帆[75]

有十五人（篇）文章集中在《大公报》上，且以北平为主要选择。

在直接上呈的书面意见中，气象学专家、浙江大学校长竺可桢《关于战后国都及陪都问题之意见》[76]一文，列举出北平、南京、西安、武昌四地选址优劣，指明以天时言，北平最为相宜；以国防地理论，则西安应为首选；以人口物产立论，则南京、武汉有胜于北平与西安；从历史与现实国际大环境看，主张战后必须以北平为首都，重庆、西安为陪都。竺可桢的意见基本上发挥了以往章太炎、白眉初、叶叔衡、贺昌群的观点，同时兼顾其他城市特色，做出以北平为首都的结论。

军事委员会中将高级参议、国防最高委员会中央设计局"专任专员"丁锦的《建都地点之商榷及实施之步骤》[77]，主张战后首都设在西安，并列举出建都地点所必备之八项条件，他同时也提出了分批北迁，三批完成的具体步骤。他的这一观点，与钱穆相同。

学衡派重要成员，先后出任中央大学地理系主任、教务长的胡焕庸，1935年6月，在《地理学报》第二卷第二期发表《中国人口之分布》，提出"瑷珲—腾冲"线，即"胡焕庸线"——中国人口的地域分布，以瑷珲—腾

冲一线为界，划分为东南与西北两大基本差异区。他提出"瑷珲—腾冲"这一大致为倾斜45度基本直线，线东南36%的国土，居住着96%的人口，自古以农耕为经济生活方式，线西北自古为游牧民族的天下。这至今仍是中国的基本国情，并在多个领域被用来作为检验人才分布、经济发展的有效尺度。

人口地理学家胡焕庸，此时为中国地理学会理事长，在参与中央设计局拟定战后复员计划纲要工作时，他提交了《战后我国国都问题》[78]，主张首都设在武汉，理由是武汉为地域、交通、人文与财富中心；同时增设陪都三个，即兰州定为西京，沈阳定为东京，广州定为南京。

包凯是军事委员会军令部战讯发布组少将组长兼中央设计局"专门委员"，在《提请另建新都议》[79]一文中，他主张建新都于武汉。

相对以往20多年关于在哪里建都的讨论，中央设计局的这个复员计划纲要更为具体，武汉是过去北京、南京、西安三个选项之外，新出现的城市。

中央大学政治系主任、国际公法专家黄正铭在《建都刍议》[80]的意见书中，以国防、交通、粮食、人口、气候、民俗六大条件为选址标准，主张以北平为首都。同时提出，先在抗战胜利后还都南京一年，然后再行奠都北平。

中央设计局"专任专员"、第三科科长（主持政制项目设计）、法学家钱乃信（钱树芬之子，燕京大学学士，美国爱阿华大学博士，1942年9月应聘为中央大学法学院兼职教授。1960年代，钱乃信出任香港岭南书院—岭南大学复校校长）在提交的《主张战后仍以南京为首都意见》[81]中，以务实的理由，称南京已经具备为首都的有利条件，在南京之外新建首都，国力所不许；抗战以来规复南京之冀念、意见成为一种政治力量。抗战胜利，正应还都南京，以维持利用此种力量。

研究都市社会学的邱致中教授,向中央设计局呈有《战后首都与全国都市复员计划大纲》《大武汉建设计划大纲草案》等,极力主张战后首都应设在武汉。[82]

中央设计局设计委员兼第一组组长(主持内政、军事及边疆问题等项目设计)、国民参政会驻会委员、"战后复员计划纲要"中"首都"设置项目召集者许孝炎,随后出任国民党中央宣传部副部长,他在此项目的总结报告中,将南京、北京、武汉、西安四个备选方案加以总结说明,肯定它们各自所拥有的地理、经济、文化、人口、交通、军事、外交等方面优势,也提醒西安、南京、北京历史上作为首都的得失,特别是现实政治地位,呈报给最高当局。最后,他的意见是认同胡焕庸的主张:武汉。

他说:

> 综上研究,战后首都实以武汉为最适宜。拟即根据胡焕庸、包凯两先生主张,并参考黄正铭、竺可桢两先生一部分意见,草拟战后选定国都计划。当否?乞核![83]

1943年8月20日,王世杰卸任中央设计局秘书长(任期1941年5月5日—1943年8月20日),熊式辉(任期1943年8月20日—1945年9月20日)继任。熊主持草拟《复员计划纲要草案》,第一项"战后首都选择",明确表示"战后我国首都应迁往西安",即推翻了之前建都"武汉"的主张,并有具体"说明"及战后一年内完成的建议:

> 首都位置,根据"战后五年国防及经济建设计划要点"之规定,离海岸至少须有航空二小时之距离,即空中距离一千公里。一、以免敌

国有随时空袭之可能。二、以免战事初期即将发生迁都之不利情形。夏季气候不宜过热,以免行政效率之锐减。交通及其他物质上之设备,均可以人力补救。目前纵有缺陷,不必顾虑。此外并须居全国较为适中之点。基于上述条件,则西安似最适宜。[84]

更为具体的"战后国都以西安为宜,其理由如此":

> 子、居全国中心,对东北、西北,及西南尤便控制;
> 丑、离国境俱在二千公里以外,可免遭受敌国空军突袭之虑;
> 寅、前有潼关、黄河之险,后有广大地域,一旦国境有事,足资据守;
> 卯、关中沃野千里,农产丰富,战时不致有缺乏粮食之虑;
> 辰、关中之民风淳朴,可养成良好政治风气;
> 己、气候温和,无大寒大热,可增进行政效率;
> 午、西安为汉唐故都,规模宏大,易于建设。[85]

结果,是钱乃信的意见务实,政治正确,且符合国民党人一贯坚守"总理遗愿"的教条,还都、奠都南京成为事实。随之在1945年11月21日,由中国国民党中央执行委员会秘书处公函告知中央设计局,恢复1929年在南京成立的国民政府首都建设委员会。[86]

1947年3月署名"狄嗣祖"编著,"边逸士"校订,时代出版社印行的"宪政丛书"《国民大会全貌》中,第三章《问题争论》第十节《建都问题》,专门总结了抗战以来有关建都问题的争论,特别提到1946年12月12日,讨论宪法草案时,出席会议的190多位代表,就"国都"问题引发的热烈争执,"舌剑唇枪,互不相让"。但这是一党专制下不容讨论的话题。一份

"党内机密文件对外不得泄露"的国民党第六届中央执行委员会第二次全体会议党务报告及内部通告(12月20日),就国体、国都、边疆、国大组织及职权、立法与行政之关系五大问题,有明确要求,"如起争辩","本党同志并应立即动议停止讨论"。[87]

《国民大会全貌》编著者"狄嗣祖"结合大会争论与报刊文章,列述了多家所持的建都理由:

一、建都南京论者的理由
二、建都北平论者的理由
三、建都西安论者的理由
四、建都武汉论者的理由
五、建都襄樊论者的理由
六、多都论者的主张
(吴稚晖主张南京为典礼首都,北平为政治首都;也有人主张南京为海都,北平为陆都;更有人主张在这二都之外,可以另设四个陪都:西安、重庆、广州、长春。)
七、超然派的建都论点
(民心就是国都,如得民心,到处都是国都;如失民心,则无一处可以为国都。)
八、结论
(因主张建都北平的代表占多数,张群等21位代表联名正式建议宪法中不载国都所在地,即不列第七条,并经蒋主席予以说明,于是得大家一致赞同,此一场争论始告平息。)[88]

即形成南京为首都的事实,并不允许再争论的局面。

"非偏安,即年促"的王朝悲剧命运再次应验。1949年,历史大转折时,主张定都南京的吴稚晖、张其昀、龚德柏、钱乃信、黄正铭,主张定都西安的钱穆,主张定都武汉的许孝炎都随南京国民政府溃败,离开了大陆;主张定都北京的叶叔衡、贺昌群、竺可桢到新政府首都北京就职。

只顾眼前政治正确的做法,往往是悲剧宿命的症结所在,这也是历史的通鉴!

国家重建的文化基础:新儒学的展开

儒学新开展即新儒学启动,是刊物所持"我国固有文化与民族理想根本精神之探讨"的具体体现,也是外来冲击、本土文化回应的基本事实。

出身清华大学,早年即受学衡派成员较大影响的贺麟,此时为新儒学倡导者。他强调,在思想文化范围内,现代决不可与古代脱节。他认为儒家思想是中国过去的传统,是旧的东西。但就其在现代以及今后的新发展而言,儒家思想在变革、发展和改造中已适应新形势,具有新精神,即新思想。在儒家思想的新展开里,可以得到现代与古代交融,最新与最旧统一。他根据自己对中国现代文化动向和思想趋向的观察,断言广义的新儒家思想发展或儒家思想新开展,是中国现代思潮的主流。

和《国风》时期学衡派成员一味尊孔、美化孔子的倾向不同,贺麟尖锐地指出近代儒家思想的"沉沦""僵化"和"失掉了孔孟的真精神"。他认为近代以来,中国的根本危机是文化危机,文化失调后不能应付新局势。儒家思想沉沦、僵化和无生气,失掉了孔孟真精神,也就在中国文化生活中失掉自主权,丧失新生命。

贺麟指出,五四新文化运动,可以说是促进儒家思想新发展的一个大转折。表面上,五四新文化运动虽是一个打孔家店、推翻儒家思想的大运动。但实际上,其促进儒家新发展的功绩与重要性,乃远在前一时期曾国藩、张之洞等人对于儒家思想的提倡之上。新文化运动的最大贡献,在于破坏、扫除儒家僵化部分的躯壳,剪去细枝末节和束缚个性的腐化部分。他们并没有摧毁孔孟的真精神、真意思、真学术,反而因为他们洗刷扫除的功夫,孔孟程朱的真面目更加清晰地显露出来。贺麟认为新文化领袖人物——以打孔家店相号召的胡适,其打孔家店的战略就是他英文本《先秦名学史》的宣言,要点是:解除传统道德束缚,提倡一切非儒家思想,亦即提倡诸子之学。但推翻传统旧道德束缚,实为建设新儒家哲学的新道德作预备功夫。提倡诸子哲学的,正是改造儒家哲学的先驱。用诸子来发挥孔孟,发挥孔孟以吸取诸子长处,进而形成新儒家思想。

贺麟认为西洋文化大规模无选择输入,又是儒家思想新发展的一大动力。表面上看,西洋文化输入,好像是代替了儒家思想,使之趋于没落消灭。但一如印度文化输入在历史上曾展开了一个新儒家运动,西洋文化输入,无疑也将大大地促进儒家思想新展开。西洋文化输入,使儒家思想面临一个生死存亡的大试验、大关头。假如儒家思想能及时把握、吸收、融会、转化西洋文化,以充实自身,发展自身,则儒家思想便生存复活,而又有新的开展。

就个人而言,要确立个体的人格主体,儒化西洋文化,共同促使中华民族以儒家思想或民族精神为主体,去儒化或华化西洋文化,使人人能对付这分歧庞杂的思想,达到殊途同归,共同合作以担负建设新国家、新文化的责任。贺麟还从文化和学术方面具体设计了儒家新发展所须采取的循艺术化、宗教化、哲学化的途径。

就生活修养而言,儒家思想体现在个人,是儒者气象,这便要求每个人在做事时须求其合理性、合时代性、合人性。贺麟强调,对儒家思想要能加以善意同情的理解,得其精神与意义之所在,使政治、社会、文化、学术问题的解决,都能契合儒家精神,代表典型中国人的真意思、真态度,这就是"儒家思想的新开展",也就是民族文化复兴的新机运。[89]

与这篇文章相关的还有《五伦观念的新检讨》[90]、《英雄崇拜与人格教育》[91],分别刊登在《战国策》第 3、17 期上。因为在清华大学读书时,贺麟、张荫麟、陈铨是要好的朋友,此时张荫麟在遵义编《思想与时代》,陈铨在昆明编《战国策》。贺麟自然为两个朋友的刊物写文章。

倡导儒学复兴,必然要落实到个人修行。针对近人提倡儒行,郭斌龢指出儒家学说中,尤以提倡理想人格,为人类活动最具体、最有实效的推动力。而实际生活中有小人儒与君子儒,君子儒的理想,正是孔子首倡并实践的。儒行可以作为立国之精神,如果我们能将其发扬光大,就可以解决当前及将来中国的重大问题。[92]这种具有明显道德理想主义色彩的言论,是郭斌龢研读中西文化原典的结果,也是他多年守望的理想。

个人修行离不开孝。谢幼伟认为中国文化以孝为本。以孝为本的文化,为内发地,为自然地维护人与人之间关系,达到彼此之间的敬爱。先儒提倡孝,实际上超出家族本位,把孝作为道德本源、道德起点、道德训练。孝数千年来维系着国民道德。同时,孝在中国代替宗教,起到敬重父母,崇拜祖先的作用,而又使得中国正统思想上不必有所谓宗教问题。在政治方面,历代统治者都主张以孝治理天下。孝可以感化君上,破除阶级之分,以及成为乡治。最后谢幼伟强调,中国今后只要不以功利主义之社会为然,则孝的提倡,必不可忽视。[93]

非孝是五四新文化运动的一项重要任务,如今谢幼伟重新提倡孝,自然是一个反五四新文化运动的命题。

儒学复兴的路径具体表现在多方面。谢幼伟强调民族生存权,说这可视为三民主义理论。因为要维护中华民族生存,就必须保持中华民族统一,必须恢复中国人的固有道德、智能和能力。也就是说要实现民族精神于宇宙中,因为在宇宙精神中尽其应尽之职责,能对世界文化有其特殊贡献。[94]

钱穆在《中国近代儒学之新趋势》一文中十分强调民族自信心的重要性。他说学术事业与民族文化心理是紧密相连的。学术之事,能立然后能行,有我而后有同。否则,不立何行,无我何同。无孟、荀之强立,就无秦汉的广负。"而今日者,在我则至愚至弱,至乱至困,既昧昧然不信我之犹有可以自立之地,而失心强颜以游心于群强众富之列,曰:我将为和会而融通焉,我将为兼举而并包焉。"[95]也就是说复兴儒学,要依靠民族自信心。同时钱穆又指出,儒家思想是以德性观念为中心的德性一元论,自孔孟、易庸、程朱、陆王四个时期的发展,尤其是朱王两家均未到达圆融浑成之境界。自晚明以下,中国儒学衰竭,也无大气魄之人能将孟子与中庸、晦翁与阳明,和会融通,大并归一,熔铸成为一新的儒学天地。当下是儒学复兴的关键时期,就是要在和会融通,大并归一中尊德性而道问学,致广大而尽精微,极高明而道中庸。有此境界,才可能为儒学开新天地。[96]而对德性一元他又有具体解释。王阳明指出良知是千古圣贤相传的一点滴骨血,其论学时常提及的四句教法:"无善无恶心之体,有善有恶意之动,知善知恶是良知,为善去恶是格物。"[97]程朱言性即理,陆王说心即理。其实性即心体,二语归一。儒学内部自然是观念、门派不同,但要复兴儒学,就必须有兼容并包的大气和与时俱进的精神。

国家重建的文化路径:中西融通

《学衡》时期,迫于五四新文化运动的巨大压力,学衡派同人尚不敢提所谓儒学新展开即新儒学启动这样的大问题,但通过探讨西洋学术思想源流变迁,求中西融通之学则是《学衡》的基本精神,是"昌明国粹,融化新知"的具体表现。尤其是郭斌龢,自《学衡》《大公报·文学副刊》始,到《国风》,如今是《思想与时代》,他始终关注西洋文化,特别是学术思想渊源与现代生活的关系。冯友兰则在人生意义、人生境界、自然境界、功利境界、道德境界、天地境界、心的重要、学养、才命、生死等多个方面,从中西哲学比较中,作相应解释。这些文章即随后结集的《贞元六书》之一《新原人》。[98]

郭斌龢的《现代生活与希腊理想》,重在讨论西方文化的发源以及历史发展过程中所出现的种种问题,同时又对其作相应的解释。他特别感兴趣的是文艺复兴如何重振古希腊、罗马的人文精神。

郭斌龢认为如今提倡科学,追求现代文明,首先要复兴中国文化,完成建国大业。这样,我们就不得不求助于希腊文化,以补偏、救弊、增益。我国和平中正之国民性,重人伦近人情之传统文化,与希腊文化不甚相同。"而希腊文化,尊重逻辑,服从理性,以增进知识,探求真理,为人类至高尚之活动,反足以药我国人思想笼统,认识模糊,急功近利,愚而自用诸病。"[99]通过考察中西政治学,郭斌龢发现人治与法治之争,中西自古就有。[100]中国政治思想,以儒家人治为主。西洋在希腊时期即行民主政治,有法治观念。人治者大都偏于道德理想,而非科学的人治,是对执政者的理想化,同时这也是个人独裁、极权的基础。中国人过去有将法律与道德对立的普遍观念,而西方人则不同。郭斌龢指出,若要在现代中国实行民主和法治,最初步骤,仍须有赖于人治。要想达到民主政治中人民公意既不被个人野心家利用,又不流于暴民政治,就需要提高全体国民程度,培植领导人才。因此,他特别强调民主政治的基础是法治。在民主政治这一重大问题上,郭斌龢与钱穆有不同的取向。这显示出两人知识修养与文化背景的差异。郭斌龢留学欧美,对民主政治有切身的体会,钱穆则缺少这种人生经验。

在古代西方人的思想体系中,因有灵魂的观念,并由灵魂与肉体对立而生出二元的人生观来。东方自孔孟以下儒家思想的主要精神,可以说是一种人心一元论,或者说是良心一元论。中国人的三不朽观念(立德、立功、立言),使得中国社会可以无宗教,或者说在思想观念中可以代替宗教。西方思想的灵肉对立,遂生出感官与理性对立,唯心与唯物之争,科学、哲学皆由此而生。东方思想世界里因无此对立而无纯粹的科学与哲学。[101]

钱穆通过比较希腊、希伯来和中国人的文化生活,得出"两种人生观之交替与中和"的结论。他说希腊人在美丽的山海景色中高兴歌唱,崇尚科学,是现实的人生观。希伯来人在干燥寂寞的环境中,遭遇着沉痛失望,在膜拜与祈祷中,陷入宗教的狂热,是理想的人生观。而中国人是处在这二者中心,表现出中和的人生观。近代中国的病痛和命运,使我们在中西比较中认识到自己文化的特性和不足。要深刻认识我们固有文化,尽量吸收新的质点,扩大局面,"既不必轻肆破坏,更不必高提人欲"[102]。最后钱穆强调"中学为体,西学为用"的格言,似乎还有让我们再加考虑的价值。

就中华民族的宗教信仰而言,钱穆指出,中国古代宗教,是政治与宗教平行合流,宗教着眼于大群全体,遂博得大社会的建设和大一统的国家。这种宗教的缺点在于因偏重人事,主为大群之凝结,由政教合一而主等级体系,结果是丧失小我个人。孔门论学曰礼曰仁。礼是承袭古宗教的等级秩序,而仁则为孔子独创,意指人类内心之超乎小我个体之私而又合乎大群的一种真情,一种群己融洽的本性灵觉。仁可以泯群我之限,通天人之际。自有孔子之教,中国古宗教的地位便不再重要。孔教取代了中国人原始的宗教,成为包含中国文化大统和中国古代政治精神的儒学教义。[103]

人生最大问题是"死",其次是"我"。西方人乞灵于宗教,寄托于天堂和上帝。中国人在现实社会中寻求仁、义,是在"人心教"或"良心教"中。钱穆说这就是孔子的心教。[104]

古代中国人的观念是由其生活本身所决定的。就民族观念而言,四夷和诸侯的标准不是血统而是文化。中国古代的宗教是一种政治性宗教,中国人的上帝(天),是大众公共的,不与小我私人各个直接相通。国家观念相对薄弱,而天下观念超乎国家观念之上。这三者内部相互关联,共同构成一个整体的意义。[105]钱穆说:"若把中国儒家看作一种变相的宗教,则五经便是中国儒教的经典,那些东汉以下的士族便相当于中国中古时期之僧侣。我们不妨称儒家为一种宗教,那是一种现实人生的宗教,是着重在现实社会与现实政治上面的一种平民主义与文化主义的新宗教。西方宗教是出世的,而中国宗教则为入世的。西方宗教是不预闻政治的,而中国宗教则是以政治为生命的。"[106]在中国历史上,"既没有不可泯的民族界线,而同时亦没有不容忍的宗教战争。魏晋南北朝时代民族新分子之羼杂,只引起了中国社会秩序之新调整,而宗教新信仰之传入,亦只扩大了中国思想领域之新疆界。在中国文化史里,只有收取,融合扩大,不见分裂斗争与消灭"[107]。

宋代以下,中国文化发展呈现出新趋势,即宗教思想再澄清、民族再融合、社会文化再普及再深化。[108]尤其是后者在文化发展上的表现特别明显:白话文学兴起,宋元戏曲盛行,工艺美术普及,使得文学艺术平民化趋势越来越明显。

钱穆指出中国文化发展的前三个历史时期(先秦的宗教与哲学时期、汉唐的政治与经济时期、宋元明清的文学与艺术时期)已经过去,东西接触开始了中国文化的新趋势。[109]中国人向来主张天人合一、心物合一的心理定势被打破,社会进入了第四个时期,即科学与工业时期。科学在理论方面将发挥理想与信仰的作用,同时科学在实用方面也指导人生的各个过程。

就中国人的人生境界、文学艺术特性与内在精义而言,中国文化由两大骨干支撑:汉代人对政治社会的种种计划,唐代人对文学艺术的种种趣味。"政治社会的体制,安定了人生共通的部分。文学艺术的陶写,则满足了人生独特的部分。"[110]这正是后人汉唐并称的一个主要意义之所在。

比较中西文化,是学衡派同人,特别是自西方留学归来学人的一个学术兴奋点。张荫麟认为寻求中西文化的根本差异,就是寻求贯彻于两方历史中的若干特性,唯有这种特性才能满意地解释两方目前显著的、外在的差异。近代中西在文化上的巨大差异如实验科学、生产革命、世界市场、议会政治等,而实际的根本差异从周秦、希腊以来就存在,主要体现在价值意识、社会组织、社会生存三个方面。

张荫麟指出,作为手段和活动的"正德、利用、厚生",可称为实际活动,体现出实践的价值。相反的体现则为纯粹活动,即观念的价值。中国人价值意识中实践的价值压倒观念的价值。而西方人看重观念的价值或将二者视为同等重要。中国人把道德放在一切价值之上,但同时也讲究利用厚生。亚里士多德《伦理学》则把至善的活动,当作是无所为而有为的真理观玩,《大学》的至善是"为人止于仁,为人臣止于敬……与国人交止于信"。中国人说"好德如好色",西方人说"爱知爱天"。在社会组织方面,基督教是家族组织的敌人。中西差异表现为家族在社会组织中的地位问题,以及个人对家族权利和义务的不同趋向。就社会的生存看,中西差异是内陆农业文化与海洋贸易的不同,尤其是近代航海业发达,与西方传统有很大的关系。中国近代落后失败也正是直接表现在这一方面。从鸦片战争始,中国东南沿海,简直成了不设防区。[111]此文曾引起竺可桢的兴趣,并被他摘录在自己1944年2月25日的日记中。[112]

对传统历史哲学进行比较归纳,并得出相应贴近历史事实的结论,也是张荫麟的一项重要学术工作。他在1933年1月1日《国风》第2卷第1期"现代文化专号"上,曾有《传统历史哲学之总清算》[113]的文章。此时,他又进一步就传统历史哲学展开讨论。他认为传统历史哲学家所探求的法则主要有五类:目的史观、历史循环律、历史辩证法、历史演化律、文化变迁之因果律。[114]

中西文化之源比较的另一路向是科学史。竺可桢通过《二十八宿起源之时代与地点》[115],比较了埃及、印度、希腊和中国的天文知识的应用与发展。二十八宿,起源于中国,完全是缘于观测、记载,但无理论之需要。在天文学理论研究上我们是落后的,我们无法和希腊比,甚至也无法和印度相比。他同时在1944年6月4日的日记中写道:"西方星座中可以觇知其古代为游牧民族,如巴比伦以星辰为群羊,太阳、北斗七星为老羊,大角星为牧夫等。而中国古代为农耕社会,星座如牵牛、织女、箕、斗等等。中国有日出而作,日入而息之谚,但游牧民族则为行国,逐水草而居,故夙夜即起,因得见晨星。农业社会无此需要,故以观昏星为主。西方之用十二宫,而中国之所以用二十八宿者在此。"[116]

钱穆认为中国人有自己的且和西方不同的宇宙观,那是在哲学中。人生与宇宙往往融合透洽,混沌为一,没有严格区别。他在《易传与礼记中之宇宙论》[117]中详细论述了这一问题,并指明《易传》《礼记》修饰改进了道家自然主义之宇宙观,以明确儒家传统人文主义之人生论。

一战、二战结束后,一向抱有文化优越和自信的西方人,开始寻求东西文化的综合与协调。谢幼伟认为东西文化,各有所偏。东方文化偏于美感,西方文化偏于理论。东方文化在科学上落后,是缺少理论成分的缘故。[118]唯重直觉美感之知者,常视其直觉所得为确定无疑,其态度较为武断,也较为固执或保守。今日东西方人所面临的问题,不是推翻自己的传统,而是如何认识到自己的传统并非完全,又如何接纳其他传统以纠正自身传统的问题。当然,首先是态度问题,然后才可能有吸收、调和而加以综合互补之途径。《思想与时代》注意到了这一现象,并加以宣扬。

国家重建的时代召唤:科学与人文并重

科学的要素是"真确事实"和"普遍原理"[119]。科学有假定与要求,在对假定与要求加以说明时需要哲学。科学时代的问题不完全要依靠科学自身来解决。科学的本质问题是人的问题。石里克说:"研究自然不谈到哲学,因为它里面就包含了哲学。它不过问文化的成功,因为它就是文化最大成功者。"[120]洪谦指出康德"欲给信仰以自由,我必须废止知识"这句话足以表示人类在心理上对于科学的矛盾:一方面我们因科学的进步非常羡慕人类精神能力的伟大,另一方面我们又觉得因科学的存在反给信仰上、感情上以许多的压迫。所谓精神科学根本不成为其基本的科学,如自然科学的知识体系和真理体系。因此洪谦主张将所谓的精神科学视为文化生活体验的方法,看成是一种生活状态,一种对人的认识过程。[121]同时洪谦还强调,传统的实证论和逻辑实证论都反对玄学,逻辑实证论虽否定玄学在知识理论方面的作用,但不否定它在实际生活方面的意义,即视其为一种体验生活的基本感情,和一种了解人生的途径。[122]这也是科学时代人类所需要的东西。

洪谦还指明,某个时代科学的发展,就是哲学的发展。某个时代的大科学家,就是某个时代的大哲学家,一部哲学史与一部科学的发展史,事实上是不能绝对分离的。因此科学的世界观与哲学的"世界观"并无彼此超越的理由。[123]这就是石里克所说的哲学家"世界观"的确立要以科学的"世界图景"为根据,不能从其任意思辨中建立他的"世界观"。因为科学的"世界图景"在内容上,所有的理想性、艺术性、崇高性、浩瀚性,是远非我们的理智或理想所能构成的、所能想象的、所能期望的。因为以石里克为代表所创立的维也纳学派,是在现代科学给哲学以纯科学的思想原则和理论基础之上建立的一种新的哲学。哲学可以从科学真理的、逻辑意义的说明中,给科学以理论原理上和思想方法上的参考。这就是所谓"科学世界观"[124]的基本要义。

石里克坚持逻辑经验论的立场,但他的人生观却是一种充满感情的、绝对理想的、直觉的人生观,是"幻想的、狂热的、诗意的乐观主义"。这在于他不仅认为人类的纯粹本质中有所谓纯真的"爱"和"内心的善"存在,而且还认为人类在行动时,这个"爱"和"善"是直接的或间接的指使者。他的著作《人生智慧》就充分体现了这种精神。同时"游艺"作为他"青春哲学"的一个基本概念,表现出他所谓的人生意义。[125]在重视维也纳学派的同时,洪谦还对新起的现象学进行了考察,他认为现象学的中心概念"物的先天"不过是康德所主张的第三种命题。现象学派理论上的最大错误,就是他们以为应用声色香味一类的概念,即能对于"实际现象的内容"方面有所叙述,如同应用科学上的抽象概念(如量度、时空间因果律等)对于"实际现象的形式"的叙述一样。[126]

1922年,石里克出任维也纳大学哲学教授,在他周围很快聚集了一批学者。1920年代末,他们发表了《科学的世界观——维也纳学派》,其哲学立场上"共同持有一种基于科学的反形而上学态度"[127]。洪谦曾留学德国,又在奥地利维也纳大学学习多年,1937年回国,此时为西南联合大学哲学教授。作为"维也纳学派"创始人石里克的学生和"维也纳学派"成员之一,洪谦自然也是"维也纳学派"的研究专家。洪谦在其他刊物,如1947年5月南京创刊的《学原》[128],也刊登有研究"维也纳学派"和维特根斯坦(伟根斯坦)的文章。

竺可桢在《思想与时代》开卷,写有《科学之方法与精神》。他说,提倡科学,不但要晓得科学的方法,而且还要认清近代科学的目的,就是探求真理。科学家的态度,一方面是不畏强御,不受传统思想束缚,但同时也不武断,不凭主观。知之为知之,不知为不知。一无成见,所以有虚怀若谷的模样。要克服妄自尊大的心理和夜郎自大的错误观念,去除文人无病呻吟和不求甚解的习惯,以及八股文的形式主义,树立真正的科学精神。[129]竺可桢是与胡适同时考取庚款留学资格、同船赴美的留学生,也是好友。他亲炙西方现代文明,同时又以现代科学家的心态,对待新旧文化,他的这番言论,就和胡适及新文化主流话语一致,特别是和胡适倡导的新文化运动的言论相符。他为学衡派刊物写文章,也认同其提倡的"科学时代的人文主义"精神,而无学衡派的文化保守主义倾向。

竺可桢还总结了中国科学不发达的原因:1. 两汉以来,阴阳五行的神秘迷信深入人心。2. 数字与度量不正确。3. 士大夫阶级以劳动为苦,不肯动手,因此缺乏实验。[130]这样一来,中国的社会结构就与科学不发达的农耕互为因果,而西方近代以来,科学突飞猛进,社会日新月异,中国的落后也就越发明显。陈立在《科学之社会背景》一文中,强调科学实验的重要,同时又指出,中国的现实,即社会背景还无法给科学家提供实验条件。"如今恐怕只能因陋就简地培养学问的空气,而同时尽量鼓励有希望的人从事理论与记叙的研究。"[131]

张其昀在《论现代精神》(续)中强调现代科学与现代哲学均有人本主义倾向,欲以人类心力克服环境,创造命运,而不致为物质环境与经济条件所束缚,故人本主义具有一种创造精神。他引《学衡》第38期所刊白璧德《欧亚两洲文化》(吴宓译)一文的话:"亚里士多德与孔子,虽皆以中庸为教,然究其人生观之全体则截然不同,而足以显示中国与欧洲民族精神之殊异焉。亚里士多德之所以从事者,非仅人文之学问而已,且究心于自然科学,好奇心甚盛。盖亚里士多德者学问知识之泰斗,而孔子则为道德意志之完人也。"

张其昀认为就人本主义而言,中国较西洋为注重,不但所言较为深切著明,且力求见诸行事,若以"和平"二字为现代文化命脉所托,则中国文化显然可为现代精神之前驱。正如国际联盟教育考察团的报告书中所言:"新中国必须振作其本身之力量,并从其本国之历史固有之文化中抽出材料,以创造一新文明。"也就是孙中山所说的"集中外之精华,防一切之流弊"。一方面吸收本国的政治哲学,一方面努力吸取西洋的科学,谋中西文化的统一。[132]

卢于道认为真理是具体的、现实的。现代中国的科学研究,分为学院主义与现实主义。科学的发展是要从学院走向现实世界。在思想与方法上,中国人尤其是科学家,应当先有现实主义的自觉,这样,我国科学的新时代才会开始。[133]卢于道在另一篇文章中强调,真正的科学事业,应当由认识现实,进而把握现实,改造现实。科学家如果忽略了这一问题,也就是放弃了本身应尽的责任。以物质建设而言,科学家的任务如国防建设和经济建设,即用科学研究的态度来解决民族、民权和民主问题。也就是说,科学不但要和物质建设配合,而且应和思想建设相配合。只有这样,现实的民主政治事业才能顺利进行,科学事业也才能在良好的政治之下顺利发展。[134]

洪谦在《释学术》[135]一文中还指出,在科学发达的时代,我们不应有"理论"的"无用"之"学",与"技术"的"实用"之"术"的分野。"学术"应当是一个统一的事业,不能厚此薄彼,或厚彼薄此,对于文科和理工科要一视同仁。从"科学救国"到"工程救国"的"技术运动",是科学时代的现实,但我们不能因此丢失自己的文化精神和学术传统。

抗战胜利后,由于张其昀在1947年1月1日《思想与时代》第41期《复刊辞》上公开表示,他们刊物所追求的是"科学时代的人文主义"精神,所以,刊物上讨论科学与人文主义的文章相对增多。这里有一个知识上的吸收问题。"科学时代的人文主义"是美国著名科学史家 G. 萨顿(George Sarton,钱宝琮翻译为萨敦)在 1937 年出版的《科学史与新人文主义》中提出的,1943 年 6 月—1945 年 10 月张其昀在美国访学时接触到 G. 萨顿的著作,并受其影响。1947 年 5 月 1 日《思想与时代》第 45 期便刊出钱宝琮评介萨顿的《科学史与新人文主义》。

陈立在介绍裘莲·赫胥黎的科学文化观时强调,裘莲·赫胥黎继承了其祖父多马·赫胥黎对于达尔文进化论的热忱与信仰,视一切现象都在演化中,一切现象都不是静止的。天下没有不受时空限制的共相,没有超然物外的绝对体。这些便决定了他的文化态度。人站在文化的顶点,而文化又是靠积累形成的。"理智与情感的能量愈大,对于自然的控制增加,对于外界的变化愈超脱。"[136] 裘莲·赫胥黎认为人在进化中具有理想与价值的追求,追求真、善、美成为人类进化的方式或途径。人凭借文化的力量超脱自然的羁绊,人类的理想支配着一切。教育的社会功能在于既有重实际形式的纯粹科学训练,又有重精神的人文修养。

谢幼伟在《论人类与文化》[137] 一文中认为文化虽为人类解除束缚,同时又为人类增加束缚。宗教重视神忽视人,科学重视物而忽视人,原因不同,结果是一样的。二者共同忽视人性中最可宝贵的东西,即人性中的仁或爱。今后的社会发展中,要克服文化危机,就必须重视文化中的人性问题。

陈立的介绍和谢幼伟的概论,实际上在寻找科学时代人的位置和人性的价值,而此时在美国的科学史家已经明确了"科学时代的人文主义"的问题,即通过对科学史的了解、学习,摆脱旧人文主义的影响,消除科学主义与人文主义互不了解、互不相通的隔膜,在确立科学世界观、人生观的同时,用革新了的人文主义,即"新人文主义"来影响人、教育人,实现体用合一的理想。

中国历来重视人文主义教育,但在科学发展的时代,这种"人文主义"便显示出"旧人文主义"抗拒科学的特性,特别是有意分离出"体"与"用"的不同层面。学衡派成员在五四运动以后出现及所表现出的与新文化的对抗,虽冠以"新人文主义"的名目,却有世界范围内文化保守主义的特性,和旧人文主义者的操守。

钱宝琮说自己评介萨顿的《科学史与新人文主义》是受谢幼伟《论人类与文化》的启发。此书在1937年出版时,萨顿是把1930年在布朗大学的演讲"科学史与文化史""东方与西方""新人文主义"和1935年在华盛顿大学卡内基学院的演讲"科学史与今日之问题"合为一书,又撰写了《人文主义者之信仰》的短文作为全书导言。他本人长期任教于哈佛大学,培养了一批研究科学史的人才。而哈佛大学由白璧德开始,成为新人文主义的大本营。在哈佛大学,对人文主义的重视,也由文学研究渗透到科学史研究。

萨顿本人著作丰富,他认为"有四条指导思想像瓦格纳歌剧中的主旋律那样始终贯穿在作者的著作中。(1)统一性的思想。(2)科学的人性。(3)东方思想的巨大价值。(4)对宽容和仁爱的极度需要"[138]。萨顿在《科学史与新人文主义》的导言中强调:"人生之最高目标为求真、求美、求善等不朽事业。此等事业有无止境与最后可否达到,皆不可计,而我人必须向此等理想境界奋励前进,则当无疑义。所遗憾者,一般古典学究与文人以古今文化之保护人自命者,对于宇宙之美观渐为自然科学所揭开,常熟视无睹。一般科学家与发明家亦漠视人类于最近五千年中积人积智所造成之文化,不知欣赏古人之盛德大业,及历史家与艺术家之贡献。文学家与科学家皆只从物质成就方面认识科学,因而忽视科学之精神与其内在之美丽。当世之人文主义者务须明了跨学科发展之历史,不亚于其对于艺术史及宗教史之认识。无论我人之知识如何浅陋,才能如何薄弱,皆属祖先累世之劳绩。我人探求此种劳绩及文化遗产之源委,不特景仰古人之心油然而起,尤当步武前贤,勉励学术,具继往开来之企图。我人务须融合科学精神与历史精神,而后可以主持人文主义,促进人类文化。"[139]因为萨顿清醒地认识到,科学是精神的中枢,也是我们文明的中枢。它是我们智力的力量与健康的源泉,然而不是唯一的源泉。无论它多么重要,它绝对是不充分的。所以,我们必须准备建立一种在人性的科学之上的新文化,即新人文主义。

钱宝琮指出:"今世意见之冲突,莫甚于旧人文主义者与科学家之不能相容。旧人文主义者谓科学仅系专门技术,遂以维护精神事业自居。不知科学发展之速,于今为烈,对于人生之重要性必渐增加。将来一切科学知识及物质权力为科学家所把握,而教育事业仍操于旧人文主义者之手,二者分道扬镳,后果之恶劣将不堪设想。科学家常集中其意志于所研究之事物,又为旧人文主义者排挤,势必处于孤立无助之地位。人类文化将有畸形发展之危机,挽救之策莫如调和二者之间使能互助合作。人文主义之表现原在教育与文化,务求人类之至善,自当容纳一切正道之创造活动。人文主义当是一切事业之能增加人生文化价值者之总集合。各部分之工作者应互相了解,共济时艰,非任何一群人所能专利也。教育家须略具科学知识而能欣赏之,科学家须受历史训练而能后顾前瞻,维护正义。"[140]美国的萨顿博士以为:"科学史之教学可使教育家明了科学之文化价值远在其实用价值之上,可使科学家能疏通知远,以历史为其借鉴,明了科学永为'天下为公'之大道。科学史可为旧人文主义者与科学家之津梁。教育与学术二者之隔阂既去,自能各循正轨,步入一新人文主义之时代。"萨顿博士同时强调,科学史的教学为新人文主义的核心。"新人文主义者,因同情于人类之创造活动,愿以其热忱促进人类文化,且以感激与景慕之心回顾既往。下学则温故而知新,上达则承先以启后。使当世学文者借此以略知科学,学理者借此以略知文艺,文质彬彬,然后君子,则此岌岌可危之机械时代可以祛除,而光明正大之科学时代将代之而兴翌矣。"[141] 钱宝琮认为萨顿所示的新人文主义,实与《大学》的"格物致知"及清儒"实事求是"之精神相近,实为教育界所乐于接受。萨顿和白璧德不同,萨顿的新人文主义是以科学史为核心内容;白璧德新人文主义是以文学和道德理想作为核心。萨顿提倡以科学发展史的学习与研究来革新人文主义的内容,进而启发文化教育工作者,开辟今日文化发展的正常路径。因为这是顺应科学时代的必然趋势。

《思想与时代》出现于抗日战争后期,并绵延到战后国共两党之战时期,是学衡派成员和一部分外围成员的同人刊物,其文化保守性和由民族主义向国家主义过渡的政治倾向十分明显。在1947—1948年间,《观察》是中国思想界真正的自由主义刊物。从《观察》独立于两党之外的自由主义强音,更能看清《思想与时代》的思想偏向和政治依附。其倾向性与刊物宗旨相一致,其思想性也具有相应的时代局限。这里,我只是客观地重读,并给以历史的叙事性再现。

注

[1] 马修·阿诺德:《文化与无政府状态——政治与社会批评》(韩敏中译)第146—147页。
[2] 马修·阿诺德:《文化与无政府状态——政治与社会批评》(韩敏中译)第64页。
[3]《思想与时代》的基本情况如下:

编辑兼出版者:思想与时代社(1—35 期),贵州遵义水硐街三号。思想与时代社(36—40 期),贵州遵义经历司街十号。思想与时代社(41—53 期),杭州大学路国立浙江大学文学院。

印刷:贵阳文通书局(1—5 期)、贵阳中央日报社(6—38 期)、贵阳文通书局(39—40 期)、杭州正报印刷厂(41—44 期)、杭州当代出版社(45—52 期)、上海华夏图书出版公司印刷厂(53 期)。

[4] 张其昀:《敬悼张荫麟先生》,《思想与时代》第 18 期。
[5] 郭斌龢档案(南京大学档案馆)。
[6] 竺可桢:《竺可桢日记》第Ⅰ册第 515 页,人民出版社,1984。
[7] 竺可桢:《竺可桢日记》第Ⅰ册第 542 页。
[8] 竺可桢:《竺可桢日记》第Ⅱ册第 649 页,人民出版社,1984。
[9] 转引自王泰栋:《陈布雷传》第 238—239 页,东方出版社,1998。
[10] 郭斌龢档案(南京大学档案馆)。
[11] 《思想与时代》第 1 期。
[12][13] 张其昀:《复刊辞》,《思想与时代》第 41 期。
[14] 治丧委员会:《鄞县张晓峰先生其昀行状》,《传记文学》第 47 卷第 3 期(1985 年 9 月)。
[15] 张其昀:《〈中华五千年史〉自序》(一),《张其昀先生文集》第 20 册第 10841 页,中国文化大学出版部,1989。
[16] 张荫麟关心国家大事,以民族抗战大业为重,他此时的学业是以研究宋史为主,故践宋儒经义,治事必须相辅相成,方收知行合一之效。抗战之初,他曾在重庆陈诚主持的政治部短期工作,参与拟订宣传工作纲要,并于 1938 年 1 月撰《蒋委员长抗战必胜训词释义》一小书,由军事委员会政治部印行。见《张荫麟先生追悼会致辞》,刊《思想与时代》第 18 期。
[17] 季羡林主编:《胡适全集》第 33 卷第 524 页。
[18] 张其昀:《张其昀先生文集》第 1 册第 1 页,中国文化大学出版部,1988。
[19] "思想与时代杂志社"编辑出版有"现代文库"三辑、《思想与时代丛刊》五种、《现代学术文化概论》第一册《人文学》。具体目录从略。
[20] 张其昀:《我国宪法草案之重要思想》,《思想与时代》第 1 期。

[21] 陈恩成:《解释宪法之权与能》,《思想与时代》第36期。
[22] 张其昀:《中央与地方之均权制度》,《思想与时代》第2期。
[23] 张其昀:《解决东北问题之基本原则》,《思想与时代》第3期。
[24] 张其昀:《论现代精神》,《思想与时代》第2期。
[25] 张其昀:《行政中枢论》,《思想与时代》第6期。
[26] 《学术通信》,《思想与时代》第15期。
[27] 钱穆:《政治家与政治风度》,《思想与时代》第10期。
[28] 张其昀:《历代之军政与军令》,《思想与时代》第15期。
[29] 张其昀:《中国历史上之建国精神》,《史地杂志》第1卷第2期(1937年7月),浙江大学史地学系编。
[30] 钱穆:《中国传统政治与儒家思想》,《思想与时代》第3期。
[31] 钱穆:《中国社会之剖视及其展望》,《思想与时代》第4期。
[32] 张其昀:《我国战后之五大问题》,《思想与时代》第19期。
[33] 贺麟:《文化与人生》第249页。
[34] 马勇编:《章太炎书信集》第438页。
[35] 马勇编:《章太炎书信集》第439页。
[36][37] 收入张其昀:《张其昀先生文集》第11册,中国文化大学出版部,1989。
[38] 《吴稚晖在市党部演讲》,1928年6月5日《民国日报》。同样的内容又见《吴稚晖昨在市党部演讲》,1928年6月5日《申报》。
[39] 参见经盛鸿:《1928年国民政府建都南京之争》,《钟山风雨》2004年第2期。
[40] 蒋赞初在《南京史话》(南京出版社,1995)第164页中认为"杨吴的国都在今扬州",而非南京。唐末军阀割据,节度使杨行密被唐昭宗封为吴王,即五代十国中的"杨吴"国。
[41][42][43] 白眉初:《国都问题》,《国闻周报》第5卷第25期(1928年7月1日)。
[44] 叶叔衡:《国都问题》,《国闻周报》第5卷第29期(1928年7月29日)。
[45] 叶叔衡:《国都问题》(续),《国闻周报》第5卷第30期(1928年8月5日)。
[46][47] 龚德柏:《驳白眉初君〈国都问题〉》,《国闻周报》第5卷第31期(1928年8月12日)。

[48][49] 龚德柏:《驳白眉初君〈国都问题〉》(续),《国闻周报》第 5 卷第 32 期(1928 年 8 月 19 日)。

[50]《益世报·史学副刊》第 14 期(1935 年 10 月 29 日)。收入贺昌群:《贺昌群文集》第 3 卷,商务印书馆,2003。

[51] 汤因比:《历史研究》(下,曹未风等译)第 52 页,上海人民出版社,1997。

[52] 汤因比:《历史研究》(下,曹未风等译)第 44 页。

[53] 钱穆、张其昀:《论建都》,《思想与时代》第 5 期。

[54][55] 钱穆:《战后新首都问题》,《思想与时代》第 17 期。

[56] 张其昀:《南京乎?北平乎?》,《思想与时代》第 42 期。

[57] 张其昀:《定都南京之十大理由》,《思想与时代》第 42 期。

[58] 张其昀:《建国规模与国都》,《思想与时代》第 42 期。

[59] 张其昀:《金陵与钱塘》,《思想与时代》第 42 期。

[60][61] 贺昌群:《再论历代建都与外患及国防之关系》,《思想与时代》第 42 期。

[62] 张其昀:《张其昀先生文集》第 3 册第 1095 页,中国文化大学出版部,1988。

[63] 张其昀:《张其昀先生文集》第 3 册第 1151—1152 页。

[64] 张其昀:《国防中心论》,《思想与时代》第 7 期。

[65] 张其昀:《中国历史上之国防区域》,《史地杂志》第 1 卷第 1 期(1937 年 5 月)。

[66] 张其昀:《建国方略之十大纲领》,《思想与时代》第 10、11 期。

[67] 张其昀:《建国方略与民生主义》,《思想与时代》第 9 期。

[68] 缪凤林:《国史上之战斗观——从国史上证明战斗至上为历史的真理》,《思想与时代》第 9、10 期。

[69] 谢幼伟:《逻辑与政治》,《思想与时代》第 35 期。

[70] 谢幼伟:《论道德判断》,《思想与时代》第 36 期。

[71] 谢幼伟:《论政治与道德》,《思想与时代》第 41 期。

[72] 黄翼:《心理学在军事上之应用》,《思想与时代》第 36 期。

[73] 贺麟:《功利主义的新评价》,《思想与时代》第 37 期。

[74] 钱穆:《农业国防刍议》,《思想与时代》第 25 期。

[75] 中国第二历史档案馆一七一——709《中央设计局战后建都问题座谈会记录》,第21页。
[76] 中国第二历史档案馆七六一——211《中央设计局拟定战后复员计划纲要》,第38—42页。
[77] 中国第二历史档案馆七六一——211《中央设计局拟定战后复员计划纲要》,第43—46页。
[78] 中国第二历史档案馆七六一——211《中央设计局拟定战后复员计划纲要》,第48—49页。
[79] 中国第二历史档案馆七六一——211《中央设计局拟定战后复员计划纲要》,第57—60页。
[80] 中国第二历史档案馆七六一——211《中央设计局拟定战后复员计划纲要》,第50—51页。
[81] 中国第二历史档案馆七六一——211《中央设计局拟定战后复员计划纲要》,第52页。
[82] 中国第二历史档案馆一七一——4444《邱致中呈战后首都与全国都市更生计划纲领案》,第64页。
[83] 中国第二历史档案馆七六一——211《中央设计局拟定战后复员计划纲要》,第56页。
[84] 中国第二历史档案馆一七一(2)—85《战后复员计划纲要草案及有关文书》,第8页。
[85] 中国第二历史档案馆一七一(2)—83《战后复员计划纲要及有关文书》,第165页。
[86] 中国第二历史档案馆一七一——4485《中央设计局等关于恢复首都建设委员会及都市建设计划讨论会记录》,第6页。
[87] 中国第二历史档案馆七一一(6)—41《第六届中央执行委员会第二次全体会议党务报告及内部通告》,第2页。
[88] 中国第二历史档案馆三四—2201《空军总司令部政治部赠送国民大会代表〈国民大会全貌〉及〈中国的空军〉等书刊》,第101—111页。
[89] 贺麟:《儒家思想的新开展》,《思想与时代》第1期。

[90]《战国策》第3期(1940年5月1日)。
[91]《战国策》第17期(1941年7月20日)。
[92] 郭斌龢:《读儒行》,《思想与时代》第11期。
[93] 谢幼伟:《孝与中国文化》,《思想与时代》第14期。
[94] 谢幼伟:《论民族生存权》,《思想与时代》第16期。
[95] 钱穆:《中国近代儒学之新趋势》,《思想与时代》第33期。
[96] 钱穆:《说性》,《思想与时代》第36期。
[97] 钱穆:《说良知四句教与三教合一》,《思想与时代》第37期。
[98] 冯友兰在1942年3月在《新原人》的《自序》中特别提到"书中各章,皆先在《思想与时代》月刊中发表"。这里用《三松堂全集》(河南人民出版社,1986)第4卷作校本。
[99] 郭斌龢:《现代生活与希腊理想》,《思想与时代》第1期。
[100] 郭斌龢:《人治与法治》,《思想与时代》第35期。
[101] 钱穆:《灵魂与心》,《思想与时代》第42期。
[102] 钱穆:《两种人生观之交替与中和》,《思想与时代》第1期。
[103] 钱穆:《中国民族之宗教信仰》,《思想与时代》第6期。
[104] 钱穆:《孔子与心教》,《思想与时代》第21期。
[105] 钱穆:《古代观念与古代生活》,《思想与时代》第23期。
[106] 钱穆:《新社会与新经济》,《思想与时代》第28期。
[107] 钱穆:《新民族与新宗教之再融合》,《思想与时代》第29期。
[108] 钱穆:《宋以下中国文化之趋势》,《思想与时代》第31期。
[109] 钱穆:《东西接触与中国文化之新趋势》,《思想与时代》第32期。
[110] 钱穆:《个性伸展与文艺高潮》,《思想与时代》第30期。
[111] 张荫麟:《论中西文化的差异》,《思想与时代》第11期。
[112] 竺可桢:《竺可桢日记》第Ⅱ册第740页。
[113]《国风》"现代文化专号"上的文章大都是科学家专业以内的思考,这表明,学衡派同人此时已经意识到"现代文化"这个不容忽视的问题,尤其是科学对现代生活的巨大影响。《国风》在强化民族意识的同时,实际上已经在注意"科学主义"与"人文主义"的关系问题。《国风》还出有"国防专刊",强

调科学与国防的关系。

[114] 张荫麟:《论传统历史哲学》,《思想与时代》第 19 期。

[115] 竺可桢:《二十八宿起源之时代与地点》,《思想与时代》第 34 期。竺可桢之后,钱宝琮在《思想与时代》第 43 期刊出《论二十八宿之来历》,进一步解释了这一涉及中西学术史的问题。

[116] 竺可桢:《竺可桢日记》第 Ⅱ 册第 760 页。

[117] 钱穆:《〈易传〉与〈礼记〉中之宇宙论》,《思想与时代》第 34 期。

[118] 谢幼伟:《东西文化之综合》,《思想与时代》第 48 期。

[119] 谢幼伟:《论科学之假定与要求》,《思想与时代》第 34 期。

[120] 洪谦:《自然科学与精神科学》,《思想与时代》第 15 期。

[121] 洪谦:《自然科学与精神科学》,《思想与时代》第 15 期。

[122] 洪谦:《逻辑实证论的基本思想》,《思想与时代》第 25 期。

[123] 洪谦:《科学与哲学》,《思想与时代》第 26 期。

[124] 洪谦:《维也纳学派与现代科学》,《思想与时代》第 28 期。

[125] 洪谦:《石里克的人生观》,《思想与时代》第 30 期。

[126] 洪谦:《维也纳学派与现象学派》,《思想与时代》第 35 期。

[127] 冯·赖特:《知识之树》(陈波等译)第 121 页。

[128] 《维也纳学派的基本思想》,《学原》第 1 卷第 1 期(1947 年 5 月)。《介绍伟根斯坦的逻辑哲学观》,《学原》第 1 卷第 2 期(1947 年 6 月)。《康德的先天论与现代科学》,《学原》第 1 卷第 6 期(1947 年 10 月)。《学原》自 1947 年 5 月—1949 年 1 月共出版第 1 卷 12 期,第 2 卷 9 期。

[129] 竺可桢:《科学之方法与精神》,《思想与时代》第 1 期。

[130] 竺可桢:《科学与社会》,《思想与时代》第 24 期。

[131] 陈立:《科学之社会背景》,《思想与时代》第 41 期。

[132] 张其昀:《论现代精神》(续),《思想与时代》第 3 期。

[133] 卢于道:《我国科学上之新时代》,《思想与时代》第 4 期。

[134] 卢于道:《科学与政治》,《思想与时代》第 5 期。

[135] 洪谦:《释学术》,《思想与时代》第 31 期。

[136] 陈立:《赫胥黎论文教与科学》,《思想与时代》第 43 期。

［137］谢幼伟:《论人类与文化》,《思想与时代》第43期。

［138］G.萨顿:《科学的历史研究》(陈恒六、刘兵、仲维光编译)第1页,科学出版社,1990。

［139］［140］［141］钱宝琮:《科学史与新人文主义》,《思想与时代》第45期。

第三卷

大学场域

大学理念:人文主义与实验主义

大学的理想与使命

20世纪中国文化教育发展史上,最大最重要的事莫过于1905年科举废止后"现代大学"体制的形成和初具规模。中国社会从几千年"官学"与"私学"并存的教育形态,向国民"公学"的社会转型。从小学、中学到大学,国民教育公共空间的变化,是文明进步的重要体现,也是现代社会生活的基础建设。亚伯拉罕·弗莱克斯纳在《现代大学论》中引用霍尔丹勋爵《大学和国民生活》中的名言:"大学是民族灵魂的反映。"[1]而灵魂的体现又是在科学与文化的昌盛上。大学的使命体现在其教育职能上:文化传授、专业教学、科学研究和培养新科学家。

1917年1月9日,蔡元培在《就任北京大学校长之演说》中特别强调:"大学者,研究高深学问者也。"[2]1918年9月20日他在《北京大学一九一八年开学式演说词》中,进一步阐发了自己的大学理想:"大学为纯粹研究学问之机关,不可视为养成资格之所,亦不可视为贩卖知识之所。学者当有研究学问之兴趣,尤当养成学问家之人格。"[3]次年9月20日的《北京大学第二十二年开学式演说词》更明确地指出:"大学并不是贩卖毕业证书的机关,也不是灌输固定知识的机关,而是研究学理的机关。"[4]

科学飞速发展的20世纪,科学代表着一所现代大学的尊严与地位,而"文化是每个时代固有的生命体系",又是"时代赖以生存的生命体系"[5]。现代大学这个新兴场域,将知识、知识分子、公共社会系联在一起。

从晚清兴学堂到民国初确立现代大学形态,受过西学教育的留学生是最重要的推手。现代大学成为现代知识分子活动的公共空间,成了他们思想的发散场地。现代大学与现代知识分子的互动和依赖关系,在新文化运动中得到最初也是最为高峰的展示。当留学归来的胡适借助北京大学登高而招,顺风而呼,取得文化—文学革命的巨大成功后,他的命运就与北京大学紧紧地连在一起。以1921年仅有的两所综合国立大学为例:北京大学的四位校长依次为严复、胡仁源、蔡元培、蒋梦麟。东南大学的校长是郭秉文,校办副主任(相当于副校长)为刘伯明。随后兴起的国立大学如清华大学(校长罗家伦、梅贻琦)、武汉大学(校长王世杰、王星拱、周鲠生)、中山大学(校长邹鲁、许崇清)、浙江大学(校长竺可桢),无一不是在留学生手中创制而兴。可以说,现代大学体制是西式的。置身于大学的著名学者大多也是受过西学教育的。以至于说到一个时期大学精神和校长的关系,便可由蔡元培"思想自由""兼容并包"而引出现代大学的基本精神形态(蒋梦麟作为蔡元培的继任,在《北大之精神》[6]中进一步明确"北大之精神"为:大度包容、思想自由)。

从大学校长(如蔡元培、竺可桢)到执教教授(如陈寅恪),基本形成了一种共识的大学理念:独立之精神、自由之思想[7]、求是之态度。而这三者也都是有相对应的存在指向。前者是相对于大学存在的政治体制,后者是科学研究的基本出发点也是终点。而思想之自由则是相对于主流意识形态。独立之精神、自由之思想这二者在西方现代大学是一种自在的东西,不言自明。蔡元培在1922年3月所写的《教育独立议》一文中强调"教育事业当完全交与教育家,保有独立的资格,毫不受各派政党或各派教会的影响"[8]。具体到大学的"学术自由",董任坚说在教授方面的自由,至少应有下列三种:研究学术的自由、在大学教授的自由、在校外言论行动的自由。[9]

蔡元培、陈寅恪有留学德国的特殊经历,深受德国古典大学观的影响。其中独立之精神、自由之思想、求是之态度,是对德国大学观的核心概念诸如修养、科学、自由、孤寂的接受。科学的态度是求是,孤寂所带来的是独立的精神。德国哲学家耶士培就提出大学的理念是一"知识性社会"的综合体现,学术自由是建立在这种"知识性社会"基础之上的。洪堡认为:"自由是必须的,寂寞是有益的;大学全部的外在组织即以这两点为依据。"[10]也就是说,"寂寞和自由"是大学的"支配性原则"[11]。陈洪捷在讨论这一问题时,还引了齐默曼的话来做进一步学术支持:"寂寞使人达到完全的独立……在寂寞中能找到精神的自由。"[12]洪堡所谓大学独立是"独立于一切国家的组织形式",独立于社会经济和师生自甘孤独寂寞之境地。陈洪捷还更深入地指出:"德国的大学观是建立在理想主义和新人文主义的哲学观上的……它作为一种卡里斯玛(Charisma)观念在其信从者内心能够唤起一种特殊的感召力量和使命感,使其在制度条件相对不利的情况下坚持并实践其信念。"[13]由此,可以联想到陈寅恪的一生和他的志业理想。同时也联想到中国现代知识分子,特别是抗战艰苦年代西南联合大学的众多教授,还有流亡在西南各地其他大学的教授和学生。陈寅恪在1931年5月为《国立清华大学二十周年纪念特刊》所写《吾国学术之现状及清华之职责》一文中明确表示:"吾国大学之职责,在求本国学术之独立,此今日之公论也。"[14]因受德国大学观念的影响,以至于他对国内大学学者在国文研究中"皆不求通解及剖析吾民族所承受文化之内容"的现象不满,倡导"一种人文主义之教育"[15]。

曾任斯坦福大学校长的唐纳德·肯尼迪就明确指出,"社会慷慨地赋予大学以学术自由"[16],而"学术自由是指教授和他们的机构团体独立于政治干涉","即异端思想和非常规的行为应该受到特别的保护"[17]。乃至于在大学教授群体中,出现了许多非积极地介入社会政治的、自我内守的主张"消极自由"的学者。现代中国独立之精神、自由之思想则是一个对立的存在。正因为有无法独立和不自由的限制,独立之精神、自由之思想才凸现在现代大学理念中。至于"兼容并包""教授治校""学术自由"的具体问题,都是存在于独立之精神、自由之思想这一大前提之下的。正如朱光潜所言:"学术思想发展之首要条件为自由。"[18]

在这种理念的指引下,梅贻琦心目中大学之大是"大师"之大。竺可桢心目中大学之大是求是的"研究"为大。所谓大学的育人、创造、学术功能都是建立在有"大师"和有"研究"之上。有"大师"才有"研究",有"研究"才可能造就"大师"。这二者是互动并存的。

林玉堂(语堂)游学过欧美多所大学,他在《现代评论》第1卷第5期刊出的《谈理想教育》中说:"我们的理想大学最主要基件,就是学堂应该贯满一种讲学谈学的空气","理想大学应该是一大班瑰异不凡人格的吃饭所,是国中贤才荟萃之区,思想家、科学家麇集之处,使学生日日与这些思想家、科学家的交游接触,朝夕谈笑,起坐之间,能自然的受他们的诱化陶养引导鼓励","所以理想大学不但是一些青年学者读书之处,乃一些老成学者读书之处"。[19]胡寄南随后在林玉堂文章的基础上加以发挥,提出了"理想的大学是一个人格养成所"[20]的主张。林、胡的意见在现代战乱的中国,的确是"理想"化的。

林玉堂文章也引发出冯友兰的意见。他在《怎样办现在中国的大学》一文中提出解决中国教育问题的五项意见:1. 中国现在须充分的输入新学术,并彻底的整理旧东西。2. 中国现在须力求学术上的独立。3. 中国现在出版界可怜异常,有许多人想看书而无书可看。4. 中国现在对西洋学术有较深的研究之人甚少。5. 上述之人,固已甚少,而其中更绝无(仅有?)人,在世界学术界中,可以称为"大师"。针对这种现状,冯友兰主张应在大学先设下列三部:1. 像样的本科。2. 研究部。3. 编辑部。[21]

刘炳藜在《京报副刊》上有《人文主义与自然主义在教育上之贡献》[22]的文章,他认为人文主义在教育上之贡献有四:自由的精神、特殊的训练、多方的发展、个人与社会的调和。自然主义在教育上之贡献也有四:解放和自由、求真的精神、科学的方法、情绪的生活。刘炳藜特别强调:"人文主义的教育的目的,在养成文人,士君子,绅士,文雅人,文明人,——虽然这说的不一定正确。这种人非常之爱豪散,喜阔绰,遇事都满不在乎的","在中国,孔子的教育近于人文主义的教育"。西方卢梭式教育则近于自然主义教育。

1925年1月6日,东南大学校长郭秉文被受党派政治操纵的教育部免职。1926年1月6日下午,东南大学为郭秉文校长被免职一周年,举行校耻一周年纪念会,校务代表陈逸凡在演讲中强调:"我东大不受武人政客之利用,不作武人政客之傀儡,此则可引以为自豪者也。"校务代表、农科主任邹秉文在演讲中强调:"对于东南大学之地位,须永久维持其为超然纯洁之最高学府,反对任何党派操纵,此实欲维持学术界之独立精神。"[23]但1927年以后,党化教育渗透到大学内部,整个教育局面开始发生变化。

钱穆没有读过大学,1949年以前也没有机会走出国门。他自学成才,到大学执教后,他心目中"理想的大学"自然是"人文主义"的经验体现。他特别强调个人的体验:

> 今若根据人生最高经验,期求人生最高理想,则显然不当仅仅于谋

职业求知识而止。就此理论而谈大学教育,则必应着重于下列之诸课程:(一)须研求人生最高理论,此属哲学与宗教。(二)须欣赏人生最高境界,此属文学与艺术。(三)须明了宇宙来源,此属天文与地质。(四)须认识生命真情,此属生物与心理。(五)须博通已往人事经历,此属历史与地理。(六)须兼知四围物质功能,此属数理与化学。

凡属人生经验之最普遍而根本者,又其最紧要而精彩者,必当从此认取,而人生可能之理想与进步,亦必从此培育。人生由此流出者,将为智慧与事业,而非知识与职业。……

若如上论,则理想中之大学校,实应以略相当于今日之所谓文理学院者为主干为中心。其次不妨有各种有关于职业之专门学院以为之辅。……

大学教育,既为人生最高经验之传授,与人生最高理想之培育,故大学教育之更可贵者,尤在于大学环境内部实际全生活之陶冶,而课业之研修与讲堂之传习为之次。……课业讲授,务求闳通,使学者心神有自由徊翔之余地,而关于学校内部全生活之训练则须严格。换言之,学校生活应求其为群众的,而讲堂课业则不妨一任个性之自由发展。……其余选修课程一任学者之自由听习,课程皆宜尽量缩短,成为一种较长期之系统讲演。……讲者提纲挈领,要言不烦,听者则求其能增加自读与自由探讨之时间。如此则图书馆之利用外,尤贵与有亲师取友之风。当略如英国牛津、剑桥体制,推行导师制与小学院制,使学者各就其小团体之内,有师友长日相处观摩切磋之乐。……要而言之,生活务求适于群体与规律,不妨注重严格之训练。学业务求适于个性与自由,则以闳通宽博为主。此为大学校应有之理想教育。[24]

作为文化保守主义者、现代新儒家的代表人物,钱穆的主张是人文主义的,同时也是理想主义的。

历史进入了新世纪,大学仍然是中外学者关注的一个重要问题。法国哲学家德里达 2001 年在北京《读书》杂志一次讨论会上所报告的题目就是《Profession 的未来与无条件的大学》。他说:"我要关注的是那些与人类有关的问题:大学的绝对独立。"因为"大学有义务像建立权力那样建立独立性","我要说,今天在世界上,在世界的转型中,大学的使命问题显得特别严重,并且所有在大学里工作的教师、学生和研究者们对此都负有重要的责任"。"大学不光相对于国家是独立的,而且相对于市场、公民社会、国家的或国际的市场也是独立的。"德里达把这种独立看作是自由的,没有先决条件的。他同时强调大学的责任应该从"自主",从"绝对独立"出发,与社会和政治世界这些外在发生联系、工作,从而去制造"事件"。"Profession"这个词不仅仅是"职业""志业"的意思,而且还有"职业信仰"的意思,也就是"行为的介入",是一种"诺言"、一种要趋向外在的"责任"。当然"大学是有调节作用的,保持独立,又质疑一部分的启蒙理性"。[25]

理想总归是美好的,但在现实的中国,大学的绝对独立、自由是不可能的事。所谓独立、自由也只是相对的。

大学教育的两种理念

欧洲近代大学兴起以后,大学教育一直存在着两种理想。留学美国哥伦比亚大学,先后执教于东南大学、浙江大学的郑晓沧(宗海)在《大学教育的两种理想》一文中概括了近代欧洲大学的两种教育理想模式:英国大学的教育目的是在养成"Gentlemen"(绅士);而德国大学的教育目的是要培养"Scholar"(学者)。前者以牛津大学为代表,后者以柏林大学为代表。而美国则兼容了英、德二者的大学理想。当然,现在看来,这也只是一种含混的界说,事实却是复杂变化的,如柏林大学起初并非如此,后来的发展倾向也是在比较中显示出来的。由南京高等师范学校—东南大学、中央研究院而后出任浙江大学校长的竺可桢在日记(1945年9月7日)中写道:

> 阅 Newman(纽曼)著关于通材教育之解释。谓大学教育之目的在于造成英国派式之君子,而非一个基督教徒或宗教家,大学所教乃理知而非道德。南宋朱、陆之争,朱主张道学问,陆主张尊德(性),故陆九渊笑朱晦翁诗:"简易工夫终久大,支离事业竟浮沉。"则大学所教多支离事业。Newman(纽曼)以为大学正可将各家之意融为一炉而贯通之,而其理即在其中矣。[26]

当年洪堡创办柏林大学时,是依据两项新人文主义原则:学术与教学自由,教学与学术研究相统一。[27]当然,这只是一种相对的看法,因为在德国以洪堡等为代表的新人文主义学者同时对研究型学者(作为科学的研究者)和他们的工作也有自己的看法。他们强调真正受过教育的人应不断在广泛的人文和学问基础上,开拓更宽的领域,寻求新的知识,而不应在某种学科中发展狭隘的专门知识。麦克莱兰在《德国的国家、社会和大学,1700—1914年》一书中指出:"科学及其进一步发现是学者的手段,而非目标。全面提高个人素质和培养一种全面、敏捷、清晰和富有独创性的思维习惯才是目标所在。"[28]洪堡"从新人文主义出发,认为修养,或者说通识性的修养是个性全面发展的结果,是人作为人应具有的素质,它与专门的能力和技艺无关"[29]。所谓"由科学而达至修养"的原则体现了大学的双重目的。"其根本目标则在于促进学生乃至民族的精神和道德修养。但科学活动有其独立的价值,并非后一目标的从属物。"[30]

作为新人文主义思想家的白璧德,在1910年代,十分关注美国的大学教育,他认为大学的主导精神就是"坚持维系人文的标准","大学的目的就是(如果它要有独立之目的的话):它必须在这个量化时代中造就有'质'的人"[31]。

由于归国留学生执掌大学教育和在文化界的实际影响,现代中国的大学教育和文化界因此也就有了"通才与专家""绅士与学者""人文主义与科学主义""人文主义与实验主义"的论争。1922—1923年间,东南大学曾就办学目的和理想展开过讨论,并形成通才教育与专家教育的尖锐对立。仅以教育的眼光看"科学与玄学"论战,也可以视为这一范畴。学衡派与胡适新青年派—新潮派在文学革命及新文化运动中的态度、立场不同,实际上也是"人文主义与实验主义"之争。

1935年原南京高等师范学校毕业生,在南京中央大学举行"南京高师二十周年纪念"活动,并在1935年9月《国风》第7卷第2号、1936年1月1日《国风》第8卷第1号出版两期"南京高等师范学校二十周年纪念刊"。胡先骕撰写有《朴学之精神》一文,他比较了北京大学和南京高等师范学校的学风后说:"自《学衡》杂志出,而学术界之视听以正,人文主义乃得与实验主义分庭而抗礼。"[32]

郑晓沧认为Gentlemen(绅士)相当于中国的君子,Scholar(学者)相当于中国的士。[33]而张其昀在《白璧德——当代一人师》中说"人文主义之理想为君子之风""人文主义为君子精神之表现"。[34]

人文主义实际上是一种道德理想主义,更是一种文化精英主义。在白璧德的视野里,人文主义者是指少数的社会优秀分子。人文主义的人类之爱是同情与选择,是理智战胜感情的中庸与合度,是在规训与纪律的持平中,寻求与道德、传统和人事的和谐。它是基于君子的良心和自律,取决于人基本的善的德行。就像基督徒依赖信念,依赖一种内在的皈依状态。"道德的艰辛成为道德的标志;一种行为过程如果不是深刻的道德斗争的结果便不是好的过程。"[35]自律的结果是自己的灵魂永远处在磨难之中。而"学者""专家"乃至大到"科学主义"以及"实验主义"的基本出发点和内在精神是一种行为主义的路径,即要看实践检验和实际效果,要求有一定的规范和程序,并且是合乎数理逻辑的。白璧德当年在哈佛大学希望几个中国学生,和美国的人文主义者一样,共同发展壮大人文主义的势力,尤其是要在中国将孔子思想与人文主义思想加以融合,复兴东方人文主义。受白璧德影响的中国学生除陈寅恪、林语堂外,其他人都在东南大学—中央大学任教过。

"通才""绅士""人文主义"的教育理想,被学衡派中人带到东南大学、清华大学、浙江大学和中正大学。此可以视为人文主义的教育。但事实上大学教育中有一个谁也无法忽视的现象和实际的势力,即美国哥伦比亚大学师范学院及杜威实验主义对中国高等教育的影响。先看校长(院长):

  唐山路矿学堂校长熊崇志

  南开学校代理校长暨南开大学筹办科主任张彭春、南开大学校长张伯苓

  北京大学的三任校长蒋梦麟、胡适、马寅初(1949年以后)

  北京高等师范学校校长李建勋

  北京女子师范大学校长杨荫榆

  北平师范大学校长、国立西北师范学院院长李蒸

  清华大学代校长严鹤龄、校长罗家伦

清华大学文学院院长、校务会议主席冯友兰

燕京大学神学院院长、中华全国基督教大学委员会主席刘廷芳

中国公学校长胡适

上海市立实验戏剧学校校长、上海戏剧学院院长熊佛西

圣约翰大学校长涂羽卿

光华大学副校长、上海师范学院院长廖世承[36]

沪江大学校长刘湛恩

大夏大学校长欧元怀

南京高等师范学校校长、东南大学校长郭秉文

东南大学代校长陈茹玄

东南大学教务主任、晓庄师范学校校长陶知行[37]

中央大学校长罗家伦

中央大学师范学院院长、浙江师范学院院长郑晓沧

中央大学师范学院院长艾伟

中央大学师范学院院长张士一

江西省立幼师校长、南京师范学院院长陈鹤琴

金陵大学校长陈裕光

四川大学校长任鸿隽

武汉大学代校长刘树杞

湖北教育学院院长罗廷光

青岛大学（山东大学）校长赵太侔、杨振声

光华大学副校长、上海市教育局局长、教育部常务次长、中国公学副校长、齐鲁大学校长、湖南省教育厅厅长、中央大学教育长朱经农

厦门大学校长邓萃英

河南大学校长查良钊、凌冰、邓萃英、张仲鲁、刘季洪

岭南大学校长钟荣光

东陆大学(云南大学)副校长、东南大学文科主任卢晋侯(锡荣)

暨南大学校长、西北大学校长姜琦

安徽大学校长杨亮功

国立师范学院院长陈东原

国立东方语文专科学校校长汪懋祖

西北大学校长刘季洪

国立戏剧专科学校校长余上沅

暨南大学教务长、文学院院长张耀翔

大学院(教育部)高等教育处处长张奚若

教育部政务次长、中央大学代理校长段锡朋

教育部政务次长、代理部长陈雪屏

这些教育机构的领导者都出身哥伦比亚大学研究院,或为哥伦比亚大学师范学院学生,或为杜威实验主义的门徒。[38]五四运动前后,作为实验主义哲学家、"新教育运动"领袖杜威来华讲学所受欢迎的程度和实际影响,远超过同样来华的主张人文主义(保守的"东方主义")的泰戈尔。这当然是上述杜威的中国学生在起作用。至于其他专业的哥伦比亚大学毕业生就更多了。唐德刚在为《胡适口述自传》作注释时说"美国的哥伦比亚大学是专门替落后地区制造官僚学阀的大学"[39]。杨亮功1924年秋至1925年夏在哥伦比亚大学师范学院学习一年,他在《早期三十年的教学生活》中说到,哥伦比亚大学师范学院克伯屈教授是杜威高足,讲授教育原理,对杜威学说的弘扬,贡献颇大。"克伯屈与杜威两人对于中国学生皆极亲切。"1927年2月4日至5月13日,克伯屈到中国讲学,从南

到北,各处都有哥伦比亚大学师范学院的学生陪伴,如凌冰、朱经农、刘湛恩、陶知行(行知)、张彭春、张伯苓、熊芷等人。在上海的一次宴会上,就有75位他的学生参加,"他引为是平生最得意的事"。[40]陈平原曾统计过,265位教育家中142位有留学经历,其中34位出自哥伦比亚大学。[41] 1929年10月31日,熊崇志、孙科、胡适、严鹤龄、郭秉文、蒋梦麟、陈裕光、刘湛恩、刘廷芳、侯德榜等16人获得哥伦比亚大学首届国际校友"大学卓越奖章"。

蒋梦麟在《西潮》中回忆到杜威:"他的著作、演讲以及在华期间与我国思想界的交往,曾经对我国的教育理论与实践发生重大的影响。他的实验哲学与中国人讲求实际的心理不谋而合。"[42]可以说杜威的影响是最为直接的。哥伦比亚大学国际教育研究所所长孟禄(又译孟罗、门罗),1921年9月"受京津沪宁的教育界邀请来中国考察教育情形,以为改革中国学制的地步"[43]。1928年12月19日再次来华,是为了主持"中华教育文化基金董事会"[44]的工作。他多年来也一直对中国教育有兴趣,而且对哥伦比亚大学的中国学生花费过很多心血。他认为:"从留美学生中,可以看出一种历史动向,此种动向会形成当时令人无法相信的发展。"[45]这种关注中国未来的教育思想的确是有远见的。

特别是孟禄长期在华,其影响和杜威一样重要,故有"新孟禄主义"[46]之说。1921年12月24日孟禄在北京大学有"大学之职务"的演讲(胡适口译),提出"知识的生活"作为大学的基本问题。他"大学之职务"的具体内容是:"第一是宣传;第二是应用;第三就是提高。——就是要使各种学说思想,因为有了大学的存在,而能格外的提高,这就是大学最后的任务。"[47] 1950年代批判胡适时,就杜威及实验主义对中国现代社会影响的重估有了一个新的认识,说上万的中国留学生带回了杜威的思想。[48]

一个更有趣的现象是,哥伦比亚大学的留学生不仅参与推动了白话新文学运动,更极大地推进了中国话剧运动。胡适、罗家伦、张彭春、赵太侔、余上沅、熊佛西等使话剧事业得以蓬勃发展。

因此可以说,在中国大学教育中出现人文主义与实验主义之争是必然的,也是正常的。仅当时东南大学的教育理念就存在着白璧德门徒(新人文主义)与杜威门徒(实验主义)之争,并在《学衡》与《新教育》两个刊物上表现出明显的对立。《学衡》杂志社五个主要人物中,胡先骕、梅光迪在文章中均表示出对东南大学校长郭秉文的不满。这也是1924年以后《学衡》杂志社的核心人物离开东南大学的原因之一。而在校长郭秉文与实际承担副校长职责的校长办公处副主任刘伯明之间,由于实验主义与新人文主义的信念不同,也表现出不同的办学理念和方法。因为胡先骕、梅光迪在哈佛大学都受到白璧德及新人文主义的影响,而白璧德在1908年出版的《文学与美国的大学》一书,就是批评美国的大学体制,并有针对性地指出美国大学教育中轻视古典文化和人格的道德培育,主张新人文主义。尤其是白璧德批评美国大学的博士培养,而他自己也不申请博士学位。这也影响到了他的几个中国学生。胡先骕为《学衡》第3期翻译了白璧德的"Humanistic Education in China and West",名为《白璧德中西人文教育谈》。吴宓在为《白璧德中西人文教育谈》所加的"附识"中明确指出,白璧德之说是最新颖的人文主义。"人文教育,即教人之所以为人之道,与纯教物质之律者,相对而言。"在随后《学衡》上几篇谈大学教育的文章中,都可以明显看出白璧德及新人文主义教育思想对他们的影响。1925年,吴宓将《学衡》带到北京清华学校编辑,第42期上所刊张荫麟译《葛兰坚论学校与教育》,文中诸多观点,都与白璧德的《文学与美国的大学》相似。葛兰坚批评美国科学化、机械式的教育或训练方法,"蚕食人文教育,日甚一日"。

《文学与美国的大学》批评美国大学的博士培养制度,主要针对的是

"那些提倡训诂方法研究的人",即他不满科学实证主义训诂考据之学风。这如同中国宋代的"尊德性"与"道问学"之争。他集中批评的两点是:"第一,虽然训诂的方法本身很有价值,但如果过分强调文献的考订,会无视作品本身的价值。第二,他也不满研究者那种专事考订、不关世事的态度,认为教育的宗旨是为了让学生懂得'恒久的人类社会的价值',也即要对研究的作品和作者做出道德的评价。"[49]白璧德认为研究古典学术时,"只求博学多识是不够的,还需要将其转化为文化,且须渗入研究者之人格,成为其品格之一部分"[50]。

到了20世纪80年代华盛顿地区的"国家人文机构"创办《人文》杂志时,刊物主编便遵从白璧德的人文主义理念,排斥科学实证主义训诂考据之学风。刊物在发刊辞及稿约中明确写道,《人文》"对那些历史细节和精细观点的论述不那么感兴趣","它并不为那些实证的、官僚式的学术常规所吸引",因为"人文科学的洞察力并不简单地来自于对资料以及记录的勤奋编排。丰富的实证材料并不能阻止一个缺乏现实感和均衡感的学者被所搜集的材料误导"。《人文》杂志甚至嘲弄那些学术文章后面"高深的无数详尽的注释和参考"[51]。

白璧德这一"尊德性"的观点也直接影响到主编《学衡》的吴宓。师徒二人的观点如出一辙。吴宓是典型的"尊德性",而对"道问学"的纯粹知识性学问,有极端的偏见。在《空轩诗话》中,他把《学衡》作者叶玉森的甲骨文研究视为"糟粕"。他说:

  叶君又工为词,且研究甲骨文。著《殷契钩沉》等三篇,刊登《学衡》杂志(二十四期、三十一期)。当时,宓为总编辑,视此类文章(谓甲骨文,及考证金石、校勘版本、炫列书目等)直如糟粕,且印工繁费(须摄制锌版),极不欲登载。勉为收入,乃历年竟有诸多愚妄之人

(法国伯希和氏亦其一)远道来函,专索购该二期《学衡》。近且有人取此三篇,放大另印,每册售价数元(其实仅出五角之微资,购此二册《学衡》,即可全得),而《学衡》中精上之作(如三十一期中,刘、胡、吴、景诸君长篇论文),众乃不读,或折付字篓。此固中国近世学术界、文艺界一般不幸情形,而亦宓编撰《学衡》杂志多年,结果最痛心之一事也。[52]

真是见仁见智。吴宓视从事专门学术研究的国际著名学者为"愚妄之人",可见其偏至。这也直接影响到《学衡》"昌明国粹"和"无偏无党,不激不随"的实践。正如他作为诗人浪漫的求爱之旅(行),与他倡导节制、中庸、标准,反浪漫的古典主义、人文主义(言)相背离。

吴宓是一个浪漫诗人,他对做学问的人有偏见,同时,他也真诚地承认自己(与陈寅恪相比)不懂国学,更不懂小语种语言。这在学衡派同人中有两个正好相反的例子。一是王国维。他早年喜爱文学、美术、哲学,著有《人间词话》和《静安文集》等,当自己纠缠于哲学的理与文学的情不能自拔时,听从罗振玉的劝告放弃文学、哲学,转向国学研究。罗振玉说:"公闻而惧然,自怼以前所学未醇,乃取行箧《静安文集》百余册悉摧烧之,欲北面称弟子,予以东原之于茂堂者谢之。其迁善徙义之勇如此。公居海东,既尽弃所学,乃寝馈于往岁予所赠诸家之书。"[53]二是张其昀。他在中学毕业时,历史老师洪允祥送他一个墨盒,上面刻了几个字:"莫抛心力学词人。"因此,他说自己从不去从事文学的性情文字,治学三十余年,锲而不舍,就是想继承万全二家(万斯同、全谢山)的学术,以无负于当年良师的期望。[54]

同时吴宓在1926年《清华周刊》十五周年纪念增刊上发表《由个人经验评清华教育之得失》,批评美国的大学教育,说他们"重实际而蔑理想","注重实用道德"。而清华学校"历年教育,模仿美国",故"美国教育之短长得失,亦均移植于清华"。[55]

哲学出身的景昌极,有自己的教育理念,并表现出他的人文主义立场,以及与实验主义的对立。1936年他在《缺少灵魂的现前教育》一文中指出:"目前中国教育的最大缺点,第一是,缺少高尚理想的修养;其次是,缺少纯正理智的训练。所以我说他是缺少灵魂。"针对这种现象,景昌极提出了自己的主张。他的具体方法是:1. 大学里的教育院系,应改为教哲院系,而以哲学为主要科目。2. 大学里的文学院系应改为文哲院系,而以哲学为主要科目。3. 大中学以下的国文、英文选读,应增加钟点,分为几个门类,除去记叙文、应酬文等,外加论辩文和义理文。4. 大学历史系必须有思想史,中学历史课必须增加文化史。5. 小学里应添设浅要格言与名人故事两专题。6. 大学以上的研究院应有哲理研究所。同时景昌极也尖锐地指出:"目前中国的教育大都是取法于美国式的,尤其是哥伦比亚式的,美国是暴发户,所以处处带点浅薄的实用主义,欧洲便不如此之甚。并且美国如哈佛大学等,也正有一班人提倡人文教育以图补偏救弊呢。而中国政府里,有几个刘姥姥式的要人,一知半解的科学家,实为造成偏狭的现前教育的要因。我以为,无古今,无中外,人之所以为人的灵魂总是要的。所以也无须问旁人家怎样,我只希望目前主持中国教育的人,尊重学生的灵魂,同时也尊重他自己的灵魂,而采纳我上面的建议。"[56]

在南京高等师范学校—东南大学,因1919年1月成立"新教育共进社"及2月创办《新教育》杂志,杜威及实验主义的新教育思想得以有系统、有组织地向中国教育界输入。杜威弟子蒋梦麟、胡适、张伯苓、郭秉文、陶知行、陈鹤琴、郑晓沧是"新教育共进社"的骨干力量。因此,从《新教育》杂志上就可看出,在对欧美各种教育思想、方法的介绍、吸收上,美国杜威及实验主义新教育思想较德国古典大学教育观念多,影响大。

1919年2月—1925年10月,《新教育》共出版11卷53期。陶知行自1922年1月第4卷第2期接替蒋梦麟成为实际主干(编),编辑部也由原来设在上海的江苏教育会,变为东南大学教育科。南京高等师范学校—东南大学教授郭秉文、陈鹤琴、郑晓沧、孟宪承、徐则陵、张士一、邹秉文等都为刊物写文章。《新教育》停刊,实与郭秉文被迫离开东南大学和陶知行另谋新校建设有关。[57]

科学精神和求是态度是"专家""学者"的立身之本。而这一点在德国大学教育中则被神圣化。1794年费希特在《论学者的使命》一书中写道:"学者阶层的真正使命:高度注视人类一般的实际发展进程,并经常促进这种进程。"他"不仅看到眼前,同时也看到将来;他不仅看到当前的立脚点,也看到人类现在就应当向哪里前进——在这个意义上说,学者就是人类的教养员"。[58]1919年,马克斯·韦伯在德国慕尼黑大学为青年学生们作"以学术为业"和"以政治为业"[59]的著名讲演,影响了一代人。马克斯·韦伯强化并发展了费希特关于"学者的使命"的观点,区分作为"学者"和"政治家"的自身投入和价值取向,特别强调学者是为学术而学术,追求价值无涉的"学术伦理"。因为学术研究是一项纯粹的、独立的和理性的活动,是孤独状态下,痛苦和欢娱并存的心智活动,是沉思的生命同行动的生命的理性交接。唐纳德·肯尼迪曾说:近年来在美国,"研究几乎已经变成了学术责任的核心"[60]。

有关学术独立、自由的讨论

民主精神是和学术自由紧密联系着的,白璧德在《大学与民主精神》一文中强调:"大学所需要的民主精神是公平与无偏无祖。它的要求越严格越具有选择性便越好。"[61]他在强调大学应该坚持质量观念,坚持人文标准的同时,提出了"要实现人文的目的,自由必须与真正的限制调和起来"[62]。因此,"从某种意义上讲,大学的目的并不是要鼓励民主精神,相反是要制衡向纯粹民主转变的趋势"[63]。实际上,民主精神和学术自由通常只是一种办学的理想或教育理念,因为学术与政治的关系是无法完全剥离的,而自由通常是与限制密不可分的,也就是说,自由主义理念中自由与责任和谐是一个非常复杂的问题。白璧德也感到,要在教育中协调自由与限制这样一个难能可贵的问题,那就需要"有远见卓识的、强有力的和融合各方因素的头脑"[64]。

1919年3月《新教育》第1卷第2期"评论"栏中刊出记者(黄炎培)的《高等教育与思想及言论自由》。文章强调"文明之进步,赖自动的领袖。自动的领袖,赖高等之思想及言论自由以养成之"。"大学学问自由"之主张,已成为欧美先进国家"学问之大宪章"。

自由和民主是建立在教育独立之上的。相对于"大学学问自由"的问题,蔡元培更关注"教育独立"。前引他在1922年3月《新教育》第4卷第3期发表的《教育独立议》,是一篇最具有代表性的文章。他说:

> 教育是帮助被教育的人,给他能发展自己的能力,完成他的人格,于人类文化上能尽一分子的责任;不是把被教育的人,造成一种特别的器具,给抱有他种目的的人去应用的。所以教育事业,当完全交与教育家,保有独立的资格,毫不受各派政党或各派教会的影响。

蔡元培还列出了具体的要求:

> 大学的事务,都由大学教授所组成的教育委员会主持。大学校

长,也由委员会举出。

教育部……不得干涉各大学区事务。

教育总长必须经高等教育会议承认,不受政党内阁更迭的影响。[65]

1922年12月17日为北京大学成立25周年纪念日,胡适特为《北京大学日刊》(纪念版)写了《回顾与反省》,指出北京大学这五年来的两项主要成绩:一是组织上的变化,从校长独裁制变为"教授治校";二是注重学术思想的自由,容纳个性的发展。[66]五四运动高潮过后,面对国内混乱、腐败的政局,胡适一方面忙着讲学,同时又不忘议政。胡适说自己这样做,是时局逼出来的。出身清华大学的贺麟,在1941年10月20日西南联合大学的《当代评论》第1卷第16期上刊有《学术与政治》,进一步发展了胡适的观点。他说:

> 好在自从新文化运动以来,在中国的大学教育方面,总算稍稍培植了一点近代学术自由独立的基础:一般学人,知道求学不是做官的手段,学术有学术自身的使命与尊严。因为学术有了独立自由的自觉,对于中国政治改进,也产生良好影响。在初期新文化运动的时代,学术界的人士,完全站在学术自由独立的立场,反对当时污浊的政治,反对当时卖国政府,不与旧官僚合作,不与旧军阀妥协。因此学术界多少保留了一片干净土,影响许多进步青年的思想,培养国家文化上一点命脉。[67]

他更坚信:"政治力量一旦侵犯学术的独立自主,则政治陷入于专制,反民主。"[68]所以,他说:"一谈到学术,我们必须先要承认,学术在本质上必然是独立的、自由的,不能独立自由的学术,根本上不能算是学术。学术是一个自主的王国,它有它的大经大法,它有它神圣的使命,它有它特殊的广大的范围和领域,别人不能侵犯。……因为一个学者争取学术的自由独立和尊严,同时也就是争取他自己人格的自由独立和尊严,假如一种学术,只是政治的工具,文明的粉饰,或者为经济所左右,完全为被动的产物,那么这一种学术,就不是真正的学术。因为真正的学术是人类理智和自由精神最高的表现。"[69]他同时阐明了学术与政治的关系问题:"学术的独立自由,不仅使学术成为学术,亦且使政治成为政治。因为没有独立自由的学术来支持政治,则政治亦必陷于衰乱枯朽,不成其为政治了。所以争取学术的独立与自由,不只是学者的责任,而尊重学术的独立与自由,亦即是政治家的责任了。"[70]

1927年前后,随着国民党得势,"党"的意识形态势力逐步向大学渗透,学术之独立自由便因此变得艰难。大学教育,尤其是东南大学—中央大学同时又面临被"党化"的问题。1925年1月东南大学"易长风潮"(郭秉文被免),引出"党化教育"问题,并引起南北学界的广泛关注。在东南大学《东南论衡》第1卷第13期有盛振声的《教育独立问题》,提出:"所谓教育独立者,即使教育超脱政潮政党一切恶势力之影响也。"[71]孟和在《现代评论》发表《东大暴动》[72]的文章。张奚若有《党化教育与东南大学》[73]、《东大风潮的辩证》(通信)[74]两文,其中前者提出:"自前东南大学校长郭秉文免职后,有人创'党化教育'一名词以警国人,说国家教育应该独立,不应该受特殊政党的支配。"

1926年9月11日,《晨报副刊》第1442号刊出胡适、徐志摩联合发表的《一个态度;及案语》[沈按:胡文,徐加按语]。这是由胡适游历苏联通信引发的讨论。苏联的"新教育","党化教育","宣传的能力、实用的科目"这样一个重要的事实,就成了徐志摩所说的争"知识的自由,思想的自由"的一般人难以接受的问题。随后《晨报副刊》第1446号有张象鼎、徐志摩《关于党化教育的讨论》[75]，第1456号有白帝《乱弹——党化教育问题》[76]，文章表明了在北京的一批自由主义知识分子的基本立场。至1927年，瞿菊农（世英）接替徐志摩主编《晨报副刊》（原《晨报副镌》），借谈国外的大学教育，重提教育自由、学术自由，并引起梁漱溟与其讨论。[77]

"党化教育"作为一个初显问题是在东南大学，但1927年以后，这个问题在由东南大学改制的中央大学却是一件严重的事，已经超越过去单纯的人文主义与实验主义之争，变成无法摆脱的政治干预。1927年下半年，胡适坚决不加入大学委员会的理由是他反对"党化教育"。他在1927年10月24日致蔡元培的信中说："略示我所以不能加入委员会的理由。……类此之例尚多，如所谓'党化教育'，我自问决不能附和。若我身在大学院而不争这种根本问题，岂非'枉寻'而求'直尺'？"[78]胡适的朋友，原东南大学教授，后任四川大学校长的任鸿隽在随后的《独立评论》上发表文章，和胡适一样，鲜明地表示反对"党化教育"。他说："党化与教育，是不能并立的：有了党化，便没了教育；反过来说，要有教育，先取消党化。"[79]

但1928年以后的事实表明，中央大学是被国民党"党化教育"最严重的学校。

1934—1936年间，浙江大学发生了两次驱除校长郭任远（1898—1970，留学美国的心理学博士）的学潮。学生的口号是："要学者，不要党棍！"蒋中正听取陈布雷的举荐，要著名学者竺可桢来当校长。当陈布雷动员竺可桢上任时，竺可桢提的三项要求中，其中有一项是"用人校长有全权，不受党政之干涉"[80]。因为他了解浙江大学的具体情况后发现，国民党党部中人介入学校的事务，使本来独断的郭任远陷入完全的被动。

所以竺可桢在日记中写道:"郭之失败乃党部之失败。"[81]又说:"故此时余若不为浙大谋明哲保身主义,则浙大又必陷于党部之手,而党之被人操纵已无疑义。"[82]浙江大学1936—1949年在竺可桢任上而兴,这是一项重要的因素。

1942年1月,在成都金陵女子文理学院任教的陈中凡等人创办了《大学》月刊。在1940年代,此刊曾就中国大学教育的诸多问题组织过讨论,并发表了许多意见。诸如"科学中国化"与"中国科学化"问题、"大学问题之检讨"、"学术、思想之自由问题"等等。陈中凡首先从中国古代教育发展历史中寻求可以利用的思想资源。他署名陈觉玄,在《大学》第1卷第1期刊出《中国古代大学教育之三大目的》[83],文中明确指出,中国古代大学教育的三大目是:明德、新民、止于至善,并就这三大目进行了详细的解说。在第1卷第2期《中国古代大学的教学方案》[84]一文中,他强调中国古代大学的教学方案就是:"格物、致知、诚意、正心、修身、齐家、治国、平天下",并又引出"中国大学教育往何处去"[85]的现实问题。

1944年6月,《大学》第3卷第5、6合期,开辟"学术、思想之自由问题"专栏。刊出的文章涉及自春秋至五四时期各个历史时期学术和思想自由问题。如愚公《学术自由的本质和体现》、陈觉玄《春秋战国时代的学术自由》、孙次舟《六朝至宋的思想自由》、沈鉴《五四时代的思想自由》、刘唯公《试谈中国学术文化的自立自主》。其中愚公的文章明确指明:"学术自由,既是思想自由的高度表现,所以同时也是民主主义的政治标帜。"学术自由是"探讨真理的自由""促进认识的自由""改善生活的自由"。因此,必须有"并存的自由""研究的自由""批判的自由""讲学的自由""刊发的自由"。[86]刘唯公的主张更为现实,他提出当下亟待解决的问题是:学术文化机关的普及与充实,学术文化人才的保障与奖励,学生思想自由的尊重与提倡。[87]

在讨论大学学术自由的同时,也引发了对民主政治和言论自由的进一步要求。1945年9月《大学》第4卷第5、6合期所刊黎澍的《中国自古无言论自由》长文,则是对中国古代社会的彻底批判。他从中国古代历史的事实考察出发,对"民主表现于诽谤""清议""公卿大夫谏诤""所谓事后追惩""邸报"等具体问题进行了分析研究,得出"中国自古无言论自由"的结论。他说:"中国自古无言论自由。不但没有产生过保障言论自由的宪法,也没有存在过类似言论自由的事实","中国四千年历史是一部等级制度发展史。越到后来,等级制度就越严格"。

此时冯友兰更关注"大学与学术独立"。在1945年9月,他写有《大学与学术独立》的短文,收入1946年出版的《南渡集》。冯友兰特别强调中国要想成为世界强国,要想达到这个目的,"我们要作许多事情,其中最基本底一件,是我们必需作到在世界各国中,知识上底独立,学术上的自主"。我们"要放大眼光,来替国家定下知识学术独立自主的百年大计"[88]。

1948年,是国共军事大较量的一年,双方政治势力对大学都有强烈的渗透,并在师生中形成尖锐的对立。此时贺麟在北平《周论》上发表了《论党派退出学校》的文章,明确提出:"党派斗争进入学校不仅有违教育纯洁的使命,损害教育的独立与尊严。而尤其易于引起学潮,使得学校不能有安定长久的发展。"[89]这时候的贺麟仍十分书生气。

而事实上,20世纪中国,战乱和政治斗争长时间影响人们的社会生活,"民主精神和学术自由""大学与学术独立"的基本问题无法解决。在这个境遇下,不仅大学教授的工作环境受到威胁和压迫,而且他们的自我认同也陷入危机。因为学术自由的精神本是他们自我认同的核心因素,是与人格独立、自我尊严相关联的。

《新教育》与实验主义的宣传、推进

1919年2月杜威到日本讲学,胡适得知后,立即联合蒋梦麟、郭秉文、陶知行三位杜威门生,共同促成杜威中国之行。1919年4月30日—1921年7月11日,杜威来华讲学,一年多的时间,他在中国14个省78个城市进行了150多次演讲,陪同并做翻译的是蒋梦麟、郑晓沧、陶知行、胡适、刘伯明。杜威及实验主义掀动的热潮是中国教育史上的一大事件,尤其对中国高等教育的影响最为直接。杜威之后是哥伦比亚大学师范学院的孟禄,他于1921年9月5日—1922年1月7日,在中国9省18个城市演讲60多次。[90] 为配合杜威、孟禄来华演讲,《新教育》先后在第1卷第3期、第4卷第4期分别出了"杜威号"和"孟禄号"。同时各期零星也有多篇介绍杜威、孟禄及教育思想的文章。和《学衡》宣扬白璧德及新人文主义一样,以南京高等师范学校—东南大学为主力的《新教育》成了宣传、推进杜威及实验主义的阵地。《学衡》在东南大学只有三年,当时白璧德影响的中国学生只是几个人,并且宣扬白璧德及新人文主义的几篇文章多是用古文或半文半白之文体写成,曲高和寡,影响远无法和《新教育》宣传、推进杜威及实验主义相比。同时也可以明显地看到,宣传白璧德思想的四五位中国学生只是普通的大学教授,而宣传、推进杜威及实验主义的人数以十计,并且20多位是中国最著名大学的校长。

1920年《留美学生季报》第7卷第4号上,有庄泽宣《哥伦比亚大学师范院及中国教育研究会》一文,此文随后又刊《新教育》第3卷第4期。他说"哥伦比亚大学里的师范院,又是全世界研究教育的最大的一个机关","这师范院的功课既多又好,所以中国学生在里面求学的有二十几位。此外还有美国人去过中国,或是想到中国做教育事业的,或是很热心研究中国教育情形的,也每年有二三十位,于是就组织了一个中国教育研究会","这会的成立,已经很多年了,从前郭秉文先生在此地留学的时候,就有了,不过那时人少,开会也不十分正式,随便聚几位同志讨论,等到张伯苓先生在此地的时候,范静生、严范孙诸先生都在此,这会渐渐有精神,渐渐正式起来。后来南京高师张士一先生、北京高师邓芝园先生,都来留学,接接连连又有郭秉文先生、袁观澜、陈宝泉,及最近教育团诸位先生,都在纽约耽搁日子不少。这会的精神更盛"。[91]哥伦比亚大学师范院中国教育研究会的任务是:研究中国教育上各种重要问题,请名人演讲中国或他国教育以资参考,讨论关于中国教育之论文,发表讨论所得以供研究中国教育者之参考。据庄泽宣的问卷调查,此时在哥伦比亚大学师范院研究教育的中国教育研究会会员有张彭春、张敬虞、张耀翔、周学章、朱斌魁、钟俸霞、卓文、庄泽宣、李昂、李建勋、李华、欧元怀、陶慰苏、汪懋祖、徐则林(陵)、王志仁、潘健卿、杨荫榆、叶素志(还有几位未能联系上)。这些人当中,只有李华、陶慰苏、徐则林、潘健卿、叶素志五位不是出身哥伦比亚大学。

接下来具体看《新教育》杂志。《新教育》是新文化运动的直接产物,和《新青年》《新潮》一样,取新以示与旧有《教育世界》(1901年4月罗振玉创办于武昌,上海出版发行,王国维主编,共出版116期)、《教育杂志》(1909年1月创刊,上海商务印书馆出版发行,陆费逵主编,1912年1月陆费逵另立中华书局后刊物易主,由朱元善主编。这是1949年以前中国最大和出版时间最长的教育刊物)的区别。

1919年2月,《新教育》创刊。倡办者为江苏省教育会、北京大学、南京高等师范学校、暨南学校、中华职业教育社联合组成的"新教育共进社"。刊物的宗旨是"养成健全之个人,创造进化的社会"。刊物"主干"为蒋梦麟,"记者通信"为黄炎培,"编译"为徐甘棠,"发行"为沈肃文。编辑代表有北京大学：蔡元培、胡适、陶履恭；南京高等师范学校：郭秉文、刘经庶、陶知行、朱进；暨南学校：赵正平、姜琦；江苏省教育会：沈恩孚、贾丰臻；中华职业教育社：余日章、顾树森。杂志的编辑部设在上海西门外的江苏省教育会内。刊物每月一期，七、八月停刊，五期为一卷。但由于学潮和事故，无法按期出版，故月份上有变动。

创刊号上5篇"专论"，有2篇谈试验主义（后来又译为实验主义）：陶履恭《试验主义与新教育》、刘经庶《试验的论理学》。1919年3月第1卷第2期的专论有郑晓沧的《杜威氏之教育主义》。1919年4月第1卷第3期为"杜威号"，蒋梦麟、胡适、刘经庶、朱进都有文章，同时还刊登有杜威的演讲译文。"杜威号"内容涉及杜威哲学、伦理学、论理学、教育哲学、实验主义、平民主义—平民主义的教育—平民主义教育的办法等多个方面。这一期卷首还刊登了教育部教育调查会议决议的《中华民国教育新宗旨》：养成健全人格，发展共和精神。具体的解释是：

> 健全人格：1. 私德为立身之本，公德为服务社会国家之本。2. 人生所必需之知识技能。3. 强健活泼之体格。4. 优美和乐之感情。
> 共和精神：1. 发挥平民主义，俾人人知民治为立国根本。2. 养成公民自治习惯，俾人人能负社会国家之责任。

1919年5月第1卷第4期上，姜琦有《何谓新教育》一文，他认为"新教育"应包含两层内容："新教育者，适应新时代要求之教育也"；"新教育者，包含一切新主义之教育也"，并进一步强调"本社研究新教育之要件：一、介绍。二、批评。三、发明"。而实际上，《新教育》所宣扬的最为主要的主义是实验主义。

1919年9月第2卷第1期上，刊物倡办者增加了北京高等师范学校，编辑代表为:陈宝泉(筱庄)、邓萃英(芝园)、何炳松(柏丞)。1919年10月第2卷第2期上北京高等师范学校的编辑代表又增加了程时煃、王文培。从四位主持人(主干、记者通信、编译、发行)和六家单位的18位编辑代表看,蒋梦麟、胡适、朱进、郭秉文、陶知行、姜琦、陈宝泉(到美国考察教育时,访问哥大)、邓萃英、程时煃均有留学或访问过哥伦比亚大学的背景。

1922年1月第4卷第2期为"学制研究号",倡办者增加了东南大学。编辑部设在南京东南大学教育科,陶知行取代蒋梦麟为主干,同时刊出"本社各组编辑员一览"[92]。从这些基本人物的留学背景和实际学术活动,就可以明显看出美国哥伦比亚大学留学生和杜威及实验主义对中国大学的重要影响。因为他们之中,有半数具有留学哥伦比亚大学的学术背景。

1948年1月6日,哥伦比亚大学师范校友会中国分会第一次筹备会议在南京华侨招待所召开,到会者21人,大会临时主席为陈鹤琴。会议"决议事项"[93]有六项:去信向哥大师范学院院长致敬并报告组织校友会经过;函请哥大学者来华讲学;去函慰问哥大前校长夫人、师范学院孟禄教授夫人等;去函向杜威博士致敬,告知正式筹备委员七人:朱经农、欧元怀、陈鹤琴、程其保、罗廷光、朱炳乾、阮康成;去函通知各地哥大师范学院校友。

1949年,历史发生了翻天覆地的变化,哥伦比亚大学留学生在中国的代表人物胡适受到批判,作为校友会的群聚自然无声无息了。

注

[1] 亚伯拉罕·弗莱克斯纳:《现代大学论》(徐辉等译)第2页,浙江教育出版社,2001。

[2]《东方杂志》第14卷第4号(1917年4月)。中国蔡元培研究会:《蔡元培全

集》第3卷第8页,浙江教育出版社,1997。

[3]《北京大学日刊》1918年9月21日。中国蔡元培研究会:《蔡元培全集》第3卷第382页。

[4]《北京大学日刊》1919年9月22日。中国蔡元培研究会:《蔡元培全集》第3卷第700页。

[5]奥尔特加·加塞特:《大学的使命》(徐小洲等译)第82页,浙江教育出版社,2001。

[6]转引自刘军宁主编:《北大传统与近代中国——自由主义的先声》第584—585页,中国人事出版社,1998。

[7]陈寅恪在《清华大学王观堂先生纪念碑铭》中说:"惟此独立之精神,自由之思想,历千万祀,与天壤而同久,共三光而永光。"这自然是借王国维之死来发挥他的大学理念和他的学术精神。见陈寅恪:《金明馆丛稿二编》第246页。

[8]《新教育》第4卷第3期(1922年3月)。

[9]董任坚:《大学的学术自由》,《新月》第3卷第1期(1930年3月10日)。

[10][11]转引自陈洪捷:《德国古典大学观及其对中国大学的影响》第39页,北京大学出版社,2002。

[12]转引自陈洪捷:《德国古典大学观及其对中国大学的影响》第82页。

[13]陈洪捷:《德国古典大学观及其对中国大学的影响》第118—119页。

[14]陈寅恪:《金明馆丛稿二编》第361页。

[15]陈寅恪:《金明馆丛稿二编》第362页。

[16]唐纳德·肯尼迪:《学术责任》(阎凤桥等译)第26页,新华出版社,2002。

[17]唐纳德·肯尼迪:《学术责任》(阎凤桥等译)第3页。

[18]朱光潜:《政与教》,《思想与时代》第3期。

[19]林玉堂:《谈理想教育》,《现代评论》第1卷第5期(1925年1月10日)。

[20]胡寄南:《谈谈理想教育》,《现代评论》第1卷第13期(1925年3月7日)。

[21]冯友兰:《怎样办现在中国的大学》,《现代评论》第1卷第23期(1925年5月16日)。

[22]此文分上、下两篇,刊《京报副刊》第257号(1925年9月2日)、259号(1925年9月4日)。刘炳藜随后又在《京报副刊》第310号(1925年10月27日)、

311号(1925年10月28日)、312号(1925年10月29日)刊出《卢骚的教育思想》。

[23] 南京大学校史研究室编:《南京大学校史资料选编》第2卷第81页,南京大学出版社,2019年。

[24] 钱穆:《理想的大学》,《思想与时代》第20期(1943年3月1日)。

[25] 德里达等:《大学、人文学科与民主》,《读书》2001年第12期。

[26] 竺可桢:《竺可桢全集》第9卷第509页。

[27] 转引自韩水法:《谁想要世界一流大学?》,《读书》2002年第3期。

[28] 转引自魏定熙:《北京大学与中国政治文化》(金安平、张毅译)第90页,北京大学出版社,1998。

[29] 陈洪捷:《德国古典大学观及其对中国大学的影响》第37页。

[30] 陈洪捷:《德国古典大学观及其对中国大学的影响》第38页。

[31] 欧文·白璧德:《文学与美国的大学》(张沛、张源译)第57页。

[32] 胡先骕:《朴学之精神》,《国风》第8卷第1号(1936年1月1日)。

[33] 郑晓沧:《大学教育的两种理想》,见杨东平编:《大学精神》第57—58页,辽海出版社,2000。

[34] 张其昀:《张其昀先生文集》第10册第4913—4914页。

[35] 埃里·凯杜里:《民族主义》(张明明译)第22页。

[36] 详见谢长法:《借鉴与融合——留美学生抗战前教育活动研究》第154—155页,河北教育出版社,2001。

[37] 据陶行知《陶行知文集》(江苏人民出版社,1981)所示,陶行知在1923年之前所发表的《试验主义与新教育》《教学合一》《新学制与师范教育》《第一流的教育家》等文章,明显受实验主义的影响。

[38] 1921年10月颁布的《东南大学各科主任名单》、1923年1月颁布的《国立东南大学教职员一览》中,出身哥伦比亚大学的有教育科(含心理系、教育系、体育系)主任兼教育系主任陶知行,英文系主任张士一(谔),历史系主任徐养秋(则陵),教务部主任陈鹤琴,加上校长郭秉文,动物学教授陈桢(席由),教育学教授郑晓沧、朱斌魁(君毅),共8人。

出身哈佛大学的有地学系系主任竺藕舫(可桢),政法经济系主任王伯秋,物理系主任胡刚复,另有工科主任兼工科教授杨铨(杏佛),法律教授黄华(叔巍),植物学教授钱崇澍(雨农),体育教授麦克乐(美国籍),卢颂恩;白璧德的中国学生有文学教授梅光迪、吴宓,哲学教授汤用彤,共11人。

见《南大百年实录》(上卷)第131—132、149—164页,南京大学出版社,2002。

[39] 季羡林主编:《胡适全集》第18卷第261页。
[40] 杨亮功:《早期三十年的教学生活·五四》第39页,黄山书社,2008。

1927年1月22日在纽约有13位北京大学的同学请胡适吃饭,他们多是在哥伦比亚大学留学,其中学习教育的就有两位,其中之一就是杨亮功。他回国后出任安徽大学校长。见季羡林主编:《胡适全集》第30册第472—474页。

[41] 陈平原:《老北大的故事》第182页,江苏文艺出版社,1998。
[42] 蒋梦麟:《西潮·新潮》第92页,岳麓书社,2000。
[43] 季羡林主编:《胡适全集》第29卷第445页。
[44] 季羡林主编:《胡适全集》第31卷第305页。
[45] 蒋廷黻:《蒋廷黻回忆录》第73页。
[46] 孟禄1921年12月23日在北京美术学校的演讲,由胡适口译,记录者听从胡适意见,发表时题为《新孟禄主义》。见季羡林主编:《胡适全集》第42卷第621—626页。
[47] 季羡林主编:《胡适全集》第42卷第618页。
[48] 陈鹤琴在1955年2月28日《文汇报》的批胡文章中说:"通过杜威当年的一个反动思想大本营——哥伦比亚大学,中国学生留学在那里的经常有三百人之多,从辛亥革命起一直到解放以前,这三十多年来,上万的中国留学生带回杜威反动实用主义主观唯心论思想和杜威反动实用主义教育思想。其中最显著的当然要算杜威在中国的帮凶胡适了。"此文被胡适引用,见季羡林主编:《胡适全集》第26卷第303页。
[49] 陆晓光主编:《人文东方——旅外中国学者研究论集》第525页。
[50] 转引自沈松侨:《学衡派与五四时期的新文化运动》第256页,台湾大学出版委员会,1984。

[51] 美国《人文》杂志社、三联书店编辑部编:《人文主义:全盘反思》(多人译)第 7—8 页。

[52] 吴宓:《吴宓诗集·空轩诗话》第 183—184 页。沈松侨在《学衡派与五四时期的新文化运动》一书中也注意到《学衡》的这一现象和吴宓本人"尊德性"的一面。见该书第 210—211 页。

[53] 罗振玉:《海宁王忠悫公传》,见陈平原、王枫编:《追忆王国维》第 9 页,中国广播电视出版社,1997。

[54] 张其昀:《自述著述的经过》,《张其昀先生文集》第 10 册第 5068 页。

[55] 徐葆耕编选:《会通派如是说:吴宓集》第 193—194 页。

[56] 《国风》第 8 卷第 6 期(1936 年 6 月)。

[57] 郭秉文被迫离开东南大学后进入外交界。陶知行另谋新校建设,在南京创办晓庄师范学校。

[58] 费希特:《论学者的使命·人的使命》(梁志学、沈真译)第 40、43—44 页,商务印书馆,1984。

[59] 马克斯·韦伯:《学术与政治》(冯克利译),生活·读书·新知三联书店,1998。

[60] 唐纳德·肯尼迪:《学术责任》(阎凤桥等译)第 183 页。

[61] 欧文·白璧德:《文学与美国的大学》(张沛、张源译)第 52 页。

[62] 欧文·白璧德:《文学与美国的大学》(张沛、张源译)第 50 页。

[63] 欧文·白璧德:《文学与美国的大学》(张沛、张源译)第 53 页。

[64] 欧文·白璧德:《文学与美国的大学》(张沛、张源译)第 49 页。

[65] 蔡元培:《教育独立议》,《新教育》第 4 卷第 3 期(1922 年 3 月)。

[66] 季羡林主编:《胡适全集》第 20 卷第 104 页。

[67] 贺麟:《学术与政治》,《文化与人生》第 252 页。

[68] 贺麟:《学术与政治》,《文化与人生》第 246 页。

[69] 贺麟:《学术与政治》,《文化与人生》第 246—247 页。

[70] 贺麟:《学术与政治》,《文化与人生》第 250 页。

[71] 《东南论衡》第 1 卷第 13 期(1926 年 6 月 19 日)。

[72] 《现代评论》第 1 卷第 16 期(1925 年 3 月 28 日)。

[73] 《现代评论》第 1 卷第 17 期(1925 年 4 月 3 日)。

[74]《现代评论》第1卷第26期(1925年6月6日)。

[75]《晨报副刊》第1446号(1926年9月20日)。

[76]《晨报副刊》第1456号(1926年10月13日)。

[77] 瞿菊农:《教育与自由》,《晨报副刊》第1504号(1927年1月12日);《教育与自由》(续),《晨报副刊》第1509号(1927年1月20日)。瞿菊农、梁漱溟:《关于〈教育与自由〉》,《晨报副刊》第1514号(1927年1月29日)。瞿菊农:《学术自由》,《晨报副刊》第1529号(1927年3月3日);《谈自由》,《晨报副刊》第1563号(1927年5月4日)。

[78] 季羡林主编:《胡适全集》第23卷第540页。

[79] 叔永:《党化教育是可能的吗?》,《独立评论》第3号(1932年6月5日)。

[80] 竺可桢:《竺可桢日记》第Ⅰ册第18页。

[81][82] 竺可桢:《竺可桢日记》第Ⅰ册第16页。

[83] 1942年1月。

[84] 1942年2月。

[85]《中国大学教育往何处去》,《大学》第3卷第1期。

[86]《学术自由的本质和体现》,《大学》第3卷第5、6合期。

[87]《试谈中国学术文化的自立自主》,《大学》第3卷第5、6合期。

[88] 冯友兰:《三松堂全集》第5卷第483页,河南人民出版社,1986。

[89] 贺麟:《论党派退出学校》,《周论》第1卷第7期(1948年2月27日)。

[90] 详见谢长法:《借鉴与融合——留美学生抗战前教育活动研究》第70—72、79—80页。

[91] 泽宣:《哥伦比亚大学师范院及中国教育研究会》,《新教育》第3卷第4期(1921年4月)。此时重刊时,作者署名"泽宣"。

[92] 从"中华教育改进社"名誉董事、董事和各组编辑员等基本人员的留学(游学)背景看,范源濂、严修、蒋梦麟、郭秉文、张伯苓、陶知行、邓萃英、汪懋祖、陈宝泉、刘廷芳、郑晓沧、凌冰、张耀祥、陈鹤琴、韦悫、李建勋、袁观澜、张默君、刘吴卓文、胡适、许崇清、张士一、廖世承等都有哥伦比亚大学的学术经历。

[93] 中国第二历史档案馆五—15354《美国哥伦比亚大学师范校友会中国分会第一次筹备会议记录及名单》第2页。

大学学术:学分南北

学科意识

在近代欧洲,大学在18世纪晚期、19世纪初期得到复兴,并成为创造知识的主要场所。因此,华勒斯坦等人强调"十九世纪思想史的首要标志就在于知识的学科化和专业化,即创立了以生产新知识、培养知识创造者为宗旨的永久性制度结构"[1]。随着"研究主题"和"学科"名称逐步明晰和细化,现代大学也就以学科名称来设立科系,学科之间也同时具有独立、平等的地位。

南京高等师范学校—东南大学由两股力量支撑着:一是"中国科学社"大本营里现代科学家积聚所释放出的科学精神;二是张之洞、陈三立、缪荃孙、李瑞清、江谦在南京兴学后文科学者文史哲兼通的人文精神。所谓"文史哲兼通"多见于中国古代学者,而当下学者则很少能达到这一境界。在民国大学体制下,因学科逐步明晰和细化,文学、语言学、史学、哲学趋于相对独立。学者的研究工作也随之变得学科化和专业化。

在以考据为重的清代学术史上,史学虽"不逮宋人"[2],若以学科论,正是语言文字(形、声、义)的"小学"[3]成就最高。同时这种学风延续到了1920、1930年代,治国学者,也通常以是否通"小学"为基本评价标准。[4]若以地域看,清代学术有成就的学者多集中在江淮。所以梁启超在

《近代学风之地理的分布》中有"一代学术几为江浙皖三省所独占"[5]之说。在梁启超之前,为《两江优级师范学堂同学录》作序的李瑞清说"两江本江南江西地",清代以来,"名儒硕彦飙起云兴","故中国之言文学者,必数东南"。[6]

近代以来,地域所造成的南北之学和政治文化确实出现了很大的不同。由于东南得风气之先,湖湘学者由经世致用到大兴洋务、变法维新;岭南学者由六经注我,到托古改制、公车上书,乃至置身政变;江浙学者由我注六经精细、严实的书斋生活,到关注开放的域外之学。几十年间东南一直在政治、经济和学术变革的前沿,而西北乃至北方却处在相对的保守之中。但到了五四新文化—新文学运动时期,却出现了极大的反差,并在南北两所最重要的国立大学表现出对立,即北京大学与东南大学出现了激进与保守的分野。于是也就有了在民国思想学术新格局下的"学分南北"[7]。

观照民国学术史基本格局,总结其实际学术贡献时,把南北大学的内在学术机制作为关注焦点,并以1920年代南京高等师范学校—东南大学、北京大学和清华学校—清华大学为个案,可以发现前者的"国学"研究明显弱于北京大学和清华学校—清华大学。清代朴学研究已经达到了很高的水平,要想超越只有在新史料发掘和思想方法更新上突破。新材料即新知识增长点,新的思想方法即可带来新的见识。1920年以后,南北学风在精神上的差异是信古和疑古。后起所谓释古其实是一种调和。但这并不是决定学术成就的根本,还有史实新发现和方法创新。最终决定学术的是前者(精神)与后者(史实新发现和方法创新)的有机结合,即前者是思想层面上的,后者属于技术层面上的。代表北方学界的北京大学和清华学校—清华大学之所以超越南京高等师范学校—东南大学,正是因为他们积极地占有和应用了新材料(考古所得甲骨文及其他文物、敦煌文献和明清内阁档案)并吸收了国外新的思想方法。同时,北方著名学者都与欧洲和日本著名汉学家保持着密切的学术联系[8],通过讨论学术问题,最快地得到学术信息,将欧洲的所谓"汉学""东方学"和日本借鉴欧洲"汉学"而形成的所谓"支那学"的方法、成果吸收过来。1920—1930年代,北方学界的几个大学者罗振玉、王国维、陈寅恪、胡适、陈垣、杨树达、李济、董作宾等都与这些新材料有关联。而南京高等师范学校—东南大学的史学乃至"国学"研究除胡小石重视甲骨文外(1930年金陵大学商承祚研究甲骨文,也是从北方转到南京任教,他本人是罗振玉门生),其他人仍然是在传统学术范式中打转,无新材料、新问题和新方法上的突破。[9]用胡适批评刘掞藜的话说就是无治学方法的自觉,无评判眼光和评判精神,简单的信而不疑。

陈寅恪将重视新材料与新问题提高到决定"一时代之学术"的层面上来看。他在《陈垣〈敦煌劫余录〉序》中说:"一时代之学术,必有其新材料与新问题。取用此材料,以研求问题,则为此时代学术之新潮流。治学之士,得预于此潮流者,谓之预流(借用佛教初果之名)。其未得预者,谓之未入流。此古今学术之通义,非彼闭门造车之徒,所能同喻者也。"[10]

发现并使用新材料与提出新问题,是"大师巨子"的学术行为。前后二者又互为因果。因此,陈寅恪特别强调:"自昔大师巨子,其关系于民族盛衰学术兴废者,不仅在能承续先哲将坠之业,为其托命之人,而尤在能开拓学术之区宇,补前修所未逮。故其著作可以转移一时之风气,而示来者以轨则也。"[11]

在北方学界,胡适是新学术思想的倡导者,他以批判的科学理性精神为导向,成为"二十世纪中国学术思想史上的一位中心人物"[12],也是具有"北大一贯的主导思想"的代表性人物。[13]他说:"我们的使命,是打倒一切成见,为中国学术谋解放。"[14]王国维先后是北京大学研究所国学门的通讯导师和清华学校研究院的住校导师,同时也是新学术方法典范的开创者和实践者。[15]他的研究方法,陈寅恪在《王静安先生遗书序》中总结为:取地下之实物与纸上之遗文互相释证;取异族之故书与吾国之旧籍互相补正;取外来之观念,与固有之材料互相参证。[16]受胡、王影响的学生很多。其中顾颉刚、傅斯年通过《北京大学研究所国学门周刊》的《一九二六年始刊词》(1926年1月1日)、《国立第一中山大学语言历史学研究所周刊》的《发刊词》(1927年11月1日)和《历史语言研究所工作之旨趣》(1928年10月。傅斯年为了同中山大学的"语言历史学研究所"区分开来,将中央研究院的同类研究所定名为"历史语言研究所"),将他们学术思想和方法的路向明确规定为:历史文献考证加田野调查。顾颉刚明确说明后者的工作就是:到古文化遗址发掘,到民众中调查搜集方言,到人间社会中采风问俗。这样就可以打破偶像,摈弃成见,建设"新学问"[17]。从而形成这样一种崭新的学术规范:古代历史、古文字学研究中地下之物与地上之文互相释证;音韵学研究中历史文献考证与活的方言调查整理相结合;社会史、文明史研究中文献记录的雅文化与民间现实存在的俗文化互相参证,即书写历史与口传历史的互相参证。文史研究中的以诗证史或诗文互证。

学科意识明确是中国学术自觉的开始,并超越了自晚清以来士人对中国传统学术所谓"国粹""国故""国学"的模糊认识。

就语言学而言,明显凸现出文字学与音韵学两大营垒。前者以甲骨文为突破,将自《说文解字》以后两千年文字学研究难超范式的历史改写;后者以方言研究为突破,成就了语言学研究的大家赵元任、李方桂、罗常培等。前者因得力于甲骨文,而使其成为考古学大成就之中的一部分,也就是说,文字学研究被荣耀于世的考古学所包容(1948年中央研究院院士选举时,参与安阳小屯殷墟考古发掘和甲骨文文献研究的傅斯年、董作宾、李济、郭沫若、梁思永五位被胡适、傅斯年提名,实际结果是傅斯年、董作宾、李济、郭沫若、梁思永入选)。音韵学则在传统文献考察基础上结合新的方言调查,使音韵学研究在语言学中居于高位。20 世纪中国语言学史中音韵学为至上之学,这说明学术的价值判断有内在继承(1948 年中央研究院院士选举时,语言学被胡适、傅斯年提名的三位为赵元任、李方桂、罗常培,分别代表清华大学、历史语言研究所、北京大学,在实际教学和研究工作中互聘或合作,而他们三位都以音韵学见长,实际结果是赵元任、李方桂入选)。语言学中的其他门类如训诂、语法、修辞、语言学理论研究则相对处于弱势,特别是语法、修辞、语言学理论,基本上是移植性学问。

与此相反,在南京高等师范学校—东南大学,最初的文史教授是王伯沆、柳诒徵,后来者为陈中凡、顾实。王伯沆博学多识,长于诗学和文学评点,但因 40 岁后投奔"太谷学派"二传宗主黄葆年,受"太谷学派"倡导儒家"述而不作"的思想影响,生前几乎没有著作。[18]陈中凡治先秦诸子,顾实治小学,特别是音韵学,此时都尚未成大家。若依据章太炎对"国学"的界说,柳诒徵所治之学为史学,他的学术精神基本上是继承传统,在方法上仅吸收了由欧洲传入日本的宏观写史之法(表现在他写的《历代史略》《中国文化史》《国史要义》中),他的《历代史略》就是"根据日本那珂通世的《支那通史》增删而成"[19]。他的历史研究是传统的文献整理考证式。胡适在肯定他《中国文化史》是"开山之作",承认所开"文化史"体例的同时,也指出其新材料不够。[20]就语言学研究而言,他不懂音韵学[21];于文字学,他和章太炎、黄侃一样墨守《说文解字》(而章太炎、黄侃二人同时又擅长音韵学)而不懂甲骨文。1928 年以后的中央大学中国文学系语言学导师为黄侃(至 1935 年)。随后主宰这所大学中国文学系语言学的是以古文字见长的胡小石(因 1928 年出版《甲骨文例》,得此学科之"预流",1930年春季胡小石兼任私立金陵大学文学院中国文学系教授,开始开国文[一六三]"甲骨文"选修课,每周上课三小时,三学分,"讲述甲骨文之出土与近人研究殷墟文字之成绩最后讨论其文字文例与古史之关系";开国文[一六四]"钟鼎文",每周上课二小时,二学分,"谨就钟鼎文文字文例加以说明"[22]。文学院概况中特别强调金陵大学图书馆藏有殷墟甲骨文二百五十片)和以现代西方语言学理论见长的方光焘。

中国传统学术研究一向注重文史哲交融与兼通,不同时期出现的所谓"理学""宋学""汉学""朴学""小学""国学"等等,都有其特殊指向和具体学术内涵。顾颉刚、傅斯年在北京大学受胡适影响极大,从创办《新潮》到《中央研究院历史语言研究所集刊》,他们一直有要做中国新学术领导力量的愿望。不但要使大学成为新思想的策源地,同时也要使大学成为"来日中国一切新学术之策源地"。傅斯年在《〈新潮〉发刊旨趣书》中说:

> 今日幸能脱弃旧型,入于轨道。……今日幸能正其目的,以大学之正义为心。……今日幸能渐入世界潮流,欲为未来中国社会作之先导。本此精神,循此途径,期之以十年,则今日之大学,固来日中国一切新学术之策源地;而大学之思潮未必不可普遍国中,影响无量。同人等学业浅陋,逢此转移之会,虽不敢以此弘业妄自负荷,要当竭尽思力,勉为一二分之赞助:一则以吾校真精神喻于国人,二则为将来之真学者鼓动兴趣。同人等深惭不能自致于真学者之列,特发愿为人作前驱而已。名曰《新潮》,其义可知也。[23]

顾颉刚、傅斯年创办"中山大学语言历史学研究所"和"中央研究院历史语言研究所"时,语言学的学科意识得到了进一步强化。此时,顾颉刚打完了古史辨的硬仗,傅斯年在欧洲留学时接受了德国兰克史学和法国史学的影响。《中央研究院历史语言研究所集刊》创刊于1928年10月,蔡元培写有《发刊辞》。紧随其后,是傅斯年1928年5月在广州写就的《历史语言研究所工作之旨趣》。傅斯年一度还是殷商考古的组织者、领导者,他认为历史学研究已经成为各种科学方法的汇集。他甚至强调历史学就是史料学,历史研究就是找材料。而找材料的路径简单地说就是典籍文献加田野调查。傅斯年早在1920年自欧洲致蔡元培信时就强调欧洲第一流大学的根基是科学,而中世纪的学院才根基于文学、哲学。[24]在傅斯年心目中,历史学和语言学研究最具有科学性,即是"科学研究"。而文学中的情感、审美因素和哲学中形而上的玄思冥想都会导致这两个学科走向个性化、情绪化,乃至成为精神现象的虚幻世界。傅斯年所谓历史学和语言学具备"科学研究"的标准是:"能直接研究材料","能扩张他所研究的材料","能扩大他作研究时应用的工具"。[25]就"研究时应用的工具"而言,他特别提到"语音实验"。最后,傅斯年高呼:"一、把些传统的或自造的'仁义礼智'和其它主观,同历史学和语言学混在一气的人,绝对不是我们的同志! 二、要把历史学和语言学建设得和生物学、地质学等同样,乃是我们的同志! 三、我们要科学的东方学之正统在中国!"[26]

傅斯年的思想方法影响甚至左右了"中央研究院"的机构设置。"中央研究院"从大陆到台湾,60多年没有"文哲所",直到1990年代,才开始筹备"文哲所"。和傅斯年思想方法有共同之处的顾颉刚,为了追逐新思想而离开北洋政府控制的北京(如罗志田所说,当时政治思想是南新北旧,故有"北伐"),到厦门大学、广州中山大学。他同样是想把历史学和语言文字学建设得如同自然科学一样。作为中山大学史学系主任、语

言历史学研究所主任,顾颉刚在 1929 年 2 月 6、7 日为《中山大学语言历史学研究所年报》作序时明确表示:

> 我们这班人,受了西方传来的科学教育,激起我们对于学问的认识,再耐不住不用了求真知的精神,在中国建设一个学术社会了。在这个学术社会中,不但要创建中国向来极缺乏的自然科学,还要把中国向来号称材料最富研究最深的社会科学(历史学在内)和语言文字之学重新建设过。这是把中国昔日的学术范围和治学方法根本打破,根本换过的;这是智识上、思想上的一种彻底的改革。……
>
> 我们常把微细的成绩发表,为的是要恪守我们的幼稚的学术团体的本分,从许多人的意识里造成一个共同的目标,从许多人的工作里熟悉若干最有效力的方法。
>
> 我们现在已经认清了我们的路,我们要在这条路上竭尽了毕生的精力来作多方面的建设。……
>
> 我们要明白自己的学问是学问的全体中的一小部分,不要作正统派,所以不希望全国的青年都归附到我们的旗帜之下,只希望对于这方面有兴趣、有能力的青年肯和我们联合工作。……
>
> 我们的眼光可以放得很远……但工作却要做得切近,无论何种的研究的基础都须建设于确实的证据上,在不能遽得系统时不要随便凑成一个系统,在不能遽得结论时不要轻易作出一个结论。[27]

"中央研究院历史语言研究所"[28]的基本力量来自北京大学和清华大学,尔后,这三家势力就一直左右着中国 1950 年以前的历史学、语言学研究。这在 1948 年中央研究院院士选举时表现得尤为明显。出身于无锡国专的唐兰,在古文字、古史研究上卓有成就,但是由于他的甲骨文研究缺乏考古发掘的实际支持,当他个人请求胡适推荐他做院士候选人时就没有被胡适看中。胡适、傅斯年师徒抛弃政治伦理,以学术伦理为重,共同推举郭沫若为院士。"历史语言研究所"的工作路子就是要强调田野作业,历史组去考古发掘,找新材料,语言组大搞方言调查,然后再和历史文献进行互证。历史、考古组的傅斯年、董作宾、李济、梁思永等人是这个路子,语言组的赵元任、罗常培、李方桂、黄淬伯、丁声树、董同龢、周祖谟等人也都是这个路子。[29]梁思成、林徽因的建筑史研究,同样是这个方法。

现代音韵学研究大搞方言调查,受两个方面的影响:一是西方语言学研究对小语种和局部方言的重视,特别是瑞典汉学家高本汉中国音韵学研究的启发;二是五四新文化—新文学思潮助推新国语运动。就后者而言,新国语运动的发起人为当时在美国的留学生赵元任、胡适,起点在1915年。胡适由1915年写作《如何可使吾国文言易于教授》、1917年发表《文学改良刍议》到随后的《建设的文学革命论——国语的文学·文学的国语》,掀动了一场文学革命,而文学形式变革就是要走白话文的路。1920年1月北洋政府教育部通令全国小学一、二年级的课本废止文言文改用国语。以推广白话文为中心内容的"新国语运动",首先面临着中国广袤辽阔、民族众多带来的方言及少数民族语言问题。于是,方言调查应声而起,方言调查即探索发现,带来了两个重要价值趋向:一是为现实的推广新国语提供了便利;二是由于方言保留部分古音而为推研古音带来可能。于是音韵学研究便在继承传统古籍考证基础上,和方言调查收获的新语料相结合,形成现代音韵学。

若以1930年代初大学国文系的课程为依据,进一步比较北京大学和中央大学的语言学教学研究状况,可以明显看出,此时北京大学的语言学体系已经建设完备:文字、音韵、训诂、语法、修辞、语言学理论、语言学实验、比较语言学、少数民族语言各科全有。[30]而中央大学的语言学课程只有训诂、音韵学、文字或方言。[31]1949年以后,北京大学中文系(改习惯称"中国文学系""国文系"为"中文系")的语言学保留了1930年代建立起的学术基础和传统,多门类并存发展,为全国语言学之领军。

确切地说,学衡精神是科学时代实验主义以及唯科学主义主导学术主流意识之外的人文主义精神。相对于北京大学新青年派—新潮派新文化激进主义势力,南京高等师范学校—东南大学学衡派是文化保守主义的一种力量。南北力量相互作用,奠定了民国学术的基础,他们在冲突、批评、论争中,求同存异,共同促进了学术发展。

学衡派(有原南京高等师范学校—东南大学毕业学者称为"南高—东南学派")的学术支撑是史地之学和文哲之学。前者又以其形成"历史地理学"为其主要特色。后者的文学、哲学研究是以古典与现代、中国与西方的融通而影响学界。尤其是西洋学术之源与中国的孔学,西洋文学的古典主义精神、新人文主义精神与中国儒学的人文主义精神在这里交融。西方哲学的理性精神和近代金陵佛学"万法皆唯识所现"在这里碰撞。具体说来,国文系坚守古典诗学,外文系译介、传播西洋文学;而哲学系则呈现出译介、传播西洋哲学(以刘伯明、郭斌龢、宗白华为代表)与阐释佛学唯识宗两条路向。

刊物作为文化载体从两个方面支撑学衡派:侧重思想观念展示的是《学衡》《国风》《大公报·文学副刊》《思想与时代》;侧重学术层面展开的是《史地学报》、《文哲学报》、《史学与地学》、《史学杂志》、《地理杂志》—《方志月刊》《史地杂志》。还有一个并不满意学衡派而实际上与学衡派有相应的学术关系,且作者与上述其他刊物交叉的外围刊物《国学丛刊》。当然,这两个方面又是互相渗透的。

新旧之说与东南学风

汤因比在考察文明的发展时,注意到其中"精神的分裂"[32]。他说当一个社会开始瓦解时,个体在成长阶段的各种行为、感觉和生活特性将为一些可能的其他方式取代,一种是被动的方式,另一种是主动的方式,会相关地出现复古派和未来派。前者有"在文明崩溃的社会里再建早期生活节奏的企图",后者含有中断与传统联系的意思。五四新文化运动决定了南北大学复古派和未来派"精神的分裂","再建早期生活节奏的企图"是根本不可能的事,但寻求其文化学术之源,通常是他们积极的表现。这也是为什么在春秋战国时代就有"克己复礼"的"集体意识",和对已经逝去的并不可知的三皇五帝时代的美好向往。

王国维强烈反对持学术新旧、中外、有用无用之说。他在 1911 年的《国学丛刊·序》中明确表示:"学无新旧也,无中西也,无有用无用也。凡立此名者,均不学之徒,即学焉而未尝知学者也。"[33] 但实际上,学界有意无意地还是要分出个新旧来。梁启超 1923 年 1 月 9 日在东南大学"国学研究会"做"治国学的两条大路"(收入东南大学"国学研究会"编的《国学研究会演讲录》第一集)演讲时,提出治国学有两条应走的大路:"一、文献的学问——应该用客观的科学方法去研究;二、德性的学问——应该用内省的和躬行的方法去研究。"这实际上是宋儒早已经明确了的"尊德性"与"道问学"两种学问之路。《礼记·中庸》有"君子尊德性而道问学"之说。朱熹说:"大抵子思以来,教人之法,惟以尊德性道问学两事为用力之要。今子静(陆九渊)所说专是尊德性事,而熹平日所论却是道问学多了。"黄宗羲便在《宋元学案》中对此加以理性概括。梁启超说第一种就是"整理国故"的部分,具体内容是求真、求博和求通。

在演讲的最后,梁启超忽然把话头拉到国学研究中的南北、新旧问题上。他说:"这边的诸位同学,从不对于国学轻下批评。这是很好的现象。自然,我也闻听有许多人讽刺南京学生守旧,但是只要旧的是好,守旧又何足病诉?所以我很愿此次的讲演,更能够多多增进诸君以研究国学的兴味。"[34]梁启超对东南大学"旧"倾向显然有自己特殊的好感。

那么,南京高等师范学校—东南大学的"旧"究竟指的是什么?梁启超只说出客观上的一点,就是"从不对于国学轻下批评"。当然他们还有反对和不接受"新"的一方面,这和梁说相一致,自然又是主观上的(北京大学"反孔"和南京高等师范学校—东南大学—中央大学"尊孔"都是有意识的。激进的反传统与保守的维护传统形成鲜明的对立。文学上的新旧之争,国学研究中"疑"与"信"的争辩)。当然,由于历史条件的限制,他们在客观上还没有获得学术研究的新材料和新方法。

汤因比说:"心灵的视野和眼睛的视野一样,只有当观察家已经在他和他的对象之间保持一定距离时,才会进入焦点。"[35]这自然也是中国古典批评家所谓"欲识庐山真面目"的命题。对别人的批评和对自己的评价要想公正,需要一定的时间和相应的距离。

事实上,新和旧都是相对的。北京大学的"新"和文化激进是主潮,自然也控制着主流话语权,但旧的仍被兼容。这也正是北京大学的大学精神。杨振声在《回忆五四》一文中说到学生、老师之间的复杂关系:

> 当时在北大学生中曾出版了《新潮》《国民》两种杂志,作为青年进军的旗帜,来与《新青年》相呼应。……
> 当时不独校内与校外有斗争,校内自身也有斗争;不独先生之间

有斗争,学生之间也有斗争;先生与学生之间也还是有斗争。比较表示的最幼稚而露骨的是学生之间的斗争。有人在灯窗下把鼻子贴在《文选》上看李善的小字注,同时就有人在窗外高歌拜伦的诗。在屋子的一角上,有人在摇头晃脑、抑扬顿挫地念着桐城派古文,在另一角上是几个人在讨论着娜拉走出"傀儡之家"以后,她的生活怎么办?念古文的人对讨论者表示憎恶的神色,讨论者对念古文的人投以鄙视的眼光。前面说过学生中曾出版《新潮》与《国民》,但同时也出版了与之相对立的《国故》。这三种杂志的重要编辑人都出在我们五四那年毕业班的中文系。大家除了唇舌相讥、笔锋相对外,上班时冤家相见,分外眼明,大有不能两立之势,甚至有的怀里还揣着小刀子。

  当时大多数的先生是站在旧的一面,尤其在中文系。在新文学运动前,黄侃先生教骈文,上班就骂散文;姚永朴老先生教散文,上班就骂骈文。新文学运动时,他们彼此不骂了,上班都骂白话文。俞平伯先生同我参加《新潮》杂志社,先生骂我们是叛徒。[36]

  在东南大学,文科整体力量中有很大一部分势力是与北京大学对立的,这在局外人看来自然是梁启超所说的"旧"。但其中也有"异质"。由于陈中凡出身北京大学,和陈独秀等人有特殊关系,他指导的《国学丛刊》和《学衡》《史地学报》《文哲学报》反新文化、反新文学倾向就有些不同。他是有意游离在学衡派与北京大学新青年派对立之外。王易、汪辟疆是东南大学学衡派成员,但他们早年毕业于北京大学,因此,他们虽守旧(坚持写古体诗词)而不骂母校北京大学求新(倡导新文化、新文学)。吴梅、黄侃是先后离开北京大学(黄又先后任教于武昌师大—武昌大学、东北大学)到东南大学—中央大学任教的,尤其是黄侃,是因不满北京大学的"新"而求中央大学的"旧"而来的。这种新中有旧和旧中有新的复杂情况,说明了大学场域本身所具有的兼容性和历史变革时代精神共同体"异质同构"的相对性、可能性。

学衡派成员群聚东南大学的时间虽短,但他们所昭示出的共同精神,被柳诒徵概括为"东南学风"。学者都有特别的自信和台上喝彩,以至于不可避免地表现出文人相轻的偏至,胡适对自己发动的白话新文学运动,柳诒徵对《学衡》几篇批评新文化—新文学的文章,都有"台上喝彩"的嫌疑。柳诒徵在《送吴雨僧之奉天序》中说:"梅子吴子同创杂志曰《学衡》以诏世,其文初出,颇为聋俗所诟病。久之,其理益章,其说益信而坚,浮薄怪谬者屏息不敢置喙。则曰,此东南学风然也。"[37]这种学衡派的文化保守精神和自南京高等师范学校至东南大学所形成的"东南学风",在随后靠南京高等师范学校—东南大学的学生来承传。[38]

东南大学柳诒徵师徒因信古而反对北京大学古史辨派的疑古,在双方论争中顾颉刚明确地认识到"这是精神上的不一致"[39]。钱玄同、魏建功都感到这是"我们的精神与他们不同的地方"[40]。魏建功还特别指出柳诒徵等人因"旧材料与旧心理"阻碍了学术进步。这说明由精神不同,到"我们"与"他们"群体对立,逐步形成南北学术差异。

科学哲学家托马斯·库恩有一段颇具启发性的言论:"接受新的就必须重新估价、重新组织旧的,因而科学发现和发明本质上通常都是革命的。所以,它们确实要求思想活跃、思想开放,这是发散式思想家的特点,而且确实也只限于这些人。"[41]疑古和信古导致"精神上的不一致",实际上表现出前者自觉的思想启蒙意义,并利用新材料产生知识祛魅作用。"思想启蒙"和"知识祛魅"是双管齐下的一种文化策略,同时催生了新的学术"范式"。

学术"范式"的精神导向一般由核心人物来决定。从这方面看,柳诒徵可谓异常突出。1968年张其昀在《吾师柳翼谋先生》一文中指出:"民国八年以后,新文化运动风靡一时,而以南京高等师范为中心的学者们,却能毅然以继承中国学统、发扬中国文化为己任。他们的代表刊物是《学衡》杂志,该刊的发刊词,出于柳师。可见他所居的地位。世人对北大、南高有南北对峙的看法。柳师所以能挺身而出,领袖群伦,形成了中流砥柱的力量,可说是南菁书院求是学风的发扬光大。"[42]彭明辉在《历史地理学与现代中国史学》一书中特别强调了柳诒徵的作用,并将其与胡适相提并论。他说:"柳诒徵在现代中国史上所扮演的角色,向属较保守之一方,如反对古史辨运动,反对新文化运动,他一直都是反'北大'系统的中坚;所以,柳诒徵的地位其实有类提倡新文化运动和启发顾颉刚进行古史讨论的胡适,一位是'南高'的精神领袖,一位是'北大'的青年导师,两人南北对立,殊不相让。"[43]

所谓"东南学风"的形成,在1925年之前,原因自然是多方面的。1926年胡先骕在《东南大学与政党》一文中特别强调说:"东南大学与政党素不发生关系,言论思想至为自由。教职员中亦无党派地域之别。"东南大学"为不受政治影响专事研究学术之机关"[44],但改制为中央大学后,情况就有所不同了。

当时东南大学学生、后为近代史学家的郭廷以,在口述自传中的说辞是,江谦(易园)是理学家,学问修养都好,很注重培养学生的朴实风气。"当时学监陈容(主素)和稍晚一点的王伯沆、柳诒徵等都是讲理学的先生,循规蹈矩的,无形中养成了南高朴实的学风。"[45]同时他将东南大学与北京大学比较后得出的结论是:"在精神方面,东大先承江易园先生等之理学熏陶,后继以刘伯明先生主讲哲学之启发,学生均循规蹈矩,一切都不走极端,既接受西洋文化,亦不排斥我国固有文化,因此学生虽鲜出类拔萃人物,但太差的也没有,这与北大恰好相反。"[46]

当然新旧之说还有学术之外一种更为明显的表现,那就是文学创作。1917—1927年所谓新文学第一个十年间,除陆志伟、卢前、侯曜、顾仲彝稍有风头外,南京高等师范学校—东南大学新文学势力很弱。这其实与其反新文化、反新文学有关,是其学风所决定的,也是学衡派极端抵抗新文化—新文学的后果。他们的文学活动主要是写古体诗词。

1922年8月26日,胡适在接见日本学者今关寿麿时特别谈了他对南北史学差异的看法,他说:"南方史学勤苦而太信古,北方史学能疑古而学问太简陋。将来中国的新史学须有北方的疑古精神和南方的勤学工夫。"[47]在胡适看来,能够结合南北史学优长的学者是王国维、陈寅恪、汤用彤、陈垣等人。1928年5月21日,他在南京中央大学演讲时,特别提到五四时期,"南高以稳健、保守自持,北大以激烈、改革为事。这两种不同之学风,即为彼时南北两派学者之代表"。1935年胡先骕为纪念南京高等师范学校二十周年所作的《朴学之精神》[48]一文,也有意从学术精神上分出个南北不同来。

而胡先骕说的"实验主义"显然指向胡适及北京大学。桑兵承继梁启超勘察"近代学人的地理分布"的视角,在其著作中引述文化观念相对立的二胡(胡适、胡先骕)之说,是要说明此时北方学者本身多是地缘意义上的南方人。事实上,清末民初在北京大学,从校长到文科教授群体,的确多是来自南方——从"桐城派"传人、"浙江派"到陈独秀、胡适"新文化运动"时代的"皖派",恰如梁启超所说的清朝"一代学术几为江浙皖三省所独占"的那样——北京大学仍为江浙皖学人所占据。就连当时清华研究院的四大导师也都是南方人。地缘意义上的南方学人,在1948年院士选举时,81位院士中占了71人(河北、山东、陕西、山西、河南共10人,其他北方省份无)。

历史地理学

晚清地理学成为显学,有内忧外患和文化上的西潮冲击等重要原因。特别是西方地理学在中国的传播和影响,彻底改变了中国士大夫心中的世界观念和国家观念,同时也使中国传统的地理学学科发生了巨变。由天圆到地方,新的科学知识体系和思想观念一方面促使地理学教育展开和普及,另一方面也使国人民族救亡意识强化和国家疆域观念明确。[49]

科举废除、新学大兴之后,地理学成为新式学堂的一门基础课。将历史与地理合而为"史地之学",起始于南京高等师范学校国文史地部,并由相应的学术刊物支撑。随后发展强化为专门的"历史地理学"学科。

由"历史"与"地理"两门相对独立的学科合称为"史地之学",在随后发展强化为专门的"历史地理学"学科时,呈现出两条路径:一路是南京的"史地研究会"派;一路是北京的"禹贡学会"派。仅从名称上看,南北学派不同,但由导师引领,以刊物为平台培养人才的事实是相同的。

先说前者。这一路从最初"南京高等师范学校史地研究会—东南大学史地研究会"办《史地学报》,到柳诒徵任总干事的"中国史地学会"办《史学与地学》(北京女子大学—南京龙蟠里国学图书馆、南京中央大学史地学系编辑,并由南京高等师范学校—东南大学毕业生,此时在商务印书馆就职的张其昀、向达具体负责,上海商务印书馆印行,1926年12月1日第1期、1927年7月1日第2期、1928年7月1日第3期)。《史学与地学》随柳诒徵出任江苏省立国学图书馆馆长而变化,刊物一分为二:《史学杂志》、《地理杂志》—《方志月刊》。这两个刊物的基本力量仍是南京高等师范学校—东南大学培养的学者,此时多在中央大学。《史学杂志》双月刊,创刊于1929年3月,为"南京中国史学会编辑",地点在龙蟠里10号江苏省立国学图书馆,到1931年4月出版两卷,并有第3卷第1期预告。《地理杂志》双月刊,由中央大学地理学系办,1928年7月创刊,共出版23期(1928年出1卷3期,1929年出2卷6期,1930年出3卷6期,1931年出4卷6期,1932年出5卷2期)。1932年3月《地理杂志》双月刊5卷2期出版后停刊,1932年11月改名为《方志月刊》,成为"中国人地学会"的会刊,由张其昀主编,在钟山书局印行,刊期与前者相连,即《方志月刊》从第5卷第3期开始,到1936年7月出版第9卷3、4合期后停刊。1934年9月,中国地理学会会刊《地理学报》在南京创办,编辑部设在中央大学地理系,原《地理杂志》《方志月刊》的主要作者、编辑加入此刊。先后担任出版委员会主任(总编辑)的为张其昀(1934年—1946年)、李旭旦(1937年—1950年)、任美锷(1950年—1953年)。南京钟山书局出版发行。起初为季刊,自1937年改为年刊,1949年未出版。每年一卷,1934—1948年共出版15卷。1953年后刊物转归中国科学院地理研究所主办。

1936年夏,张其昀到浙江大学主持史地学系后,又在史地学系创办了《史地杂志》(杭州浙江大学—遵义浙江大学史地系编辑、出版发行,1937年5月创刊,7月出第1卷第2期。在抗战艰苦的1940年9月出第1卷第3期、1941年9月第1卷第4期。1942年出第2卷,计划每两月一期,但只出了两期。前后两卷共六期)和《国立浙江大学文科研究所史地学丛刊》(共出版四期)。

从《史地学报》到《史地杂志》,几个刊物的作者实际上是一批师生,是南京高等师范学校—东南大学"史地研究会"的基本人物所为。在1932年9月—1936年12月间,这支力量的大部分人加入《国风》;1941年8月—1948年11月间,又有一部分力量汇入《思想与时代》。

再说后者。这一路为出身北京大学的顾颉刚,于1934年3月1日—

1937年7月16日在北平主持历史地理学刊物《禹贡》半月刊和"禹贡学会"。

因文化观念、思想的新旧差异和地域的不同,"历史地理学"学分南北。[50]这两路在早期是对立的,这种情绪也影响到后来的刊物。顾颉刚、钱玄同、胡适立足北京大学,是新文化运动的骨干力量,发起古史辨运动,主张疑古。而南京高等师范学校—东南大学的文化保守力量,特别是以《学衡》《史地学报》为代表的师生(如柳诒徵、刘掞藜)群体,反对疑古,主张信古。《史地学报》创刊号上刊出柳诒徵《论近人讲诸子之学者之失》,虽然批评了章太炎、梁启超、胡适三人,但更多的篇幅是针对胡适《中国哲学史大纲》上册和《诸子不出于王官论》。此文在《学衡》第73期又被转登一次。可以明显看出,《史地学报》一开始就和北京大学新派学人较上了劲。古史辨第一、第二个回合的争论,就是在这两股力量之间进行的。学术论争本身也促进了这门学科的发展。他们后来成为专门学科"历史地理学"的两支力量:北方以北京大学、燕京大学和辅仁大学为基地,顾颉刚、谭其骧、侯仁之、冯家昇、刘选民、史念海、杨向奎、杨宽、童书业、白寿彝等人为主力形成"禹贡学会"派;南方以东南大学—中央大学、浙江大学为基地,张其昀、向达、王庸、王焕镳、胡焕庸等人为主力形成"史地研究会—史地学会"派。查《禹贡》半月刊[51],除原南京高等师范学校—东南大学毕业生王庸写有《桂萼的〈舆地指掌图〉和李默的〈天下舆地图〉》[52]、《〈中国地学论文索引〉序》[53]、《地志与地图》[54],刘掞藜写有《晋惠帝时代汉族之大流徙》[55],郑鹤声写有《"黄河释名"补》[56]外,东南大学—中央大学的其他学者都没有写稿(张其昀只有一篇向钱穆询问书刊的通信被刊出)。而对顾颉刚的批评,一直是学衡派同人的一个兴奋点。《史学杂志》第3卷第1期有钱穆、缪凤林的《评顾颉刚〈五德终始说下的政治和历史〉》。

1923年1月1日,在《史地学报》2卷第2期"读书录"栏目中,有法国人布伦汗(Jean Brunhes)、克米尔(Camille Vallaux)合著,张其昀译介的《历史地理学》。中国学术界从此开始出现"历史地理学"这一术语。在南京高等师范学校—东南大学也开始有"历史地理学"的自觉意识。《史地学报》第2卷第4期上所选录的丁文江在1923年1月在《科学》第8卷第1期上发表的《历史人物与地理的关系》(题目变成《历史人物与地理之关系》),则是典型的历史地理学方面的文章。"历史地理学"在民国学术史上的凸现,与近代以来中国屡遭外敌入侵,割地赔款,尤其是日寇侵略下,学者的民族意识强化有直接关系。如果说"历史地理学"这门学问有功利性的话,那就是它维系着中华民族的感情,是民族—国家版图形象化的显现。

事实上,这两条路径背后的知识结构是不同的。简单地说,历史学研究以往的人、社会与自然的复杂关系,其中对以往的人与自然的研究即"历史地理学"。"禹贡学会"派的"历史地理学"是这条路。他们是历史学的知识背景,也就是说他们从事的仍是历史学科的工作,是文献考证式的研究。而"史地研究会—史地学会"派的主要人物,是"国文史地部"出身的学者,大都有过大"地学"的学术训练,如1923年国文史地部毕业生中,主修地学的为王庸、王学素、胡焕庸、张其昀、陆鸿图、诸葛麒六人。这个大"地学"实际上包括了地质、地理、气象和天文的综合内容,自然也是南京高等师范学校—东南大学的学术特色。因此,这批"历史地理学"学者有历史学和地理学的双重素质,即经过了相应的现代科学的训练,是科学实证式的研究。这正是南北"历史地理学"不同的关键所在。因为地理学就是人文科学与自然科学的融合,所以在地理学学科内部又分出人文地理与自然地理两大专业。高等师范学校—东南大学历史学教授柳诒徵在1926年为商务印书馆函授社国文科写的讲义《史学概论》中就强调:

"地理与历史关系之密切,尽人所知。欲求国族文化升降迁徙之原,则地文、地质诸科,皆治史者所当从事。"[57]张其昀说学衡派同人在《思想与时代》杂志时期所追求的是"科学时代的人文主义精神",这话同样也适合对他们的"历史地理学"进行定位。因此从学术路向可以说"禹贡学会"派的"历史地理学"是纯粹的历史文献考证,而"史地研究会—史地学会"的"历史地理学"则是历史文献考证加田野调查的科学实证。其中张其昀、胡焕庸、向达是这方面的代表。但从早期《史地学报》上的文章看,由于多是学生的习作,还看不出历史与地理融合,呈现出的是相对独立的历史与地理两个学科的特性,只是到了后来,在张其昀、胡焕庸、向达身上,"历史地理"的融合才显出特色。

《史地学报》第2卷第7期上有张其昀的《地理学之新精神》一文,他为"史地研究会"地理学同人提出了他们所要遵从的基本精神为:1.实地研究之精神。2.解释之精神。3.批评之精神。4.致用之精神。随后他在为1926年第1期《史学与地学》所写的《人生地理之态度与方法》一文中,特别强调科学精神。他文章所列的四部分为"人生地理学之职志""科学精神与人生地理""历史观念与人生地理""人文主义与人生地理"。[58]这是他们与顾颉刚等"禹贡学会"派历史学立足点的不同所在。这里的"人生地理"即随后地理学界通常所说的"人文地理"。

南京高等师范学校国文史地部和改制后的东南大学文科创办有四个刊物,外加一个与其他学校合作办刊的《新教育》。教授组织的《学衡》,注重文化—文学批评,反对新文化—新文学运动,倡导严谨务实的学风,主张昌明国粹、融化新知。但编辑部在南京东南大学仅立足三年,便随吴宓转移到北京的清华学校。学生组织"史地研究会"的《史地学报》,是历史学、天文学、气象学、地理学、地质学的纯粹学术研究刊物,尚地实重史实。学生组织"文学研究会""哲学研究会"(均在1922年4月成立,有聚会和合影)的《文哲学报》,既注重文学的历史和审美解释,又重视西洋哲学译介和佛学研究,但刊物仅出版四期(1922年—1923年),没有形成相应的影响。学生组织"国学研究会"的《国学丛刊》侧重传统的诸子经学和文史考据研究。四个刊物的作者多有交叉,尤其是《史地学报》《文哲学报》的作者,更是集中于几个重要的人物。《学衡》《文哲学报》和《国学丛刊》的文学创作全是逆新文学主流而坚守的古体诗词。

从民国学术的基本格局看,保守的学衡派,在由《学衡》确立基本学风、学理规范的同时,又由《史地学报》为研究历史学、地学的学生,由《文哲学报》《国学丛刊》为研究文学、哲学特别是传统国学的学生提供学术的基础性训练和最初的学术展示舞台,奠定了南京高等师范学校—东南大学的学术基础,进而也开启了东南大学文史地的现代学术研究。同时也为日后"历史"与"地理"学科融合而产生"历史地理学"这门新学科打下了良好的基础。日后中央大学、浙江大学文科的基本力量就是这批在南京高等师范学校—东南大学受过训练的人。随后,他们的力量也发散到其他大学,如金陵大学、清华学校—清华大学、东北大学、中正大学、四川大学、武汉大学等名校。

仅从刊物作为学衡派的学术思想载体看,又明显分出两路:以吴宓为核心的《学衡》《大公报·文学副刊》《武汉日报·文学副刊》,从东南大学到东北大学、清华学校—清华大学(1922年1月—1934年1月)、武汉大学(1947年12月—1947年12月);以柳诒徵、张其昀、胡焕庸、缪凤林、景昌极等为核心的《史地学报》《文哲学报》《史学与地学》《史学杂志》《地理杂志》—《方志月刊》,一直在东南大学—中央大学(柳诒徵曾短期到东北大学、北京女子大学任教)。两股力量在1932年9月—1936年底交汇于中央大学的《国风》。1941—1948年又聚集于浙江大学的《思想与时代》。

《史地学报》是学衡派学术活动的一部分,同时也可从中得见南京高等师范学校—东南大学文史地学术的基础是如何建立起来的。从史实上看,这个学生学术群体有严格的组织性和系统的规范化管理。再进一步将其与同一时期北京大学研究所国学门和稍后清华学校研究院的组织结构、管理体制比较后发现,"史地研究会"的确沾染了科学的特性,具有相当的科学精神。因为"地学"本是自然科学领域中的学问,虽有所谓"人文地理"的成分,但只是其中的一部分。这正是民国学术发端时期其他高校所没有的,也是"南高—东南学派"的特性。北京大学也有"地学",并有翁文灏、丁文江、李四光这样的自由主义分子与胡适结盟,但没有"史地研究会"这样的学术共同体。

东南大学的国学研究

从五四新文化运动走过来的章太炎门生钱玄同在1937年为《刘申叔先生遗书》写序中明确指出:"最近五十余年以来,为中国学术思想之革新时代。其中对于国故研究之新运动,进步最速,贡献最多,影响于社会、政治、思想、文化者亦最巨。"[59]

清末民初士人关于"国粹""国故""国学"的论说,都有泛政治化的意识形态倾向,是民族主义的产物,具有反清排满和抗衡西学的某种文化意图。这既是文化认同和对历史上早期民族—国家想象的体现,又是为现实的民族—社会寻求文化精神依托的需要。以至于强烈地反对所谓"国粹"[60]、"国故"[61]、"国学"[62]的新文化运动主要人物的言论,也从另一方面表现出泛政治化的意识形态和文化伦理倾向。随着新文化运动的深入、"整理国故"运动的展开,北京大学研究所国学门将"国学"细化为文字学、文学、哲学、史学、考古学。后期清华学校研究院,也基本上是循着这个路向。而传统"国学"在章太炎看来应分为:经学、史学、小学、诸子、文学。但在胡适的思想意识中并"不认中国学术与民族主义有密切的关系"。他在1928年11月4日回复胡朴安要他加入"中国学会"的信中强调:"若以民族主义或任何主义来研究学术,则必有夸大或忌讳的弊病。我们整理国故,只是研究历史而已,只是为学术而作功夫,所谓'实事求是'是也,绝无'发扬民族之精神'的感情作用。"[63]

在民国大学的学术活动中,有明显师生互动和教学相长现象,以及大众传媒的影响因素。胡适在北京大学鼓动起"整理国故"后,又有意把这把火烧到清华学校和在他看来保守的东南大学,并善于借助大众传媒的实际影响力。具体表现为1923年2月他为清华学校学生开列《一个最低限度的国学书目》[64]和1924年为曹云祥校长策划清华学校研究院,以及1924年1月在东南大学国学研究班讲《再谈谈整理国故》[65]。胡适所说的"国学"一旦与大众传媒关联,影响就是连锁式的。《一个最低限度的国学书目》刊出和4月梁启超为清华学生开列出《国学入门书要目及其读法》,诱发了长时间"国学书目"的讨论,并由《东方杂志》《努力周报》增刊《读书杂志》推动,特别是《晨报副镌》有意"炒作",连章炳麟[66]和在国外的中国留学生也都介入了讨论。"整理国故"也自然从大学学术研究机构影响到社会的广大层面,几乎把新旧学者都调动起来。这不能不说是胡适的魔力。

从学术层面上看,"整理国故"成为"新文化—新文学"运动的继续。讨论"国学"也成为学术界的一个热点[67],"炒作""国学书目"是《晨报副镌》的一个卖点,孙伏园新接手1924年12月5日创办的《京报副刊》也不示弱,在1925年1月4日《京报副刊》就刊出《1925年新年本刊之二大征求:青年爱读书十部·青年必读书十部》。前者征求截止日期为1月25

日,后者征求截止日期为2月5日。2月11日开始连载《青年必读书》,持续几个月。推荐"青年必读书"的多是著名的教授、学者,其中出场的前十位(2月11日—20日)依次是胡适、梁启超、周作人、李小峰、徐志摩、潘家洵、马裕藻、江绍原、朱我农、鲁迅。"青年爱读书"是中青年人自己推荐的,共306人参加推荐,列前十位的书是《红楼梦》《水浒传》《西厢记》《呐喊》《史记》《三国志》《儒林外史》《诗经》《左传》《胡适文存》。其中鲁迅、胡适两位新文学作家的著作入选,其他都是古典名著,列第11、12位的是《庄子》《老子》。北京两大副刊炒作"国学"和"书目",使得民国大学的学术活动与社会发生的实际联系既快又直接。

当然,从当时的讨论看,"整理国故"是用科学方法对过去历史文化的研究、梳理,是专业的学术研究工作,是对学者的学术要求,而不是"保存国粹"与"发扬国光"的复古行为,开列"国学书目"和推荐"青年必读书"则是为青年学生提供读书、求知的具体指导。对学者和对学生,这是两个不同的层次。

东南大学的"国学"研究,胡适、梁启超有推动之功,具体实施是靠陈中凡、顾实、柳翼谋等人的努力。从后来的实践看,胡适的思想方法似乎没有发挥具体的影响。

先说胡适、梁启超对东南大学"国学"研究的推动。胡适在北京大学发起"整理国故"的同时,他有意要把火向南方引燃。1921年7月31日胡适在东南大学"暑期学校"演讲"'研究国故'的方法",提出:历史的观念、疑古的态度、系统的研究、整理国故。[68] 1924年1月27日,胡适在东南大学"国学研究班"上讲"再谈谈'整理国故'"。在这次演讲中他特别强调上次的演讲"是偏于破坏方面,提倡疑古;于建设方面,多未谈及"。胡适明确指出:"东大与北大,虽同为国立的,而在世界学术上,尚无何等位置。要想能够有一种学术能与世界上学术比较一下,惟有国学。"[69] 并提出了四种整理方式:读本式、索引式、结账式、专史式。梁启超在1923年1月9日所讲"治国学的两条大路",他所指出的道路是:一文献的学问,二德性的学问。胡适与梁启超的主张不尽相同,梁启超的影响可能会大些,因为他是东南大学"史地研究会"聘的"指导员"。

从民国大学学术的实际情况看,初期中国大学学生的学术活动,南京高等师范学校—东南大学"史地研究会"最具学术的组织性和规范化。这与其校风的严谨、稳重、扎实有关,或者说与其文化保守相连。其学术活动主要是史学与地学,特别是二者融合的"历史地理学"。1922年成立的北京大学研究所国学门师生的学术活动,以整理国故为号召,最具有批判性、独立性和自主性。受法国东方学和日本东洋学的影响,分门别类,有意与国外学术研究接轨,培养专门人才。[70]这是因为蔡元培在《研究所简章》中就明确了研究所的体制和职能,有意"仿德、美两国大学之Seminar[沈按:专题讨论]办法,为专攻一种专门知识之所"[71]。学术刊物也从原来北京大学的文史哲理工综合刊物《北京大学月刊》,过渡到专门的《国学季刊》《国学门周刊》《国学门月刊》。[72]"整理旧学"成了他们的主要工作。其学术活动表现在他们成立的五个学会上:歌谣征集研究、明清内阁档案整理、考古、风俗调查和方言调查。这与其自由激进思想有关系,也是文化"革命"之后文化"建设"的一个重要方面。而1925年成立的清华学校研究院的研究生导师制,最具学术专题性,特别是古音学、古文字学和古史考索,是他校所不及的。南京高等师范学校—东南大学没有研究生这样的学习、研究体制,只有大学本科学生的学术活动,没有相应的研究机构和研究生学制作为支撑。而北京大学研究所国学门的学术活动和清华学校研究院都是导师制的研究生研究工作。

就史学看,南北学术质量的不同,主要表现在北京大学、清华学校—清华大学师生及时利用和占有考古(甲骨文)、敦煌文献、明清内阁档案的新材料，以及得自"田野调查"的方言材料、民俗学资料。而南京高等师范学校—东南大学的师生的文史研究仍是用旧方法在旧史料中打转（而地学研究已经开始"田野作业"，具体到地理丈量、地矿勘探、气象观测）。这不仅表现在南京高等师范学校—东南大学，连居于苏州的章太炎和随后定居南京的黄侃起初也不信、不接受甲骨文。前者是始终不接受，后者在晚年虽有所接触，但没有进入研究状态。[73] 章、黄二人和柳诒徵一样，对古文字的认识都只停留在《说文解字》上。柳诒徵是南京高等师范学校—东南大学史学的灵魂人物，他所缺乏的正是对新材料的接受。柳诒徵的观念和方法，无法和北京大学、清华学校—清华大学学者（胡适、顾颉刚、王国维、陈寅恪）相比，而对新材料的重视程度，他也是不够的。他的学生中，后来从事史学最有成就的是向达，其学术成就与掌握新材料有很大关系。而胡焕庸、张其昀的成就是在方法的更新上（交叉于史地之学）。说东南大学文史学者对新材料重视不够，因为这是文史研究的基础性工作，也是学术创新最为关键的第一步。对考古（甲骨文）、敦煌文献、明清内阁档案新材料占用、利用，自然是无法和北京大学相比，但其他一些新材料也有重视不够的地方。如缪荃孙南京兴学后，最后留给南京人的是国学图书馆，而另外一批有研究价值的艺风堂 10800 种金石拓本却留给了北京大学。胡适很重视这些材料，特让自己的学生罗尔纲整理研究。[74] 作为缪荃孙门生的柳诒徵当时却无法得到这些。当然这与缪荃孙随张之洞入京有关。在古史辨的论争中，北京大学学者就曾尖锐地指出东南大学学者历史研究中所存"旧心理"，不重视"新材料"。

接下来具体看《国学丛刊》。

民国学术史上，取名《国学丛刊》的刊物有四个。它们分别是：罗振玉、王国维 1911 年在上海创办的《国学丛刊》，王、罗分别写有"序"。东南大学"国学研究会"1923 年 3 月在南京创办的《国学丛刊》，主要负责人是陈中凡、顾实。顾实为创刊号作《发刊辞》。齐鲁大学国学系 1929 年创办的《国学丛刊》。"国学书院第一院"1941 年 3 月在北平编辑的《国学丛刊》，《发刊辞》为周肇祥所撰，发行人为潘寿岑。

这里说东南大学的《国学丛刊》。

《国学丛刊》创办主要得力于陈中凡、顾实。陈中凡 1911 年底毕业于南京两江师范学堂，1914 年 9 月考入北京大学文科哲学门，1917 年夏毕业后，入文科研究所做研究员（实际上是研究生）。据 1917 年 11 月 29 日《北京大学日刊》所示，陈中凡选修的研究员（生）五门科目和导师分别是：逻辑学史（章士钊）、近世心理学史（陈大齐）、儒家玄学（陈汉章）、二程学说（马叙伦）、心理学（身心之关系，韩述组）。他兼任北京大学国史编纂处编辑、北京女子高等师范学校教员。1919 年 3 月 20 日，北京大学创办《国故》月刊，设有总编辑刘师培、黄侃，特别编辑陈汉章、马叙伦、康宝忠、吴梅、黄节、屠孝寔、林损、陈中凡，另有编辑 10 人。《国故》月刊和《新青年》《新潮》形成对立之势。而他自己所著《诸子通谊》就是在该刊第 1 至第 5 期连载的。刘师培为"扬州学派"的最后一位学者，刘氏家学相传，四代治经学，特别以治《左传》著名。陈中凡为苏北盐城人，在北京大学有机会得刘师培亲教。此时因刘师培肺病加剧，陈中凡为他"借款""以救目前眉急"。此事使刘师培"感谢之至"[75]。刘师培于 1919 年 11 月不治而死。在刘师培"疾终京寓"时，承陈中凡"照料一切"。刘师培死后，其妻子何震精神失常，陈中凡又"鼎立维持，俾死者得正首邱，生者得归故里"[76]。刘氏宗亲对此特别感动。

1921 年 7 月，陈中凡回母校（原两江师范学堂经南京高等师范学校，改为东南大学）任国文系系主任。因此，在很大程度上可以把东南大学《国学丛刊》看成是北京大学《国故》月刊的继续。[77]只是没有像在北京大学那样《国故》与《新潮》对立。《国学丛刊》同时也有别于《学衡》与新文化、新文学的对立。《国学丛刊》上所登刘师培的遗稿,是刘师培小叔刘富曾让师培族亲后人"将丛残稿本寄呈"[78]陈中凡的。

据《国学丛刊编辑略例》所示,本刊为"东南大学南京高师国学研究会"同人组织刊行,以"整理国学,增进文化"为宗旨。体例分为插图、通论、专著、诗文、杂俎、通讯,计划每年出四期(季刊)。后来体例有所变化,分为插图、通论、专著、书评、文录、诗录、词录、通讯。组稿编辑在南京的东南大学,由上海商务印书馆代售。据第1卷第1期的"国学研究会记事"所示,本会是在1922年暑假以后,由国文系同学发起,本系教授乐为指导,遂出通告,不二日有一百人签名。1922年10月13日召开成立大会,并确立了"指导员职员录"和具体的工作机构。[79]

"国学研究会"成员有多人同时也是"史地研究会"或"文学研究会""哲学研究会"成员。"国学研究会"的主要活动有讲习会、讨论会和编辑丛刊丛书。其中讲习会在1922年10月—1923年1月共举行10次:10月20日吴瞿安讲"词与曲之区别"、10月27日顾铁生讲"治小学之目的与其方法"、11月3日梁任公讲"屈原之研究"、11月9日陈仲英讲"近代诗学之趋势"、11月17日江亢虎讲"欧洲战争与中国文化"、11月24日陈中凡讲"秦汉间之儒术与儒教"、12月1日陈佩忍讲"论诗人应具有之本领"、12月7日柳翼谋讲"汉学与宋学"、12月24日江亢虎讲"中国古哲学家之社会思想"、1923年1月9日梁任公讲"治国学的两条大路"。此系列演讲,加上蒋维乔的一讲[80],由"国学研究会"编辑整理为《国学研究会演讲录》第一集,和江亢虎的《社会问题讲演录》一并列为"东南大学丛书",由上海商务印书馆出版发行。

据《国学研究会记事》所示,研究会各部在指导员具体指导下,分别举行了讨论会:诗文学部11月15日、12月14日,经学部11月25日,诸子学部12月2日,小学部12月5日,史学部12月9日。同时又开了佛学课和歌曲班。其中佛学课由江苏省教育厅厅长蒋竹庄每周日上午来会讲佛学二小时,并编印《佛学入门》一书。歌曲班由吴瞿安每周讲两次。另外"国学研究会"还有计划地翻印、编印古书和遗稿(主要是刘师培的)。

首先从时间和实际学术工作成绩看,南京高等师范学校—东南大学"国学研究会"所办《国学丛刊》只有三年多的时间(1923年3月—1926年8月)和3卷共9期的成绩,与北京大学研究所国学门和清华学校研究院的工作相比,成绩是弱了一些。尤其是大学本科学生的研究工作,无法和北京大学、清华学校研究生的工作相比。他们之间的差距是看得见的。《国学丛刊》上的外稿主要是刘师培遗著,其余大都是东南大学师生的文章,教师的文章主要是集中在国文系陈中凡、顾实、吴梅。由于陈中凡、吴梅都有来自北京大学的特殊身份,顾实有留学日本的学术背景,"国学研究会"及《国学丛刊》较少学衡派的保守倾向,也没有与北京大学极端对立的情绪。如果说他们也有保守成分存在的话,那最明显的就是刊物坚持刊登古体诗词。

9期《国学丛刊》主要作者中教师辈的有顾实(铁生、惕生、惕森)、陈中凡(钟凡、斠玄)、刘师培(申叔遗稿)、陈延杰(仲英)、吴梅、陈去病(佩忍)、易培基(寅村)、胡光炜、章炳麟、钱基博(子泉)、孙德谦(益庵)、李笠(雁晴)、蒋竹庄(维乔)等,其他都是东南大学"国学研究会""史地学会""文学研究会""哲学研究会"的成员(学生)。其中古体诗词是刊物的一项重要内容。南京高等师范学校—东南大学毕业生,暨"国学研究会""史地研究会""文学研究会""哲学研究会"成员,有几位后来到清华学校研究院作研究生,继续学习,如王庸、杨筠如、王镜第、刘纪泽。浦江清、赵万里则到清华学校任职,分别为陈寅恪、王国维的助教。教师中陈中凡、吴梅、陈去病,学生中钱堃新、范希曾、姜子润、陈训慈、徐景铨、刘文翮、赵祥瑗、缪凤林、景昌极、陆维钊、王玉章、陈旦、郑鹤声、胡士莹、王焕镳等同时在《文哲学报》[81]、《国学丛刊》上登文章。当时,刊物还引起日本学者的注意,神田鬯盦、大村归堂(西崖)的文章及他们与顾实、陈中凡的通信在刊物上发表。为《国学丛刊》写文章的作者还有陈衍、李瑞清(遗稿)、李详、聂鸿仁、商承祚、王曾稼、陶鸿庆、冉崇烈、胡朴安、叶俊、李育、李俶、李冰若、余永梁、张世禄、蒙文通、唐圭璋、严惠文、黎群铎、陈兆馨、张右源、樊德荫、陈登原、江圣壤、杭海槎、吴法鼎、王锡睿、王炽昌、徐天璋、唐大圆、段天炯、田世昌、胡俊、姚鹓雏(锡钧)、薄成名等。

顾实和他的同人把"国学"视为国家—民族的形象化体现,是对"宗国"和"圣学"的"知"和"思",同时在学术研究中将学问本身与国家观念相连,并且从"国学"中想象构筑民族国家和民族文化的主体。顾实在《发刊辞》中强调,编辑出版《国学丛刊》是为了表达一种爱国之心和好学之心。他说,"强邻当前而知宗国,童昏塞路而思圣学","见兔顾犬,亡羊补牢"。现实的状况是"外学内充,大有喧宾夺主之概","海宇之内,血气心知之伦,咸莫不嚣然曰'国学'",与世界大的发展趋势相衔接,"百学炽昌,是曰自由","天下文明,是曰平等"。海禁既开,异学争鸣,截长补短,获益宏多。《国学丛刊》就是本着这种基本精神。六艺皆重,统名曰国学,纲举目张,广求知识于世界。一戒"止争形式,不问思想";二戒"高谈义理,力追八家,字尚未识,便诩发明";三戒"根柢浅薄,辄言沟通";四戒"倡废汉字,甘作虎伥","一切古书,拉杂摧烧"。他要求同人"扫千年科举之积毒,作一时救世之良药","不随波而逐流,庶几学融中外,集五洲之圣贤于一堂。识穷古今,会亿祀之通于俄顷"。[82]

顾实在这里把国学种类定为:小学类、经学类、史学类、诸子类、佛典类、诗文类。

刊物自1923年3月至1926年8月,共出版3卷9期。原定为季刊,年出4期,后因陈中凡于1924年11月应广东大学校长邹鲁之邀,离开东南大学到新成立的广东大学任文科学长,而难以继续。据第2卷第3、4期"本刊特别启事"所说:自第3卷起,改为不定期,约年出一期,仍由商务印书馆印行。[83]据第2卷第2期"启事"所示,第1卷4期和第2卷1期的编辑分别是陈中凡、顾实、吴梅、陈去病、陈中凡,即轮流编辑。自第2卷第2期开始在指导员陈中凡具体指导下,由"国学研究会"会员自己编辑。[84]其中第2卷第2期注明具体编辑为田世昌。在第2卷第4期的《本刊两卷总目并叙旨》中说,自第2卷第1期以后,改由本会自办,请陈中凡为指导员。

陈中凡、顾实是刊物主持人。他们的思想决定了刊物方向,但同时也表现出相对的自由。反对新文学的江远楷在《文学之研究与近世新旧文学之争》一文中,提出:"文学之新旧,即文学价值之多寡,新旧文学之争,实文学价值之争,亦艺术高下之争也。"他说:"近年来文化运动之现象,作者深为痛心者也。苟能以艺术观摩文学,则古文学之真者,美者,善者,亦因其新而爱之不忍释手。今日作品之粗俗者,无聊者,亦以其旧而摈之不使入目。故近世新旧文学之争,实不知文学为何物者。文学之艺术观,当视此争为无聊。徒增研究文学之障碍耳。"[85]但江远楷个人反对新文学的言论并不能代表《国学丛刊》的立场。

1923年12月,《国学丛刊》第1卷第4期刊出顾实执笔("顾实起草国文系通过提出")半文半白的《国立东南大学国学院整理国学计划书》。1924年3月15日、18日,《北京大学日刊》第1420、1422号作为"专件"分两期连载。南北声气顿时相通。来自北京《晨报副镌》的主要是批评。结果是"东南大学国学院"也没能建立起来。据《东南大学国学院整理国学计划书》所言,"国文学系学程修毕之后,特设国学院以资深造,为国立东南大学专攻高深学问之一部"。顾实强调,因海禁开放,从知有天下到知有国家,从中西对举之名词而有国家观念。于是中国的许多东西冠以国字,学者间也就有了国学问题。西风重古希腊、罗马学术,而我爱国之士以本国学术精神为重,整理国学,即是研究世界文明源头之一的学问。这也是晚清以来,面对西学而国学兴起的主要原因,是国家意识和中华民族意识强化的结果。

顾实认为,治学功效在于联心积智。旧分心理为智、情、意三部,不如分主观、客观两面为简要。"其民族心理而主观客观俱强也,其学术必昌","故本学院整理国学,根据心理,假定为两观三支如左[沈按:原文为竖排,'如左'即'如下']。客观:以科学理董国故——科学部;以国故理董国故——典籍部;主观(客观化之主观)——诗文部"。

事实上,顾实对于国学和整理国学的种种意见十分含混,也与北京大学整理国故的思想方法截然不同。南北整理国故之不同在于科学态度、批判精神。虽然他把近代学术分为科学、哲学、文学,但他的态度很明确,他说:"是虽国学湛深之士,精通科学法则,理董国故,而造作种种科学书,犹不免见仁见智之谈。故本学院对此,拟主慎重。"所以"今日以科学方法,理董国故,约分三端:一、学说。二、图谱。三、器物"。实际上他要重视和强调的是"典籍部"。他说:"古者考文,视为重典。后世学者惟力是视。今本学院尤引为己任。一言以蔽之曰:以国故理董国故也。"他反对用科学的系统规则,和戴西洋的有色眼镜,并以西式的方法来整理国学。也就是说,要用中国自己的思想方法来整理:

> 申言之,则理董古书,在乎以周秦人之书,疏证周秦人之书;以两汉人之书,疏证两汉人之书;以魏晋六朝唐人之书,疏证魏晋六朝唐人之书;以宋元明清人之书,疏证宋元明清人之书。要以何一时代人之书,即以何一时代人之书疏证之。以其字句疏证字句,以其篇章疏证篇章,以其义理疏证义理。其时代同,则其所用之字法、句法、章

法、篇法、义理亦必同,一经疏证而奥隐自辟,真伪立见。一举两得,莫此为善。

顾实还列举了"以国故理董国故之办法":疏证、校理、纂修。

开设"诗文部",是《东南大学国学院整理国学计划书》特别引人瞩目的事。新文学已经展开七年了,东南大学《学衡》反新文化、新文学已为国人所注意,而此时《国学丛刊》在大量刊登古体诗词的同时,又于《东南大学国学院整理国学计划书》中,打出整理国学的"诗文部"。尽管没有写明是新诗文还是古体诗文,但东南大学几个刊物实际表现出的全是古体诗文。因此,所谓整理国学的"诗文部",实际上就是继续保存原有古典诗词、文章的形式,并在东南大学师生的文学创作中体现,即坚持写作古体诗文。

《东南大学国学院整理国学计划书》特别强调"文学为社会之反映,国民之心像",并引章太炎所说:"观世盛衰者,读其文章辞赋,而足以知一代之性情。"在总结历史上文学所表现的时代精神后,作者说明东南大学国学院特设"诗文部"的缘由和"衡量现代之作品"的两大主义:

> 今日虽非君主时代可比,而共和国民,居安思危,见危授命之精神,又曷可少诸。大抵天地之间,无物为大,惟心为大,其民族心理之强弱,足以支配国家社会兴否,而影响及于兴衰存亡者,往往流露于诗歌文词之字里行间。强者必有毅然决然杀身成仁之概,弱者必有索然愀然贪生乞怜之状。是知强者重视精神,弱者重视躯壳也。此其所以悬殊也。语云:前事不忘,后事之师,历史公例,灼然不昧。风雅指归,万目共睹,故本学院特设诗文部。

> 诗文之设,非以理董往籍也,将欲以衡量现代之作品云尔。移风

易俗,责无旁贷,效在潜默,渐而不顿。故揭櫫标的,略示宗尚。诗文之求美,由其本职,无间优美、壮美,宜采两大主义:一、乐天主义。二、成仁主义。

若夫诗文之类目,总言之,则为韵文、散文,分言之,则如小说、戏曲之类皆是也。

此文一出,立即招来不少北方作家、学者的批评。1924年3月27日、29日《晨报副镌》有署名陶然(周作人)的文章《国学院之不通》和《国故与复辟》。前者主要是针对"诗文部"一节,说东南大学要以诗文来衡量现代新文学,并且有杀身成仁的东西出来作为标准,显然是行不通的。文章还指出《东南大学国学院整理国学计划书》所引章太炎的话来说明问题,其解释正好和太炎的本意相反。周作人嘲弄东南大学国学院"国学家而不懂国文"[86]。后者(《国故与复辟》)是针对3月21日《时事新报》的《教育界》上《澄衷中学校长曹慕管致〈学生杂志〉主撰杨贤江书》而发的,同时将《东南大学国学院整理国学计划书》扯到一起。澄衷中学(原澄衷学堂)是胡适的母校,曹慕管是《学衡》作者,因极力反对白话新文学,而不许他的学校讲授白话文。他说自己的学校重国故是由原校主遗嘱所决定的,"而且办学的目的在于使学生能够升学于'号称东南学府'设有成仁主义的国学院之东大"[87]。《国故与复辟》还指出曹慕管不懂国语与东南大学国学院"诵古人之言而不懂今人之文"是"衣钵真传"。

3月30日《晨报副镌》又刊出天均的《评〈东南大学国学院整理国学计划书〉》,对其两观三支的分类和一系列解释提出疑问,指出其"虚而无实"[88]和条理不通。4月17日《晨报副镌》刊出署名ZM的《顾实先生之妙文》,同样也是指出顾实《东南大学国学院整理国学计划书》和他在《国学丛刊》上所发的其他文章有许多不通之处。ZM先是引述"一位东南大学的学生说:'……如吾师顾实先生与胡适之整理国故是也。……'"[89]接下来,他列举了顾实文章的不通之处,并加以评点,意在说明顾实的整理国故与胡适之整理国故根本不是一回事。

在这三个月的《晨报副镌》上,周作人是左右出击,他一方面集中批评柳诒徵的文化观和复古倾向,另一方面变换笔名连续发文批评《东南大学国学院整理国学计划书》。[90]

顾实随后到无锡国专执教,并创立中华国学社。抗战开始,他辗转到重庆,任教育部临时编辑、复旦大学兼职教授,仍以社长身份支撑中华国学社。

这时东南大学文科有五种主要刊物:《学衡》《文哲学报》在上海中华书局印刷发行,《新教育》《史地学报》《国学丛刊》在上海商务印书馆印刷发行。这两家出版社是由最初一家人分为两家,本身是对立者和竞争者。尤其是商务印书馆,作为新文学的支持者,本身有"文学研究会"立身的《小说月报》,同时这里也是胡适的学术阵地,并有过请胡适做编译所所长的计划。其中主要领导和编辑多是胡适的朋友。与时俱进的总经理张元济和编译所所长高梦旦等,在1920年下半年曾主动到北京访问蒋百里、胡适等人,希望结交北京新文化运动的风云人物。[91]1921年1月他们有请南京高等师范学校校长郭秉文为商务印书馆作"筹划功效率之事",郭秉文本人于1月10日也曾到商务印书馆"视事"。[92]胡适是应邀在7月到商务印书馆考察的。[93]从教育理念到办学措施可以看出,郭秉文是求新的,他的实验主义思想和南京高等师范学校—东南大学学衡派的人文主义思想是格格不入的。南京高等师范学校—东南大学的几个刊物在商务印书馆印行,是郭秉文的关系。

东南大学由《学衡》反新文化、反新文学,到《史地学报》反疑古,以至胡梦华以文学的道德立场批评汪静之《蕙的风》,"诗学研究号"批评白话新诗,共同构成学衡派的文化保守主义特性。同时在学术研究上,也出现了明显的南北差异。《国学丛刊》因陈中凡的缘故和他"对当时学衡派盲目复古表示不满,乃编《国学丛刊》主张用科学方法整理国故"[94],虽然没有也无力与北京大学形成对立,但其刊物与北京大学国学研究的不同,也主要表现在其没有疑古的批判倾向,和坚持刊登古体诗词,拒绝接受白话新诗上。

事实上,《东南大学国学院整理国学计划书》设"诗文部"一事,在当时虽遭批评,但并不影响他们师生对此的坚守,并在后来的中央大学形成传统。从南京高等师范学校—东南大学到中央大学,胡小石一直是古体诗词的坚守者和重要的国文教授。据陈中凡刊发在1962年4月号《雨花》上刊发的《悼念胡小石学长》一文所示,胡在1950年代有过一次检讨。若剥去政治的外衣,确实有几分实情。陈中凡回忆说:"在一次送杨咏祁同志到北大学习的集会上,他不胜感慨地作自我批判,说:'我今天愿以《红楼梦》中焦大的身份说话,北大中文系向来注重学术的探讨,中大只提倡古典诗文的摹拟,他们能为学术界造就出一些学者,而我只为反动统治造就幕僚而已。'……事后回忆,中大这种风气是沿袭南京高师和东南大学中文系的,我也应当负重大的责任,哪能完全由他负责呢?"[95]

这里需要强调的是,陈中凡所说"主张用科学方法整理国故"是在后来回忆文字中出现的,因为顾实《东南大学国学院整理国学计划书》中是明确表示反对用科学的系统规则和西式方法来整理国学的。陈中凡本人没有反对新文化和抗拒疑古的批判倾向,并不能完全代表《国学丛刊》的倾向。陈中凡1924年12月出任广东大学文科学长,1926年2月回南京任金陵大学国文系系主任,1928年1月到上海任暨南大学国文系系主任,后任文学院院长,其间曾在苏州东吴大学兼课,1930年下半年被唐文治聘为无锡国专"特别讲师"[96]。

"国学研究会"的另一位重要人物,同时也是《国学丛刊》主要作者顾实,1930年代,在东南大学国学院的计划流产后,离开中央大学,到了无锡国专执教。他和唐文治(蔚芝)、钱基博、陈衍(石遗)、冯振(振心)、叶长青(长卿)、杨铁夫、陈柱、朱文熊、陆景周等共同支撑起这所学校的国学研究。他们还创办有《国专月刊》,顾实和上述教授都是刊物的主要作者。无锡国专在1920年代、1930年代先后培养从事国学研究的王遽常、钱仲联、唐兰、蒋天枢、吴其昌、蒋庭曜、夏君虞、毕寿颐、周振甫、马茂元、冯其庸、鲍正鹄、陈祥耀、汤志钧、姚奠中、吴孟复、杨廷福等。其中钱仲联(萼孙)在无锡国专读书时即为《学衡》写了《近代诗评》[97],在1934年秋他又回母校教书。钱基博、陈衍、陈柱、吴其昌等也都是《学衡》作者。[98]

金陵大学"中国文化研究所"与"国学研究班"

由于东南大学的人文学术研究以史地学形成特色,成就最大,所以,"国学研究会"就显得未成气候。另外1920年代东南大学没有文科研究生教育体制(是和北京大学研究所国学门、清华研究院相比),也限制了学生的进一步发展。东南大学学生毕业后要想深造,只好到北京大学、清华学校—清华大学去。到了1930年代初,由于中央大学仍没有文史研究机构,其毕业生只好进金陵大学的"中国文化研究所"或"国学研究班"。而"中国文化研究所"或"国学研究班"的导师大都是原东南大学—中央大学的教授(教授可互聘或兼任)。中央大学的文科研究所中国文学部1944年9月在重庆才开始招生。[99]

作为教会学校的金陵大学,1930年春,利用美国霍尔基金资助的汉学研究项目,成立了"中国文化研究所"。同时利用这笔钱的还有"北平燕京大学、山东齐鲁大学、四川华西大学、福州协和大学、广州岭南大学。以哈佛燕京学社为总主持机关,设董事会于美之剑桥,由各大学公举代表二人,是为顾问委员会,该会附设于北平燕京大学,又定书记干事正副各一人,总理一切杂务"[100]。1930—1939年间金陵大学"中国文化研究所"首任所长就是学衡社第一批社员和《学衡》创刊号作者徐则陵(养秋)。继任所长为李小缘。他们都有留学美国哥伦比亚大学师范学院的学术背景。[101]此时中国文化研究已经过1920年代初的疑古和批判阶段,在学术精神上也已走出五四时代躁厉激进的批判(或捉鬼打假),而求平实的整理和文化原典阐发。同时中国大学学术的南北之分在1937年抗战以后出现交融和互补,形成中国"三十年代教会大学的国学热"[102]。这从金陵大学"中国文化研究所"的研究人员就可以看出。

"中国文化研究所"宗旨是:"1. 研究并阐明本国文化之意义;2. 培养研究本国文化之专门人才;3. 协助本校文学院发展关于本国文化之学程;4. 供给本校师生研究中国文化之便利。"[103]

1933年6月出版的《私立金陵大学一览》中对"中国文化研究所"宗旨有更明确的说明,强调这是根据基金会原有之宗旨定的目的:(一)研究中国文化。(二)教授有关中国文化之课程。(三)印行中国文化研究著作等。

本所研究工作的题目性质分为五类:

一、史学类

二、哲学类

三、外人关于中国文化之研究

四、目录学

五、国画研究

每一类题目都分有多个具体专题,有专门研究人员负责。其中目录学是金陵大学的学术长项,也是民国大学的独家强项。1949年以后,刘国钧主持北京大学图书馆,李小缘主持南京大学图书馆。[104]

据徐雁平、何庆先考证,"中国文化研究所"研究人员为:专任研究员徐则陵、李小缘、王钟麟(古鲁)、吕凤子、陈登原、商承祚、徐益棠、史岩、刘铭恕、吕湘(叔湘),兼任或特约研究员吴景超、汪采白、黄云眉、贝德士、杭立武、雷海宗、刘国钧、刘继宣、吴白匋等。[105]"中国文化研究所"的具体学术工作体现在出版的《金陵大学中国文化研究所丛刊(甲种)》13种和《金陵大学中国文化研究所丛刊(乙种)》5种上。研究所后期学术工作主要反映在他们与华西协合大学中国文化研究所、齐鲁大学国学研究所合作出版的《中国文化研究汇刊》上。

事实上,中国大学学术的南北之分,主要是在1920年代和1930年代上半期。1941年1月17日齐鲁大学国学研究所所长顾颉刚与华西协合大学中国文化研究所、金陵大学中国文化研究所合作编辑《中国文化研究汇刊》[106],1942—1943年顾颉刚出任重庆中央大学教授,兼出版部主任,标志着1920年代上半期古史辨中北京大学疑古与南京高等师范学校—东南大学信古对立的化解、1930年代上半期"历史地理学"燕京大学《禹贡》与南京中央大学《地理杂志》—《方志月刊》分野的结束。同时在抗战时期,原燕京大学顾颉刚弟子谭其骧也投入了浙江大学张其昀"历史地理学"的队伍。几所学校中国文化研究所合作编辑《中国文化研究汇刊》,自1942年9月至1951年共出版10卷。[107]

接下来看金陵大学的"国学研究班"。

东南大学时期,北京大学出身的陈中凡与学衡派国学研究的势力有隙,加上广东大学之聘的缘故,他离开了东南大学。《国学丛刊》出版3卷共9期后停刊。"国学研究会"另一位重要成员顾实虽有对《东南大学国学院整理国学计划书》[108]的详细思考,计划仍然落空。当1926年4月,丁福保在上海组织"中国国学研究会"并创办《国学辑林》时,顾实应约为这个刊物写了《发刊词》。他本人后来也离开东南大学到无锡国专去圆他的"国学"研究之梦了。

金陵大学国文系成立于1924年。1929年冬由闵君豪倡议,组织"国学研究会"。成员有文密、周荫棠、刘古馨等20多人。1930年一度停止活动。1931年由向映富提议恢复,徐复、高小夫等30多人参加。顾问有黄侃、胡小石、胡翔冬、吴梅、刘继宣。[109]这五位顾问,黄侃1935年10月8日去世[110],吴梅、胡翔冬[111]病逝于抗战期间(吴1939年3月17日、胡1940年11月10日)。胡小石、刘继宣1949年以后任教于金陵大学原址上新起的南京大学中文系。1934年9月,金陵大学"国学研究班"开办,招收中央大学、金陵大学的文史哲毕业生,从事国学研究。导师有黄侃、吴梅、胡小石、胡翔冬、刘继宣、刘国钧、欧阳竟无。其中黄侃、吴梅为中央大学、金陵大学两校兼任教授。欧阳竟无是特请教授,1935年春曾到校讲《佛法之究竟目的是转依》。[112]"国学研究班"在1934年、1935年共招两届研究生。首届1934年9月入学,计有游寿、杨秉礼、萧奭荣、沈祖棻、朱人彪、张惠贞、朱锦江、章蕻苏、吴怀孟、陆恩涌、尚笏、钱卓升、曾昭燏、高文、高小夫、孙继绪16人(男12人,女4人)。

1936年6月8日,《金陵大学校刊》刊出《国学研究班第一届毕业研究专题业已告竣》,报道6月1日,为期两年的第一届文学院国学研究班研究生毕业,12篇研究专题论文为:

   游 寿 殷周秦汉神道设教观
   杨秉礼 老子之哲学方法
   萧奭荣 西汉儒道法消长论
   朱人彪 西汉政治思想研究

张惠贞　魏晋南北朝之山水文学

沈祖棻　宋代遗民文学

朱锦江　边塞文学史

章蒇荪　古剧考原

吴怀孟　南曲题识

陆恩涌　南曲板式为乐句述例

尚　笏　蒙古民族变迁考

钱卓升　唐宋以来之市舶司制度

　　导师的课程和学生的研究题目，大致与1920年代后期清华研究院同，因为国学的基本内容就是这些。所不同的是，因吴梅的关系，研究生中有研究南曲的。[113] 王国维也研究宋元戏曲，但他是从史的考证入手，他在清华研究院指导的学生主要研究古史、古文字和古音学，而吴梅是从戏曲的文本指导学生研究的（尤其重视作曲与演唱实践环节）。南北戏曲研究的路数不同。随后齐如山的戏曲研究，重表演和舞台，这是20世纪戏曲研究的三个重要环节。同时，"国学研究班"研究生受导师的影响，此时都从事古典诗词的写作训练。而1920—1930年代北京大学研究所国学门的研究生，大都是新文学的拥护者和实践者，是反对写作古典诗词的。特别需要指出的是吴梅，他1917年9月—1922年7月任教于北京大学期间，率先将词曲研究引入大学国文系的课堂。1922年秋到东南大学任教后，仍坚持这一词曲进入课堂的路向，直到病逝。

　　金陵大学"国学研究班"的开办，还有"促进学术发扬文化之一道"。这在刘国钧为金陵大学文学院国学研究班1936年3月出版《小学研究》（金陵大学文学院《文史丛刊》第一种）所写的《弁言》中有明确的显示。

他说:

> 今者,岁及再周,乃集师生讲学所得为《文史丛刊》,因述其缘起如此。夫国家立国精神之所表现,莫过于其本身历史与固有之语言文字,昔者秦皇行同文之政而立大一统之规;近世都德纪《最后一课》而作民族复兴之气,然则文史之于民族命运,若是其深切也!今所裒集,冠《小学研究》者,固未敢自许有所发明,而欣所向往要亦无庸自讳,其或借此短幅引起学者之推敲而明真理之所在,亦所以促进学术、发扬文化之一道欤。[114]

《小学研究》共收录六篇文章:胡光炜《声统表》、高文《释士》、游寿《释甲子》、朱锦江《金陵方言考》、徐复《诗名》上篇、曾昭燏《读契文举例》。篇首是刘国钧《弁言》。

更重要的是他们认为历史与语言文字是"国家立国精神之所表现"。刘本人是"少年中国学会"会员,与学衡派无关联。这是日本帝国主义者入侵中国时,学者文化理念的现实意识呈现。因为他们认识到了国弱民贫、上下交困,大学教育不能普及,力有未逮,势有不能。学者只有靠学术研究,弘扬民族精神,"而期立国于今世"[115]。

注

[1] 华勒斯坦等:《开放社会科学》(刘锋译)第8—9页,生活·读书·新知三联书店,1997。
[2] 陈寅恪:《金明馆丛稿二编》第269页。

[3]"小学"之说依据章太炎的解释。他说:"小学可分为三种:一、训诂如《尔雅》;二、形体;三、谐声。"见汤志钧:《章太炎年谱长编》(下)第671页,中华书局,1979。同时他强调:"小学似非有师指导,不能入门径学问。"见汤志钧:《章太炎年谱长编》(下)第617页。

[4]以杨树达为例,有三事可言。他在《积微翁回忆录》中写到章太炎曾说:"三王不通小学。""三王"即王安石(介甫)、王夫之(船山)、王闿运(湘绮),湖湘占二人。杨树达在北京曾与湘籍学者曾星笠(运乾,著《音韵学讲义》)谈到此事,说他日仍回归故里教授学生,培植乡里后进,雪太炎所言之耻。陈寅恪在为杨树达的《小学金石论丛续稿》写序时,也强调,百年来湖湘人士多以功名自见于世,而杨树达是以著作为海内外学林所传诵。杨树达特意将此事写进回忆录。学衡派中的吴宓研究西洋文学,他以不懂"小学"为憾,他主持《大公报·文学副刊》时注意对"国学"著作的评价。1931年8月17日《大公报·文学副刊》登有张季同的《评〈先秦经籍考〉》。张文说近二十年中国"国学"研究可以对抗日本学者的有王国维、郭沫若的甲骨学,陈垣、陈寅恪的中亚语言历史,胡适、冯友兰的哲学史,傅增湘的目录学,杨树达、奚侗的训诂学。对此杨树达在本月18日日记中也有反映。以上三事分别见杨树达:《积微翁回忆录·积微居诗文钞》第214、198、57页,上海古籍出版社,1986。

留学日本的章太炎门生黄侃、钱玄同都擅长古音学。而留学欧美的胡适、陈寅恪也有古音学方面的著述。其中胡适在家乡私塾学过"反切",1917年被聘为北京大学教授时,蔡元培看好他作为留学生而有"小学"功夫,能写关于"小学"方面的文章。

鲁迅也是章太炎门生,有很好的国学根底,他1922年2月9日在《晨报副镌》针对《学衡》第1期所写的《估〈学衡〉》一文说:"诸公捃击新文化而张皇旧学问,倘不自相矛盾,倒也不失其为一种主张。可惜的是于旧学并无门径,并主张也还不配。"见《鲁迅全集》第1卷第379页,人民文学出版社,1981。《学衡》文章显示出学问是张尔田、孙德谦、王国维、陈寅恪等加入之后。

[5]《清华学报》第1卷第1期(1924年6月)。

[6]李瑞清:《清道人遗集》卷二第7页。

[7]中国人的南北概念始于六朝,这在钱锺书《中国诗与中国画》中有详细论述,

即把南与北两个地域和两种思想方法或学风联系起来。唐代禅宗区别南北，随之绘画也出现南北之分。禅宗判别南北，是两种才智或两种理性倾向在佛教思想里的一种表现。钱锺书、杨绛夫妇作为南方人，在为人处世与学术研究中也充分体现出与北方人的差异。

关于"南与北"观念及学术思想的南北差异，近代以来刘师培、梁启超、丁文江、杨鸿烈、贺昌群、张其昀、朱谦之、孙隆基、杨念群、桑兵、罗志田等都有专门论述。诸如刘师培(《南北学派不同总论》《南北诸子学不同论》《南北经学不同论》，1905年2月20日《国粹学报》第2号;《南北理学不同论》，1905年6月20日《国粹学报》第6号;《南北考证学不同论》，1905年7月20日《国粹学报》第7号;《南北文学不同论》，1905年9月20日《国粹学报》第9号)、梁启超(《近代学风之地理的分布》，1924年6月《清华学报》第1卷第1期)、丁文江(《历史人物与地理的关系》，1923年1月《科学》第8卷第1期，《史地学报》第2卷第4期转载)、贺昌群(《中国文化上所表现的南与北》，1929年1月《学生杂志》第18卷第7号，收入《贺昌群文集》第3卷，商务印书馆，2003)、张其昀(《东西南北》，1933年8月《科学》第17卷第8期，收入《张其昀先生文集》第18册，中国文化大学出版部，1989)、朱谦之(《文化哲学》中有"文化之地理上分布"的专章，商务印书馆，1935)等均有论著。1928年潘光旦翻译亨丁顿《自然淘汰与中华民族性》，其中第二部分《北中国与南中国》，发表在1928年《新月》第1卷第7期上。文中提及1911年辛亥革命，南方征服北方的事实。又参见孙隆基:《中国区域发展的差异:南与北》，1992年4月《二十一世纪》(香港)第10期。杨念群:《儒学地域化的近代形态——三大知识群体互动的比较研究》，生活·读书·新知三联书店，1997。桑兵:《晚清民国的国学研究》，上海古籍出版社，2001。罗志田:《乱世潜流:民族主义与民国政治》，上海古籍出版社，2001。桑兵论及五四运动前后"学分南北"的实质是"南旧北新"，罗志田则注意到了北伐时期政治上"南新北旧"的原因是南方有"党"和"主义"的缘故。而1930年代文学上的"京海之争"已不能用新旧来简单区分。

[8] 参见桑兵:《国学与汉学——近代中外学界交往录》，浙江人民出版社，2001。

[9] 胡小石的弟子、南京大学文学院周勋初教授在《新材料的利用和旧学风的扬

弃》一文中说:"章太炎墨守《说文》的传统,废弃金文不谈,力斥甲骨文为虚妄,这和陈伯弢在东南大学历史系任教时,把甲骨丢进字纸篓去的态度是一样的。黄季刚承认甲骨、金文中有可取之处,在所读《说文》一书中的书眉上,曾经记下不少甲骨、金文中的文字,但从他对经学和小学的基本态度来说,致力于保持原有的学术体系,而不能像王国维那样无所拘忌地闯入这新开辟的学术阵地中去。"《周勋初文集》第6卷第272页,江苏教育出版社,2000。著名甲骨文专家董作宾(彦堂)在致杨树达信中也表示:"昔太炎先生不理卜文,学林以为憾事。"见《积微翁回忆录·积微居诗文钞》第225页。东南大学另一历史学教授柳诒徵,与北京大学古史辨的疑古人物论争时,也只是信《说文》,而不敢接受新发现的甲骨文、金文。此举被北京大学同人讥笑为旧材料、旧心理。

[10] 陈寅恪:《金明馆丛稿二编》第266页。

[11] 陈寅恪:《王静安先生遗书序》,《金明馆丛稿二编》第247页。

[12] 语出余英时:《中国近代思想史上的胡适——〈胡适之先生年谱长编初稿〉序》,见胡颂平编著:《胡适之先生年谱长编初稿》第5页,联经出版事业股份有限公司,1984。余英时强调胡适的思想革命是同时在通俗文化和上层文化两个领域展开的。蔡元培为《中国哲学史大纲》写序和《答林琴南书》中推崇胡适的"汉学"功夫,说他"了解古书之眼光不让清代乾嘉学者",是从上层文化考虑,有意对付守旧的学术界上层的。

[13] 胡适日记中的粘贴剪报显示:"1951年11月14日,北京大学汤副校长[沈按:汤用彤]召集了十三位老教授,座谈北大一贯的主导思想问题。通过老教授们的亲身体验,并着重从历来的代表人物来进行分析的结果,公认胡适是一个具有代表性的,在旧学术界集反动之大成的人物。"见季羡林主编:《胡适全集》第34卷第148页。

[14] 季羡林主编:《胡适全集》第29卷第725页。

[15] 1917年,胡适考察上海出版界后得出的结论是:"文学书内,只有王国维的《宋元戏曲史》是很好的。"1922年8月28日胡适在日记中写到中国现今的学术界"只有王国维最有希望"。

[16] 陈寅恪:《金明馆丛稿二编》第247页。

[17] 顾颉刚:《发刊词》,《国立第一中山大学语言历史学研究所周刊》创刊号(1927年11月1日)。

[18] 参见王明发:《王伯沆先生与太谷学派传人》,《南京理工大学学报》(社会科学版)第17卷第1期(2004年2月)。

[19] 柳曾符:《君子之道——我所知道的缪荃孙先生》,见《缪荃孙学术研讨会论文集》第191页,江苏省图书馆学会,1998。另见区志坚:《历史教科书与民族国家形象的营造:柳诒徵〈历代史略〉去取那珂通世〈支那通史〉的内容》,收入冬青书屋同学会编:《庆祝卞孝萱先生八十华诞——文史论集》,江苏古籍出版社,2003。刘龙心在《学术与制度:学科体制与中国史的建立》第93页中也指出:"柳诒徵的《历代史略》改写自那珂通世的《支那通史》,除了元、明两卷为柳诒徵所增辑外,大体上只有章节标题有所更动而已。"远流出版事业有限公司,2002。

[20] 胡适在1933年6月《清华学报》第8卷第2期上刊出《评柳诒徵编著〈中国文化史〉》一文中以自己疑古立场批评柳诒徵由信古立场导致对甲骨文、金文等可信史料没有接受,说柳诒徵《中国文化史》中前二十一章,所用材料多很可疑,其论断也多不可信,这是全书最无价值的部分。他说:"近年新旧石器时代的文化都有多量的发现,殷墟史料的研究也有长足的进步,金文的研究也同时有不少的新成绩,这都是《学衡》杂志时代所能料到的。"同时又指出:"柳先生是一位不曾受过近代史学训练的人,所以他对于史料的估价,材料的整理,都不很谨严。例如研究佛教史,材料何虞缺乏,何至于征引到杨文会的《十宗略说》和谢无量的《佛学大纲》? 此种间接而又间接的书,岂可用作史料?"见季羡林主编:《胡适全集》第13卷第151页。

[21] 据黄侃日记1934年5月29日所示,他曾嘲笑柳诒徵不懂音韵之学。黄侃说:"此君亦谈音韵,可哂也。"见黄侃:《黄侃日记》第972页。杨树达在《积微翁回忆录·积微居诗文钞》记有刘茂生来信中转达黄侃所言:"丹徒柳先生不治文学之业,顾论述文化史,曾以段、王、黄、杨为一宗,记述其源流云。"见该书第219页,上海古籍出版社,1986。同时,黄侃也嘲笑王国维求新。在1928年6月18日的日记中他写道:"国维少不好读注疏,中年乃治经,仓皇立说,挟其辩给,以炫耀后生,非独一事之误已。始西域出汉晋简纸,鸣沙

石室发得藏[沈按:藏]书,洹上掊获龟甲有文字,清亡而内阁档案散落于外,诸言小学、校勘、地理、近世史事者,以为忽得异境,可凌傲前人,辐辏于斯,而国维幸得先见。"见黄侃:《黄侃日记》第 302 页。

[22]《私立金陵大学文学院概况——民国十九至二十年》第 29 页。

中国第二历史档案馆六四九—74《金陵大学文学院、理学院、农学院概况》第 110 页。

中国第二历史档案馆六四九—74《金陵大学文学院、理学院、农学院概况》第 18 页。

《金陵大学文理科概况》第 12 页显示中国文学系这门课国文一六三又名"古代甲骨文字研究"。

[23]《新潮》第 1 卷第 1 号(1919 年 1 月 1 日)。

[24] 傅斯年:《傅斯年君致校长函》,《北京大学日刊》第 715 号(1920 年 10 月 13 日)。

[25][26] 傅斯年:《历史语言研究所工作之旨趣》,《中央研究院历史语言研究所集刊》第一本第一分,1928 年 10 月。

[27]《中山大学语言历史学研究所年报》,1929。

[28] 关于"中央研究院历史语言研究所"的研究,参见桑兵:《近代学术转承:从国学到东方学——傅斯年〈历史语言研究所工作之旨趣〉解析》。文见桑兵:《晚清民国的国学研究》,上海古籍出版社,2001。

[29] 关于"汉语言学"学科的建设,李喜所在文章中也注意到了,见李喜所:《留学生与中国现代学科群的建构》,《河北学刊》2003 年第 6 期。

[30]《北京大学日刊》1931 年 9 月 14 日。

[31]《国立中央大学日刊》1932 年 10 月 7 日。

[32] 汤因比:《文明经受着考验》(沈辉等译)第 320 页,浙江人民出版社,1988。

[33]《国学丛刊》第 1 册,又见《观堂别集》卷四第 7 页,王国维:《王国维遗书》第 3 册,上海书店出版社,1996 年第二次影印本。

[34] 梁启超:《饮冰室合集》第 5 册第 119 页,中华书局,1989。

[35] 汤因比:《文明经受着考验》(沈辉等译)第 182—183 页。

[36] 原刊《人民文学》1954 年第 5 期(1954 年 5 月),此处转自中国社会科学院近

代史研究所编:《五四运动回忆录》(上)第260—261页,中国社会科学出版社,1979。

[37] 柳诒徵:《送吴雨僧之奉天序》,《学衡》第33期(1924年9月)。又见吴宓:《吴宓诗集·辽东集》第1页。

[38] 罗岗已注意到了这个问题,参见罗岗:《面具背后》第8—10页,上海教育出版社,2002。

[39] 顾颉刚:《答柳翼谋先生》,《北京大学研究所国学门周刊》第15、16期合册(1926年1月27日)。

[40] 魏建功:《新史料与旧心理》,《北京大学研究所国学门周刊》第15、16期合册(1926年1月27日)。

[41] 托马斯·库恩:《必要的张力》第224页,福建人民出版社,1981。

[42] 张其昀:《张其昀先生文集》第9册第4712页。

[43] 彭明辉:《历史地理学与现代中国史学》第99页。

[44] 胡先骕:《东南大学与政党》,《东南论衡》第1卷第1期(1926年3月27日)。

[45] 郭廷以口述,张朋园等整理:《郭廷以口述自传》第83页,中国大百科全书出版社,2009。

[46] 郭廷以口述,张朋园等整理:《郭廷以口述自传》第91页。

[47] 季羡林主编:《胡适全集》第29卷726页。

[48] 胡先骕:《朴学之精神》,《国风》第8卷第1号(1936年1月1日)。

[49] 参见邹振环:《晚清西方地理学在中国——以1815至1911年西方地理学译著的传播与影响为中心》,上海古籍出版社,2000。郭双林:《西潮激荡下的晚清地理学》,北京大学出版社,2000。

[50] 彭明辉在《历史地理学与现代中国史学》一书中已经注意到了这一重要问题。第五章"历史地理学兴起的时代意义"第一节为"《禹贡半月刊》与《史地学报》之比较分析",说这是"北大"派与"南高"派的不同。

[51] 《禹贡》半月刊7卷82期中有合刊现象。具体期号是第5卷第3、4期合,第8、9期合。第6卷第3、4期合,第8、9期合。第7卷第1、2、3期合,第6、7期合,第8、9期合。所以实际单行本为74册。

[52][53] 《禹贡》第1卷第11期(1934年8月1日)。

[54]《禹贡》第2卷第2期(1934年9月16日),署名"王以中"。

[55]《禹贡》第4卷第11期(1936年2月1日)。

[56]《禹贡》第7卷第1、2、3合期(1937年4月1日)。

[57] 柳曾符、柳定生选编:《柳诒徵史学论文集》第113页。

[58] 张其昀:《张其昀先生文集》第1册第38页。

[59] 钱玄同:《钱玄同文集》第4卷第319页,中国人民大学出版社,1999。

[60] 以下三个示例选取的都是反对意见。鲁迅的反对"国粹"意见,再明确不过了。他借用一位朋友的话说:"要我们保存国粹,也须国粹能保存我们。"见鲁迅:《鲁迅全集》第1卷第306页。

[61] 而事实上,在胡适提出"整理国故"后,关于"国故"名称本身的讨论也一直在展开。为此,1927年上海群学社还出版了许啸天编的三册《国故学讨论集》。尽管许啸天在编辑前言中嘲弄"国故学",说可以从"国故学"三个字"看出我中华大国民浪漫不羁的特性来。这一种国民性,适足以表示他粗陋、怠惰,缺乏科学精神,绝少进取观念的劣等气质"。见《国故学讨论集》(上)第1页,上海书店,1991(影印本)。许啸天同时表示:"反对中国人这浪漫的态度,紧接着便是反对这国故学浪漫的名词。"见许啸天编:《国故学讨论集》(上)第10页。因此,许啸天并没有按吴文祺在《重新估定国故学之价值》一文中所列定的"纯粹的国故学"(考订学、文字学、校勘学、训诂学)分类,而是将该"讨论集"分为通论、学的讨论、书的讨论、人的讨论四辑。许啸天在思想方法上与胡适同路,且个人私交也好。

[62] 反对"国学"最激进的要数吴稚晖。他在1924年针对张君劢、丁文江"玄学与科学"的论争,写了《箴洋八股化之理学》一文,说:"这国故的臭东西,他本同小老婆、吸鸦片相依为命。小老婆、吸鸦片,又同升官发财相依为命。国学大盛,政治无不腐败,因为孔、孟、老、墨便是春秋战国乱世的产物,非再把他丢在毛厕里三十年。现今鼓吹成一个干燥无味的物质文明,人家用机关枪打来,我也用机关枪对打。把中国站住了,再整理什么国故,毫不嫌迟。"见吴稚晖:《吴稚晖学术论著》第124页,上海书店,1991(影印本)。

[63] 季羡林主编:《胡适全集》第23卷第606页。

[64]《东方杂志》第20卷第4号(1923年2月25日)。《读书杂志》第7期(1923

[65]《晨报副镌》1924年2月25日。
[66] 1924年12月章炳麟(太炎)在《华国》月刊第2册第2期上发表《中学国文书目》,列书39种,分为"全诵全讲""选诵选讲""全阅略讲""选阅选讲""参阅闲讲""选阅略讲""全阅""参阅""检阅"。书目为:《尚书孔传》《诗毛传郑笺》《周礼郑注》《春秋左传杜解》《史记》《资治通鉴》《续通鉴》《明通鉴》《清五朝东华录》《老子王弼注》《庄子郭象注》《荀子杨倞注》《韩非子》《吕氏春秋高诱注》《中论》《申鉴》《颜氏家训》《文中子》《二程遗书》《王文成公全书》《颜氏学记》《古文辞类纂》《续古文辞类纂》《古诗源》《唐诗别裁》《说文句读》《说文解字注》《尔雅义疏》《广韵》《经传释词》《世说新语》《梦溪笔谈》《困学纪闻翁注》《日知录》《十驾斋养新录》《中华民国宪法》《中华民国刑律》《仪礼丧服篇》《清服制图》。
[67] 参见罗志田:《国家与学术:清季民初关于"国学"的思想论争》,生活·读书·新知三联书店,2003。
[68] 季羡林主编:《胡适全集》第13卷第47—50页。
[69] 引自许啸天编:《国故学讨论集》(上)第21—22页。原本为1927年1月上海群学社印行。季羡林主编《胡适全集》第13卷第51—55页收录此演讲稿与许啸天编《国故学讨论集》中文字上有较大不同。
[70] 参见陈以爱:《中国现代学术研究机构的兴起——以北大研究所国学门为中心的探讨》第113—139页,江西教育出版社,2002。
[71] 转引自陈以爱:《中国现代学术研究机构的兴起——以北大研究所国学门为中心的探讨》第85页。
[72] 1922年秋北京大学校方决定停刊《北京大学月刊》,改为四种季刊:《国学》《自然科学》《社会科学》《文艺》。《国学季刊》《社会科学季刊》与本文有关。尽管南京高等师范学校—东南大学与北京大学之间因学术精神和思想观念不同,但南京高等师范学校—东南大学"史地学会"("史地研究会")和《史地学报》对北京大学同行的工作还是很关注的。《史地学报》自第1卷第2期(号)开始,设有"新闻"栏目,其中"史学界新闻"有六则。他们首先介绍北京大学史学系教授何炳松翻译的《新史学》和北大史学系编辑的《中国史

先声》。第 1 卷第 3 期始开设"史地界消息"专栏,报道了在北京大学召开有关"中国地质学会开会纪"。以后"史地界消息"专栏被作为该刊物的一项重要内容。第 4 期报道了北京大学收管历史博物馆古物、北京大学史学读书会的情况。第 2 卷第 2 期介绍北京大学整理清宫档案。第 2 卷第 3 期介绍北京大学史学会成立、史学会演讲、前清档案整理续闻、研究所纪闻。第 2 卷第 4 期专门介绍《国学季刊》《社会科学季刊》中有关史学的文章,介绍北京大学整理内阁档案、国学门的史地研究。第 2 卷第 5 期有"北大研究所国学门近闻""北大整理档案会近讯""北大史学会近讯"。第 2 卷第 6 期有"北大之风俗调查会"。第 2 卷第 7 期有"北大研究所国学门暑假中之调查事业"。另在"选录"栏目内有《北京大学马衡教授查河南新郑古物报告书》。第 3 卷第 6 期有"北大拟掘京西大宫密窖"。

[73] 据《黄侃日记》所示,他晚年对甲骨文的看法有所转变。他购买了多种有关甲骨文的书,但多没有来得及读。杨树达在《积微翁回忆录》1936 年 12 月 27 日日记中记有:"林景伊来,告余云:黄季刚于生前大买龟甲书读之。尝语渠云:'汝等少年人尽可研究甲骨,惟我则不能变,变则人将讥讪我也。'……余谓,季刚始则不究情实,痛诋龟甲,不免于妄;继知其决非伪物,则又护持前错,不肯自改,又不免于懦矣。"所以杨树达才有 1939 年 8 月 12 日日记中所写:"温故不能知新者谓黄侃;不温故而求新者,谓胡适也。"分别见杨树达:《积微翁回忆录·积微居诗文钞》第 126、152 页。

章太炎是始终排斥甲骨文的。在 1935 年 9 月 16 日苏州开讲的"章氏国学讲习会"第一期中,有《小学略说》。据王乘六、诸祖耿记录,孙世扬校《章氏国学讲习会讲演记录》所示,章太炎说:"至如今人哗传之龟甲文字,器无征信,语多矫诬,皇古占卜,蓍龟而外,不见其它。……兽骨龟厌,纷然杂陈,稽之典籍,何足信赖?……至于龟甲,则矫诬之器、荒忽之文而已。"引自南京大学中文系古典文学教研室、南京大学学报编辑部编印《章太炎先生国学讲演录》(内部交流·非卖品)第 20—21 页。另外,1935 年 6 月至 8 月章太炎与金祖同有四封讨论甲骨文的通信,他说:"甲骨之为物,真伪尚不可知,其释文则更无论也。"见马勇编《章太炎书信集》第 960 页。

[74] 罗尔纲:《师门五年记·胡适杂忆》第 46—51 页,生活·读书·新知三联书

店,1995。

[75] 吴新雷等编:《清晖山馆友声集》第 194 页,江苏古籍出版社,2000。

[76] 吴新雷等编:《清晖山馆友声集》第 552 页。

[77] 详见姚柯夫:《陈中凡年谱》,书目文献出版社,1989。

[78] 吴新雷等编:《清晖山馆友声集》第 555 页。

[79] 指导员、职员、会员录见《国学研究会记事》,《国学丛刊》第 1 卷第 1 期(1923 年 3 月)。据第 2 卷第 3 期的《本会启示》所说:"本会因收回丛刊关系,组织略有变更。"

[80] 据《国学丛刊》第 2 卷第 1 期的广告介绍,《国学研究会演讲录》第一集目录所示内容有梁任公《屈原研究》《治国学的两条大路》《历史统计学》,江亢虎《欧战与中国文化》《中国古哲学家之社会思想》,蒋维乔《法界一览》,吴梅《词与曲之区别》,顾实《治小学之目的与方法》,陈延杰《现代诗学之趋势》,陈中凡《秦汉间中国之儒术与儒教》,陈去病《论诗人当具史地两种之本领》。这些篇目与《国学研究会记事》中所列题目上有个别表达(或字数)不同,但具体内容是一样的。

[81]《文哲学报》主要是为学生提供学术训练的阵地,教授发文很少,且主要是为应"文学研究会""哲学研究会"之约的讲演稿。栏目分"通论""专论""文苑""诗录""小说""杂载""书评"等。其中"文苑"未脱文言的语法,"诗录"全是古体诗词,"小说"是翻译外国的,没有自己创作的白话文新文学作品。所谓哲学研究主要是佛学,其中南京支那内学院(1922 年 7 月正式成立)教授的佛学研究,和东南大学的哲学研究是密不可分的。四期《文哲学报》中,主要文章都是学生写的。第 1 期中有国文系系主任陈中凡的文、历史系教授柳诒徵的诗、支那内学院教授欧阳竟无的说佛法(王恩洋记录)和《支那内学院叙》、王恩洋的《唯识答疑》。第 2 期有梅光迪、柳诒徵的演讲稿,柳诒徵的两篇短文,王恩洋谈佛学的两文,陈中凡的研究文章。第 3 期有王恩洋谈佛学的文,张君劢、梁启超、汤用彤的讲演稿。第 4 期有卢于道的一文、陈去病的两文。

[82] 顾实:《发刊辞》,《国学丛刊》第 1 卷第 1 期(1923 年 3 月)。

[83] 其中各期的出版日期为:第 1 卷第 1 期,1923 年 3 月。第 1 卷第 2 期,1923

年 8 月。第 1 卷第 3 期,1923 年 9 月。第 1 卷第 4 期,1923 年 12 月。第 2 卷第 1 期,1924 年 3 月。第 2 卷第 2 期,1924 年 6 月。第 2 卷第 3 期,1924 年 9 月。第 2 卷第 4 期,1925 年 10 月。第 3 卷第 1 期,1926 年 8 月。

[84]《田世昌启事》,《国学丛刊》第 2 卷第 2 期(1924 年 6 月)。

[85]《国学丛刊》第 1 卷第 3 期(1923 年 9 月)。

[86] 陶然(周作人):《国学院之不通》,《晨报副镌》1924 年 3 月 27 日。

[87] 陶然(周作人):《国故与复辟》,《晨报副镌》1924 年 3 月 29 日。

[88] 天均:《评〈东南大学国学院整理国学计划书〉》,《晨报副镌》1924 年 3 月 30 日。

[89] ZM:《顾实先生之妙文》,《晨报副镌》1924 年 4 月 17 日。

[90] 陈以爱:《中国现代学术研究机构的兴起——以北大研究所国学门为中心的探讨》第 297—298 页。该书注意到了《东南大学国学院整理国学计划书》。罗志田在 2003 年生活·读书·新知三联书店出版的《国家与学术:清季民初关于"国学"的思想论争》一书中已经论述到这一问题。

[91] 张树年主编:《张元济年谱》第 197 页,商务印书馆,1991。

[92] 张树年主编:《张元济年谱》第 203 页。

[93] 张树年主编:《张元济年谱》第 207 页。

[94] 陈中凡:《自传》,见吴新雷编:《学林清晖——文学史家陈中凡》第 4 页。

[95] 陈中凡:《清晖集》第 301 页,书目文献出版社,1987。

[96] 吴新雷等编:《清晖山馆友声集》第 65 页。

[97]《学衡》第 51 期(1926 年 4 月)。钱仲联特别重视此文,他认为这是自己"公开发表论文于重要刊物之始"。此语见钱仲联:《钱仲联学述》第 174 页,浙江人民出版社,1999。

[98] 杨廷福、陈左高:《无锡国专杂忆》,见《学林漫录》第四集,中华书局,1981。黄汉文:《〈无锡国专杂忆〉补正》,见《学林漫录》第九集,中华书局,1984。陈祥耀:《略谈唐文治先生的行谊和学术》,见《学林漫录》第十三集,中华书局,1991。钱仲联:《钱仲联学述》。陈平原:《传统书院的现代转型——以无锡国专为中心》,《中国大学十讲》,复旦大学出版社,2002。

[99] 1944 年 8 月 2 日教育部批准中央大学设立文科研究所中国文学部。见《南

大百年实录》(上卷)第 440 页。9 月开始招生,第一届研究生毕业的仅金启华一人,刘锐未毕业即到大夏大学就职。据胡小石留下的《读书日程录——中文研究所》(藏南京大学文学院资料室)所示,1945 年 9 月入学的第二届研究生为刘溶池、王季星(继兴)、公方苓、李毓芙、郭银田。

[100]《中国文化研究所消息·研究所之来历》,《金陵大学校刊》第 75 号(1932 年 12 月 5 日)。

[101] 徐则陵(养秋)和李小缘是同学和朋友。详情参见马先阵、倪波编:《李小缘纪念文集》第 348 页,南京大学出版社,1988。

[102] 陶飞亚、吴梓明:《基督教大学与国学研究》(福建教育出版社,1998)详细考察了"三十年代教会大学的国学热",并对前后国学研究都有较明晰的解说。

[103]《中国文化研究所消息·研究所之来历》,《金陵大学校刊》第 75 号(1932 年 12 月 5 日)。

[104]《私立金陵大学一览》(民国二十二年)第 41—47 页。

[105] 徐雁平、何庆先:《金陵大学中国文化研究所考述》,见《思想家》第 I 辑《杰出人物与中国思想史》,江苏教育出版社,2000。另张宪文主编的《金陵大学史》(南京大学出版社,2002)中,陈蕴茜为"中国文化研究所"写有专章,所说较为详细。徐有富:《金陵大学中国文化研究所出版的学术著作》,收入徐有富、徐昕:《文献学研究》,江苏古籍出版社,2002。

[106] 张宪文主编:《金陵大学史》第 169 页。顾潮编著:《顾颉刚年谱》第 303 页。

[107] 陶飞亚、吴梓明《基督教大学与国学研究》一书附有《中国文化研究汇刊》10 卷的目录。

[108]《国学丛刊》第 1 卷第 4 期(1923 年 12 月)。

[109] 向映富:《金陵大学中国文学研究会概况》,见《南大百年实录》编辑组:《南大百年实录》(中卷)第 399—400 页。

[110] 南京中央大学文学院办的《文艺丛刊》第 2 卷第 2 期(1936 年 1 月)为"黄侃纪念专号"。《制言》第 11 期(1936 年 2 月 16 日)为"黄侃纪念专集"。

[111] 金陵大学文学院国文系办的《斯文》第 1 卷第 8 期(1941 年 1 月 16 日)出了"胡翔冬先生逝世纪念专刊"。胡翔冬和胡小石同为李瑞清门人。

［112］《国学研究班(第一期)概况》,见《南大百年实录》编辑组:《南大百年实录》(中卷)第 228 页。
［113］参见徐雁平:《金陵大学国学研究班述考》,见《思想家》第Ⅱ辑《中国学术与中国思想史》第 583—598 页,江苏教育出版社,2002。
［114］［115］刘国钧:《弁言》,《小学研究》(金陵大学文学院《文史丛刊》第一种),1936 年。

大学精神:诚朴雄伟

自京师大学堂创办算起,中国的大学教育日新月异,并成为中国社会变革最为重要助推力量之一。抗战最艰难的1941年,西迁四川国立东北大学校长臧启芳为《星期评论》所写《论大学精神》一文中,首先明确大学教育的四种目的:一、对自然界要能格物致知,而以科学征服自然。二、对社会要能革新利济,而以先天下之忧而忧,后天下之乐而乐为抱负。三、对学习者自身要能变化气质,而以理智控制情感。四、对学习者的造就要能养成达才,而具创造精神,不可仅囿于狭义的专门知识。[1]这自然是教育家的最高理想。战时实际人才需求与艰苦社会环境下个人生存需要,都是大学精神发生变异的重要因素。

E.希尔斯在《论传统》一书中指出,在学术传统之外,大学还产生了关于其自身结构和方法的复杂传统体系,"只有当大学的传统在实际上被遵循,大学才能运行,而且,只有那些吸收了这些传统并在其中安然自如的人才能做到这一点。从这一点来看,传统在大学里的作用是社会生活中传统作用的一个缩影"[2]。

"诚"为南高的精神基石

江苏近代教育,始于"力图治强"的洋务运动,此时促成的"水师学堂、陆路学堂及格致书院"[3]，实际上是一种欲走捷径的强国之法。为确立国民基础教育，而创办三江师范学堂。这是与国际先进教育接轨的开始，且主要得力于先后担任两江总督的刘坤一、张之洞和魏光焘。[4]1902年，首先提倡在南京兴办师范学堂，并且力主"赶速筹备，接续开办"的是刘坤一。[5]随之，倡导"中学为体，西学为用"的两江总督张之洞，于1903年2月5日写有《创办三江师范学堂奏折》，他在奏折中强调："查各国中小学堂教员，咸取材于师范学堂，是师范学堂为教育造端之地，关系尤为重要。……先办一大师范学堂，以为学务全局之纲领。创建三江师范学堂一所，凡江苏、安徽、江西三省士人皆得入堂受学。"[6]紧接着，魏光焘具体落实开办事宜，1904年11月26日，学生正式入学上课。[7]

三江师范学堂在南京创办后，著名学者或诗人缪荃孙、方履中、陈三立等曾任校长（时称"总稽查"）[8]，夏敬观等任"提调"。1906年10月1日更名为两江优级师范学堂，李瑞清在教务长雷恒的协助下主持学校6年（时称"监督"）。他为学子留下做人规范是"道德为原本，知识极诚明"，同时以"嚼得菜根，做得大事"作为校训，并初步形成了"俭朴、勤奋、诚笃"的校风。据李瑞清《两江优级师范学堂同学录序》中所说："京师设大学，各省皆立高等或中学。南皮张相国于江南建两江师范学校，中国师范学校之立，以两江为最早，聘日本教师十一人，综合中西，其学科颇采取日本，称完美焉。"[9]从"三江"到"两江"，陈三立（修水）、夏敬观（新建）、李瑞清（临川）、雷恒（新建）四位江西人贡献颇大。《学衡》创刊后，其诗苑为宗法宋诗的"同光体"诸生充盈，也缘此理路。

1912年中华民国建立后，教育部决定在沈阳、北京、南京、武昌、广东、成都设立六所高等师范学校。1914年，两江优级师范学堂改名为南京高等师范学校。江谦、郭秉文先后出任校长。婺源江谦（易园）为张謇弟子，他继承李瑞清的办学思想，明确校训为"诚"。随之南京高等师范学校的校歌在江谦(作词)、李叔同(作曲)手中诞生。其中歌词的前三句为:"大哉一诚天下动。如鼎三足兮曰知曰仁曰勇。千圣会归兮集成于孔。"[10]

1921年10月南京高等师范学校正式易名为国立东南大学,12月1日启用国立东南大学校印,留学美国哥伦比亚大学的郭秉文出任校长。其办学方针是训育、智育、体育并举,并力图把握四个平衡:通才与专才的平衡、人文与科学的平衡、师资与设备的平衡、国内与国际的平衡。同时将他自己"终是本于和平"的"平生为人为事"原则融进学校生活。他说:"平乃能和,和乃能进。"[11]

下边从《代理校长郭秉文关于本校概况报告书》(1918年10月)中训育、智育、体育大纲看学校的精神结构。具体大纲摘录如下:

训育

一、标准　养成负责之国民之人格,并具有坚强之体魄和充实之精神。而于道德、学术、才识三者又有适当之培养。

属于道德者,品性(知力、感情、意志)中正,行为(容仪、言语、动作)和平。

属于学术者,知识(普通、专门)明确,技能(应用、美感)精熟。

属于才识者,计划(全局、分布)悠久,执行(作业、游戏)宽厚。

二、方法　启发自动之机:利用天性、触发统觉、引起兴趣、应用暗示、选择思想、养成习惯。

三、程序　对于自己之品性行为负修养之责、对于同学之品性行为负规劝之责、对于本校校风负巩固发扬之责、对于本校附属学校之训育负协助之责、对于本校附近社会之风俗负改良之责。

四、实施　通过修养(于学生则重躬行与省察,于职员则重感化与考查)、服务(于学生则重实践与研究,于职员则重示范与检查)。

智育

一、依据诚训,能思想以探知识之本源,能应用以求知识之归宿。所思想应用之事物以适合社会需要为本。

二、方法　养成思想的能力(注重兴趣与试验)、养成应用的能力(理想与实际结合)。

三、实施　设科、标准、教授、实验、研究、实习、参观。

体育

一、标准　坚强之体魄,充实之精神。

二、方法　养护所(培养元气,御邪感于未然)、锻炼所(操练筋骨,作耐劳之标准)、医治所(矫正体格,防病治病)。

三、实施　分修护、卫生预防、锻炼。[12]

郭秉文出身美国哥伦比亚大学,受杜威教育思想影响,从此"报告书"可见其对学生生活和实践环节的重视。

下面是三位日后成为著名学者的南京高等师范学校学子,他们对母校精神及学风的回味、总结,是一代人美好回忆的代表,也是对不可再有的历史时光的感性回放。

陈训慈在《南高小史》中写道:

略以言当时共通之佳风。曰诚、曰爱、曰勤、曰俭。殆皆为今时所不能逮。(一)以言乎诚,则上下相接,往往出之真诚;虚矫不发诸当局,浮动稀见乎学者。教授于授课之外,颇多"身教"之功;至诚感孚,其效以渐。同学之中,虽少殷勤周洽之作态,常存坦白诚挚之真情。(二)以言乎爱;则真诚互感,互爱斯生。师生之间,时多课外之联络,或访谒请益,或同乐谈话,相处既迩,相接常频。而同学之间,概以级别(自九年行学分制后虽同异稍多,但分级无改,以至于结束始已)。同级之间,弥见款洽。饮食起居,休戚与共,守望相助。即异科各级之间,亦赖自治会与各研究会之媒介,颇多往还互助之乐。(三)次则为勤,勤于治学,固为当时极普遍之学风……(四)次则为俭,尤为大多数生活之共态。[13]

这可当作对郭秉文"报告书"的脚注或细化。

张其昀在《"南高"之精神》一文中认为"南高"之精神是:德育、智育、美育、群育四个方面的完满结合。同时他认为校风的形成,其必要条件一为历史的关系,二为理想的确立。他引用刘伯明的话说:"吾校同学率皆勤朴,无浮华轻薄气习。而其最显著之优点,在专心致力于学。其艰苦卓绝,日进不已,至可钦佩,实纨绔子之学生所不能及者也。"[14]

"南高"精神在德育方面的体现是:一面保持质朴的风气,一面又注重科学的训练,贯通中西。张其昀说:"世人多称南高学风偏于保守,这是一种误解,与其称为保守,不如称为谨慎,较近事实。南高的精神中科学的成分极重,他们不囿于成见,不狃私意,发言务求正确,不作妄诞之辞,最富于自由的空气与真挚的精神。"

智育的最大特色是注重科学。因为"中国科学社"发起人回国后大多数担任南高教授,南高和其他高师的不同之处,即在其造就科学人才。刘伯明常常以"博约"教导学生。张其昀特别强调:"南高又有一最可自负之点,即留学生与国学大师的合作。文科方面有几位大师对于中国文化有透彻的研究与超越的见解,同时他们也注意于科学的方法,故思虑周密,其探究事理常带有批评的精神。英人罗素尝谓西方文化显著的优点是科学方法,中国文化显著的优点是一种合理的生活观念,此二点希望其逐渐互相结合。当年南高的学风,确实存在着这样自信心。母校真正的教育家,常欲防止特种学科的专制,而尽其力之所及,以开放全部之知识,使学生有充分的自由,以选择其最能发展其个性的学科。其结果南高的人文学与科学能保持平衡的发展,而且互相影响,得到良好的效果。南高的人文学,如史学、哲学、教育学、中国文学、外国文学等,其造诣之深渐为社会所认识。南高的毕业生未赴海外留学而在各大学担任人文学教授的,已有十余人,这也是其他大学罕见其比的。古人说:'文胜质则史,质胜文则野,文质彬彬,然后君子。'调和文理,沟通中外,实在是当年南高办学者的宏旨。"[15]

"南高"情结是张其昀1960年代以后华冈兴学(创办中国文化学院—大学)的重要心理动因。他在1976年《校务总括评述》的报告中说,中国文化大学兴学的主旨是德育、智育、体育、美育、群育五育并进,培育青年健全的人格。[16]"五育并重"[17]是张其昀办学的基本策略和"大学教育的要领"[18]。这和"南高"精神一致。

胡焕庸则言简意赅,认为"前后一贯始终不渝之好尚与学风"即"所谓孜孜为学之精神"[19],是"南高"精神的实质。

另外,南京高等师范学校—东南大学的兴盛,也可以从当时的师资显示出来。[20]

南京大学的另一源头为汇文书院—金陵大学。

汇文书院首任院长是福开森(J. C. Feguson),他专擅中国古典艺术研究,创立汇文书院,是"以沟通中西文化,介绍西方之新进科学,为其自然的特点,而文化亦因沟通,而发扬光大"[21]为办学方针。福开森对金陵大学的题词是"温故而知新"和"建新存故"[22]。陈裕光执掌金陵大学时间最长,他为学校所立的校训为"诚、真、勤、仁"。这其中,首要是"诚"。同时金陵大学的文科教授多是和东南大学—中央大学互聘。这说明她和

"南高"在精神上有诸多相通之处。

抗战时期,金陵大学迁至四川成都华西坝,金陵大学国文系系主任高文在1943年1月1日《斯文》第3卷第1期上发表了《金陵大学中国文学系之精神》,他说(节录):

> 本系之精神,首在泯息诡异之谈,研治笃沉之学,知化旧以为新,必通源而识本,九经三史,日在人间。四部两藏,取资不尽,又何劳弃自享之千金,珍他人之敝帚也哉。
>
> 本系之精神,力破浮妄,不杂旁支,不为夸饰,传经重师承,言文贵法度,注重学生习作,遵循前哲步趋,以期承先启后,挽救颓风,光复文章旧业也。
>
> 本系之精神,力矫流俗,以古为则,重日积月累之功,达雄伟不常之域,流连往哲,思振遗风,古道照颜,后生可念,存亡继绝之交,非今日欤。

刘伯明心目中的"学者精神"和"学风"

1922年1月,《学衡》杂志在东南大学创办。《学衡》的宗旨是"昌明国粹,融化新知"。围绕《学衡》杂志,形成了五四运动之后著名的文化保守主义文人群体——学衡派。校长办公处副主任(相当于主持常务工作的副校长)、哲学教授刘伯明是实际支持者,他是当年"高标硕望,领袖群伦"的人物。创刊号上,他发表了《学者之精神》一文,明确提出作为学者的基本素质。他说"学者之精神,究其实际,实为一体"。其内涵可分为五点:"一曰学者应具自信之精神也。二曰学者应注重自得也。三曰学者应具知识的贞操也。四曰学者应具求真之精神也。五曰学者必持审慎之态度也。"[23]

同时,刘伯明也强调,"真正学者,一面潜心渺虑,致力于专门之研究,而一面又宜了解其所研究之社会的意义,其心不囿于一曲而能感觉人生之价值及意义,或具有社会之精神及意识。如是而后始为真正之学者也"[24]。

面对学潮、烽火四起和学风日坏,刘伯明及时在《学衡》第16期上发表了《论学风》一文。他明确指出这种现象是民国以来学校中最难调和的两种精神,即自由与训练(或称责任)相互作用下形成的,有学生和学校管理双方的责任。他强调首先要对教师提出要求:"欲消弭学潮,教职员方面亦应深自反省,而憬然觉悟。政治社会方面责任之须共同担负。以此责诸学生,致令牺牲学业,而己则坐观成败,谓之不仁;瞻循顾忌,裹足不前,谓之不勇。不仁不勇,岂能为学子之楷模乎?"

他主张要坚守中国固有的学术传统:"吾国古来学风,最重节操。大师宿儒,其立身行己,靡不措意于斯。虽经贫窭,守志弥坚。汉申屠蟠所谓安贫乐潜,味道守真,不为燥湿轻重,不为穷达易节。最能形容其精神也。"结合当前学校教育的实际情况,他提出了自己的看法:"学校既为研究学术,培养人格之所,一切权威应基于学问道德。事功虽为人格之表现,然亦应辨其动机之是否高洁,以定其价值之高下。若通俗所重之名利尊荣,则应摈之学者思想之外。老子曰:虽有荣观,燕处超然。此从事教育者应持之态度,而亦应提倡之学风也。"

刘伯明在具体论述如何办学、自由与责任的关系后,进一步指出:"学校精神存乎教师学生间。个人之接触,无论修学息游,为人师者,应随时加以指导,于以改造其思想而陶冶其品性。不仅以授与智能为尽教者之职责,准是以观,则设备、建筑,仅必须之附属物也。即推广事业,亦仅此精神之表现也。诚以根柢深固,枝叶自茂。不此之务,而以旁骛横驰为得意。吾恐范围愈扩大,其距爆烈之时期亦愈近也。反是而致意于个人之感化,精力之涵养,啬于中而彪于外。君子之道暗然而日章,小人之道的然而日亡。此之谓也。"

学衡派成员梅光迪、吴宓、胡先骕、柳翼谋在国内公开反对胡适及白话新文学,主要是在1919—1923年间,其中梅光迪、吴宓、汤用彤(汤本人并不反对新文学,并成了胡适的朋友[25])结盟是在美国的哈佛大学。他们当面的冲突只有一次,即是在1923年12月1日东南大学学生胡梦华与吴淑贞的婚礼上。胡适此时在南京讲学,并应邀作证婚人。梅光迪、楼光来为男女双方介绍人,杨杏佛、柳翼谋、吴宓到场。也正是这样一个难得的场面,使北京大学新青年派的胡适与东南大学学衡派的梅光迪、吴宓、柳翼谋有了一次当面交锋的时机。胡梦华说,在这个婚礼上,"吾家博士适之叔展出文学革命观点,梅、吴二师提出希腊大师苏格拉底、柏拉图、亚里斯多德以示当时名遍中国学术界的杜威、罗素二博士,未必青胜于蓝,更不足言后来居上。接着柳师还提出子不学的孟轲助阵,适之叔,单枪匹马,陷入重围;杏佛师拔刀相助,雄辩滔滔"[26]。此婚礼的突奇之处,足可以与几年后徐志摩、陆小曼的婚礼上梁启超训斥徐、陆之事相比。

这里需要指出郭秉文、刘伯明与胡适的关系。郭、刘、胡都留学美国,虽文学观念、学术思想不同,但并不影响他们相好的朋友关系。在南京大学的校史中有这么一段轶闻、传说:"胡适之先生在回国前曾为郭秉文先生恳邀,但是胡氏苦于已接受蔡元培先生的邀约,赴北大任教。"他告诉郭秉文先生说:"如果不是蔡子民(元培)先生和我已有约在先,我一定会到南高执教。因为,早已有好几位和我一同留美的同学好友,如任鸿隽、陈衡哲、梅光迪等,都已经被你拉到南高师了。"[27]据我个人考察,此说完全是杜撰的。时间、地点和随后的事实都错了。可以说与事实正好相反。胡适1917年回北大任教时,任鸿隽、陈衡哲、梅光迪都还在美国学习,根本没有到南高。再说陈衡哲1920年夏回国,是经胡适推荐,先到北京大学教西洋史,成为北京大学的第一位女教授,半年后因怀孕辞去教职,后来才转到东南大学。梅光迪回国后是先到南开大学任教,一年后才到东南大学。现据《胡适的日记》所示,1921年7月20日,胡适在上海商务印书馆考察时遇到了东南大学校长郭秉文。郭劝胡适留在商务印书馆当编译所所长,同时任东南大学教授。胡适当面拒绝了。他说:"东南大学是不容我的。我在北京,反对我的人是旧学者与古文家,这是很在意中的事;但在南京反对我的人都是留学生,未免使人失望。"[28]

而1923年6月东南大学发生第一次"风潮及辞职"事件的具体情况,杨杏佛还专门到上海,向胡适汇报。胡适很详细地写进了6月3日的日记。

胡适是五四新文化运动的领袖人物,白话新文学的首倡者,同时又积极主张用科学方法"整理国故"。他反对南京高等师范学校—东南大学部分教授抵制白话新文学和新思想,但在整理旧学这一点上,他自己的学术活动和南京高等师范学校—东南大学部分教授的工作相同。在1922年12月23日北京大学25周年纪念演讲中,他说看到北京大学的学术研究成果后,感到中国自然科学研究落后,而国学研究成果显著:"我个人以为至少在社会科学上应该有世界的贡献。"[29]

刘伯明1923年11月24日因患脑膜炎遽死,年仅36岁。胡适为刘伯明写的悼词是"鞠躬尽瘁而死,肝胆照人如生"。郭秉文写有《刘伯明先生事略》的悼词,说刘伯明力持人文主义,以救近日实用主义之弊。此说明显是将刘伯明与胡适对立起来。这样看来,学衡派成员张其昀所说具有一定的代表性,起码可以看作他们同人的"心理共同体认"。他说:"吾师刘伯明先生是《学衡》杂志的创办人,当时有'北大与南高'之说法,似乎隐隐然以胡适与刘伯明为代表者。"[30]

因此,张其昀在纪念刘伯明的文章中特别强调,要超越所谓"南高"保守和"北大"革新的简单比较,在不同之处求"真正之学者"共同的"自由之心":

> 自南京高师成立以来,北大、南高隐然为中国高等教育之二大重镇。时人有北大重革新,南高重保守之语,其说盖起于胡适之,刘先生尝闻此言,根本上加以否定。先生谓真正之学者,当有自由之心。"吾人生于科学昌明之世,苟冀为学者,必于科学有适当之训练而后可。所谓科学精神:其最要者曰唯真是求,凡搜集证据,考核事实皆是也。唯真是求,故其心最自由,不主故常。盖所谓自由之心,实古今新理发现之条件也。"[31]。

1932年11月24日,刘国钧在《学风——为纪念刘伯明先生作》一文中说,"思想的混淆和浅薄恐怕是现在学风的最大缺点","医治这种毛病,自然最好莫过于论理的思想,科学的方法,和养成对于无论什么事都要求充足证据的习惯"。因为此时为民族危急时刻,所以他强调,"要使国家能重兴,民族能得救,必定要从养成诚朴笃实、艰苦卓绝的学风起"。[32]

纪念南高二十周年时的集体反思

1935年9月,原南京高等师范学校毕业生,在《国风》上出了"南京高等师范学校二十周年纪念"特刊,许多学者写有纪念文章。在纪念会后,

《国风》8卷1号又出一集专刊,详细将纪念过程和校友的演讲词刊发出来。

著名希腊文专家郭斌龢在《南京高等师范学校二十周年纪念之意义》一文中认为"南高"精神是"笃实而有光辉"。具体表现为以下四点:保持学者人格、尊重本国文化、认识西方文化、切实研究科学。[33]纪念南京高等师范学校二十周年的意义在于保持和发扬"笃实而有光辉"的南高精神。

吴俊升在《纪念母校南高二十周年》的文章中则强调"南高"的事功。他说:"南高"十年,1915年(从招生算起)到1925年(与东南大学有交叉,将"南高"的学生毕业时间计入),"南高不仅完成了训练师资的使命,它还尽了孕育文化和造就学术界与事业界各种特殊人才的责任。在这一方面,它可和巴黎的高等师范学校相比"[34]。

吴俊升说:"在文化的使命上,南高的成就,虽然在开创方面不能说首屈一指;可是在衡量和批判一切新思想、新制度,融和新旧文化,维持学术思想的继续性和平衡性这一方面,它有独特的贡献。在有些方面,诚然有人批评过南高的保守,可是保守和前进,在促进文化上,是同等的重要。而高等教育机关的文化使命,本是开创与保守、接受与批判缺一不可的。南高对于文化的贡献,如其不能说在开创与接受方面放过异彩,在保守与批评方面,却有不可磨灭的成就。何况有些方面,如教育理论与方法的革新、农业的改良、体育的提倡,南高还是开全国风气之先的呢!"

这里吴俊升正视南高的保守,但他同时强调"保守和前进,在促进文化上,是同等的重要。而高等教育机关的文化使命,本是开创与保守、接受与批判缺一不可的"。正是这种"保守"和"批判"才能"维持学术思想的继续性和平衡性"。

从"南高"精神谈到"南高"学风。王焕镳先是回味十多年前"进退肆习之所,老师宿儒之所讲论,四方士友之所磨砻。朒挚缱绻之意,沆瀣孚合之情,诙谐婴娱之状。虽极丛细琐屑,皆醰醰乎若有余味,深胶于心脾而不可卒解者",进而指出"南高"学风是许多人共同努力所造就的,"先是江易园先生为校长,提倡阳明之学,所聘师儒,多以讲求义理实学为事,故其严义利之辨,则以事干谒为无耻。明诚伪之分,则以营虚声为可羞。使举校之人暗焉窦焉埋首钻研于学问而不以外事乱其中。苟于学焉一有所获,极天下可欣可慕之事举无以易之,虽有惑世诬民之说足以倾动一国之人而不为其所夺。虽有高官显宦欲利诱青年以为爪牙而无所施其伎俩。虽办学者或周旋于要津以图学校之发展,而舆论匡正甚峻,不使其支蔓。积一校师弟子千百人之力,不自知其不足。锐焉欲拨乱世而反之正,与妄人、邪人相抗拒,遭困踬蒙讪讥而无所于悔。虽所就未能尽如其所期,固已皎皎铮铮,不苟同于习俗矣。斯我南高之学风也"[35]。

植物学家胡先骕,有着强烈的人文关怀。他说南京高等师范学校——东南大学的物理学、气象学、生物学、农学为中国之最。"此皆南雍实事求是质朴真诚之精神所表现也","南雍精神不仅在提创科学也。文史诸科,名师群彦,亦一时称盛"。南高—东大昔日之盛,使他把人文关注投向了现实。他说:"幸今日秉国钧者,知欲挽救国难,首在正人心,求实是,而认浮嚣激烈适足以亡国灭种而有余。于是一方提创本位文化,一方努力于建设事业。南雍师生二十年来力抗狂潮勤求朴学之精神,亦渐为国人所重视。吾知百世之下,论列史事者,于南雍之讲学,必有定评。"[36]

这些南高师生都是借谈论南高精神和学风批评现实,进而讨伐五四新文化运动。这既是他们多年来的一种精神情结,也是他们坚守文化保守主义的基本立场。

罗家伦将"建立有机体的民族文化"作为"中央大学永久的负担"

1928年5月,东南大学两次易名后,改为国立中央大学。

1932—1941年,北京大学原毕业生,五四运动急先锋,"胡适派文人集团"核心人物罗家伦出任国立中央大学校长。这时候,他的大学理念发生了很大变化。他在1932年10月17日国立中央大学"总理纪念周"上的演讲题目是"中央大学的使命"。这位五四运动的青年先锋,激进的反传统者和"打孔家店"的同路人,在国民党革命"成功",并成为执政党之后,以教育为立国之本作出发点,为国立中央大学寻求"民族文化"之根。这也是1930年代民族本位文化派所持的基本观点,并使其由此得到现政权认同的关键所在。

罗家伦上任伊始,首先强调"要把一个大学对于民族的使命认清,从而创造一种新的精神,养成一种新的风气,以达到一个大学对于民族的使命"。他说:

> 现在,中国的国难严重到如此,中华民族已临到生死关头,我们设在首都的国立大学,当然对于民族和国家,应尽到特殊的责任,就是负担起特殊的使命,然后办这个大学才有意义。这种使命,我觉得就是为中国建立有机体的民族文化。我认为个人的去留的期间虽有长短,但是这种使命应当是中央大学永久的负担。……本来,一个民族要能自立图存,必须具备自己的民族文

化。这种文化,乃是民族精神的结晶,民族团结图存的基础。如果缺乏这种文化,其国家必定缺少生命的质素,其民族必然要被淘汰。一个国家形式上的灭亡,不过是最后的结局,必定是由民族文化和民族精神先告衰亡。所以今日中国的危机,不仅是政治社会的腐败,而最要者却是在于没有一种整个的民族文化,足以振起整个的民族精神。[37]

罗家伦认为,民族文化是民族精神的表现,而民族文化的寄托,当然是以国立大学最为重要。大学若不负起创立民族文化的使命,便根本失掉大学存在的意义,更无法领导一个民族在文化上的活动。我们若要负得起建立有机体的民族文化的使命,必定要先养成新的学风。于是罗家伦提出"诚朴雄伟"作为中央大学的校训。

1935年罗家伦为中央大学新写了校歌:

> 国学堂堂;
>   多士跄跄;
>   励学敦行,
>   期副举世所属望。
> 诚朴雄伟见学风,
>   雍容肃穆在修养。
> 器识为先,
>   真理是尚;
> 完成民族复兴大业,
>   增加人类知识总量。
> 进取,

发扬,

担负这责任在双肩上!

可以说,"诚"是此时中央大学的灵魂,并贯穿在学校的各项工作中。罗家伦在校歌中所提出的"励学敦行"和"诚朴雄伟"1990年代成为南京大学的校训。

八年抗战,中央大学迁至四川重庆,弦歌不绝,继续担当着为民族培养人才、为祖国倡扬文化的重任。

让南京高等师范学校—东南大学—中央大学校友自豪的是,1948年中国产生的第一届81位院士中,有33位出自他们当中。

1955年6月9日、1965年6月9日、1975年6月9日,在台北的张其昀分别有纪念中央大学40周年、50周年和60周年的演讲,他说"以钟山的崇高,玄武的恬静,大江的雄毅,足以象征母校的学风"[38]。张其昀尤其强调国立中央大学为中国现代儒学复兴运动的一个策源地。他说:"在五四运动以后,对中国历史文化持怀疑与抨击态度者,滔滔皆是。当时南京的我校,则屹立而不为动摇,所谓'钟山龙蟠,石头虎踞'真有砥柱中流的气概。我校所倡导的新学术,虽深受西洋思想的影响,而不为所转移,而益充实光辉。这种儒学复兴运动,经过四十年的时间,由发轫而渐趋成熟,以期成为吾国学术的正宗,中国真正的文艺复兴。"[39]中央大学建校的理想,为儒学精神与科学精神融合,"平正通达,均衡和谐,贯通古今,融会中外,而以任重道远之国士相勖勉。……中大的学风,是要以集大成的精神,来继承中西学术最佳之传统,愿为中国真正之文艺复兴而努力"[40]。张其昀把大学的理想、学风和长期所形成的优良传统总括为"大学精神"。他认为中央大学的精神就是科学精神、革命精神和创造精神。从南京高等师范学校到中央大学,特别是五四新文化运动"南高"与"北大"对峙时,"北大为文学革命的起源地,南高为科学研究的大本营"[41]。

南京大学承南高精神及学风:"诚朴雄伟,励学敦行"

1949年8月8日,国立中央大学更名为国立南京大学。1952年南京大学与金陵大学合并,并调整出一些新的学院。独立的南京大学卓然而立于虎踞龙盘的江南门户钟山。

1952年以后,学衡派成员缪凤林、汪辟疆分别在历史系、中文系任教。楼光来、郭斌龢、范存忠、陈铨在外文系任教。他们在政治斗争作为时代主旋律的新历史阶段,必须认同新的政治文化,然后才能维持基本的生存。具有独立、自由学术精神和强烈批判意识的学衡派文化立场,也随之丧失。个人和一个小文化、小学术群体的力量十分有限,在1920年代,他们可以抗拒新文化运动的话语霸权,可以发出自己独立、自由,具有批评力量的声音,是因为时代和社会赋予他们一种特殊存在的权利。在1930年代、1940年代,他们可以成为民族、国家的代言人,并显示出自己的存在价值,同样是因为有一个可供言说的公共空间。而此时,被新意识形态和新政治生活改造、同化,他们集体失语。

1978年5月,"真理标准"讨论的春风在中国大地荡起。5月11日《光明日报》所刊《实践是检验真理的唯一标准》一文的初稿出自南京大学哲学系讲师胡福明之手。重"实践"和求"真理"这本身就显示了南大精神和学风中的诚、朴、智、勇,也是"南高"精神和学风在新时期的继承与发扬。

如今,南京大学已走过百廿年风雨历程,南大人回味历史,继承传统,进一步明确了自己"诚朴雄伟,励学敦行"的校风和学风,并矢志将其发扬光大。

注

[1] 中国第二历史档案馆五—2121《国立东北大学校长臧启芳为应星期评论要求撰拟的〈论大学精神〉一文抄件》第6—7页。

[2] E. 希尔斯:《论传统》(傅铿、吕乐译)第246页。

[3] 刘坤一:《刘坤一奏陈筹办学堂情形折》(1902年5月15日),见《南大百年实录》编辑组:《南大百年实录》(上卷)第4页。

[4] 王德滋主编:《南京大学百年史》第4页,南京大学出版社,2002。

[5] 刘坤一:《刘坤一奏陈筹办学堂情形折》(1902年5月15日),见《南大百年实录》编辑组:《南大百年实录》(上卷)第5页。

[6] 张之洞:《创办三江师范学堂奏折》(1903年2月5日),见《南大百年实录》编辑组:《南大百年实录》(上卷)第5页。

[7] 王德滋主编:《南京大学百年史》第17页。

[8] 当时无校长之说,"总稽查"是否为校长,目前研究校史的学者之间有不同的看法,这里我倾向于视"总稽查"为校长。

[9] 李瑞清:《清道人遗集》卷二第7页。

[10] 张异宾主编:《百年南大》第11页。南京大学出版社,2002。

[11] 转引自《南大报》"百年校庆筹备专刊"第5期(2002年1月18日)。

[12] 《南大百年实录》编辑组:《南大百年实录》(上卷)第55—58页。

[13][14][15]《国风》第7卷2号(1935年9月)。

[16] 张其昀:《张其昀先生文集续编》第3册第1344—1345页,中国文化大学出版部,1995。

[17] 张其昀:《五育并重四教合流》《五育并重的"文大"》,《张其昀先生文集》第17册。
[18] 张其昀:《五育并重四教合流》,《张其昀先生文集》第17册第9025页。
[19]《国风》第7卷第2号(1935年9月)。
[20] 据《南大百年实录》编辑组《南大百年实录》(上卷)第131—132页《东南大学各科主任名单》(中华民国十年10月)所示,当时(1921年)主要科系的主任多是学界名流,其中农科的农艺系、园艺系、畜牧系、病虫害系、生物系为东南大学独家所具有。另据《南大百年实录》(上卷)第149—164页《国立东南大学教职员一览》(中华民国十二年1月)所示,主要教职员许多都是当时学界名师。
[21][22]《陈裕光校长在金大举行60周年庆祝大会上的讲话》(节录),《南大百年实录》编辑组:《南大百年实录》(中卷)第85页。
[23]《学衡》第1期(1922年1月)。
[24]《再论学者之精神》,《学衡》第2期(1922年2月)。
[25] 汤用彤与胡适一直是很好的朋友,他1930年到北京大学任教是张歆海几年前就向胡适推荐的。1937年1月17日,胡适读汤用彤《汉魏两晋南北朝佛教史》稿本后,认为"此书极好",说:"锡予与陈寅恪两君为今日治此学最勤的,又最有成绩。锡予的训练极精,工具也好,方法又细密,故此书为最有权威之作。"胡适在校读完此书稿后,便写信给王云五,推荐此书1938年在商务印书馆出版。见季羡林主编:《胡适全集》第32卷第609页。2003年9月18日在北京大学《胡适全集》出版座谈会上,汤用彤儿媳乐黛云说,汤用彤1954年11月13日下午参加完《人民日报》社召开的批判胡适思想座谈会后,晚上即突发中风。
[26] 胡梦华:《青春文艺姻缘忆东南》,见胡梦华、吴淑贞:《表现的鉴赏》,1984年台湾重印本。此书最初版本为上海现代书局1928年3月版。胡梦华与胡适为绩溪同乡。胡梦华祖父胡宝铎为同治戊辰年进士,曾任兵部员外郎、军机,并在总理各国事务衙门行走。胡适父亲胡传到东北找吴大澂,是因为胡宝铎和张爱玲祖父张佩纶的推荐书。胡梦华父亲胡幼晴也与胡适交好。胡梦华报考南京高等师范学校时,其父特请胡适给校长郭秉文写了推荐信。

胡梦华凭自己实力考取后,南京高等师范学校英文系系主任张士一(谔)却在第一次上课时公开了胡适的人情信,说他们录取是凭考生实力,而不是胡适的信,意在轻鄙胡适。这是南京高等师范学校与北京大学在新文化运动中尖锐对立过程中的一个小插曲。参见胡昭仰:《胡梦华传略》,见《绩溪文史资料》(内部印刷)第二辑,1988。

  1955年11月10日胡适在美国与张爱玲相见,当他得知张祖父是张佩纶后,特在当天日记中写道:"始知她是丰润张幼樵的孙女。张幼樵(佩纶)在光绪七年(1881)作书介绍先父(胡传,字铁花)去见吴窓斋(大澂)。此是先父后来事功的开始。幼樵贬谪时,日记中曾记先父远道寄函并寄银二百两。幼樵似甚感动,故日记特书此事。"见季羡林主编:《胡适全集》第34卷第365页。胡适1960年2月16日还专门写了《张佩纶的〈涧于日记〉一文》,收入季羡林主编:《胡适全集》第19卷第806—810页。张爱玲有《忆胡适之》,记述她与胡适的交往。收入来凤仪编:《张爱玲散文全编》,浙江文艺出版社,1992。

[27] 王成圣:《郭秉文与南高、东大》,见张宏生、丁帆主编:《走近南大》第92页,四川人民出版社,2000。

[28] 季羡林主编:《胡适全集》第29卷第373页。

[29] 《教务长胡适之先生的演说》(陈政记录),《北京大学日刊》1922年12月23日。

[30] 张其昀:《敬悼胡适之先生》,《张其昀先生文集》第9册第4574页。

[31] 张其昀:《刘伯明先生逝世纪念日》,《国风》第1卷第9号(1932年11月24日)。张其昀在同期两篇文章中引用刘伯明同一句话,而文字上有出入。在《"南高"之精神》一文中的这句话是:"吾人生于科学昌明之世,苟冀为学者,必于科学有适当之训练而后可。所谓科学之精神,其首要者,曰惟真是求。惟其如此,故其心最自由,不主故常。盖所谓自由之心,实古今新理发现必要之条件也。"

[32] 《国风》第1卷第9号(1932年11月24日)。

[33][34] 《国风》第7卷第2号(1935年9月)。

[35] 《谭南高学风》,《国风》第7卷第2号(1935年9月)。

[36]《朴学之精神》,《国风》第 8 卷第 1 号(1936 年 1 月 1 日)。
[37]《国立中央大学日刊》,1932 年 10 月 20 日。
[38][39] 张其昀:《国立中央大学——民国四十四年六月九日在国立中央大学四十周年校庆纪念会讲》,《张其昀先生文集》第 16 册第 8701 页,中国文化大学出版部,1989。
[40] 张其昀:《中大建校五十周年纪念》,《张其昀先生文集》第 16 册第 8707—8708 页。
[41] 张其昀:《中大六十周年纪念》,《张其昀先生文集》第 17 册第 8710 页。

大学张力：校长、刊物与课程

大学教授的学术权力

1905年，科举废止后，中国逐渐有了作为高等教育的大学体制。在大学体制初始，即1927年之前，国立大学校长是政府任命的，属于简任官。所以才有龚漱沧在1925年5月11日《京报副刊》第145号上提出的《大学校长问题》。他说："我国大学校长之任免权，完全操于教育总长之手，校内之教授、学生等全不与闻……恐怕还是十七世纪以前，未脱离政权教权之拘束时代的旧制度罢。"

但1927年以后，中国现实社会中的大学校长问题发生了变化。1928—1948年间，在中央大学、清华大学，多次发生校长被自己学校师生驱赶之事。许多著名校长都没能逃此一劫，呈现出极大的尴尬。有的人便狠下决心，从此离开大学或教育界。当然，有的是不得不离开，因为无法再在教育界混下去。

先说清华大学。这所大学，1920年代在校长曹云祥手中兴，1930年代在梅贻琦手中盛。曹、梅之间（1928年1月—1931年12月），清华大学换了严鹤龄、温应星、余日宣、罗家伦、吴南轩、翁文灏6位校长。而罗家伦、吴南轩分别是被学生代表大会和教授临时会议决议驱赶走的。

再说中央大学。1932年1月8日，国民政府任命桂崇基为中央大学校长,但师生强烈反对,三个星期下来,他不得不辞职。随后是刘光华辞职。中间几个人都无法接稳校长这个担子。6月28日,段锡朋被政府任命为校长,中央大学师生干脆以暴力行动把他赶走。[1]有着驱赶和拒绝接受政府新任命校长传统的中央大学,到了1943年,又连续拒绝接受吴南轩、陈立夫来做校长。中央大学21年间,有13人出任校长。出任过清华大学、复旦大学校长的吴南轩,也不被中央大学接受。其中张乃燕也是被教授逼迫辞职的。仅1932年,就走马灯似的换了5人。

这里就显示出一种在大学场域内存在的近乎自然自在属性,以及这种属性与政府任命校长之间对立的力量作用,即"学术权力"[2]是一种或几种的混合作用力。政府任命和被任命,这二者是"政治权力"和"官僚权力"结合。而大学的学术团体统治,是与专家仲裁思想相吻合的。教授的"集团统治"力量和可以指使并利用的"学生力量"结合,是学校很大的势力。这种力量常常会和前者矛盾冲突。一旦冲突不可调和,辞职或被驱赶的必定是校长(只有一次例外,就是1925年5月的"女师大风潮",结果是在北洋政府的高压下,保留校长,驱散部分教授、学生)。因为校长的个人权力和相应的统治,是"政治权力"和"官僚权力"结合的产物,而大学"教授集团"所能操纵的学术团体(教师和学生组成)力量,是学术团体活动有机的核心势力,并像载舟之水。当一个人和强大的群体对立时,后果显而易见。

民国的大学场域,赋予了教授和学生这种属于他们自己的"学术权力",并且这种"权力"多次战胜政治和官僚的强权统治。这是民主精神的胜利,因为只有民主精神才能使大学教授、学生具有选择自己校长的自由和权力。这也正是欧文·白璧德在《大学与民主精神》中所说的"大学所需要的民主精神是公平与无偏无袒。它的要求越严格越具有选择性便越好"[3]。

罗家伦校长的新风范

蒋梦麟说一个大学中有三派势力：校长、教授和学生。我以为一个大学的知名度实际上取决于三个方面：历史传统、现有知名教授、现任校长的人格魅力和能力。

罗家伦是五四运动的先锋人物，1919年5月4日天安门大游行时散发的《北京学界全体宣言》[4]便是他的手笔。他是胡适的得意弟子，始终对教育和政治抱有强烈的双重兴趣，北京大学毕业后经胡适推荐赴美国留学，并游学欧洲。归来后，曾参加北伐，因得蒋中正赏识，一度从政。1928年9月18日罗家伦宣誓就任清华大学校长。

原清华学校本是利用美国退还"庚款"创办的留美预备学校，由外交部管理，教育西化和自由风气很浓。31岁的年纪，他便坐到清华大学校长的位置，春风得意，自然也就盛气凌人。当然他也不知道这所学校"水"的深浅，一年零九个月后（1930年5月）便翻了船，因压制教授自治和学生运动而被清华大学师生赶走。于是，有"请看剃头者，今也被剃头"一说戏之。

1932年8月24日罗家伦被任命为中央大学校长，9月5日正式上任。相对于西化、自由的清华大学，中央大学，是由南京高等师范学校—东南大学演化过来的，这所学校有着自己的传统，与北京大学新文化—新文学阵营对立，形成了文化保守的校风和学风。而昔日北京大学的激进人物来保守的中央大学任校长，他必须使自己的原有身份变色，否则会重蹈覆辙。

吃一堑长一智。罗家伦选择与保守的中央大学师生趋同，起码是形式上的。他事先有心理和思想准备,所以很快就找到了"民族文化"这一共存的认同点。而对中央大学师生的文化保守行为,如反对新文化—新文学、坚持写古体诗词和尊孔,他敬而远之,不表态,不支持,不压制。只是因"九一八"事变的强烈刺激,他在"民族文化"和"民族主义"旗帜下,和中央大学师生一道,为学校发展寻求到了共同的机会和利益,并成为其大学理念的聚像化体现。1932年10月17日在中央大学"总理纪念周"发表演说"中央大学的使命",他借"建立有机体的民族文化"这条路径,真正走进和融入这所大学。从1928年到1949年的21年间,有13人出任过中央大学校长或代校长[5],而罗家伦一人任期是1932年8月—1941年6月,以实际学年算,干满9年。

此时,罗家伦是有意学习自己老校长蔡元培"思想自由""兼容并包"的办学方针。也正是这种办学方针,中央大学才会有众多的学术刊物出现,才会有1930年代仍反对新文化—新文学的现象(不允许新文学进大学课堂的国文课程设置),有公开、鲜明的尊孔复古活动。《国风》自然是这种行为的代表,也最能体现学衡派中兴时期的文化保守倾向。

刊物与文学人才培养

大学的学术实力要靠知名教授和相应的成果展示,刊物多少实际上反映了学校对学术的重视程度,同时也是经济实力的展示。这一方面体现了大学的学术研究功能,另一方面,也是思想自由和学术自由的象征。因为出版自由是文化和学术发展的基础性显示,知识分子的精神产品和科学研究成果,很大程度上要通过出版物发散出去。大学场域里,出版自由是一种独立力量,并直接影响学校的学术形象。

中央大学在 1928—1949 年间，属于大学或教授同人主办的刊物有 50 多种，重要的有 25 种。[6]这里着重展示《国立中央大学半月刊》的新旧并存和多样化现象。因为这个刊物和以往东南大学时期的《史地学报》《学衡》《文哲学报》《国学丛刊》不同，也有别于《国风》。《国立中央大学半月刊》是东南大学向中央大学体制过渡时期的产物。正是这个刊物向文学界和学术界展示了中央大学特殊时期也产生了新文学作家作品。

《国立中央大学半月刊》于 1929 年 10 月 1 日创刊，1931 年 1 月 16 日停刊，共出版两卷 24 期。其中 1929 年 10 月 1 日—1930 年 6 月 16 日出版了第 1 卷 16 期。1930 年 10 月 1 日—1931 年 1 月 16 日出版第 2 卷 8 期（刊物每年寒暑假 2 月、7 月、8 月、9 月不出版）。

创刊号上有中央大学校长张乃燕的《序》、副校长戴超的《发刊辞》。张乃燕博士留学英国、瑞士，主攻化学，同时又是一位研究欧洲历史的学者。第一次世界大战时，他正好留学欧洲。此时他在商务印书馆印行了《世界大战全史》《世界大战史》《罗马史》。他是国民党元老张静江的侄子，但不久因陷入党争而辞职。这个刊物是在校长张乃燕支持下创办的，校长辞职，刊物也随之停办。据 1930 年 12 月 15 日第 2 卷第 6 期《本刊启事一》所说："因新旧校长交替，奉命暂时结束。"新旧校长交替指的是 1930 年 11 月朱家骅到中央大学任校长，张乃燕离开一事。

第 1 卷第 9 期的投稿简章说此刊物是"无论自撰或翻译"，"不拘文言白话"。同时这期刊登了"本刊编辑委员会"成员名单：谢冠生、张晓峰、谢次彭、沈百先、汪旭初、孙时哲、雷伯伦、潘永叔、卢晋侯、汤锡予、胡小石、蔡作屏、艾险舟、张士一、王尧臣、徐悲鸿、叶元龙（主席）。自第 2 卷第 1 期，新组建的"本刊编辑委员会"是：雷海宗、胡光炜、楼光来、张其昀、蔡堡、潘菽、谢冠生、叶元龙、吴颂皋、艾伟、徐悲鸿、李冈、孙恩麐、庄效震、陆志鸿、徐佩琨、黄曝寰（主席）。两届编委的人员有半数没变（用名或用字),主席换了。

两卷共 24 期《国立中央大学半月刊》有四期是专号:"文艺专号",第 1 卷第 7 期;"社会学专号",第 1 卷第 14 期;"经济专号",第 2 卷第 6、7 期。

因编委孙本文(时哲)关系,出办"社会学专号"等,这里不说,重点谈文学。

《国立中央大学半月刊》上古体诗词与白话新文学作品并存。如《学衡》作者和黄侃等人的古体诗词一直存在。这里重点展示新文学创作。

第 1 卷第 7 期是"文艺专号"(白话新文学作品专辑)。此专号分为理论、小说、诗歌、戏剧、杂著。其中理论文章作者有胡小石、吴溉亭、曾觉之、徐悲鸿、陈梦家、孙侯录、郁永言、胡遹、邱仲广。

小说:《端午》(寿昌)、《民众大会》(倪受民)、《收获》(庄心在)、《野渡》(陈瘦石)、《醒》(杨晋豪)、《阿英》(傅延文)、《四年前》(张霁碧)、《某女人的梦》(陈梦家)、《五姊的坟上》(李之振)、《埋恨》(袁菖)、《恨不相逢未嫁时》(李昌隆)、《春光不是他的了》(严钟瑞)、《雪后》(章子良)、《白兰》(鞠孝铭)。

诗:作者主要有陈梦家(漫哉)、许自诚、辜其一、唐君忆、常任侠、方玮德、董玉田、施章、陆少执、陆绿纱、林汉新(篇目略)。

戏剧:《幸福的栏杆》(陈楚淮)、《机声》(王起)、《狗》(王起)、《田横岛》(常任侠)。

杂著:为散文,作者有寿昌、陈梦家、陈穆、柳屺生、林培深、施孝铭(篇目略)。

《国立中央大学半月刊》另外各期的白话新文学作品有:凌崇译《盈握的粘土》(小说,Henry Van Dyke 原作),第 1 卷第 1 期;杨晋豪著《忆》(散文),第 1 卷第 2 期[7];陈君涵译《粗人》(剧本,俄国柴霍甫著),第 1

卷第 3 期;庄心在著《扫街者》(小说),第 1 卷第 3 期;张耿西著《一个人在城上》(小说),第 1 卷第 4 期;储元熹译:《人影》(小说,爱沙尼亚 Friedebert Tuglas 原作),第 1 卷第 11 期;陈君涵译《金丝鸟》(小说,英国 K. Mansfield 原作),第 1 卷第 12 期[8];李宗文著《戒严》(小说),第 1 卷第 13 期;寿昌著《橄榄》(小说),第 1 卷第 15 期;杨晋雄著《苦恋》(诗),第 1 卷第 16 期;陈穆著《造桥的故事》(小说),第 1 卷第 16 期;杨晋雄著《苦闷者的哀歌》(诗),第 2 卷第 1 期;李絜非著《中秋节》(小说),第 2 卷第 1 期;倪受民译《黄金似的儿童时代》(小说,苏俄赛服林娜原作),第 2 卷第 2 期;庄心在著《旧侣》(小说),第 2 卷第 3 期;傅延文著《皮球传》(小说),第 2 卷第 4 期;杨晋雄著《死后之什》(诗),第 2 卷第 5 期;王起著《银杏》(剧本),第 2 卷第 8 期。

　　1917—1927 年间,南京高等师范学校—东南大学,由于学衡派势力存在,反对和排斥新文学,自然也就很少人写新文学作品。第一个十年,东南大学只有师生五人是新文学阵营的积极分子:心理学教授陆志韦、1925 年自德国留学回来的哲学教授宗白华,学生卢前、侯曜、顾仲彝(德隆)。宗白华出国前是上海《时事新报·学灯》编辑,因和郭沫若、田汉合作出版通信集《三叶集》而引起文坛关注,1923 年继陆志韦之后在亚东图书馆出版新诗集《流云》。他 1925 年到东南大学后就不再写新诗了,只是 1928 年将《流云》印了新版。事实上当时在东南大学写新诗的教授只有陆志韦一人。可以相对准确说来属于新文学作家的有三位学生:后来从事戏剧创作的侯曜(也写有小说)、顾仲彝和诗人卢前(1927 年 3 月毕业)。卢前本是吴梅的弟子,以研究词曲见长。他开始写新诗在 1919 年,走向新诗坛,受新文学界关注是他东南大学毕业以后的事。1926 年他在南京印行新诗集《春雨》,1928 年,他编辑新诗集《时代新声》,收录胡适、沈尹默、冰心、刘复、刘大白、俞平伯、朱自清、郭沫若、徐志摩等 20 多位诗人的作品,由上海泰东书局出版。1929年编辑完第二本新诗集《绿帘》(1930年开明书店版)。侯曜、顾仲彝(两人都是"文学研究会"成员,1924年的"文学研究会会员录"登录号分别是86、134)、卢前三人当时在学校虽以写作新文学或翻译外国文学出名,但影响力有限。有名的是研究文史地的其他学生。

教师中,写白话新诗的只有1920年自芝加哥大学留学归来的心理学教授陆志韦,他1923年,得胡适帮助在上海亚东图书馆出版有新诗集《渡河》[9]。亚东图书馆继群益书社之后,成为《新青年》文人群体和新文学的主要阵地,是皖籍文人、新文学领袖人物胡适和政治家陈独秀的大本营。1927年,陆志韦到燕京大学任教。1920—1927年间,陆志韦作为新诗人,在南京高等师范学校—东南大学强大的反新文学势力面前,没有张扬,也没有与学衡派势力形成对立,因为他一个人的力量太有限了,无法拓展新文学的空间。因此他的新诗创作在南京并没有太大影响。他没有在相对保守的东南大学继续待下去,而是选择了离开。

1935年《人言周刊》第2卷第46期"艺文闲话"专栏登有邵洵美的《青年与老人》,他提供了一位美国记者在中国旅行后的观察结果——各大城市印象:

  南京:青年=老人
  北平:老人多,青年少
  上海:青年多,老人少
  杭州:青年在湖里,老人在家里
  苏州:青年在家里,老人在茶馆里
  天津:青年在报馆里,老人在衙门里[10]

这一方面是"朝气"和"暮气"的显示,同时也是地域政治文化和文学思想的空间展示。南京城市里给人的感觉是:青年等于老人。从1930年代文学的实际状况来看,的确有历史和地域文化的特殊原因。

特别是1921年10月26日《南高东南大学日刊》还出版推崇旧诗的"诗学研究号",更是与白话新文学已由革命走上建设的大潮相背离。但是1928—1931年间,学校情况发生了变化。这里有一个特殊的背景。

1927年国民政府定都南京后,东南大学两易校名。1927年6月改名为第四中山大学,1928年3月改名为江苏大学,1928年5月改为国立中央大学。1927年8月,时任第四中山大学文学院院长宗白华,聘"新月派"诗人闻一多来校任文学院外国文学系副教授。尽管闻一多在校任教只有一年(1927年8月—1928年8月),但他发现和培养了两位尔后成为"新月派"诗人的陈梦家、方玮德。陈梦家、方玮德是1927年9月考入第四中山大学的。陈梦家在1927年冬曾到闻一多家中作第一次拜访。[11] 1930年12月10日,闻一多在致朱湘、饶梦侃信中说:"陈梦家、方玮德的近作,也使我欣欢鼓舞。梦家是我发现的,不成问题。玮德原来也是我的学生,最近才知道。这两人不足使我自豪吗?……我的门徒恐怕已经成了我的劲敌,我的畏友。我捏一把汗自夸。还问什么新诗的前途?这两人不是极明显的,具体的证据吗?……梦家、玮德合著的《悔与回》已由诗刊社出版了。"[12] 陈梦家是法政科学生,方玮德是外文系学生。国文系在1930年代上半时段有多位写作白话新诗、话剧的学生,如常任侠、沈祖棻[13]、陈楚淮、王起、关露。

东南大学—中央大学从事新文学活动的人,随南京成为首都、报刊繁荣而逐年增多,具体到各届毕业肄业生,他们的名字依次是顾仲彝(1923届,英文科)、侯曜(1924届,教育专修科。在校组织东大戏剧研究会东南剧社)、濮舜卿(1927年3月毕业,政治经济系,为侯曜妻子)、卢前(1927

届,国文系)、汪鸿勋(汪铭竹,1928 届,哲学系)、胡寿楣(关露,1928 届,哲学系肄业)、陆垚(陆少执,1929 届,外文系)、陈楚淮(1929 届,外文系)、王起(王季思,1929 届,国文系)、李絜非(1931 届,史学系)、常任侠(1931 届,国文系)、陈梦家(1932 届,法律系)、杨晋豪(1932 届,政治学系肄业)、王伯祥(1932 届,外文系)、方玮德(1933 届,外文系)、储安平(1933 届,社会学系)、孙侯录(孙洵侯,1933 届,外文系)、高植(1933 届,社会学系)、庄心在(庄晴光,1933 届,政治学)、沈祖棻(1934 届,国文系)、冯和仪(苏青,1935 年外文系肄业)。

这些当年的学子,最初是新文学中人,后来卢前、王季思、常任侠、沈祖棻都转向古体诗词,研究古典文学、艺术学,陈梦家研究甲骨文、青铜器。写散文、小说的储安平留学英国归来后转向政治学,成为著名编辑。汪铭竹有《自画像》《纪德与蝶》两本新诗集,1949 年赴台后,40 年不再写诗。三位肄业生杨晋豪、关露、苏青,与政治纠缠,后半生命运多舛。

据常任侠回忆,他在 1929 年听宗白华讲歌德和斯庞葛尔的课时,认识了喜爱新文学的方令孺、方玮德、陈梦家等人。由于"新月派"诗人徐志摩 1929 年 9 月至 1930 年 6 月在中央大学外国文学系任英文副教授一学年(同时在上海光华大学兼课),方令孺、方玮德、陈梦家、陈楚淮此时也都成了《新月》的作者。其中陈梦家曾将自己的诗集和《诗刊》寄给胡适,得到胡适 1931 年 2 月 9 日回复和鼓励。陈梦家特将胡适回复题名为《评〈梦家诗集〉》[14]刊在《新月》第 3 卷第 5、6 合期上。

而第 1 卷第 15 期《国立中央大学半月刊》又出现了学衡派势力反弹。这一期上有学衡派成员参加的"上巳社诗钞"和"禊社诗钞",作者分别有王伯沆、汪国垣、何鲁(奎垣)、黄侃(季刚)、胡光炜(小石)、王易(晓湘、晓香)、汪东(旭初)。"禊社诗钞"只是两首诗,一首是何鲁的,另一首是五人联句的《浣溪沙·后湖夜泛连句》:

北渚风光属此宵(季刚),人随明月上兰桡(旭初),水宫帷箔卷鲛绡(晓湘用义山句)。两部蛙声供鼓吹,一轮蟾影助萧寥(季刚)。薄寒残醉不禁销(小石)。

青嶂收岚水静波(季刚),迎船孤月镜新磨(小石),微风还让柳边多(季刚)。如此清游能几度(奎垣),只应对酒复高歌(旭初)。闲愁英气两蹉跎(小石)。

诗作者中只有四川广安人、留学法国里昂大学的何鲁(1894—1973)为数学系教授,其他均为国文系教授。这里表现出中央大学教授的闲适和诗酒雅兴,也是中国传统文人斗酒诗篇常用形式的现代体现。

"上巳社"的活动有过多次。在黄侃去世后,苏州《制言》半月刊为纪念黄侃,在1936年2月16日《制言》第11期刊登"上巳诗社第一集"和"上巳诗社第二集"。1936年6月1日《制言》第18期又刊登"上巳社诗钞"。

在1930年6月,中央大学出版组还出版有施章《新兴文学论丛》,发表了他对新兴普罗文学的看法。随着《国立中央大学半月刊》停刊,和1932年9月《国风》出现,古体诗词便独霸了《国风》这个刊物。同时古体诗词的创作风气整个占据了中央大学。

中央大学学生杨晋豪、庄心在、施章、卢冀野、李絜非,和随后组织"土星笔会"的汪铭竹、滕刚等人同时是《中央日报》副刊"青白""大道"的主要作者。

滕刚、汪铭竹、储元熹、曾觉之、顾仲彝、李絜非、杨晋豪同时也是《中央日报》副刊《文艺周刊》的主要作者。

陈梦家为《中央日报》"副刊"的作者。

再说金陵大学。

1930年10月10日,《金陵大学校刊》创刊(每周一期)。自创刊号始,就开设有"文艺"专栏,刊登古体诗词、白话诗歌、小说、散文和外国文学译作。

创刊号上刊登有周荫棠、高文、瘦松的古体诗。随后,以此刊为阵地逐步形成金陵大学古体诗人群。主要作者有黄侃、周荫棠、高文(石斋)、高耀琳(小夫)、孤鸿、张龙炎、梓骏、瘦松、刘继宣、陈兆鼎、武西山、陈耕石、苔玉、剩雁、纪如、智禅、仲顽、石殸素、鸣白、潘瑞笙、张承典、么凤、朱人彪、黄智明、石万钟、傅家庆、是佛、虎一民、马继贤、简立、林景伊、翁衍桢、程会昌(千帆)、薛宗元、刘彦仪、宋家淇、孙望、陆恩涌、萧奚凳、伍挹芳、徐益棠、吴良铸等。

"土星笔会"与《诗帆》

这里值得一提的是,国文系学生常任侠在1930年与另外五位朋友组织新诗社团"土星笔会",1934年9月1日始编辑出版新诗刊物《诗帆》半月刊,1937年5月5日终刊。共出版3卷。[15]

"土星笔会"和《诗帆》社作者,由于受中央大学、金陵大学特殊教授群体古典主义文学的影响,常任侠、孙望、程千帆、沈祖棻等人很快都走上了创作古典诗词的路。

"土星笔会"的具体成立时间目前尚无法确立,但他们所出版的三卷《诗帆》却有具体时间可查。《诗帆》创刊于1934年9月1日,第1卷以半月刊形式出版6期(1934年9月1日—11月15日)。停刊两月(1934年12月—1935年1月),第2卷以月刊形式出版6期(1935年2月—6月,每月15日出版,其中因暑假关系,原本在7月出版的第6期,与第5期合刊,在6月25日出版)。1935年下半年和1936年全年休刊。1937年出版第3卷,每月5日出版,至5月5日共出有5期。第3卷6期交付印刷厂后,因战争而下落不明。3卷全部17期(实际为16册,第2卷第5、6期为合刊)。

《诗帆》没有发刊词,也没有打出什么旗帜和所谓的理论主张,只是创刊号上有滕刚一首平和而又哀愁、伤感的诗:《题诗帆》。说他们"想一支曲子"与"一枝古帆",带着信号、忧郁,驶向的目的地也许是"海滩"和"云光里"。

《诗帆》在第1卷的第6期和第2卷第1期只刊登"土星笔会"七位同人汪铭竹、孙望、程千帆、常任侠、滕刚、章铁昭、艾珂的诗和波多莱尔、魏尔仑的译诗。自第2卷第2期开始有"外稿推荐"。第2卷第5、6期合刊为"玮德纪念特辑"。第3卷第1期有"友朋寄稿"。

"土星笔会"以外的主要作者有唐绍华、于一平、周白鸿、洪梦茜、余佳、陆田、雨丁、许雨行、若羽、陈康仲、沈祖棻(子蕤、绛燕、紫曼、苏珂)、郁风、罗吉眉、姚业珍、卜少夫、李白凤、侯佩伊、孙多慈、霍薇等,他们多是中央大学、金陵大学的学生,北京、上海等地的诗人占少数。

其新诗创作群体虽在南京形成一定气候,但影响并不大。陆耀东对《诗帆》有具体统计:"诗作最多的四位是:汪铭竹先生60首,程千帆先生45首,孙望先生23首,常任侠先生21首。"[16]从"土星笔会丛书出版预告"所知,他们已出版和计划出版的诗文集有17种。[17]其中程千帆诗集《三问》和第3卷第6期命运一样,因战火而"下落不明"。[18]自第3卷开始增加了诗论、诗话、诗坛消息等内容。[19]"土星笔会"及《诗帆》成就了程千帆、沈祖棻一对文学姻缘。孙多慈与徐悲鸿的浪漫爱情,也在诗歌中隐现。

文学古典主义的复活

南京高等师范学校—东南大学原本是反对新文学的,当北京大学新文学势力高涨时,黄侃、吴梅正好在北京大学国文系教书。他们无力抵抗新文学运动,尤其是北京大学师生白话新诗创作热潮。1919年和1922年,黄侃、吴梅分别离开了北京大学国文系。

由"禊社诗钞"引出中央大学、金陵大学中国文学系[20]师生的古典诗词创作话题。《国立中央大学半月刊》登出的"禊社诗钞",只显示出中央大学、金陵大学中国文学系师生文学创作中崇尚古典主义的冰山一角,而实际潜藏着一股创作古典诗词的庞大势力。这股势力分别体现在以黄侃为首的"禊社"和以吴梅为首的"潜社"。前者以诗为主,后者以词曲为主。这是被五四新文学运动重创的古典主义文学传统在1920年代末、1930年代上半期南京两所大学的复兴。因为自1917年白话新文学兴起,南京高等师范学校—东南大学的师生一直在低调地坚持古典诗词创作,并在《学衡》《文哲学报》《国学丛刊》上刊登,抗衡北京大学的新文学势力。虽然在青年人中,特别是文学青年中的影响不大,但其存在本身就是对新文学运动中白话新诗创作的抵抗。

所谓"禊社"的"禊",本是古代春秋两季在水边举行的一种祭礼,后来发展成为文人骚客游山玩水时借酒赋诗联句的聚会,以至于有"曲水流觞""兰亭高会"的禊集雅聚。春天聚会通常选上巳日。这是指以干支纪日历法中夏历三月第一个巳日,故又称为"上巳"。三月初三多逢巳日,因此后人习惯在这一天相聚。黄侃1928年到南京后,即带来了他在日本、北京就喜欢游山玩水时借酒赋诗联句的聚会形式。附录入《黄侃日记》中黄焯编定的《黄季刚年谱》显示,黄侃1909年在日本就有与老师章太炎联句《游仙与章先生联句》[21]。在北京大学教书时"最爱同学们一起游山玩水",程千帆在《忆黄季刚老师》中转引了曾缄写的与老师黄侃在北京联句《西郊禊游诗及序》[22],并进一步指出:"就文学角度说,老师率弟子出游,往往也就是一次创作实践。"[23]

1928年2月黄侃到南京时,同学汪东为国文系主任,南京也多旧好朋友。他到南京后成为"禊社"的主要组织者和参与者。4月3日(农历戊辰闰二月十三日)他与汪旭初等九人泛舟玄武湖看桃花时,诗兴大发,并诱起结社兴趣,且得同人响应。22日是农历上巳节。他与王易、王瀣、汪东、胡小石、汪长禄、汪辟疆等人玄武湖(北湖、后湖)禊集,有《戊辰上巳北湖湖神祠楼修禊联句》:

> 佳辰晴朗疾亦瘳(侃),相携北郭寻春妍(易)。
> 平湖落眼沙洲圆(瀣),新荷出水才如钱(东)。
> 蟠红颓青迎画船(炜),清游俊语不羡仙(禄)。
> 就中仲御态最便(辟),或谈史汉如茂先(侃)。
> 兰亭嘉会堪溯沿(易),风日怀抱今犹前(瀣)。
> 亦有修竹何匋娟(东),羽觞流波安足贤(炜)。
> 登楼极目平芜鲜(禄),柳花密密吹香绵(辟)。
> 游丝牵情欲到天(侃),远山窥人应靦然(易)。
> 山蔬僧解折竹煎(瀣),题名扫壁龙蛇颠(东)。
> 掷笔大笑惊鸥眠(炜),人生何必苦拘挛(禄)?
> 尺捶取寸亦可怜(辟),焉用蒿目忧戈铤(侃)。
> 浩歌归去徐扣舷(易),烟水葭菼延复缘(瀣)。
> 落霞如绮明微涟(东),夕岚袅窕鸡笼悬(炜)。

今日之乐非言宣(禄),休文率尔聊成篇(辟)。[24]

从此,以黄侃为首的结社集会,分韵联句成为南京中央大学教授时常进行的文学活动。据《黄侃日记》和《黄侃年谱》所示,仅 1928 年在南京的这种活动有多次。如:

5 月 6 日,青溪集会。

5 月 20 日,玄武湖集会。赋七言古诗。

5 月 25 日,社集。有陈伯弢新加入。以咸、衔、严、凡韵联句。

6 月 3 日,社集,有王瀣、汪东、胡小石、汪辟疆、陈伯弢等,柳翼谋新加入。先后游梅庵、扫叶楼、石头城等名胜。约各作五律二首。

6 月 24 日,社集,游孝陵等地,有陈伯弢、胡小石、汪辟疆等参加,连句纪游词及诗。

7 月 2 日,游玄武湖,与汪东连句,和白石《闹红一舸》词。

12 月 2 日,游古林寺。与王易、汪东、汪辟疆连句。此次《游古林寺连句》在《汪辟疆文集》中有存录十六首[25],1941 年 5 月 31 日,金毓黻在重庆以"季刚先生遗诗及词"为名收入《静晤室日记》[26]。《黄侃年谱》汇校收录:

> 城西见说古林幽(一作寺)(黄侃季刚),暇日招邀作俊游(汪东旭初,一作王易晓湘)。一片疏林万竿竹(王易晓湘,一作汪东旭初),目(一作日)成先与释千忧(汪辟疆)。
>
> 野色荒寒却入城(季刚),陂陁高下总难名(辟疆)。经霜红叶知多少(晓湘),只傍归云一带明(季刚)。
>
> 弄暝悭晴亦自佳(辟疆),不因人热证高怀(晓湘)。凡人识得山林趣,布袜青鞋便可偕(旭初)。

金粉南朝一扫除(旭初),寒林败箨日萧疏(季刚)。相奉莫作新亭泣(晓湘),但道江山画不如(辟疆)。

频年梵宇几蒿莱(季刚),古寺偏能避劫灰(辟疆)。留得城西荒寂景,尽教词客一俳徊(季刚)。

清新不减青玉案,瘦硬还宜金错刀(旭初)。应为古林添掌故,莫(一作英)辞妙墨两能豪(辟疆)。

佛火青荧照诵经(季刚),禅关知隔几重扃(晓湘)。他生更结鱼山愿,梵呗从教梦(一作静)里听(旭初)。

蜿蜒细路入修篁(季刚),清浅寒流满野塘(季刚,一作旭初)。只觉儿童看客喜(辟疆),岂教(一作知)鱼鸟(一作凫)笑人忙(季刚)。

漫云天险限华夷(晓湘),蕃落零星类置棋(季刚)。胜绝林峦孤迥(一作回)处(辟疆),蜂房雁户也相宜(旭初)。

清磬一声山鸟惊(旭初),石头城角暮寒生(季刚)。经行似入云林画(辟疆),清绝犹嫌画不成(季刚)。

华严冈畔晚烟低(旭初),咫尺归云路易迷(辟疆)。千遍徘徊应有谓,他年认取古城西(季刚)。

小筑偏居世外天(晓湘),不须历日记流年。谁知竹树阴森处(季刚),只在风尘颎洞边(辟疆)。

此地真疑盘谷隐(辟疆),他年应伴草堂灵(晓湘)。无多好景供排闷(辟疆),要放钟山一角青(晓湘)。

写景谁如柏枧文,黄山遗集付斜曛(季刚)。百年好事来吾辈,相约团瓢访隐君(辟疆)。

世乱岂妨人作乐(旭初),山深不碍我夺幽(晓湘)。青苔寺里僧何在?黄叶声中客独留(季刚)。

偶从林壑得天真(旭初),胜侣联袂发兴新(晓湘)。向晚冲寒归路远(辟疆),骎衢广广正无人(季刚)。[27]

程千帆文章中还出示一份黄焯转赠给沈祖棻的由弢(陈伯弢)、石(胡小石)、晓(王晓湘)、沉(王伯沉)、辟(汪辟疆)、翔(胡翔冬)、侃(黄侃)共同参与的游鸡鸣寺"禊社"手稿《豁蒙楼联句》:

蒙蔽久难豁(弢),风日寒愈美(沉)。来年袖底湖(翔),近人城畔寺(侃)。筛廊落山影(辟),压酒激波理(石)。霜林已齐髡(晓),冰化倏缱绮(弢)。旁眺时开屏(沉),烂嚼一伸纸(翔)。人间急换世(侃),高遁谢隐几(辟)。履屯情则泰(石),风变乱方始(晓)。南鸿飞鸣嗷(弢),汉腊岁月驶(沉)。易暴吾安放(翔),滥流今欲止(侃)。且尽尊前欢(辟),复探柱下旨(石)。群展异少年(晓),楼堞空往纪(弢)。浮眉挹晴翠(沉),接叶带霜紫(翔)。钟山龙已堕(侃),埭口鸡仍起(辟)。哀乐亦可齐(石),联吟动清沘(晓)。[28]

查《黄季刚诗文钞》《黄侃日记》,这首联句诗作于1929年1月1日。[29]此次"禊社"活动因汪东没有参加,所以1月14日,王晓湘、汪东到黄侃家中饮酒联句,"用玉田《山阴久客》词韵,联句抒怀,后阕转趋和婉,相与拊掌高歌"作《渡江云》。[30]4月2日"禊社"有新加入者,他们在玄武湖作诗,黄侃有相聚"兰亭"[31]之感。4月7日,黄侃与胡光炜、汪长禄、林学衡、陈汉章、汪辟疆、汪东、王瀣、王易又在石桥禊集联句。[32]4月21日,又有吴梅加入"禊社"游玄武湖。[33]5月2日,黄侃还应吴梅之邀带王瀣、汪辟疆、胡小石、汪东,到苏州游玩[34],并有联句15首。[35]10月10日(农历重阳前一日),黄侃又与吴梅、汪辟疆、汪东、王易游后湖,并有《霜花腴》[36]联句。因有吴梅加入"禊社",他们之中便多了唱昆曲的活动。

吴梅在北京大学执教5年后,于1922年9月到东南大学任教,东南大学改制后他仍在中央大学教授词曲,同时在金陵大学国文系和上海光华大学兼课。在东南大学—中央大学的15年间(至1937年抗战),吴梅特立独行,保持传统文人气质和行为方式,他以个人努力,代表着文学传统在词曲上的坚守。因有北京大学任教的特殊背景,他虽是《学衡》作者,却不反对白话新文学,也不与新文学作家为敌,而是坚持向学生传授词曲理论,并以填词谱曲,特别是演唱词曲作为文学实践。他在1924年2、3月间与学生组织"潜社",每一月或两月一聚,在游玩饮酒中填词谱曲。"潜社"分前后两个时期。前期以词为主,"后约为南北曲"。"社有规条三:一、不标榜;二、不逃课;三、潜修为主。"[37] 1924年春至1926年三年间,在东南大学词曲班上的学生有赵万里、陆维钊、孙雨庭、王起、王玉章、袁鸿寿、唐圭璋、张世禄、叶光球、龚慕兰、周惠专、濮舜卿等十多人,"潜社"习词活动,也由原来游玩饮酒中填词谱曲,发展到印行刊物《潜社词刊》。1928年春,中央大学学生续举"潜社",填词由汪辟疆、汪旭初指导,吴梅改指导南北曲。学生有王起、唐廉、卢炳普、常任侠、张惠衣等。印有《潜社曲刊》。在胡适白话文学史观中,词曲本是白话演进的一个重要环节和过程,是格律诗进化演变,也是一代有一代之文学的进化标志。这一点,吴梅和胡适认识相同。

唐圭璋回忆说,1934—1935年,吴梅与南京其他文人汪东、陈匪石、乔大壮、廖忏庵、林铁尊、仇述庵等另组织有习词的"如社",活动形式同"潜社",并印有《如社词钞》。

查南京大学图书馆藏1936年6月刊印《如社词钞》,前有述庵(仇埰)和汪东题名。内容为12集共226阕:

第一集	倾杯	25 阕
第二集	换巢鸾凤	18 阕
第三集	绮寮怨	17 阕
第四集	玉胡蝶	14 阕
第五集	惜红衣	19 阕
第六集	水调歌头	16 阕
第七集	高阳台	19 阕
第八集	泛清波摘遍	12 阕
第九集	倚风娇近	19 阕
第十集	红林檎近	20 阕
第十一集	绕佛阁	15 阕
第十二集	诉衷情	16 阕
	女冠子	15 阕

如社词集同人 24 位作者的姓名如下（名后为号、字）：

廖恩焘（忏庵、凤舒）、周树年（无悔、榖人）、邵启贤（纯飞、莲士）、夏仁沂（晦翁、梅叔）、蔡宝善（听潮、师愚）、石凌汉（弢素、云轩）、林鹍翔（半樱、铁尊）、杨玉衔（铁庵、铁夫）、仇埰（述庵、亮卿）、孙濬源（太狷、阆仙）、夏仁虎（枝巢、蔚如）、吴锡永（夔厂、仲言）、吴梅（霜厓、瞿安）、陈世宜（倦鹤、匪石）、寿鉨（珏庵、石工）、蔡嵩云（柯亭、嵩云）、汪东（寄庵、旭初）、向迪琮（柳谿、仲坚）、乔曾劬（壮殴、大壮）、程龙骧（木安、木安）、唐圭璋（圭璋、圭璋）、卢前（冀野、冀野）、吴徵铸（灵琐、白甸）、杨胜葆（二同轩主、圣褒）[38]

1935—1936年间,再续"潜社",有徐益藩(一帆)、张乃香、王凌云、周法高、梁瑮、周鼎、刘润贤等参加,印有《潜社词续刊》。1937年,他们特将原来的词刊、曲刊合刊为《潜社汇刊》。吴梅先后为《潜社词刊》《潜社曲刊》《潜社词续刊》《潜社汇刊》写序。[39]

吴梅执教北京大学、东南大学—中央大学、金陵大学、光华大学,在学生中,发现和培养了日后成为著名词曲学者的一批学人,他们中除卢前英年早逝外,多在大学开设词曲课程,再传词曲学人。如俞平伯(清华大学—北京大学)、任中敏(扬州大学)、钱南扬(绍箕,南京大学)、吴白匋(征铸,南京大学)、王玉章(南开大学)、唐圭璋(南京师范大学)、王起(中山大学)、万云骏(华东师范大学)、汪经昌(台湾师范大学)等。在1930年代他们中间有多人也为学衡派刊物《国风》写文章。

在中央大学、金陵大学教授和学生中"禊社"联句和"潜社"词曲活动,随黄侃、吴梅宴席上"打架"失和而受到影响。这便是学林相传的黄、吴不和之事。

1981年5月《学林漫录》第三集中有袁鸿寿《吴瞿安先生二三事》,文中披露了黄侃、吴梅之间的矛盾和此事对吴梅个人的影响。袁鸿寿说:"据我所知,有三种压力伤了他的心。……第三最使他伤心的事是到了南京,黄季刚先生曾讥讽曲学为小道,甚至耻与擅词曲的人同在中文系当教授,从谩骂发展到动武。排课的人只得把吴的课排在一三五,黄的课排在二四六,使他们彼此不相见面。黄侃与系主任汪东都是章门弟子,自然瞿安先生处于下风。"[40]程千帆在1983年4月《学林漫录》第八集刊出《忆黄季刚老师》一文,对袁鸿寿之说给予否认。但他同时在文章说到"季刚老师脾气很坏,爱骂人"[41]。其实事在《黄侃日记》《吴梅全集·瞿安日记》[42]中都有详细记录,作为《黄侃日记》整理者的程千帆,后来是看过此日记的。他在1986年11月和1999年10月先后为《黄侃日记》写了《后记》和《附记》。

1929年至1933年6月之前,黄侃、吴梅关系尚好,并有多次"禊社"联句和酒聚。1933年6月3日在应毕业生之请的酒会上,两人酒后失态,由讥讽到动手打架。6月6日,吴梅托汪东带书信来谢罪,黄侃拒受,并回信"言不再与之共饮"[43]。至1934年11月4日,金陵大学研究班学生宴请老师,席中吴梅遭黄侃"破口大骂",和"天下安有吴梅"[44]羞辱,使得胡小石揎拳而起,欲打抱不平。事后胡小石仍表示与黄侃"须有一决斗也"[45]。

从此,《黄侃日记》《瞿安日记》中再也没有两人共饮或接触的记录。此事自然也影响到了他们各自学生的来往和交流,乃至40多年后学生在回忆此事时的态度。

另外,在黄侃身上还有中国"私学"传统的延续。他到中央大学执教后,坚持要问学弟子行叩头拜师礼,每年呈"束脩"。同时,他对自己在金陵大学指导的研究生也每人每学期另收一个大洋(银圆),并将此事记入日记。他说自己关于经学的真学问是向刘师培叩头拜师学来的。而刘师培四代治《春秋左传》,却因不懂数学,无法解决其中的天文、历法问题,排不出《左传历谱》年月日来。刘师培是向诗人、数学家徐绍桢叩头拜师后才得以解开。

这里特别要说的是南社成员、《学衡》作者曹经沅(纕蘅),是他将中央大学、金陵大学的学院诗人群体与社会的古典诗词阵营连通。

诗人曹经沅,是1927—1937年间最著名的"业余编辑"和文人雅集组织者。他主编天津《大公报》系《国闻周报》"采风录"10年508期(1927年7月3日第4卷第25期—1937年8月16日第14卷第32期,署名"国风社选")时,坚持刊登古体诗词。他在1933—1934年任国民党南京政府行政院秘书,兼高等文官考试委员期间,共组织四次大规模诗人雅集。他先于1933年农历三月主持"上巳日莫愁湖禊集"[46],继之又因参加7月

29日"同光体"诗坛盟主陈三立主持的庐山"万松林"诗会,编辑有《癸酉庐山雅集诗草》。这次诗会由江西省主席熊式辉发起,陈三立主持,曹经沅具体操持分韵赋诗。

《癸酉庐山雅集诗草》编辑出版时,曹经沅请陈三立题写书名,并写有《序一》,请陈衍和冒广生分别写有《序二》《序三》。

这次庐山"万松林"诗会雅集是以晋释慧远游庐山诗分韵赋诗。《癸酉庐山雅集诗草》作者共73人,作者姓名"以拈韵原诗次第为序":

> 由云龙、左景清、龙达夫、释德峻、黄伯度、周一夔、巴壶天、李烈钧、许凝生、姚琮、刘景晨、方本仁、蒋作宾、关赓麟、程臻、丁瑚村、曾学孔、吴宗慈、程天放、释太虚、蒋笈、吴鼎昌、张默君、黄濬、李宜倜、伍非百、杨献谷、徐宝泰、戴传贤、陈天锡、汪兆铭、张珩、马宗霍、杨增荦、许崇灏、林葆恒、林尔嘉、何承徽、熊式辉、许同莘、邵元冲、王揖唐、解树强、谢远涵、曹经沅、陈其采、黄溓、彭醇士、许世英、黄子献、李宣龚、宗威、金天翮、龙沐勋、刘成禺、贺鹏武、刘道铿、程学恂、林世焘、邓鹏秋、曾仲鸣、曹熙宇、张元群、贺良琦、刘筠友、吴汝澄、沈祖德、祝谏、陈隆恪、鲍庚、平宝善、黄履思、向乃祺。[47]

从这份名单看,作者多是政界名流,像龙沐勋(榆生)这样的学者是少数。陈三立亲属中只有他的次子陈隆恪被列入其中。

1840年以前,庐山以书院讲学和佛教传播著名,近代以来成为避暑胜地。"避暑时节好开会"是庐山政治文化活动的特点。1927—1970年间,这里是国共两党重要的政治活动场所。国民政府定都南京后,庐山一度成为政治文化的活动中心。从1927年"南昌起义"前庐山国共两党势力较量,到1937年抗战开始后"庐山谈话会",更有1959年中共"庐山会议"、1970年"庐山会议"(九届二中全会)。近代以来的文化活动通常与政治中心相互关联。1970年以后,庐山的"政治地位"被北戴河取代。"文化地位"以电影《庐山恋》为标志,由文人诗词雅聚、讲经传道转向影视、旅游。

有了庐山雅集诗草编辑出版的经验,接下来曹经沅又连续组织诗人聚会活动,并编辑出版诗集。

陈三立这年秋自庐山来宁,大家欢聚,并在农历九月九重阳日登高赋诗,有87人到场,留下《癸酉九日扫叶楼登高诗集》[48],于第二年春印行。

陈三立为《癸酉九日扫叶楼登高诗集》题写书名,陈衍和陆增炜分别写有《序一》《序二》。以扫叶楼主人龚半千(贤)半亩园诗分韵赋诗。作者姓名"以拈韵原诗次第为序":

> 夏敬观、滕固、宗威、巴壶天、吴鼎昌、汪剑翔、靳志、邵元冲、罗家伦、徐乃昌、李宜倜、黎承福、许崇灏、冒广生、黄濬、李宣龚、吴梅、沈砺、陈其采、刘三、卢前、黄曾樾、何遂、江絜生、汪国垣、于宝轩、胡奂、乔曾劬、张占鳌、廖恩焘、陈世宜、陈诗、方兆鼇、吴虞、关赓麟、黄孝纡、李启琛、何承徽、梁鸿志、林葆恒、张维翰、张默君、吴锡永、陈毓华、龙达夫、蹇先絮、谢无量、陈新燮、伍非百、王灿、高一涵、高赞鼎、方叔章、陆增炜、贺俞、陈汝霖、黄孝绰、彭醇士、李翊灼、刘蘠蔚、黄福颐、陈树人、汪兆铭、王易、徐宝泰、张元群、释寄尘、柳诒徵、赖维周、蔡允、关霁、吴镜予、曾仲鸣、曹熙宇、许世英、吴用威、王用宾、游洪范、孙澄方、曾学孔、王揖唐、曹经沅、姚琮、赵尊岳、陆丹林、周达、陈衍。

这87位作者,约半数是《癸酉庐山雅集诗草》作者。

《学衡》作者柳诒徵、夏敬观、汪辟疆、王易、吴梅、卢前等参加,连中央大学校长、五四时期"新潮社"诗人罗家伦也参加了此次聚会,并有古体诗一首。这是罗家伦有意学习自己老校长蔡元培兼容并包的办学精神,而着力团结不同文学观念者。高一涵本是胡适派文人,五四时期《新青年》的主要编辑。

第二年诗人修禊、登高的规模更大。曹经沅为1934年农历三月三日87人玄武湖修禊和九月九日103人豁蒙楼登高赋诗,编辑有《甲戌玄武湖修禊豁蒙楼登高诗集》[49],于第二年(乙亥)铅印。陈三立为《甲戌玄武湖修禊豁蒙楼登高诗集》题写书名,陈衍和柳诒徵分别写了《序一》《序二》。

甲戌上巳日玄武湖禊集时,是以晋孙绰三日兰亭诗序分韵赋诗。禊诗作者姓名"以拈韵原诗次第为序":

程天放、滕固、赵尊岳、刘道铿、贺俞、周达、徐宝泰、李景堃、释寄尘、潘宗鼎、曹熙宇、龙沐勋、常任侠、黄福颐、宗威、程学恂、张元节、方叔章、陈毓华、陈汝霖、伍非百、刘麟蔚、李启琛、靳志、彭醇士、吴镜予、王灿、黄中、汪兆铭、游洪范、黄寿慈、吕贤鈖、胡奂、廖恩焘、曾学孔、陈新佐、林世焘、曹浩森、王易、林葆恒、柳诒徵、陈其采、江洪烑、许崇灏、卢前、陈新燮、张维翰、高赞鼎、陈懋解、关赓麟、巴壶天、夏敬观、袁思亮、林鹍翔、张元群、马宗霍、吴梅、许凝生、江絜生、陆增炜、曹经沅、郑篯、向煜、潘式、陈诗、吴用威、蹇先榘、钱谌棨、刘成禺、谢国桢、徐行恭、陈延杰、张翼鹏、卢美意、戴正诚、陆丹林、唐圭璋、程龙骧、陈伯达、何遂、陈衍、吴鼎昌、陈懋咸、冒广生、方兆鼇、王用宾、陈树人。

甲戌重九鸡鸣寺豁蒙楼登高,是以杜少陵九日五首分韵赋诗。登高作者姓名"以拈韵原诗次第为序"：

> 黎承福、徐祖武、陈诗、刘景晨、黄孝纾、吴用威、曹经沅、吴鼎昌、徐行恭、梁寒操、卢美意、游洪笵、郑洪年、姚琮、叶楚伧、黄濬、李启琛、赵丕廉、张元节、李翊灼、许崇灏、于志昂、陈延杰、黄中、宗威、李景堃、叶恭绰、谈社英、伍勋铭、汪吟龙、邵祖平、刘道铿、陈世镕、汪兆铭、李宣龚、伍非百、刘三、唐圭璋、关赓麟、程天放、胡夬、陆丹林、林葆恒、郦承铨、林思进、陈懋威、张默君、李宜倜、黄侃、吴梅、夏承焘、陈伯达、刘趫蔚、钱海岳、邵瑞彭、周达、刘成禺、曾仲鸣、曹熙宇、陈籙、黄寿慈、郑箋、光晟、梁天民、夏敬观、梁鸿志、靳志、蔡允、关霁、王揖唐、赵尊岳、张维翰、吴石、黄曾樾、林一厂、何遂、陈衍、方叔章、陈新燮、王灿、陈毓华、柳诒徵、张翼鹏、廖恩焘、高赞鼎、林鹍翔、吴镜予、释太虚、蹇先榘、汤增璧、程学恂、陈汝霖、戴正诚、张元群、龙沐勋、徐宝泰、陈新佐、谢无量、黄福颐、林庚白、陈树人、滕固、曾学孔。

滕固曾加入过"文学研究会"（1924年的"文学研究会会员"登录号为50），从事美术研究，此时为南京政府行政院参事。在南京的学衡派成员柳诒徵、邵祖平、马宗霍、曹经沅、汪精卫、夏敬观、林学衡（庚白）、林思进、潘式，特别是中央大学、金陵大学教授中原"上巳社""禊社""潜社""如社"社员黄侃、吴梅、王易、陈延杰、唐圭璋、常任侠、卢前、程龙骧等都参加了唱和，从而使大学校园的古典主义文学群体与学院外的诗人有了进一步融通。

上述禊集雅聚，是文学"复古"的具体实践。与他们同时存在于南京的还有一股强大的复古思潮。

1932年9月28日，南京中央大学《国风》出版纪念孔子的"圣诞专号"。具体主事者为张其昀。

中央大学教授的行为直接影响了此时的中央政府,于是,1934年5月30日国民党中常委决定8月27日(此时间原本为农历,前面提到的9月28日为公元纪年的时间)为孔子诞辰纪念日。随后8月27日,南京、曲阜等地,有政府大规模祭孔活动。这种政府行为,是对遭五四新文化运动重创的孔子的"反动"。这种反拨,带来对文言文的重新提倡。鲁迅曾针对"孔诞纪念会"演奏"韶乐"和同时余姚农民为争水殴斗,在8月30日作《不知肉味和不知水味》,登9月20日《太白》半月刊第一卷第一期,用两事对比,加以讽刺。

1934年5月4日、6月1日,南京中央大学教授群体创办的《时代公论》周刊第110号、114号,刊出学衡派成员、南京中央政治学校教授汪懋祖《禁习文言与强令读经》《中小学文言运动》,直接对1920年1月、1930年2月政府教育部两次禁习文言,改用白话文的通令,提出反拨意见。随后有应者许梦因、余景陶等。

汪懋祖(典存)留学美国哥伦比亚大学时,学习教育学,是梅光迪1915—1917年在美国反对胡适联盟的重要成员,回国后曾在北京师范大学、东南大学等校任教,毕生反对白话新文学,是铁杆儿文言派。刊物从《新青年》《留美学生季报》《学衡》,到此时的《时代公论》《申报》;地点从美国的纽约,到北京、南京、上海,他所发言论,都是坚决反对白话新文学。他力挺文言的文章矛头都是针对胡适的,反击者自然是胡适。胡适以新文学,特别是白话文倡导者、胜利者自居,因为他清楚,已经进入中小学教育体制14年的白话文,决非一两篇反对文章所能动摇。写于1934年7月9日,刊登在《独立评论》7月15日第109号的《所谓"中小学文言运动"》,仍有胜者的自信和喜悦。对于白话这种"我们自己敬爱的工具",胡适认为广大学子最有发言权。胡适最清楚语言作为负载思想"工具"的巨大作用，更懂得这一"工具"成为教育普及"工具"后的强大威力。十几年白话文教育所养育的一代新人，如何能接受知识和"工具"的倒退？

针对汪懋祖文章和许梦因在 6 月 22 日《时代公论》第 117 号上《告白话派青年》呼吁"今用学术救国，急应恢复文言"等，任叔永也在《独立评论》7 月 15 日第 109 号上登出《为全国小学生请命》。同时胡适在《109 号编辑后记》中就任叔永的文章发出感慨。他说："今日的白话文固然有许多毛病可以指摘，今日报纸公文的文言文不通的才多哩！"[50]鲁迅在 6 月 9 日致曹聚仁信中断言："读经，作文言，磕头，打屁股，正是现在必定盛行的事，当和其主人一同倒毙。"[51]

胡适、任叔永是白话文新文学讨论时期的当事人，十几年过去了，如今仍是当年提倡文言的人再来反对白话文，出场反击的已经不只是当年的老人了，而是比昔日当事者更积极的一些文学创作新人。他们关注的已经不是文言与白话之争，而是有了"大众语"的新口号和要求。胡适、任叔永在北平，"大众语"倡导者在上海，陈子展、陈望道、叶圣陶、胡愈之、黎锦熙、吴稚晖、傅东华、夏丏尊等多位"开明"文学教育派的作家—教育家发表文章，参与讨论。由于出现新口号和产生新论争方向，白话派胡适等人言论显得无力，文言派汪懋祖等更是无力再战。因为这场论争由文言派挑起，转为新文学内部"旧"白话派与新"大众语"进行争论。于是，文言派也不去理会文坛争论，专心写他们的古体诗词。而"大众语"讨论又成为新起"文艺大众化"讨论的一部分。尤其是有过中学语文教学经验的叶圣陶、夏丏尊等作家，五四运动后到"白马湖畔""立达学园"亲身实验过"文"与"教"，从《一般》《中学生》到《开明》，推动大中小学语文教育，深知白话文的好处。话语权也自然从"提倡有心，创造无力"的胡适转向这些新文学的创造者。

1929 年 9 月中央大学中国文学系创办的《艺林》，尽管只出版一期，但古典主义倾向却是十分明显的。汪东为刊物"题辞"。体例分为学术、专集、文录、诗录、词录、曲录。为"学术"栏目写文章的有汪东、汪国垣、王易、高明、钱文晋、姚卿云、畲葱墨、叶光球、释章(施章)。"专集"为黄侃的古典诗词集《石桥集》。"文录"作者有祝光信、王之瑜、何立。"诗录"作者有胡光炜、王易、陈延杰、姚卿云、黄永镇、蔡耀栋、何立、畲葱墨、唐剑秋。"词录"作者为王易、畲葱墨、高明。"曲录"作者为苏拯、李家骥、王起。

1936年下半年间,文学的古典主义复活,在中央大学又起一次小高潮。《国立中央大学日刊》几乎每周都刊登中大师生创作的古体诗词,主要作者有盛静霞、林大中、张廼香(乃香)、刘润贤、李辛白、夏崇让、梁希(叔五)、罗世巍、王亚强、蒋维崧、彭铎、陈舜年、杨志溥、张茂鹏、季联芳、过祖熙、陶希华、梁璆、黄文澍、王凌云等。

日军侵华战争期间,中央大学西迁重庆。1938年2月23日,重庆中央大学主办《新民族》周刊创刊发行。第一期就有罗家伦白话新诗《敌机炸后的南京》和翻译密此克未枢的《祈祷》。

在排斥新文学,不允许新文学作家登讲台的中央大学,此时校长罗家伦借《新民族》创刊之机会,开设新文学创作栏目,专门刊登白话新诗,他自己力行创作,几乎每期都有新诗刊出。是抗战的特殊气氛,促使罗家伦这位五四白话新诗人的诗情再度饱和,并喷发出许多动人诗篇。如《卢沟桥的守兵》《宛平的居民》《忆南京》《伟大的孤城》《临死的悲歌》《武汉空军大捷凯歌》《空军东征日本凯歌》《血雨》《偕亡》《七七周年忆卢沟桥》《大江东去曲》《南京的黄昏》《焦山晓望》《国旗的爱》等数以十计的白话新诗。

5月22日,《新民族》周刊杂志第13期,有缪凤林长达259行的白话新诗《嘉陵江畔》。这是他1938年4月8日闻台儿庄大捷后在重庆中央大学所作,随后陈铨1943年在重庆创办《民族文学》,刊发白话新诗《哀梦影》(21首)。为数众多的学衡派成员中,缪凤林、陈铨写作白话新诗。

同时,《新民族》也不排斥古体诗词。因抗战需要,民族主义情绪高涨,古体诗词作为文学古典主义复活的重要表现形式,呈现出自1917年1月胡适《文学改良刍议》引发文学革命及白话新诗繁荣,古体诗词创作遭受重创20年后的大高潮,使得古体诗词与白话新诗在抗战期间共生共存,不再相互攻讦。当年曾猛烈批评南京高等师范学校师生古体诗词创作的叶圣陶、茅盾等人也都改写古体诗词了。1941年11月《中央大学日刊》在重庆松林坡复刊,11日,《中央大学日刊》复第9号就刊出文学社团"真社"主编的"诗苑"第1期,内容均为古体诗。"诗苑"首次露面时,编者写有《前言》:

> 先哲有言:"君子文会友,以友辅仁。"本社同人愿着先鞭,借自由之园地,以攻错乎他山。至望大雅君子斧正之余,更锡(赐)鸿篇。则引玉抛砖,吾道不孤矣。

同时还刊出《启事》:

> 本诗苑园地公开,欢迎赐稿。暂以古体诗词为限。来件请投讲义箱八十七号。

当时有"沙磁文化区"(沙坪坝磁器口文化区)之说,"真社"友朋多在此读书、执职或居住,诗友雅集便利。"诗苑"每周二或周三在《中央大学日刊》登出一期,现已查得19期。主要作者(有的是笔名,或名、字、号通用)为汪辟疆、邵潭秋(祖平)("培风楼近诗")、胡小石、姚鹓雏、谢无量、金静安(毓黻)、章士钊、林思进、孙鹰若、金启华、唐圭璋、刘毓泉(持生)、王继兴、古竹延、陈行素、朱任生、姚佑生、冯国瑞、尹石公、熊公哲、萧月高、戚衣虹、李寅恭、张和声、赖赞忱、张廼香、吴白匋、谢蕴芝、杨枫、江挈生、江邨、枫江、江枫、之杰、瘦秋、质、士、不圆、家玮、也巨、萧史、廷楷、松年、不速、卓昭、永泽等。

这些作者有一部分为中央大学文学院中国文学系的教授(汪辟疆、熊公哲)、副教授(唐圭璋)、专任讲师、专任助教(陈行素),或学生(金启华)。也有史学系的(金静安)、农学院的(李寅恭)。成员复杂,诗味相投。

可以说,"真社"是中央大学师生继南京"上巳社""禊社""潜社""如社"之后,结社、雅集,诗词唱和在重庆的复活。

我把中央大学内部这种相互转向,视为战时新的文学氛围,也就是罗家伦所说"新的人生观"。

课程与新文学作家生成的校园空间

这一节,选取中央大学文学院中国文学系和外国文学系 1932 年度课程表,清华大学 1929—1930 年度中国文学系课程表、1934 年上半年课程表,北京大学文学院中国文学系(1931 年 9 月至 1932 年 6 月)课程表,武汉大学中国语言文学系 1935 年度课程表,中山大学中国语言文学系 1932 年和 1935 年度课程表,浙江大学文理学院中国文学系 1938 年课程草案,教育部 1938 年《(部颁)大学文学院中国文学系必修科目表》,进行实证性考察。由于课程表内容较多,武汉大学、中山大学、浙江大学三所国文系的课程表和教育部 1938 年《(部颁)大学文学院中国文学系必修科目表》具体名目从略，所引课表也是将其分解，课时和学分略。在北平教会燕京大学校园里，周作人自1922年即开讲新文学，且坚持十年。因论题侧重在国立大学，此事从略。

首先选取1932年秋冬学期（1932年9月—1933年1月）中央大学文学院中国文学系、外国文学系课程，看中央大学师生的心态和学风。这是大学学术传统的文化展示，也是知识谱系中师资力量的表现。因为课程本身一方面显示着自己学校的师资水平，另一方面表现出学校的教育理念和文化价值取向。而学生则更多表现出被动地接受。

先看中国文学系的课程一览：

> 各体文选一（钱子厚）、各体文选二（黄耀先）、国学概论一（钱子厚）、国学概论二（黄耀先）、方言（或文字学）（汪旭初）、文学史纲要（胡小石）、目录学（汪辟疆）、修辞学（王晓湘）、文学研究法（黄季刚）、练习作文（王伯沆）、《汉书》（黄季刚）、音韵学（黄季刚）、周以后文学（胡小石）、诗歌史（汪辟疆）、唐诗（陈仲子）、诗名著选（汪辟疆）、乐府通论（王晓湘）、宋诗（陈仲子）、词曲史（王晓湘）、词学通论（吴瞿安）、专家词（梦窗，吴瞿安）、南北词简谱（南词）（吴瞿安）、论孟举要（王伯沆）、毛诗（陈仲子）、《庄子》（徐哲东）、《左传》（徐哲东）、书经举要（王伯沆）、汉魏六朝诗（伍叔傥）、钟鼎释文名著选（胡小石）、《楚辞》（徐哲东）[52]

从课程上可以明显看出，中央大学中国文学系此时没有开西洋文学和中国新文学。课程基本上是传统的国学。教授都是古体诗词写作者，多数为"上巳社"和"禊社"成员，多人是《学衡》《国风》作者，没有新文学作家。他们注重古典知识，强调继承传统。也正是这种浓重的古典气氛和对古典诗词的钟爱,使得写白话新诗、白话小说的沈祖棻,从中央大学毕业,读金陵大学国学研究所时,受老师影响,改写古体诗词了。

据1933年《私立金陵大学一览》内国文系课程所示,此时他们开设有"现代文艺",主讲近代以来的新文学创作。另有"中国文化研究所"开设欧美学者和日本学者研究中国文化(汉学)概观。这是教会大学特殊属性所决定的。

而此时清华大学中国文学系,早在1929年春季就由朱自清始开"中国新文学研究"课程。[53]据1929—1930年度《清华大学一览》中《大学本科学程一览》里国文系教师名录所示:

教授:杨振声(系主任)、杨树达、朱自清、黄节、陈寅恪、刘文典
讲师:赵元任、钱玄同、俞平伯、容希白、张煦
教员:邹树椿
助教:浦江清[54]

赵元任、钱玄同因是兼职,只能按讲师聘任。

《清华大学一览》中《中国文学系的目的与课程的组织》,明确指出"中国文学系的目的,很简单的,就是要创造我们这个时代的新文学"[55]。要达到这一明确的目标,所以"我们的课程的组织,一方面注重研究我们自己的旧文学,一方面更参考外国的现代文学"[56]。

这里可以进行一个简单比较。1930年编印的《国立中央大学一览》中《文学院一览》"绪言"用文言写成。清华大学国文系的课程说明是白话文。这是两所大学国文系的不同之一。下边所引课程的差别是不同之二(节录,课时略)。

第一年

　　国文(杨树达、张煦、刘文典、朱自清)、英文、中国通史(历史系课程)、中国文学史(朱希祖)、公共必修科乙组(政治学、经济学、社会学、西洋通史、现代文化择一)、任选课

第二年

　　文字学(容庚)、音韵学(赵元任)、赋(刘文典)、诗(朱自清)、文(上古至秦,下学期,杨树达)、英文、古书释例(上学期,杨树达)、任选课

第三年

　　中国音韵沿革、词(上学期,俞平伯)、戏曲(上学期,俞平伯)、小说(俞平伯)、文(汉至隋,刘文典)、文(唐至现代,刘文典)、西洋文学概要(外国语文学系课程)、任选课

第四年

　　文学专家研究(黄节、张煦、杨树达)、中国文学批评史(郭绍虞)、西洋文学专集研究(外国文学系课程)、任选课

选修科目(各年级)

　　修辞学(下学期)、中国新文学研究(下学期,朱自清)、当代比较小说(杨振声)、乐府(黄节)、歌谣(上学期,朱自清)、高级作文、古书校读法(上学期,杨树达)、目录学(下学期,杨树达)、文选学(下学期)、国故论著、佛经翻译文学(陈寅恪)[57]

中国新文学研究、当代比较小说、歌谣、西洋文学专集研究等特色课程,具有此时清华大学国文系所高标的创新性和时代性。所以后来杨振声特别提道:"西洋文学概要、西洋文学各体研究、中国新文学研究、当代比较文学及新文学习作也都是必修,选修课中又有西洋文学专集研究,这

在当时的各大学中,清华实在是第一个把新旧文学、中外文学联合在一起的。"[58]

朱自清在1931年6月1日《清华周刊》第35卷第11、12期上发表有《清华大学的中国文学系概况》一文,他说在1928年杨振声主持国文系时,就提出了一个新的目的:"创造我们这个时代的新文学。"[59]他说现在每个大学的国文系,或中国文学系的课程,范围往往也很广,除纯文学外,更涉及哲学、历史学、考古学等。他们所要培养的是国学人才,而不一定是中国文学的人才。对于中国文学,他们要学生做的是旧文学研究考证的工夫,但在这个时代,这个青黄不接的时代,觉得还有更重大的使命:这就是创造我们的新文学。本系的同学也可以有不能或不愿从事新文学,却喜欢研究旧文学的人,我们应当让他们自由地发展,但希望大部分都向着我们的目标走近。

鉴于此,他们所开的新课程为:当代比较文学、中国新文学研究、新文学习作。[60]

清华大学中国文学系1934年上半年的教师名录为:

  教授兼主任:朱自清

  教授:陈寅恪、杨树达、俞平伯、刘文典、闻一多

  专任讲师:浦江清、王力

  讲师:赵万里、唐兰

  教员:许维遹

  助教:余冠英、安文倬[61]

同时中国文学研究所的导师,也为同学们开出供进一步从事研究的导师和方向:

选学、诸子、中国化之外国语(刘文典)、国文法、《汉书》(杨树达)、《诗经》、《楚辞》、唐诗(闻一多)、佛教文学(陈寅恪)、词(俞平伯)[62]

从教师的基本情况看,这时清华大学国文系教授朱自清、俞平伯、闻一多三人是新文学作家。朱自清也是担任清华大学国文系主任时间最长的教授,他的知识结构、文学理想和办学理念对这所大学的国文系有直接和深远的影响。而此时清华大学外文系,有《学衡》的主编吴宓在。但是清华大学特殊的新文学创作风气浓厚,使得1930年代清华园秉承1920年代闻一多、王造时、吴景超、梁实秋、顾毓琇、朱湘、饶梦侃、孙大雨、杨世恩、罗皑岚、陈铨等作家群起的传统,新一代学生作家也成群出现,如钱锺书、李健吾、曹禺、吴组缃、端木蕻良、曹葆华、郝御风、林庚、孙毓棠、李长之、孙作云、季羡林、张俊祥等,且多人还是外文系的。[63]因吴宓坚持写古体诗词,对从事新文学创作的学生影响不大,他影响下的主要是张荫麟、贺麟、陈铨三个坚持上他翻译课的学生。这三人后来都成了学者,其中陈铨同时又是新文学作家,与张荫麟、贺麟相比,陈铨受吴宓影响相对少些。他在1928年出版长篇小说《天问》,1929年出版《恋爱之冲突》,1934年、1935年分别出版《革命的前一幕》《彷徨中的冷静》。在1940年代因《战国策》而名声大起,有剧作《野玫瑰》、诗集《哀梦影》等,和他老师走了不同的路。

同时,清华大学国文系学生在1931年4月15日还创刊了《清华中国文学会月刊》,国文系的教师都被列为顾问。这个刊物是新旧文学创作兼收,传统文学研究与新文学研究并重。而写古体诗词的多是教授,如黄节、陈寅恪等人。事实上新文学作品仍占主导地位。

朱自清去世后,在朱光潜主编的《文学杂志》1948年10月第3卷第5

期刊出"朱自清先生纪念特辑",许多新文学作家、学者都写了悼念文章。杨振声有《为追悼朱自清先生讲到中国文学系》一文,其中针对新文学如何进大学国文系课堂,与古典文学、外国文学关系等实际问题,做了说明:

> 自新文学运动以来,在大学中新旧文学应该如何接流,中外文学应该如何交流,这都是必然会发生的问题,也必然要解决的问题。可是中国文学系一直在板着面孔,抵拒新潮。如是许多先生在徘徊中,大部学生在困惑中。这不止是文言与语体的问题,而实是新旧文化的冲突,中外思潮的激荡。大学恰巧是人文荟萃,来调协这些冲突,综合这些思潮所在的,所以在文法两院的科系中,如哲学,历史,经济,政治,法律各系都是冶古今中外于一炉而求其融合贯通的,独有中国文学与外国语文二系深沟高垒,旗帜分明。这原因只为主持其他各系的教授多归自国外;而中国文学系的教授独深于国学,对新文学及外国文学少有接触,外国语文系的教授又多类似外国人的中国人,对中国文化与文学常苦下手无从,因此便划成二系的鸿沟了。
> ……
> 朱自清先生是最早注意到这问题的一个。……系中一切计划,朱先生与我商量规定者多。那时清华国文系与其他大学最不同的一点,是我们注重新旧文学的贯通与中外文学的融会。[64]

最后,杨振声特别强调新文学的作用和意义。他说:

> 我们若没有新文学,不可能有新文化与新人生观,没有新文化与新人生观,也就不可能有个新中国。因为新文学,在一种深刻的意义

上说,就是来创造新文化与人生观的。先有了这个,咱们的也才能有个新中国。[65]

因为在杨振声之后,朱自清继任系主任,杨振声说"我们商定的中国文学的新方向始终未变"[66]。后继系主任罗莘田(常培)、罗膺中(庸)、闻一多都保持和发扬了这一"新趋势"。

下面再看中央大学文学院外国文学系1932年秋冬学期必修课程一览:

> 四年级英文作文(楼光来)、莎士比亚(张歆海)、英国文字[沈按:疑为"学"]源流(范存忠)、三年级英文作文(韩湘眉)、欧洲文学史(楼光来)、英国戏剧(刘奇峰)、二年级英文作文(范存忠)、名家选读(韩湘眉)、英国小说(楼光来)、文学批评(Dauy)、约翰生及其游从(梅光迪)、蓝姆及小品散文(梅光迪)、英国散文(刘奇峰)、短篇小说(刘奇峰)、英文会话及演说(Dauy)、现代诗(Dauy)、古典主义(梅光迪)、浪漫主义(韩湘眉)、美国文学研究(名著选译,张歆海)[67]

仅从教授看,楼光来、梅光迪、张歆海、范存忠四人是留学哈佛大学的,是受新人文主义批评家白璧德影响的学生,其中张歆海与韩湘眉是夫妇。楼光来、梅光迪是《学衡》作者,他们与新文学保持一定的距离,或者仍反对新文学。张歆海因是胡适的朋友,一向不与新文学阵营为敌。梅光迪本是在哈佛大学讲授汉语,此时休年假回国兼职。

接下来看同一时期,即1931年9月14日《北京大学日刊》刊登的北京大学文学院中国文学系(1931年9月至1932年6月)课程:

共同必修课科目

中国文字声韵概要(沈兼士、马裕藻)、中国诗名著选(附实习,俞平伯)、中国文名著选(附实习,林损)、中国文学史概要(冯淑兰)

分类必修及选修科目

A 类

语音学(刘复)、语音学实验(刘复)、言语学大义(暂停)、中国文字及训诂(沈兼士)、石文研究(沈兼士)、甲骨及钟鼎文字研究(商承祚)、说文研究续(三,钱玄同)、中国音韵沿革(钱玄同)、清儒韵学书研究(三,马裕藻)、古音系研究(三,魏建功)、中日韩字音沿革比较研究(三,金九经)、中国古代文法研究(郑奠)、满洲语言文字(寿春)、蒙古语言文字(奉宽)、西藏语言文字(未定)

凡注(三)字者,为三年以上之科目。

B 类

中国文学

《毛诗》续(三,黄节)、《楚辞》及赋(张煊)、汉魏六朝诗(黄节)、唐宋诗(林损)、词(俞平伯)、戏曲及作曲法(许之衡)、先秦文(林损)、汉魏六朝文(刘文典)、唐宋文(暂停)、近代散文(周作人)、小说(俞平伯)、修辞学(下学期开,郑奠)

中国文学史

中国文籍文辞史(傅斯年)、词史(赵万里)、戏曲史(许之衡)、小说史(暂停)

文学批评

文学概论(徐祖正)、中国古代文学批评(暂停)

文学讲演(临时通知,不算单位)

新文艺试作(单位未定)

C 类

目录学(余嘉锡)、校勘学(暂停)、古籍校读法(余嘉锡)、经学史(马裕藻)、国学要籍解题及实习(郑奠)、考证方法论(上学期开,郑奠)、三礼名物(吴承仕)、古声律学(许之衡)、古历学(范文澜)、古地理学(郑天挺)、古器物学(暂以历史系的金石学代之)、欧文所著中国学书选读(刘复)、日本文所著中国学书选读(钱稻孙)[68]

另有共同选修课科目、国语、外国语、毕业论文。其中开设"中日韩字音沿革比较研究"的金九经是朝鲜人。

上述表中"单位"指的是课时。此时北京大学与清华大学的教授有互相聘用和兼课现象。有的教授在几所大学同时开课。语言文字学研究一直是北京大学的强项,并形成传统,尤其是少数民族语言文字的研究,是他们的特色。

仅从上述开课的教师看,俞平伯、刘复(半农)、冯淑兰(沅君)、傅斯年、魏建功、周作人都是新文学作家,钱玄同是文学革命的积极参与者。

而上述课程表所列的"新文艺试作(单位未定)",很快得到落实。在《北京大学日刊》1931年9月24、25、26连续三日刊登1931年9月23日拟定的"国文学系布告":

> 新文艺试作一科暂分散文、诗歌、小说、戏剧四组。每组功课暂定为一单位(每一单位一小时或二小时)。诸生愿选习此科者,可各择定一组(多至两组)。将平日作品一篇缴至国文系教授会,俟担任指导教员作评阅后加以甄别。合格者由本学系布告(其一时未能合格者可至下学期再以作品请求甄别)。学年终了时,以试作之平均分作为成绩(但中途对于试作不努力者,如作辍无恒或草率从事之类,

得令其停止试作)。

本学年担任指导教员：

散文(胡适、周作人、俞平伯)、诗歌(徐志摩、孙大雨)、小说(冯文炳)、戏曲(余上沅)

(以后增聘教员，随时由本学系布告)　　　　九月二十三日[69]

据周作人致俞平伯书信可知，在国文系新添新文艺试作一项是文学院院长胡适的提议。[70]随后才有废名到北京大学讲授新文学。这份表中的教授全是新文学作家，他们在传统知识基础上，追求创新，特别是新文学创造。其中余上沅于1925年1月18日在美国留学时曾致信胡适，向胡适介绍美国纽约"中华戏剧改进会"，请胡适加入他们的组织。同时他请求北京大学开设"戏剧传习所"，并在时机成熟时，建立"北京艺术剧院"。余上沅还表示他和赵太侔、闻一多"对戏剧艺术正得了一点门径，想回国随同诸先生[沈按：指胡适、徐志摩、陈源、丁燮林、张鑫海]做点实验，同建'中国戏剧'"[71]。后来余上沅进北京大学执教，自然是文学院院长胡适的作用。

1931年10月1日《北京大学日刊》刊出国文学系9月30日签发的"国文学系布告"[72]，说"新文艺试作"同学在10月9日以前交作品，以候甄别。10月8日《北京大学日刊》刊登国文学系10月7日签发的"国文学系布告"[73]，说交作品的最后日期延至10月31日。11月18日《北京大学日刊》刊登国文学系11月16日发布录取"新文艺试作"学生名单为——散文：罗逢让、徐世纶、洪櫹、汤际亨、彭荣棠、熊伟；小说：鄂裕绵、曹曾保、徐世纶、罗逢让；诗歌：胡毓瑞。

从这份名单看，他们后来也没有成为知名的新文学作家，熊伟1933年北京大学毕业后赴德国留学，为海德格尔的学生。但北京大学所开"新文艺试作"，为大学教育开了一个新的风气，并成为一种鼓励新文学创作的导向，尤其是有指导教师存在，其他爱好新文学写作的学生也可随时请教。也正是在这种倡导新文学创作的氛围中，1930年代，北京大学出现的新文学作家有何其芳、李广田、卞之琳、方敬、李尔重、张季纯、荒芜、徐訏等。当然，他们之中多数不是中国文学系的学生。而相对于1920年代北京大学新文学作家群起现象，1930年代是弱了一些。

再看北京大学外国文学系英文组主要课程：

必修课

一年级：基本英文（蒯淑平）、戏剧（贝德瑞）、作文与论文选读（温源宁）

二年级：小说（蒯淑平）、戏剧（贝德瑞）、诗（叶崇智）、莎士比亚初步（杨宗翰）、作文与名家论文选读（蒯淑平）、英国文学史略（温源宁）

三年级：著名作品之研究（贝德瑞）、作文（贝德瑞）、翻译（徐志摩）、十八世纪文学（陈受颐）、十九世纪文学（温源宁）

四年级：文学批评（温源宁）、十八世纪文学（陈受颐）、十九世纪文学（温源宁）

选修课

小说史（蒯淑平）、戏剧史（王文显）、莎士比亚（王文显）、希腊悲剧（余上沅）、今代诗（徐志摩）、但丁（吴可读）、雪莱（徐志摩）、勃朗宁（涂序瑄）、罗瑟谛（涂序瑄）、哈代（徐志摩）、拉穆（叶崇智）、易卜生（余上沅）、培根论文（罗昌）、箕茨（徐祖正）[74]

教授中，徐志摩、叶崇智（公超）、余上沅、温源宁都是新文学作家，这也是此时北京大学外国文学系培养出新文学作家李广田、卞之琳的原因之一。

通过上述课程展示,清华大学、北京大学中国文学系、外国文学系与南京中央大学中国文学系、外国文学系的特色一目了然。新与旧、现代与传统、激进与保守在对照中镜像般的反映,尤其是对待"新文学"的态度。五四新文化—新文学运动的影响,和学衡派的反抗,到1930年代的大学校园仍可看到浓重的痕迹。各自大学传统的形成也在这种镜像中显现。同时这也为学界进一步理解抗战期间西南联合大学的新文学活动提供了路径。

金陵大学与东南大学—中央大学国文系教授是互相交叉聘任,两校国文系你中有我,我中有你。同样情况,在金陵大学国文系一些喜好从事新文学写作的学生,在后来也都走上了研究古典文学的路子。1938年教育部颁发了朱自清起草的大学中国文学系科目表,作为大学国文系教学指导。1939年又有部分修订。针对这份科目表[75],毕业于金陵大学国文系,后任教金陵大学、武汉大学的程千帆(会昌)于1941年5月16日《斯文》第1卷第16期和1941年9月《国文月刊》第10期上分别刊发了《部颁中国文学系科目表平议》,指出此科目表存在七项缺陷:基础之不足、先后之失次、轻重之无当、本末之不揣、习作之不足、流别之不明、名称之不一。为此,他作了一份修正表。[76]

1927年前后中山大学文科的基本师资来自北京大学,但到了1930年代日趋保守。这里由一件事和一份课程表可见其中理路。

1935年1月6日,胡适在香港华侨教育会演讲时提到香港是办学的好地方,广东是革命的策源地,但文化上是落后的。其原因是"广东自古是中国的殖民地,中原的文化许多都变了,而在广东尚留着"。当然,胡适还批评了陈济棠在广东提倡读经。此事立即在广州引起风波。中山大学文学院教授团体发声,由国文系系主任古直代表发言,说胡适出言侮辱宗国,侮辱广东三千万人,中山大学布告驱之。古直还发出代电,"请办胡适"[77]。古直此时与胡适的文化观念完全相反。胡适在北京大学国文系倡导新文学创作,反对读经。古直在中山大学国文系提倡忠孝,学生第一必修科目为读《孝经》。他1932年编就并得到校长邹鲁嘉许的《广东国立中山大学中国语言文学系二十一年度课目表》[78]"必修课目标说明书"中特别推崇《孝经》,并极力主张读经。那自然也是排斥新文学的。他说(节录):

> 读书之士宜有担荷世道之志,故忠孝之义宜讲。孝经曰事亲孝,故忠可移于君。今虽无君,移忠于民,移忠于事,不亦可乎!
>
> 《孝经》为六艺之总汇(《孝经》序正义引郑康成六艺论),六经为文章之奥府(《文心雕龙·宗经》篇赞),故刘氏文心特标宗经,今依此旨,以经为基本国文,而子史辅之焉。诸生勤勉讽诵,必有根柢盘深,枝叶峻茂之一日。
>
> 基本国文以玩味经义、涵泳义理为主。……
>
> 司马温公曰:《孝经》《论语》,文虽不多,而立身治国之道尽在其中。此二经者,旧家子弟宜已悉读,然其义理紬绎无穷……前代哲人往往终身诵之,虽再三重授无妨也,诸生宜知此意。[79]

实际上,此时中山大学文学院院长是北京大学新潮社社员吴康。他北京大学毕业后曾任教于广东大学,后又留学法国,1932年回国。他的研究专长是德国哲学和中国哲学,对于国文系课程,自然说不上话。但他领导的文学院国文系,1935年取消了必读《孝经》的课程要求,必修课与选修课也有重大改变,增加了散文习作、近代诗、近代文、文学概论、文学批评、近代文艺思想等。[80]

抗战时期,浙江大学文学院是学衡派成员的聚集场所,院长和国文系主任均为学衡派成员。郭斌龢是著名希腊文专家,他做国文系系主任时,特别强调外国语言文学和翻译的重要性,说"旁通西文,研治欧西之哲学、文艺,为他山攻错之助"[81],同时注重习作,强调小说、诗歌和戏曲。当然,他也是排斥新文学的。[82]

中山大学文学院国文系、浙江大学文学院国文系的这种实际情况,自然也就谈不上培养新文学作家了。

现代与传统力量如此交织,其内在张力也就在相互作用中体现出各自的办学特色。

国文系培养什么人?

文学进入中国大学体制自京师大学堂始。据陈国球考证,"京师大学堂的成立,除了为'文学'的学科地位立下规模之外,还启动了'中国文学史'的书写活动"[83]。陈平原、夏晓虹对林传甲《中国文学史》编写也曾有专门讨论。当然国文系的教学活动不只是文学。

在民国大学教育中,朱光潜主张大学国文系学生要文史哲兼修,中外语言文学互通。[84]胡适在1930年代曾谈到大学国文系培养学生的目标:教师、作家、学者。他在1934年2月14日,因翻检旧日记纸片,看到中国公学学生丘良任所谈该校学生近年常作文艺的人有甘祠森、何家槐、何德明、李辉英、何嘉、钟灵、孙佳讯、刘宇等,而顿起关注。胡适特别在这一天日记中说:"此风气皆是陆侃如、冯沅君、沈从文、白薇诸人所开。"意思是指他四年前做中国公学校长时,注重新文学教育,鼓励文学创作,聘了陆、冯、沈、白几位教师。但后来陆侃如夫妇远离新文学,走古典文学研究的路,也不重视学生的新文学创作了。所以他说:"北大国文系偏重考古,我在南方见侃如夫妇皆不看重学生试作文艺,始觉此风之偏。从文在中公最受学生爱戴,久而不衰。"为此他强调大学中国文学系应当"兼顾到三方面:历史的;欣赏与批评的;创作的"[85]。事实上,大学中国文学系毕业生,一部分走向教育界,成为语文教师,从事中文知识传授。少数成为作家,重在文学创造。而成为学者的,重在学术研究。胡适特别强调国文系教学中不可忽视大学生中喜欢文学创作的一批年轻作者。在此之前,胡适作为中国公学校长,大胆地聘请了只有小学文化程度但已写过大量小说的青年作家沈从文到中国公学任讲师,主讲文学创作。沈从文认为这是胡适《尝试集》后的"第二次尝试"。胡适和沈从文此举都成功了。从此沈从文由武汉大学、青岛大学,到西南联合大学、北京大学,一直都站稳讲坛。在西南联合大学,他还影响了后来成为小说家的汪曾祺、鹿桥,诗人马逢华等一批文学青年。而他主讲的课程就是"中国新文学研究"和"文体写作"。

在何其芳的文学之旅中,沈从文实际上起了很关键的指导和帮助作用。1929年9月—1930年8月,沈从文是中国公学的文学讲师,何其芳正好这一学年在中国公学读预科。在沈从文的鼓励和指导下,何其芳携小说《摸秋》(笔名"禾止"),以《新月》(1930年3月10日,第3卷第1期)为起步登上了现代文坛。1933年9月,沈从文主持《大公报·文艺副刊》后,对何其芳关爱有加,使他得到奖励(1937年5月《画梦录》获《大公报》文艺奖金)和受到赞扬。[86]

从1917年胡适进北京大学,到民国作家约半数以上在各类大学国文系、外文系执教,民国大学国文系的师资结构发生了变化,那么,其办学功能也就相应有了培养作家的可能。

朱自清进清华大学是胡适推荐的。如前所述，1928年杨振声主持国文系时，就提出了一个新目标："创造我们这个时代的新文学。"他们所开的新课程为：当代比较文学、中国新文学研究、新文学习作。1931年8月杨振声出任青岛大学校长，他就十分重视聘请新文学作家作为教授，以培育文学新人。闻一多、梁实秋、沈从文、方令孺都归到他的麾下。

有诗人、散文作家、小说家、剧作家不同身份的胡适、周作人、徐志摩、陈源、闻一多、梁实秋、俞平伯、朱自清、杨振声、冯至、袁昌英、冯沅君、凌叔华、许地山、老舍、林语堂、沈从文、钱锺书等都在大学任教。而他们之中，自然不少人是北京大学、清华学校—清华大学、北京女子高等师范学校培养出来的。他们再在大学培养新的作家。

武汉大学前身是1913年成立的武昌高等师范学校，经武昌师范大学（1923年）、国立武昌大学（1924年）、国立第二中山大学（1927年）多次改名，1928年更名为武汉大学。新文学势力在这所学校形成的较早。1924—1925年间，新文学作家杨振声、张资平、郁达夫先后在武昌师范大学任教，在他们的影响下，形成了学生新文学社团"艺林社"，并培养了胡云翼、刘大杰、贺扬灵等青年作家。这曾引起后来任教于武汉大学文学院的沈从文的注意，他在《湘人对于新文学运动的贡献》一文中，特别提到由于新文学作家授课，"学生文学团体因之而活动"[87]，进而产生青年作家。另据郭沫若《创造十年续篇》中回忆，武昌高师—武昌师范大学—国立武昌大学，在1921年9月、1924年8月和1925年初，先后三次聘他任文科教授，充当文学系主任。北京大学陈源未到武汉大学之前，也曾写信劝他到武昌去当歌德，还特将此地比成德国的限马[沈按：今译为魏玛]。武昌高师出身的创造社成员洪为法在通信中劝郭沫若："要在中国文化界树立一势力，有入教育界的必要。中国人是封建思想的结晶，只要正式地上过你一点钟的课便结下了师生关系，他便要拥戴你，称你为导师，而自称为弟子。"[88]

现代中国文学或称中国新文学进大学课堂,列入学校正式课程表,成为国文系同学必修课,一直是沈从文所关心的问题。1930年下半年任教于武汉大学文学院的沈从文,在1931年由武汉大学印出《新文学讲义》。沈从文之后,1931年秋到校任教的苏雪林继续开"新文学研究"这门课,同时武汉大学又增开"小说入门"和"戏剧入门"两门与新文学相关的课程。[89]"新文学研究"这门课在武汉大学立定,与此时现代评论派主要成员占据武汉大学有关。《现代评论》主要成员王世杰、李四光、王星拱、周鲠生、陈源、凌叔华、沈从文、杨端六、袁昌英等九人在这里任教,加上分别从安徽大学、中央大学转来的留法新文学作家苏雪林、陈登恪(春随),和留学美国、德国归来的新文学作家陈铨,新文学作家形成势力。特别是闻一多、陈源先后任文学院院长(闻一多1928年9月—1930年6月任文学院院长,陈源1930年8月任代理文学院院长,1931年10月被聘为文学院院长兼外国文学系系主任,1935年10月续聘为文学院院长)[90],使1928—1937年间,武汉大学文学院的新文化势力占据了领导主权(国文系则相反)。据1935年《国立武汉大学一览》中的"各学院概况、学程内容及课程指导书"所示,苏雪林承担的三门课程"作文一(刘异、朱世溱、苏雪林合授)"、"中国文学史"、"新文学研究",有两门与创作实践有关。其一是"作文一",指导书中说:"练习普通应用之抒情、描写、记叙、议论各种文体。或翻译,或笔录,或就教员提出之参考材料作为综合、分析、批评之工作。每次皆当堂交卷以期练习敏捷之思考力。"[91]每周两小时,一年授完的"新文学研究"则更具有新的内容。指导书中说:"本学程讲授五四运动后之国语文学。先叙新文学之运动,及文坛派别等等,用以提挈纲领。继分五编,评论新诗、小品文、小说、戏剧、文学批评。一面令学生研读名人作品,养成新文艺之鉴赏力,随时练习创作,呈教员批改。"[92]朱世溁即朱东润,从事传记写作,研究古典文学。

文学院国文系的保守势力却是相当大的。1928年之前,国文系有黄侃、胡小石(1924年就离开)等注重国学的保守势力,新文学作家郁达夫因与黄侃冲突而很快离开。1928年之后黄侃、胡小石到了南京中央大学,武汉大学国文系的领导权长期掌握在刘赜(博平)、刘永济(宏度、弘度)手中。前者1917年毕业于北京大学国文系,为黄侃高足,长文字、声韵、训诂;后者为学衡派成员,吴宓的清华同学,长古典文学的词曲、文论,平时会"借题发挥,大骂五四以来的新派"[93]。实际上1930年9月文学院院长闻一多离开,1931年以后,在国文系任教的新文学作家只有苏雪林、陈源、袁昌英,并主要是在外文系授课。苏雪林虽开"新文学研究"课程,但她自知是"只知写写白话文,国学没有根柢的人"[94],面对着"中文系几位老先生由保守而复古",她也逐步转向古典文学研究与新文学批评并重。苏雪林后来回忆说:"大凡邃于国学者,思想总不免倾向保守。武大中文系几位老先生都可说是保守份子。"[95]以至于她在《浮生九四——雪林回忆录》中专门说到文学院院长刘永济"保卫中国文化之心强烈,终日对我骂胡适之、顾颉刚是出卖中国文化的'汉奸''卖国贼',说日本人没有历史,却要伪造历史,中国明明有唐虞三代的历史,胡、顾等偏要将它斩断,毁灭,非出卖中国文化的汉奸、卖国贼而何?"[96]

1937年7月4日,胡适主编的《独立评论》第241号上发表了沈从文致胡适通信《关于看不懂》。胡适在《编辑后记》中有专门答复。沈从文主张将新文学传播到中学生中去,引导学生对中国新文学有一个正面认识,其中关键人物是中学老师。而中学教师又是大学(国立大学或师范大学)出身。因此,他提出:"在大学课程中,应当有人努力来打破习惯,国文系每星期至少有两小时对于'现代中国文学'的研究,作为每个预备作中学教员的朋友必修课。"希望胡适请"所有国立大学(尤其是师范大学)文史学系的负责人注意注意"。[97]

胡适答复:"对于从文先生大学应该注意中国现代文学的提议,我当然同情。从文先生大概还记得我是十年前就请他到一个私立大学去教中国现代文艺的。现代文学不须顾虑大学校不注意,只须顾虑本身有无做大学研究对象的价值。"[98]

由周作人1922年于教会燕京大学开讲新文学始,经过杨振声、朱自清的努力,1929年春,"中国新文学"进入国立大学课堂。朱自清在清华大学多次开讲此课,留下了讲义《中国新文学研究纲要》。1940年代,他的研究生王瑶在西南联合大学读书时,有意继承这门新课,并于1951年出版《中国新文学史稿》。经过两代学者的努力,"中国新文学"成为大学国文系的一个新学科。随后,蔡仪《中国新文学史讲话》、张毕来《中国新文学史纲》、刘绶松《中国新文学史初稿》都采用"中国新文学"这一学科名称。一门课程逐步发展为一门学科,源头在周作人,真正在国立大学推行实施的是朱自清。可以说,中国新文学最为重要的发动点在《新青年》,《新青年》及这场新文学革命倡导者立足点都在北京大学。"中国新文学"作为一门课程,起源于周作人执教的教会学校燕京大学,发展于清华大学、北京大学、中国公学、武汉大学、青岛大学及后来的西南联合大学。从朱自清、沈从文、苏雪林到王瑶,他们逐步将"中国新文学"发展为一门学科。他们背后的老师(或伯乐)是周作人、胡适。从"中国新文学"到"中国现代文学"名称的变化,是1950年代讨论历史分期以后的事(尽管1944年5月任访秋就出版了《中国现代文学史》上卷,但中国现代文学作为学科专业命名,是随1950年代初期划分古代、近代、现代重要历史时段后才明确,即用政治规训原则、新意识形态史观编写文学史)。

国文系的学术路径是什么?

在大学,老师向学生传授知识,学生学习知识,教学相长,这已是不容置疑的事实。人生的目的之一是自在,自由自在就是自我实现。而自我实现要依靠相应的文化过程。因此,费希特说:"国家是一个艺术机构,其目的是文化。文化是一种过程,凭借这一过程,人可以真正成为人,最充分地实现他自己,并且,正是这种实现才是完美的自由。"[99]学衡派成员郭斌龢任浙江大学国文系系主任时,在国文系课程草案中将清人姚姬传关于学问之途:义理、词章、考据引入办学理念中。实际上,义理、词章、考据可对应哲、文、史。朱光潜主张大学国文系的学生要文史哲兼修,不必分得过细。郭斌龢认为义理、词章、考据并重,是思想性、艺术性、科学性统一,是见识、才情与学问交融。他要求国文系学生在做学问时一定要充分把握这三者的内在理路。

在国文系,这三者互重,无所谓谁长谁短。当然,若三者兼而有之,那自然是件好事,是大家、大师风范。但事实上却相当困难。

新文化派与学衡派对立自然也影响到大学国文系。据何兆武回忆:"当时中央大学中文系系主任汪辟疆先生,在新生入系时,他就开宗明义地告诫说:'本系力矫时弊,以古为则。'驯致我们中央大学附中的学生都被教导要做文言文。而入西南联合大学之后,读一年级国文,系里(系主任是朱自清先生)却规定,作文必须用白话文,不得用文言文。"[100]

出身北京大学和清华大学的国文系教授,特别关心大学国文系学科建设,尤其是新文学的地位和融通中西文学的问题。抗战期间及战后,《国文月刊》(西南联合大学师范学院和开明书店联合办前40期,自第41

期始由上海开明书店独家经营)是讨论"大学国文系改革"的主要阵地。起因自然是1938年教育部颁发了大学中国文学系科目表。

在新文学作家胡山源看来,大学国文系有三个名称:国文系、中国文学系、中国语文系。他倾向于用"中国语文系"[101]。为响应教育部《(部颁)大学中国文学系科目表》,胡山源在1939年12月《中美日报》"教育随笔"栏上刊发了《论大学国文系及其科目》,1946年11月重刊于《国文月刊》第49期。他认为:(一)任何大学,国文系必须成立,并且必须按照教育部所颁布的科目充实其内容。这样可使民族精神与民族文化不失。(二)国文系的目的是整理并欣赏旧的文学,同时创造新的文学,这绝不是复古。(三)目前的作文应该使得白话和文言一样的看待。要将眼光放在将来全用白话的地步上。(四)有内容地充实国文系,使有天才和兴趣的学生加入。(五)学有专长的国文系毕业生决不会没有出路。[102]

程会昌(千帆)在1942年10月《国文月刊》第16期刊登《论今日大学中文系教学之弊》,是应《国文月刊》主编余冠英之约作的。真正意义上的讨论是从《国文月刊》第28、29、30合期开始的。建设性意见有杨振声《新文学在大学里——〈大一国文习作参考文选〉序》,批评性意见有陶光《义理、词章、考证》。杨振声认为他编此书是出于三方面的考虑:(一)殚精竭虑于学习古文,不能为努力创造新中国服务。(二)古文不能表达一个新时代的大学生的思想与情感。(三)近代文明国家,没有不是语、文一致的。那么,这个参考文选"都是能忠实于自己的思想与情感的作品"。从此发展开来,"便是修辞立诚的门径,便是创造中国文学的新途,也便是中国文学走上世界文学的大路"。[103]

1945年11月《国文月刊》第39期刊出新文学史家丁易《论大学国文系》。他的话有特指,是针对中央大学国文系。他说:

现在大学国文系一大部分竟是沉陷在复古的泥坑里,和五十年前所谓大学堂的文科并没有两样,甚至还不及那时踏实。创造建设中国新文艺,他们固然作梦也没有想到,就是对旧文学的整理结算,又几曾摸着边缘,甚至连乾嘉学者那种实事求是的谨严精神都谈不上。只是一批五四时代所抨击的"选学妖孽""桐城谬种",以及一些标榜江西的诗人,学步梦窗的词客,在那些大学教室里高谈古文义法,诗词律式。论起学术来,更是抱残守缺,狂妄荒诞。例如:讲文字摒斥甲骨文、金文;说音韵抨击语音实验。甚至述文学发展不及小说,讲文学批评蔑视西欧。而作文必限文言,标点尤须根绝,更是这些大学国文系的普遍现象。……结果最倒霉的自然是学生,恍恍惚惚的在国文系读了四年,到头来只落得做个半通不通的假古董。[104]

丁易的改革方案是提倡新文学创造,并主张现在国文系应该分为三组:(一)语言文字组;(二)文学组;(三)文学史组。随后,他又在1946年3月《国文月刊》第41期刊出《谈大学一年级的国文》,进一步发挥了上文观点。

丁易的文章立即引起新文学同人的响应和进一步讨论。1946年6月《国文月刊》第43、44合期上李广田《文学与文化——论新文学和大学中文系》、王了一(王力)《大学中文系和新文艺的创造》[105]两文在部分观点上认同丁易,并就具体问题做了发挥。出身清华学校研究院,留学法国的王了一在《大学中文系和新文艺的创造》一文中说,他同意丁易对国文系的批评,但不同意丁易所说文学组的功课着重在文艺欣赏和批评,创作和实习是本组的主要精神所在,它的比重应占本组课程二分之一。王了一说自己并不反对新文学,文学修养是可以在学校里养成的,他文章要点有两个:第一,大学里只能造成学者,不能造成文学家。第二,现代中国所谓新文学也就是欧化文学,所以要从事新文学创作的人就非精通西洋文学不为功。具体地说：

> 在西洋,文学只有宗派,没有师承。文学只是主义的兴衰,不是知识的积累。大学应该是知识传授的最高学府,它所传授的应该是科学,或科学性的东西。就广义的科学而言,语言文字学是科学,文学史是科学,校勘是科学,唯有纯文学的创作不是科学。在大学里,我们可以有文学讨论会,集合爱好文学的师生共同讨论,常常请文学家来演讲。我们可以努力造成提倡新文学的空气,但我们无法传授新文学,或在教室里改进中国的文学。……
>
> 老实说,如果说新文学的人才可以培养的话,适宜于养成这类人才的应该是外国语文系,而不是中国文学系。[106]

李广田对王了一文章的两个要点提出商榷,表示只有部分同意。针对第一点,他说自己赞同大学国文系不以造就作家为目的,这个作家包括旧文学作家和新文学作家。关键问题在于,大学不但是应该研究传统旧文学,而"对于大学里的新文学研究与创作的问题,也只当问问应该不应该"。因为目前许多大学国文系是没有新文学研究和创作指导的。针对第二点,李广田指出王了一文章的片面,因为新文学在发展过程中当然受西洋文学影响,但"没有任何一种外来的影响是能够单独支持一个运动的"。很显然,五四新文学运动是文化运动的一个重要组成部分,欧化只是一个开始和外因,或说形式,本质还是中国文化自己的东西。

接着,李广田谈到对丁易文章的看法。他说丁易关于文学组"是以新文艺的创作建设为目的的",意图理想化,因为文学组新旧文学并重的提法就不容易,旧文学长,新文学短。文学通史从旧贯通讲到新的"现代文学"是可以的,西南联合大学就有"现代文学"这门课,但和旧的相比时间很短。他还进一步表示"赞成大学中文系应当有创作实习的课程",但"不赞成文学组的课程以创作为主,创作的比重不能占二分之一,更不能占二分之一以上,原因是:中文系或文学组的目的,既不在于旧文学之创作,也不在于新文学之创作","中文系并不以造就作家为目的"。中文系培养目标是大学整体教育目的实施,是批判地接受旧文化和世界先进文化,创造并发展新的进步文化。因为中国新文学是新文化的一部分,是从旧文学蜕变新生而出的,同样也是由于世界文学影响而革新发展的。李广田在引述杨振声《新文学在大学里——〈大一国文习作参考文选〉序》的意见后表示,杨振声的话公平通达,他论文学是站在整个文化立场上,有历史观念和世界观念,"他主张在大学里提倡新文学或教授新文学,正是'勇于承认现代'的精神,而承认现代乃是为了将来,总之,是为了文化的发展"[107]。

王了一针对李广田的意见,在自己文章重刊时加了"附记",表示有的观点他们是"差不多"的,他说:

> 我并不反对中国文学史一直讲到现代文学;我和李先生一般地不满意那些绝口不谈新文学的文学史家。我不赞成大学里教人怎样创作,那是包括新旧文学而言的。对于新文学家,我不赞成在大学里用灌输的方法去"造成",却还赞成用潜移默化的方法去"养成";至于旧式的文学家,连"养成"我也反对。[108]

接下来,傅庚生发表了《中文系教学意见商兑》。他觉得丁易文章说得太"痛快"了。针对王了一在自己文章重刊时加了"附记",把一般人对于大学中文系意见分为(一)旧派、(二)悲观派、(三)纯文学派、(四)纯研究派、(五)研究与创作并重派、(六)研究与创作分立派六派。他说自己赞成研究与创作并重派。说"并重"也许是"中庸不可能也",但却是十分"应该"的,是理想,是未来,"在系里开一些新文学研究与试作的课程,应该是绝对需要的"[109]。

讨论暂时停下来。就在这年年底,即1946年12月,由顾廷龙、魏建功、郑振铎、叶绍钧、郭沫若等新文学作家、学者33人在上海发起成立"中国语文学会"。1947年4月9日召开第一次理事会,陈望道为理事长,章锡琛为总务长,方光焘为研究部主任。[110]《国文月刊》相对平静,刊出的多是专业学术文章。

1948年1月《国文月刊》第63期上刊出闻一多遗稿《调整大学文学院中国文学外国语文学二系机构刍议》,文章提出:"将现行制度下的中国文学系(文学组、语言文字组)与外国文学系改为文学系(中国文学组、外国文学组)与语言学系(东方语言组、印欧语言组)。"[111]同期还刊出朱自清《关于大学中国文学系的两个意见》。讨论进一步深化,涉及"大学里传授新文学"以及"大学里教人怎样创作"的基本问题。

朱自清的第一个意见是说,自己赞成李广田《文学与文化——论新文学和大学中文系》的观点,大学里应该而且可以传授新文学,并教给人怎样创作。第二个意见是赞成闻一多的观点,融通中西文学。[112]

响应朱自清议案,留学法国的清华大学外语系教授盛澄华在北平《周论》上刊有《试说大学外国语文系的途径》,他站在外语系立场上同样看出文化融合的趋势,主张进一步沟通两系,即西方文化与中国文化并重。他说,"总之,欲再造中国在学术上固有的光荣,对本国文化的认识已成当前急务。这一份丰富的遗产对外语系或文法学院学生固然特别重要,即对理工学生也同样有它不可泯没的价值",因为"外语系,想对本国文化有所贡献,大致总逃不出这两条路线:(一)站在自己的文化观点上去批判西方文化;(二)借摄取西方文化的精华来弥补并滋养本国文化所患的虚弱"。[113]

浦江清在1948年4月16日《周论》第1卷第14期上发表《论大学文

学院的文学系》,他强调,语言与文学不能分开,现有文学院分系体制已形成固定格局,也有了自己的所谓"传统",将中国文学系与外国文学系合并不现实,也不容易,干脆在文学院里再新设一个"近代文学系",从事文学比较研究。这实际就是后来兴起不同国家、不同语种比较研究的"比较文学系"。而原有的中国文学系,他认为可改称"古文学系"[114]。

邱春《大一国文的价值之检讨》,是对上述教授文章的补充,他试图调和、超越新旧文学对立和学界争论,提出大学一年级国文的重要性及价值问题。他认为大学国文系课程的价值可以从以下四个方面考虑:(一)社会的道德价值,即使学生养成公民资格并解答中国文化问题;(二)审美娱乐的价值,即使学生养成欣赏优美文学的习惯与特性;(三)实用的职业价值,即培养学生写应用文的能力;(四)形式陶冶的价值,即增进学生的想象力、鉴别力、判断力和思想力。[115]

1948年3月《国文月刊》第65期刊出"上海公私立大学教授对于中国文学系改革的意见"专栏讨论文章。这是上海学界对几年来由西南联合大学到复原后北京大学、清华大学新文学作家、学者们关于国文系学科讨论的一个集体回应。共有陈望道《两个原则》、徐中玉《读闻朱二先生文后》、陈子展《关于大学中国文学系的建议和意见》、朱维之《中外文合系是必然的趋势》、程俊英《我对于中国文学系课程改革意见》五篇文章。陈望道提出改进中国文学系课程的两个原则是现代化与科学化。[116]徐中玉是中央大学国文系毕业生,他十分了解母校保守的课程设置,尽管没有批评自己母校,但表扬的却是北京大学和清华大学。他强调在"沟通融会中西文化的工作"上,北京大学、清华大学诸位先生的努力值得重视和赞扬,浙江大学在遵义时期,郭斌龢主持国文系时也有过此愿望。徐中玉的立足点是如何沟通融会中西文学。[117]陈子展1930年代就关注和研究新文学,特别注重古典文学向白话新文学转变。他认为"中外文合系"虽不易做到,但将来一定可以做到。"大学里传授新文学",这个容易。陈子展实际上是超出国文系的课程问题,谈对大学教育的原则性意见。他要求放弃一党专政,党团退出学校,活动不挂党旗,也不搞"总理纪念周",不准学校宣传党义,自动放弃三民主义为必修课。[118]

任何事情在1949年大转折关头,都有一个了结或变化。这场持续十年的讨论,以邢公畹《论今天的大学"中国语文学系"》为结束语。他说,以南开大学国文系为例,要把中文系建成"为人民服务的中国语文学系"[119]。因去"国民党"和"中华民国"的政治需要,习惯称指的"国文系"被改称"中文系","国语"被改称"现代汉语","新文学"被改称"现代文学"。

事实上,在随后新政权、新意识形态下,及国文系通称中文系后,从中国新文学到中国现代文学,社会政治的强势话语渗透其间,这门过去被中央大学、中山大学强力排斥的学科,一跃而成为和文学概论一样重要的大学中文系强势学科。由不被重视到被特别重视,从人的文学,到为人民服务,再到为政治服务的文学,中国新文学—中国现代文学本身,又面临新的责任担当。

当然,这并不是中国新文学或中国现代文学本身的问题。

金陵大学国学研究和国文系,一直和南京高等师范学校—东南大学、中央大学国文系有形影不离的关系,教师互聘者颇多。程会昌(千帆)在抗战之前曾是《金陵大学文学院季刊》的编辑部主任,他在1942年10月《国文月刊》第16期和1943年2月1日《斯文》半月刊(成都,金陵大学文学院办)第3卷第3期上刊有《论今日大学中文系教学之弊》,明确指出今日大学中文教学中存在着"不知研究与教学之非一事,目的各有所偏,而持研究之法以事教学,一也。不知考据与词章之非一途,性质各有所重,而持考据之方法以治词章,二也"。他说考据重实证,词章重领悟。"研究期新异,而教学必须平正通达","考据重知,而词章重能"。若将义理、词章、考据三者一起来看,"义理者意,所以贵善;考据者知,所以贵真;词章者情,所以贵美。则为用不同"。[120] 程会昌实际上是提出了大学中文系教学、研究总体上应当并重,但落实到具体教学与研究时,却有不同取向。同时,他也提出"从习作旧文体去欣赏旧文体,及从习作旧文体去创造新文体"的主张。而这一点颇似顾实1923年在《东南大学国学院整理国学计划书》中所主张的"以国故理董国故之办法"。

程会昌本人读金陵中学时即发表白话新诗,在大学读书期间更是新文学的迷恋者和积极参与者,自己也成了1930年代"土星笔会"与《诗帆》诗人群的成员。但他后来放弃白话新诗写作,改写古体诗词,并走上研究古典文学的路。程会昌之文随后遭到不同意见者的批评。1944年11月《国文月刊》第28、29、30期合刊上有陶光《义理、词章、考证》,1948年4月、5月《国文月刊》第66、67期连载徐中玉《国文教学五论》,对程会昌提出批评性的讨论。于是,程会昌在1948年6月《国文月刊》第68期刊发回应文章《关于〈论今日大学中文系教学之弊〉》,承认自己"关于从习作旧文体去欣赏旧文体,及从习作旧文体去创造新文体这个意思"是不合潮流的偏见。尽管这一主张有他自己的文学体会和意图。

1978年以后,程千帆回到昔日学衡派的阵地——今日的南京大学设坛讲学,招生授徒。他仍要求自己研究古典文学的弟子"从习作旧文体去欣赏旧文体",特别是写作古体诗词。就研究古典文学而言,这可视为进入古典文学文本研究的一条有益路径。

注

[1] 王德滋主编:《南京大学百年史》第158—159页。

［2］此术语借用自约翰·范德格拉夫等编著《学术权力》（王承绪等译，浙江教育出版社，2001）。

［3］欧文·白璧德：《文学与美国的大学》（张沛、张源译）第52页。

［4］参见周策纵：《五四运动：现代中国的思想革命》（周子平等译）第140—141页，江苏人民出版社，1996。

［5］参见张异宾主编：《百年南大》第151—152页。

［6］此刊物名录依据南京大学图书馆1989年编定的目录。文中之所以注明南京或重庆中央大学，是因为在抗战期间，南京汪伪政权还办有中央大学。这里主要介绍《文艺丛刊》（南京：中央大学文学院）。此刊为年刊，1933年11月—1936年1月间共出四期，第1卷两期，第2卷两期。1933年11月10日出第1卷第1期，1934年10月1日出第1卷第2期，1935年6月出第2卷第1期，1936年1月出第2卷第2期。其中第2卷第2期为"黄侃纪念专号"。

［7］上海北新书局1931年9月出版了杨晋豪的短篇小说集《少女的追求》。

［8］刊物目录为《金丝雀》，内文为《金丝鸟》，上海中华书局1930年12月出版了陈楚淮的四个剧本合集《金丝笼》。目次为：《金丝笼》（三幕剧）、《药》（独幕剧）、《韦菲君》（四幕剧）、《幸福的栏杆》（独幕剧）。陈楚淮此时还为《新月》写有剧本《浦口之悲剧》（《新月》第2卷第12号，1930年2月10日）、《骷髅的迷恋者》（《新月》第3卷第1号，1930年3月10日）。

［9］胡适1923年9月12日在杭州收到亚东图书馆寄来的《渡河》后，在当天日记中写道："我初读他的稿本，匆匆读过，不很留意。今细读此册，觉其中，尽多好诗。"季羡林主编：《胡适全集》第30卷第42页，安徽教育出版社，2003。

［10］邵洵美：《不能说谎的职业》第155页，上海书店出版社，2008。

［11］闻黎明、侯菊坤编：《闻一多年谱长编》第357页，湖北人民出版社，1994。

［12］闻一多：《闻一多全集》第12卷第253—254页，湖北人民出版社，1993。

苏雪林在《中国二三十年代作家》（纯文学出版社，1983）中写道："陈梦家与方玮德又同作《悔与回》长诗，曾印为单行本，传诵一时。其诗热情奔放，笔势回旋，有一气呵成之妙，也算得新诗中的杰作。"上海新月书店1931年1月所出陈梦家《梦家诗集》中，收有《悔与回》一诗。新月书店1931年9月又出版陈梦家编《新月诗选》。

[13] 闲堂(程千帆)所写《沈祖棻小传》中说她的新文学创作"是从二十年代末在中学读书时期开始的,一直延续到四十年代初,前后约十多年"。见《沈祖棻创作选集》第253页,人民文学出版社,1985。

沈祖棻1934年中央大学国文系毕业后,入金陵大学国学研究班,与游寿、朱锦江、曾昭燏等同学。导师为黄侃、胡小石、吴梅、胡翔冬、刘继宣。具体情况可参见徐雁平:《金陵大学国学研究班述考》,《思想家》第Ⅱ辑第583—598页。

[14]《胡适全集》第24卷第80—81页以书信形式所收录的为删节后的文稿。

[15] 参见常任侠:《土星笔会和诗帆社》《五四运动与中国新诗的发展》,《常任侠文集》第6卷,安徽教育出版社,2002。《常任侠先生书》和冯亦同的《"诗帆"犹照夕阳红——程千帆先生小记》,收入巩本栋编:《程千帆沈祖棻学记》,贵州人民出版社,1997。

[16] 陆耀东编:《沈祖棻程千帆新诗集》第8页,武汉大学出版社,1992。

[17] 这17种作品集为:常任侠著《毋忘草》(诗集)、《收获期》(诗集),滕刚译《波氏十四行诗》(译诗集)、《波多莱尔评传》(戈帝叶)、《土星人》(译诗集),滕刚著《金字书》(诗集),汪铭竹著《自画像》(诗集)、《人形之哀》(诗集)、《纪德与蝶》(诗集),程千帆著《三问》(诗集)、《无是集》(诗论),艾珂著《青色之怨》(诗集),苏芹荪译《忽必烈汗》(译诗集),缪崇群著《江户帖》(小品),章铁昭著《铁昭的诗》(诗集),孙望著《小春集》(诗集)、《煤矿夫》(诗集)。

[18] 陆耀东编:《沈祖棻程千帆新诗集》第2页。

[19] 参见汪亚明:《现代主义的本土化——论"诗帆"诗群》,《文学评论》2002年第6期。

[20] 两校教授是互聘兼课。据程千帆回忆,黄侃是每周二、四、六上午在中央大学上课,一、三、五下午在金陵大学上课。吴梅是一、三、五上午在中央大学上课,二、四、六下午在金陵大学上课。见程千帆、唐文编:《量守庐学记——黄侃的生平和学术》第178页。

[21] 黄侃:《黄侃日记》第1100页。

[22] 程千帆文初刊《学林漫录》第八集,中华书局,1983。

[23] 程千帆、唐文编:《量守庐学记——黄侃的生平和学术》第175页。

[24] 司马朝军、王文晖:《黄侃年谱》第244—245页,湖北人民出版社,2005年第2版。
[25] 汪辟疆:《汪辟疆文集》第863—864页,上海古籍出版社,1988。
[26] 金毓黻:《静晤室日记》第6册第4726—4727页,辽沈书社,1993。
[27] 司马朝军、王文晖:《黄侃年谱》第274—275页。
[28] 程千帆、唐文编:《量守庐学记——黄侃的生平和学术》第175—176页,现据手稿复印本校改部分文字。
[29] 黄侃:《黄侃日记》第394页。
[30] 黄侃:《黄侃日记》第399—400页。
[31] 黄侃:《黄侃日记》第412页。
[32] 黄侃:《黄侃日记》第413页。
[33] 黄侃:《黄侃日记》第527页。
[34] 黄侃:《黄侃日记》第529—530页。
[35] 据黄焯编定:《黄季刚年谱》,见《黄侃日记》第1135页。
[36] 黄侃:《黄侃日记》第566页。
[37] 吴梅:《吴梅全集·瞿安日记》第28页,河北教育出版社,2002。
[38] "如社"词作者署的都是号,详见《如社词钞》,1936年6月刊印本,南京大学图书馆藏。
[39] 关于"潜社"的活动吴梅多位弟子都写有回忆文章。参见王卫民编:《吴梅和他的世界》,河北教育出版社,2002。王卫民编:《吴梅年谱》(修订稿),见《吴梅评传》,河北教育出版社,2002。

据《瞿安日记》和吴梅弟子回忆所示,1924年2月至1937年4月,"潜社"活动长达13年,参加活动的先后有70人,主要人物有:吴梅、常任侠、徐益藩、赵万里、陆维钊、孙雨庭、王起(季思)、王玉章、袁鸿寿、唐圭璋、张世禄、叶光球、龚慕兰、周惠专、濮舜卿、梁瑑、唐廉、卢炳普、张惠衣、刘润贤、周法高、彭铎、陈昭华、张乃香、陶希华、盛静霞、陈永柏、陈舜年、蒋维崧、杨志溥、宋家淇、鲁佩兰、刘光华、刘德曜、李孝定、朱子武、吴南青、卢冀野、陈松龄、翟贞元、周鼎、王凌云等。

[40]《学林漫录》第三集第8页,中华书局,1981。袁鸿寿所说"黄侃与系主任汪

东都是章门弟子,自然瞿安先生处于下风",在《瞿安日记》中得到证实。吴梅说:"盖旭初与季刚,同为太炎门人,吾虽同乡,不及同门之谊,万事皆袒护季刚。"见《吴梅全集·瞿安日记》第490页。

[41]《学林漫录》第八集第41页。

[42]吴梅:《吴梅全集·瞿安日记》第302—303页。

[43]黄侃:《黄侃日记》第885页。

[44]吴梅:《吴梅全集·瞿安日记》第489—490页。

[45]吴梅:《吴梅全集·瞿安日记》第490页。

[46]曹经沅遗稿,王仲镛编校:《借槐庐诗集》第138页,巴蜀书社,1997。

[47]曹经沅编:《癸酉庐山雅集诗草》,民国甲戌年(1934)铅印本。

[48]曹经沅编:《癸酉九日扫叶楼登高诗集》,民国甲戌年(1934)铅印本(南京大学图书馆藏)。曹经沅在《借槐庐诗集》第147页中留下有《癸酉九日清凉山扫叶楼登高》。

[49]曹经沅编:《甲戌玄武湖修禊豁蒙楼登高诗集》,民国乙亥年(1935)铅印本(南京大学图书馆藏)。

[50]季羡林主编:《胡适全集》第22卷第128页。

[51]鲁迅:《鲁迅全集》第12卷第454页。

[52]《国立中央大学日刊》1932年10月7日。

[53]此课程的讲义名为《中国新文学研究纲要》,收入《朱自清全集》第8卷,江苏教育出版社,1996。

[54]转引自齐家莹编撰:《清华人文学科年谱》第84页,清华大学出版社,1999。

[55]转引自齐家莹编撰:《清华人文学科年谱》第84页。

[56]转引自杨振声:《为追悼朱自清先生讲到中国文学系》,《文学杂志》第3卷第5期。

[57]转引自齐家莹编撰:《清华人文学科年谱》第84—85页。

[58]杨振声:《为追悼朱自清先生讲到中国文学系》,《文学杂志》第3卷第5期。

[59]朱自清:《朱自清全集》第8卷第405页。

[60]朱自清:《朱自清全集》第8卷第405页。

[61]朱自清:《朱自清全集》第8卷第415页。

[62] 朱自清：《朱自清全集》第 8 卷第 414—415 页。
[63] 关于清华学生的文学活动，可参见张玲霞：《清华校园文学论稿》，清华大学出版社，2002。
[64] 杨振声：《为追悼朱自清先生讲到中国文学系》，《文学杂志》第 3 卷第 5 期。
[65] 杨振声：《为追悼朱自清先生讲到中国文学系》，《文学杂志》第 3 卷第 5 期。
[66] 杨振声：《为追悼朱自清先生讲到中国文学系》，《文学杂志》第 3 卷第 5 期。
[67] 《国立中央大学日刊》1932 年 10 月 7、8 日。
[68] 《北京大学日刊》1931 年 9 月 14 日。
[69] 《北京大学日刊》1931 年 9 月 24、25、26 日连续刊登。
[70] 孙玉蓉编纂：《俞平伯年谱》第 140 页，天津人民出版社，2001。
[71] 转引自闻黎明、侯菊坤编：《闻一多年谱长编》第 257 页，湖北人民出版社，1994。
[72] 此布告《北京大学日刊》刊登多日。
[73] 此布告《北京大学日刊》刊登多日。
[74] 《北京大学日刊》1931 年 9 月 14 日。
[75] 《斯文》第 1 卷第 16 期《部颁中国文学系科目表平议》中引用的部颁中国文学系科目表。
[76] 《斯文》第 1 卷第 16 期《部颁中国文学系科目表平议》中有程千帆的修正表。在程千帆之外，《斯文》上还刊登有其他学者对《大学文学院中国文学系必修科目表》的讨论意见。1943 年 10 月《国文月刊》第 24 期，刊有陈觉玄（中凡）《部颁〈大学国文选目〉平议》。
[77] 季羡林主编：《胡适全集》第 32 卷第 433 页。
[78] 《广东国立中山大学中国语言文学系二十一年度课目表》，见《国学近讯》，《国学论衡》第 2 期（1933 年 12 月 1 日）。
[79] 《国学近讯》，《国学论衡》第 2 期（1933 年 12 月 1 日）。
[80] "中国语言文学系课程"据《国立中山大学现况》（民国廿四年）第 122—127 页所示。引自传记文学出版社，1971（影印本）。此书内文显示的书名为《国立中山大学现状》，而封面显示为《国立中山大学现况》。疑为影印之误。
[81] 刘操南：《浙江大学文学院中文系在遵义》，见贵州省遵义地区地方志编纂委

员会:《浙江大学在遵义》第57页,浙江大学出版社,1990。

[82] 刘操南《浙江大学文学院中文系在遵义》一文中有郭斌龢起草的《国立浙江大学文理学院中国文学系课程草案》。引自贵州省遵义地区地方志编纂委员会编:《浙江大学在遵义》第58—60页。

[83] 陈国球:《文学史书写形态与文化政治》第45页,北京大学出版社,2004。

[84] 朱光潜:《文学院》,见杨东平编:《大学精神》第227页。

[85] 季羡林主编:《胡适全集》第32卷第310页。

[86] 上官碧(沈从文):《何其芳浮雕》,《大公报·文艺副刊》第139期(1935年2月17日)。

[87] 沈从文:《沈从文文集》第12卷第198页,花城出版社、生活·读书·新知三联书店香港分店,1984。

[88] 郭沫若著,黄淳浩编:《郭沫若自叙》第172页,团结出版社,1996。

[89] 《国立武汉大学一览》(民国廿四年)第48—51页所刊登的"文学院课程指导书"中有(一)中国文学系的课程。传记文学出版社,1971(影印本)。

[90] 《国立武汉大学一览》(民国廿四年)第13—16、23页。

[91] 《国立武汉大学一览》(民国廿四年)第28页。

[92] 《国立武汉大学一览》(民国廿四年)第31页。

[93][94] 苏雪林:《我们中文系主任刘博平》,见龙泉明、徐正榜编:《走近武大》第51页,四川人民出版社,2000。

[95] 苏雪林:《我们中文系主任刘博平》,见龙泉明、徐正榜编:《走近武大》第52页。

[96] 苏雪林:《浮生九四——雪林回忆录》第108页,三民书局,1991。

[97] 沈从文:《沈从文文集》第12卷第338页。

[98] 季羡林主编:《胡适全集》第22卷第579页。

[99] 转引自埃里·凯杜里:《民族主义》(张明明译)第31页。

[100] 何兆武:《也谈"清华学派"——〈释古与清华学派〉序》,见徐葆耕:《释古与清华学派》第5页,清华大学出版社,1997。

[101][102] 胡山源:《论大学国文系及其科目》,《国文月刊》第49期(1946年11月)。

[103] 杨振声:《新文学在大学里——〈大一国文习作参考文选〉序》,《国文月刊》

第 28、29、30 合期(1944 年 11 月)。

[104] 丁易:《论大学国文系》,《国文月刊》第 39 期(1945 年 11 月)。

[105] 此文先刊于 3 月 3 日昆明《中央日报》的"星期论文"栏,这里是重刊。

[106] 王了一:《大学中文系和新文艺的创造》,《国文月刊》第 43、44 合期(1946 年 6 月)。

[107] 李广田:《文学与文化——论新文学和大学中文系》,《国文月刊》第 43、44 合期(1946 年 6 月)。

[108] 王了一:《大学中文系和新文艺的创造》,《国文月刊》第 43、44 合期(1946 年 6 月)。

[109] 傅庚生:《中文系教学意见商兑》,《国文月刊》第 49 期(1946 年 11 月)。

[110] 《中国语文学会之发起与成立》,《国文月刊》第 55 期(1947 年 5 月)。

[111] 闻一多:《调整大学文学院中国文学外国语文学二系机构刍议》,《国文月刊》第 63 期(1948 年 1 月)。

[112] 朱自清:《关于大学中国文学系的两个意见》,《国文月刊》第 63 期(1948 年 1 月)。

[113] 盛澄华:《试说大学外国语文系的途径》,《周论》第 1 卷第 6 期(1948 年 2 月 20 日)。

[114] 浦江清:《论大学文学院的文学系》,《周论》第 1 卷第 14 期(1948 年 4 月 16 日)。

[115] 邱春:《大一国文的价值之检讨》,《周论》第 1 卷第 10 期(1948 年 3 月 19 日)。

[116] 陈望道:《两个原则》,《国文月刊》第 65 期(1948 年 3 月)。

[117] 徐中玉:《读闻朱二先生文后》,《国文月刊》第 65 期(1948 年 3 月)。

[118] 陈子展:《关于大学中国文学系的建议和意见》,《国文月刊》第 65 期(1948 年 3 月)。

[119] 邢公畹:《论今天的大学"中国语文学系"》,《国文月刊》第 81 期(1949 年 7 月)。

[120] 程会昌:《论今日大学中文系教学之弊》,《斯文》第 3 卷第 3 期(1943 年 2 月 1 日)。

大学人事:内耗与外补

浙江大学得中央大学师资而兴

这里先说1910—1920年代中国大学体制与学科。

大学之兴靠体制,学科之兴靠师资。清末因维新而兴北京大学,北京大学文科因"桐城派"成员群聚而奠定基础。随浙人("浙江派")主掌北京大学,特别是具有"反清革命"倾向的留学日本的章太炎门生(黄侃、刘文典、康宝忠非浙人)取代"桐城派",而使北京大学文科兴盛。章太炎门生和"桐城派"后生的区别一方面是"反清革命",另一方面则是他们兼通义理、考据、词章的所谓"学问"。因为讲义法的"桐城派"成员,是将兼通义理、考据、词章落实到"文章",即散文上。随之而来的"新文学运动",是因陈独秀、胡适相聚北京大学,"皖派"的激进文学革命之风,与太炎门生中(钱玄同、周氏兄弟)被压抑的"革命"激情之火相交汇而发生的。[1]

1920年代初,中国两所实力最强大的国立综合大学是北京大学、东南大学。这两所大学的师资流动和毕业生,对1928年以后中国大学格局的确立起到了很大作用。清华大学文科的底子是由北京大学初步打造起来的,1928年清华大学的新校长是北京大学出身的罗家伦,文科的冯友兰、朱自清、俞平伯、刘文典、杨振声等来自北京大学。文学院长杨振声回忆说,清华大学的国文系是在他和朱自清手中而兴。[2]

1926年8月17日,广东大学更名为国立中山大学。1927年7月,国民党得势后,为纪念孙中山,一下子冠名多所中山大学,从南到北,有国立第一中山大学(广州)、国立第二中山大学(武昌)、国立第三中山大学(杭州)、国立第四中山大学(南京),河南中山大学(开封)。还计划在南昌、西安、兰州等地继续筹建中山大学。1928年2月以后,除保留广州的国立中山大学外,其他又陆续更名。

1926年由广东大学改制为中山大学的文科,同样是靠北京大学扶植起来的。据1927年8月25日出版的《国立中山大学》第19期的《本校文史科介绍》所列的教授名单看,他们大都出自北京大学。"除须聘傅斯年、顾颉刚、江绍原等人外,新聘的教授有汪敬熙、冯文潜、毛准、马衡、丁山、罗常培、吴梅、俞平伯、赵元任、杨振声、商承祚、史禄国等。"[3]当然一部分人并没有聘到,但多数人都到了中山大学。中山大学的国学研究,特别是以"语言历史学"为路径和门类的学术研究崛起,开学界新风。他们办的《国立中山大学语言历史学研究所周刊》是北京大学《北京大学研究所国学门周刊》的继续和发展,同时他们办起的《民俗》周刊,更是北京大学"民俗学"研究南下。而"民俗学"中,他们特别看好歌谣等鲜活的民间文学,这正是胡适白话新文学的一个重要支撑力量。

接下来在蔡元培的主持下,北京大学的师资又把国立武汉大学扶植起来。1928年7月组建武汉大学时,南京政府大学院长蔡元培指派刘树杞、李四光、王星拱、周览(鲠生)、麦焕章、黄建中、曾昭安、任凯南8人为筹备委员。[4]李四光、王星拱、周鲠生是北京大学的著名教授,黄建中是北大毕业生,他们和随后从北京大学来的王世杰、陈源为武汉大学建设贡献尤多。其中王世杰、王星拱、周鲠生先后做了武汉大学校长。他们都是胡适的朋友。从自由主义政治理念和文化精神看,1928年以后,武汉大学因

"太平洋"—"现代评论"派主要成员到来而兴。胡适1930年代曾以武汉大学兴盛,作为中国教育进步的典型向外国人展示。

当然,学衡派势力也因吴宓和刘永济关系而渗透到了清华大学、武汉大学,但在这两校并未形成文化主力,也没有占据主流话语。吴宓虽做过近两年清华学校研究院主任,但他不研究国学,也不是导师,所以他的工作和影响在外文系。刘永济是吴宓朋友、《学衡》作者,他的影响只限武汉大学文学院国文系。

而在浙江省则由几个专科学校改组为第三中山大学,由原北京大学代校长、浙江余姚人蒋梦麟为校长。1928年2月6日,大学院令第三中山大学改名为浙江大学。7月1日,浙江大学正式改称国立浙江大学。校长蒋梦麟,想利用北京大学的师资力量和办学方法来改造浙江大学。1928年3月25日,胡适收到蒋梦麟来信,说要办浙江大学文理科,请胡适去办哲学与外国文学两个系科。胡适推辞了,但他向蒋梦麟推荐北京大学陈源去办外国文学,要蒋梦麟自兼哲学,请北京大学教授单不庵帮管中国哲学。[5]后来由于蒋梦麟做了教育部部长,浙江大学的事他也管不了那么多。浙江大学真正崛起是在竺可桢校长任上。

竺可桢1936年4月出任浙大校长,是由郑晓沧(原中央大学教育系系主任,此时浙江大学教务长)向陈布雷推举的[6],后得到蒋中正同意。蒋梦麟想利用北京大学师资力量和办学方法来改造浙江大学没有成功,而竺可桢利用南京中央大学师资力量来改造浙江大学却成功了。

竺可桢1910年与胡适同时考取庚款留美学生资格[7],1918年获哈佛大学博士学位后回国,1920年9月,任南京高等师范学校国文史地部教授。南京高等师范学校改制为东南大学后,仍留任。学衡社成立时,他不是社员,但与《学衡》杂志诸多同人是朋友。

浙江大学文理科师资主要是南京高等师范学校—东南大学毕业生和

中央大学教授。竺可桢从中央大学带来了六位关键人物：理学院院长胡刚复；两任文学院院长梅光迪、张其昀；国文系、外文系系主任郭斌龢；教育系主任、教务长、师范学院院长郑晓沧；西洋史教授，后为训导长顾毂宜（从学术背景看，竺、胡、梅、郭四人为哈佛大学同学。从籍贯上看竺、张、郑为浙江同乡。从特殊关系看，竺、张为师生。顾毂宜为胡敦复内弟，胡敦复与胡刚复为兄弟。竺可桢第二任妻子陈汲为无锡人，陈源胞妹。顾、胡兄弟为无锡人）。

抗战期间，在江西还出现一所国立中正大学，校长是胡先骕，不少师资是他从中央大学带过去的。中正大学自然是因中央大学而兴。

学衡派与浙江大学文学院

抗战期间，浙江大学迁至贵州遵义湄潭，学衡派主要人物梅光迪为文学院院长，战后由张其昀继任。这一时期，在浙江大学的学衡派成员计有梅光迪、张其昀、郭斌龢、张荫麟、王焕镳、缪钺、王庸、陈训慈。[8]

1937年6月陈福田接替王文显出任清华大学外文系系主任时，吴宓是积极支持者（6月29日日记中记有"晨函陈福田，表示赞助，并贺就系主任"）[9]，并不同意冯友兰将来聘钱锺书为系主任的主张。但在以后工作中，吴宓与陈福田意见分歧越来越明显，并公开化。他又希望钱锺书来干系主任。1940年3月11日，吴宓在与陈福田的一次谈话中发现，陈福田"拟聘张骏祥，而殊不喜钱锺书"，引起吴宓"感伤"。他认为这是陈福田的"妾妇之道"。[10]

当然，钱锺书也瞧不上他的几位清华老师，正如同大学毕业时，不愿在清华大学外文系做研究生，认为没有人能当他的导师一样。西南联合大学时的清华外文系不聘他,他也决不会去求谁。他愤然离开了执教一年的(1938年9月—1939年7月)昆明西南联合大学,到湖南蓝田国立师范学院(其父钱基博为国文系系主任,他在外文系任教。此校的主要师资来自上海光华大学)。

时值1940年7月12日(日记记录于13日),吴宓欲见梅贻琦校长,直陈自己与陈福田的优劣比较,请求校长立即罢免陈福田的系主任职务,然后由吴宓取代。否则,以后自己不代陈福田行任何事务。如果以上两者皆不行,吴宓便立刻辞去清华(在西南联合大学)外文系的教授职务,前往浙江大学。[11]

事实上,吴宓并没有把自己的这一想法告诉梅校长,他于7月16日,作快函给浙大的梅光迪等朋友,表示愿意到浙江大学任教。

7月26日,郭斌龢回信,表示已与梅光迪商定,聘吴宓为浙江大学教授。此事,梅光迪最初不同意,他担心学衡派成员共集一校,恐遭人忌讪。同时,梅光迪还认为自己与吴宓性情不同,将会如从前在东南大学时一样互有抵牾。当梅光迪等人同意此事,并报请竺可桢校长批准后,吴宓却反悔了。因为他的挚友汤用彤劝他勿往浙大,以免与梅光迪不和谐。

7月29日,浙江大学费巩、张其昀、王焕镳分别来信,欢迎他到浙江大学执教,但他拒绝了。8月5日,他又接到张其昀、郭斌龢、缪钺、费巩的电报,劝他接受浙江大学聘书。郭斌龢在信中劝他决不可前后相矛盾,对此事犹同儿戏。说浙江大学文学院同人盼望他到来,其最大目的,是在创办刊物(指《思想与时代》),负起指导学术思想的重任。郭斌龢在信中还提到吴宓一生的光荣在《学衡》,自入清华后便意志消沉。清华生活对他来说,是害多利少。同时表示,如果吴宓不到浙江大学,浙江大学同人即缺少一位勇毅精勤的指导者,这将是浙江大学文学院同人不可补救的损失。

在这种局面下,吴宓于9月12日,致函钱锺书,说他已推荐钱锺书为浙江大学外文系系主任,吴宓自己则前往浙江大学当教授。当天下午,他向文学院院长冯友兰提出欲往浙江大学的意见后,冯友兰表示,清华外文系应聘钱锺书归来主持。他同时向冯提出,如今陈福田为外语系主任,非经"革命"实无整顿的办法。14日,他再次访冯友兰,商议聘钱锺书回清华之事,结果是"今年不举动"[12]。吴宓由1937年的反对清华外文系聘钱锺书作系主任,到如今因与陈福田的关系紧张而同意聘钱锺书,经历了一个对钱锺书的认识、接受过程。当年钱锺书在《天下》英文月刊发表《吴宓先生及其诗》,惹恼了吴宓,使他担心钱锺书做清华外文系系主任,导致胡适派、新月派"新文学"占据清华外文系,而自己必将被排斥。如今清华外文系,却因陈福田主持而引起了吴宓极大不满。

9月15日、27日,吴宓在分别听取了好友陈迣、张清常的意见(陈认为浙江大学内部有矛盾,费巩、郭斌龢欲借吴宓力量使文学院与理学院抵抗。张认为郭斌龢欲借吴宓力量倒梅光迪,梅光迪想借吴宓的影响压郭斌龢)后,打消去浙江大学的念头。

结果是吴宓没有应浙江大学聘请,坚持到1944年冬离开西南联合大学的清华外文系(其中1943—1944年代理系主任)到成都燕京大学。钱锺书也没有回西南联合大学的清华外文系。只是1944年秋冬,吴宓在离开昆明西南联合大学赴成都燕京大学途中,路过迁在遵义湄潭的浙江大学,停留半个月,并为浙江大学师生讲《红楼梦》研究。

1945年12月27日梅光迪因病去世后,1946年1月3日浙江大学外文系薄学文等六位同学找到竺可桢校长,说梅光迪死后,欲请吴宓为文学院院长,表示拒绝"非文学院人,且热心于政治"的张其昀担任文学院院长。竺可桢特向同学们解释说:"雨僧不宜于行政,且亦不愿当行政。"[13]

1943年,张其昀到了美国哈佛大学访学,他将《思想与时代》前20期(1941年8月—1943年3月)借给卸任驻美大使后赋闲的胡适。胡适在

1943年10月12日的日记中写有读后札记。

《思想与时代》没有发刊词,但每期有"欢迎下列各类文字"(列有6项)的启事。胡适认为其中前两项就是他们的宗旨:1. 建国时期主义与国策之理论研究。2. 我国固有文化与民族理想根本精神之探讨。

由于胡适一向对于学衡派文化保守主义言论不满,如今学衡派同人新创办《思想与时代》的"保守""反动"倾向,又引起他的警惕。他在日记中写道:"此中很少好文字。如第一期竺可桢兄的《科学之方法与精神》,真是绝无仅有的了(张荫麟的几篇'宋史',文字很好。不幸他去年死了)。张其昀与钱穆二君均为从未出国门的苦学者。冯友兰虽曾出国门,而实无所见。他们的见解多带反动意味,保守的趋势甚明,而拥护集权的态度亦颇明显。"[14]

胡适看法是有见地的。钱穆、张其昀在后来果然成了蒋中正独裁政治的拥护者,在拥护蒋中正违宪连任台湾地区领导人时,钱穆的表态曾引起了自由主义义士李敖的尖锐批评。[15]

两个学衡派成员的去世

张荫麟出身清华,是梁启超得意弟子,同时在文学翻译和情感生活上受吴宓极大影响。他1923年秋考入清华学校,在清华做学生时即为《学衡》写文章,并成为《学衡》主要作者,因受梁启超、吴宓影响而文史兼治。吴宓主持《大公报·文学副刊》时,他是主要撰稿人。1929—1933年留学美国斯坦福大学、加州大学(与谢幼伟同船出国),主修哲学,研究符号论、逻辑学。归来后,在清华大学任教,讲授历史、哲学。

张荫麟在清华读书时被人称奇的是,他1923年9月入校时,已经在

《学衡》第 21 期上刊出《老子生后孔子百余年之说质疑》[16]。这篇文章曾被人疑为清华教授所作。也正是这篇文章引起梁启超的注意,接下来便是他更荣耀的事:《清华学报》创刊号(第 1 卷第 1 期)首篇是梁启超《近代学风之地理的分布》,第二篇便是张荫麟《明清之际西学输入中国考略》[17]。这时候他进清华还不到一年。1925 年 1、2 月《清华学报》第 2 卷第 2 期,他和清华学校研究院导师梁启超又一起刊出《中国奴隶制度》(梁)、《宋卢道隆吴德仁记里鼓车之造法》(张)。

1933 年 11 月 2 日,为推荐张荫麟入北京大学历史系任教事,陈寅恪致信傅斯年,说:"张君为清华近年学生品学俱佳者中之第一人,弟尝谓庚子赔款之成绩,或即在此人之身也。"[18]民国学人能得到陈寅恪如此褒扬是不容易的,也是唯一的。所以当张荫麟病逝消息传来,陈寅恪为自己的这位学生痛写了《挽张荫麟二首》[19]。其一曰:"流辈论才未或先,著书何止牍三千。共谈学术惊河汉,与叙交情忘岁年。"竺可桢在日记中说张荫麟"研究历史之有成就,由于其有哲学论理之根底也"[20]。

1940 年 7 月底,张荫麟离开昆明西南联合大学,到遵义湄潭浙江大学。

情感折磨、生活艰辛和忘我工作,使他英年早逝。1942 年 10 月 24 日去世时,他还不足 37 岁。他将史学与哲学在文化精神上融合,并试图将历史真实性与叙事艺术性统一,著有《中国史纲》第一册和多篇论文。

生活中往往有一种宿命和偶然巧合。张荫麟是梁启超得意弟子,也是被认为最有希望传承梁氏史学之人,他却和自己导师一样,死于肾病。他的婚姻感情生活受老师吴宓影响而陷入和吴宓一样的悲剧:为追婚外情人与原妻伦慧珠(著名学者伦明之女)离婚,最后却是婚外情人容琬(著名学者容庚之女)也离开他,回北平嫁人。

张荫麟去世后,《思想与时代》第 18 期(1943 年 1 月 1 日)出版了"张荫麟先生纪念号"。随后,贺麟在第 20 期(1943 年 3 月 1 日)上又发表了《我所认识的荫麟》。

祸不单行。诸多学衡派成员在抗战艰苦年代,都到了西南各地。他们坚守文化道统,却因外敌入侵和生活艰苦而拖垮了自己的身体。抗战胜利复员之际,梅光迪 1945 年 12 月 27 日在贵阳去世。他和张荫麟一样,死于肾病。

作为与梅光迪复旦相识、哈佛同学(有一年同住一室),有着 36 年交情的校长竺可桢,认为梅光迪"有不可及者三:(一)对于作人、读书,目标极高,一毫不苟。如读书,必读最佳者,甚至看报亦然。最痛恶为互相标榜、买空卖空。不广告,不宣传。(二)其为人富于热情。……(三)不鹜利,不求名,一丝不苟。……但因陈义过高,故曲高和寡。为文落笔不苟,故著作不富"[21]。随后竺可桢又说梅光迪"喜欢批评胡适之,亦以适之好标榜而迪生则痛恶宣传与广告也"[22]。在 1946 年 1 月 27 日的追悼会上,有陈布雷电话告知蒋中正嘱送挽联"人师典范,蒋中正敬挽"[23]。《思想与时代》第 46 期(1947 年 6 月 1 日)出有"梅迪生先生纪念专号"。

梅光迪的文章不多,在他去世后,浙江大学文学院于 1948 年为他编辑出版薄薄一册《梅光迪文录》。1968 年台湾联合出版中心据原浙江大学文学院的这册《梅光迪文录》出了增补本。1979 年,梅光迪夫人李今英在台湾又编印了一册《梅光迪先生家书集》。台湾大学侯健[24]和他的学生沈松侨[25]各在自己的著作中对梅光迪有专章研究,侯健还有《梅光迪与儒家思想》[26]单篇文章刊登。近年罗岗、陈春艳编《梅光迪文录》,由辽宁教育出版社出版发行[28]。梅铁山主编,梅杰执行主编《梅光迪文存》,由华中师范大学出版社 2011 年出版发行。

注

[1] 关于北京大学的人事纠葛,有多人多种著作显示,如周作人《知堂回想录》。还可参见陈万雄《五四新文化的源流》(三联书店香港有限公司,1992)。陈以爱:《中国现代学术研究机构的兴起——以北大研究所国学门为中心的探讨》第一章(江西教育出版社,2002)。

[2] 参见姜建、吴为公编:《朱自清年谱》第80页,安徽教育出版社,1996。

[3] 转引自陈平原:《中国大学十讲》第223页。

[4] 《国立武汉大学一览》(民国廿四年)第12—13页。

[5] 季羡林主编:《胡适全集》第31卷第9页。

[6] 《竺可桢日记》第Ⅰ册第19页中记有:"据叔谅云,首先推余长浙大者为郑晓沧。"

[7] 据胡适日记所示,他1934年2月在南京竺可桢家中得到一份他们1910年(第二次庚子赔款留学美国学生)留学考试的"油印榜文",他托竺可桢抄了一份。随后胡适又让章希吕重抄一份保存在自己1934年3月27日日记中。70名录取考生中,竺可桢是第28名,考分为63.8,胡适是55名,考分为59.175。见季羡林主编:《胡适全集》第32卷第338—342页。

[8] 此节部分内容已出现在沈卫威《吴宓传》中,东方出版社,2000。这里是补充、改写。

[9] 吴宓:《吴宓日记》第Ⅵ册第157页,生活・读书・新知三联书店,1998。

[10] 吴宓:《吴宓日记》第Ⅶ册第140页。

[11] 吴宓:《吴宓日记》第Ⅶ册第191页。

[12] 吴宓:《吴宓日记》第Ⅶ册第229页。

[13] 竺可桢:《竺可桢日记》第Ⅱ册第900页。

[14] 季羡林主编:《胡适全集》第33卷第524页。

[15] 李敖:《从蒋介石非法连任看钱穆与胡适》,见李敖:《胡适与我》第281—283页,李敖出版社,1990。

[16]《学衡》第 21 期(1923 年 9 月)。

[17]《清华学报》第 1 卷第 1 期(1924 年 6 月)。

[18] 陈寅恪:《书信集》第 47 页。

[19] 陈寅恪:《陈寅恪诗集》第 33 页,清华大学出版社,1993。

[20] 竺可桢:《竺可桢日记》第 Ⅰ 册第 623 页。

[21] 竺可桢:《竺可桢日记》第 Ⅱ 册第 891 页。

[22][23] 竺可桢:《竺可桢日记》第 Ⅱ 册第 904 页。

[24] 侯健的博士论文为"Irving Babbitt in China"。另有《从文学革命到革命文学》,中外文学月刊社,1974。

[25] 沈松侨:《学衡派与五四时期的新文化运动》。

[26] 收入傅乐诗等著《近代中国思想人物论·保守主义》。另据王晴佳在《白璧德与学衡派》一文中所示,有以梅光迪为主要研究对象的论文是 Rosen, "The National Heritage Opposition"。

[27] 尽管梅光迪眼高手低,写的文章不多,但两岸先后编印的三个版本《梅光迪文录》,均不全,如他在《留美学生季报》第 1 卷第 3 号所刊《民权主义之流弊论》,东南大学"文学研究会"讲演稿《中国文学在现在西洋之情形》,经何惟科记录,刊发在东南大学《文哲学报》第 2 期上。刊于《时事新报·学灯》1920 年 8 月 7—9 日《文学概论》、1921 年 4 月 11 日《文学之界说》、4 月 16—17 日《戏曲原理》,《梅光迪文录》均未能收录。2008 年 1 月,傅宏星先生找得当年东南大学学生杨寿增记录的梅光迪《文学概论讲义》稿本,并转赠我一份电子本。

第四卷
个人体验

刘伯明:事功与影响

南京高等师范学校—东南大学的灵魂

1923年11月24日,刘伯明因脑膜炎去世后,东南大学校长郭秉文在《学衡》第26期上撰写了《刘伯明先生事略》。[1]九年后,中央大学教授柳诒徵、张其昀、缪凤林、倪尚达主编的《国风》半月刊第9期(1932年11月24日)为刘伯明出版了纪念专号。主要悼念文章有《悼先夫伯明先生》(刘芬资)、《悼先兄伯明先生》(刘经邦)、《九年后之回忆》(梅光迪)、《忆刘师伯明》(胡焕庸)、《中国今日救亡所需之新文化运动》(胡先骕)、《学风——为纪念刘伯明先生作》(刘国钧)、《〈四十二章经〉跋》(汤用彤)、《刘先生论西洋文化》(缪凤林)、《教育家之精神修养》(张其昀)、《刘伯明先生逝世纪念日》(张其昀)、《刘伯明先生事略》(郭秉文)。其中《九年后之回忆》是远在美国教书的梅光迪本年度休假归国,在中央大学兼课时专门为好友写的纪念文章。从多位友人的回忆、纪念文章中,可以感受到刘伯明的人格魅力和学识,以及他作为南京高等师范学校—东南大学灵魂人物的身影。当然,在纪念文章中,朋友们多隐讳过去那些不愉快的事情。而正直的梅光迪则敢直言当年东南大学校长郭秉文的过失,并为好友鸣不平。梅光迪说:"余于民九年之夏,以伯明之招来京。其时学校犹称高等师范,旋改称东南大学,伯明规划之力居多,而其在校之权威亦日起,以文理科主任而兼校长办公处副主任。校长办公处副主任,滑稽之名称也。日惟局守办公室,校中日常事务,萃于一身,而略关重要者,则须仰承逍遥沪滨某校长[沈按:此指郭秉文。郭此时兼上海商科大学校长和商务印书馆股东,故长住上海]之意旨,而不敢自主。故任劳任怨,心力交瘁,有副校长之勤苦,而副校长之名与实,皆未尝居。迨学校局面扩大,思想复杂,而内部之暗争以起。民十一年,《学衡》杂志出世,主其事者,为校中少数倔强不驯之份子,而伯明为之魁,自是对内对外,皆难应付如意,而其处境益苦矣","其有所掣肘,无完全自主之权"。[2]

学生时代

刘伯明,名经庶,字伯明,1887年生,南京人。南京汇文书院毕业后,留学日本,任中国留学生青年会干事,与章太炎及同盟会均有交往。一度师从章太炎学习"说文"及"诸子",故有较好的国学根基。辛亥革命以后,步入官场的同盟会朋友劝刘伯明到外交界供职,刘伯明拒绝了,他选择到美国继续留学。刘伯明入西北大学研究院学习哲学和教育学。在西北大学四年间,刘伯明每年暑假都要到附近的大学听课。1913年暑假,梅光迪自威斯康辛(星)大学转学到西北大学时,刘伯明正好到附近芝加哥大学"暑假学校"学习希腊文、梵文。秋天开学,梅、刘得以相识,并成为朋友。梅光迪说:"来年暑假,余访伯明于芝加哥大学,则蛰居斗室,终日习德意志文。酷暑之中,使人心绪烦溃,坐立不宁,少年尤然,余见伯明之静坐读书,意态萧然,犹一服清凉散也。"

刘伯明在西北大学有三年得奖学金,他省吃俭用,而"室中哲学书籍,几夺去其桌椅床榻之地,除上课外,终日枯坐一室。在普通轻浮好动之美国人视之,似一东亚病夫之现身。抑知乃西北研究院中之第一高材生乎"。刘伯明的哲学导师为劳卫尔,师生两人的学术品性十分相似。刘伯明硕士论文是《华人心志论》,博士论文为《老子哲学研究》。这些学位论文虽是研究中国文化,但他对西洋文化的渊源也十分用心,对希腊文化精神中崇尚理智、美感和希伯来文化精神中崇尚宗教、道德的学说精髓也有精当的了解。这是他回国后讲授西洋哲学的文化基础和学术功力所在。

南京高等师范学校—东南大学的事功

刘伯明归国后,原汇文书院已于1910年改制为金陵大学。金陵大学校长包文聘他为国文部主任。同时南京高等师范学校校长江谦延揽他为伦理学、哲学、语言学教授。1919年,郭秉文任南京高等师范学校校长后,刘伯明辞去金陵大学教职,改任南京高等师范学校训育主任及文理科主任。1921年,南京高等师范学校改制为东南大学后,于校中设校长办公处,刘伯明为副主任兼文理科主任、行政委员会主任、介绍部主任、哲学教授。由此形成了郭秉文理外(与各级官员、社会商会团体周旋、应酬,以求经费和发展),刘伯明主内的局面。刘伯明自然也就成了东南大学的"魁宿"[3]。所以有张其昀"全校主要负责者是刘伯明先生"和"隐然为全校重心所寄"[4]之说。

教学、著作和繁重的事务性工作压力,使刘伯明患胃病和失眠症。1923年暑假,他在酷暑中主持"暑期学校",初秋又到湖南讲学。超负荷工作,极度劳累,使他原本瘦弱的身体,积劳成疾,11月24日他因脑膜炎在南京五台山新华医院不治身亡。

刘伯明使东南大学从多个方面走上了大学的轨道,同时又以自己的人格魅力,群聚了一批学界精英,并领袖群贤,促成《学衡》杂志的创办。由于他的道德、学问受人敬重,因此他也就赢得了"南雍祭酒,纯粹君子"的殊誉。张其昀在《"南高"之精神》一文中说刘伯明对南京高等师范学校—东南大学的影响最大。他说:作者求学时期亦可谓南高之全盛时代。本篇想要说明南高所给予我们,究竟是些什么?若舍枝叶而求根本,便是南高的精神,而不限于某部某科。当年高标硕望,领袖群贤的人物,是哲学教授刘伯明先生。[5] 具体的如南高学生陈训慈所说:刘师于传授知识之外,独重人格之感化。实际主持校务,为全校重心所寄,综一生精力,悉瘁于南高之充实与扩展。倡导学风,针砭时局,尤为时论所推重。[6]

刘伯明为南京高等师范学校—东南大学留下了四种精神遗产:学者之精神、学校之精神、自治之精神、自强之精神。[7] 其中他提倡的"学者之精神,应注重自得",注意潜修,深自韬晦,以待学问之成,树立节操,不可同流合污。他所谓"学校之精神"的实质,是要求学校性质应与公民之精神相同,"即对于地方之历史现状,有自负之精神是也"。他强调"自治之精神",就是国人自觉地对于政治及社会生活负责任。"自强之精神"是对人格、品性和仪表的要求,除个人基本的自信、判断能力、庄重、温良外,还要求仪表堂堂正正。这是对人全面发展的要求,也是一个大学应具有的综合精神空间。

同时,刘伯明对教育问题,最具批评精神。他尤其反对狭义的"职业主义",对计功求效、缺乏人性人情的机械生活,深表不满,认为这样一来人的精神世界就会枯萎,实用机械主义会使人失去自主独立精神。张其昀特别强调说,刘伯明这是"力持人文主义,以救今之倡实用主义者之弊"[8]。

朋友的感念

在东南大学,刘伯明撑起一片蓝天,同时,他又是一棵可以让凤凰栖身的梧桐。刘伯明去世,让许多人痛心疾首。刘伯明突然去世,东南大学失去了最坚实的精神支柱和最务实的领导人,《学衡》在东南大学的实际力量也自动瓦解。

《学衡》是反对胡适及新文化运动的。刘伯明去世后,胡适送来"鞠躬尽瘁而死,肝胆照人如生"[9]的挽联以表达对朋友的敬意和哀悼。《学衡》灵魂人物吴宓有一特长的挽联。[10]

郭秉文认为刘伯明是"外和而内严,意有不可,力持不为群说所动。其在学校,谆谆教学者以植身行己,树立节操,不可同流合污。学者化其人格,多心悦诚服"[11]。

梅光迪认为回忆刘伯明的意义在于张扬他那种"以其学术与事功合一","以其实行人格化之教育"的美德和人格力量。同时,作为挚友,梅光迪也毫不保留地指出刘伯明的缺点。

作为学生,张其昀在文章中说:南高时代,常有全体师生集会,以为精神上陶冶,其地点即在今日我校最大教室——纪念老师的伯明堂。刘先生每次演说,必纵论学风。他强调古来学风,最重节操,大师宿儒,其立身行己,靡不措意以斯。他特别看重的是修养与学风的关系。他说:"学校既为研究学术、培养人格之所,一切权威,应基于学问道德。事功虽为人格之表现,然亦应辨其动机之是否高洁,以定其价值之高下。"东南大学改制后数年间,校长郭秉文先生奔走不遑,而刘先生为全校重心所寄。上溯江源,下穷岭海,四方学子,闻风来集,皆信服刘先生之精神,而相与优游浸渍于其间。"愿得观贤人之光耀，闻一言以自壮。"而先生以劳瘁逝世，学校遽失重心。

张其昀同时指出：自南京高等师范学校成立以来，北大、南高隐然为中国高等教育之两大重镇。时人有北大重革新，南高重保守之语，其说盖起于胡适之，刘先生尝闻此言，根本上加以否定。先生谓真正之学者，当有自由之心。因此，张其昀进一步强调："大学教授的责任有两种：一是学术的传授；一是人格的感化。"

原东南大学哲学教授，此时任教于北京大学的汤用彤回忆说："刘伯明先生以恕待人，以诚持己。日常以敦品励行教学者，不屑以诡异新奇之论，繁芜琐细之言，骇俗以自眩。居恒谈希腊文化，并曾释老子。盖实有得于中正清净之真谛者，用是未尝齿及考证。一日忽以《四十二章经》版本之原委相询。"因此汤用彤特作《四十二章经》跋来纪念刘伯明先生。

缪凤林跟随刘伯明最为密切，并为老师讲义整理者，他在《刘先生论西洋文化》一文中说："先生于西方文化，惟取其对于人生有永久之贡献，而又足以补吾之缺者。与时人主以浅薄之西化代替中国文化者迥异。"他是试图将雅典市民自由贡献之共和精神，希腊学者穷理致知、不计功利之科学精神，基督教之仁博之爱，和中国文化中人道人伦之精髓，及力求融和无间之态度，拿来用于满足人类最高意欲之要求，而又可以相互调和，相互补救。

植物学家胡先骕，以他特有的人文情怀，借纪念刘伯明写了《今日救亡所需之新文化运动》，并力主孔子学说。

刘伯明的实际影响，不只是在东南大学和将《学衡》引为同调的文化保守势力当中。新文化领袖人物胡适敬重他，周作人也注意到他的一些言论。周作人曾对他发表在《学衡》第 2 期上的《再论学者之精神》表示了自己的看法。在 1922 年 3 月 12 日《晨报副镌》上发表的评介赵元任翻译加乐尔《阿丽思漫游奇境记》一文中特别提到刘伯明。周作人说:"刘伯明先生在《学衡》第二期上攻击毫无人性人情的'化学化'的学者,我很是同意。我相信对于精神的中毒,空想——体会与同情之母——的文学正是一服对症的解药。"[12]

由于忙于校务,刘伯明并没有写出有分量的学术专著,刘伯明的简明哲学著作是在中华书局出版的。其中两册都是讲义,由学生缪凤林记录整理,先在《民国日报·觉悟》和《时事新报·学灯》上连载一部分。《西洋古代中世哲学史大纲》《近代西洋哲学史大纲》和他翻译杜威《思维术》列入"新文化丛书"。其中《西洋古代中世哲学史大纲》《近代西洋哲学史大纲》署名为刘伯明讲、缪凤林述。刘伯明散见于报刊的多篇文章未能收集刊印,如1919年11月5日《太平洋》第2卷第1号上《人生观》,就不曾为学衡派同人或刘伯明门生提及。他在文中强调"健全之人生观,必基本于精神之我,有精神之我,而后有个性、有人格之可言。欲发展个性,必以一己之精神,贯注于人群,而后其精神滔滔汩汩,长流于人间,永不止息,随社会上进化而俱长。此之所谓自我实现,此之谓化小我为大我,此之谓灵魂不灭"。此说与胡适之说一致。另有《东西洋人生观之比较》,刊1920年6月4日《民国日报·觉悟》。《文学之要素》《关于美之几种学说》,分别刊《学艺》第2卷第2、8号。

注

[1] 1924年2月。
[2] 胡先骕、梅光迪在文章中均表示出对东南大学校长郭秉文的不满。这是郭秉文不及蔡元培的地方。

［3］郭秉文:《刘伯明先生事略》。
［4］张其昀:《〈中华五千年史〉自序》(一),《张其昀先生文集》第 20 册第 10838 页。
［5］《国风》第 7 卷第 2 号(1935 年 9 月)。
［6］《南高小史》,《国风》第 7 卷第 2 号(1935 年 9 月)。
［7］张其昀:《刘伯明先生论学风》,《张其昀先生文集》第 9 册第 4369—4372 页。
［8］张其昀:《源远流长之南京国学》,《张其昀先生文集》第 16 册第 8692 页。
［9］转引自张其昀:《敬悼胡适之先生》,《张其昀先生文集》第 9 册第 4574 页。
［10］吴宓:《吴宓自编年谱》第 254 页。
［11］郭秉文:《刘伯明先生事略》。
［12］周作人著,钟叔河编:《知堂书话》下册第 1318 页,南海出版社,1997。

柳诒徵：大树成荫

"柳门"之说

柳诒徵是南京高等师范学校—东南大学的元老，《史地学报》是他与竺可桢具体指导创办的。《学衡》发刊《弁言》、《史地学报》序，《国风》的《发刊辞》均是他的手笔，仅此就可见其在学衡派中实际地位和学界影响力。

1915年9月10日，南京高等师范学校国文部第一届学生入学，1919年春改国文部为国文史地部，并于同年9月以综合"文史地"名义招生。南京高等师范学校文史地三个学科的代表人物分别是王伯沆、柳诒徵、竺可桢。这三位南京高等师范学校著名人物中，王伯沆是"四书"专家，人称"王四书"，同时又是《红楼梦》专家，先后以24年之功，精读20遍《红楼梦》，并做下了12387条批注。[1]1937年12月南京沦陷后，王伯沆操持民族大节，坚决不食汪伪政权各种名义的俸禄，1944年9月25日病逝于南京。柳诒徵、竺可桢二人1948年当选为中央研究院院士。竺可桢到南京高等师范学校稍晚于王、柳，南京高等师范学校文史传统因这二人而确立，所以张其昀回忆说："当时溧水王氏与丹徒柳氏，有南雍双柱之誉。"[2]

学衡派主要成员，在1948年院士选举时，胡先骕、柳诒徵、汤用彤、陈寅恪当选。据《胡适遗稿及秘藏书信》所示，柳诒徵是胡适由学生傅斯年提名[3],当然这里面也包含着他俩关系缓和及胡适个人对柳诒徵的敬重。[4]

"柳门"之说起于何人、何时,已很难考证,倒是胡先骕《忏庵丛话》中《柳翼谋先生》值得一提。胡先骕说:"予初至南京高等师范学校任教时,先生正主讲中国文化史,不蹈昔人之蹊径,史学、史识一时无两。其所著《中国文化史》,实为开宗之著作。其门弟子多能卓然自立,时号称柳门,正与当时北京大学之疑古派分庭抗礼焉。"[5]

"柳门"弟子的长成

柳诒徵任教于两江师范学堂、南京高等师范学校、东南大学十年,培养的文、史、哲、教、地学者最多。蔡尚思回忆说,在 1930 年代,他亲自听到曾任教于北京大学、中山大学的林损教授说过:"翼谋先生培养出大批人才,实为我和其他专家所莫及。"[6]

吴宓在东南大学有亲身经历,他说:"南京高师校之成绩、学风、声誉,全由柳先生一人多年培植之功。论现时东南大学之教授人才,亦以柳先生博雅宏通,为第一人。"[7]他《书上柳翼谋先生》一诗中说自己与柳翼谋是"平生风义兼师友,三载追陪受益多"[8]。随后,他又在《空轩诗话》中,说近今学者、人师,柳翼谋可与梁任公"连镳并驾",并补充说:"柳先生乃实宓之师也。"[9]

这里仅展示他前后的三批学生。

1903 年,陈三立将家塾改为南京最早的新式小学思益学堂,柳诒徵为国文、历史教师。3 年后,他转为江南中等商业学堂国文、历史教师。而茅以升正好是这两所学校的小学生、中学生。小学 3 年、中学 5 年,茅以升在柳诒徵教导下读了 8 年书。柳诒徵学生中,茅以升是第一批新式学校中第一个有作为的学生。1922 年,茅以升受聘东南大学任工科主任,与自己老师同校执教。1948 年又一起当选为中央研究院院士。作为国际知名桥梁专家,茅以升晚年回忆说:"我从先生受业八年,感到最大的获益之处,是治学方法上从勤从严,持之以恒,并认识到'知识本身只是一种工具,知识之所以可贵,在于它所起的作用'。这对我数十年来治学、治事都有极大的影响。"[10]

1915—1924 年,柳诒徵在南京高等师范学校—东南大学任教的 10 年间,讲授中外历史和专门的中国文化史。人才群起,是 1918—1924 年间的几届学生,特别是 1919 级、1920 级、1921 级的国文史地部三班。

1919 级的 36 名弟子[11],后来几乎都成为文、史、哲、地各学科的著名学者,且多文史、史地或文哲兼通的名家,尤其以历史地理学的学者为特色:胡焕庸(焕荣)、缪凤林、张其昀、景昌极、陈训慈、王庸、范希曾、钱子厚、徐震堮、夏崇璞、何惟科、陆鸿图、刘文翮、王玉章、张廷休(梓铭)、方培智(圆圃)、周光倬(汉章)、王勤堉(鞠侯)等。抗战期间,胡焕庸与柳诒徵被评选为部聘教授。

1919 级以后的几届虽不及前者那么整体出众,但也造就了向达、王焕镳、陆维钊、郑鹤声、胡士莹、赵万里、周悫(雁石)、束世澂(天民)、刘掞藜、孙为霆(雨霆)、张世禄(福崇)等著名的文史学者。

这些学生多是《学衡》《史地学报》《文哲学报》《国学丛刊》作者,成为学衡派成员。学衡派中兴时期和"后学衡时期",他们大都是《国风》、《史学杂志》《地理杂志》—《方志月刊》《思想与时代》作者。尤其是史学研究,柳诒徵在南京高等师范学校—东南大学为其弟子确立了基本的学术规范。同时,他这一时期也有大量文章刊登在这些刊物上。

1927—1937 年,柳诒徵任江苏省立国学图书馆馆长 10 年,1945—

1948年又主持3年。江苏省立国学图书馆前身是缪荃孙创立的江南图书馆(1907年始创,1910年12月12日正式对外开放)。柳诒徵是晚清大学问家缪荃孙的受业弟子。缪荃孙在南京主持江楚编译局时,柳诒徵得以在缪荃孙手下修业,1903年2月14日—4月8日(自上海乘船,往返时间)又曾随缪荃孙到日本考察教育近两个月。缪荃孙是张之洞好友,与张之洞合著《书目答问》。柳诒徵做图书馆馆长后,在主持编纂四十四卷(一说三十六卷)《江苏省立国学图书馆图书总目》的繁忙工作中,又指导学生范希曾完成《书目答问补正》,并亲自作序[12],且以此作为对业师缪荃孙的纪念和对缪荃孙未竟事业的继续。任馆长期间,柳诒徵还主编了《中央大学国学图书馆第一年刊》《中央大学国学图书馆第二年刊》《江苏省立国学图书馆年刊》[13]共九年的年刊,并为创刊号写了《发刊辞》[14]。

柳诒徵两度任江苏省立国学图书馆馆长期间,又培养了多位文史学者,其中以蔡尚思、卞孝萱最具代表性。1933—1935年9月间,蔡尚思为写《中国思想史》做准备,在柳诒徵特别关照下,他利用两年时间,把江苏省立国学图书馆的文集几乎都翻了一遍,并有机会当面得柳诒徵指教。蔡尚思晚年回忆说,他和柳诒徵的关系"竟超过了一般师生的感情。我始终认为:柳先生是对我在学问上有最大帮助的恩师","如果没有柳先生给我多读书的大好机会,就连今天这样的我也不可能"。[15]

卞孝萱是1945年抗战胜利后柳诒徵复任江苏省立国学图书馆馆长和1949以后到上海定居时的"私淑弟子"。[16]在通信中,当柳诒徵得知卞孝萱孤苦的身世,并业余自学文史时,特赋诗一首寄赠。诗中以清代的洪亮吉、汪中、汪辉祖相勉励。因为这三位学者都是由寡母抚教成才的。而柳诒徵本人也和上述三位学者有着相似的身世和经历。事实上,从孔子开始,在中国孤儿寡母家庭里,培养出了许多圣贤豪杰。这就使得卞孝萱更加坚定了自学的决心。[17]卞孝萱后来成为著名历史学家范文澜的助手和南京大学中文系教授,柳诒徵的教诲起了很大作用。

从《中国文化史》到"中国文化大学"的内在血脉

张其昀是1919年秋入南京高等师范学校的。在他入学的关键时刻,是柳诒徵起了作用。那年入学考试中文题目"说工",口试是五分钟演讲。柳诒徵对他笔试和口试都很满意。但发榜之前的预发名单中却没有张其昀名字。这引起柳诒徵的注意。经查询是张其昀体检不及格。校医在张其昀名下写有"Very thin build",意思是身体太单薄。这样一来,张其昀就被淘汰了。柳诒徵及时站出来说话,认为张其昀各科成绩都很优秀,这样埋没掉太可惜了,并以自己为例,说自己年轻时也很瘦弱,中年才丰满、健壮起来。柳诒徵提出复议,张其昀也就获得入学资格。到发榜时,张其昀竟获得领衔金榜的荣誉。而这些具体情况,张其昀本人当时并不知道。十多年后,在一个偶然的机会,张其昀才知悉,不禁感激涕零。

柳诒徵教张其昀通史课,同时有"中国文化史"专题研究课。这门"中国文化史"讲义即后来出版的名著《中国文化史》。1923年大学毕业后,张其昀到上海商务印书馆做编辑。1927年,柳诒徵作为改制的"第四中山大学"文科筹备人之一,特推荐张其昀回母校任教。

柳诒徵在1923年《学衡》第13、14期上有《五百年前南京之国立大学》,论述当年"南雍"兴学之盛。1929—1930年间《史学杂志》第1卷第5、6期,第2卷第1、2、3期连载了他的《南朝太学考》,追溯当年南京的兴学历史。1935年9月,南京高等师范学校二十周年纪念时,张其昀继柳诒徵之学理,在《国风》第7卷第2期上写了《源远流长之南京国学》,师生间学术承传如此紧密、鲜明。

张其昀1949年到台湾以后,利用自己做教育行政首长的特殊地位,做了三件与南京高等师范学校—东南大学—中央大学有关的事:影印《学衡》杂志、《史地学报》、《方志月刊》等,定9月28日孔子诞辰为"教师节",在华冈创办"中国文化大学"。

创办"中国文化大学"是张其昀对老师柳诒徵的最好纪念,具体体现了柳诒徵在《中国文化史》中所张扬的民族本位文化精神。张其昀在"中国文化大学"内特为老师柳诒徵设有"劬堂",以表达他对自己老师的感激和怀念之情。同时,张其昀在自己的多部历史著作中都提到老师柳诒徵对他的影响,特别强调自己对柳氏史学的继承和发扬光大。"中国文化大学"的创办,又是历史著作之外的实际文化载体。

张其昀将当年入学时老师暗中帮助、影响和"中国文化大学"创办结合起来,并有一段饱含深情的叙说:"当然一位恩师和慈母一样,尽其心力,施不望报,我哪里会知道?直到我在母校任教多年,在一个偶然机会,柳师与人谈及此事,我听了以后,真是感激涕零,无法表达我的感恩。实在说,我在华冈兴学之举,以感恩图报为主要动机,奖励优秀清寒学生,是时时铭刻在心的。"[18]

他在《华冈学园的萌芽》一文中,说他在华冈兴学就是"含有本人报答当年柳师提拔我的殊遇隆恩"。[19]

党派政治斗争是短暂的,历史文化传承却是永恒的存在。文化薪火跨越海峡,在柳诒徵、张其昀之间自然传递。

注

[1] 王伯沆:《王伯沆〈红楼梦〉批语汇录》(上、下),江苏古籍出版社,1985。
[2] 张其昀:《〈王冬饮先生遗稿〉序》,《张其昀先生文集》第20册第10916页。
[3] 耿云志主编:《胡适遗稿及秘藏书信》(手稿本)第37册第526页,黄山书社,1994。
[4] 柳曾符:《柳诒徵与胡适》,见柳曾符、柳佳编:《劬堂学记》。
[5] 胡先骕:《胡先骕文存》(上卷)第513页。
[6] 蔡尚思:《柳诒徵先生之最》,见《柳翼谋先生纪念文集》(镇江文史资料第11辑,1986年8月)第158页。
[7] 吴宓:《吴宓自编年谱》第228页。
[8] 吴宓:《吴宓诗集·辽东集》第4页。
[9] 吴宓:《吴宓诗集·空轩诗话》第151页。
[10] 茅以升:《记柳翼谋师》,见《柳翼谋先生纪念文集》第89页。
[11] 陈训慈在《劬堂师从游賸记》一文中说这一级的级友为36人,见《柳翼谋先生纪念文集》第104页。胡焕庸说这一级级友是38人,见《柳翼谋先生纪念文集》第102页。档案显示为36人、37人两份统计。因各级有休学、留级、转学、退学现象,入学人数与毕业人数不符。

    1. 国文史地部1915级(第一班1919年6月)毕业人数,共30人:

    叶洵、陈燮勋、陆鸿飞、杨寿增、姚流砥、何振瀛、范冠东、彭彝汇、刘著良、冯策、吴崐、赵鸿谦、相菊潭、华宏谟、陈钟庆、涂闻政、顾宝琛、林尚贤、殷懋仁、徐翱、陈纲、计诚、王名骥、胡肇洛、胡祖功、孙毅、陈同、黄观艺、金桂、顾焕

    2. 国文史地部1916级(第二班1920年6月)毕业人数,共35人:

    钱石麟、纪乃全、冷德龙、胡喆、王松生、王瑞书、蒋锡昌、陈鸿祥、薛竞、李施权、李庆曾、凌树勋、陈益谦、施之勉、金宗华、吴履贞、李一龙、苏毓棻、陈敬、濮齐政、李殿黄、蔡心仁、韦润珊、曾约、王纶、严俨、张元荣、丁大镛、史

恩澍、江焕文、高超、黄承勋、赵培基、龚励之、程保

3. 国文史地部1919级（第三班）学生入学人数，共37人：

张其昀、汤芟、何惟科、陈训慈、胡焕庸、唐兆祥、范希曾、姜子润、徐震堮、陆鸿图、仇良虎、孙士枘、钱堃新、赵鉴光、景昌极、徐景铨、诸晋生、王庸、高国栋、王学素、缪凤林、刘文翩、诸葛麒、田耀章、黄英玮、杨楷、王锡睿、盛奎修、周光倬、夏崇璞、方培智、袁鹏程、徐启铭、吴文照、张廷休、王玉章、罗会澧

毕业时名单：

仇良虎、何惟科、徐震堮、向达、张廷休、缪凤林、王庸、阮真、孙士枘、徐启铭、杨楷、罗会澧、王学素、周光倬、徐景铨、陆鸿图、赵鉴光、王锡睿、胡焕庸、高国栋、盛奎修、刘文翩、方培智、范希曾、夏崇璞、张其昀、钱堃新、王玉章、姜子润、袁鹏程、景昌极、诸晋生、田耀章、唐兆祥、陈训慈、黄英玮、诸葛麒

毕业时，转科、插班进来向达、阮真。原汤芟因病退学，后病故。吴文照休学、留级，迟至1926年6月毕业。因为两校合并，当时毕业生可以选择南京高等师范学校毕业证、国立东南大学毕业证。若要拿东南大学毕业证或学位证，需要补修学分，取得学位证书时间自动后移。

另一份1923年6月毕业36人分数名单没有徐启铭。但随后一份1923年4月19日拟稿、28日向教育部补报《国立东南大学民国十二年六月应行毕业学生一览表》（9人），加上徐启铭。他是先由南京高等师范学校农业专科肄业一年，1919年9月转入文史地部，肄业三年半，于1923年3月又转入东南大学文理科国文系，即以东南大学毕业生名义毕业（中国第二历史档案馆六四八—426《东大毕业生名单及办理毕业证书和举行毕业典礼等》第10—12页、第50—53页）。

4. 国文史地部1920级（第四班）学生入学人数，共26人：

黄应欢、刘启文、谢群、马继援、陈旦、周悫、王焕镳、邵森、陆维钊、龙文彬、赵祥瑗、芮九如、汪章才、闵毅成、陈人文、田少林、全文晟、陈兆馨、郑沛霖、江盛壤、梁念萱、王福隆、张景玉、朱凌斗、向达、宋兆珩

5. 国文史地部1921级（第五班）学生毕业人数，共21人：

孙留生、姚寅顺、邵森、赵世盛、谢焕文、陆祖鼎、洪瑞钊、翁之镛、萧宗训、刘启文、方应尧、沈孝凰、郑鹤声、陆维钊、郑宽裕、沈恩玓、闵毅成、曹松叶、刘作舟、邓光禹、杨可增

　　6. 国文史地部1922级(第六班)学生1926年毕业人数,共5人:

　　许仁章、庞树家、吴文照、李莹璧、黄昌鼎

　　中国第二历史档案馆五—2142《国立南京高等师范学校学生一览　民国十年》,五—6181《中央大学教务处编印国立南高东大中大毕业同学录一九一七至一九四五年》《重大中大江苏南中镇中校友通讯录》。

[12] 此序初刊于《国风》第4卷9号(1934年5月1日)。

[13] 江苏省立国学图书馆最初为中央大学国学图书馆。故九年的年刊的名称不一,实际为一家。

[14] 徐昕:《柳诒徵与国学图书馆》对此有详细论述,见徐有富、徐昕:《文献学研究》。

[15] 蔡尚思:《柳诒徵先生之最》,见《柳翼谋先生纪念文集》第161页。

[16] 卞孝萱:《〈柳诒徵评传〉序》,见孙永如:《柳诒徵评传》第3页,百花洲文艺出版社,1993。

[17] 卞孝萱:《〈柳诒徵评传〉序》,见孙永如:《柳诒徵评传》第2页。

[18] 张其昀:《吾师柳翼谋先生》,《张其昀先生文集》第9册第4713页。

[19] 张其昀:《华冈学园的萌芽》,《张其昀先生文集》第17册第9038页。

胡先骕:科学与人文的双重企求

科学精神与人文精神的双重追求

胡先骕,字步曾,号忏庵,江西省新建县人。1908年春自南昌考入京师大学堂预科。1912年9月,江西省教育司考选赴美留学生,正取胡先骕、饶毓泰、徐宝璜、熊正理等16人,他在同年底抵达美国。1913年春,胡先骕入加州伯克利大学农学院森林系学习森林植物学。

1916年7月,胡先骕获植物学硕士学位后回国,被聘为江西省庐山森林局副局长,1918年7月被聘为国立南京高等师范学校农林专修科教授。

1919年12月,南京高等师范学校农科主任邹秉文、教授胡先骕向校方提出,联合多家高校,组织采集西南植物标本计划后,经校方与北京大学、北京高等师范学校、沈阳高等师范学校协商,以四校校长蔡元培、陈宝泉、孙其昌、郭秉文名义,联合发起《集资遣员往川滇采集植物启》《办法》[1],在1920年1月6日公开发布。经过半年准备,因川滇政局不稳,交通限制,后改为浙江、江西、安徽植物调查。

1921年2月2日,农科主任邹秉文写信给校长郭秉文,推荐胡先骕去美国研究植物分类两年。[2]4日,校长办公处致胡先骕信,为留学事,通知他递交相关申请、履历、照片等。[3]

胡先骕随即写好并呈报《具愿书》及《履历书》。其《具愿书》内容为:

具愿书人胡先骕现充任国立南京高等师范学校教员二年以上，经原校长函请、江西省长派遣出洋留学，志愿前往美国研究植物学高深专科以二年为限，留学期内一切均遵守定章，期满归国，当在东南大学服务。所具愿书是实。

胡先骕[4]

4日，校长郭秉文回复邹秉文，甚为赞成，拟决定向江西省公署请拨学额，以遂其志。3月14日，校长郭秉文分别为胡先骕留学事《呈教育部文》、致江西省长公署公函。[5]

1921年12月15日，原颂周将胡先骕团队为采集植物标本，得各学校、机构汇来银洋统计出来：

认定银数1000元的学校、机构：

汉口明德大学、集美学校、北京女子高师、商务印书馆、岭南大学、广东高师、河南农专、北京大学、南京高师、沈阳高师。

认定银数200元的学校、机构：

江苏二师、南开大学、中华博物学会、江西八中、福建一中、山西三中、山东省师范和中学16所（各200元，共3200元）、云南二中、江苏省立通俗教育馆、江苏第一农校。[6]

19日，胡先骕向校方提供《制作保存标本之方法》[7]手稿本。校长郭秉文致参与集资的各学校、机构函，说将在采集完成后分送标本，以便教学使用。这三年是胡先骕工作最辛苦的时期，四大校长为他举旗站台，数十家大学、中学及社会团体为他出资赞助。胡先骕也因此一举成名。

1922年1月《学衡》在南京创刊，胡为发起人之一和主要撰稿人，同时也是《学衡》反对胡适及新文化运动的四位主力（梅光迪、吴宓、胡先骕、柳诒徵）之一。

1922年4月7日，东南大学校长郭秉文呈教育部文，称已经取得教育部补派江西留美官费学额，所有出国旅费业已如数领到的东南大学教员胡先骕，因本校功课甚为繁重，若遽停课，接替无人，且正在联合多所学校，组织力量，采集植物标本，决定从缓放洋。

1923年，南京高等师范学校并入1921年新成立的国立东南大学，胡先骕继秉志之后出任生物学系主任。同年秋，再次赴美，入哈佛大学，攻读植物分类学博士学位。1925年7月他获得学位后回国，先后执教于东南大学、北京大学、中国大学，与好友秉志等创立中国科学社生物调查所，组建静生生物调查所，并成立中国植物学会。胡先骕是中国现代植物学的开拓者和奠基者。自1918年始，胡先骕便献身于中国植物学的调查、研究，取得了丰硕成果。同时，他的人文情怀向社会开放，热切地关注文学及新文化运动的现实走势，站在文化保守主义的立场上，批评胡适及新文化运动的偏至和激进，并坚持写作古体诗词。

1940年10月，胡先骕在江西泰和出任国立中正大学校长。1944年3月8日国民政府教育部批准胡先骕呈请辞去中正大学校长一职。作为教育家，他同时为民国教育提出许多批评性、建设性意见。1955年3月，高等教育出版社出版了他所著的高校教学用书《植物分类学简编》。

胡先骕一生著作近1300万字，有专著14部（含合作）、中文译著7部、植物图谱7卷、文学英译《长生殿》1部，中英专业论文135篇、中文译文16篇、科普文112篇、人文类文章147篇，以及大量诗词、书信等。尤其是1946年他和林学家郑万钧合作发现并命名活化石"水杉"，在中外学术界影响颇大。2023年出版的《胡先骕全集》19卷，全面、完整地展示了他一生的重要学术成就。

作为一个有成就、有声望的植物学家(被誉为中国现代植物分类学的奠基人,在他的一生中,在植物分类学方面共发现化石植物87种,现代植物新科2个,新属17个,新种409个)[8],在专业之外,即跨学科的人文社会科学领域,他扮演和展示的社会化身份是一个信念坚定、立场顽固的文化保守主义者,是《学衡》派骨干人物,是胡适派文化激进主义最有力的批判者。他拒绝写白话文,坚持写古体诗词。他坚持自己的文化主见,决不随逐新文化之波流。这个文化身份是在新文化运动已经取得绝对优势性胜利的1922—1923年间。此时,在胡适看来,文学革命和文化革命的胜券已稳操,且早已过了讨论时期,"反对党已经破产了"。这就决定了胡先骕及《学衡》同人的历史命运。在20世纪文化激进和政治激进主义得势的60多年间(确切地说是新文化运动至1989年间),《学衡》派这一文化保守主义群体根本不可能被公正评说。那种从文化激进主义立场看《学衡》派的一致性意见和批评话语的霸权性,本身就掩盖、遮蔽了对象的另一面。因此,全面、公正、客观地看待《学衡》派重要成员胡先骕,这本身需要一种实事求是的历史态度。

法国思想家帕斯卡尔把有价值的思想看作个人尊严的基本品质。有价值的思想取决于个体的独立意识和独创性。那么,在一个激进地凸现意识形态和乌托邦问题的时代,个体该如何思想和生活呢?这也是现代知识分子个体所面临的具体问题。知识分子追求自己的尊严,绝不是求之于自己无法决定的一时一地的所谓时空,而是求之于自己思想的规定。因此,思想的意义"就是一种可惊叹的、无与伦比的东西。它一定得具有出奇的缺点才能为人所蔑视;然而它又确实具有"[9]。

对于胡先骕来说,他的思想有出奇的缺点,有让人蔑视的片面,是背时的,也是保守、偏至的;更有让人敬重的执着,发人深省的深刻,以及包含历史感的坚持,并在这种坚持中超越现实。也正如此,他是有思想的人。

自由独立的人格得力于思想尊严的支撑,和渊博学识的滋育。在胡先骕的学人情怀中,文化情感之链与道统理念之光,共同托举起良知和正义。信念的力量和道德的澄明,使他和《学衡》同人作为新文化运动的反对力量存在,逆时代大潮,特立独行,不屈不挠,以制衡、防止新文化发展行进中走向极端。同时,科学的敬业精神和实事求是的治学态度,使他在植物学研究中,成就卓著。科学精神与人文精神在胡先骕身上相得益彰。

我认为,有一个历史坐标是十分明确的,那就是在 20 世纪文化激进主义和政治激进主义得势的这种特定历史背景下,在主流话语的霸权下,《学衡》派的文化保守主义思潮是逆当时的时代大潮,处于文化时尚和社会时尚的劣势,其影响也是十分微弱的。当然是否合乎时尚,是否与主流一致,并不是我这里所预设的价值判断标准。我所要强调的是,《学衡》派的历史作用和价值恰恰在于其和时尚及主流不符。作用也许微弱,价值也许很小。"微弱"和"很小"不是没有,历史判断和价值判断不是,也不可能是等值的。从民国历史的大趋势看,其作用的确没有发挥出来,但这并不等于其理论本身的思想价值全无。我认为在这样一个基本格局上看胡先骕及其《学衡》同人,就会少些偏颇。

胡先骕是文学批评家、教育家、植物学家,本节主要是从文化—文学角度论述作为文学批评家的胡先骕。而其他方面的问题,我在《回眸学衡派》一书中已有初步阐述。本节一些观点也与前者多有互见。

学衡派的批评家

学衡派成员前期活动主要是在 1921—1933 年的南京高等师范学

校—东南大学—中央大学、东北大学、清华学校—清华大学。此时胡先骕为东南大学生物系主任、教授。他身在自然科学,却有极大的人文关怀,终生不忘情古体诗词。在古体诗坛,他早年得"同光体"代表人物陈三立的提携,并与之唱和;晚年与后生钱锺书交好,得老友(钱基博)之子敬重。

1926年5月1日,胡先骕在《东南论衡》(第1卷第6期)上刊出反胡适及新文化的著名文章《学阀之罪恶》。他说:"吾国学阀之兴,始于胡适之新文化运动。胡氏以新闻式文学家之天才,秉犀利之笔,持偏颇之论,以逢迎青年喜新厌故之心理。风从草偃,一唱百和。有非议之者,则以儇薄尖刻之恶声报之。陈独秀之流,复以卑劣政客之手段,利诱黠桀之学生,为其徒党。于是笃学之士,不见重于学校,浮夸之辈名利兼收。"胡先骕还进一步列举了学阀、政客对教育抱有怀疑态度,以教育为武器,学生为爪牙,破坏固有文化,倡虚伪之教育,不顾国家命脉等罪状。"学阀"们"据学校为渊薮,引学生为爪牙","卑劣远胜官僚,横暴倍蓰武夫"。最后他表示要把"学阀""投诸豺虎,投诸有北",使之"匿迹销声于光天化日之下"。

1932年,胡先骕以他特有的人文情怀,参与学衡派的集体活动,借中央大学《国风》纪念刘伯明写了《中国今日救亡所需之新文化运动》,并力主孔子学说,与五四新文化运动的反孔行为对立。他说:"吾国立国之精神大半出于孔子之学说。盖孔子学说为中国文化泉源,与基督教之为欧美文化之泉源相若。然孔子学说之所以较基督教为优者,则因其无迷信之要素,无时代性,行之百世而无弊。"同时,胡先骕基本上否定了五四新文化运动的功绩。他认为今日中国的弱势来自三个方面的原因:一为晚清秉国者之无精忠体同之诚,与洞彻内外治道之识;二为辛亥以还之革命,但知求体制上之革新,而不知着眼于淑世心理之改造;三为最大之原因——"厥为五四运动以还,举国上下,鄙夷吾国文化精神之所寄,为求破除旧时礼俗之束缚,遂不惜将吾数千年社会得以维系,文化得以保存之道德基础,根本颠覆之"。他说:"吾人试一观五四运动之结果:在政治上,虽助成北洋军阀之颠覆,与国民党之执政,而军阀势力并未铲除,政治毫无改善。……在文化上,虽造成白话文之新文体,对于普及教育并无若何之贡献,而文学上之成就,尤不足数。虽诱起疑古运动,对于历史考古训诂诸学有不少新事实之发明。然于吾国文化之精神,并无发扬光大之处。反因疑古而轻视吾国固有之文化,以诅咒自国为趋时。虽尽量介绍欧美文化之潮,然于欧西文化之精粹,并无真确之认识,哺糟啜醨,学之而病。提倡新教育而反使人格教育日趋于破产。高等教育,已近于不可救药,中小学教育亦每况而愈下。日言社会改革,而为社会基础之家庭先为之破坏,自由恋爱之说流行,而夫妇之道苦,首受其祸者厥为女子。此种文化运动之结果,真使人有始作俑者,百世之下,虽起其白骨而鞭之,犹不足以蔽其辜之感焉。"

最后他强调解决中国问题的根本之要图,为一种较五四运动更新而与之南辕北辙之新文化运动。要想弘扬和维护我民族生存至四千年之久之精神,必须身体力行发扬光大孔子学说。

1935年胡先骕为纪念南京高等师范学校二十周年所作的《朴学之精神》一文,也有意从学术精神上分出个南北不同来。他说:

> 当五四运动前后,北方学派方以文学革命、整理国故相标榜,立言务求恢诡,抨击不厌吹求,而南雍师生乃以继往开来、融贯中西为职志。王伯沆[瀣—沈按]先生主讲四书与杜诗,至教室门为之塞,而柳翼谋先生之作《中国文化史》,亦为世所宗仰,流风所被,成才者极众。在欧西文哲之学,自刘伯明、梅迪生、吴雨僧、汤锡予诸先生主讲以来,欧西文化之真实精神,始为吾国士大夫所辨认,知忠信笃行,不

问华夷,不分今古,而宇宙间确有天不变道亦不变之至理存在,而东西圣人,具有同然焉。自《学衡》杂志出,而学术界之视听以正,人文主义乃得与实验主义分庭而抗礼。五四以后,江河日下之学风,至近年乃大有转变,未始非《学衡》杂志潜移默化之功也。[10]

胡先骕说南京高等师范学校—东南大学的物理学、气象学、生物学、农学为中国之最,"此皆南雍事实求是质朴真诚之精神所表现也","南雍精神不仅在提创科学也。文史诸科,明师群彦,亦一时称盛"。南京高等师范学校—东南大学昔日之盛,使他把人文关注投向现实。

批评《尝试集》,挑战胡适

胡先骕反对新文学的文章主要集中在1919—1927年间。1919年,在新文化运动的高潮及五四政治运动到来之前,他已在《东方杂志》上刊出《中国文学改良论》,公开向新文学倡导者挑战。他说:

> 自陈独秀、胡适之创中国文学革命之说,而盲从者风靡一时。在陈、胡所言,固不无精到可采之处。然过于偏激,遂不免因噎废食之讥。而盲从者方为彼等外国毕业及哲学博士等头衔所震,遂以为所言者,在在合理,而视中国文学,果皆陈腐卑下不足取,而不惜尽情推翻之。殊不知彼等立言大有所蔽也。彼故作堆砌艰涩之文者,固以艰深以文其浅陋,而此等文学革命家,则以浅陋以文其浅陋,均一失也,而前者尚有先哲之规模,非后者毫无文学之价值所可比焉。[11]

胡先骕强调文学和文字不同,文字仅取其达意,而文学必须在达意之外,还要有结构,有照应,有点缀,字字句句之间,有修饰,有锤炼。因此,他特别指明文学革命和文字改革不同。古文、诗词、韵文的内涵各有不同,文学革命不能一概而论。从文学发展史看,各种文体都有其存在的理由,他坚持认为白话不能全部取代文言文。只可改良文学,而不能抛弃文学的历史。今日要创造新文学,必须以古文学为根基,使古文学发扬光大。

此文一出现,立即受到胡适学生罗家伦的辩驳。在1919年5月《新潮》第1卷第5期上,罗家伦刊出《驳胡先骕君的〈中国文学改良论〉》。罗家伦认为胡先骕的《中国文学改良论》实是毫无改良的主张和办法,只是与白话文学吵架,其意见既不中肯,也不服人,而且意义文词都太笼统,不着边际。罗家伦此文思路和胡适派文学革命、思想革命主张相一致,他把创造新文学放在思想革命的高度,因此,特别注重人的价值、时代价值和分析研究价值。

罗家伦认为胡先骕文章存在着对新文学理论和实践的误解:"一、他以为我们主张言文合一;二、他对于白话的意义不明了。"而胡适和一班文学革命的倡导者对白话文学的共识是:"白话的'白'是'说白'的'白';白话的'白'是'黑白'的'白';白话的'白'是'清白'的'白'。"接下来,又从中外文学的三个层面上,阐述了诗的体用特质、白话文言能否为诗、西洋文学新诗潮流的性质问题。进而强调近代新诗的五种属性:"一、重精神而不重形式;二、用当代的语言;三、绝对的简单明了;四、绝对的诚实;五、音节出乎'天籁'。"而中国的新文学革命正是中国与世界文学接触的结果,是文学进化史上的一个阶段。关心中国文学的人且不可少见多怪。在这时,胡先骕的态度和批评言辞都相对温和,虽有些挑战性,却无明显敌对情绪。

事实上,胡先骕的文学观念有一个变化的历史脉络,即 1922 年前后不同。1922 年,反对新文化的保守旗帜高树,文学思想有意与《学衡》同人的整体倾向趋同,在批评新文化运动的文章中,多了些有意识的偏至和情感成分。因为他 1920 年发表《欧美新文学最近之趋势》(9 月上海商务印书馆出版发行的《东方杂志》第 17 卷第 18 号录自《解放与改造》),对欧美文学历史、现状和发展走势的评说,尚为持中、公允。但 1922 年以后的言辞,偏颇成分、对立情绪明显增多,对欧美近代文学几近全盘否定。

作为一个严肃、正直的自然科学家,胡先骕有别于吴宓、梅光迪,他的认真和苛刻态度,用在文学批评上便显得特别无情,正如同他自己所说"即不免翻齿剔骼之病"和"讥弹"。《学衡》第 1、2 期,连载他批判胡适的长文《评〈尝试集〉》(据《吴宓自编年谱》所示,胡先骕这篇文章,当时曾投寄多家刊物,结果是都不敢刊用[12])。

一部中国现代新诗运动的开山之作《尝试集》,在他看来,"以 172 页之小册,自序、他序、目录已占去 44 页,旧式之诗词复占去 50 页,所余之 78 页之《尝试集》中,似诗非诗、似词非词之新体诗复须除去 44 首。至胡君自序中所承认为真正之白话诗者,仅有 14 篇,而其中《老洛伯》《关不住了》《希望》三诗尚为翻译之作"。他认为剩下的 11 首新诗,无论以古今中外何种眼光观之,其形式精神,皆无可取。胡先骕以此完全否定《尝试集》的价值。

胡先骕的专长是植物分类,他用科学统计分类法,把胡适《尝试集》作如此肢解,该诗集的尝试精神、创新精神和开一代新诗风的时代精神完全被化整为零了。文学和科学是两个不同的世界,有完全不同的价值标准和评价体系,批评方法移位和文学思想观念差异,必然会出现如此尖锐的对立、冲突。

胡先骕写作古体诗词且坚持终生。他早年参加过南社,并因宗法宋诗，推崇同光体而引发南社内部宗唐与宗宋之争[13]，南社是具有浓重文化保守主义倾向和民族革命色彩的文学团体。胡先骕有深厚的古典文学修养，同时对外国文学，尤其是古典诗学也有较深入的了解，对中西方诗学和文学批评的投入，是他在植物分类学研究之外的最大兴趣。他从"《尝试集》诗之性质""声调格律音韵与诗的关系""文言白话用典与诗之关系""诗之模仿与创造""古学派浪漫派之艺术观与其优劣""中国诗进化之程序及其精神""《尝试集》之价值及其效用"多个方面把胡适《尝试集》的价值毁灭殆尽。他说胡适对于中国新诗的造就，本未升堂，不知名家精粹之所在，但见斗方名士哺糟啜醨之可厌；不能运用声调格律以泽其思想，但感声调格律之拘束；复撷拾一般欧美所谓新诗人之唾余，剽窃白香山、陆剑南、辛稼轩、刘改之之外貌，以白话新诗号召于众，自以为得未有之秘，甚至武断文言为死文字，白话为活文字，而自命为活文学家。实则对于中外诗人之精髓，从未有深刻的研究，徒为肤浅之改革谈而已。

胡先骕把胡适的文学改良主义视为"盲人说烛"，并把在他看来仅有的11首新诗一一加以评说。他认为《人力车夫》《你莫忘记》《示威》所表现的是"枯燥无味之教训主义"，《一颗遭劫的星》《老鸦》《乐观》《上山》《周岁》所表现的是"肤浅之征象主义"，《一笑》《应该》《一念》所表现的是"纤巧之浪漫主义"，《蔚蓝的天上》所表现的是"肉体之印象主义"，《我的儿子》无所谓理论，《新婚杂诗》《十二月一日奔丧到家》与《送叔永回四川》"无真挚之语"，且有不深切和纤细之感。

胡适认为格律声韵是限制诗词创造自由的枷锁镣铐。胡先骕认为格律声韵是诗词之本能，他从中西诗学的广征博引中批判胡适之论，甚至指责胡适"强掇拾非驴非马之言而硬谓之为诗"。他认为用典之起源无害于诗之本质，且可为现实情事生色。诗人意有所刺，不欲人明悉其意，乃假托于昔人。或意有所寓,不欲明言,乃以昔人之情事以寄托其意兴,这是诗所允许的。胡先骕认定胡适之诗与胡适的诗论,皆有一种极大的缺点,即认定以白话为诗,不知拣择之重要,但知剿袭古人之可厌,遂因噎废食,不知白话固可入诗,然文言尤为重要。针对胡适论诗所主张的不必模仿古人之说,他也提出了相应的商榷。他认为人的技能智力,自语言以至于哲学,凡为后天所得,皆须经若干时日模仿,才能逐渐有所创造。思想、艺术皆循此道。思想模仿既久,渐有独立的能力,或因此而能创造,有创造亦殊难尽脱前人影响。模仿是创造的开始,这是人类历史进化的规律性经验。

经过以上讨论,胡先骕认定胡适的诗和诗论所代表的主张,为绝对自由主义。胡适所反对的为制裁主义,规律主义。从世界文学发展潮流看去,浪漫主义和卢梭所反对的是古典主义。而胡适及同人所提倡的所谓写实主义文学,实质上不能超出浪漫派范围。胡先骕在《评〈尝试集〉(续)》(《学衡》1922年2月第2期)中首次引白璧德(Irving Babbitt)及人文主义(Humanism)的思想方法入中国文学批评界。白璧德崇尚古典主义(Classicism),主张遵守文学的纪律,反对卢梭以下的浪漫主义。这对胡先骕及《学衡》同人有直接影响。作为白璧德及新人文主义思想在中国的最先译介、引入者,胡先骕继之在《学衡》第3期全面介绍这位西方思想家、文学批评家。这一期上,他翻译并登出《白璧德中西人文教育谈》。吴宓特为此文加了"附识"。1921年9月,白璧德应美国东部中国留学生之请,为他们作了演说。演说文稿"Humanistic Education in China and the West"刊登在《中国留美学生月报》1921年第17卷第2期上。胡先骕将此文译出。

白璧德对中国当时新文化运动的基本情况有一定了解,他的演说也是针对中国实际情况而发的。他就自己所见的中国人多认为自己祖国所需要的为文艺复兴,而与古代完全脱离,且以西方文化之压迫为动机的说法,发表了自己的意见。他的这些见解正合胡先骕及《学衡》同人之意,故被胡加以中国化的文字和精神规范。白璧德推崇中国文化及对中国现实文化的关注,正合胡先骕及《学衡》同人的口味。胡先骕认同白璧德的言论,并借此来为自己反对胡适及新文化运动的言行充当理论依据和精神支点。胡先骕实为在中国传播白璧德及新人文主义思想的第一人。

胡先骕认为"浪漫主义,苟不至极端,实为诗中之要素。若漫无限制,则一方面将流于中国之香奁体与欧洲之印象诗,但求官感之快乐,不求精神之骞举;一方面则本浪漫主义破除一切制限之精神,不问事物之美恶,尽以入诗"。同时,他举出胡适的《威权》《你莫忘记》,沈尹默的《鸽子》,陈独秀的《相隔一层纸》[沈按:此为胡先骕的笔误,该诗不是陈写的,作者为刘半农]为趋于极端的劣诗。

胡先骕在比较古典派和浪漫派诗学优劣时所持的理论依据为白璧德的文学主张。白璧德指出:"凡真正人文主义(humanistic)方法之要素,必为执中于两极端。其执中也,不但须有有力之思维,且须有有力之自制,此所以真正之人文主义家,从来希见也。"又说:"增广学术与同情心之主要作用,为使人当应用其才力时,对于专注与拣择最紧要之顷,得有较充分之预备。凡人欲其拣择正当,必先有正当之标准。欲得正当之标准,必须对于一己之意志冲动,时刻加以限制。"所以说"吾人欲免此种种之紊乱,必一面保存自然主义派之优点,一面须固持人生之规律,而切要超越全部自然主义之眼光。换言之,若欲重振人文主义,必对于十九世纪所持有之浪漫主义、科学、印象主义与独断主义,皆有几分之反动也"。对待文学的形式问题,白璧德强调"若浪漫派、自然派与假古学派,不知形式与形式主义之区别,必强谓美限于一物,吾人初无理由必须步其后尘。凡正式之美之分析,必能认别二种元素:其一为发展的,活动的,可以'表现'一名词总括之。与此相对者则为'形式'一元素,普通觉为制限拘束之规律者是也"。同时又指明,"以抛弃制限之原理之故,彼富于情感之自然主义派,终将非议人类天性中所有较高之美德,与解说此美德之言词,至最终所剩余者,仅有野蛮之实用主义(pragmatism)而已"。[14]

在引述白璧德理论主张之后,胡先骕检讨了中国诗歌进化的基本程序和内在精神,指出自《诗经》始,形式上的赋比兴兼有,而精神上所表现的则"纯为人文主义,初无一毫浪漫主义羼杂其间,此亦中国古代文明迥异于其他文明也","至屈原出,始创离骚,以忠君爱国之忧,一寓于香草美人之什。既破除四言之轨律,复尽变人文主义之精神,秉楚人好鬼之遗风,遂开诗中超自然之法门。虽一时之影响不大,未能开一时期,然中国诗之浪漫主义,以伏根于此矣"。随后,中国诗歌的发展经历了四次历史性变迁,至宋诗已穷正变之极,乃不得不别拓疆域与开宋词元曲。

在他看来,中国诗至宋代,已进入技术完美之域。至于内容,从自然之美、人情之隐,到经史、百家、道藏、内典所含蕴的哲理,宋人都能运用入诗,清人还用诗以为考据之用。时值新文化运动,胡先骕寄希望于"他日中国哲学、科学、政治、经济、社会、历史、艺术等学术,逐渐发达,一方面新文化既已输入,一方面旧文化复加发扬,则实质日充。苟有一二大诗人出,以美好之工具修饰之,自不难为中国诗开一新纪元"[15]。因此,胡先骕坚决反对胡适对古典诗词的多方面否定。

这篇两万多字的长文的结论是:"《尝试集》之价值与效用,为负性的。"胡先骕视胡适为新诗人的先锋,也是造反作乱的陈胜、吴广。他同时发出如下感慨:我国青年既与欧洲文化相接触,势不能不受其影响,而青年识力浅薄,对于他国文化之优劣,无抉择能力,势不能不对各派皆有所模仿。既然已经模仿了颓废派,且产生了如此的新诗的失败,那只能寄希望于迷途青年明白这种主张的偏激之非,知道中庸的可贵,洞悉溃决一切法度之学说的谬误,而知韵文自有其天然的规律,才能按部就班,力求上达。

批评家的责任与文学的标准

《学衡》第 3 期上,胡先骕同时还登出《论批评家之责任》,针对新文化运动中几位批评家如胡适、钱玄同、陈独秀等人的相关言论,进行了极为尖锐的批评。他不满于中国现实文学批评家的作为,认为批评家责任重大,对社会,对一代青年,尤其是对文化进步至关重要。他明确指出,在批评方面,我国文学以往的历史,有与英国相同之处,皆长于创造而短于批评。且我国人富于感情,深于党见,朱陆之异同,洛蜀之门户,东林复社,屡见不鲜。加上外来偏激主义,为之前驱,遂使如林之新著作中,除了威至威斯[Wordsworth,沈按:今译为华兹华斯]所诋为"伪妄与恶意之批评"外,大概没有其他东西了。在这种流弊作用下,中国固有文化,徒受无妄攻击。西欧文化畸形发展,既不足以纠正我国学术之短,尤其不能补助我国学术之长,且使多数青年用有心之力,趋入歧途,万劫不复,此是极大的可悲之事。要改革中国今日的文学批评,首先要标明批评家的责任,使其知道批评事业的艰巨,不学无术者敛手,即是能胜任批评之责者,也要念社会所托之重,审慎将事,不偏不党,执一执中。

胡先骕认为批评家的责任应包括"批评家之道德""博学""以中正之态度,为平情之议论""具历史之眼光""取上达之宗旨""勿谩骂"六个方面。只有博学,无成见,知解敏捷,心气和平,有知识上的良知,有指导社会上达的责任心这些积极的批评家素质,才能成为一个称职的批评家。他以自己的文化观念和批评原则,具体分析了上述各项条件的基本内涵,并有针对性地批评了胡适、钱玄同、陈独秀的诸多言论。

批评家的责任在于他指导一般社会,对于各种艺术产品、人生环境、社会政治历史问题,均能加以正确判断,以期臻至美至善之域。因此,立言首贵立诚,凡违心过情,好奇立异之论,奉迎社会,博取声誉之言,皆在所避忌之列。他指出:"今之批评家则不然,利用青年厌故喜新,畏难趋易,好奇立异,道听途说之弱点,对于老辈旧籍,妄加抨击,对于稍持异议者,诋諆谩骂,无所不至。甚且于吾国五千年文化与社会国家所托命之美德,亦莫不推翻之。"胡先骕所说的这些话针对胡适等人。他认为胡适文学革命之论,尤其是中西比附,所谓古文为死文字,便是牵强之语,似是而非之言。"又如钱君玄同,中国旧学者也,舍旧学外,不通欧西学术者也!乃言中国学术无丝毫价值,即将中国载籍全数付之一炬,亦不足惜。此非违心过情之论乎!胡君适之乃曲为之解说,以为中国思想过于陈旧,故钱君作此有激之言。"[16]他指出钱玄同有国学根底,说这样的话,对一般不知国学的青年,会产生不良影响。胡适、沈尹默时而写新诗,时而又写古体诗,且理论上前后矛盾,见解不定,这样很容易迷惑青年人的视听。因此,他强调对于艺术创造的冲动,必须加以理性制裁。批评家尤其不能利用人类的弱点,作违心之论,以博得先知先觉的虚誉。这是一个批评家的道德问题。

在"博学"这一问题上,他指明批评和创作不同。创作依赖于天才,所以学问不深,也能创作出很高水平的艺术品。批评家则需要对古今中外的政治、历史、社会、风俗以及多数作者的著作,都加以精深研究,再以锐利的眼光,作综合分析考察,这样才能言之有据,而不至徒逞臆说,或摭拾浮词。

以中正的态度,发表平心正气的议论,的确不是一件容易的事。从历史上看,我国文人素尚意气,当门户是非争执剧烈时,对于自己所喜欢的东西,则升之于九天;对于自己不喜欢的,便坠之于九渊。胡先骕对钱玄同那种颇为偏激的言辞表示不满,认为那种把骈选之学视为妖孽,把桐城派及其后学看作谬种的说法实在有失中正,也不是批评家应持的态度。他强调如今批评家所持之态度和已经形成的批评时尚——"立言务求其新奇,务取其偏激,以骇俗为高尚,以激烈为勇敢"——此非国家社会之福,也不是新文化的光明前途。

批评家的历史眼光,不是一个抽象说辞。在广义和狭义的历史视野里,往往有如此现象:理论上所訾议的,实际上却极有功用;理论上所赞扬的,实际上却无法通行;或此邦可行的,在他邦却不可行;在此时代为善政,而在他时代却被视为罪恶。所以"作批评也,决不宜就一时一地一党一派之主观立论,必具伟大洞彻之目光,遍察国民性、历史、政治、宗教之历程,为客观的评判,斯能公允得当"[17]。

胡先骕和白璧德一样,反对卢梭学说,认为卢梭以下的浪漫主义是一种绝圣弃智、返乎自然的理论,其结果使社会不但不能进步,反而愈退愈下,直使人类返回原始状态。"今日一般批评家之宗旨,固为十八世纪卢骚学说创立以来,全世界风行之主义之余绪,即无限度之民治主义也。有限度之民治主义,固为一切人事之根本。无限度之民治主义,则含孕莫大之危险。"[18]民治主义要求遇事皆须为一般大众着想,而不宜仅顾少数知识阶级。胡先骕认为,如果一切文化,迁就知识卑下的阶级,必然会造成一种退化的选择。这样,优美的性质便不足以崇尚,也不为社会上追求上达的人所选择。其结果,保留繁衍下来的,只是本应被淘汰的下劣东西。作为批评家,其职责是指导社会。这是一项上达之事。上达的崇高宗旨,本来与民治主义不相矛盾。只是在今日现状下,一般平民在政治社会上还未能得到这一同等待遇和同等机会,因此,平民在无教育普及与社会自由选择的前提下,就无法进入优美之域。批评家的社会责任,在这时就应该首先认明上达的必要,而不是求不能得到的平等。只有这样才能不至于返回昔日的蒙昧,且日促文明的上达。胡先骕这里所谓文明的上达,不是现代西方文明,而是中国古代士大夫理想中的外在风俗淳和内在圣达。

对于文学批评中的谩骂行为,胡先骕提出了十分尖锐的批评。他指出今日批评家有好谩骂的可悲缺点。他不满新文学批评家对林琴南的责难,更对陈独秀、刘半农、钱玄同、易家钺等人言论不以为然。他认为假造"王敬轩",作为谩骂旧学的靶子,有悖批评的基本原则,实开谩骂之风。这有失文人中正、中庸的君子风度,也败坏了社会风气。

1924年他在美国学习时,对中西文学又有进一步认识。亲历中国新文学运动之后,他有意对西方文学进行比较考察。在中西参照比较中,他的保守主义文学观更加明确和坚定。1924年7月《学衡》第31期上刊出了他的长文《文学之标准》。这篇文章是胡先骕文学理论的代表作,同时也体现出他的政治思想和历史观。他纵论中西文学,坚持自己的古典文学观,极力反对中国新文学和西方浪漫主义以来的一切文学。

胡先骕认为现在是一个众人皆谈科学的时代,也是一个没有文学标准的时代。那么确立文学标准的依据,就要以科学的基本精神作为内在指导。要做到这一点,首先要解放个人,使个人有独立意识和独立行事的能力,不再做满足于"孝子顺孙"的"阿顺",不因袭成见和随波逐流。这也正是五四新文化运动的精神导向和个人解放的目标。个人解放与确立文学标准本应同步不悖。新文学运动的激进和偏至不是没有标准,只是这一标准不合乎文化保守主义者的文学批评观。

他要首先明辨文学的宗旨。胡先骕认为文学的宗旨一为娱乐,一为表现高超卓越的想象与情感。前者格调虽然较低,但自有其功用,其标准也较为宽泛,所用以消遣闲情,供茶余酒后之谈资。因为人类不可能终日工作,在休息娱乐时,文学便可以愉快其精神。后者格调高而标准也严。这类文学要求有修养精神,增进人格的能力,能为人类上进起到一定作用。从作品上看,前者为谐剧与所谓轻淡文学,后者为悲剧与所谓庄重文学。二者虽然各有其艺术标准,对其格调高下不可不知。正因为不知这些,才会有近日文学上邪说怪论,充满文学篇幅,贻害读者。

接下来,他具体论述了"文学的本体"和"卢梭之害"。《学衡》的精神导师白璧德极力反对卢梭及其浪漫主义,胡先骕的言论尤甚于老师。他说:

> 自卢梭民约论出,而法国大革命兴,杀人盈野,文物荡然,至今元气未复。而人类之幸福距乌托邦尚远。至今日失望之余,遂使独裁大兴,不为苏俄之暴民专制,即为意国之法昔斯蒂的运动。而英美旧式之民本主义,乃大有衰退之象。自卢梭《爱米儿尔》出,教育之宗旨大改,因势利导之方法,乃取严厉之训练而代之。其优点固在使求学为可乐,其弊则在阿顺青年避难趋易之趋向,使之于学问仅知浅尝而无深造。此现象在美国大学(College)中尤显。……文学之影响人生类皆如此,在以娱乐为目的之轻淡文学,影响尚不大;在以代表"主义"之庄重文学,则每有风从草偃之魔力。佥以欧战归罪于尼采之超人主义。抑知近日一切社会罪恶皆可归咎于所谓近世文学者,而溯源寻本,皆卢梭以还之浪漫主义有以使之耶。[19]

此话最能反映胡先骕思想的保守、偏至之处。

这里,我引用英国著名学者A. N. 怀特海的一段话作为对比。怀特海的这段话是1925年2月在哈佛大学演讲时说的。此时,胡先骕正在哈佛大学攻读博士学位。两位学人对浪漫主义看法有完全相反的取向。怀特海认为在浪漫主义之后,有一个浪漫主义的反作用浪潮,其最明显的特点是科学长足进步。他说:

随着 19 世纪的逝去,浪漫主义思潮也就渐次衰颓了。但它并没有消灭,而只是失去了思潮的清晰轮廓,流散在许多港湾之中,与人类其他的事物结合起来罢了。这个世纪的信念有三个来源:第一是表现在宗教复兴、艺术以及政治思潮上的浪漫主义思潮;第二是为思想开辟道路的科学跃进;第三是彻底改变人类生活条件的科学技术。这三个信念的泉源,源头都在上一时代。法国大革命本身就是浪漫主义受到卢梭熏染后的第一个产儿。……整个这一时代,科学的进步都是法国和法国影响的光荣。[20]

怀特海看到浪漫主义积极影响的一面。二者相比,怀特海这段话较符合历史的基本发展事实和人类文明进化的轨迹。

胡先骕通过对"中国浪漫主义之害""美术(美育)代宗教是不可能的""浪漫主义的道德观念""自然主义、写实主义的邪路"等多种文学现象和历史根源的具体检讨批评,指出中外思想与文学上的不中正之处,一一指摘违背文学标准的东西,并加以痛斥。他和白璧德一样,把浪漫主义视为文学发展中的魔障,把一切社会罪恶都加给文学。这是他的偏至和不公。文章最后,他警告世人:

勿以为不趋极端,不为袾世骇俗之论,即不得为好文学。中外最佳之文学,皆极中正,可为人生之师法,而不矜奇骇俗者也。在今日宜具批评之精神。既不可食古不化,亦不可惟新是从,惟须以超越时代之眼光,为不偏不党之抉择。[21]

他指出文学思想,常含局于时代与超越时代的两种元素。有"时代精神"的东西,不一定有永久的要素,我们后人不可一味盲从。有"古昔精神"的东西,其短处和缺失,也不能逃于我们的耳目。因此,对待中外古今文学要有一定判断力,要有一个基本的文学评价标准。他在结论中引用薛尔曼教授的一段文字:

> 如何以给与快乐而不堕落其心,给与智慧而不使之变为冷酷。如何以表现人类重大之感情,而不放纵其兽欲。如何以信仰达尔文学说,而同时信仰人类之尊严。如何以承认神经在人类行为中之地位,而不至于麻痹动作之神经。如何以承认人类之弱点,而不至于丧失其毅勇之概。如何以观察其行为而尊重其意志。如何以斥去其迷信而保存其正信。如何以针砭之而不轻蔑之。如何以讥笑其愚顽而不贱视之。如何以信任恶虽避善,而永不能绝迹。如何以回顾千百之失败,而仍坚持奋斗之希望。[22]

他把这段寻求中正、中庸的话作为文学标准,当成创造新文学者的所宜取法。

由胡先骕与胡适对立,可见文化激进主义、自由主义与文化保守主义之间的历史鸿沟。英国著名自由主义思想家霍布豪斯在《自由主义》一书中提出了思想理论发展过程中的理解和沟通问题。霍布豪斯指出:"巨大的变革不是由观念单独引起的,但是没有观念就不会发生变革。要冲破习俗的冰霜或挣脱权威的锁链,必须激发人们的热情,但是热情本身是盲目的,它的天地是混乱的。要收到效果,人们必须一致行动,而要一致行动的话,必须有一个共同的理解和共同的目的。如果碰到一个重大的变革问题,他们必须不仅清楚地意识到他们自己当前的目的,还必须使其他人改变信念,必须沟通同情,把不信服的人争取过来。"[23]

事实上,文化激进主义者、自由主义者在新文化运动取得胜利的情况下,其话语霸权性,和由此产生并开始拥有的神圣不可侵犯的权力,使得他们蔑视文化保守主义者。而文化保守主义者则以固有的信念和道德力量,强化自己心中的文化情结和文化托命意识,在不能相互理解和无法沟通的情况下,更谈不上"争取"了。

从知识谱系上看,胡适关注文学的社会—事功型知识作用,而胡先骕关注文学的本质—教养型知识作用。二者取向不同,个体话语迥异,乃至尖锐对立。

注

[1] 中国第二历史档案馆六四八—87《南京高师征集史化标本和采集动植物标本》第8—11页。
[2] 中国第二历史档案馆六四八—28《南京校长来往函件和校长移交接收》第234—236页。
[3] 中国第二历史档案馆六四八—62《南京高师教员毕业生留学》第266—268页。
[4] 中国第二历史档案馆六四八—62《南京高师教员毕业生留学》第269—270页。
[5] 中国第二历史档案馆六四八—62《南京高师教员毕业生留学》第271—274页。
[6] 中国第二历史档案馆六四八—87《南京高师征集史化标本和采集动植物标本》第392—394页。
[7] 中国第二历史档案馆六四八—87《南京高师征集史化标本和采集动植物标本》第398—399页。
[8] 徐自豪据《胡先骕全集》附卷统计后提供。
[9] 帕斯卡尔:《思想录》(何兆武译)第164页,生活·读书·新知三联书店,1985。

[10]《国风》第8卷第1号,1936年1月1日。
[11]《东方杂志》1919年第16卷第3期。
[12]《吴宓自编年谱》第229页,生活·读书·新知三联书店,1995。
[13]《胡先骕文存》下册第889页。胡先骕与南社的关系,可见郑逸梅编著:《南社丛谈》,上海人民出版社,1981。
[14]《学衡》1922年2月第2期。
[15]《学衡》1922年2月第2期。
[16]《学衡》1922年3月第3期。
[17]《学衡》1922年3月第3期。
[18]《学衡》1922年3月第3期。
[19]《学衡》1924年7月第31期。
[20] A. N. 怀特海:《科学与近代世界》(何钦译)第93页,商务印书馆,1959。
[21]《学衡》1924年7月第31期。
[22]《学衡》1924年7月第31期。
[23] 霍布豪斯:《自由主义》(朱曾汶译)第24页,商务印书馆,1996。

梅光迪:新人文主义者的语境错位

"哈佛味"及留学生与新文化运动疏离

1920—1930年代中国在美国哈佛大学读书的留学生不少,学衡派成员中就有近十位。1933年7月15日,白璧德在美国波士顿剑桥逝世,1933年12月25日,吴宓在《大公报·文学副刊》第312期刊出《悼白璧德先生》的纪念文章。他所列举的白璧德"中国门弟子"依次是梅光迪、吴宓、汤用彤、张歆海、楼光来、林语堂、梁实秋、郭斌龢八位。同时他指出"林语堂君,则虽尝从先生受课,而极不赞成先生之学说","而要以吴宓、郭斌龢君,为最笃信师说,且致力宣扬者"。白门弟子以外有胡先骕,曾翻译白璧德文章,"又曾面谒先生,亲承教诲"。吴芳吉、缪钺是读白璧德文章,间接受到白璧德影响。在吴宓所列举的上述十几人中,没有陈寅恪。梁实秋曾写文章宣扬人文主义,他所编《白璧德与人文主义》,1929年在新月书店出版,被吴宓在此称"为欲知白璧德先生学说大纲者之最好读物"。若以林语堂界说,他们回国后多少都带有"哈佛味"。林语堂、汤用彤、陈寅恪、楼光来、张歆海、梁实秋、郭斌龢可以算是"四年毕业"(并非实际时间),而梅光迪、吴宓则始终没能"毕业",即患上"哈佛病",没有摆脱"哈佛味"。

林语堂有过一年哈佛大学的学习经历,本与楼光来、吴宓同坐一个长凳听课,因不满白璧德保守而转学。[1]他在《哈佛味》一文中强调,文章有味,大学也有味。他引美国著名幽默家罗吉士(Will Rogers)的话说:"哈佛大学之教育并非四年。因为是四年在校,四年离校,共是八年。四年在校使他变成不讲理的人,离校以后,大约又须四年,使他变成讲理的人,与未入学时一样。"他说自己初回国时,所作之文,患哈佛病。后来转变了,不失赤子之心。于是,他骂人的话出来了:"许多哈佛士人,只经过入校之四年时期,永远未经过离校四年之时期,而似乎也没有经过此离校四年时期之希望。此辈人以为非哈佛毕业者不是人,非哈佛图书馆之书不是书,知有俗人之俗,而不知有读书人之俗。我见此辈洋腐儒,每每掩袂而笑,笑我从前像他。"[2]

哈佛大学是名校,美国人自己也有对名校的尖锐批评。意思是说即使世界上最好的名校,它的杰出人才率也只有十分之一到二,其余的极有可能是平庸者,因此它通常会是宗派主义的主要来源。师承、校别往往是平庸者的最佳保护伞。当然,此话与学衡派无关。事实上,名校的不同之处在于他们的习俗、礼仪,以及对于自己人的信赖,即对于出身名牌学校学历的自豪。这也正是名校的特殊性和神秘性。

林语堂是胡适的朋友,也是新文化派的重要成员。他日后嘲笑哈佛学子的原因,与新旧文学之争有关。胡适在与梅光迪、任叔永论辩时说"我辈不作腐儒生"[3]。此乃话中有话。温源宁在英文著作《一知半解及其他》中有《吴宓先生》一章,他说吴宓的病在"白璧德式的人文主义的立场。雨生不幸,坠入这白璧德人文主义的圈套。现在他一切的意见都染上这主义的色彩。伦理与艺术怎样也搅不清。你听他讲,常常莫名他是在演讲文学或者是在演讲道德"[4]。林语堂对此文有特别兴趣,将其译为中文。林语堂甚至在自传中有关哈佛大学同学的那一节里说:"吴宓,看来像个和尚,但其风流韵事则可以写成一部传奇。"[5]

是受导师影响太深,还是自己信念执着?或本身处于极端矛盾、分裂之中?

究竟什么是"哈佛味"?白璧德中国学生的"哈佛味"又表现出什么特点?有学者注意到了梅光迪、吴宓身上,其为人处世方面,体现出白璧德"不苟言笑、执着专致和严肃认真"[6]的风格;除张歆海、范存忠外,白璧德的中国学生像导师一样,"也都以获得硕士学位为满足,而没有攻读博士学位"[7]。当然,要取得哈佛大学文学、哲学博士学位,除学位论文外,还要考过拉丁文,许多人就是在拉丁文一项前止步不前了。相对而言,哥伦比亚大学的博士学位易得,就是因为少了这门拉丁文考试。

1933年4月16日《论语》半月刊第15期载有林语堂《有不为斋随笔·论文》。主张"文章者,个人性灵之表现"的林语堂,借评论沈启无编《近代散文钞》,由谈论胡适与公安三袁排斥仿古文学的性灵立场,进而拉出金圣叹与白璧德对决。他说了这样一段让梁实秋不快的话:

> 白璧德教授的遗毒,已由哈佛生徒而输入中国。纪律主义,就是反对自我主义,两者冰炭不相容。……
>
> 中国的白璧德信徒每袭白氏座中语,谓古文之所以足为典型,盖能攫住人类之通性,因攫住通性,故能万古常新,浪漫文学以个人为指归,趋于巧,趋于偏,支流蔓衍必至一发不可收拾。殊不知文无新旧之分,惟有真伪之别,凡出于个人之真知灼见,亲感至诚,皆可传不朽。因为人类情感,有所同然,诚于己者,自能引动他人。[8]

梁实秋随即在天津《益世报·文学周刊》第27期(1933年5月27日)刊出《说文》,表示不满。他说我是"哈佛生徒"之一,但不自承是"中国的白璧德信徒"之一,"因为白璧德教授的思想文章有些地方是我所未能十分了解,亦有些地方是我所不十分赞同的"。他认为林语堂所说的"遗毒",颇似卫道口吻,未免有违幽默之旨,并进一步表示:"林语堂先生要谈'性灵'尽管谈,要引金圣叹尽管引,但不知为什么拉上一位哈佛老教授做陪衬?"[9]

据潘光旦在《留美学生季报》第11卷第1号上所写的《今后之季报与留美学生》示,在留美学生界,有两种名义上足以代表全体的定期出版物。一是英文《留美学生月报》,二是中文《留美学生季报》。前者是对外的,后者是对内的。而《留美学生季报》是1914年据原《留美学生年报》改刊的,在上海印刷发行(第三年本第1号的出版日期为1914年1月,"编辑员"为胡适,随后胡适任"总编辑",直到1917年夏胡适回国)。这时的《留美学生季报》是广大留美学生的一个公共空间,后来成为学衡派成员的胡先骕、梅光迪、吴宓、汪懋祖、徐则林(陵)和主张文学革命的胡适、陈衡哲、赵元任等都在上面发表言论。1915年《留美学生季报》第2卷第4号"诗词"栏目中有胡适《送梅觐庄往哈佛大学》,其中有"神州文学久枯馁,百年未有健者起。新潮之来不可止,文学革命其时矣。吾辈势不容坐视,且复号召二三子,革命军前仗马棰"的诗句。这是与国内新文化运动同步的"文学革命"的启动,"文学革命"一词首先出现在胡适诗中。另有唐钺、任鸿隽、杨铨、胡先骕的诗。这时候,正值文学革命在美国胡适朋友中开始讨论。

1917年1月,胡适以《文学改良刍议》在《新青年》上将文学革命之火点燃。反映在《留美学生季报》上,是作为该刊主编的胡适的作品特别多,同时作为刊物编辑陈衡哲的白话"记实小说"《一日》也在1917年6月第4卷第2期上发表。正是这篇小说,被美国著名学者夏志清视为早于鲁迅《狂人日记》(《新青年》第4卷第5号,1918年5月)的中国现代文学第一篇白话小说。这期上有胡适诗八首、词三首,如诗《尝试篇》《蝴蝶》,词《沁园春·生日自寿》《沁园春·新年》等。"笔记"栏目中有胡适《江上杂记》和记录他和梅光迪讨论文学的《新大陆之笔墨官司》。而这篇《新大陆之笔墨官司》是胡适后来写《逼上梁山》叙述文学革命在美国由讨论到孕育成熟的最初底本。另有任鸿隽诗六首、词一首、文一篇,杨铨词三首、文两篇。陈衡哲除小说外还有诗两首、文一篇。可以说,此时《留美学生季报》是和文学革命讨论、发端同步。他们这些在美留学生是中国新文学的催生者。胡适的这些诗词在他回国后都收入《尝试集》。

随着胡适回国,总编辑易人,1918—1919年《留美学生季报》相对沉寂。在国内新文学运动高涨,刊物纷纷刊登新文学作品时,1918—1920年间《留美学生季报》仍大量刊登古体诗词。作者中有胡适朋友任鸿隽,也有反对新文学的吴宓、汪懋祖。如汪懋祖在1919年3月第6卷第1号上刊登的《送梅君光迪归圜桥(Cambridge Mass, U. S. A.)序》(归国后,此序又刊1922年4月《学衡》第4期)就明确表示和梅光迪意见一致,反对新文化—新文学运动。他说与梅光迪相识而成知音,且恨相见时晚。他对神州新化,吾国学者"泊于既狭且卑之实利主义。论文学则宗白话,讲道德则校报施"表示极大的不满。因为新文化运动导致数千年先民之遗泽被摧锄以尽,中国人的灵魂丧失。而梅光迪要"以文救国,驯至乎中道。当不迷其同而放所异"。汪懋祖最后说他"将攘臂奋首,以从君之后,而助成其业也",并以"坚其盟"为志向。这个"盟"即后来的学衡社,"业"即梅光迪在南京东南大学发起创办的反对新文化—新文学的《学衡》杂志。他们在1922年以后果真因《学衡》聚到一起。因为梅光迪的保守,早在1914年第1卷第3号上刊登的他的《民权主义之流弊论》一文中就显示出来。而汪懋祖在1918年7月15日《新青年》第5卷第1号上有《致〈新青年〉》通信,对《新青年》倡导新文学而又不许反对派"讨论是非"表示不满。为此胡适有《答汪懋祖》。[10]

吴宓主要是写古体诗词,并坚持终生。如第 5 卷第 1、3 号,第 7 卷第 3 号上的诗;第 7 卷第 2 号上的文(《曹君丽明传》);第 7 卷第 3 号上的《英文诗话》等。但这些都无法构成与新文化—新文学的对抗。因为白话新文学作为主流话语,此时已经形成大众话语的霸权之势,林纾、章士钊等试图抵抗、瓦解,都没能成功。

1920 年第 7 卷第 2 号,孟宪承发表《留美学生与国内文化运动》,他引陈独秀的话:"西洋留学生,除马眉叔、严几道、王亮畴、章行严、胡适之几个人以外,和中国文化史又有什么关系呢?这班留学生对于近来的新文化运动,他们的成绩,恐怕还要在国内大学学生、中学学生的底下。"[11]对此,孟宪承表示说:"我们对于这样老实的公平的评判,要坦白地承受,积极地欢迎。"因为"从去年五四学潮以后,国中知识阶级,传播新思潮,速率很快了。在一年的短期间内,发生了许多有趣味、有价值的问题的讨论——如孔子问题、礼教问题、文学的改革问题、贞操问题、戏剧改良问题、新村问题、女子解放问题等等。……在这'如荼如火'的运动中,留美学生是比较的沉寂了。我们加入的讨论很少,差不多表面上没有什么贡献,并且有时发现反对新思潮的言论,如关于国语文学,虽在国内已不成问题,在我们中间,怀疑的人还不少"。

最后,孟宪承呼吁:"我们应该觉醒,应该奋起","我们对于国内文化运动,应该具更深的同情,感浓厚的兴味","应该有分担一部分文化事业的志愿,作相当的有意识的准备","也应该发抒意见,自由讨论"。

到了 1921 年,"发抒意见,自由讨论"开始后,《留美学生季报》便从第 8 卷第 1 号始,设"思潮"专栏,并有署名"记者"写的《发端》作为引言。

"记者"在《发端》中希望留美学生中有思想者,对于国内的新文学运动,无论赞成或反对,当共同研究,尽情发表。《发端》作者特别强调,新旧思想之交接,往往发生冲突。新文化运动实不始自今日。思想虽有新旧之分,唯适者乃存。"余深愿中国人士,保守固有更预备现在及将来。"《发端》还指出,崇拜古人的实际是两种人:泥古者和知古者。前者忘现在及将来,弊病甚大;后者能善用古人之长,为现在及将来之准备。

在展开"留美学生与国内文化运动"的讨论中,最先出阵的是吴宓。他在第 8 卷第 1 号刊出《论新文化运动》,这是他反对新文化—新文学的主要言论,也是他的基本文化立场。此文在他回国主编《学衡》时又被转载。[12]同时由于孟宪承《留美学生与国内文化运动》指责留学生不响应国内的新文化运动,不知近世思潮,吴宓也是针对此种言论有感而发。

他说新文化运动导致了:"一国之人,皆醉心于大同之幻梦,不更为保国保种之计。沉溺于淫污之小说,弃德慧智术于不顾。又国粹丧失,则异世之后,不能还复。文字破灭,则全国之人,不能喻意。长此以往,国将不国。"

就新文学而言,他说文学的根本道理及法术规律,中西均同。文章起于摹仿。"中国之新体白话诗,实暗效美国之 Free Verse","浪漫派文学,其流弊甚大。……今新文化运动之流,乃专取外国吐弃之余屑"。他说中国新文化简称之曰欧化。清末光绪以来,欧化则国粹亡,新学则灭国粹。"言新学者,于西洋文明之精要,鲜有贯通而彻悟者","西洋正真之文化,与吾国之国粹,实多互相发明,互相裨益之处。甚可兼蓄并收,相得益彰。诚能保存国粹,而又昌明欧化,融会贯通,则学艺文章,必多奇光异彩"。吴宓认为对于西洋文化的选择,"当以西洋古今博学名高者之定论为准,不当依据一二市侩流氓之说,偏浅卑俗之论","按之事实,则凡夙昔尊孔孟之道者,必肆力于柏拉图、亚里士多德之哲理。已信服杜威实验主义者,则必谓墨独优于诸子。其它有韵无韵之诗,益世害世之文,其取舍之相关亦类此。凡读西洋之名贤杰作者,则日见国粹之可爱。而于西洋文化专取糟粕,采卑下一派之俗论者,则必反而痛攻中国之礼教典章文物矣"。

最后他说:"新文化运动之所主张,实专取一家之邪说,于西洋之文化,未示其涯略,未取其精髓。万不足代表西洋文化全体之真相。"他希望国内的学子之首,宜虚心,不要卷入一时之潮流,不要妄采门户之见,多读西文佳书,旁征博览,精研深造。以西洋之哲理文章之上乘为标准,得西方学问之真精神,以纠新文化之偏浅谬误。

这些言论和五年前梅光迪与胡适讨论文学革命,批评胡适时所说的一样,也是留学生中攻击新文学运动最为激烈、最具有颠覆意义的一篇,日后在《学衡》发表时,没有能够引起注意,是因为新文化运动和文学革命早已过了讨论时期,历史已经进入新的时段,由破坏旧的到建设新的,并开始寻求对中国问题彻底解决的理论和实践。也就是说,现实已经超越了对文化层面的关注,而进入社会政治层面的变革。用胡适的话说,文学革命早已胜利,且已牢牢占据中国新文化的统治地位,几个留学生的反对,已毫无力量。

到了1921年第8卷第2号上,有陈克明《留学生对于祖国之责任论》一文,她将留学生分为文士派、尚外派、流学派、名誉派、求学派,并分类评说。最后她强调留学生要"善择求学派,据爱国之精神,坚持道德,以谦恭为本,忍耐为心,踊跃牺牲。以博爱为主",为中国的振兴而尽其责任。

吴宓反对新文化运动的《论新文化运动》文章发出后,立即引起批评。同年第8卷第4号的"思潮"专栏,有留学哥伦比亚大学的邱昌渭(1928年获哲学博士学位)《论新文化运动——答吴宓君》。邱昌渭首先指出吴宓骂新文化运动是"非牛非马"与其维持"圣道"的苦心相印,说他把文学的意义和用途误解了。他质问吴宓:"以我国数千年的文字专制,始有今日新文化来开放。就进化上而论,英人已远我国百年有余。我国的新进化,恰如呱呱坠地的小孩,带着一团的新生气。你不独不为这新生命作保母,反来摧残他,置他于死地。你真是一个忍人呵!"同时,邱昌渭也承认,在欧洲,"浪漫派"文学的流弊甚大,但有18世纪的Pope的专制,始有19世纪的"浪漫"来开放。浪漫派在英国以外的国家的势力很大,并促进了这些国家的文化、艺术、教育的开放和发展。如今,决不能因其有流弊而完全否认其历史作用。最后邱昌渭向吴宓进言:"所有不能采取的学说,或你以为不可采取的学说,请勿目为'邪说'。因为西洋学说不是'白莲教''张天师'类的学说。"

对于邱昌渭的批评,吴宓在同期上又写了长达17节的反批评文章《再论新文化运动》。[13]他对邱昌渭的批评有详细的答复,最后,他对邱昌渭说他维持"圣道"的话,感到"此其名如何之美,此其事如何之大"。他认为要维持的"圣道",不单是孔子之圣道,耶稣、释迦、柏拉图、亚里士多德风之所教,从根本上说都是圣道。要一并维持,不分中西门户之见。

孟宪承是哥伦比亚大学师范学院及中国教育研究会成员,自然也是杜威实验主义信奉者和中国实验主义教育思想主导下的"新教育"派。吴宓此时是哈佛大学白璧德及新人文主义信奉者,这两大思想,在美国学院之间也是矛盾对立的。美国实验主义和人文主义的矛盾斗争,由求学的中国留学生接受而体现在《留美学生季报》上。后来,他两人都在东南大学任教,分别在《学衡》的人文主义和《新教育》的实验主义对立阵营之中。

《留美学生季报》在1926—1927年间,由在清华学校经历过五四新文化运动的留美学生主持,一度思想、学术十分新锐,所登文学创作也完全是白话新文学，不再有古体诗词。如第11卷第1号上所登闻一多的著名诗篇《七子之歌》。

阿诺德、白璧德的身影

如绪论所言，学衡社主要成员以及外围成员（意指文学观念相似）的西学资源是英国的马修·阿诺德和美国的白璧德、穆尔。韦勒克在《近代文学批评史》中指出，阿诺德给我们提供了一份文化辩护书，即重申基督教世界改头换面过的古希腊人文学（paideia）理想，并开启美国的新人文主义文学批评。梅光迪、胡先骕、吴宓则重申儒教世界"改头换面"的先秦孔孟人文主义理想和文学道统。阿诺德强调："文学贵在教化，造就人材，使人看清事物，使人认识自我，使人陶冶性情。"[14]他要求大家安于"诗境"的人生观，他倡导"以情养德"的道德哲学，表现为道德理想主义的诗意生活，即是重视"道德与情感"。这种人文主义理想完全被梅光迪、胡先骕、吴宓所接受，并呈现出十分鲜明的道德教谕作风。而道德教谕外现只是一张保守的外衣，真实的内心却是浪漫情感的诗意栖息地。

从梅光迪、胡先骕、吴宓到梁实秋，其文学批评的基本概念和理路，同样是对阿诺德、白璧德的因袭或者说继承。诸如教谕作风、道德批评下的"普遍人性""情感想象与理性节制""中庸""中和""高度的严肃""道德与伦理""古典与浪漫""标准、纪律与规律"，以及"无偏无党，不激不随"的纯粹、中正批评立场等等。可以说，在梅光迪、胡先骕、吴宓以及梁实秋的文学批评中，摇曳着阿诺德、白璧德的身影。同时在具体的文学、文化批评中，特别是在对待浪漫主义文学的态度上，表现出十分强烈的二元对立。

与胡适论争时,梅光迪因受白璧德影响,思想观念和文化态度趋向于新人文主义的方方面面也越来越明显。这同其刚到美国时排斥西方文化的态度明显不同,即他找到了自己反对文学革命的理论依据和知识上的支援。他在致胡适信中就明确表示自己在思想观念上认同白璧德的新人文主义。

　　作为白璧德的忠实信徒,梅光迪此时完全接受了白璧德及新人文主义理论,反对卢梭以下的浪漫主义运动,主张文学的规范和纪律,强调中庸、理性和节制。尤其主张继承和借鉴古典知识(特别是古希腊以来的先哲智慧),在古典文化传统基础之上,融化新知,实现新人文主义理想,创造新的精神文明,并极力抵触、反对现代主义名目下的各种新潮流,甚至反对现代物质文明,认为物质文明给人带来享乐,刺激了欲望,这样就必然使人的精神需求极度膨胀,并由此走向堕落。可以看出,这个时期梅光迪的思想观念和文学主张,受白璧德新人文主义思想启示,及其所引发出的文学古典主义理想,与胡适所接受的杜威实用主义思想和由此激发出的文学革命主张完全背道而驰。白璧德及梅光迪强调并重视传统,反对主情,反对一切激进思想与文学革命,尤其是不能接受文学新潮观念和新文学试验。白璧德的主要观点,在梅光迪与胡适通信中都有体现,连白璧德所展示出的文学基本知识和态度,都表现在他的通信中及回国后刊发在《学衡》的文章里。

　　作为哈佛大学白璧德的学生,从师必须接受导师的严格学术训练。法国学者马西尔《白璧德之人文精神》一文,在介绍白璧德人文主义教育方法和基本学术训练思路时指出:

　　　　白璧德欲使学生先成为人文学者,而后始从事于专门也。夫为人类之将来及保障文明计,则负有传授承继文化之责者,必先能洞悉古来文化之精华,此层所关至重,今日急宜保存古文学,亦为此也。自经近世古文派与今文派偏激无谓之争,而古文学之真际全失,系统将绝,故今急宜返本溯源,直求之于古。盖以彼希腊、罗马之大作者,皆能洞明规矩中节之道及人事之律。惟此等作者为能教导今世之人如何而节制个人主义及感情,而复归于适当之中庸。[15]

同时,白璧德强调中庸之道,说欲实现真正人文主义理想,必须不以物质之律自足,而以遵依人事之律,并在个人修养上下功夫。这样才可能返于中庸。返此道的方法,尤其当效古希腊人利用前古之成绩以为创造,以个人自我之方法,表阐人类共性之精华。不当于科学及感情的自然主义和浪漫主义,作为走捷径的企图。

作为一种具有十足知识理性和历史意识的文化保守主义者,白璧德在中国文学革命的孕育和讨论时期,便有机地介入其中,并作为一种反对和制衡力量存在。所以说,在中国新文学革命和建设时期,在高扬激进的旗帜下,一直存在着一股保守的文学势力,其中由白璧德及新人文主义所驱动的反对新文学力量占有一定位置。

梅光迪在一系列致胡适信中,表明了他的新人文主义文学观念及与胡适实用主义文学革命主张的公开对垒,他们之间的分歧和对立,已经超出朋友间的争执,成为激进与保守的斗争,代表新人文主义与实用主义信徒之间在中国文学上的较量。在中国文学革命的关键时刻,个人信念的征程,直接介入了这场悲壮的文学革命,成为不可分割的一种互动关系。个人的荣辱得失,也与这种关系密切相连。时代造就和决定了这一代人的命运。当胡适向梅光迪表明自己主张"实际主义"(实用主义、实验主义的别个译名)的人生信仰时,梅光迪便在信中也明确打出了自己"人学主义"(人文主义、新人文主义的别个译名)主张,其与胡适思想观念格格不入，但表面上又似乎想牵扯到一起。

随着胡适1917年1月在《新青年》上刊出《文学改良刍议》，及随后陈独秀推波助澜的《文学革命论》，新文学革命运动空前高涨，胡适也借助这场革命，成功走到舆论与思想界的前沿，成为公众瞩目的人物。但胡、梅的争论还没有结束。旧问题并没有解决，新矛盾又在孕育。

由于语境错位和文化背景改变（1920年北洋政府教育部已颁布法令，使小学一、二年级教材改用白话文），梅光迪、吴宓、胡先骕等人的反抗话语和行为陷入唐·吉诃德大战风车的悲剧境地。面对新文化运动主帅人物的话语霸权，他们陷入了"落伍"和"保守"的困境。正如中央大学历史系教授贺昌群在1946年1月29日《哭梅迪生先生》一文中所说："其实他的中文不如他的英文，这话他自己也承认。他的中文从古文入手，古文的家法，他也不尽守，而他所写的文章内容，又多半是现代的材料，他的见解虽高明正确，如他在浙大《国命旬刊》上所发表的几篇，然而，其行文终难引人入胜，从这点说，他是失败的。古文的句法和词汇绝不能充分的显示现代意识和现代精神，这层，他未尝不知道，无奈受古文的影响太深，而他的文章遂不知不觉的成了'改组派'的小脚了。"[16]最早研究学衡派的学者沈松侨也引述了这段材料，并明确指出："学衡派之所以坚持使用文言文，与其'知识贵族'的观念息息相关。这也是他们所以失败的另一个因素。"[17]

旁观者清与当事人的反应

当学衡派还在反对"文学革命"时，新文化运动的主将胡适已从整理国故的路径走上"文化建设"。一场他所领导的借"整理国故"而"再造文明"的新文化运动已全面展开。海外其他留学生的反应虽是旁观,却有立场。

王徵是北京大学教授,也是胡适的朋友,他在日本时有一封信给胡适,谈到对胡适、梅光迪之争的看法。他说:

> 你对于老梅的态度,我始终佩服。我也□□[沈按:表示无法辨认的字]望有能与新思潮对峙的人出来,但我恐怕老梅的"古本高价买入"(此间旧书店的招牌)的保守主义,止能造反动,不能改进,不能建造。我尝讲:文化运动的最大功绩,就是与人以新趋向。合盘算起,"文化运动"是个很健康的运动(你可以把这话当史评看)。但趋向不是生活,也不是资生之具。要得这两种东西,那就□学不可了。所以我也曾为新运动下一符语,说:"新文化运动之后,就要学术建设。老梅的反动思想,我极不赞成。我与一班同志,可是要不动声色的往学术建设上一方面去了。"[18]

事实上,胡适正是走着一条由革命到建设的路。从《文学改良刍议》的"八不主义",到《建设的文学革命论》中提出"国语的文学,文学的国语",以及《新思潮的意义》中开出"研究问题,输入学理,整理国故,再造文明"的路径,由破到立,可以明显昭示出他从革命到建设的内在理路。

1920年4月13日,林语堂在哈佛大学致胡适信,说:"近来听见上海有出一种《民心》是反对新思潮的,是留美学生组织的,更是一大部分由哈佛造出的留学生组织的。这不知道真不真,我这边有朋友有那种印刊,我要借来看看。但是我知道哈佛是有点儿像阻止新思想的发原。"他读了胡适的《尝试集》自序后,对胡适说,梅光迪与胡适争论时所讲的许多问题都是哈佛大学白璧德教授的东西。白璧德这个人对近代的文学、美术,以及写实主义的东西，是无所不反对的。梅光迪师从白璧德几年，必然受到相应的影响。"况且这其中未尝没有一部分的道理在里边。比方说一样，我们心理总好像说最新近的东西便是最好的，这是明白站不住的地位。但是这却何必拿他来同白话文学做反对。我也同 Prof. Babbitt 谈过这件事，好像他对尔的地位的主张很有误会。我碰见梅先生只有一次，不知道他到底是甚么本意；看尔那一篇里他的信，摸不出来他所以反对白话文学的理由。本来我想白话文学既然有了这相配有意识的反对，必定是白话的幸福，因为这白话文，活文学的运动，一两人之外，不要说，大多数人的心理，有意识中却带了许多无意识的分子，怎么都没有一个明确的文学理想。但是现在我想有意识的反对是没有的东西；所以反对的，不是言不由心，便是见地不高明，理会不透彻，问题看不到底。"[19]查《民心》周报，学衡派成员在此刊发文章的主要是梅光迪(《自觉与盲从》，第 1 卷第 7 期)、吴宓(《〈红楼梦〉新谈》，第 1 卷第 17、18 期；《余生诗话》，第 3 卷第 1 期)。

前文说及林语堂在哈佛大学听白璧德课时，是与吴宓、楼光来等同坐一条长凳子。他受新文化运动影响较大，是胡适的朋友(他留学的部分费用是胡适自己暗中垫支的)，因"不肯接受白璧德教授的标准说"[20]，在哈佛大学只读一年，便转学了。

北京高等师范学校英文系一年级学生杨鸿烈(后入清华学校研究院)，在读了《学衡》杂志后致信胡适："近阅《学衡》杂志，不胜为文化运动前途惧！如梅光迪之偏狭嫉恶，固不足论，若胡先骕先生之评文亦应有详密公正之讨究，俾白话诗得无本身动摇之患。"[21]

因为师承效应，南京高等师范学校—东南大学的学生，不少人受柳诒徵、梅光迪、吴宓、胡先骕影响，反对白话新文学。在美国留学的江泽涵曾写信告诉胡适自己同学中的情况："还有一位郭斌龢君，他是同我同时到美国的。他的言论性情最与梅光迪先生相近,学问或者还高些。他当然是最痛恨你们。他回国后主办《学衡》杂志,并在东北教书。他在哈佛学拉丁文与希腊文,从 Irving Babbitt 学。他也许不去见你们(这里的东南大学的学生很有几位,很奇怪的是他们都反对白话文)。"[22]

《学衡》出现后,新文学家自然有积极的回应。吴宓、梅光迪、胡先骕、柳翼谋、胡梦华的言论都引起了批评。这里仅以周氏兄弟为例。其一为鲁迅(署名"风声")在《晨报副镌》上的文章,有《估〈学衡〉》,1922 年 2 月 9 日;《"一是之学说"》,1922 年 11 月 3 日;《对于批评家的希望》,1922 年 11 月 9 日;《反对"含泪"的批评家》,1922 年 11 月 17 日。

其中《"一是之学说"》,是针对吴宓在 1922 年 10 月 10 日《中华新报》增刊上《新文化运动之反动》而发的。吴宓列举七种反新文学刊物:《民心》周报、《经世报》、《亚洲学术杂志》、《史地学报》、《文哲学报》、《学衡》、《湘君》。其中,《史地学报》《文哲学报》《学衡》三种为东南大学办的。《亚洲学术杂志》为张尔田、孙德谦在上海所办,此刊停办后,吴宓把张、孙二人拉入《学衡》。《对于批评家的希望》,是针对学衡派批评家"独有靠了一两本'西方'的旧批评,或则捞一点头脑板滞的先生们的唾弃,或则仗着中国固有的什么天经地义之类的,也到文坛上来践踏……"[23],意指学衡派借助白璧德及新人文主义思想来反对新文化运动。《反对"含泪"的批评家》是批评东南大学学生胡梦华对汪静之新诗集《蕙的风》的道德评判。

其二为周作人,他以笔名"式芬"在 2 月 4 日《晨报副镌》和 2 月 13 日《时事新报·学灯》上发表《〈评尝试集〉匡谬》。胡适在日记上认为周作人文章持中、公正。2 月 12 日周作人又以"仲密"为笔名在《晨报副镌》刊出《国粹与欧化》,反对梅光迪关于模仿的主张。4 月 23 日《晨报副镌》又刊出仲密《思想界的倾向》的文章,周作人悲观地说:"现在思想界的情形……是一个国粹主义勃兴的局面;他的必然的两种倾向是复古与排外。"因仲密文章中提到《学衡》,所以胡适在27日《晨报副镌》上以《读仲密君〈思想界的倾向〉》做针对性的回应。他说梅光迪、胡先骕"不曾趋时而变新,我们也不必疑他背时而复古","知道梅、胡的人,都知道他们仍然七八年前的梅、胡。他们代表的倾向,并不是现在与将来的倾向,其实只是七八年前——乃至十几年前——的倾向。不幸《学衡》在冰桶里搁置了好几年,迟到1922年方才出来,遂致引起仲密君的误解了"。[24]

随后周作人变换笔名又刊登多篇批评文章,仅《晨报副镌》上就有:仲密《复古的反动》,1922年9月28日;作人《什么是不道德的文学》,1922年11月1日;荆生《复旧倾向之加甚》,《晨报副镌》,1924年2月24日;荆生《童话与伦常》,1924年2月28日;陶然《诗人的文化观》,1924年3月17日;陶然《百草中之一株》,1924年3月28日;陶然《国故与复辟》,1924年3月29日;陶然《小杂感》,1924年4月7日;陶然《小杂感》,1924年4月15日。另外《语丝》第115期上有岂明《〈东南论衡〉的苦运》,1927年1月22日。

《复古的反动》《什么是不道德的文学》是批评胡梦华的。《复旧倾向之加甚》《童话与伦常》《诗人的文化观》《小杂感》是批评、讽刺柳翼谋强调中国文化中的五伦,指出他拥护纲常礼教的反动性。《百草中之一株》是针对柳翼谋弟子田楚侨《中国文化商榷》而发的。《国故与复辟》是批评上海澄衷中学校长曹慕管标榜"注重国故"的言论。《〈东南论衡〉的苦运》是讽刺胡先骕在《东南论衡》第28期上所作《半斤与八两》的短文。

周作人对新文学的系统反思是1930年代的事,集中体现为《中国新文学的源流》。其实,他自1928年始,已开始对新文学"探源",先后有《杂拌儿·跋》《燕知草·跋》《枣和桥的序》《杂拌儿之二·序》《现代散文选·序》《中国新文学大系·散文一集·导言》《近代散文抄·序》《近代散文抄·新序》《重刊〈袁中郎集〉·序》。其中《现代散文选·序》一文涉及《学衡》。

他说:"古文复兴运动同样的有深厚的根基,仿佛民国的内乱似的应时应节的发动,而且在这运动后面都有政治的意味,都有人物的背景。五四时代林纾之于徐树铮,执政时代章士钊之于段祺瑞,现在汪懋祖不知何所依据,但不妨假定为戴公传贤罢。只有《学衡》的复古运动可以说是没有什么政治意义,真正为文学上的古文殊死战,虽然终于败绩,比起那些人来更胜一筹了。"[25]

周作人还进一步分析了学衡派与"非文学的古文运动"的关系:

> 非文学的古文运动因为含有政治作用,声势浩大,又大抵是大规模的复古运动之一支,与思想道德礼法等等的复古相关,有如长蛇阵,反对的人难以下手总攻,盖如击破文学上的一点仍不能取胜,以该运动本非在文学上立脚,而此外的种种运动均为之支柱,决不会就倒也。但是这一件事如为该运动之强点,同时亦即其弱点。何也?该运动如依托政治,固可支持一时,唯其性质上到底是文字的运动。文字的运动而不能在文学上树立其基础,则究竟是花瓶中无根之花,虽以温室硫黄水养之,亦终不能生根结实耳。古文运动之不能成功也必矣,何以故?历来提倡古文的人都不是文人——能写文章或能写古文者,且每况愈下,至今提倡或附和古文者且多不通古文,不通古文即不懂亦不能写古文者也,以如此的人提倡古文,其结果只凭空添出许多不通的古文而已。[26]

另外,沈雁冰针对梅光迪及学衡派同人也有多次尖锐的批评[27],并针对陈德征来信做了积极回应。他早在1921年10月下旬,因阅读《国立东南大学南京高师日刊·〈诗学研究号一〉》,发现该刊有大量吹捧古体诗歌的文章。沈雁冰为东南大学部分师生的思想陈旧而气愤。他和郑振铎、叶圣陶商议,要在《文学旬刊》上撰文"大骂他们一顿"[28]。陈德征这位 1929 年后红极一时的国民党文化教育官员(曾因提出《严厉处置反革命分子案》而引起胡适等"新月"派同人的强烈抗议),在 1922 年 5 月 6 日于安徽芜湖五中致信《小说月报》主编沈雁冰,说:"我不赞成复辟式的复古,和《学衡》派一样;我以为应拿现在的眼光思想,去窥测批评中国文学,我以为应拿现在的运动和文字,去反证和表述中国文学,我希望有人起来研究中国文学,希望《小说月报》有兼研究这一项的倾向。我并不是希望专研究外国文学者转向以便复古,这是要郑重声明的!"[29]沈雁冰回信表示:"你的两个意见,我都非常赞成,并且想竭力做去。"[30]

学衡派主张"文学的古文运动"失败,与政治无关,是生不逢时,语境错位。所以连一直关注国学的钱穆,在 1928 年春脱稿的《国学概论》中也承认:"最近数年间思想知识界之成绩,只是不明确的精神、物质之争,无力气的东、西洋哲学之辨。盲目的守旧,失心的趋新而已。"[31]他特别指出梁启超《欧游心影录》、梁漱溟《东西文化及其哲学》和《学衡》杂志介绍美国的"人文主义","言论之影响于时代思潮之进程者,舍为新文化运动补偏救弊之外,亦不能有若何积极的强有力之意味也"[32]。

郑振铎是 1921—1922 年间反对南京高等师范学校—东南大学"文学的古文运动"的急先锋,他在文学研究会主要阵地《时事新报·文学旬刊》上发文最多。在为上海良友图书印刷公司 1935 年出版《中国新文学大系·文学论争集》所写的"导言"中,他同样强调了"时势"因素,与周作人之说基本相同。他说:

> 复古派在南京,受了胡先骕、梅光迪们的影响,仿佛自有一个小

天地,自在地在写着"金陵王气暗沉销"一类的无病呻吟的诗歌……他们当时都在南京的东南大学教书,仿佛是要和北京大学形成对抗的局势。林琴南们对于新文学的攻击,是纯然的出于卫道的热忱,是站在传统的立场上来说话的。但胡、梅辈却站在"古典派"的立场来说话了。他们引致了好些西洋的文艺理论来做护身符。声势当然和林琴南、张厚载们有些不同。但终于"时势已非",他们是来得太晚了一些。新文学运动已成了燎原之势,决非他们的书生的微力所能撼动其万一的了。

然而在南京的青年们竟也有一小部分是信从着他们的主张。

他们在一个刊物上,刊出一个"诗学专号"所载的几全是旧诗。《文学旬刊》便给他们以极严正的攻击。这招致了好几个月的关于诗的论争。这场论争的结果便是扑灭了许多想做遗少的青年人们的"名士风流"的幻想。同时也更确切的建立了关于新诗的理论。[33]

1949年以后,由于政治文化的强化,以往鲁迅、茅盾的批评话语,被政治权力渗透,更具话语霸权。为此,吴宓在《自编年谱》中,回味当年《学衡》反抗新文学话语霸权时,特别说到当时"与《学衡》杂志敌对者"[34]如鲁迅、茅盾。

虽然说旁观者清,但回放历史时,尤其要看当时语境,不可单看当局者如胡适《五十年来中国之文学》《逼上梁山》的"台上喝彩",更不可只见吴宓日记中对新文学发出的极端仇恨和谩骂。[35]而对于梅光迪多年后在《人文主义和现代中国》[36]一文中的怨天尤人,当给以同情的理解。

历史潮流有时就是这么无情。对于五四新文化运动来说,的确是时势造英雄。胡适及新文学运动的成功,是顺应了历史发展。这对于梅光迪来说,是事业失败的灰色、低靡和终生相伴的痛苦。

能否以成败论英雄?

历史有时的确会有偶然的巧合和反讽。学衡派的美国导师,新人文主义思想家白璧德 1933 年 7 月去世,《学衡》杂志即在 8 月停刊。

梅光迪是新文化运动的反对派,在思想方法和文化观念上与胡适为敌。但他却是自由恋爱、自由婚姻最积极的实践者。他革了旧式包办婚姻的命,抛弃包办妻子王葆爱和儿子梅燮和,与自己女学生(1920 年 9 月东南大学第一届女生,也是西洋文学系的学生)李今英结婚。[37] 而胡适却一生就范包办婚姻。

梅光迪反对白话文学,也拒绝写白话文。可是他女儿梅仪慈在美国大学执教,却是以研究中国白话新文学为志业,并且是著名的丁玲研究专家。

若以实用功利眼光来看,由于胡适的存在,梅光迪成为一个人生失败者。胡适的光芒和辉煌,使得梅光迪逃遁海外[38]或暗淡一隅。可以不以成败论英雄,但历史却是如此残酷。在 1930 年代初梅光迪执教美国时,因受默西埃(Mercier)教授《美国的人文主义》一文启发,写了《人文主义和现代中国》,这是他自 1922 年 8 月在《学衡》第 8 期发表《现今西洋人文主义》十多年后的历史反思。他回顾自己曾置身而失败的中国人文主义运动,一腔伤感,满腹怨尤,以及无限惆怅,溢于言表。因为他看到新文化运动以来所形成的文化激进主义浪潮,以及关于变革与革命的信仰已经成为一种新传统。这种传统比以往任何旧传统都具有自我意识和良好组织性,具有极其强烈的话语霸权性,且不容异己存在。他感到无能为力,一时又无法施加自己的学术影响。

事实上,梅光迪著作很少,影响有限。但他的学生,学衡派同人张其昀却说:"梅先生著作不多,但其议论之正确,文辞之优美,卓然称为人文主义之大师。"[39]"大师"之说显然是虚夸之辞。随后张其昀又称道梅光迪为"先知先觉者",更是有些过于美言。他说:"迪生先生对西方文化有广博精粹之研究,真切深透之了解,其所欲特别介绍者,即为白璧德所倡导新人文主义的中庸之道。《学衡》杂志之宗旨,光明正大,其时正当孔学衰落之世,益有崇论宏议,砥柱中流之气概。由今观之,迪生先生实可谓中国文艺复兴运动之一先知先觉者。"[40]

梅光迪的美国学生、朋友顾立雅在《梅迪生——君子儒》的怀念文章中说,梅光迪是一个忠实的孔子信徒,富于理想主义,不肯随众附和,所以无缘施展他的抱负。梅光迪给人"印象最深的还是他的品格"。顾立雅回忆:"他常说真正的学者须具有嶙峋的气节,这是他对'廉'字的解释。他并引澹台灭明为例,子游说:'有澹台灭明者,行不由径,非公事,未尝至于偃之室也。'他不仅津津乐道这种做人的道理,而且躬而行之。他又谨慎小心,不肯逢迎献媚,更不屑作一个随俗浮沉的乡愿,照流俗人的看法,假使先生稍能表襮他的固有伟大可爱的风度,其成就当不至于此。过分的隐藏,有时难免成了一种过错,然'人之过也,各于其党,观过斯知仁矣'。"[41]

章太炎在《黄季刚墓志铭》中专门提到因黄季刚"不肯轻著书"一事。他曾对黄季刚说:"人轻著书,妄也。子重著书,吝也。妄不智,吝不仁。"[42]

梅光迪作为一个忠实的孔子信徒,一生没有著书,是仁,还是不仁?答案是:眼高手低!

人文主义运动？

在1920—1930年代，中国是否有一场所谓的人文主义运动？梅光迪的回答是肯定的。在《人文主义和现代中国》[43]一文中，他有系统论述；《评〈白璧德——人和师〉》中，他说这是"儒家学说的复兴运动"[44]。同时梅光迪也承认"这样的一次运动没有引起广泛的注意，得到公平的待遇"[45]，是"中国领导人的失败"[46]。其失败原因有两点：一是它与中国思想界胡适及新文化派，花了一代人时间与努力想要建成和接受的东西完全背道而驰；二是他们自身缺乏创造性，甚至没有自己的名称和标语口号以激发大众的想象力。从一开始，这场运动就没能提出和界定明确的议题。领导人也没有将这样的问题弄清楚，或者只看到了其中一部分。因此，它对普通学生和大众造成的影响不大。《学衡》的原则和观点给普通读者留下的印象：它只是模糊而狭隘地局限于在一些供学术界闲时谈论的文史哲问题上。梅光迪的反思和总结与罗杰·斯克拉顿在《保守主义的含义》中所说的相通："因为，保守主义者缺乏明确的政治目标，因而无法提供任何能够激发大众热情的东西。"[47]

而白璧德及新人文主义运动在五四后期未能形成风潮的实际语境也被梁实秋一语道破："只是《学衡》固执的使用文言，对于一般受了五四洗礼的青年很难引起共鸣。"[48]

而胡适认为《学衡》只是一本"学骂"。他认为新文化—新文学的"反对党"已经破产，学衡派根本无力与新文化—新文学对抗。

1932年9月28日，梅光迪为《国风》第3期孔子诞辰纪念专号写了《孔子之风度》。文章中他仍主张尊孔。他说：孔子以多艺闻于当时。除了有最深挚道德修养外,更富于艺术兴味,故其发于外者,不为矜严,为雍容大雅之君子。孔子多情。多情者必多恨。他恨贪官蠹吏;恨自命放达,玩世不恭,而实一无所长者;恨乡愿。这也正是梅光迪与胡适对垒,始终不变的情怀。

阿诺德是英国维多利亚时代的文化主将,是英美知识传统中具有文化保守倾向的思想家。对社会变革,他有自己的主见。阿诺德《文化与无政府状态——政治与社会批评》中文译者韩敏中在《译本序》中指出:阿诺德所希望看到的变革和进步是"绝对不能脱离过去,脱离历史和文化的根基,绝不能轻言甩掉我们的历史、文化、情感、心理的包袱","为了在秩序中实现变革,使英国,当然也是使人类平稳地走向更高的理想境界,就必须依靠广义的文化力量。文化不是行为的敌人,而是盲目、短效行为的敌人"。[49]

1914—1915年间,在美国西北大学读书的梅光迪,因偶然机会,听到R.S.克莱恩教授一次演讲。克莱恩指着白璧德新著《法国现代批评大师》对同学们说:"这本书能让你们思考。"[50]一种顶礼膜拜的热忱,使梅光迪从托尔斯泰式人文主义框框中走出,沉迷于白璧德的世界。梅光迪受白璧德思想启发而认识到,中国也必须在相同的智能和精神引导下,以冷静、理智态度,在中国人的思想观念中牢固树立起历史继承感并使之不断加强。只有这样才能跨越新旧文化鸿沟,使西方人文主义思想与中国古老儒家传统相映生辉。为了能够聆听这位新圣哲的教诲,梅光迪1915年秋转学到哈佛大学。

白璧德继承了马修·阿诺德的思想,其人文主义要旨为生活的艺术,即追求人生尽善尽美的理想境界。人文主义要求具体个人从自身修养入手,以好学深思,进德修业,"向内做工夫",进而谋求理性与感情和谐,求得人格完整。人文主义的理想为君子风度。君子有三长:中立(克己、节制、不激不随)、敏感(反对麻木不仁,但也非好奇立异)、合理(合于标准,不随心所欲,不逾矩)。这与中国儒家学说中庸、仁、礼正好相当,或最为接近。[51]

梅光迪认为,白璧德的风度,可以置于我国唐宋名贤韩昌黎、欧阳修之列。作为导师,白璧德帮助梅光迪等中国学生找到了自我,并发展了自我能力。特别是他对儒家人文主义的评价,为中国学生指明了中国文化在世界上的地位,为他们在当时形形色色文化价值观和文化主张中指明了正确的道路。所以郭斌龢说梅光迪与白璧德两人思想"最为深契"。[52]

作为新文化运动的反对派,梅光迪认为胡适及新文化运动带给中国人的是一场虚幻的精神启蒙。一场史无前例的文化革命,使得大多数中国人从极端保守变成了极端激进。而其中严肃认真的少部分人,也正忍受着一种思想空白和精神领域尴尬所带来的煎熬,甚至是绝望和忧伤。由于在中国教育文化、政治思想领域扮演主角的知识分子,自身思想肤浅,且已经完全西化,他们对自己精神家园缺乏起码的理解和热爱,"对自己的祖先嗤之以鼻,以民主、科学、效率及进步为其支架,毫无愧疚与疑义地将目前西方的官方哲学当作积极的主要价值观"[53]。"新文化运动"的结果,使中国文化丧失了自身利益的特性和独立性,成为欧美的文化翻版。梅光迪担心"用不了几年时间,中国很可能就会成为西方所有陈旧且令人置疑的思想的倾倒之地,就像现在它已成为其剩余产品的倾销地一样"[54]。他说中国大多数人走上激进之路的原因主要是19世纪下半叶以来,帝国主义列强给中国带来的一系列灾难性冲击,而国内回应便由此引发革命热潮和革命运动。所有这一切加在一起便导致对文化传统的质疑和民族自信心的丧失。在面对陌生的突发性事变而又必须作出快速变革和调整时,他们因准备不足而显得茫然不知所措,进而转向西方以求光明和向导,结果使中国失去了自身文化优势。梅光迪认为新文化运动是一场失败的运动。

梅光迪自己视他和《学衡》同人是另类,是对中国文化有更深层思考,有能力对中国人生活中发生的剧变进行合理解释的知识分子,是中国西化运动中的理性之翼与制衡力量。和美国的人文主义者一样,中国人文主义运动的支持者,也是大学里的学者。同时,梅光迪也不得不承认,他们的实际作用和影响力很小。但他借用并认同《学衡》同人楼光来对他们所做工作的基本估价,即《学衡》"批判了地方主义运动的泛滥及沽名钓誉之人恶行的猖獗,为道德等诸方面的健康发展起到了补充和纠错的作用"[55]。梅光迪坚信,中国文化真正的活力,在本国现代化进程中同样可以大有作为。这如同他在《九年后的回忆》一文中所持的观点那样。只是面对现实,他又多了几分感伤。

现实的取向

梅光迪的教学生涯主要是在东南大学、哈佛大学和浙江大学,其中,在哈佛大学是主讲汉语,在东南大学和浙江大学是讲西洋文学。他的人文主义理想主要体现在向学生传授知识上。为东南大学西洋文学系和浙江大学外文系,他付出最多。他的同事张君川回忆说:"梅先生自己学贯中西,也要求学生在努力研究西方文学外,不能忘记祖国丰富文学。他与吴宓老师素来提倡比较文学。如吴宓师在清华开有中西诗之比较一课,梅先生讲课常中西对比,不只使学生加深理解,实开比较文学之先声。"[56]

梅光迪由反对白话文,到"降格"[57]偶尔写白话文,经历了一个转变过程。因为小学生课本都改用白话文了。为子女教育,他不能不写白话文。"他与自己的女儿通信时,总是用生动的白话文来表达自己的父女之情。"[58]已为人父,且在美国受过教育的梅光迪,是孩子教育的实际状况改变了他对白话文的态度。白话文进入教育系统和孩子们轻松学习所带来的喜悦,胡适在给朋友的信中有明确表示。他说:"我看着长子读《儿童周刊》和《小朋友》(给小孩看的故事书),我不能不感到一种快慰。毕竟我们用口语来代替文言死文字的努力没有白费;我们至少已经成功的使千千万万下一代的孩子能活得轻松一些。"[59]可以说,梅光迪看到自己的孩子利用白话文工具轻松地学习,一定会和胡适有同样的喜悦。

梅光迪到浙江大学后,"经竺可桢校长的同意,继续发扬学衡精神"[60]。他规定大学一年级学生必修古文一年。从上古到明清,以顺序选读。文学院、师范学院学生,还必须学一年古代文学作品选读。同时,大学一年级必修一年英文,文学院、师范学院学生则要修两年英文。只有这样,才可能融通中西之学。梅光迪在遵义湄潭浙江大学期间的学术研究,已经转向中国古典文化。据张其昀追忆,梅光迪有著述《洛下风裁》《正始遗音》《韩文公评述》《欧阳公评述》《袁随园评述》《曾文正公评述》《明季士风》和《中国两大传统》[61]的宏愿,可惜,天不假以时日,1945年12月27日他不幸病逝于贵阳。

注

[1] 林语堂:《林语堂自传》第75页。
[2] 林语堂:《中华散文珍藏本·林语堂卷》第120页。
[3] 参见沈卫威:《无地自由——胡适传》第31页。

[4] 温源宁:《一知半解及其他》(南星等译)第98页。
[5] 林语堂:《林语堂自传》第75页。
[6] 王晴佳:《白璧德与学衡派》,见陆晓光主编:《人文东方——旅外中国学者研究论集》第509页。
[7] 王晴佳:《白璧德与学衡派》,见陆晓光主编:《人文东方——旅外中国学者研究论集》第511页。
[8] 《梁实秋文集》编辑委员会编:《梁实秋文集》第7卷第136—137页。梁实秋文章引了林语堂的这段话。
[9] 《梁实秋文集》编辑委员会编:《梁实秋文集》第7卷第137页。
[10] 季羡林主编:《胡适全集》第1卷第76—77页。
[11] 陈独秀此话出自《留学生》一文。原刊1919年12月1日《新青年》第7卷第1期"随感录"。原话的后面有"(至于那反对新文化的老少留学生,自然又当别论)"。又见《独秀文存》第567页,安徽人民出版社,1987。
[12] 吴宓将《论新文化运动》全文和《再论新文化运动》大部分内容合而为一,名为《论新文化运动》,刊《学衡》第4期(1922年4月)。吴宓同时说明此文是"节录《留美学生季报》"。
[13] 《留美学生季报》第8卷第4号(1921年冬季号)。《学衡》第4期节录。
[14] 雷纳·韦勒克:《近代文学批评史》(杨自伍译)第四卷第182页。
[15] 马西尔:《白璧德之人文主义》(吴宓译),《学衡》第19期(1923年7月)。
[16] 罗岗、陈春艳编:《梅光迪文录》第265页。
[17] 沈松侨:《学衡派与五四时期的新文化运动》第241页。
[18] 耿云志主编:《胡适遗稿及秘藏书信》(手稿本)第23册第485—486页,黄山书社,1994。
[19] 耿云志主编:《胡适遗稿及秘藏书信》(手稿本)第29册第313—315页。
[20] 林语堂:《林语堂自传》第75页。
[21] 耿云志主编:《胡适遗稿及秘藏书信》(手稿本)第38册第189页。
[22] 耿云志主编:《胡适遗稿及秘藏书信》(手稿本)第25册第159—160页。
[23] 鲁迅:《鲁迅全集》第1卷第401页。
[24] 季羡林主编:《胡适全集》第21卷第265页。

[25] 周作人著,钟叔河编:《知堂序跋》第348页,岳麓书社,1987。
[26] 周作人著,钟叔河编:《知堂序跋》第348—349页。
[27] 郎损:《评梅光迪之所评》,《时事新报·文学旬刊》第29期(1922年2月21日)。郎损:《近代文明与近代文学》,《时事新报·文学旬刊》第30期(1922年3月1日)。郎损:《驳反对白话诗者》,《时事新报·文学旬刊》第31期(1922年3月11日)。冰:《"写实小说之流弊"?》,《时事新报·文学旬刊》第54期(1922年11月1日)。雁冰:《文学界的反动运动》,《文学周报》第121期(1924年5月12日)。
[28] 唐金海、刘长鼎主编:《茅盾年谱》(上)第135页,山西高校联合出版社,1996。
[29][30]《译名统一与整理旧籍:致雁冰》,《小说月报》第13卷第6号(1922年6月10日)。
[31] 钱穆:《国学概论》第363页,商务印书馆,1997。
[32] 钱穆:《国学概论》第347页。
[33] 郑振铎编:《中国新文学大系·文学论争集·导言》(上)第13页,上海良友图书印刷公司,1935。
[34] 吴宓:《吴宓自编年谱》第235—236页。
[35] 吴宓:《吴宓日记》第Ⅱ册第90—91、129、144、152页。
[36] 罗岗、陈春艳编:《梅光迪文录》。
[37] 王晴佳在《白璧德与学衡派》一文中注意到了白璧德与自己的学生结婚一事,并由此联系到白璧德的中国学生,说影响到了梅光迪与学生李今英结婚、吴宓追女学生。见《人文东方——旅外中国学者研究论集》第514页。
[38] 梅光迪去哈佛大学教中文是赵元任推荐的,也是因要背离包办婚姻(同时追求自己的女学生)而陷入尴尬境地时寻求暂时逃避的行为。当时赵元任要回国,哈佛大学教中文的位置必须有人接替。见杨步伟:《一个女人的自传》第243—244页,岳麓书社,1987。
[39] 张其昀:《六十年来之华学研究》,《张其昀先生文集》第19册第10253页。
[40] 张其昀:《〈梅光迪先生家书集〉序》,《张其昀先生文集》第21册第11440页。
[41] 罗岗、陈春艳编:《梅光迪文录》第249—250页。

[42] 程千帆、唐文编:《量守庐学记——黄侃的生平与学术》第 2 页。
[43] 罗岗、陈春艳编:《梅光迪文录》第 214—228 页。
[44] 罗岗、陈春艳编:《梅光迪文录》第 236 页。
[45] 罗岗、陈春艳编:《梅光迪文录》第 225 页。
[46] 罗岗、陈春艳编:《梅光迪文录》第 236 页。
[47] 罗杰·斯克拉顿:《保守主义的含义》(王皖强译)第 12 页。
[48] 梁实秋:《影响我的几本书》,《中华散文珍藏本·梁实秋卷》第 133—134 页。
[49] 马修·阿诺德:《文化与无政府状态——政治与社会批评》(韩敏中译)第 14 页。
[50] 梅光迪:《评〈白璧德——人和师〉》(庄婷译文),见罗岗、陈春艳编:《梅光迪文录》第 229 页。
[51] 张其昀:《白璧德——当代一人师》,见罗岗、陈春艳编:《梅光迪文录》第 253 页。
[52] 郭斌龢:《梅迪生先生传》,见罗岗、陈春艳编:《梅光迪文录》第 242 页。
[53] 罗岗、陈春艳编:《梅光迪文录》第 221 页。
[54] 罗岗、陈春艳编:《梅光迪文录》第 221 页。
[55] 罗岗、陈春艳编:《梅光迪文录》第 226 页。
[56] 张君川:《梅光迪院长在浙大》,贵州省遵义地区地方志编纂委员会:《浙江大学在遵义》第 362 页。
[57] 沈卫威:《回眸学衡派——文化保守主义的现代命运》第 146 页。
[58] 杨竹亭:《梅光迪——文采飞扬启后学》,见胡建雄主编:《浙大逸事》第 46 页,辽海出版社,1998。
[59] 胡适:《不思量自难忘——胡适给韦莲司的信》(周质平编译)第 149 页,安徽教育出版社,2001。
[60] 胡建雄主编:《浙大逸事》第 46 页。
[61] 张其昀:《〈梅光迪先生家书集〉序》,《张其昀先生文集》第 21 册第 11442 页。

汤用彤:过了和过不了胡适这道"坎儿"

一

坎,《周易》六十四卦中第二十九卦。原文:习坎。有孚,维心亨,行有尚。象曰:水洊至,习坎。君子以常德行,习教事。对于汤用彤来说,胡适就是他人生历程中要过的"坎儿"。

汤用彤(字锡予,1893年6月21日—1964年5月2日)只比胡适(字适之,1891年12月17日—1962年2月24日)小两岁,胡适1917年自美国留学归来到北京大学任哲学教授时,汤用彤在清华学校虽考取官费留学美国的资格,却因病未能成行,直到1918年才动身赴美。学术年轮上,胡适暴得大名时,汤用彤还是个留美学生。

汤用彤自哈佛大学归来,1922年9月到东南大学哲学系任职,是得同学梅光迪、吴宓推荐,并加入梅光迪组织的"学衡社",成为《学衡》杂志作者。1926—1927年间,他曾到南开大学执教一年。

胡适《中国哲学史大纲》《白话文学史》都只有上卷即写不下去了,原因是佛教挡住了他的道。所以,他1926年至1927年间,到大英博物馆、巴黎国家图书馆看了五个月佛教文献,特别是得见并抄录了数百份被斯坦因、伯希和"盗买"走的敦煌禅宗原件,整理出《胡适校敦煌唐写本神会和尚遗集》,写作《神会和尚传》。而"殷墟甲骨文字,敦煌塞上及西域各处之汉晋木简,敦煌千佛洞之六朝及唐人写本书卷,内阁大库之元明以来书籍档案",正是1925年7月27日上午,王国维在清华学校工字厅为学生消夏团演讲的《最近二三十年中国新发现之学问》。胡适得见敦煌"新材料",提出"新问题"的"新学问",也是陈寅恪所说的学术"预流"。

汤用彤的佛学研究是实证史学的具体体现。他重佛学历史考索,在有形的历史时空中进行哲学史、佛学史建构。这恰似近现代禅学中的"胡适禅",即"道问学"一派。这是在学衡派成员梅光迪、吴宓、胡先骕强烈反对胡适及白话新文学时,汤用彤不反对新文化运动,不反对胡适,并与胡适成为朋友的内在理路。

生命的旅程,得一知己不易,遇到伯乐更难。在东南大学副校长刘伯明突然病逝,校长郭秉文被解职,"学衡社"社员纷纷离散的1925年,汤用彤即萌生离开南京之意,哈佛大学同门师兄张歆海把他推荐给胡适。但胡适1926年7月开始休假一年,到欧美访学,并回哥伦比亚大学补授博士学位,1927年5月底才回到上海。随后,胡适出任上海中国公学校长。胡适离开北京大学五年,张歆海推荐汤用彤给胡适的事自然被搁置。

1931年8月,汤用彤辞去中央大学教职,应北京大学文学院院长胡适之聘,到北京大学哲学系任教。从此,他的学术生命与人生轨迹与北京大学紧紧连在一起。汤用彤学术生涯中,最为感念的是他得到胡适的信任、敬重与帮助。

到北京大学任教后,在稳定的六年间,汤用彤完成了《汉魏两晋南北朝佛教史》,并将书稿送到胡适家里,请其帮助出版。1937年1月17日,胡适读完汤用彤《汉魏两晋南北朝佛教史》稿本后,认为"此书极好"。他在日记中写道:"锡予与陈寅恪两君为今日治此学最勤的,又最有成绩的。

锡予的训练极精,工具也好,方法又细密,故此书为最有权威之作。"[1]胡适校读完此书稿,当天便写信给商务印书馆编译所所长王云五,推荐此书1938年在商务印书馆出版。18日,胡适又到北大与汤用彤畅谈,并在日记中写道:"他自认胆小,只能作小心的求证,不能作大胆的假设。这是谦辞。锡予的书极小心,处处注重证据,无证之说虽有理亦不敢用。这是最可效法的态度。"[2]在"小心的求证"这一治学方法上,胡适与汤用彤是一致的。胡适之所以能成为新文化运动领袖,能在北京大学站稳脚跟,成为学术界先进,正是他的"大胆",有敢于"尝试"的勇气和"截断众流的魄力"。[3]

王云五是胡适的老师,也是胡适推荐他到商务印书馆出任所长的。商务印书馆当时是中国最大、最有影响力的出版机构,学者的著作若能在此出版,多一举成名。正如胡适的《中国哲学史大纲》(上)1919年就是在商务印书馆出版的。

抗战开始后,胡适先到欧美从事一年民间外交,然后出任驻美大使。汤用彤随北京大学西迁昆明。

1944年5月3日下午《教育部学术审议委员会第二届第二次大会第一组审议会记录》(中国第二历史档案馆藏)显示,其开会的诸多议程中,有审查三十二年度(1943)著作发明及音乐作品奖。

三十二年度申请学术奖励作品审查给奖名单
一等奖:
汤用彤《汉魏两晋南北朝佛教史》
陈寅恪《唐代政治史述论稿》
陈建功《富里级数之蔡茶罗绝对可和性论》
杜公振、邓瑞麟《痹病之研究》

> 杨钟健《许氏禄丰龙》
> 吴定良《人类学论文》

三十二年度奖励金总额为四十万元。一等奖奖金三万元,二等奖奖金一万五千元,三等奖奖金八千元。尽管奖金数目每年都有所提高,但是也不敌快速高涨的物价。汤一介在《我的父亲汤用彤》一文中说:"当时的教育部授予我父亲那本《汉魏两晋南北朝佛教史》最高奖,他得到这消息后,很不高兴,对朋友说:'多少年来一向是我给学生分数,我要谁给我的书评奖!'"[4]这显示出他特有的一种学术自信。

这事是政府行为,对于汤用彤来说,可以有如此的态度,不理睬"谁"。但获得这个相对公正、权威的学术奖,的确是一项名利双收的好事,若非有政治对立原因,通常得奖者不会拒绝接受。尤其是在抗战最为艰苦的离乱逃亡时期,一份奖金就是实实在在的生活费。这对于西迁昆明的汤用彤来说自然是雪中送炭的好事。

北京大学的内部管理自蔡元培、蒋梦麟任校长始,便形成了特有的"规则",即校长充分信任科主任(如文科主任陈独秀聘请胡适)及随后的五院院长。蒋梦麟曾说自己当校长多年,文科倚重胡适、傅斯年,人事及学科设置,多听他两人的意见。1946 年 9 月,胡适正式出任北京大学校长,依然是完全放手,他倚重杨振声、郑天挺、汤用彤,稳定、发展文学院文史哲三个系科。随之,国民政府决定遴选首届院士。在哲学学科,汤用彤得到胡适提名,并在胡适任人文组组长的评审过程中,顺利当选为中央研究院院士。

我在胡适日记手稿本与中央研究院档案中找到两份胡适 1947 年 5 月 22 日提名汤用彤的原件:

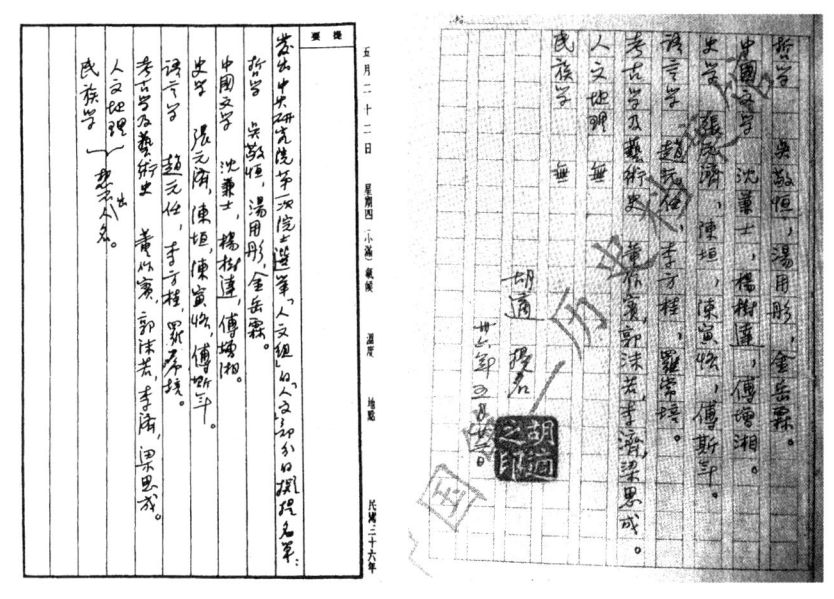

胡适 1947 年 5 月 22 日日记　　　　　胡适提名中研院院士留档

1948 年 4 月 1 日公布的 81 位当选院士中,仅就胡适的这份人文组提名看,只有沈兼士、傅增湘、罗常培落选,可见胡适的话语权力。这两份原件,自然也是胡适在哲学学科内没有提名冯友兰的证据。胡适虽然没有提名冯友兰,但在他主持的人文组,冯友兰还是当选了。后来学界因胡适不提名冯友兰,推测出种种原因,我个人以为下面这条日记更能说明问题,即他不能认同冯友兰带有"反动意味""保守的趋势"及"拥护集权"的政治理念。这是自由主义与保守主义的矛盾对立。

事出这份刊物。1943 年 10 月 12 日,在美国的胡适,看了浙江大学张其昀所赠《思想与时代》后,便在日记中写道:"此中很少好文字。如第一期竺可桢兄的《科学之方法与精神》,真是绝无仅有的了(张荫麟的几篇'宋史',文字很好。不幸他去年死了)。张其昀与钱穆二君均为从未出国门的苦学者;冯友兰虽曾出国门,而实无所见。他们的见解多带反动意味,保守的趋势甚明,而拥护集权的态度亦颇明显。"[5]

1949年以后冯友兰的政治投机行为,特别是"文革"中言行;钱穆在胡适表示要蒋中正遵守"宪法",反对他连任"总统"时,却面对蒋中正的召见并询问"此次选举,汝是否有反对我连任之意"时,称道"总统"英明,说:"以至今日,'总统'在此奠定一复兴基地,此又是'总统'对国家一大贡献。然而多数国人,终不许'总统'不继续担负此'光复'大陆重任。担负此重任之最适当人物,又非'总统'莫属。穆私人对此事。实未能有丝毫意见可供'总统'之采纳。"对此,李敖引出钱穆《屡蒙"总统"召见之回忆》中这段文字后,特别批评钱穆此时"一身媚骨,全无大儒风范"[6]。

这恰好证实了胡适的说法。

1948年12月14日晚,胡适弃校南下前,把北京大学交给了他最信任的汤用彤、郑天挺(字毅生,1899年8月9日—1981年12月20日)。这是胡适蘸着窗外的明月,以不舍的温情,给汤、郑的留言原件(北京大学档案馆存,BD1948519):

锡予、毅生两兄:
　　今早及今午连接政府几个电报,要我即南去。我就毫无准备地走了。一切的事,只好拜托你们几位同事维持。我虽在远,决不忘掉北大。

弟胡适　卅七、十二、十四

17日下午,汤用彤又收到了胡适的这封电报:

安抵京,即与家骅、孟真、雪屏筹划空运同人事,必须获得傅总司

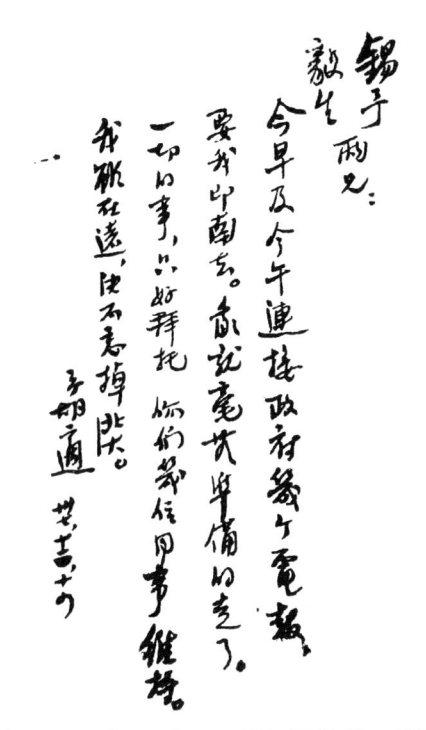

胡适 1948 年 12 月 14 日给汤用彤、郑天挺信

令协助始有效,请兄与梅、袁二校长切实主持,并与实斋兄密切联系。另电详达。此次在校庆前夕远离同人,万分惭愧。适[7]

临别北大,胡适又给汤用彤留下一个"护校有功"的机会。

顺风顺水,汤用彤过得了胡适这道"坎儿"。

另一方面,主张"容忍比自由更重要"的胡适,也有让弟子跑偏自杀的时候。吴晗作为胡适执掌中国公学的学生,他的学术生命,是胡适给的。1948 年解放军冬季围城,吴晗在面临被国民党特务暗算的危急时刻,又是胡适从中解难,使得他先行投奔解放区,随后以"军代表"身份,"带路"接管清华大学,成为校务委员会副主任。此时,这两所大学的校务主任汤用彤、副主任吴晗,都与胡适的帮助有关。接下来吴晗走出清华园,参与决策拆北京城墙、挖万历皇帝陵墓、主持民盟反右,风生水起。曾以史家之心度帝王之腹,写作《朱元璋传》的吴晗,1969年以自杀谢幕。

二

1949年1月,共产党军队接管北平,奉校长胡适之命"维持"北大"一切的事"的汤用彤,出任北京大学校务委员会主席(当时没有设校长)。胡适的留言,让汤用彤有"护校有功"的直接证据,这看似意外,却又顺理成章。

1951年后,汤用彤任北京大学副校长。随后院系调整,胡适在北京大学的势力被迅速消解,杨振声被调离,到东北人民大学;郑天挺被调离,到南开大学。原来被胡适请进北京大学的沈从文、废名都被迫离开了。汤用彤只是个没有实际权力,分管并"维持"北京大学文科工作的"领导者"。

改天换地,北京大学要寻求新生。接下来,汤用彤要再过一次胡适这道"坎儿"。这却让他左右为难,陷入恐慌与焦虑不安之中。

新政权下令批判胡适,汤用彤首先要在北京大学主持批胡。在这样的大环境下,胡适的同事、朋友、学生,甚至他的儿子胡思杜都写了批判文章《对我父亲——胡适的批判》,公开表示与胡适划清界限,但汤用彤没有公开发文批胡。

根据胡适日记中的粘贴剪报显示:"1951年11月14日,北京大学汤副校长[沈按:汤用彤]召集了十三位老教授,座谈北大一贯的主导思想问题。通过老教授们的亲身体验,并着重从历来的代表人物来进行分析的结果,公认胡适是一个具有代表性的,在旧学术界集反动之大成的人物。"[8]

既然北京大学老教授"公认胡适是一个具有代表性的,在旧学术界集反动之大成的人物",那随之而来的就是北京大学面临校庆的时间问题。

此前的1950年12月16日,北京大学校务委员会第34次会议决定,12月17日的校庆只举办展览,不举行庆祝仪式。据陈平原《北京大学校庆改期的"身世之谜"》一文所示(引用北大内部发行《高等教育论坛》1995年第3期上王学珍等撰写的《北京大学大事记》),在1951年12月7日那一天,汤用彤副校长建议把北大校庆改为5月4日。他认为现在的校庆时间(12月17日)临近期末,师生都很紧张,不宜搞大的活动。这一建议当时虽未在一定会议上形成决议,但到1954年便正式以5月4日作为校庆纪念日。我个人以为汤用彤这个"建议",有考量政治大趋势与回避胡适生日两方面的因素。他只是个没有实权的副职,个人没有决定权,只能是"建议",确定5月4日为校庆日,是北京大学领导层的决定。

胡适与北京大学的关系,有各种版本的演绎,但史家顾颉刚的版本最好,言简意赅。1946年12月18日,顾颉刚在给张静秋的家书中,写到17日在南京中山北路国际联欢社北京大学四十八周年校庆聚会上胡适的讲话:

> 首请胡校长致词。他首讲一件巧事,原来他的阴历生日(十一月十七日)是和蔡孑民先生同一天[沈按:蔡元培的阴历生日是十二月十七日。顾颉刚此处是记录错误。应该是胡适的阳历生日与蔡元培的阴历生日同],而他的阳历生日(十二月十七日)又是和北大校庆

同一天。天下有这等巧事,怪不得该做北大校长了。他又说,他在美国读书时,做了一篇《诗三百篇言字解》,寄给章行严,行严把它介绍给陈独秀,独秀又把它介绍给蔡先生,蔡先生一看就请他任教授,兼文科学长。他辞了学长,做了教授。从此以后,他专心治学。如果没有蔡先生的爱才,说不定回来做报馆记者,也说不定做了小政客,所以这是北大的恩惠,应当报答的。他又说,他刚到北大,蔡先生请他任中国哲学史的课,一个留学生讲中国东西,是不能得人信用的,但他年轻胆大,竟答应了。上课之后,才知班上有许多比他读书多得多的人,像顾颉刚、傅斯年、俞平伯、罗志希等等,逼得他不能不用功,于是晚上常到两点三点才睡,这也是北大对他的恩惠。至于一班同事,像钱玄同、马幼渔、朱逷先、沈兼士等等,也是鼓励他,送材料给他,使他做成许多事,这也是北大对他的恩惠。他对北大负了许多债,所以这次命他长校,他不敢不应,为的是还债。一番话说得十分诚恳,得大鼓掌。[9]

而蔡元培的生日也是由官方确认过的。1942年3月9日下午,中央研究院第二届评议会在渝评议员谈话会,决定蔡元培先生诞辰为清同治六年十二月十七日(阴历),即公元1868年1月11日(阳历),此后每年以1月11日为蔡先生之纪念日。(中国第二历史档案馆藏件)

因为老北京大学生日为12月17日,蔡元培阴历生日12月17日,胡适之阳历生日12月17日,老北京大学以校庆方式,几十年都这样纪念自己的生日。

新北京大学要穿红衣,1954年把校庆日改为5月4日,纪念老北京大学学生发起的学潮,那个被政治符号化的五四运动,自然是出于政治考量,但却成了"带头大哥"。南京大学紧跟着更改校庆时间,把校庆日改为

5月20日。

汤用彤的"建议",智慧而巧妙地回避了胡适生日,给北京大学穿上了红衣。但"带头大哥"北京大学的这一改革,却把南京大学带进面红里黑的帐篷里。有南京大学这个名字,是1949年8月8日。认祖归宗,南京高等师范学校的生日是9月10日,中央大学师生也许多年认同这个时间。1947年宁沪学潮是5月20日,1948年中央大学永久名誉校长宣誓就任中华民国行宪总统是5月20日。1954年5月4日北京大学校庆之后,南京大学紧跟北京大学,于6月16日校委会第18次会议"确定'斗争日'为校庆日。确定宁沪学潮5月20日为校庆"。

我问原中央大学老教授,你学校的校庆是反政府、闹学潮的"斗争"日,还是永久名誉校长宣誓当"总统"的庆祝日?这是否里子黑面子红?两事同一天如何剥离开?

回答:"孙代表"说鹿,谁敢说马。因为我是"伪中大"。

当台湾地区的学者问我:你南京大学的5月20日校庆,是"斗争"日,还是"总统"日时,我严肃、坚定地回答:"斗争"日。

对方说我的回答是"红色幽默"。

我清楚,吴晗以"军代表"身份接管清华大学之后,南京的教育系统由原新四军"抗大"分校的教育长、"军代表"孙叔平接管。南京大学此时主事者是"军代表"孙叔平。他代表党,代表人民解放军队。

我2003年9月18日到北京大学参加《胡适全集》首发式。在随后召开的胡适研究座谈会上,汤用彤的儿媳乐黛云说,汤用彤1954年11月13日下午参加完《人民日报》社召开的批判胡适思想座谈会后,晚上即突发中风。

1949年以后,持续5年批判胡适,汤用彤疲于应付,他首先是心理上过不了胡适这道"坎儿",胡适对他帮助最大,许多年来关系最好,可以北京大学之领导权相托付。强大的外在政治压力,使他血压高升,身体崩溃的节点是1954年11月,因《红楼梦》研究问题引起毛泽东的注意(10月16日《关于〈红楼梦〉研究问题的信》),学界开始了"反对在古典文学领域毒害青年三十余年的胡适资产阶级唯心论的斗争"。11月8日,郭沫若在对《光明日报》记者的谈话中,推波助澜,高调加码,大发诛心之论,明确强调:"胡适的资产阶级唯心论学术观点在中国学术界是很根深蒂固的,在不少的一部分高等知识分子当中还有着很大的潜势力。我们在政治上已经宣布胡适为战犯,但在某些人的心目中,胡适还是学术界的'孔子'。这个'孔子'我们还没有把他打倒,甚至可以说我们还很少去碰过他。"(《中国科学院郭沫若院长关于文化学术界应开展反对资产阶级错误思想的斗争对〈光明日报〉记者的谈话》)[10] 郭沫若强调的"高等知识分子""某些人",让汤用彤在《人民日报》的座谈会上感受到在劫难逃,随之就崩溃了。

汤用彤是毛泽东《关于〈红楼梦〉研究问题的信》发表、郭沫若"谈话"刊出后,第一个身体真正倒下的"高等知识分子"。

但北京大学有人能过胡适的"坎儿"。1962年,吴宓自重庆给老友李协之子李赋宁信中列举了不愿到北京工作的六个理由,其中之一是不愿接受思想改造:"宓最怕被命追随冯、朱、贺三公,成为'职业改造家',须不断地发表文章,批判自己之过去,斥骂我平生最敬爱之师友。宁投嘉陵江而死,不愿……"[11] 这里的冯、朱、贺三公指是当时人文学科被"改造"的知识分子典型人物,三位著名教授冯友兰、朱光潜、贺麟。"三公"适应新社会的能力强,心理承受力大,敢于唾面自拭,所以都高寿。

这些昔日同事、朋友或学生的文章,胡适在美国都能看到。他对许多人的做法表示理解,因为他们需要这样的自我保护,需要过胡适这道"坎儿",寻求"生路"。

我曾三次专程到美国哥伦比亚大学查看胡适的档案。胡适在致徐大春(徐新六之子,也是胡思杜在美国哈弗福德学院 Haverford College 读书时的朋友)的信中,说思杜的"学习总结"(《对我父亲——胡适的批判》)是他自己写的,"我这样想,所以我当时只说他没有缄默的自由,从没有责怪他之意。老实说,他的这篇文字写的还不坏,比裴文中、冯友兰诸人的自白高明多了"。

胡适看穿了同事、朋友或弟子门生们的这条"生路",即要过胡适这道"坎儿",就必须公开发出批判胡适的声音。他们从被迫到自觉,纷纷发表批评胡适文章。这些文章,胡适是通过香港辗转寄来的报刊读到。严肃、认真的阅读,胡适还能从不同人的"批胡"文字里读出真话、假话,或有无个人恩怨流露。

对此,胡适在 1952 年 1 月 16 日给徐大春的信中进一步强调:

> 我说思杜的自白替许多朋友开了一条"生路",这是说,(1)我的儿子尚且说我是他的敌人,我的朋友、学生也可以照样办,至少心理可以减少一点不安。(2)我对思杜的自白,只说,这是意料之中的事,因为……[沈按:有删节],这是表示我能谅解思杜。同样的事件,我也

胡适致徐大春信(其一)

当然能谅解。朱光潜此文里提起我为了思杜自白说的没有"缄默的自由"一句话。不论朱君能否见到我此话,但此话的发表至少可以使我的朋友、学生得着一点慰安。(哥伦比亚大学图书馆特藏)

因为此前,他曾说过同样的意思,让朋友们可以大胆地走这条"生路"。

胡适致徐大春信(其二)

胡适在日记中对陈垣、冯友兰、唐兰、顾颉刚等人的"转变"与"检讨"表示出不满、嘲弄。但在这封信里提及同事、学生汤用彤、杨振声、魏建功、钱端升、金岳霖、朱光潜的名字,反倒是报以理解与同情,没有对这些老朋友恶言相加。

中风之后,汤用彤便无法参与北京大学的校务工作,在病床上又苦撑了十年,躲过了反"右",没遇上"文革",冷暖自知。一个学者学术成熟的十五年,没有自我收获,就这样被胡适这道"坎儿"挡住了。别时容易见时难,"我虽在远,决不忘掉北大"的胡适,在遗嘱中说希望有一天,他的书能捐给北京大学。1962年2月24日,胡适突发心梗在台北病逝;两年后的5月2日,汤用彤在北京去世,他没能赶上当年5月4日北京大学校庆。他俩阳寿相同。

1949年以后,汤用彤的学术研究基本上中断了。先是没完没了地开会,病倒后生活又难以自理。汤一介对此有如下一段感慨:

> 父亲的学术成就主要是在1949年以前取得的,这之后他就没有写出过像样的学术著作。你这个看法我很认同,实际上,如果你认真地来看,1949年之后不仅是父亲一个人,而是一批老学者都没有写出过比较好的著作:冯友兰先生的学术地位是由解放前的《贞元六书》奠定的,解放之后的著作包括《哲学史新编》都没有超越他以前的东西;金岳霖先生的《论道》和《知识论》也是在1949年以前完成的,之后的东西甚至都走错了路,他在《逻辑学》中说逻辑有阶级性到现在恐怕要成为学界的笑话,虽然这怪不得金先生。思想改造对于知识分子来说是一种伤害,让他们不再说真话了,在学术上也就没有办法前进了。[12]

这里,汤一介强调,对于一个学者来说,"说真话"是学术前进的"办法"。相同的情况是华罗庚。王元在《华罗庚》一书中引用海外学者贝特曼的说辞:"华罗庚在美国借以成名的绝大多数研究是他在1950年回中国之前做的。"

近年来,我一直在档案馆阅读、写作,在多卷本《民国学志》的"重述历史"中,我用的是第一手直接材料。历史现场冰冷的档案里,藏着敬意与温情。我敬畏汤用彤与胡适之间的这道"坎儿",虽不同时代,却感受到了他们同样的冷热。

注

[1] 季羡林主编:《胡适全集》第32卷第609页,安徽教育出版社,2003。
[2] 季羡林主编:《胡适全集》第32卷第610页。
[3] 顾颉刚:《顾颉刚全集 古史论文集》卷一第151页,中华书局,2010。
[4] 汤一介:《我们三代人》第30页,中国大百科全书出版社,2016。
[5] 季羡林主编:《胡适全集》第33卷第524页。
[6] 李敖:《胡适与我》第282—283页,李敖出版社,1990。
[7] 季羡林主编:《胡适全集》第26卷第839页。
[8] 季羡林主编:《胡适全集》第34卷第148页。
[9] 顾颉刚:《顾颉刚全集 顾颉刚书信集》卷五第22—23页,中华书局,2010。
[10] 《胡适思想批判》第1辑第4页,生活·读书·新知三联书店,1955。
[11] 吴学昭整理、注释、翻译:《吴宓书信集》第384页,生活·读书·新知三联书店,2011。
[12] 汤一介口述,陈远撰文:《汤用彤:后半生的恐慌》,《新京报》2004年5月18日。

郭斌龢:中西融通

学衡派的后起之秀

1927年7月19日,吴宓在清华学校主持庚款留学美国学生考试,西洋文学门类考生中入选的两人是郭斌龢和范存忠。两人一起去了美国,回国后曾一起在中央大学任教,1949年以后,又一起在南京大学外文系教书,又同在1987年去世(郭9月14日,范12月21日)[1]。

当然,历史环境下的机会也制约和捉弄某些具体的人,如郭斌龢。

提起朱光潜,当下学界中人,恐怕是没有人不知道的。但说到郭斌龢,知道的人绝对是寥寥无几。事实上,朱光潜和郭斌龢在1949年前是并驾齐驱的著名学者。两人是香港大学的同学(郭高朱一届)。两人都是毕业后先在中学教书(郭斌龢在南京一中,朱光潜先在上海中国公学中学部教一年英文,后到上虞白马湖畔的春晖中学)。随后,朱光潜于1925年秋到英国留学,郭斌龢于1927年秋到美国留学。又一度在欧洲相会。抗战期间,朱光潜历任四川大学文学院院长、武汉大学教务长,郭斌龢任浙江大学文学院院长、代校长。1945年以后,两人分别在北京大学、中央大学。学术路向不同,在学界影响力也不一样。朱光潜研究欧洲文学、哲学、心理学,尤长近代美学,同时关注时下中国新文学(如主编《文学杂志》)。郭斌龢研究欧洲古典哲学、历史,尤长亚里士多德、柏拉图之学,同时跻身于学衡派,反对白话新文学。在学术上都长中西比较,但有今古、俗雅之分,有和众、和寡之别。

郭斌龢,字洽周,1900年5月出生在江苏省江阴县杨舍镇(今张家港市)。其家为当地有名的书香世家。他养父郭镇藩为清末贡生,力主变法维新,废科举兴学校,先后任由梁丰学堂改制的梁丰小学、梁丰中学校长。[2]得天独厚的教育条件,使得郭斌龢受到了良好的国学基础教育。17岁那年(1917),他考入南京高等师范学校,1918年7月,南京高等师范学校选送六名肄业生谭家湛、沈袆、朱复、胡稷咸、童致旋、郭斌龢到香港大学学习。[3]其中胡稷咸、郭斌龢后来成为学衡派成员。1927年8月郭入美国哈佛大学,得新人文主义思想家白璧德的思想、学问亲传,1930年在哈佛大学获硕士学位后,又到英国牛津大学研究院深造。完善的中西合璧式教育和融合新旧的学识,使得他和《学衡》"昌明国粹,融化新知"的文化精神一拍即合,并成为学衡派主要成员。

1922年6月,郭斌龢自香港大学毕业。由于受沃姆副校长告诫的启发:"中国白话文源于古文,西方文化也由希腊、罗马文化而来。学会英语并非难事,但要精通西学,则必须学习拉丁、希腊语文,才能寻根溯源、融会贯通。"[4]郭斌龢特向沃姆提出留港随他学习一年希腊文和拉丁文的要求。于是,沃姆介绍郭斌龢到香港育才中学任教。这样郭斌龢半天给学生授课,半天随沃姆学习希腊文、拉丁文。1923年6月,郭斌龢回到南京第一中学任教。7月底,副校长沃姆访问南京东南大学时,与主编《学衡》吴宓相识。9月,沃姆致函吴宓,将郭斌龢介绍给他。从此郭斌龢与吴宓成为朋友,并加盟《学衡》。当然,吴宓也为有郭斌龢这样一位盟友而高兴。

前面提及1927年留学美国的庚款考试,吴宓是文学门类的主考教授,录取的两位考生是范存忠、郭斌龢。对于郭斌龢,吴宓特意在日记中写道："而宓对于郭斌龢之录取,尤为喜幸,以吾党同志中,更多一有力之人矣。"[5] 据吴学昭整理、注释、翻译的《吴宓书信集》所示,"文革"期间审查郭斌龢与吴宓关系的"外调人员"专程到重庆找到吴宓。事后,吴宓在1969年12月24日致郭斌龢信中说:"兄到北京考取官费留学美国,宓时在清华主持考事。来查询之人员曰:'郭已承认:汝曾给予逾格之私助,俾郭得考取。'宓据实答曰:'宓仅告以希腊文一门,如何出题而已——即是由长篇希腊文译成英文,另作希腊文短句而已。'"[6]

郭斌龢在香港大学时已有希腊文、拉丁文的良好基础,回到南京后,又同吴宓一起,到金陵神学院听马伯熙牧师的希腊文课。留学美国、英国期间,他又继续学习希腊文、拉丁文。《学衡》杂志上刊登的关于希腊历史和柏拉图著作,便出自郭斌龢译笔。郭斌龢精通中西学术之源,泽惠学界的《柏拉图五大对话集》、《理想国》(与张竹明合作)即是他的译本。在美国读书时,他向留学生明确表示自己反对胡适倡导的白话新文学,即公开站在学衡派立场上说话。他的这一行为还被江泽涵在致胡适信中特别提及。

郭斌龢在英国时,曾持白璧德介绍信去拜访过著名诗人T. S. 艾略特。吴宓游学英国时,郭斌龢相伴左右,并一同访问莎士比亚故居。在吴宓婚变时,郭斌龢是最激烈的反对者,认为吴宓离婚,有悖其所倡导的新人文主义主张,也有碍新人文主义思想在中国推行。他说吴宓浪漫地追逐新女性的行为,正是新人文主义思想家所反对的东西。郭斌龢明确指出吴宓言行矛盾冲突,以及这种矛盾冲突对其志业的不良影响。

浙江大学国文系系主任的大学理念

郭斌龢1937年8月应聘到浙江大学。由于抗战爆发,浙江大学几经跋涉,迁至贵州遵义湄潭。郭斌龢出任文理学院(两年后文理学院分为文学院、理学院)国文系系主任和师范学院国文系系主任,后来,又一度任外文系系主任、代理文学院院长。两系开办伊始,郭斌龢特向师生们作了《国立浙江大学文理学院中国文学系课程草案》的报告,系统阐述办学的指导思想和具体方针。而这又和他在《浙江大学校歌释义》中所体现出的大学理念相一致。

在《浙江大学校歌释义》中,他说大学应是"百川汇海","兼收并蓄,包罗万有",大学的最高目的乃是"求是""求真"。"惟其求真,故能日新。""大学教育当自始至终,以学术文化为依归,力求学生思想之深刻,识解之明通。本校有文理工农师范五学院,非文即质,质即理也。大学中虽设五院,而为一整体,彼此息息相关,实不易自分畛域。大学与专科不同之处,即在每一学生,有自动之能力,系统之知识,融会贯通,知所先后,当行则行,当止则止。资质本美,复经数载陶冶,如玉之受琢,如金之在熔焉。同人于野亨,言大学教育,应养成一种宽大之胸襟,廓然无垠,有如旷野,而不当局促于一宗一派之私,自生町畦。本校所负之使命,即我国文化对于世界所当负之使命也。"[7]他说浙江大学的校训"求是"和哈佛大学校训"真"不谋而合。

郭斌龢在《国立浙江大学文理学院中国文学系课程草案》中明确指出:

大学课程,各校不同,而中国文学系尤无准的。或尚考核,或崇词章,或以文字、声韵为宗,或以目录、校勘为重。譬如耳目口鼻,皆有所明,不能相通;一偏之弊,殆弗能免。昔姚姬传谓:学问之途有三:曰义理,曰考据,曰词章。必以义理为主,然后考据有所附,词章有所归,世以为通论。而学问之要,尤在致用。本学术发为事功,先润身而后及物。所得内圣外王之道,乃中国文化之精髓。旷观史册,凡足为中国文化之典型人物者,莫不修养深厚,华实兼茂,而非畸形之成就。故中国文学系课程,不可偏重一端,必求多方面之发展,使承学之士,深明吾国文化之本原,学术之精义。考核之功,足以助其研讨;词章之美,可以发其情思;又须旁通西文,研治欧西之哲学、文艺,为他山攻错之助。庶几识见闳通,志节高卓。不笃旧以自封,不骛新而忘本。法前修之善,而自发新知;存中国之长,而兼明西学。治考据能有通识,美文采不病浮华。治事教人,明体达用。为能改善社会,转移风气之人材,是则最高之祈向已。[8]

　　同时,郭斌龢又对这一课程宗旨加以具体解释:"考据、义理、词章三者,实乃为学之于科学性、思想性与艺术性的相互结合。居今日而论学,须本姚氏之言而申之,不可滞于迹象。故所谓义理者,非徒宋儒之言心性也;所谓考据者,非仅清人之名物训诂也;所谓词章者,亦非但谓某宗某派之诗文也。凡为学之功,必实事求是,无征不信,此即考据之功也。考证有得,须卓识以贯之。因小见大,观其会通,此即义理之用也。而发之于外,又必清畅达意,委析入情,此即词章之美也。考据赖乎学,义理存乎识,而词章本乎才。孔子之修《春秋》也,其事则齐桓、晋文,其文则史,其义则丘窃取之矣。其事则考据也,其文则词章也,其义则义理也。非三者相辅,不足以成学。明乎此意,庶可免拘牵之见、偏曲之争矣。"[9]

郭斌龢当时把这一草案印发宣读,并作讲解,他的学生刘操南(后来为浙江大学教授)作了详细的笔记,保存下一份珍贵的历史文献。这为认识浙江大学文学院国文系的课程及郭斌龢的办学理念,提供了一个可靠的文本。

为实现这一办系理念,他在国文系开设"文学批评"课时,便将刘勰的《文心雕龙》与圣伯甫的文论加以比较、通讲。[10]在外文系则开希腊文和拉丁文课,让外文系学生知西洋文学与文化之根本所在。同时,学校为了落实竺可桢校长关于大学主要功能在于研究的办学理念,在遵义湄潭极其艰苦的环境下,文学院和师范学院还创办了两个学术刊物《国立浙江大学文学院集刊》《国立浙江大学师范学院院刊》。郭斌龢是前者的主编,后者的编委。[11]

一段曲折的经历

学衡派成员中,张其昀和郭斌龢是抗战时期介入国民党政治的两位人物,并有相互关联。1949年以后,郭斌龢为此付出了沉痛代价,特别是"文革"中受到专案审查。

1952年8月,郭斌龢填有一份"简历",内容如下:

郭斌龢简历

起讫年月	在何地何部门任何职务(包括学习)	主要工作及活动
1917年1月—6月	江阴杨舍范贤小学	教员,担任国文、历史、地理等课
1917年8月—1918年6月	南京高等师范学校	求学,英文专修科肄业一年
1918年8月—1922年6月	香港大学	求学,文科,主要功课为英国文学

(续表)

起讫年月	在何地何部门任何职务(包括学习)	主要工作及活动
1922年8月—1923年6月	香港育才中学	教员,教英文
1923年8月—1924年12月	南京第一中学	教员,教高中英文及西洋史
1925年2月—1927年6月	沈阳东北大学	教授,教英文阅读、英文作文、英文名著选读等课
1927年8月—1930年6月	美国哈佛大学	求学,研究古典文学及比较文学
1930年7月—1930年12月	英国牛津大学	求学,专研希腊文学
1931年2月—1932年1月	沈阳东北大学	教授,教欧洲文学史、英文名著选读、英文作文等课
1932年2月—7月	青岛大学	教授,教欧洲文学史、英文名著选读、英文作文等课
1932年8月—1933年7月	北京清华大学	教授,教希腊罗马文学、亚里士多德诗学、希腊文、一年级英文
1933年8月—1937年7月	南京中央大学	教授,教欧洲文学史、拉丁文、英文作文、安诺德专集研究、一年级英文
1937年8月—1946年7月	杭州、天目山、泰和、宜山、遵义间迁徙的浙江大学	教授,曾兼任训导长二年又十个月,及代理校长、代理文学院长、中文系主任、外文系主任等职
1946年8月—1952年	南京中央大学、南京大学	教授,曾兼任外文系主任一年半,教欧洲文学史、文学批评、英文作文、翻译、一年级英文等课
1946年10月—1949年4月	南京国立编译馆编纂	根据希腊文原文翻译柏拉图《理想国》一书为语体文
1951年10月—1952年2月	南京医士学校兼课	教医学拉丁文,每星期四小时
1952年3月—1952年8月	南京金陵大学兼课	教理论文三小时,论文指导一小时

"文革"期间专案组审查他的国民党党员、浙江大学区三青团指导员、国民党浙江大学区候补监察委员、国民党浙江大学区党部执行委员的身份问题,其基本事实如下:

1939年夏,郭斌龢由陈布雷介绍入国民党,为特别党员。他自己写的交代材料中说:"1939年8月(当时我随浙江大学迁至广西宜山),我正式加入国民党为特别党员,介绍人为陈布雷,入党手续是张其昀在重庆代我办理的。"[12]他1943年9月—1946年7月任浙江大学训导长,1940年7月任浙江大学区三青团指导员,1942年8月17日任国民党浙江大学区候补监察委员,1943—1944年任国民党浙江大学区党部执行委员,1943年10月进国民党中央训练团第28期受训6周,并任训育干事,和他同时受训并任干事的还有华罗庚。1945年3月—4月,因校长竺可桢赴重庆国民党中央训练团受训,郭斌龢代理浙江大学校长。因为当时国民党中央党部规定,大学校长及各院院长必须入党。

学有传人

1946年8月,郭斌龢又回到中央大学,执教于外文系。中央大学改制为南京大学后,他一度出任外文系主任。当年在浙江大学,他是最忙的教授。回到中央大学后,他辞去一切职务,专心翻译柏拉图的著作。1947年,他根据希腊文原版,用白话文译了柏拉图《理想国》。在80多岁高龄时,他又指导自己的学生张竹明据希腊文原版再译柏拉图的《理想国》(与张竹明合作,商务印书馆,1986)。

郭斌龢一生求学南京高等师范学校、香港大学、哈佛大学、牛津大学,又在多所大学执教。1949年历史大变革时,他有机会和条件到台湾大学和香港大学任教,但他留在了南京。他和自己的祖国一同经历了"文革"和春回大地的新生。南京是他学习、执教时间最长的地方。这一切如同叶对根的眷恋。

郭斌龢常向学生灌输他"三个L"的大学精神(Learning学习、Light光明、Liberty 自由),一直坚持到 1957 年。有一个基本的历史事实,那就是 1949 年以前所谓旧时代大学教授在新历史时段的自然身份和政治文化认同问题。1949 年以前,蒋中正对教育界关照最多的两所大学是中央大学和浙江大学。郭斌龢是这两所大学的名教授。新的历史时期,在南京大学,他基本上是过着一种隐居式生活。旧大学名教授,自然有"历史问题",何况他和国民党这种特殊的政治关系。许多老师和学生对他敬而远之。当然也有主动向他这位中国著名的希腊文、拉丁文专家请教的。这位南大外文系学生就是张竹明。张竹明在中学就开始学习希腊文、拉丁文。大学时,他一方面自学希腊文,同时主动接近本系处在十分边缘的郭斌龢教授。这样一来,郭斌龢也就有了自己真正的学生。张竹明留校工作后,与郭斌龢成了同事。师徒二人有了更多的切磋、交流机会。郭斌龢看到张竹明据希腊文翻译亚里士多德的《物理学》后,高兴地对自己的学生说:"你已经超过我了!"

隐居南大十多年的郭斌龢,"文革"期间自然是在劫难逃。张竹明说自己的老师很乐观,本来血压高,在被批斗和"牛棚"劳改时,"劳其筋骨,饿其体肤",反倒什么病也没有了。

隐居西南重庆的吴宓,在 1961 年 8 月有一次南下广州看望老友陈寅恪的非常行为。在郭斌龢被批斗的时候,吴宓自重庆西南师范学院寄来一封长长的信,说自己在重庆被折磨得好苦啊!他关心老友郭斌龢的处境,在信中还详细绘制了自己如何被批斗的图形。郭斌龢的儿子郭喜孙说他也看过吴宓的信,父亲那时处境十分艰难,收到吴宓的信后,感念和自己同样受难的老友,但不敢回信。而吴宓的这封信后来也就散失了。吴宓给郭斌龢的另一封信被造反派扣押未发出,反倒保存下来了。

1976 年以后,中国政治形势发生了重大的变化,张竹明被学校派为郭斌龢的助手。当商务印书馆约请郭斌龢翻译柏拉图《理想国》时,张竹明自然成了这项工作的主力。同时,为使希腊文、拉丁文的学术传统在南京大学不绝,张竹明接替老师郭斌龢在南大开设希腊文、拉丁文课。

退休之后,张竹明坚持翻译完成《古希腊悲剧喜剧全集》,并看到全集出版。2021年10月24日,张竹明去世。

南京大学的希腊文、拉丁文课,由张竹明的第一届希腊文、拉丁文学生陈仲丹接替,继续开设,可谓薪尽火传。

注

[1] 范存忠(1903—1987),1924年9月入东南大学外国语文系,从哈佛大学白璧德那里学成回来的张歆海是他的老师。范存忠1927年9月入美国伊利诺大学,一年后转入哈佛大学。1931年5月,范存忠通过博士论文答辩,获哲学博士学位。回国后一直在中央大学—南京大学任教(1945—1946年间到英国牛津大学讲学、访学一年)。

[2] 徐祖白:《学贯中西的爱国教授郭斌龢》,见江苏省政协张家港市政协文史资料委员会编:《张家港人物选录》(江苏文史资料第39辑)第105页,1991。

[3] 中国第二历史档案馆五—2142《国立南京高等师范学校学生一览 民国十年》。

[4]《张家港人物选录》第106页。

[5] 吴宓:《吴宓日记》第Ⅲ册第374页,生活·读书·新知三联书店,1998。

[6] 吴学昭整理、注释、翻译:《吴宓书信集》第422—423页,生活·读书·新知三联书店,2011。

[7] 郭斌龢:《浙江大学校歌释义》,见浙江大学校庆文集编辑组:《浙江大学校庆文集——建校八十五周年》(内部印刷)第222—223页,1982。

[8] 刘操南:《浙江大学文学院中文系在遵义》,见贵州省遵义地区地方志编纂委员会:《浙江大学在遵义》第57页。

［9］刘操南:《浙江大学文学院中文系在遵义》,见贵州省遵义地区地方志编纂委员会:《浙江大学在遵义》第57—58页。
［10］皇甫煃:《郭洽周教授事略》,见贵州省遵义地区地方志编纂委员会:《浙江大学在遵义》第354页。
［11］楼子芳:《抗战时期浙江大学文学院社会科学期刊介绍》,见贵州省遵义地区地方志编纂委员会:《浙江大学在遵义》第73—77页。
［12］郭斌龢档案(南京大学档案馆)。

缪凤林:传承东南史学

南京高等师范学校—东南大学师生与北京大学胡适派文人历史观念上的矛盾冲突,始于柳诒徵发表在1921年11月1日《史地学报》创刊号上的《论近人讲诸子之学者之失》,文章对胡适的诸子研究提出批评,之后是古史辨讨论中南北对立。前后多年的疑古与信古争论和历史研究中学分南北,因缪凤林批评傅斯年而再度为学界所关注。

日军侵华的炮声,将在安阳小屯领导殷商考古挖掘的傅斯年惊起,让他开始关注自己并不熟悉的东北历史。1932年,为配合李顿调查团对东北问题的解决,傅斯年联合方壮猷、余逊、徐中舒、萧一山、蒋廷黻匆匆合著一册《东北史纲》,即计划编著的《东北通史》第一卷。1933年,学衡派成员、中央大学历史系教授缪凤林在吴宓主编的天津《大公报·文学副刊》上连载长文《评傅斯年君〈东北史纲〉卷首》,对傅斯年的民族史观和学术态度展开了猛烈批评(缪就此批评文章,曾请示过一向谩骂胡适的黄侃。江苏教育出版社印行的《黄侃日记》第885页有"缪赞虞以驳傅某《东北史纲》一文见示",还将此文在中央大学文学院11月创刊的《文艺丛刊》上刊登)。缪凤林等人的批评,直接导致了《东北通史》的断残。

《大公报·文学副刊》1933年5月1日第278期先行刊出邵循正《评傅斯年〈东北史纲〉第一卷〈古代之东北〉》,随后,是缪凤林三万多字长文,分八期连载。这是吴宓有意为之,因为此时《大公报》主持人受胡适影响,决心全面使用白话,正在动议撤销坚持使用文言、拒绝使用白话标点符号、只用句读的《大公报·文学副刊》。他们先让胡适门生杨振声、沈从文创办《大公报·文艺副刊》,在9月23日出版发行。也就是说让一字之差的两个副刊(前者文言,后者白话)同时并存,随后迫使吴宓在1934年1月1日出版第313期后,主动停办《大公报·文学副刊》。

傅斯年此时为中央研究院历史语言研究所所长(北平时期),缪凤林为南京中央大学历史系教授。这次批判与新旧史学无关,但却是傅斯年及北方重视新材料和新问题史学家所遭遇的一次最为严厉的冲撞。缪凤林主要指出傅斯年为反日政治急需,仓促出版著作中,旧有史书史料严重不足(没有看到),对新出土文物文献更是不了解,以及书中出现大量史料错误:

> 综观傅君之书,大抵仅据正史中与东北有关之东夷传(其地理志部分,则付诸余逊君)。故他纪传中有关东北史事之重要材料。大都缺如。而又好生曲解,好发议论,遂至无往而不表现其缺谬。吾上所评者,虽篇幅略与傅君自著作者相当。而全书之缺谬,犹未尽其什一也。[1]

> 傅君书之谬误疏漏如是,乃事更有出人意外者。书中所引史文,颇多不明文理、不通句读之处。……文意不明,句读不通,便肆解释、下断语。其欲免于纰缪缺漏,难矣。[2]

因为傅斯年本人是注重史料的学者,使用"上穷碧落下黄泉,动手动脚找材料"史学策略,以他的学术素养和地位,其著作代表中国国家的学术水平,是要和日本学者一决高下的。然而,这些被缪凤林指出的问题无一不是学术上的硬伤,是学者之大忌。事实让傅斯年无言以对,亦无还手之力,只好沉默。这和十年前古史辨论争时情况完全不同。那场论争,南北力量悬殊,新旧阵营清晰,文化精神上差异尤为明显。柳诒徵师徒明显寡不敌众,南不敌北。而这一次,配合缪凤林出场的还有他南京高等师范学校同学郑鹤声。郑鹤声在文章中明确表示,他的一些观点和论据是和缪凤林讨论沟通过的,呈现出原南京高等师范学校—东南大学史学派系的报复性反击。如缪凤林文章一开始所说的"傅君所著,虽仅寥寥数十页,其缺漏纰缪,殆突破任何出版史籍之记录也"[3],这样的评语,显然是受到了宿怨发酵作用的影响。缪凤林对二十四史十分熟悉,他的史学基础不在傅斯年之下,虽然不曾出国留学,对北方学者所谓三大新学问也不熟悉,但他是专门研究日本历史的学者。受柳诒徵写通史通论影响,他的愿望就是继黄遵宪之后,续写《日本国志》(此时,他研究日本的文章已结集为《日本论丛》,1933年在张其昀主持的钟山书局[4]出版)。吴宓在清华大学主编《学衡》第79期后,曾计划将主编权自80期开始交给缪凤林,甚至连主编易人的广告都已登出,但缪凤林并没有接手《学衡》,而是和张其昀联手,抛弃《学衡》的老招牌,另起炉灶,成立了新的"国风社",推柳诒徵为社长,张其昀、缪凤林、倪尚达为编辑委员,出版《国风》半月刊,出版发行归钟山书局。我在前面专论《国风》时已经谈到他们如何"关注日本及中国的东北、华北"[5]问题。

  北方最大报纸副刊以八期连载的这篇《评傅斯年君〈东北史纲〉卷首》(自1933年6月12日第284期始,后续为6月19日的第285期、6月26日的第286期、7月3日的第287期、7月31日的第291期、8月28日的第295期、9月4日的第296期、9月25日的第299期)书评,使缪凤林成为民国东南史学界乃至国内学者挑战傅斯年的第一人,是从后背刺向北平傅斯年的一枪,且具有十足杀伤力。具体批评文字,特别是史实分析

部分从略,这里只摘引缪凤林的结语:

> 傅君此书之作,在"九一八"事变之后。篇首所述编此书之动机,吾人实具无限之同情。然日人之研究东北史,则远在二十余年之前,时当日俄战役结果(光绪三十一年)。白鸟库吉氏已提倡对于东北朝鲜作学术上根本的研究,以为侵略东北及统治朝鲜之助。嗣得南满洲铁道公司总裁后藤新平氏之赞助。光绪三十四年一月,于公司中设立"历史调查室",专以研究东北朝鲜史为务。聘白鸟氏主其事,箭内亘、稻叶、岩吉、津田、左右吉及松井等氏辅之,从研究历史地理入手。越四载余,至民国二年九月,有《满洲历史地理》二厚册及附图《朝鲜历史地理》二厚册附图以南满洲铁道公司名义出版。前者为白鸟、箭内、稻叶及松井等氏合著,后者则津田氏一人独著,而皆由白鸟氏监修者也。"历史调查室"旋亦结束,由东京帝国大学文科大学继续研究,箭内、松井、津田及池内宏氏主其事。共研究论文之刊行者,名曰《满鲜地理历史研究报告》。于民国四年十二月出版第一册,五年一月出版第二册。嗣后或年出一册,或间数年出一册。今已出至十三册(余所见者仅十二册)。内容之关于东北者,以隋唐后各东北民族之专论为多。又稻叶、君山氏于民国三年出版《清朝全史》后,续著《满洲发达史》,亦于四年出版。内容于明以后之东北叙述较详(武进杨成能君曾译登《东北丛刊》),皆日人东北史之名著也。傅君此书之体裁,略与《满洲历史地理》同。然白鸟之书,出版在二十年前。虽亦间有缺误,而其可供吾人指斥者,实远不如《东北史纲》之多。此则吾人所认为史学界之不幸者也。吾民族今已与日人立于永久斗争之地位。欲斗争之成功,必求全民族活动之任何方面皆能与日人之相当方面相抗衡。往者已矣,来者可追。窃愿后之治东北史

者,慎重立言。民族前途,学术荣誉,两利赖之矣。

被当下学者胡文辉称为"天机星智多星吴用"的傅斯年,在学术江湖上遇到了真正的对手。一向专横独断、快人快语的傅斯年被缪凤林一剑封喉。傅斯年对此没有作公开回应,尽管坊间传出傅斯年要中央大学校长罗家伦平息此事的细语,但缪凤林还是感受到了来自北方学界,特别是傅斯年给他的压力。借着陈垣邀请他北上就职辅仁大学之机会,他在 6 月 30 日给陈垣的信中说道:

> 奉读赐书,感愧交并。评《东北史纲》一文,本为此间文学院院刊而作。嗣因傅君南下,为所探悉,肆布谰言,兼图恐吓。林以学术为天下之公器,是非非个人所能掩,因先付单本,并布《大公报》。两月以来,傅某因羞成怒,至谓誓必排林去中大而后已。其气度之偏狭,手段之卑陋,几非稍有理性者所能存想(例如介绍方欣安、谢刚主二君来中大以图代林,其致方君信则谓林以辞去中大教职[此系方君语平友某君,某君因以告林者]。一面又在京散布流言,谓中大史学系下年度决实行改革,腐旧之缪某势在必去云云)。林方自惧学之不修,且除学术外亦无暇与之计较也。暑后林决仍应中大聘约(傅君对此事必有出于意外之感。实则林在此间,自有其立场,初非傅君所能贵贱。惟方、谢二君,此间与傅君关系,闻已延聘)。私意拟在此间多住数年,期于国史略植根柢,再行来平,以广见闻。异时学业稍进,倘长者以为可教而辱教之,则幸也。[6]

方欣安(壮猷)、谢刚主(国桢)均为清华国学院毕业生。方本人又参与《东北史纲》编写。

相对于缪凤林行文的"激烈",郑鹤声的文章则显得"温和"[7]许多,他首先肯定了傅斯年的良苦学术用心和写地域史的新方法,同时也表示自己并非在缪凤林激烈批评之后要为傅斯年辩护什么。但是,从他文章末尾所说的"傅君等之著《东北史纲》,实所以应付东北事变,不免有临渴掘井之嫌"[8],还是可以嗅出郑鹤声"温和"之中所藏的讥讽:

惟傅君为吾国学术界上有地位之人物,而本书又含有国际宣传之重要性,苟有纰缪,遗笑中外,总以力求美备为是。[9]

傅斯年、缪凤林两位史学家在1931年以后特殊的中日战争年代,都因民族情绪高涨和政治需要,关注东北,研究日本;也都因为与政治纠缠得太紧而死于高血压。傅斯年1950年12月20日在台湾大学校长任上因脑溢血去世,缪凤林不过是在屈辱中多活了几年。

缪凤林抗战期间关注西北民族现状与历史,因胡宗南在西安主政,他多次到那里讲学研究。胡宗南1920年7月到南京高等师范学校参加暑期学校时,结识浙江同乡缪凤林、张其昀。1949年以后,张其昀任台湾地区国民党中央宣传部部长、台湾教育事务负责人。缪凤林也是1949年之前公开批评唯物史观的学者之一,他发表在《中国青年》第5卷第9期上的《唯物史观与民生观》影响很大,曾引起浙江大学校长竺可桢的关注,竺可桢在1945年1月23日日记中专门记录了阅读此文的感受:"批评马克司唯物论,以辩证法论证解释,抨击不遗余力……中山先生三民主义以民生为中心,而不以物质为中心,实远胜之云云。"[10]

抗战胜利后中央大学文史学科的情况,夏鼐在1947年9月28日日记中有记录,他转述中央大学历史系系主任贺昌群对中大历史系的看法:"上午至贺昌群君处闲谈。关于担任考古学课程事,已加辞谢。贺君谈及中大教授,对于东南派颇表示不满,谓文史方面柳诒徵门下三杰,龙(张其昀)、虎(胡焕庸)、狗(缪凤林),皆气派不大,根柢不深;现下之'学原',乃'学衡'之复活,然无梅光迪、吴雨僧之新人文主义为之主持,较前更差。"[11]"学原"即南京新创刊的《学原》杂志。因为贺昌群本人曾就读于沪江大学,在商务印书馆与一批新文学作家为友,之后又到北京大学从事当时显学敦煌研究。他虽长期在中央大学历史系任教,但他的学术思想一直没有融入中大。夏鼐毕业于清华大学历史系,又留学英国,归国后在中央研究院历史语言研究所任职。学术传承是属于北派的。柳诒徵门下三杰:张其昀1949年去台湾,利用从政的有利条件,创办中国文化大学;胡焕庸1953年调到华东师范大学,他曾在1935年《地理学报》第2卷第2期上发表《中国人口之分布》,提出中国人口的地域分布以瑷珲—腾冲一线为界而划分为东南与西北两大基本差异区而闻名,且高寿;三人之中只有缪凤林命运最惨。

中国文学系情况更加复杂。在抗战胜利中央大学南京复校时,学统和派系之间的矛盾集中爆发出来。1947年夏,胡小石任中国文学系主任时,曾一次解聘了朱东润等12人,包括原北京大学毕业生杨晦、清华大学毕业生吴组缃、之江大学毕业生蒋礼鸿等,在聘用教授时明显倾向于出身原东南大学—中央大学的教师和弟子。中央大学中国文学系的矛盾纠结与抗战期间学校迁徙重庆不无关系。重庆时期,中央大学师范学院有国文系,师资多为北京大学、清华大学毕业生,北京大学毕业生、朱家骅的连襟伍叔傥任系主任;文学院有中国文学系,系主任是汪辟疆,师资则多为两江师范学堂、南京高等师范学校、东南大学毕业生。汪辟疆本人也是北京大学毕业生,国文系老底子是胡小石、汪辟疆等从南京带过来的。1943年师范学院国文系与文学院中国文学系合并,伍叔傥任系主任。伍叔傥带来的原国文系的师资人多,在合并后的国文系占上风,但背后却遭受原中国文学系胡小石势力的抵抗。在《朱东润自传》中有一段记载,是关于出身北京大学的甲骨文专家丁山教授在合并后中国文学系的遭遇:"国文系的丁山教授来了,要开龟甲文的课,这个消息给胡教授知道了,他立刻用文学研究室的名义把图书馆全部有关龟甲文的书借个精光;丁山只有对着图书馆的空书架白瞪眼。"[12] 这就是胡小石在出任系主任期间有意把原师范学院国文系部分师资清除的前奏。曾任教于清华大学、中央大学的郭廷以所说的"中大同事中出身本校的和清华的原有界限"[13] 的话,也印证了这个实情。

缪凤林 1949 年短暂到台湾后返回南京。他却因这段说不清的"大是大非"问题和 1949 年之前所谓"反共"言论,被"五人小组"(形式同专案组)监控、调查。他在严重政治压力下中风(脑溢血),虽然没有立刻送命,却因此成为废人,在病床上躺了几年,于 1959 年去世(关于去世时间说法不一,有南京大学教授回忆说是 1957 年;吴宓日记中记录据缪钺告知是 1958 年;多家小传则为 1959 年。这说明缪凤林当时已经不受学界重视了)。一个著名史学教授最为成熟的学术年华,学术成果为零。"大书箱"缪凤林个人藏书捐给历史系资料室。我询问过几位 1950 年代历史系的青年教师和学生,他们只知道有他这个病残的"伪中央大学历史系主任、教授",说已经没有人关注他了。

缪凤林在学生时代即得柳诒徵、刘伯明的赏识。刘伯明在中华书局出版的《西洋古代中世哲学史大纲》《近代西洋哲学史大纲》署名为刘伯明讲,缪凤林述。缪凤林是刘伯明课堂授课讲义的记录、整理者。刘伯明英年早逝,缪凤林随柳诒徵治史学,他除了短期到东北大学任教外,一生都与南京高等师范学校—东南大学—中央大学共荣辱。

缪凤林赴台的真实原因,目前尚无法查得其主体档案,只能看到零星几页如白寿彝等人的调查证明材料。学界传说的原因有两种:一是南京大学流传的,说他受陈仪之邀去主持台湾省文献委员会,回来搬家时,却因南京政权瓦解而没能走了。当然这是一种含有政治意味的说辞。另一说辞来自他的学生唐德刚,唐德刚在台湾《传记文学》第四十四卷第五期上发表《〈通鉴〉与我》一文中,转述近代史专家郭廷以在纽约对他所说的话,说"缪老师曾一度避难来台。但是在台湾却找不到适当工作,结果又返回大陆"[14]。此文收录在1991年12月31日出版的《史学与红学》一书中。当学生时常到缪凤林老师家借书、看书的南京大学蒋赞初回忆说:缪凤林先生爱书如命,藏书最多。日本投降后,南京旧书市场那些日本出版的重要学术书刊,大都被他收藏了。他与国民政府有些关系,去台湾之前曾说自己担心共产党"占领"南京后,这些书要被郭沫若占用,所以先把一部分重要图书运到台湾。等他再回南京搬家时却走不掉了。他曾拒绝到北京华北人民革命大学学习改造,因此就不让他上课,心情不好,就病倒了。

毕业于中央大学历史学系的唐德刚十分健谈,我与他曾于1992年、1993年、1995年三次相聚,我整天在听他讲故事,从胡适、李宗仁、顾维钧、张学良到蒋中正。他自称是"天子门生"(他说自己是在台北受蒋中正接见时,当着蒋中正的面说的。因为自己当年在重庆读书时,蒋中正一度兼任中央大学校长),亲切地称呼我为"校友小学弟"。1992年7月3日在北京,我说很喜欢他在《胡适口述自传》注释中写到自己随中央大学流亡重庆沙坪坝时,茶馆灶前喝茶神聊,篱笆后院撒尿这段故事。他签名送我一册《史学与红学》,说他还写到和缪凤林教授一起聊天、背《通鉴》、吃烧饼:

> 我们沙坪坝那座大庙里,当时还有几位老和尚,他们的功夫,可就不是"鬼拉钻"了。

在一次野餐会中,我和那位绰号"大书箱"的缪凤林老师在一起吃烧饼。缪老师当时在沙磁区师生之间,并不太 popular。他食量大如牛,教师食堂内的老师们,拒绝和他"同桌",所以他只好一人一桌"单吃"。

"进步"的同学们,也因为他"圈点二十四史",嫌他"封建反动"。我对他也不大"佩服",因为我比他"左"倾。

可是这次吃烧饼,我倒和他聊了半天。我谈的当然是我的看家本领"通鉴"。谁知我提一句(当然是我最熟的),他就接着背一段;我背三句,他就接着背一页——并把这一页中,每字每句的精华,讲个清清楚楚。

乖乖!这一下我简直觉得我是阎王殿内的小鬼;那个大牛头马面,会一下把我抓起来,丢到油锅里去。

缪老师那套功夫,乖乖,了得![15]

傅斯年和缪凤林在抗战时期学术活动区域分别属于昆明西南联合大学、宜宾李庄史语所和重庆中央大学。当然这只是个相对的说辞,是考虑到各自的学术出身。因为傅斯年还在宜宾李庄兼任史语所所长。缪凤林也常到西北讲学考察。出身中央大学的唐德刚在《胡适口述自传》注释中特别提到,西南联合大学出身的王浩与出身中央大学的他,两人在美国相见时各吹母校。王浩总是说:"你们进去比我们好,出来比我们差。"唐德刚究其原因说是他们同学一半时间在茶馆里喝掉了:

笔者抗战中期所就读的大学,是"人间"一坝的沙坪"中大"(那时后方还有"天上"和"地狱"两"坝")。可能是因为地区的关系,全国统一招生,报考"第一志愿"的学生太多,沙坪"中大"那时是个有名的"铁门槛"。要爬过这个门槛,真要凭"一命二运三风水,四积阴功五读书"。可是惭愧的是,我们那时的文法科,是个著名的"放生池"。一旦"阴功"积到,跨入大学门栏,然后便吃饭、睡觉,不用担心,保证四年毕业!

那时的"联大"据说比我们便好得多了。目前在美国颇有名气的数理逻辑专家王浩教授,便是与笔者"同年"参加"统考",进入"联大"的。当我二人各吹其母校时,王君总是说:"你们进去比我们好,出来比我们差!"笔者细想,按数理逻辑来推理一番,王君之言,倒不失为持平之论。我想"我们"出来比"他们""差"的道理,是"我们"四年大学,有一半是在茶馆里喝"玻璃"喝掉了。

当年,"我们"在沙坪坝上课,教授与我们似乎没有太大关系。他们上他们的课堂,我们坐我们的茶馆,真是河水不犯井水。考试到了,大家挤入课堂,应付一下。如果有"保送入学"的"边疆学生",或起义归来的"韩国义士",用功读书,认真地考了个八十分,大家还要群起讪笑之,认为他们"天资太差,程度不够!"

因此要看"天资不差,程度很够"的高人名士,只有到茶馆里去找;因为他们都是隐于茶馆者也。其实所谓"沙磁区"一带的茶馆里的竹制"躺椅"(美国人叫"沙滩椅")据说总数有数千张之多。每当夕阳衔山,便家家客满。那些茶馆都是十分别致的。大的茶馆通常台前炉上总放有大铜水壶十来只;门后篱边,则置有溺桶一排七八个。在水壶与溺桶之间川流不息的便是这些蓬头垢面、昂然自得、二十岁上下的"大学士""真名士"。那种满肚皮不合时宜的样子,一个个真都是柏拉图和苏格拉底再生。稍嫌不够罗曼蒂克的,便是生不出苏、柏二公那一大把胡子。

诸公茶余溺后,伸缩乎竹椅之上,打桥牌则"金刚钻""克虏伯",

纸声飕飕。下象棋则过河卒子,拼命向前……无牌无棋,则张家山前,李家山后;饮食男女,政治时事……粪土当朝万户侯!乖乖,真是身在茶馆,心存邦国,眼观世界,牛皮无边!

有时桥牌打够了,饮食男女谈腻了,行有余力,则以学文。换换题目,大家也要谈谈"学问"。就以笔者往还最多的,我自己历史学系里的那批茶博士来说罢,谈起"学问"来,也真是古今中外,人自为战,各有一套;从《通鉴纪事》到"罗马衰亡",从"至高无上"到《反杜林论》……大家各论其论。论得臭味相投,则交换心得,你吹我捧,相见恨晚!论得面红耳赤,则互骂封建反动,法斯过激,不欢而散。好在彼此都是卧龙岗上散淡的人;来日方长,三朝重遇,茶余溺后,再见高下……[16]

战时大后方教育文化中心有"三坝"之说:重庆沙坪坝、成都华西坝和汉中古路坝。华西坝因处于天府之国首邑成都,故被誉为"天堂";中央大学所在沙坪坝,被称为"人间";陕西汉中城固古路坝因条件较差而被称为"地狱"。

看过许多回忆老中央大学的文章,唐德刚文字亦庄亦谐,可谓美妙绝伦,真正高人大手笔。唐德刚文风颇似《世说新语》,他与王浩各吹母校时,恰似昔日晋王武子与孙子荆各言其土地人物之美。王曰:"其地坦而平,其水淡而清,其人廉且贞。"孙云:"其山崔巍以嵯峨,其水㳌渫而扬波,其人磊砢而英多。"(《世说新语》上卷上《德行第一》)。

跋山涉水,我曾到沙坪坝中央大学旧址寻访,在重庆森林沐浴,听嘉陵江水声,吃火锅麻辣烫;还骑着自行车到华西坝四川医学院教室里听课;腾云驾雾,也曾去西南联合大学踏访,在云南看水看山看云,点一碗过桥米线,炒一盘牛肝菌;更有在泥泞中寻访城固古路坝西北联合大学旧址,在汉中石门栈道前徘徊。在我研究胡适及民国大学途中遇到了"校友大师兄"(拟仿先生的亲切称呼,反倒是觉得更为敬重)唐德刚,如他当年遇上了胡适,如沐春风,如饮甘露。如今我特意为唐德刚的老师缪凤林写下此节。

注

[1] 缪凤林:《评傅斯年君〈东北史纲〉卷首》(七),《大公报·文学副刊》1933年9月4日第296期。

[2][6] 缪凤林:《评傅斯年君〈东北史纲〉卷首》(八),《大公报·文学副刊》1933年9月25日第299期。

[3] 缪凤林:《评傅斯年君〈东北史纲〉卷首》(一),《大公报·文学副刊》1933年6月12日第284期。

[4] 南京钟山书局的董事多是中央大学的教授,因主编张其昀的专业关系,该书局的地理图书是其主要特色。书籍作者基本上都是中央大学教授。

　　缪凤林在钟山书局出版的著作有《中国通史纲要》《高中本国历史》《日本论丛》《日本史鸟瞰》等。

[5] 本书关于《国风》中的一节与此论题相关联。

[6] 陈智超编注:《陈垣来往书信集》第232页,上海古籍出版社,1990。

[7][8][9] 郑鹤声:《傅斯年等编著〈东北史纲〉初稿》,《图书评论》1933年7月1日第1卷第11期。

[10] 竺可桢:《竺可桢全集　日记》第9卷第16页,上海科学技术出版社,2006。

[11] 夏鼐:《夏鼐日记》(王世民、夏素琴等整理)卷四第144—145页,华东师范大学出版社,2011。

[12] 朱东润:《朱东润传记作品全集》第四卷第276页,东方出版中心,1999。

[13] 郭廷以口述,张朋园等整理:《郭廷以口述自传》第155页,中国大百科全书

出版社,2009。
[14][15] 唐德刚:《〈通鉴〉与我》,见《史学与红学》第 238、237—238 页,传记文学出版社,1991。
[16] 唐德刚译注:《胡适口述自传》,见季羡林主编:《胡适全集》第 18 卷第 289—290 页。

张其昀:历史地理学的承传

历史地理学

现代学术规范的确立,主要依靠基本的概念和科学方法。而这通常是建立在陈寅恪所谓"一时代之学术,必有其新材料与新问题"[1]上。利用此新材料,研究新问题,即为此时代学术的新潮流。张其昀认为现代中国"历史地理学"学者是"得预于此潮流者",也就是"预料新潮流之所趋"[2]的"预流"。一门学科的成熟,首先要体现在概念明晰和被学界普遍认同、接受上,并形成一套行之有效的进入这一学科的方法、路径。这条路径有别于中国传统学术的"师承""家法"规范,直通西方,或者经由日本中介。1920—1930年代,中国学者在学术操作上,因一时无法或不能确立新概念以建立特殊学科时,只好在传统中寻找相应可借助的概念。于是出现了《禹贡》《食货》这种以现代学术规范看来实属于"历史地理学""经济史"的专门刊物。

在民国学术史上,"历史地理学"作为一个学术名称出现,是在1923年《史地学报》张其昀的文章中。[3]但相应的学术研究却是晚清民初以来的一门"显学"(有"道光显学"之说),并形成两大传统。一是自清代中期以来由《水经注》引发的纯粹考据式学术研究,可以说这是纯技术意义上的行为。另一个则是具有国家—民族意义上的"舆图地理"学研究,是和爱国主义、民族主义相关联的。因为清朝中叶,列强崛起,而我综合国力日衰。从列强蚕食到大规模割地,仁人志士从纯学术中走出,关注疆域,关心祖先生存和如今自己生存的历史时空。"历史地理学"也就应运而生,而后者也就相应地具有一定的政治意义。

顾颉刚出身北京大学,是胡适的高足。作为著名历史学家,"历史地理学"研究只是他古代史研究的一部分。《禹贡》便是他1920年代在广州中山大学开设中国古代地理课程后,于1934年3月1日创办的。谭其骧、侯仁之是顾颉刚执教燕京大学时的学生,后来分别发展于浙江大学、复旦大学和北京大学。史念海是顾颉刚在辅仁大学兼课时的学生。陈桥驿出身于中正大学,长期执教于杭州大学(后并入浙江大学)。

这里所说的张其昀是南京高等师范学校—东南大学—中央大学"历史地理学"的代表人物。

南高—东大的知识获得

张其昀(1901—1985),字晓峰,浙江鄞县人。张家世代书香,张其昀的曾祖父、祖父两代举人。宁波自宋代学风蔚起,继承"中原文献之传"。宁波乡贤王应麟(深宁)为文天祥的老师,清初万季野著《明史稿》,全谢山表彰南明史迹。他们一脉相传的是民族大义。在张其昀看来,万季野、全谢山"均以布衣之士肩负国史大业,有其不朽的地位"[4]。张其昀的中学历史老师洪允祥(1873—1933,曾任教于北京大学,张其昀主编《国风》时,为1933年4月18日去世的洪允祥出了纪念集),地理老师为蔡和铿。张其昀对历史地理的兴趣,在中学时就被强化了。他《自述著述的经过》一文中特别提到为他讲国史的洪允祥曾任上海《天铎报》主笔,中学毕业时,洪允祥送他一个墨盒,上面刻了几个字:"莫抛心力学词人。"又给他一封信,中间引用清初万季野入京修《明史》时乡人的赠句:"四方声价归明水(即宁波),一代贤奸托布衣。"洪允祥还送他一部书,就是全谢山的《鲒埼亭集》。因此,张其昀说:"作者治学三十余年,锲而不舍,就是想继承万全二家的学术,以无负于当年良师期望之殷而已。"[5]

1919年9月张其昀入南京高等师范学校国文史地部,"以该部地理学组为主修"[6],1923年6月毕业。1921年南京高等师范学校改制为东南大学,并由竺可桢创办地学系(合地质、地理、气象、天文为一系)[7]。大学时代,他受三位老师影响最大:刘伯明、柳诒徵、竺可桢。刘伯明治西洋哲学,在美国西北大学受过系统、规范的哲学训练,重视思维方法的调适,倡导哲学思想史。张其昀说:"刘先生对我们最大的影响,就是主张哲学与史学应互为表里,人类文化史应以思想史为核心。"[8]

柳诒徵打通文史,宏观史论与朴学考据兼治,尤其推崇顾炎武(亭林)之史学、顾祖禹(景范)之地理学,他要求学生"追踪二顾之学"[9],并首创《中国文化史》范例。竺可桢在美国经过专业气象学、地理学教育。张其昀承刘氏哲学、柳氏史学、竺氏地学[10],而成为"历史地理学"家。

张其昀说当时北京因有张相文、丁文江、翁文灏、李四光等著名学者而使北京大学为北方地理学中心;南京因有竺可桢、白眉初、王毓湘、曾膺联而使南京高等师范学校—东南大学为南方地理学的重镇。北方侧重地质学,以新方法研究地利;南京注重气象学,以新方法研究天时。[11]张其昀是在历史学与地理学并重中,确立自己的学术方向,并且明确了历史地理学的宗旨:"凡历史之演进,悉为地理之生命;又凡地理之变化,悉为历史之尺度。"[12]

在南京高等师范学校—东南大学读书期间,被张其昀视为"恩师"[13]的柳诒徵,对学生实际影响最大。柳诒徵年轻时在南京钟山书院从缪荃孙受业,他从老师那里继承了乾嘉考证之学,融贯经史,而能泯除汉宋之争。同时柳诒徵将文史哲有机地沟通,并形成自己治中国历史、中国文化史的基本史观和方法。张其昀说自己正是从柳诒徵那里"亲受恩泽"[14]。

柳诒徵在为学生开设"中国文化史"时,要学生读十几本文、史、哲、地原著。张其昀在《〈中华五千年史〉自序》中说到,在国文课读《论语》《孟子》等书之外,柳诒徵还指导他们读过黄梨洲《明儒学案》《明夷待访录》,顾亭林《日知录》,顾祖禹《读史方舆纪要》,郑樵《通志略》,刘知几《史通》,章学诚《文史通义》,司马迁《史记》,司马光《资治通鉴》,杜预《春秋左传集解》,孙诒让《周礼正义》,玄奘《大唐西域记》,徐霞客《游记》,姚姬传《古文辞类纂》,沈德潜《唐诗别裁》,顾起元《客座赘语》,王阳明《传习录》等。张其昀说自己在柳诒徵那里得益最多的有三点:

> (一)方志学。他以为各省县的志书,卷帙浩繁,比国史所记载尤为详备,应该充分利用,以补国史之所不足。(二)图谱学。他曾引宋人郑樵语:"古之学者,左图右书,不可偏废。刘氏(西汉刘向)作七略,收书不收图。班固即其书为艺文志。自此以还,图谱日亡,书籍日冗,所以困后学而隳良材者,皆由于此。何哉? 即图而求易,即书而求难,舍易从难,成功者少。"(三)史料学。他引黄梨洲《明儒学案》语:"学问之道,以自己用得着为真。"史籍浩如烟海,必须有方法加以选择。他以为章实斋《文史通义》所说的两种方法,"裁篇别出"和"重复互注"是做学问必须具备的功夫。我根据了他的指导,收集自己用得着的资料,迄今已四十年。[15]

1921年11月东南大学学生创办《史地学报》,张其昀是主要作者和刊物骨干成员。史学、地学研究与写作实际训练是从这个刊物开始的。

他1921年11月1日在《史地学报》创刊号发表的第一篇学术论文为《柏拉图理想国与周官》。[16]这也是该刊最有学术分量的一篇论文。区志坚在《人文地理学与地理教育学的发展——张其昀的贡献》一文中特别强调张氏虽然是学衡派成员,但作为人文地理学的著名学者,是非保守的:"张氏引介的西方人文地理学,乃时代之'异军'。……张氏提出人文地理学及地理教育学的观点,实与其时代流行的科学精神相呼应,并非'保守学者'的论调。"[17]

张其昀毕业后入上海商务印书馆,主编中学地理教科书,影响一代中学生。张其昀积极倡导"时不离空,空不离时"的"史地之学",认为这样"一以知古,一以知今,互为经纬,相辅相成"[18]。1927年8月经竺可桢、柳诒徵推荐,他回第四中山大学任教。张其昀在南京高等师范学校—东南大学读书时的同学胡焕庸自法国留学归来,原长沙雅礼大学毕业生黄国璋自美国留学归来,胡、黄、张三人共同支撑起中央大学地理系。1949年以后,胡、黄分别主持华东师范大学、北京师范大学地理系。张其昀的另一位大学同学王勤堉也曾为浙江大学、暨南大学(1949年以前)史地系建设尽了大力。[19]

对于地理时间、空间的充分认识,需要用脚步践行。1934年9月10日至1935年8月6日,张其昀带领中央大学毕业地理系林文英、李海晨、任美锷,沿陇海路西行,以兰州为中心,北上蒙古高原,至绥远北部的百灵庙;西行至敦煌、青海湖;向甘南到夏河县拉卜楞寺;翻越秦岭,走汉中盆地。他们完成并刊发十多篇考察报告。这次西北考察,为张其昀赢得了学术声誉。1935年6月18日,竺可桢致中央研究院总干事丁文江信,推荐蒋丙然、张其昀为本院评议会气象组候选人,附呈履历。6月19日—20日,在中央研究院评议会上,张其昀当选为中央研究院首届评议会评议员。

从东南大学到中央大学地理系,因竺可桢、胡焕庸、张其昀等师徒而兴盛。张、胡执教中大地理系时，又培养了一对著名的同班学子任美锷、李旭旦（中大，1930—1934年）。任、李留学归来后，分别执教于浙江大学、中央大学。1949年以后，任、李又分别主持南京大学、南京师范学院—师范大学地理系。与此同时中央大学地理系学子徐近之、王德基日后也成为著名学者。前者为"地理文献学"家[20]，后者为兰州大学地理系主要学术带头人[21]。

张其昀执教中央大学时，还和胡焕庸等创办钟山书局，出版《地理杂志》—《方志月刊》，发现和培养"历史地理学"的专门人才。同时，他对现实政治也有浓厚兴趣，1930年代，曾在胡适主持的《独立评论》上刊发多篇文章。

将"历史地理学"发扬光大

1936年4月，竺可桢出任浙江大学校长，张其昀于本年夏由中大到浙江大学任史地系主任，后任文学院院长。竺、张师徒紧密配合，其中地学组就延揽了叶良辅、任美锷、谭其骧、涂长望、黄秉维、严得一、严钦尚、沙学浚、么枕生、李春芬、李海晨、卢鋈、刘之远、赵松乔等著名学人，史学组请有钱穆、张荫麟、陈乐素、方豪、俞大纲、贺昌群、陶元珍、李源澄、顾毂宜、李絜非等著名学者。[22]

张其昀受法国学者白吕纳影响，认为"20世纪学术上最大的贡献是史学精神与地学精神的结合。盖一为时间的演变原则，一为空间的分布原则。两者结合，方足以明时空之真谛，识造化之本原"[23]，并把这一思想作为他办浙江大学史地系的宗旨。

在浙江大学，张其昀还主持创办了《思想与时代》、《史地杂志》（共出版两卷六期)、《国立浙江大学文科研究所史地学部丛刊》(共出版四期)。浙江大学"历史地理学"优势由此而来。浙江大学师生多年来时常缅怀他们,在张其昀学生的回忆文章中则并称竺、张为教育家。[24]

张其昀较早与国民党政治产生关联。1930 年 12 月 11 日,国民党中央执行委员会第一一八次常会上,陈立夫、余井塘两委员提议并通过:为中央大学张其昀所著论文阐扬党义,深中肯綮,由中央宣传部呈奉常务委员会批应介绍其入党并给予奖励在案。兹特依照特许入党办法第一条之规定,请准予入党,并免除预备党员程序,径为正式党员案。[25]

1949 年,张其昀到台湾后转入政界,历经国民党中央党部宣传部部长(1950 年 3 月—1954 年 7 月)兼"中央改造委员会秘书长"(1950 年 8 月—1954 年 7 月)、教育事务负责人(1954 年 7 月—1958 年 8 月)后,于 1962 年在阳明山华冈创办中国文化学院,1980 年升格为中国文化大学。同时,他把《学衡》杂志、《史地学报》、《方志月刊》等他和学衡派同人参与活动的刊物在台湾影印发行。[26]

作为学衡派的重要人物,张其昀借中国文化大学张扬了《学衡》的文化道统。昔日草山,因蒋中正喜爱乡贤王阳明而易名阳明山。草山之上,因张其昀及中国文化大学才有了相应的文化气氛,是张其昀真正赋予阳明山以文化内涵。同是浙江人,政治和文化的不同意志操持,便出现了不同的权力话语,尤其是张其昀在华冈中国文化大学史学研究所内设有纪念柳诒徵老师的"劬堂",让人感受到中国文化大学与南京高等师范学校—东南大学文化血脉的相通。

尽管这里主要是谈张其昀的"历史地理学",但事实上,"历史地理学"在近代以来,由于政治的需要,和国家—民族意识的张扬,特别是外敌入侵、割地赔款和内战的严酷现实,这门学问的价值观念自然朝以国防为取向的"政治地理学"方面发展、倾斜。这在张其昀表现得尤其明显。张氏的专题论文、讲演结集《政治地理学》[27]便是这一学术传统的体现(另外《中国地理学研究》一书中的第十章为《政治地理学》)。就政治地理学而言,他1943年6月—1945年10月在哈佛大学地理学研究所访学时,曾就中国政治地理作过四次演讲。该研究所希望他重视地理学在中国现实政治中所发生的作用与影响,即"理论须与实际相结合,学说当以事实为印证"[28]。他说研究政治地理学的旨趣原为地理学在国际政治上的应用,亦称地缘政治或地略学,即政略战略与地略的综合研究。[29]事实上,他在由历史地理学向政治地理学作明确的转变之前,就已经开始关注国防地理教育了,1928年8月—1936年5月间,他先后发表国防地理教育方面的论文20多篇。他认为政治地理原本侧重于以国民为研究对象,有别于经济地理以国富为研究对象。前者偏于教训方面,后者侧重于生聚方面。他主张政治地理中包含人口地理、社会地理、内政地理、外交地理、国防地理、建设地理六项。[30]但后来,他所谓的政治地理学则主要集中在国防地理上了。从《国防观点下之中国经济地理》[31]、《中国历史上的国防区域》[32],到《明顾景范氏之国防论》[33],地理学逐步政治化。以至于到台湾后他写的《军区与政区》[34]、《地略与战略》[35]、《中国史上之行政中心》[36]、《中国史上之国防系统》[37]、《国父之地略学》[38]、《国父之地理学》[39]、《总统之地略学》[40],则完全成了国防政治的产物。

著作颇丰的张其昀尝自谓:"一生治学,不外五事:一曰国魂,即阐扬三民主义之义,以为立国之大本;二曰国史,即探索中国文化之渊源及其对人类社会之贡献;三曰国土,即研究中华民族在世界政略与战略中之地位;四曰国力,即衡断经济建设对国计民生之关系;五曰国防,即筹画国防教育,期从文艺复兴,而唤起爱国思想与民族正义,进而培育中华民国之新生力量。"[41]而从事或领导教育,以及创办中国文化大学,则是他学术思想的具体实践。他所追求的是知行合一的中国文化道统。[42]

这里特别指出，1920年代、1930年代"历史地理学"有南北之分，南京高等师范学校—东南大学学衡派与北京大学新青年派的矛盾、冲突，一直延续到1949年以后台湾的文化教育界。张其昀1954—1958年出任台湾地区教育事务负责人时，在台的昔日北京大学学子十分紧张，他们极力主张胡适自美国回台出任"中央研究院"院长，以求教育、学术界的力量平衡。这是政治权力结构形态下的必然结果。因为1949年以后，在台湾的文化保守势力抬头，且与政治意识形态掺和。以民族主义为走势的南京高等师范学校—东南大学—中央大学的文化保守势力增强。以自由主义为走势的北大传统的文化激进势力因傅斯年1950年去世、罗家伦陷入党内斗争遭排挤、胡适远在美国做寓公，而一度显得前途黯淡。胡适1958年回台湾的原因是多方面的，上述所言是其中之一。这在张其昀的文章《敬悼胡适之先生》[43]中有明确的显示，但张本人并不同意此说。同时在张其昀1960年12月25日所写的《中华五千年史》的《自序》中也有对新文化运动的尖锐批评。他说："新文化运动很多治史学的人，但他们把史学狭窄化，甚至只成为一种史料学，他们往往菲薄民族主义，以民族主义为保守，这是错误的。历览前史，惟有民族主义才是国家民族继继绳绳发荣滋长的根本原因。当时南京高等师范学校，就学风而言，的确有中流砥柱的气概。……中国文艺复兴的真正种子，不是所谓新文化运动，而是国父所创造的三民主义。"[44]张其昀这里所说的"史料学"是指向傅斯年的。

华冈兴学

张其昀的事功体现在著作、从政、兴学三个方面。其中兴学是他文化、学术承传工作的一个重要内容，也是他理论与实践结合的产物。他在担任台湾教育事务负责人期间,兴建了"南海学园"(图书馆、博物馆、科学馆、艺术馆、教育资料馆、电台、电视台的统称),将六年义务教育延长为九年。促使1949年以前的政治大学、清华大学、交通大学、中央大学、东吴大学、辅仁大学、中山大学在台"复校"。所以郑彦棻在文章中称道张其昀把台湾的"教育事业推向一新的境界"[45]。华冈兴学是张其昀退出政界后所做的一项重要工作。

张其昀自述:"我是高等师范毕业的,毕生志愿在于办教育。"[46]他说自己的志愿是做一个教育家。而教育家必须具有无穷的爱心和忍耐,来支持自己再接再厉的勇气,克服不可预测的困难,创造庄严灿烂的大学城。他说自己的人生观是工作、服务、贡献[47],就是追求力行。在兴学办事实践中积累的经验心得是毅、谦、正、行。[48]而这一切都源于他"中与行""天与神""时与命"的宇宙观[49],和注重"时间"("过去""现在""未来")的历史观。[50]

中国文化大学的创建意在"承东西之道统,集中外之精华"。其校训取孙中山遗训"质朴坚毅"。在求真求精中追求"旧学商量加邃密,新知涵养转深沉"[51]。校歌歌词出自张其昀之手:"华冈讲学,承中原之道统;阳明风光,接革命的心传,博学审问,慎思明辨;必有真知,方能力行,己所不欲,勿施于人;有所不得,反求诸己。为天地立心,为生民立命;为往圣继绝学,为万世开太平。振衣千仞冈,濯足万里流;振衣千仞冈,濯足万里流。"[52]其中"为天地立心,为生民立命;为往圣继绝学,为万世开太平"四句话是宋儒张载(子厚)所说,张其昀认为这分别可以用现代学术范畴来定义:"为天地立心——哲学。为生民立命——科学。为往圣继绝学——史学。为万世开太平——法学。"[53]而这四者又是联系配合,脉络贯通,构成大学通才教育的内容。

张其昀善于对自己的事功进行总结。在《华冈兴学的理想》一文中,他说自己心目中的大学理想就是1. 东方与西方的综合。2. 人文与科学的综合。3. 艺术与思想的综合。4. 理论与实用的综合。[54]要实现这一理想,就必须依靠实际有效的教学方法。张其昀将这种方法概括为通才人格教育(完整的人格,五育并重:德育、智育、体育、群育、美育)和专才学识、技能教育(专精的学识:学习与研究、独学与群学、方法与工具、致用与创业)的有机结合。[55]

他多次引用美国哈佛大学校长柯能名言"大学是学者的社会",说他要培育的"华冈精神"就是"现代学者的共同精神":1. 真知力行,学以致用。2. 温故知新,继往开来。3. 好之乐之,自强不息。4. 并行不悖,泱泱大风。5. 礼乐并茂,文艺复兴。6. 文质双修,尽美尽善。7. 负责服务,实行忠德。8. 互谅互助,弘扬恕道。9. 育天下士,会天下才。10. 自爱爱人,迈进大同。[56]

张其昀思路清晰,富有办事能力。作为一所私立大学,中国文化大学在张其昀努力下取得巨大成功。他在《创校理想——八大目标》中列出的各项工作是:国际性、整体性、文艺复兴[57]、学以致用、五育并重、华学基地、建教合作、高深研究。[58]随后他在《华冈兴学的意义》[59]一文中说,把华冈兴学的意义和实施的成绩表明为八项:1. 中国文化大学是在倡导三民主义。2. 从事高深的学术研究(体现在研究所上)。3. 华学(汉学)研究。4. 爱国教育。5. 美育的提倡。6. 科学技术教育(体现在应用教育上)。7. 建教合作(一边建设,一边办学)。8. 社团活动、变化气质。这前后是相呼应的。草山之上以"华冈"作为办学基地,取义于"美哉中华,凤鸣高冈"。张其昀办学思路承中国传统书院陶冶情操之学风与欧美现代大学的科学研究精神,他认为"大学园地主要工作是在制礼作乐,制礼是要有秩序,作乐是要有和谐。一方面是秩序,一方面是和谐,两者相辅相成,方能发展成为理想的生活,理想的文化"[60]。中国古代最完整健全的政治哲学是正心、诚意、致知、格物、修身、齐家、治国、平天下。"现代大学教育最高目标,就是治国、平天下的治平大计。这是民族主义的精义……华冈兴学要使大学生都有民族大义、爱国精神,这是大学教育的主要目标。"[61]在办学方法上,张其昀主张要体现出中国教育哲学"元、亨、利、贞"的最高理想,即要表现出相应的"仁爱之心"、"社团精神"、"理论与应用并重"("理论是正义,应用是幸福")、"专心致志,恒久从事"。这也是大学教育所能提供给学生的启示。

中国文化和学术的承传,在张其昀身上实现了知行合一。他做了学衡派许多人想做而无法做到的事。

注

[1] 陈寅恪:《金明馆丛稿二编》第266页。

[2] 张其昀《中国地理学研究》一书第十一章为"历史地理学",见《张其昀先生文集》第1册第456页。

[3] 谢觉民:《纪念一代学人——吾师张其昀教授》,见吴传钧、施雅风主编:《中国地理学90年发展回忆录》第45页,学苑出版社,1999。

[4] 张其昀:《〈中华五千年史〉自序》(一),《张其昀先生文集》第20册第10835页。

[5] 张其昀:《自述著述的经过》,《张其昀先生文集》第10册第5068页。

[6] 张其昀:《地理学思想概说——答邓君景衡问》,《张其昀先生文集》第1册第288页。

[7] 任美锷:《竺可桢和翁文灏的两本最早的地理学讲义》,见吴传钧、施雅风主编:《中国地理学90年发展回忆录》第317页。

[8] 张其昀:《〈中华五千年史〉自序》(一),《张其昀先生文集》第20册

10838 页。

[9] 张其昀:《〈中华五千年史〉自序》(一),《张其昀先生文集》第 20 册第 10839 页。
二顾之学的确对张其昀影响很大,他后来陆续写有《明顾景范氏之国防论》,重庆《大公报》1945 年 11 月 23 日,《地略学之涵义、方法与功用》(其中有"二顾精神""亭林论地略""景范论地略"),收入《张其昀先生文集》第 1 册。《地略与战略——顾祖禹著〈读史方舆纪要〉述略》,收入《张其昀先生文集》第 4 册,中国文化大学出版部,1988。《重印〈读史方舆纪要〉》,收入《张其昀先生文集》第 20 册。

[10] 张其昀在《〈中华五千年史〉自序》(一)中特别强调柳翼谋在史学上对他的影响,而不提竺可桢在地学上对他的巨大影响是由于政治的缘故。他当时是台湾国民党当局的高官,竺可桢是中国科学院的副院长。出于政治考虑,他回避谈竺可桢。但他在《地理学思想概说——答邓君景衡问》中,又特别说到他的恩师为:"中学——洪允祥(史)、蔡和铿(地)。大学——柳诒徵(史)、竺可桢(地)。"见《张其昀先生文集》第 1 册第 288 页。

[11] 张其昀:《中国地理学研究》,《张其昀先生文集》第 1 册第 293 页。

[12] 张其昀:《中国地理学研究》,《张其昀先生文集》第 1 册第 456 页。

[13] 张其昀:《〈中华五千年史〉自序》(一),《张其昀先生文集》第 20 册第 10838 页。

[14] 张其昀:《吾师柳翼谋先生》,《传记文学》第 12 卷第 2 期(1968 年 2 月),见《张其昀先生文集》第 9 册第 4713 页。

[15] 张其昀:《〈中华五千年史〉自序》(一),《张其昀先生文集》第 20 册第 10839 页。

[16] 收入《张其昀先生文集》第 14 册,中国文化大学出版部,1989。

[17] 李荣安等编:《中国的自由教育——五四的启示》第 216 页,朗文香港教育,2001。

[18] 转引自谢觉民:《纪念一代学人——吾师张其昀教授》,见吴传钧、施雅风主编:《中国地理学 90 年发展回忆录》第 37 页。

[19] 马湘泳:《地理学家王勤堉教授》,见吴传钧、施雅风主编:《中国地理学 90 年发展回忆录》。

［20］曾昭璇:《徐近之教授在我国地理学上的贡献》,见吴传钧、施雅风主编:《中国地理学 90 年发展回忆录》。

［21］王乃昂:《王德基教授事略》,见吴传钧、施雅风主编:《中国地理学 90 年发展回忆录》。

［22］张其昀:《教授生活的一段——我与浙大史地系》,《张其昀先生文集》第 10 册第 5185—5186 页。倪士毅:《播州风雨忆当年——浙大史地系在遵义》,见贵州省遵义地区地方志编纂委员会:《浙江大学在遵义》第 57、57—58 页。陆希舜:《我国近代地理学的奠基人——竺可桢》,见贵州省遵义地区地方志编纂委员会:《浙江大学在遵义》。

［23］转引自颜世文:《张其昀——史地系的创始人》,见胡建雄主编:《浙大逸事》第 58 页。

［24］张则恒:《地理学家张其昀传略》,见贵州省遵义地区地方志编纂委员会:《浙江大学在遵义》第 371 页。

［25］中国第二历史档案馆七一一(5)—61《国民党第三届中央执行委员会第一一一至一二三次常务会议记录》第 109 页。

［26］《学衡》1971 年由台北学生书局影印发行,1999 年由江苏古籍出版社影印发行。

［27］张其昀:《政治地理学》,中国文化学院出版部,1965。

［28］［29］ 张其昀:《〈政治地理学〉自序》,《张其昀先生文集》第 20 册第 11009 页。

［30］张其昀:《中国地理学研究》,《张其昀先生文集》第 1 册第 421—422 页。

［31］实业部编:《中国经济年鉴·地理篇》,上海,1934。

［32］张其昀:《中国历史上之国防区域》,《史地杂志》第 1 卷第 1 期(1937 年 5 月),浙江大学史地学系编。

［33］重庆《大公报》1945 年 11 月 23 日。

［34］［35］［36］［37］ 收入《张其昀先生文集》第 4 册。

［38］［39］ 收入《张其昀先生文集》第 7 册。

［40］收入《张其昀先生文集》第 8 册。

［41］治丧委员会:《鄞县张晓峰先生其昀行状》,《传记文学》第 47 卷第 3 期(1985

年9月)。

[42] 关于张其昀的资料主要为张镜湖、痖弦提供。

[43] 原刊台湾《民族晚报》,1962年2月28日,收入《张其昀先生文集》第9册。张其昀的文章中转引了徐复观在1962年2月10日《华侨日报》刊登《自由中国当前的文化争论》(上)的一段话:"张其昀先生当'教育部长'时,采取很积极的政策,对学术文化界,开始也是采取兼容并蓄的态度。但后来,大家感到他是想以中央、浙江两大学的力量,逐渐取北京、清华两大学的势力而代之;这便使他们发生恐慌、不满,希望胡先生回台湾来巩固既得的阵地。"见《张其昀先生文集》第9册第4572页。无风不起浪,尽管张其昀本人否认徐复观的看法,但当时教育文化界,这种说法很有影响。笔者多次接待台湾来访学者和四次访台时,所得到的关于胡适回台湾任"中央研究院"院长的原因之一就有徐复观的说辞。

[44] 张其昀:《中华五千年史·自序》,《张其昀先生文集》第20册第10837—10838页,中国文化大学出版部,1989。

[45] 郑彦棻:《四十余年不平凡之交——纪念张其昀兄逝世周年》,《中华日报》1986年8月25日。

[46] 张其昀:《七十自述》,《张其昀先生文集》第10册第5189页。

[47] 张其昀:《我的人生观》,《张其昀先生文集》第10册第5215页。

[48] 张其昀:《创业办事经验谈》,《张其昀先生文集》第10册第5194页。

[49] 张其昀:《我的宇宙观》,《张其昀先生文集》第10册第5219页。

[50] 张其昀:《我的历史观》,《张其昀先生文集》第10册第5245—5249页。

[51] 张其昀:《华冈十八年》,《张其昀先生文集续编》第2册第723页,中国文化大学出版部,1995。

[52] 张其昀:《华冈校训、校歌释义》,《张其昀先生文集》第17册第8904页。

[53] 张其昀:《现代大学的真正基础》,《张其昀先生文集三编》第334—335页,中国文化大学出版部,2001。

[54] 张其昀:《华冈兴学的理想》,《张其昀先生文集》第17册第9049页。

[55] 张其昀:《华冈兴学——理想与方法》,《张其昀先生文集》第17册第9093—9101页。

[56] 张其昀:《大学精神(华冈精神)》,《张其昀先生文集》第 17 册第 9008 页。
[57] 张其昀在《〈华冈学报〉发刊辞》中对"文艺复兴"的解释是"新儒学运动"。见《张其昀先生文集》第 20 册第 10971 页。
[58] 张其昀:《创校理想——八大目标》,《张其昀先生文集续编》第 2 册第 674—675 页。
[59] 张其昀:《华冈兴学的意义》,见《张其昀先生文集续编》第 2 册第 1082—1087 页。
[60] 张其昀:《中国文化与华冈学园》,见《张其昀先生文集》第 17 册第 9106 页。
[61] 张其昀:《中国文化与华冈学园》,见《张其昀先生文集》第 17 册第 9107—9108 页。

陈铨：从《学衡》走出的新文学家

学衡派的新文学作家

陈铨是民国文学史、民国学术思想史上一位具有多方面建树的作家、学者。作为作家，他有诗集、小说、剧本；作为学者，他有中德文学比较论著，有专门戏剧理论著作和研究德国现代哲学家的传记、专著。

把陈铨视为学衡派成员是出于两方面考虑。一是他作为《学衡》作者，在这个杂志上发表过文章，属于梅光迪所说"凡有文章登载《学衡》杂志中，其人即是社员；原是社员而久不作文者，则亦不复为社员矣"。二是他作为吴宓1925年回清华教书后坚持听完吴翻译课的三个弟子之一。[1]他参与《学衡》杂志活动，吴宓在日记中有详细记录。从陈铨方面材料看，他与吴宓最早结识是在1922年。这一年暑假，他和清华同学贺麟、向理润到南京参加两周暑期学校[2]，吴宓为这次暑期学校开设两门课[3]。1925年8月23日《吴宓日记》记有："学生陈铨，作文驳宓论婚制。晚间招之来谈。清华新派之对宓攻讦，此其开端矣。"[4]这是吴宓过分敏感，实际情况是他与陈铨日后师生关系更加密切。

1952年，陈铨在为组织上所写"社会关系"材料第四部分"师长和认识的人"中，特别提到吴宓。他说："吴宓，清华时我亲密的先生。我常去请教他，他许我为天才，尽力提拔我。我作学生时，他介绍我的翻译苏联小说《可可糖》到《大公报》登《国闻周报》,又介绍我的小说《革命的前一幕》给新月书店(后来新月改出《天问》)。因为他的劝告,我学文学。"[5]陈铨这里所说的两部长篇小说《革命的前一幕》《天问》分别写于1927年、1928年清华读书期间。众多学衡派成员中,陈铨是通过创作新文学作品立足文坛的。他也是第一位通过创作新文学作品走出学衡派古体诗词堡垒的人。

他是学衡派的一个异数,也是学衡派反新文学力量中最大的一个变数,是被自己老师吴宓认可的学衡派的反动。

陈铨原本是1925年间"左右清华文坛的人物"[6],是清华有名的校园文学青年作者。1925年9月创刊的《清华文艺》,他是总编辑。1925年9月—12月4期《清华文艺》中,他以"大铨""记者""涛每"和"编辑"为名共发表文章38篇。[7]1927年5期《清华文艺》中,仍有多篇文章(包括译文)。[8]文章体裁繁多,有小说、散文、诗歌、译文、批评与介绍、丛谭和编辑后记。同时他也在《京报》副刊发表有关时政的文章。

1925年,吴宓回清华教书后,陈铨成为《学衡》作者,因为上吴宓所开翻译课,他登的主要是诗歌翻译。《学衡》第48期有他翻译雪莱的《云吟》,49期有他和吴宓、张荫麟、贺麟、杨昌龄同时翻译罗色蒂的《愿君常忆我》,54期有翻译济慈的《无情女》,57期有翻译歌德的两首诗。1928年1月,吴宓主编天津《大公报·文学副刊》,《大公报》系的《国闻周报》经常转载《大公报·文学副刊》中吴宓等人撰写的纪念外国作家文章。同时也刊登吴宓、张荫麟的其他文章,特别是1928年第5卷《国闻周报》连载张荫麟翻译的《斯宾格勒之文化论》。陈铨所说的《可可糖》(塔尔索夫—罗季昂诺夫作,*Chocolate*),连载于《国闻周报》第5卷第8、9、10、11、12、13、14、15、16、17、18、19、20期(1928年3月4日—5月27日),署"涛每译"。陈铨留学德国期间,在1932年8月22日《大公报·文学副刊》第

242期上,刊登了他的《歌德与中国小说》。此文收入1936年出版的《中德文学研究》(博士学位论文中文本)。

陈铨受吴宓影响,由为《学衡》翻译诗歌起步,从清华校园走出后,经《国闻周报》连载翻译小说的进一步锻炼,而后携长篇小说登上文坛。在背后起推动作用的是吴宓。

陈铨与吴宓这种特殊的师生关系,曾引起胡适的不满。1937年2月19日、20日,胡适为中央研究院评议会写关于陈铨《中德文学研究》短评,胡适在日记中表示了他对陈铨的意见:"看陈铨的《中德文学研究》,此书甚劣,吴宓的得意学生竟如此不中用!"[9]当然这也是胡适与学衡派矛盾的进一步体现。

清晰的一生与沉重的二十年

陈铨,又名陈大铨、陈正心,字涛西,主要笔名有涛每、T、唐密,1903年9月26日生于四川富顺。1952年从同济大学调到南京大学时,他分别填写了简历表,两份表的内容基本一样,格式稍有不同,我将二者合而为一:

陈铨简历

起讫年月	在何地何部门任何职务(包括学习)	主要工作及活动
1909年1月—1916年7月	四川富顺私塾	肄业
1916年8月—1919年7月	富顺县立高小	毕业
1919年8月—1921年7月	成都省立第一中学	学习
1921年8月—1928年7月	北京清华学校	学习
1928年8月—1930年7月	美国阿柏林大学英文系、研究院德文系	研究英、德文学,获学士及硕士学位

(续表)

起讫年月	在何地何部门任何职务(包括学习)	主要工作及活动
1930年8月—1933年7月	德国克尔大学哲学院德文系	研究德国文学及哲学,获文学博士学位
1933年8月—1934年1月	德国海岱山大学研究	研究德国文学及哲学
1934年2月—7月	武昌武汉大学英文教授	教授英文及英国文学
1934年8月—1937年7月	北京清华大学德文教授	教授德文及比较文学
1937年8月—1938年1月	长沙临时大学德文教授	教授德文及比较文学
1938年2月—1942年7月	昆明西南联合大学德文教授	教授德文及比较文学
1942年8月—1945年2月	重庆中国电影制片厂编导委员	审查电影剧本及编导话剧
1943年1月—7月	重庆歌剧学校教授	演讲、戏剧编导
1943年1月—1946年7月	重庆中央政治学校英文教授	教授英文
1943年5月—1944年12月	重庆青年书店总编辑	编辑书籍杂志
1946年8月—1948年4月	上海新闻报资料室主任	管理资料室并写国际社评
1946年8月—1952年8月	同济大学德文系及外语组主任兼外语教研组主任	教授德文及德文学,并主持德文系及外语组行政工作,并兼外语组主任领导工作
1948年5月—10月	后勤部上海特勤学校兼任教授	演讲戏剧概论及戏剧演出法
1948年8月—1949年7月	上海市立师范专科学校兼任教授	教授英文及英文学
1949年8月—1952年8月	复旦大学德语组兼任教授	教授德文及德文学
1949年8月—1950年7月	上海东吴大学法学院兼任教授	教授德文
1949年1月—5月	上海江苏省立师范学院英文兼任教授	教授英文及英文学
1950年8月—1952年7月	震旦大学兼任教授	教授德文

陈铨小贺麟（1902—1992）一岁，长冯至（1905—1993）两岁。留学美国时，他与原清华同学贺麟为同一所学校（后来贺麟转学哈佛大学和德国柏林大学），1930年转学德国后与新来的冯至分别进入克尔大学和海德堡（海岱山）大学。1933年7月获得博士学位后，他又到冯至读书的海德堡大学从事半年学术研究，因此比冯至早两年取得学位，早一年回国。作为德文教授和从事中德比较文学研究的重要学者，他俩后来分别在清华大学和北京大学执教（西南联合大学时，仍分别属于清华、北大）。冯至和他又先后有过同济大学任教的经历。1952年9月，他被调到南京大学外文系，任德文专业教授。1957年6月14日他被定为右派分子，离开教学工作岗位，到资料室和图书馆工作。1961年9月25日摘帽。陈铨女儿陈光琴回忆说："在南京大学，父亲是较晚被划为右派，较早被摘帽的。"

1969年1月31日，陈铨在南京大学去世。

与高寿的贺麟、冯至相比，陈铨虽是1969年初去世，但实际上，他在1949年以后即基本上从文学界和学术界消失。年轻读者多是从教科书中作为另类而知道他的名字。1979年春回大地时，他已经长眠地下十年了。

中共南京大学委员会在1979年7月1日发出《关于陈铨同志政历问题的审查结论》，说"1979年1月根据中共中央（78）55号文件精神给予改正，恢复教授职称及政治名誉"，"陈文化革命中曾受审查。现经复查，关于陈解放前写反动剧本和文章的问题，本人早已交代。此外，未发现其它政历问题"。[10]

1949—1969年，他因背着抗战时那些所谓"反动剧本和文章的问题"，加上一顶右派帽子（1961年虽被"摘帽"，但是摘而不掉，帽子仍背在身后），艰难地跋涉着。创作不再有，翻译和研究也只是在家里暗自进行。仅1955年在王造时主持的上海自由出版社翻译出版德国作家弗里德里希·沃尔夫的《两人在边境》。大量翻译和研究文稿无法出版。他的学生回忆说,他看上去还乐观。但也有知情者说,他实际上很孤独、苦闷。因此,可以说,陈铨是身前孤独、沉重,身后寂寞!

有关陈铨之研究,20年来已有较多成果涌现,其中博士学位论文(分别在历史、哲学、文学学科)[11]就有多篇。

学术研究与创作实绩

说得明白一点,陈铨个人的不幸和"政历问题"("解放前写反动剧本和文章的问题")是他通过戏剧创作,写了国民党抗日;通过学术研究和《战国策》,在中国传播叔本华和尼采思想——权力意志、英雄崇拜、种族精神重振。

如今看来,"国民党抗日"——国民党大部分人抗日是事实,少部分如汪精卫等国民党人叛国投敌当汉奸更是事实。陈铨最遭当时和后来左派文人攻击的是1942年写的剧本《野玫瑰》。歌颂的是国民党特工刘云樵、夏艳华一对昔日的情人为国家民族的利益,抗日除奸。

就这个剧本而言,陈铨的女儿陈光琴回忆说:"以前听母亲说过,一天父亲回到家里,说联大的学生剧团要他写一个反映现实问题的剧本,他对母亲说写什么好?母亲不假思索就说:'抗日除奸是现在的大事。'当时常躲避敌人的飞机轰炸。我父亲躲到防空洞里,三天就写出了《野玫瑰》。他下笔如有神。后来父亲遭批评,母亲不理解,说宣传抗日除奸有什么错?"[12]至于传播叔本华和尼采思想,那是作为大学教授的学术工作,也是他应有的学术权力。他没有党派,只是做了一个大学教授、作家本分的事。

陈铨在德国留学期间对欧洲古典戏剧和现代戏剧产生了极大的兴

趣,并进行了较为系统的专业研究,同时就中德文学影响、交流中的戏剧活动也作了相应的探讨。抗战开始后,中国的话剧运动异常火爆,并成为抗日宣传的一项重要活动。陈铨本人被这种特殊现象所刺激,积极投身到这一运动中,集编剧、导演、戏剧理论批评三者为一身。这样一来,抗战期间,陈铨就有了多重身份:大学教授、学者、作家和戏剧导演。他说自己1937年8月—1946年7月抗战和抗战胜利后的第一年,主要从事了以下工作:

1937年8月—1938年1月在长沙临时大学教授德文,"除教课外,无活动,只为联大学生导演阳翰笙《前夜》"[13]。1938年2月—1942年7月,作为昆明西南联合大学德文教授,主要活动有:

① 教授德文及近代戏剧。

② 替报章杂志写文章,如《云南日报》《中央日报·副刊》《战国策》,还有重庆的《文史杂志》。

③ 写作长篇小说《狂飙》,剧本《黄鹤楼》《野玫瑰》《金指环》,传记《叔本华生平及其思想》。

④ 领导西南联合大学剧团上演《祖国》《黄鹤楼》《野玫瑰》。[14]

经查证,陈铨为17期共16册(第15、16期合刊)《战国策》(1940年4月1日—1941年7月20日,昆明)写有13篇文章,主要是介绍歌德、尼采、叔本华、席勒的思想与德国文学;为重庆《大公报》副刊《战国》(共31期)写有8篇文章,内容涉及欧洲文学、德国文学、民族文学、文学批评和政治学多个方面。这些文章,是读者相对熟悉的东西,且因学界研究"战国策派",已有相对较多的解释,这里不再重复。他说为《文史杂志》(重庆独立出版社发行,抗战胜利后迁至上海,1942年1月—1948年10月15

日)写文章,查 6 卷《文史杂志》,陈铨的《野玫瑰》连载于该刊第 1 卷第 6、7、8 期(1941 年 6 月 16 日、7 月 1 日、8 月 15 日)。

1943 年 1 月—1946 年 7 月,作为重庆中央政治学校教授,除教课外,还有以下兼职:

① 中国电影制片厂编导委员(1942 年 8 月—1945 年 2 月)。主要活动:一、编写剧本《蓝蝴蝶》《无情女》及电影剧本《不重生男重生女》。二、参加编导委员会会议审查新制的电影及电影剧本。三、导演《蓝蝴蝶》。

② 青年书店总编辑(1943 年 5 月—1944 年 12 月)。主要活动:一、编《民族文学》杂志。二、分派编辑部工作。三、审查书稿。四、请人写稿。

③ 歌剧学校教授(1943 年 1 月—1943 年 7 月)。主要活动是上课,下课即走。讲授编剧和导演。有一短时期约一星期。为学生导演《黄鹤楼》,后来王伯生告诉我无钱演出,就没有排下去。[15]

当时重庆青年书店有三个月刊:《民族文学》《新少年》《青年与科学》,分别由陈铨、黎锦晖、陈邦杰任主编。作为重庆青年书店的总编辑,他曾请清华同学孙大雨任"特约编辑"协助自己编辑《民族文学》。《民族文学》自 1943 年 7 月 7 日创刊,到 1944 年 1 月停刊,共出版 5 期。陈铨自己在《民族文学》刊有《民族文学运动》(论文)、《花瓶》(小说)、《饮歌》(诗)、《中国文学的世界性》(论文),第 1 卷第 1 期(1943 年 7 月 7 日);《自卫》(独幕剧),第 1 卷第 2 期(1943 年 8 月 7 日);《五四运动与狂飙运动》(论文)、《哀梦影》(白话新诗 21 首),第 1 卷第 3 期(1943 年 9 月);《戏剧深刻化》(论文)、《第三阶段的易卜生》,第 1 卷第 4 期(1943 年 12

月);《哈孟雷特的解释》(论文)、《哀梦影》(白话新诗 20 首),第 1 卷第 5 期(1944 年 1 月)。5 期不署作者的"论坛"中的 31 篇短文和 5 个"编辑后谈"也是陈铨所著。另外,他在《新少年》还刊有《告新少年》(第 1 期)、《华盛顿寄侄儿的一封信》(第 3 期)。

陈铨 1952 年自己所写的著作目录《著作研究或成绩》,错误较多。其中 1934—1937 年《清华学报》上他有 9 篇文章,三篇书评的题目是用德文写的,但文章内容是中文。

十九世纪德国文学批评家对于《哈姆雷特》的解释,《清华学报》第 9 卷第 4 期(1934 年 10 月)。

Jacob und Jensen, Das chinesische Schattentheater(亚可布:《中国灯影戏》),《清华学报》第 10 卷第 1 期(1935 年 1 月)。

迦茵奥士丁小说中的笑剧元素,《清华学报》第 10 卷第 2 期(1935 年 4 月)。

Feng(冯至), Die Analogie von Natur und Gesist als stilprinzip in Novalis' Dichtung(冯至:《罗发利斯作品中以自然和精神的类似来作风格的原则》),《清华学报》第 11 卷第 2 期(1936 年 4 月)。

从叔本华到尼采,《清华学报》第 11 卷第 2 期(1936 年 4 月)。

Glockner, Hegel—Lexikon(格罗克勒:《黑格尔辞典》),《清华学报》第 11 卷第 3 期(1936 年 7 月)。

歌德《浮士德》上部的表演问题,《清华学报》第 11 卷第 4 期(1936 年 10 月)。

赫伯尔《玛丽亚》悲剧序诗解,《清华学报》第 12 卷第 1 期(1937 年 1 月)。

席勒《麦森纳》歌舞队与欧洲戏剧,《清华学报》第 12 卷第 2 期

（1937年4月）。

从上述在《清华学报》上所刊的专业论文来看，此时陈铨的主要研究兴趣是德国戏剧理论和戏剧实践，这对他抗战时期从事剧本创作和编导实践有直接的影响。

文艺创作部分，他遗漏了自己唯一的一部白话新诗集《哀梦影》。

查南京大学图书馆现有版本，用贾植芳、俞元桂主编的《中国现代文学总书目》[16]，温儒敏、丁晓萍编的《时代之波——战国策派文化论著辑要》的"附录"[17]，江沛的《战国策派思想研究》的"附录"[18]和董健主编的《中国现代戏剧总目提要》[19]，与陈铨自己写"著作研究或成绩"互校，版本有少许出入和遗漏[20]。

就文学创作来说，陈铨最受批评和争议的作品是他写的国民党特工抗日除奸的剧本《野玫瑰》（四幕剧）。国民党特工曾杀害过许多共产党人，抗战期间也杀过许多汉奸卖国贼。这都是历史事实。因此陈铨在肃反运动中写的交代材料中特别提到《野玫瑰》。"坦白交代三个问题"中的第三项是"《野玫瑰》生活资料的来源"：

> 一九四一年我在昆明西南联合大学写第二本反动戏剧《野玫瑰》，那时我担任联大学生剧团的名誉团长，先后上演《祖国》和《黄鹤楼》两剧，但是《黄鹤楼》人物太多，服装、布景、道具太花钱。他们要我再写一个人物较少、布景简单的剧本。我想人物布景既然简单，内容必然要富于刺激性，才能抓住观众。我早知道当时军事间谍剧本，如像《黑字二十八》《这不过是春天》《女间谍》《反间谍》《夜光杯》都非常受人欢迎。并且我当时戏剧方面，还没有地位。我决心写一个军事间谍剧本。为着要把它写好，我从图书室借了几本英文间

谍故事来仔细研究。头一幕写完，北大数学系教授申有忱看，他说"太像李健吾的《这不过是春天》"。我知道要失败，放弃不写了。正好这个时候，昆明传遍了汉奸王克敏的女儿，逃到香港，登报脱离父女关系的故事。我认为这是一个戏剧的好材料。我立刻写了一个短篇小说《花瓶》，登在昆明《中央日报》副刊（那时是封凤子主编）。隔些时候，我根据这篇小说写《野玫瑰》（我还记得写《花瓶》时，我还请教过清华大学电机系教授孟昭英，花瓶里面放收音机是不是可能，他是无线电专家，他说是可能的，所以后来我写入《野玫瑰》）。[21]

这充分说明陈铨本人在1950年代那种特殊的政治文化气氛下，反映抗日除奸的文学作品《野玫瑰》也必须作为政治问题"坦白交代"。

政治有时是短暂的，与政治相伴随的民族主义和爱国主义情感，在文化层面上可能会穿越时空，成为永恒不变的精神力量。对历史的认识需要一定的时间，陈铨被重新认识也是如此。

注

[1] 贺麟：《我所认识的荫麟》，《思想与时代》第20期(1943年3月1日)。
[2] 陈铨档案(南京大学档案馆)。向理润抗战时曾出任西康省教育厅厅长。
[3] 吴宓：《吴宓自编年谱》第237页。
[4] 吴宓：《吴宓日记》第Ⅲ册第60页。
[5] 陈铨档案(南京大学档案馆)。
[6] 黄延复：《二三十年代清华校园文化》第403页，广西师范大学出版社，2000。
[7] 参见黄延复：《二三十年代清华校园文化》第398—402页。
[8] 参见黄延复：《二三十年代清华校园文化》第403—406页。

［9］季羡林主编:《胡适全集》第32卷第624页。

［10］陈铨档案(南京大学档案馆)。

［11］江沛:《战国策派思想研究》,天津人民出版社,2001。最新成果有孔刘辉的《陈铨评传》,人民文学出版社,2020。

其他学位论文如魏小奋《战国策派:抗战语境里的文化反思》、宫富《民族想象与国家叙事——"战国策派"的文化思想与文学形态》、孔刘辉《论陈铨的民族情怀与浪漫精神》、张帆《陈铨小说论》。

［12］陈光琴访谈(2005年4月16日,南京)。

［13］［14］［15］陈铨档案(南京大学档案馆)。

［16］福建教育出版社,1993。

［17］中国广播电视出版社,1995。

［18］天津人民出版社,2001。

［19］南京大学出版社,2003。

［20］1949年之前出版的具体文集共22种,另有大量的文字散见多家报刊,未收集。

［21］陈铨档案(南京大学档案馆)。

王国维:从北大到清华

学术立场与人格

王国维在《静庵文集续编·自序二》中说:"哲学上之说,大都可爱者不可信,可信者不可爱。余知真理,而余又爱其谬误","知其可信而不能爱,觉其可爱而不能信,此近二、三年中最大之烦闷","余之性质,欲为哲学家则感情苦多而知力苦寡,欲为诗人则又苦感情寡而理性多"[1]。为了解决这情与理的矛盾冲突,克服此"最大之烦闷",他放弃了文学与哲学,走上了纯学术的考古之学,即专力于经、史、古文字、古器物考证,对他来说,这也是一种解脱之道。

进入纯学术研究,王国维的学者人格便十分凸显。他后二十年是以纯学术为志业。虽涉足政治,但学术诚心不变,其学术宣言便是1911年在《国学丛刊·序》中明确表示的:

> 学之义不明于天下久矣。今之言学者,有新旧之争,有中西之争,有有用之学与无用之学之争。余正告天下曰:"学无新旧也,无中西也,无有用无用也。凡立此名者,均不学之徒,即学焉而未尝知学者也。"[2]

此言便是马克斯·韦伯在《以学术为业》演讲中所说的为学术而学术，追求学术"价值无涉"。学术研究的终极意义便是求真，考古学的最终意义是还原历史真实。

这也是王国维早在《教育世界》刊发《论近年之学术界》中提倡"学术独立"思想的进一步发展。他自信"欲学术之发达，必视学术为目的，而不视为手段而后可"[3]。因为"学术之发达，存于其独立而已"[4]。这种学术独立可以造就学者的精神独立和人格独立。他在《奏定经学科大学文学科大学章程书后》一文中，依据西方大学的发展历史和现实，结合中国的实际情况，阐明了学术独立的外部条件。他认为"今日之时代已入研究自由之时代，而非教权专制之时代"[5]。

独立和自由互为条件，也互为促进，常常是在共存中显现。王国维甚至视个人"自由"为"神圣不可侵犯之权利"[6]，与生命、财产、名誉同等重要。这是他对英国思想家洛克自由观的认同。他提倡哲学与美术上的"纯粹"，说哲学家和美术家的天职是追求"神圣之位置"与"独立之价值"[7]。

但这只是他人格的一个方面，而另一面则是他的遗臣人格。

从《颐和园词》《送日本狩野博士游欧洲》《蜀道难》《隆裕皇太后挽歌辞九十韵》到为溥仪"南书房行走"，以及溥仪被驱逐出宫时，他试图自杀；从因与清宫关系和北京大学断交，到入清华学校研究院要得溥仪下诏，以及拖着的那条辫子。这是他作为遗臣对前清及废帝的精神依附，也是他遗臣人格最集中的体现。

陈寅恪悼念王国维时所说的"精神之独立""思想之自由"，是他学者人格的写照。而他十分鲜明的遗臣形象，则是遗臣人格的表现。突现着双重人格，才是一个真实的王国维。王国维与民国大学北大、清华的关系，也是在这双重的人格轨道上发生的。

王国维不是学衡社最初社员,即非学衡派核心人物,没有与新文化—新文学尖锐对立,只是认同《学衡》宗旨而成为刊物作者。下面具体展示王国维与北京大学、清华学校的学术关系,以及与新旧学术体制的瓜葛。

上、北京大学的通讯导师

北大的需求

　　1917年2月5日,王国维由日本返回上海。8月3日,以"学术自由""兼容并包"为办学宗旨的北京大学校长蔡元培,欲聘请王国维为北京大学教授。但王婉言谢绝了北大的聘请。8月4日他在致罗振玉的信中说:"前日蔡元培忽致书某乡人,欲延永为京师大学教授,即以他辞谢之。"[8]因为旅日多年,这时候,他对北京大学的基本情况并不熟悉,北大文科,尽管已由浙江帮取代桐城派后学,但他对北大教授主张白话新文学并不赞同。谢绝聘请,是情理中事。

　　据袁英光、刘寅生所著《王国维年谱长编》所示,1918年1月,"北京大学校长蔡元培,拟聘先生为教授,讲授中国文学,于上年(丁巳)冬请罗振玉为之介绍,先生婉辞不就。后就商于沈曾植,沈氏认为如有研究或著述相嘱可就"[9]。

　　查《王国维全集·书信》,知征求沈曾植意见的主意是罗振玉出的。[10]沈曾植意见也是温和的(1918年1月1日)。[11]蔡元培校长和马衡的盛情,使王国维有些心动,于是,他与前清遗老、著名诗人、学者沈曾植相商,并被开启了一个活口。

这里有一个关键联络人物,即王国维视为"乡人"的北京大学教授马衡(叔平、叔翁、淑平)。马衡为浙江鄞县人,当时在北京大学教授金石学(后任考古学研究室主任)。其兄马幼渔也是北大教授。马衡常到罗振玉家"问业",故外间视马衡为罗振玉弟子,马在罗面前也执弟子礼。北京大学一直把王国维作为聘请的主要对象,并把这一重要任务交给马衡,由马衡具体操作。马衡是在1920年7月1日先拜访罗振玉,请他向王国维转达北京大学的意见,随之又亲自到上海面请。

事实上,马衡在7月1日请罗振玉作书劝王国维应聘时,罗振玉当面是答应了的。罗振玉当着马衡面写了信,信中说:"叔平兄复将大学之意,欲延从者入都讲授,托弟劝驾至诚恳。叔兄明日即南旋,欲持书趋前,弟告以公有难于北上者数端,而叔兄坚嘱切实奉劝,故谨达叔兄之意。"[12]但第二天早晨,罗振玉又另写一封信给王国维,说昨天晚上的信"不得不以一纸塞责。北方风云甚急,且此非公素志,请设辞谢绝。昨夕之书,公必知非弟意"[13]。7月10日,罗振玉在给王国维的信中说:"马叔平当已见过,此人甚愚,岂有引鸾凤入鸡鹅群之理耶?"[14]

王国维多年来,一直得罗振玉的提携、帮助,也一直听从罗的意见。

王国维拒绝了北京大学,可明言的理由是"以迁地为畏事"。

1921年1月28日,王国维致函罗振玉信中说:"马叔翁及大学雅意,与公相劝勉之厚,敢不敬承。惟旅沪日久,与各处关系甚多,经手未了之件与日俱增,儿辈学业多在南方,维亦有怀土之意,以迁地为畏事,前年已与马叔翁面言,而近岁与外界关系较前尤多,更觉难以摆脱。仍希将此情形转告叔翁为荷。"[15]

1921年夏王国维又在致马幼渔信中说:

去夏奉教,又隔一年,每以为念。初夏,令弟叔平兄到沪,具述尊旨及鹤老厚意,敢不承命。只以素性疏懒,惮于迁徙,又家人不惯北上,儿辈职业姻事多在南方,年事尚幼,均须照料,是以不能应召。当将以上情形请叔平兄转达,亮荷鉴及。昨叔平兄又出手书,词意殷拳,并及鹤老与学校中诸君相爱之雅,且感且愧。惟弟不能赴北情形既如前陈,故应召之期一二年中恐未能预定。前复张君孟劬函亦及大□,辜负盛意,殊为惶悚。明岁得暇,尚拟一游京师观光,再行面达慊忱。[16]

这里"鹤老"指蔡元培。马衡在自己力所不及时,又借助兄长马幼渔和张尔田(孟劬)的力量。

张尔田与孙德谦均为沈曾植的门生,与王国维交好,此时居上海,是康有为、陈焕章"孔教会"和《孔教会杂志》的主要力量。他在致王国维信中认为民国大学"摧毁学术"[17],"竭力劝王国维就北京大学的教职","希望王国维能端正大学的学术方向"[18]。

1921年2月6日王国维致马衡信说:"来书述及大学函授之约,孟劬南来亦转述令兄雅意,惟近体稍孱,而沪事又复烦赜,是以一时尚[不——编者注]得暇晷,俟南方诸家书略正顿后再北上,略酬诸君雅意耳。"[19]

但到了年底,即12月8日,王国维为《唐写本切韵残卷三种》出版之事,主动致函马衡,信说:

《切韵》事前与商务印书馆商印竟无成议,刻向中华局人商印书之价(此书共六十纸),据云印五百部不及二百元。因思大学人数既众,欲先睹此书者必多,兄能于大学集有印资,则当以四百部奉寄,余一百部则罗君与弟留以赠人(因思阅此书者颇多,如欲印则二十日中可以告成）。如公以此举为然，当令估印价奉闻。若印千部，则所增者仅纸费而已。请示。能于月内付印，则年内尚可出书也。"[20]

马衡抓住了这一难得的机会，及时筹资将此书印出。此事也就成了北京大学与王国维学术联系的真正开始。此书由北京大学印出后，王国维得到50本样书。作为非卖品，他把书分送给友人。为此他在2月13日致马衡信中表达了谢意："《切韵》得兄纠资印行，得流传数百本以代钞胥，沪上诸公亦均分得一册，甚感雅意也。"[21]

北京大学考虑到王国维不就的理由是"以迁地为畏事"，于是决定设"通讯导师"，以解决"迁地"困难。

随后王国维的态度转变，罗振玉起了关键作用。这便是罗振玉自己先接受北京大学之聘，成为考古学导师。于是，马衡立即写信给王国维说："大学新设研究所国学门，请叔蕴先生为导师，昨已得其许可。蔡元培先生并拟要求先生担任指导，嘱为函恳，好在研究所导师不在讲授，研究问题尽可通信。为先生计，固无所不便；为中国学术计，尤当额手称庆者也。"[22]

王国维答应出任北京大学研究所通讯导师，马衡及北大同人的努力和罗振玉、沈曾植、张尔田几位浙人的意见起了主要作用。

通讯导师

随之而来的是"薪金"问题。罗振玉在1922年3月21日致王国维信中提醒他"预计"："去冬法国博士院属弟为考古学通信员，因此北京大学又理前约，弟谢之再三，乃允以不受职位，不责到校，当以局外人而尽指导之任，蔡、马并当面许诺。因又托弟致意于公，不必来京，从事指导。乃昨忽有聘书至,仍立考古学导师之名,于是却其聘书。盖有聘书,则将来必有薪金,非我志也。若有书致公,请早为预计。"[23]

在罗振玉应聘之后,北京大学国学门正式致信王国维,恳请他任导师,信中说:"大学同人望先生之来若大旱之望云霓,乃频年孜请,未蒙俯允,同人深以为憾。今春设立研究所国学门,拟广求海内外专门学者指导研究。校长蔡元培先生思欲重申前请","先生以提倡学术为己任,必能乐从所请"。[24]

1922春,北京大学研究所成立,蔡元培兼任所长,内分自然科学、社会科学、国学、外国文学四个学门,其中国学门,由沈兼士兼任主任。胡适任编辑委员会主任的北京大学《国学季刊》第1卷第1号附录《研究所国学门重要记事》中说:"研究所国学门内部现分文字学、文学、哲学、史学、考古学五个研究室,请本校教授讲师分任指导。至于校外学者,则已聘请罗振玉、王国维两先生为函授导师。"[25]同时,创刊号上刊登了王国维的两篇文章:《五代监本考》、《近日东方古言语学及史学上之发明与其结论》(伯希和著,王国维译)。

这时候,正值"五四"高潮过后,胡适首倡用科学方法"整理国故"。

袁英光、刘寅生《王国维年谱长编》显示,王国维此时被北京大学聘请为"函授导师",是胡适的"建议":"胡适建议北京大学研究所除以二马、二沈、朱、钱等先生为导师外,又敦请王国维为国学门函授导师。"并说:"如果不是学术界的推举和尊重,先生终会埋没在哈同广仓明智之中,局限在上海,难以扩大他的学术联系面的。"[26]

接下来,是薪金问题。王国维因有罗振玉提示,有了"预计"。因此,他拒绝接受北京大学送来的薪金。1922年8月1日,因北京大学送来薪水事,王国维致函马衡,信中说道:

昨日张君嘉甫见访,交到手书并大学脩金二百元,阅之无甚惶悚。前者大学屡次相招,皆以事羁未能趋赴。今年又辱以研究科导师见委,自惟浅劣,本不敢应命。惟惧重拂诸公雅意,又私心以为此名誉职也,故敢函允。不谓大学雅意又予以束脩。窃以尊师本无常职,弟又在千里之外,丝毫不能有所贡献,无事而食,深所不安;况大学又在仰屋之际,任事诸公尚不能无所空匮,弟以何劳敢贪此赐,故已将脩金托交张君带还,伏祈代缴,并请以鄙意达当事诸公,实为至幸。[27]

8月8日王国维向罗振玉报告了拒收薪金的事:"大学竟送来两个月薪水二百元,即令其人携归,并作书致叔平婉谢之,仍许留名去实,不与决绝,保此一线关系,或有益也。"[28]王国维拒收薪金,马衡和北京大学的同人只好变通此事,改"束脩"为"邮资"。马衡在8月17日致王国维信中说:"大学致送之款,本不得谓之束脩,如先生固辞,同人等更觉不安。昨得研究所国学门主任沈兼士兄来函,深致歉疚,坚嘱婉达此意,兹将原函附呈。"并表示要请张嘉甫再送一次:"务祈赐予收纳,万勿固辞,幸甚幸甚。"[29]沈兼士因王国维不接收薪金,致函马衡说:"本校现正组织《国学季刊》,须赖静安先生指导处正多,又研究所国学门下半年拟恳静安先生提示一二题目,俾研究生通信请业,校中每月送百金,仅供邮资而已,不是言束脩。尚望吾兄婉达此意于静安先生,请其俯允北大同人欢迎之微忱,赐予收纳,不胜盼荷。顷晤蔡孑民先生,言及此事,孑民先生主张亦与弟同,并嘱吾兄致意于静安先生。"[30]

王国维不接收薪金,学者刘烜认为这是王国维效伯夷"作为遗老,不食周粟"[31],即以清朝遗老自居,不拿民国国立大学薪金。

北京大学同人以"邮资"变通之后,王国维接受了。他在8月24日致马衡的信中说："前日张嘉甫携交手书并大学脩二百元，诸公词意殷拳，敢不暂存，惟受之滋愧耳。"同时，他开始履行导师职责。他说："研究科有章程否？研究生若干人？其研究事项想由诸生自行认定？弟于经、小学及秦汉以上事（就所知者）或能略备诸生顾问；至平生愿学事项，力有未暇者尚有数种，甚冀有人为之，异日当写出以备采择耳。《国学季刊》索文，弟有《五代监本考》一篇录出奉寄。"[32]

就研究科的具体情况，马衡向王国维汇报："研究所现正编辑季刊四种，中有《国学季刊》《文艺季刊》（文学艺术皆属之）拟征求先生近著分别登载。想先生近两年来著述未刻者甚多，且多属于两门范围之内，务求多多赐教，以资提倡，无任感祷。"[33]

也就在这年4月20日，顾颉刚到上海拜访王国维，并"洽谈北京大学拟刊观堂著述事"[34]。且由于顾颉刚祖母病逝，顾回苏州奔丧后，暂时到上海商务印书馆工作，与王国维有了进一步接触的机会。王国维在8月1日复函马衡，信说："郑君介石与顾君颉刚均已见过，二君皆沉静有学者气象，诚佳士也。"[35]顾颉刚也就成了以后胡适与王国维之间沟通的桥梁。

11月，沈兼士要王国维为北京大学研究所国学门研究生提出研究问题，王国维遂于12月8日复沈兼士信，提出四条研究题目：一、《诗》《书》中成语之研究。二、古字母之研究。三、古文学中联绵字之研究。四、共和以前年代之研究。并在信中说："前日辱手教，并属[沈按：嘱]提出研究题目，兹就一时鄙见所及，提出四条。惟'古字母'及'共和以前年代'二条，其事甚为烦重，非数年之力所能毕事，姑提出以备一说而已。前日寄上新作《书式古堂书画汇考中所录唐韵后》一篇，由叔平兄转交，想蒙察入。题目四纸附上呈政。"[36]这四个题目以"国学门导师王国维提出的研究题目"为名，在1922年10月27日、1924年3月27日《北京大学日刊》分别刊出。

研究题目寄出后，不久王国维便收到北大学生何之兼、李沧萍、郝立权、安文溥、王盛英五人的请教信。信说："昨由研究所开列先生提示研究题目四则,提纲挈领,迢迪来学,广川大业,庶几亲炙。惟兹事体大,后生未学虑弗胜任。谨先选定古文学中联绵字之研究一题,共同研习,俟有眉目,再及其余。谨列数疑,乞予指教。"[37]王国维于1922年12月下旬和1923年1月15日复信,并提出了具体指导。[38]

12月12日王国维致信马衡,主张北京大学研究所设置满、蒙、藏文讲座,信中说道："现在大学是否有满、蒙、藏文讲座？此在我国所不可不设者。其次则东方古国文字学并关紧要。研究生有愿研究者,能资遣法德各国学之甚善,惟须择史学有根柢者乃可耳。此事兄何不建议,亦与古物学大有关系也。偶思及此,即以奉闻。"[39]王国维为北京大学发挥的作用,主要是在学术研究层面上,在刊发文章、指导研究生研究的同时,他更关心研究其他民族的语言文字及派遣留学生。这是与世界一流大学学术研究者对话及取得共同进步的重要基础。王国维注意到了这一点。

这里特别值得一提的是,1922年6月,南京东南大学也曾动议请王国维为教授,却未成。1922年6月6日,东南大学办公处副主任刘伯明致函在上海的校长郭秉文,建议请王国维到东大执教：

秉文吾兄台鉴：

　　伯沆先生解职后,众意拟请一第一流人物继任。查有王君国维号静庵文学优长,为近今难得人才。陈斠玄先生极为推重。学生方面亦希望肯来秉教。王君现任事哈同花园广仓学社,请克回宁以前直接或间接向王君接洽,能即订定,更所欣盼。即颂

　　公绥

　　　　　　　　　　　　　　　　　　　刘伯明启

　　　　　　　　　　　　　　　　　　　11年6月6日[40]

郭秉文随即于6月8日致函沈信卿（恩孚），请介绍王国维为词曲诗赋教授。

信卿先生道鉴敬启者：

敝校下学年须添请国文教授一人，教授词曲诗赋等各项学程，拟延王君静庵来宁担任，每月敬送薪金二百元，请烦先生就近代为泱洽，并代学校表示歉意，敬邀一诺，泱洽后决策如何？敬盼快即示复为幸。专此祗颂

道安

郭秉文谨启

11年6月8日[41]

王国维后来并没有到东南大学任教，而是北上去做了溥仪的"老师"。

辞职缘由

1923年4月16日，清逊帝溥仪欲选海内硕学入南斋，经升允推荐，王国维"着在南书房行走"。5月25日，王国维自上海由海路北上，31日抵达北京，7月4日被溥仪"恩赏给五品衔，并赏食五品俸"。

由于到京，王国维与北京大学的联系也就方便多了。1924年春，北京大学研究所国学门欲聘他为主任，但他推辞了。他的理由是不愿介入各方面纷争，只如以前"挂一空名"。已经陷入宫内政治斗争的王国维，却想在北京大学保持中立。他在4月6日致蒋汝藻信中说："东人所办文化事业，彼邦友人颇欲弟为之帮助，此间大学诸人，亦希其意，推荐弟为此间研究所主任（此说闻之日人）。但弟以绝无党派之人，与此事则可不愿有所

濡染,故一切置诸不问。大学询弟此事办法意见,弟亦不复措一词,观北大与研究系均有包揽之意,亦互相恶,弟不欲与任何方面有所接近。近东人谈论亦知包揽之不妥,将来总是兼容办法。兄言甚是,但任其自然进行可耳。弟去年于大学已辞其脩,而尚挂一空名,即以远远之间处之最妥也。"[42]

9月,因北京大学考古学会在报上登载《保存大宫山古迹宣言》,指责清室出卖产业,散失文物,王国维阅报后对此事大为不满。因为马衡就是考古学会的主持人。《宣言》本身并没有涉及王国维,但由于与清宫的特殊关系,他便出来发表声明。他致信沈兼士、马衡,要求辞去北京大学研究所国学门导师职务:"弟近来身体孱弱,又心绪甚为恶劣,所有二兄前所属研究生至敝寓咨询一事,乞饬知停止。又研究所国学门导师名义,亦乞取销。又前胡君适之索取弟所作《书戴校水经注后》一篇,又容君希白钞去金石文跋尾若干篇,均拟登大学《国学季刊》,此数文弟尚拟修正,乞饬主者停止排印,至为感荷。"[43]

王国维的声明信写好之后,先送给罗振玉过目。罗于9月9日致信王国维表示意见:"尊致马、沈书,严正和平,不知已发否?若尚未发,请勿犹豫。惟登报一节,则可不必,诚如尊虑也,此辈顽梗,非时加警惕不可。若谢绝大学各种关系,则以婉词谢之,有此书,则彼亦知所以辞谢之故矣。"[44]10日再致信王国维,问:"致马、沈函发走后,彼方有答书否?"[45]

王国维一怒之下,割断了与北京大学的学术联系。罗振玉也与马衡断交。

11月5日,冯玉祥的国民军将溥仪驱逐出宫,并宣布永远废除皇帝溥仪的尊号。王国维随溥仪出宫。此事对王国维刺激很大,他与罗振玉、柯劭忞相约投护城河自杀,后因家人监视、劝止而未遂。

与北京大学的学术联系,展现出他的学者人格;与北京大学断交,则是他遗臣人格的凸显。

下、清华学校研究院国学导师

胡适造访的心理激荡

胡适是王国维与清华学校发生学术关系的一个关键人物。而胡适此时是北京大学教授,因主张白话新文学而暴得大名,并一跃成为学界的新潮领袖。

王国维与胡适本是由传统向现代转折时期的代表性人物,其政治思想和文学观念都存在着重大的分歧。但他们之间却有着一个共同的交流"场":学问。确切地说是彼此在事实考究上兴趣相投。因为王国维本人是从早年的辞章、义理之学转向纯粹的考据。而胡适则是辞章、义理、考据并举,并逐步转向以考据为重。

1917年胡适留学美国七年后回国,在上海,他考察了出版界后得出的结论是:近几年学术界只有王国维的《宋元戏曲考》是很好的。[46]随之,胡适在中国学术界大红大紫,为新学领袖。1922年4月15日,胡适在日记中记有:"读王国维先生译的法国伯希和一文,为他加上标点。此文甚好。"[47]8月28日,胡适又一次表示出对王的好感,他在日记中写道:"现今的中国学术界真凋敝零落极了。旧式学者只剩王国维、罗振玉、叶德辉、章炳麟四人;其次则半新半旧的过渡学者,也只有梁启超和我们几个人。内中章炳麟是在学术上已半僵化了,罗与叶没有条理系统,只有王国维最有希望。"[48]1922年王国维在致顾颉刚信[沈按:只署"初三日",无月份]中说道:"顷阅胡君适之《水浒》《红楼》二考,犁然有当于心。其提倡白话诗文,则所未敢赞同也。"[49]由此可见,他们彼此所看重的是学问中的考据。

顾颉刚是胡适最得意的学生,学术上也最得胡适疑古和考索古史的真精神。王国维对胡适的评说,很快由顾颉刚传给了胡适。于是,有了胡适对王国维的拜访。据胡适日记1923年12月16日所记:

> 往访王静庵先生,谈了一点多钟。他说戴东原之哲学,他的弟子都不懂得,几乎及身而绝。此言是也。戴氏弟子如段玉裁可谓佼佼者了。然而他在《年谱》里恭维戴氏的古文和八股,而不及他的哲学,何其陋也!
>
> 静庵先生问我,小说《薛家将》写薛丁山弑父,樊梨花也弑父,有没有特别意义?我竟不曾想过这个问题。希腊古代悲剧中常有这一类的事。
>
> 他又说,西洋人太提倡欲望,过了一定限期,必至破坏毁灭。我对此事却不悲观。即使悲观,我们在今日势不能跟西洋人向这条路上走去。他也以为然。我以为西洋今日之大患不在欲望的发展,而在理智的进步不曾赶上物质文明的进步。
>
> 他举美国一家公司制一影片,费钱六百万元,用地千余亩,说这种办法是不能持久的。我说,制一影片而费如许资本工夫,正如我们考据一个字而费几许精力,寻无数版本,同是一种作事必求完备尽善的精神,正未可厚非也。[50]

这短短一个多小时的交谈,真正使胡适感到了王国维的存在。王国维对古今、中外历史文化的深切关注和独到见识,是同代旧派学人所不曾达到的,也是新潮学界所不曾注意的。

王国维所谈的三点都是建立在一种比较文化意义上的问题。戴震在学人的共识中是大学问家。胡适认为清代有学问,没有哲学;有学问家,没有哲学家。王国维是学问家,但他同时关注一位学问家的哲学思想。这说明他的思考不是单向的。戴震作为清代大学问家,他的哲学思想也有十分引人注目的东西。他的一元论思想,他反对宋学的空泛和虚无,反对程朱理学以理(礼)杀人,崇尚实用的思想和学术,使他成为清朝学术的一个高峰。小说《薛家将》作者不可能看过古希腊悲剧,更不可能知道恋母弑父的"俄狄浦斯情结"或"哈姆雷特情结",而王国维却在考虑一个比较文学上的问题。他熟悉古典戏曲,对中国戏剧舞台上那种虚拟的神似效果也十分清楚。戏剧舞台上一将几卒,摇旗挥刀,在锣鼓声中,走几个来回,便表示有千军万马。而西方电影却不同,他们把千军万马真的拉到电影的拍摄现场,投入的实际情形很大,追求一种原初、真实的艺术效果。这是当时中西艺术的不同。王国维的这份关注是一般文人不可能有的。作为一个在世人看来保守的旧学者,他考虑的问题却十分现代,他的思想没有停滞,他对新知的追求没有停止,更何况在自己不明白的情况下,又主动地向一位后生请教。只有在学术大家王国维身上才能看到这样的人文景观。

胡适不能不对王国维的问题投下相应的关注。

王国维所谈前两件事都是胡适不曾注意到的,自然对他产生了相应的刺激,使他自1917年"暴得大名"之后,那一直处于巅峰状态的学者心理受到一次意外的震荡,多年来他真正有了一次与学界高人交流的机会,并得到一次学人少有的高峰体验。也使他进一步明白学术界同样是山外有山,高山仰止。从王宅出来,敏感的胡适便到马幼渔那里借得戴震后学焦循(里堂)的《雕菰楼集》一部。当天晚上,他便开始着手研究戴震,为陶知行发起筹建的"东原图书馆"试作一篇《述东原在思想史上的位置》短文(未完成)。

由此可见胡适敏于思、勤于学的学人精神。

作为老一代学人和"帝王之师",王国维自然也懂得胡适在当今新派学界的地位和如日中天的社会影响。他更不能轻视胡适的存在。深谙学界礼数的王国维,第二天(12月17日)便到胡适府上回访。

胡适、王国维的学问沟通

从此,胡适开始在戴震及其后学的著作上下起功夫。18日日记上,他写道:"读戴东原书后,偶读焦循《雕菰楼集》,始知戴氏的哲学只有焦里堂真能懂得。"[51]于是,胡适开始写作《戴东原的哲学》。

当胡适得知王国维有论戴东原《水经注》一文时,便于1924年4月17日致信王国维,请求文章能在胡适主持的《国学季刊》上发表。6月27日,胡适又致信王国维,同时送上《广陵思古编》十册,说卷十一中"有焦里堂与王伯申一书,其言殊重要",问:"先生曾见之否?"[52]

与之同时,胡适又开始另一项学术工作,编注《词选》。这是一项后来的学术工程。若无李白重题黄鹤楼的才情和胆识,胡适不敢为之。因为早有王国维《人间词话》在前头。

王国维的《人间词话》早在1908年至1909年前已刊于《国粹学报》第47、49、50期上。王国维之作标志着一个时代的词学研究高峰,也同样显示了那个时代文学研究方法的极致。胡适出于现实需要,欲写《白话文学史》,要为自己的白话文学理论寻求历史依托,以满足中国学人好古、信古的心理期待,达到自己文学革命的目的。他新编注一本《词选》,实际上是他上述整体工作的一个组成部分。在编注此书过程中,每遇到疑难之处,胡适都要虚心及时地向王国维写信请教,同时,他也往往能得到相应的圆满答复。1924年7月4日、7月□日、10月10日、10月21日、12月9日,胡适都为词学上的问题写信向王国维请教(《胡适遗稿及秘藏书信》收录了王国维给胡适的一封关于词学问题的回信)。胡适论《词的起源》初稿写完后,立即呈送王国维,请他指正。王国维的两封答书,被胡适收在该文后边,作为文章的有机部分,一并刊出。这时,胡适向学界充分表明,他的词学研究成果,有王国维直接介入。

从《戴东原的哲学》到《词选》,胡适踏着王国维的脚印,向前迈出了新的步伐。学问本身有自己内在的承传性,它往往在两代人接力中延续和完善。旧与新、传统与现代、保守与激进之间,有时可以创造性转换,尽管这其中要有一种历史的中介和相应的理解及沟通。正如同王国维所主张的那样,真正的学术无所谓新旧、古今、中西、有用无用之分一样。

王国维与胡适之间,便存在着这种理解和沟通。这本身就是一种值得进一步阐释的文化现象。更有趣的是,胡适初访王国维时谈论的戴震及后学,引起胡适对乡贤戴震的兴趣。不料他的这一关注,竟注定他后半生20多年陷入戴震《水经注》校本案中,无法自拔。而王国维却在1927年6月2日,一头栽进颐和园昆明湖的水里。

胡适、曹云祥的善待

作为"帝王之师",王国维在学术上与胡适交好,这自然会影响到闲置在宫中的废帝溥仪。他同样不能轻视胡适这位新文学运动的倡导者和新学领袖。读罢胡适的《尝试集》后,他怀着敬慕之意,拨通了"胡适先生"电话。于是,有了胡适"二进宫"的故事。

胡适在学问上日益进取,地位和名声也与日俱增。这时,他没有得意忘形,没敢忽视王国维的真实存在。他时刻在想着王国维的热能还没有完全发挥,王国维身上还有更多待开发的文化源。从个人情谊上讲,他也要回报王国维。

这里先说胡适与曹云祥校长的前期联络工作。

1924年,清华学校欲"改办大学",并设立研究院。清华学校校长曹云祥于1924年2月22日致函胡适,说聘请"先生担任筹备大学顾问"[53]。同时,他又动员胡适出任筹建中的清华学校研究院院长(同各系科主任,因研究院内仅有国学一门)。胡适推辞不就院长(后改为吴宓任主任,是由顾泰来推荐的),但建议曹校长,应采用宋、元书院的导师制,并吸取外国大学研究生院的学位论文专题研究法。胡适还向曹校长推荐了四位导师人选:梁启超、王国维、章太炎、赵元任。后因章太炎不就,而改聘吴宓推荐的陈寅恪。

据顾颉刚回忆,推荐王国维入清华的主意是他向胡适提出的。他说王国维"以'南书房行走'的名义教溥仪读中国古书。溥仪出宫,这个差使当然消灭;同时,他又辞去了北大研究所导师的职务,两只饭碗都砸破,生计当然无法维持。我一听得这个消息,便于这年[沈按:1924]十二月初写信给胡适,请他去见清华大学校长曹某,延聘王国维到研究院任教。胡适跟这校长都是留美学生,王国维又有实在本领,当然一说便成"[54]。

顾颉刚晚年回忆无误,因为他有自己的日记作参考。他在1924年12月4日日记中记有:"写适之先生信,荐静安先生入清华。"[55]查胡适档案,果然有顾颉刚来信。信中说:

  静安先生清宫俸既停,研究所薪亦欠,月入五十元,何以度日。

曾与幼渔先生谈及,他说北大功课静安先生不会肯担任,惟有俟北京书局成立时,以友谊请其主持编辑事务。然北京书局不知何日能成立,即使成立,而资本有限,亦不能供给较多之薪水。我意,清华校既要组织大学国文系,而又托先生主持其事,未知可将静安先生介绍进去否?他如能去,则国文系已有中坚,可以办得出精彩。想先生亦以为然也。

清宫事件,报纸评论对于先生都好作尖酸刻薄之言,足见不成气候的人之多。[56]

这里有必要简单叙述一下顾颉刚与王国维的关系。

顾颉刚日记有1923年3月6日梦后追记:"梦王静安先生与我相好甚,携手而行,同至蒋企巩家。……我如何自致力于学问,使王静安先生果能与我携手耶?"[57]1924年3月31日日记中写道:"予近年之梦,以祖母死及静安先生游为最多。祖母死为我生平最悲痛的事情,静安先生则为我学问上最佩服之人也,今夜又梦与静安先生同座吃饭。"[58]

正是出于这样的心态,顾颉刚于1924年4月22日致信王国维,表示:"拟俟生活稍循秩序,得为一业专攻,从此追随杖履,为始终受学之一人,未识先生许之否也?"[59]所以他让胡适举荐王国维入清华研究院也是出于真心实意。

同时,他也十分重视王国维对他《古史辨》的态度。1926年7月30日张凤举告诉他,王国维认为《古史辨》中"固有过分处,亦有中肯处"[60]。所以,在《古史辨》第一册出版后顾颉刚所列出的"应赠送之人"[61]中,有王国维。

1924年12月8日,胡适陪同曹云祥校长拜访了王国维,第二天,曹云祥在致胡适信中这样写道:

适之先生台鉴：

昨承偕访王静庵先生晤谈之后，曷胜钦佩。敝校拟添设研究院，即请王君为该院院长。兹将致王君一函并聘书送请察阅。如蒙同意，即祈转致并恳玉成是荷。此颂

道安

曹云祥谨启

十二月九日[62]

随之，曹云祥校长在12月11日又致信胡适，约定胡适同王国维到清华聚餐（共商聘王国维之事）：

迳启者：

兹订于本月二十日星期六□□□□，驾临敝校午餐，借以畅谈，未知是日有暇光降否？倘因公忙或改二十七日星期六亦可，即祈裁定，并约同王静庵先生来校是所至盼。相应函达至，希查照见覆是荷。此致

胡适之先生

曹云祥谨启

十二月十一日[63]

由于求贤心切，曹云祥校长在未与胡适、王国维协商妥当的情况下，按本校聘教员惯例，给王国维送上了印刷品聘书。事后，曹云祥方发觉此法不妥，忙致信王国维解释，并附手写聘书一件，信和聘书均请胡适代转。

信及聘书如下：

静庵先生大鉴：

前奉聘书因系印刷品，表明本校聘请教员事同一律，所以先填送览。

兹以添注涂改殊欠敬意，特另缮一份，肃函奉送，敬祈察存专泐。

顺颂

道安

附聘书一件

曹云祥谨启

十二月三十一日[64]

聘　书

兹聘请：

王静庵先生为本校研究院主任担任国学研究事务，即希查照后列聘约办理为荷。

（一）每星期内授课拾点钟以内。

（二）每月薪金银币肆百元按月照送。

（三）一切待遇照本校规定研究院教员任用规则办理。

（四）此项聘约以叁年为期（自民国十四年一月起至十六年十二月底止），期满若得双方同意再行续订。

清华学校校长　曹云祥

中华民国十三年十二月[65]

同时，胡适积极主动地做废帝溥仪、庄士敦（溥仪的英文老师）和王国维本人的工作。现存胡适给王国维的两封信，可见胡适本人对此事的投

入,尤其是他自己从学术着眼,也希望王氏"宜为学术计,不宜拘泥小节"的那份诚意。其一:

静庵先生:
　　清华学校曹君已将聘约送来,今特转呈,以供参考。约中所谓"授课拾时",系指谈话式的研究,不必是讲演考试式的上课。
　　圆明园事,曹君已与庄君商过,今日已备文送去。
　　　　　　　　　　　　　　　　　　　适之上(原信无日期)

其二:

静庵先生:
　　手示敬悉。顷已打电话给曹君,转达尊意了。一星期考虑的话,自当敬遵先生之命。但曹君说,先生到校后,一切行动均极自由;先生所虑(据吴雨僧君说)不能时常往来清室一层,殊为过虑。鄙意亦以为先生宜为学术计,不宜拘泥小节,甚盼先生早日决定,以慰一班学子的期望。日内稍忙,明日或能来奉访。匆匆。即颂
　　起居佳胜。
　　　　　　　　　　　适之上　一四,二,十三(1925年2月13日)[66]

吴宓在自编年谱中说,他曾手持曹云祥校长的聘书拜请王国维。[67]现据曹云祥手书原件和胡适信推断,吴宓送去的那份聘书可能是印刷件。吴宓转回来的话王所虑不能往来于清室一层,也由是胡适、曹云祥与溥仪、庄士敦交涉而解。

由于胡适、曹云祥的努力,2月,溥仪(被逐出宫后,暂避日使馆)召王

国维到日使馆,诏令他就任清华学校研究院之聘。[68]

这是王国维遗臣人格的鲜明表现,也是他对前清废帝的精神依附。

胡适的诚意和曹校长的善待感动了王国维。于是,他决定亲自到清华学校研究院去看一看。胡适便用自己的车子拉着他,往返陪同走了一趟清华园。从此,清华园中便晃动着一个曾为"帝王之师"而如今仍为废帝之师的学人身影,清华学子也获得了一代国学大师的教诲。这是清华人的骄傲,也是民国学术史上的一件幸事。王国维本人在内心深处也会为此事而感激胡适。同时,也就有了陈寅恪为清华学子写的一副对联:"南海圣人再传弟子,大清皇帝同学少年。"

3月25日王国维在给蒋孟苹(汝藻)信中谈了此次进清华之由及个人感想:

> 数月以来,忧惶忙迫,殆无可语。直至上月,始得休息。现主人在津,进退绰绰,所不足者钱耳。然困穷至此,而中间派别意见排挤倾轧,乃与承平时无异。故弟于上月中已决就清华学校之聘,全家亦拟迁往清华园。离此人海,计亦良得。数月不亲书卷,直觉心思散漫,会须收召魂魄,重理旧业耳。[69]

如今他仍视废帝为"主人",这是一个遗臣最确切的表白,也是帝制时代"主子与奴才"纲常大伦("君臣")留给王国维的精神枷锁。

至此可见,王国维进清华的原因有四:1. 因不满且烦陷入宫内纷争,故远离政治、人事。2. 为生计。3. 固保"亲书卷"的旧业,还原书生本色。4. 当下新学界领袖胡适及清华同人对他的敬重。

顾颉刚认为:"静安先生归国之后,何以宁可在外国人所办的学校(广仓学宭)与半外国人所办的学校(清华学校)中任事,也只因里边的政治空气较为疏淡之故。"[70]然而,后学胡适的这份真诚之意和曹校长的求贤之情,并不能完全医治和抚慰王国维那早已因内在矛盾冲突而伤透了的心,也无法再给他一个健全、没有裂痕的灵魂。

历史变迁,时代激流,国事,家事,天下事,事事烦心,王国维自身精神发生了急剧裂变,以至于他在昆明湖中寻找到了最终解脱。他与清华两年半的关系,虽因这一决绝行为而断,但薪尽火传,得王国维教诲的清华学校研究院学子,一步步走向成熟,并在学界绽放异彩。

在清华的事功

王国维进清华后的工作主要是授课、指导研究生和自身进行学术研究。

1925年7月27日,王国维为清华暑期补习学校作名为"最近二三十年中中国新发现之学问"的公开演讲。清华学校研究院主任吴宓为《最近二三十年中中国新发现之学问》(学生的记录稿)作注,刊于《学衡》第45期。王国维提出了"古来新学问起,大都由于新发见"这一著名的论断。他认为自汉以来,中国学问上的最大发现有三:一为孔子壁中书;二为汲冢书;三则今之殷墟甲骨文字、敦煌塞上及西域各处之汉晋木简、敦煌千佛洞之六朝及唐人写本书卷、内阁大库之元明以来书籍档册。[71]这才有陈寅恪随后在王国维"古来新学问起,大都由于新发见"的著名论断基础上,进一步总结出治学之士因用新材料,与求新问题而得"预流"的说法。

据清华学校研究院主办《国学论丛》第1卷第1号《研究院各教授担任学科一览表》所示,王国维在清华学校研究院讲学时间是两年半(1925年4月17日—1927年6月2日),其业绩历历可数。他的课分为"普通演讲"和"专门演讲"。

"普通演讲"内容为：

1925年度：1. 古史新证。2.《说文》练习。3.《尚书》。
1926年度：1. 仪礼。2.《说文》练习。

"指导学科范围"是：

1. 经学(书、礼、诗)。2. 小学(训诂、古文字学、古韵)。3. 上古史。4. 金石学。5. 中国文学。[72]

"专门演讲"内容为：

1925年度：1. 经学(书、诗、礼)。2. 小学(训诂、古文字学、古韵)。3. 上古史。4. 中国文学。

1926年度：1. 经学(书、诗、礼)。2. 小学(训诂、古文字学、古韵)。3. 金石学。4. 上古史。5.《说文》练习。6. 中国文学。[73]

据《学校新闻·研究院》显示，王国维实际指导研究生研究题目有八个：1.《尚书》本经之比较研究(包括句法、成语、助词)；2. 诗中状词之研究(包括单字、联绵字)；3. 古礼器之研究；4.《说文》部首之研究；5. 卜辞及金文中地名或制度之研究；6. 诸史(或一史)中外国传之研究；7.《元史》中蒙古色目人名之书研究；8. 慧琳《一切经音义》之反切与《切韵》反切之比较研究。[74]

1925年9月—1926年7月，研究院第一届学生为32人，梁启超指导14人(一人因赴美留学，未交毕业论文)[75]，王国维指导16人，陈寅恪、李济各指导 1 人(三位导师共指导 18 人,两人因赴美留学,未交毕业论文。因未注明指导教授的名字,18 人具体分工不明)。这 18 人的名字、登记题目与毕业时的实际论文不同。[76]《国学论丛》第 1 卷第 1 号《研究院纪事》有 1925 年研究院毕业成绩一览。[77]

第一届 32 位学生中,3 人因留学美国(梁启超 1 人,王国维 2 人)未交毕业论文,29 人毕业。成绩优秀的吴其昌、周传儒、姚名达、何士骥、刘盼遂、赵邦彦、黄粹伯 7 人在得到奖励的同时,获第二学年(1926 年 9 月—1927 年 7 月)继续研究的资格。

清华学校研究院 1926 年 9 月—1927 年 7 月的第二届学生为 36 人,包含 7 位第一届的继续研究学生。[78]这届学生同样是梁启超、王国维指导的学生多,赵元任只指导王力一人。[79]王国维去世后,清华又在 1928 年 9 月—1929 年 7 月招收了第三届 14 名学生,其中侯堮、刘节、颜虚心为上一届的学生,又研究了一届。在这些研究生中王庸、杨筠如、王镜第、刘纪泽、孔肖云(德)来自东南大学,吴其昌和第三届的蒋天枢来自无锡国专。

清华学校研究院时代是清华历史上的一个辉煌时期,王国维的确为这一辉煌增色添彩。

1927 年 10 月,清华学校研究院出版的《国学论丛》第 1 卷第 3 号为"王静安先生纪念专号"。内容包括梁启超《序》,王国维小像、遗墨、遗著,赵万里编的三份王静安谱系(年谱、著述目录、手校手批书目。赵万里是王国维继室潘丽正表姐的长子),吴其昌《王观堂先生学述》《王观堂先生尚书讲授记》,刘盼遂《观堂学礼记》,陈寅恪《王观堂先生挽词并序》。由清华学校研究院研究生陆侃如、姚名达、卫聚贤、黄绶、杨鸿烈等参与组织的北京"述学社"同人编辑的《国学月报》第 8、9、10 合期,也在 1927 年 10 月出版了"王静安先生专号"。

1927 年 1 月 16 日,张慰慈致信胡适,说清华校长曹云祥有一个较好的机会离开,学校内有几个人就想到胡适作为"继任人物"最为合适,劝胡适"很可以试他一试"[80]。1928 年 3 月 27 日,汤尔和再次向胡适转达司法部部长罗钧任(文干)要胡适做改制后清华大学校长的意见。胡适不答应。他对汤尔和说:"如校长由董事会产生,我不反对;若由任命,或外部聘任,我不能就。"[81] 28 日,胡适又致信汤尔和详陈不就清华大学校长的理由。[82] 8 月,国民政府决定改清华学校为清华大学,同时任命胡适的学生罗家伦为清华大学校长。

当 1931 年 3 月 17 日,因清华学生由教授借风潮赶走罗家伦而特地到南京上访,请求蒋中正派胡适为清华校长时,蒋中正答复:"胡适系反党,不能派。"[83] 于是,蒋中正派吴南轩出任清华大学校长。

尽管胡适与清华大学校长一职擦肩而过,但推王国维进清华一事,足以使他与清华之缘不解。这同时也是他赢得陈寅恪敬重的一个重要因素。[84]

注

[1]《静庵文集续编》第 21 页,见王国维:《王国维遗书》第 3 册,上海书店出版社 1996 年第二次影印本。

[2]《国学丛刊》第 1 册,《观堂别集》卷四第 7 页,见王国维:《王国维遗书》第 3 册。

[3]《静庵文集》第 96 页,见王国维:《王国维遗书》第 3 册。

[4]《静庵文集》第 97 页,见王国维:《王国维遗书》第 3 册。

[5]《静庵文集续编》第 39 页,见王国维:《王国维遗书》第 3 册。

[6]《教育偶感四则》,《静庵文集》第 105 页,见王国维:《王国维遗书》第 3 册。

[7]《论哲学家与美术家之天职》,《静庵文集》第 102 页,见王国维:《王国维遗

书》第 3 册。

[8] 吴泽主编,刘寅生、袁英光编:《王国维全集·书信》第 212 页,中华书局,1984。原书中此信时间考证有误,现据张颂之《对王国维书信日期的订正》改过。

[9] 袁英光、刘寅生:《王国维年谱长编》第 245 页,天津人民出版社,1996。

[10] 吴泽主编,刘寅生、袁英光编:《王国维全集·书信》第 234 页。

[11] 吴泽主编,刘寅生、袁英光编:《王国维全集·书信》第 235 页。

[12][13] 王庆祥、萧立文校注,罗继祖审订:《罗振玉王国维往来书信》第 501 页,东方出版社,2000。

[14] 王庆祥、萧立文校注,罗继祖审订:《罗振玉王国维往来书信》第 502 页。

[15] 吴泽主编,刘寅生、袁英光编:《王国维全集·书信》第 312 页。

[16] 转引自袁英光、刘寅生:《王国维年谱长编》第 319 页。

[17] 转引自刘烜:《王国维评传》第 218 页,百花洲文艺出版社,1997。

[18] 刘烜:《王国维评传》第 218 页。

[19] 吴泽主编,刘寅生、袁英光编:《王国维全集·书信》第 313 页。

[20] 吴泽主编,刘寅生、袁英光编:《王国维全集·书信》第 318 页。

[21] 吴泽主编,刘寅生、袁英光编:《王国维全集·书信》第 319 页。

[22] 转引自刘烜:《王国维评传》第 185 页。

[23] 王庆祥、萧立文校注,罗继祖审订:《罗振玉王国维往来书信》第 525 页。

[24] 转引自刘烜:《王国维评传》第 185 页。

[25]《国学季刊》第 1 卷第 1 号(1923 年 1 月)

[26] 转引自袁英光、刘寅生:《王国维年谱长编》第 343 页。

[27] 吴泽主编,刘寅生、袁英光编:《王国维全集·书信》第 323 页。

[28] 吴泽主编,刘寅生、袁英光编:《王国维全集·书信》第 326 页。

[29][30][31] 转引自刘烜:《王国维评传》第 186 页。

[32] 吴泽主编,刘寅生、袁英光编:《王国维全集·书信》第 327—328 页。

[33] 转引自刘烜:《王国维评传》第 222 页。

[34] 陈鸿祥:《王国维年谱》第 249 页,齐鲁书社,1991。

[35] 吴泽主编,刘寅生、袁英光编:《王国维全集·书信》第 324 页。

[36] 吴泽主编,刘寅生、袁英光编:《王国维全集·书信》第332—333页。
[37] 转引自袁英光、刘寅生:《王国维年谱长编》第366页。
[38] 吴泽主编,刘寅生、袁英光编:《王国维全集·书信》第337—338、339—340页。
[39] 吴泽主编,刘寅生、袁英光编:《王国维全集·书信》第336页。
[40] 《南大百年实录》编辑组:《南大百年实录》(上卷)第202页。
[41] 《南大百年实录》编辑组:《南大百年实录》(上卷)第202—203页。
[42] 吴泽主编,刘寅生、袁英光编:《王国维全集·书信》第394页。
[43] 吴泽主编,刘寅生、袁英光编:《王国维全集·书信》第407页。
[44] 王庆祥、萧立文校注,罗继祖审订:《罗振玉王国维往来书信》第635页。
[45] 王庆祥、萧立文校注,罗继祖审订:《罗振玉王国维往来书信》第636页。
[46] 季羡林主编:《胡适全集》第1卷第593页。
[47] 季羡林主编:《胡适全集》第29卷第582页。
[48] 季羡林主编:《胡适全集》第29卷第729页。
[49] 刘烜、陈杏珍:《王国维致顾颉刚的三封信》,《文献》第18辑(1983年12月)。
[50] 季羡林主编:《胡适全集》第30卷第127—128页。
[51] 季羡林主编:《胡适全集》第30卷第130页。
[52] 季羡林主编:《胡适全集》第23卷第429页。
[53] 耿云志主编:《胡适遗稿及秘藏书信》第33册第492—494页。
[54] 顾颉刚:《我是怎样编写〈古史辨〉的》,见顾颉刚编著:《古史辨》第1册第16页,上海古籍出版社,1982。
[55] 顾颉刚:《顾颉刚日记》第一卷第557页。
[56] 耿云志主编:《胡适遗稿及秘藏书信》第42册第291页。
[57] 顾颉刚:《顾颉刚日记》第一卷第333页。
[58] 顾颉刚:《顾颉刚日记》第一卷第471页。
[59] 顾颉刚:《顾颉刚日记》第一卷第479页。
[60] 顾颉刚:《顾颉刚日记》第一卷第773页。
[61] 顾颉刚:《顾颉刚日记》第一卷第799页。

［62］耿云志主编:《胡适遗稿及秘藏书信》第 33 册第 496 页。
［63］耿云志主编:《胡适遗稿及秘藏书信》第 33 册第 497 页。
［64］耿云志主编:《胡适遗稿及秘藏书信》第 33 册第 498 页。
［65］耿云志主编:《胡适遗稿及秘藏书信》第 33 册第 499 页。
［66］季羡林主编:《胡适全集》第 23 卷第 460 页。
［67］吴宓:《吴宓自编年谱》第 260 页。
［68］陈鸿祥:《王国维年谱》第 288 页。
［69］吴泽主编,刘寅生、袁英光编:《王国维全集·书信》412 页。
［70］顾颉刚:《悼王静安先生》,见陈平原、王枫编:《追忆王国维》第 134 页。
［71］《静庵文集续编》第 66 页,见王国维:《王国维遗书》第 3 册。
［72］《国学论丛》第 1 卷第 1 号(1927 年 6 月)。
［73］转引自苏云峰:《从清华学堂到清华大学 1911—1929》第 337 页,"中央研究院"近代史研究所,1996。
［74］《清华周刊》第 24 卷第 3 号(第 352 期)。
［75］详见苏云峰:《从清华学堂到清华大学 1911—1929》第 339 页。
［76］转引自苏云峰:《从清华学堂到清华大学 1911—1929》第 339—340 页。
［77］1925 年研究院毕业成绩一览见《国学论丛》第 1 卷第 1 号(1927 年 6 月)《研究院纪事》。

杨筠如	尚书覈诂、滕、春秋时代之男女风纪
余永梁	说文古文疏证、殷墟文字考、金文地名考
程憬	二程的哲学、先秦哲学史的唯物观、记魏晋间的哲学
吴其昌	宋代学术史(天文地理金石算学)、谢显道年谱、朱子著述考、三统历简谱、李延平年谱、程明道年谱、文原兵器篇
刘盼遂	说文汉语疏、百鹤楼丛稿
周传儒	中日历代交涉史
王庸	陆象山学述、四海通考
徐中舒	殷周民族考、徐奄淮夷群舒考
方壮猷	儒家的人性论、章实斋先生传、中国文学史论
高亨	《韩非子集解》补正

王镜第	书院通征
刘纪泽	书目考、书目举要补正
何士骥	部曲考
姚名达	邵念鲁年谱、章实斋之史学
蒋传官	曾涤生胡泳芝之学术思想、春秋时代男女之风纪
孔　德	外族音乐流传中国史、会意斠解、汉代鲜卑年表
赵邦彦	《说苑》疏证
黄粹伯	《说文》会意篇
王啸苏	《说文》会意字、两汉经学史
闻　惕	辜庵丛稿、尔雅释例匡谬
汪吟龙	文中子考信录、《左传》田邑移转表
史春龄	孟荀教育学说
杜钢百	周秦经学考
李绳熙	唐西域传之研究
谢星郎	春秋时代婚姻的种类、春秋时代的恋爱问题、春秋时代亲属间的婚姻关系
余戴海	孟荀学说之比较
李鸿樾	金文地名之研究
陈　拔	颜李四书字义
冯德清	匈奴通史

[78] 据《国学论丛》第1卷第1号（1927年6月）所示,36人基本情况如下：

姓　名	专修科	研究题
刘盼遂	小　学	古文字学
周传儒	中国文化史	中国教育史
姚名达	历史研究法	章实斋之史学
吴其昌	宋元明学术史	宋代学术史
何士骥	小　学	古文字学
赵邦彦	诸　子	《吕氏春秋集解》
黄粹伯	小　学	中国音韵

谢国桢	中国文学史	清代学术史微
刘　节	中国哲学史	中国古代哲学之起源
陆侃如	中国文学史	古代诗史、古代诗选
毕相辉	中国史	唐代的社会现象
郑宗棨	东西交通史	中日历代关系（明代）
陈守实	史学研究法	明史稿考证
高镜芹	中国哲学史	孔子研究
谢念灰	宋元明学术史	陈白沙学说
王耘庄	宋元明学术史	宋元明人性论之研究
陈邦炜	经学	尚书研究
宋玉嘉	中国哲学史	汉魏间的哲学
戴家祥	经学、金石学	卜辞金文之研究
吴金鼎	中国人种考	
司秋沄	儒家哲学	孔家人生哲学
王　力	中国文学史	先秦文法
全　哲	中国文学史	《楚辞》
朱广福	儒家哲学	性之讨研
颜虚心	清代学术史	浙东学派
龚澹明	中国上古史	战国史
冯国瑞	小　学	《说文》部首研究
杨鸿烈	中国文化史	中国法律发达史
卫聚贤	中国上古史	《左传》之研究
徐继荣	中国史	中国历史学稿
管效先	诸　子	《孟子》七篇中之仁义解
黄　绥	中国史	中国历代地方制度考
姜寅清	小　学	诗骚连绵字
陶国贤	诸　子	《老子》字义疏
侯　堮	经　学	郑氏经注例
朱芳圃	小　学	声义溯源

［79］王力:《龙虫并雕斋琐语》第303页,商务印书馆,2002。
［80］中国社会科学院近代史研究所中华民国史组编:《胡适来往书信选》(上)第421—422页,中华书局,1979。
［81］季羡林主编:《胡适全集》第31卷第11页。
［82］季羡林主编:《胡适全集》第31卷第11—12页。
［83］季羡林主编:《胡适全集》第32卷第95页。
［84］陈寅恪在1927年10月清华学校研究院出版的《国学论丛》第1卷第3号"王静安先生纪念专号"、10月北京"述学社"编辑的《国学月报》第8、9、10合期"王静安先生专号"和1929年3月《学衡》第64期为王国维出的第二个纪念专号等刊物上所刊的《王观堂先生挽词并序》中特别提到胡适推荐王国维进清华一事,并写有"鲁连黄鹞绩溪胡,独为神州惜大儒。学院遂闻传绝业,园林差喜适幽居"的诗句。见陈寅恪:《陈寅恪诗集》第15页。

参考文献

一、刊物

1949 年以前(以英语字母为序,首字按汉语拼音排列)

《北京大学日刊》(北京),影印本

《北京大学月刊》(北京)

《北京大学研究所国学门周刊》(北京)

《北京大学研究所国学门月刊》(北京)

《晨报副镌》(北京),影印本

《大公报·文学副刊》(天津),影印本

《大公报·文艺副刊》(天津),影印本

《大学》(成都)

《大学评论》(南京)

《大学院公告》(南京)

《当代评论》(昆明:西南联合大学)

《地理学报》(南京:中央大学)

《地理杂志》(南京:中央大学)

《东方杂志》(上海)

《东南大学南京高师暑校日刊》(南京:东南大学)

《东南论衡》(南京:东南大学)

《独立评论》(北京),影印本
《方志月刊》(南京:中央大学)
《国粹学报》(上海)
《国风》(南京:中央大学)
《国故》(北京:北京大学)
《国立中山大学语言历史学研究所周刊》(广州)
《国立中央大学日刊》(南京)
《国立中央大学半月刊》(南京)
《国文月刊》(昆明—上海:西南联合大学师范学院—开明书店)
《国闻周报》(天津)
《国学丛编》(北京:中国大学,1930年代)
《国学丛刊》(上海:罗振玉、王国维编,1910年代)
《国学丛刊》(南京:东南大学,陈中凡、顾实编,1920年代)
《国学丛刊》(北京:国学书院第一院编辑,发行人为潘寿岑,1940年代)
《国学汇编》(上海:国学研究社,胡朴安主编,1920年代)
《国学季刊》(北京:北京大学)
《国学论丛》(北京:清华学校研究院)
《国学论衡》(苏州)
《国学月报》(北京:述学社)
《国学月刊》(上海:大东书局)
《国专月刊》(无锡:无锡国学专修学校)
《华国》(上海)
《甲寅》(北京—天津)
《江苏省立国学图书馆年刊》(南京)
《教育世界》(武昌—上海)
《教育杂志》(上海)
《金陵大学文学院季刊》(南京)
《金陵大学校刊》(南京)
《金陵光》(南京:金陵大学)

《金陵周刊》(南京:金陵大学)
《金陵半月刊》(南京:金陵大学)
《金陵月刊》(南京:金陵大学)
《金陵学报》(南京:金陵大学)
《今日评论》(昆明)
《京报副刊》(北京)
《科学》(上海)
《留美学生季报》(上海)
《论学》(无锡:李源澄主编,1930年代)
《论语》(上海)
《民国日报》(上海),影印本
《民心》周报(上海)
《民族文学》(重庆)
《南京文献》(南京,1947年1月—1949年2月)
《努力》周报(北京)
《清华学报》(北京)
《清华周刊》
《清华中国文学会月刊》(北京)
《少年中国》(北京—上海),影印本
《申报》(上海),影印本
《诗帆》(南京:土星笔会)
《时事新报·文学旬刊—文学》(上海),影印本
《史地学报》(南京:南京高等师范学校—东南大学)
《史地杂志》(杭州—遵义:浙江大学)
《史学与地学》(北京—南京)
《史学杂志》(南京:中央大学)
《斯文》半月刊(成都:金陵大学文学院国文系)
《思想与时代》(遵义—杭州:浙江大学)
《太平洋》(上海)

《文化建设》(上海)

《文史季刊》(江西泰和:中正大学)

《文史杂志》(重庆—上海)

《文史哲季刊》(重庆:中央大学)

《文学杂志》(北京)

《文艺丛刊》(南京:中央大学文学院)

《文哲学报》(南京:南京高等师范学校—东南大学)

《现代》(上海),影印本

《现代评论》(北京),影印本

《湘君》(长沙:明德中学)

《小说月报》(上海,1919年以后),影印本

《新潮》(北京:北京大学),影印本

《新教育》(上海—南京—北京)

《新青年》(上海—北京),影印本

《新月》(上海),影印本

《学风》(安庆:安徽省立图书馆)

《学衡》(南京—北京),影印本

《学文》(北京)

《学原》(南京)

《艺林》(南京:中央大学国文系)

《禹贡》(北京)

《语丝》(北京),影印本

《战国策》(昆明)

《制言》(苏州)

《中国学报》(北京:分前后时期,后期为刘师培主编,1910年代)

《中国学报》(北京,张绍昌主编,1940年代)

《中国学报》(重庆,汪辟疆主编,1940年代)

《中山大学语言历史学研究年报》(广州,1929年)

《中央大学国学图书馆第一年刊》(南京)

《中央大学国学图书馆第二年刊》(南京)
《中央大学日刊》(重庆)
《中央研究院历史语言研究所集刊》(广州—南京),影印本
《中央政治学校校刊》(南京、重庆)
《中正大学校刊》(江西泰和:中正大学)
《周论》(北京)

1949年以后
《东南大学校友通讯》(南京)
《二十一世纪》(香港中文大学)
《南大校友通讯》(南京)
《思想与时代》(中国文化学院)
《文艺复兴》(中国文化学院)
《中大校友通讯》(台湾中坜:"中央大学")
《中央大学校友通讯》(南京)
《钟山风雨》(南京)
《传记文学》(台北)

二、著作

A

阿伦·布洛克:《西方人文主义传统》(董乐山译),生活·读书·新知三联书店,1997。

埃里·凯杜里:《民族主义》(张明明译),中央编译出版社,2002。

艾恺:《世界范围内的反现代化思潮——论文化守成主义》,贵州人民出版社,1991。

爱德华·W.萨义德:《东方学》(王宇根译),生活·读书·新知三联书店,1999。

爱德华·W.萨义德:《知识分子论》(单德兴译),生活·读书·新知三联书

店,2002。
爱德华·W.萨义德:《人文主义与民主批评》(朱生坚译),新星出版社,2006。
安东尼·吉登斯:《民族—国家与暴力》(胡宗泽、赵力涛译),生活·读书·新知三联书店,1998。
安东尼·吉登斯:《现代性与自我认同》(赵旭东、方文译),生活·读书·新知三联书店,1998。
奥尔特加·加塞特:《大学的使命》(徐小洲等译),浙江教育出版社,2001。

B

巴特·穆尔-吉尔伯特:《后殖民理论——语境　实践　政治》(陈仲丹译),南京大学出版社,2001。
毕树棠:《螺君日记》,海豚出版社,2014。

C

蔡元培:《蔡孑民先生言行录》,广西师范大学出版社,2005。
曹经沅编:《癸酉九日扫叶楼登高诗集》,民国甲戌年(1934)铅印本(南京大学图书馆藏)。
曹经沅编:《甲戌玄武湖修禊豁蒙楼登高诗集》,民国乙亥年(1935)铅印本(南京大学图书馆藏)。
曹经沅遗稿、王仲镛编校:《借槐庐诗集》,巴蜀书社,1997。
常任侠:《常任侠文集》第6卷,安徽教育出版社,2002。
陈楚淮:《陈楚淮文集》,浙江大学出版社2008。
陈独秀:《独秀文存》,安徽人民出版社,1987。
陈国球:《文学史书写形态与文化政治》,北京大学出版社,2004。
陈鹤琴:《陈鹤琴全集》第6卷,江苏教育出版社,1992。
陈洪捷:《德国古典大学观及其对中国大学的影响》,北京大学出版社,2002。
陈鸿祥:《王国维年谱》,齐鲁书社,1991。
陈立夫:《成败之鉴——陈立夫回忆录》,正中书局,1994。

陈平原:《中国现代学术之建立》,北京大学出版社,1998。

陈平原:《北大精神及其他》,上海文艺出版社,2001。

陈平原:《中国大学十讲》,复旦大学出版社,2002。

陈平原:《大学何为》,北京大学出版社,2006。

陈平原、杜玲玲编:《追忆章太炎》,中国广播电视出版社,1997。

陈平原、王枫编:《追忆王国维》,中国广播电视出版社,1997。

陈平原、夏晓虹编:《北大旧事》,生活·读书·新知三联书店,1998。

陈铨:《中德文学研究》,商务印书馆,1936。

陈万雄:《五四新文化的源流》,三联书店(香港)有限公司,1992。

陈以爱:《中国现代学术研究机构的兴起——以北大研究所国学门为中心的探讨》,江西教育出版社,2002。

陈寅恪:《陈寅恪诗集》,清华大学出版社,1993。

陈寅恪:《金明馆丛稿二编》,生活·读书·新知三联书店,2001。

陈寅恪:《书信集》,生活·读书·新知三联书店,2001。

陈玉堂编:《中国近代人物名号大辞典》,浙江古籍出版社,1996。

陈玉堂编:《中国近代人物名号大辞典》(续编),浙江古籍出版社,2001。

陈中凡:《清晖集》,书目文献出版社,1987。

陈中凡:《陈中凡论文集》,上海古籍出版社,1993。

程千帆:《程千帆全集》第15卷,河北教育出版社,2000。

程千帆、唐文编:《量守庐学记——黄侃的生平和学术》,生活·读书·新知三联书店,1985。

春随:《留西外史》(影印本),广文书局有限公司,1980。

D

丁守和等编:《五四时期期刊介绍》(一),生活·读书·新知三联书店,1978。

丁守和等编:《五四时期期刊介绍》(二、三),生活·读书·新知三联书店,1959。

丁文江、赵丰田:《梁启超年谱长编》,上海人民出版社,1983。

董健主编:《中国现代戏剧总目提要》,南京大学出版社,2003。

段怀清:《白璧德与中国文化》,首都师范大学出版社,2006。

E

E. 希尔斯:《论传统》(傅铿、吕乐译),上海人民出版社,1991。

F

F. R. 利维斯:《伟大的传统》(袁伟译),生活·读书·新知三联书店,2002。
费希特:《论学者的使命·人的使命》(梁志学、沈真译),商务印书馆,1984。
冯·赖特:《知识之树》(陈波等译),生活·读书·新知三联书店,2003。
冯友兰:《三松堂全集》第4、5卷,河南人民出版社,1986。
冯友兰:《三松堂自序》,人民出版社,1998。
傅宏星编撰:《钱基博年谱》第91—92页,华中师范大学出版社,2007。
傅乐诗等:《近代中国思想人物论·保守主义》,时报出版公司,1980。

G

G. 萨顿:《科学的生命:文明史论集》(刘珺珺译),商务印书馆,1987。
G. 萨顿:《科学史与人文主义》(陈恒六、刘兵、仲维光译),华夏出版社,1989。
G. 萨顿:《科学的历史研究》(陈恒六、刘兵、仲维光编译),科学出版社,1990。
高恒文:《东南大学与学衡派》,广西师范大学出版社,2002。
葛兆光主编:《走近清华》,四川人民出版社,2000。
耿云志主编:《胡适遗稿及秘藏书信》(手稿本),黄山书社,1994。
耿云志主编:《胡适论争集》中册,中国社会科学出版社,1998。
龚放、王运来、袁李来:《南大逸事》,辽海出版社,2000。
巩本栋编:《程千帆沈祖棻学记》,贵州人民出版社,1997。
顾潮:《历劫终教志不灰——我的父亲顾颉刚》,华东师范大学出版社,1997。
顾潮编著:《顾颉刚年谱》,中国社会科学出版社,1993。
顾潮编:《顾颉刚学记》,生活·读书·新知三联书店,2002。
顾颉刚编著:《古史辨》第1册,上海古籍出版社,1982。

顾颉刚:《顾颉刚日记》,联经出版事业股份有限公司,2007。
贵州省遵义地区地方志编纂委员会:《浙江大学在遵义》,浙江大学出版社,1990。
郭秉文:《中国教育制度沿革史》,商务印书馆,2014。
郭双林:《西潮激荡下的晚清地理学》,北京大学出版社,2000。
郭廷以口述,张朋园等整理:《郭廷以口述自传》,中国大百科全书出版社,2009。
郭维森编:《学苑奇峰——文学史家胡小石》,南京大学出版社,2000。
《国立北京大学纪念刊》第一册(民国六年廿周年纪念册上),传记文学出版社,1971(影印本)。
《国立北京大学纪念刊》第二册(民国六年廿周年纪念册下),传记文学出版社,1971(影印本)。
《国立北京大学纪念刊》第三册(民国十八年卅一周年纪念刊、民国卅七年五十周年纪念刊),传记文学出版社,1971(影印本)。
《国立东南大学一览》(民国十二年),东南大学。
《国立武汉大学一览》(民国廿四年),传记文学出版社,1971(影印本)。
《国立西南联合大学校史》,北京大学出版社,1996。
《国立西南联合大学史料》,云南教育出版社,1998。
《国立中山大学现况》(民国廿四年),传记文学出版社,1971(影印本)。
《国立中央大学一览》(民国十七年),中央大学。
《国立中央大学一览》(民国十九年),中央大学。
《〈国闻周报〉总目》,生活·读书·新知三联书店,1957。

H

海登·怀特:《后现代历史叙事学》(陈永国、张万娟译),中国社会科学出版社,2003。
韩华:《民初孔教会与国教运动研究》,北京图书馆出版社,2007。
贺昌群:《贺昌群文集》第3卷,商务印书馆,2003。
贺麟:《文化与人生》,商务印书馆,1988。
贺麟:《五十年来的中国哲学》,商务印书馆,2002。

何兆武口述,文婧撰写:《上学记》,生活·读书·新知三联书店,2008。
胡逢祥:《社会变革与文化传统——中国近代文化保守主义思潮研究》,上海人民出版社,2000。
胡建雄主编:《浙大逸事》,辽海出版社,1998。
胡梦华、吴淑贞:《表现的鉴赏》,(台北)1984(非卖品)。
胡颂平编著:《胡适之先生年谱长编初稿》,联经出版事业股份有限公司,1984。
胡先骕:《胡先骕诗集》,中正大学校友会编印,1992。
胡先骕:《胡先骕文存》(上),江西高校出版社,1995。
胡先骕:《胡先骕义存》(下),1996(无出版社)。
胡先骕著,熊盛元、胡启鹏编校:《胡先骕诗文集》,黄山书社,2013。
胡小石:《胡小石论文集三编》,上海古籍出版社,1995。
胡宗刚:《胡先骕先生年谱长编》,江西教育出版社,2008。
华勒斯坦等:《开放社会科学》,生活·读书·新知三联书店,1997。
华林甫编:《中国历史地理学五十年》,学苑出版社,2002。
华银投资工作室:《思想者的产业——张伯苓与南开新私学传统》,海南出版社,1999。
黄侃:《黄季刚诗文钞》,湖北人民出版社,1985。
黄侃:《黄侃日记》,江苏教育出版社,2001。
黄延复:《二三十年代清华校园文化》,广西师范大学出版社,2000。

J

季培刚编著:《杨振声编年事辑初稿》,黄河出版社,2007。
季剑青:《北平的大学教育与文学产生:1928—1937》,北京大学出版社,2011。
季羡林主编:《胡适全集》,安徽教育出版社,2003。
季羡林:《季羡林全集》第4卷、第7卷,外语教学与研究出版社,2009。
加林:《意大利人文主义》(李玉成译),生活·读书·新知三联书店,1998。
贾晓慧:《〈大公报〉新论——20世纪30年代〈大公报〉与中国现代化》,天津人民出版社,2002。

贾植芳主编:《文学研究会资料》(上、中、下),河南人民出版社,1985。
贾植芳、俞元桂主编:《中国现代文学总书目》,福建教育出版社,1993。
江沛:《战国策派思想研究》,天津人民出版社,2001。
江苏省政协张家港市政协文史资料委员会编:《张家港人物选录》(江苏文史资料第 39 辑),1991。
姜建、吴为公编:《朱自清年谱》,安徽教育出版社,1996。
姜义华:《章太炎评传》,百花洲文艺出版社,1995。
蒋梦麟:《西潮·新潮》,岳麓书社,2000。
蒋天枢:《陈寅恪先生编年事辑》,上海古籍出版社,1997。
蒋廷黻:《蒋廷黻回忆录》,传记文学出版社,1984 年再版。
蒋赞初:《南京史话》,南京出版社,1995。
金观涛、刘青峰:《观念史研究:中国现代重要政治术语的形成》,法律出版社,2009。
金耀基:《大学之理念》,生活·读书·新知三联书店,2001。
金以林:《近代中国大学研究 1895—1949》,中央文献出版社,2000。
金毓黻:《静晤室日记》,辽沈书社,1993。
《近代史资料》总第 105 号,中国社会科学出版社,2003。

K

卡尔·曼海姆:《意识形态与乌托邦》(黎鸣、李书崇译),商务印书馆,2000。
卡尔·曼海姆:《卡尔·曼海姆精粹》(徐彬译),南京大学出版社,2002。
卡尔·曼海姆:《保守主义》(李朝晖、牟建君译),译林出版社,2002。
凯·贝尔塞等:《重解伟大的传统》,社会科学文献出版社,1999。
克利福德·格尔茨:《文化的解释》(韩莉译),译林出版社,1999。
孔刘辉:《陈铨评传》,人民文学出版社,2020。

L

拉塞尔·柯克:《保守主义思想》(张大军译),江苏凤凰文艺出版社,2019。

雷纳·韦勒克:《近代文学批评史》(杨自伍译)第四卷,上海译文出版社,1997。
雷纳·韦勒克:《近代文学批评史》(杨自伍译)第五卷,上海译文出版社,2002。
雷纳·韦勒克:《近代文学批评史》(杨自伍译)第六卷,上海译文出版社,2005。
李帆:《刘师培与中西学术》,北京师范大学出版社,2003。
李方桂:《李方桂先生口述史》,清华大学出版社,2003。
李洪岩:《钱锺书与近代学人》,百花文艺出版社,1998。
李继凯、刘瑞春选编:《追忆吴宓》《解析吴宓》,社会科学文献出版社,2001。
李妙根选编:《国粹与西化——刘师培文选》,上海远东出版社,1996。
李荣安等编:《中国的自由教育——五四的启示》,朗文香港教育,2001。
李瑞清:《清道人遗集》(全二册),中华书局,1939。
李世涛主编:《知识分子立场——激进与保守之间的动荡》,时代文艺出版社,2002。
李喜所、刘集林等:《近代中国的留美教育》,天津古籍出版社,2000。
李详:《李审言文集》,江苏古籍出版社,1989。
黎泽渝、刘庆俄编:《黎锦熙文集》,黑龙江教育出版社,2007。
梁启超:《饮冰室合集》,中华书局,1989(据1936年版影印)。
《梁实秋文集》编辑委员会编:《梁实秋文集》,鹭江出版社,2002。
列文森:《儒教中国及其现代命运》(郑大华、任菁译),中国社会科学出版社,2000。
林徽因:《林徽因诗文集》,上海三联书店,2006。
林语堂:《吾国与吾民》,中国戏剧出版社,1990。
林语堂:《林语堂自传》,河北人民出版社,1991。
林语堂:《林语堂名著全集》第27卷,东北师范大学出版社,1994。
林语堂:《林语堂散文经典全编》第1—4卷,九州出版社,2002。
刘兵:《新人文主义的桥梁》,上海交通大学出版社,2007。
刘禾:《语际书写——现代思想史写作批判纲要》,上海三联书店,1999。
刘军宁:《保守主义》,中国社会科学出版社,1998。
刘军宁主编:《北大传统与近代中国——自由主义的先声》,中国人事出版社,1998。
刘龙心:《学术与制度:学科体制与中国史的建立》,远流出版事业有限公司,2002。

刘梦溪:《传统的误读》,河北教育出版社,1996。
刘乃和:《陈垣年谱》,北京师范大学出版社,2002。
刘淑玲:《〈大公报〉与中国现代文学》,河北教育出版社,2004。
刘烜:《王国维评传》,百花洲文艺出版社,1997。
刘小云:《学术风气与现代转型:中山大学人文学科述论(1926—1949)》,生活·读书·新知三联书店,2013。
刘永济:《诵帚词集 云巢诗存 附年谱 传略》,中华书局,2010。
柳无忌、殷安如编:《南社人物传》,社会科学文献出版社,2002。
柳诒徵:《国史要义》,华东师范大学出版社,2000。
柳诒徵:《中国文化史》(上、下),上海古籍出版社,2001。
柳曾符、柳定生选编:《柳诒徵史学论文集》,上海古籍出版社,1991。
柳曾符、柳定生选编:《柳诒徵史学论文续集》,上海古籍出版社,1991。
柳曾符、柳佳编:《劬堂学记》,上海书店出版社,2002。
龙泉明、徐正榜编:《老武大的故事》,江苏文艺出版社,1998。
龙泉明、徐正榜编:《走近武大》,四川人民出版社,2000。
卢前:《卢前诗词曲选》,中华书局,2006。
鲁迅:《鲁迅全集》,人民文学出版社,1981。
陆晓光主编:《人文东方——旅外中国学者研究论集》,上海文艺出版社,2002。
陆耀东编:《沈祖棻程千帆新诗集》,武汉大学出版社,1992。
陆志韦:《渡河》,亚东图书馆,1923。
罗钢:《历史汇流中的抉择——中国现代文艺思想家与西方文学理论》,中国社会科学出版社,2000。
罗岗、陈春艳编:《梅光迪文录》,辽宁教育出版社,2001。
罗岗:《面具背后》,上海教育出版社,2002。
罗继祖:《蜉寄留痕》,上海古籍出版社,1999。
罗杰·斯克拉顿:《保守主义的含义》(王皖强译),中央编译出版社,2004。
罗志田:《乱世潜流:民族主义与民国政治》,上海古籍出版社,2001。
罗志田:《裂变中的传承:20世纪前期的中国文化与学术》,中华书局,2003。
罗志田:《国家与学术:清季民初关于"国学"的思想论争》,生活·读书·新知三联书店,2003。

M

麻天祥:《汤用彤评传》,百花洲文艺出版社,1993。

玛利安·高利克:《中国现代文学批评发生史》(陈圣生等译),社会科学文献出版社,1997。

马先阵、倪波编:《李小缘纪念文集》,南京大学出版社,1988。

马修·阿诺德:《文化与无政府状态——政治与社会批评》(韩敏中译),生活·读书·新知三联书店,2002。

马勇:《蒋梦麟教育思想研究》,辽宁教育出版社,1997。

马勇编:《章太炎书信集》,河北人民出版社,2003。

茅盾:《我走过的道路》(中),人民文学出版社,1984。

茅盾:《茅盾全集》第18卷,人民文学出版社,1989。

冒怀苏:《冒鹤亭先生年谱》,学林出版社,1998。

冒荣、王运来主编:《南京大学的办学理念与治校方略》,南京大学出版社,2002。

冒荣:《至平至善 鸿声东南——东南大学校长郭秉文》,山东教育出版社,2004。

美国《人文》杂志社、三联书店编辑部编:《人文主义:全盘反思》(多人译),生活·读书·新知三联书店,2003。

眉睫:《梅光迪年谱初编》,海豚出版社,2017。

梅铁山主编,梅杰执行主编:《梅光迪文存》,华中师范大学出版社,2011。

梅贻琦:《梅贻琦日记》,商务印书馆,2019。

蒙默编:《蒙文通学记》,生活·读书·新知三联书店,1993。

蒙文通:《蒙文通文集》(6卷),巴蜀书社,1987—2001。

米歇尔·福柯:《知识考古学》(谢强、马月译),生活·读书·新知三联书店,1998。

《缪荃孙学术研讨会论文集》,江苏省图书馆学会,1998。

N

《南大百年实录》编辑组:《南大百年实录》(上、中、下),南京大学出版社,2002。

南京大学校史研究室编:《南京大学校史资料选编》第 1 卷,南京大学出版社,2018。

南京大学校史研究室编:《南京大学校史资料选编》第 2 卷,南京大学出版社,2019。

南京大学校史研究室编:《南京大学校史资料选编》第 3 卷,南京大学出版社,2021。

南京大学中文系古典文学教研室、南京大学学报编辑部编印:《章太炎先生国学讲演录》(内部交流,非卖品)。

倪伟:《"民族"想象与国家统制——1928—1949 年南京政府文艺政策及文学运动》,上海教育出版社,2003。

牛力:《罗家伦与国立中央大学》,南京大学出版社,2015。

O

欧文·白璧德:《法国现代批评大师》(孙宜学译),广西师范大学出版社,2002。

欧文·白璧德:《卢梭与浪漫主义》(孙宜学译),河北教育出版社,2003。

欧文·白璧德:《文学与美国的大学》(张沛、张源译),北京大学出版社,2004。

欧文·白璧德:《性格与文化:论东方与西方》(孙宜学译),上海三联书店,2010。

P

P. 布尔迪厄:《国家精英——名牌大学与群体精神》(杨亚平译),商务印书馆,2004。

彭明辉:《疑古思想与现代中国史学的发展》,(台北)商务印书馆股份有限公司,1991。

彭明辉:《历史地理学与现代中国史学》,东大图书股份有限公司,1995。

浦汉明编:《浦江清文史杂文集》,清华大学出版社,1993。

浦江清:《清华园日记·西行日记》,生活·读书·新知三联书店,1999。

浦江清:《无涯集》,百花文艺出版社,2005。

Q

齐家莹编撰:《清华人文学科年谱》,清华大学出版社,1999。
齐家莹编著:《清华人物》,作家出版社,2001。
钱基博:《中国现代学术经典·钱基博卷》,河北教育出版社,1996。
钱穆:《国学概论》,商务印书馆,1997。
钱穆:《八十忆双亲 师友杂忆》,生活·读书·新知三联书店,1998。
钱玄同:《钱玄同文集》第3、4卷,中国人民大学出版社,1999。
钱锺书:《钱锺书散文》,浙江文艺出版社,1997。
钱仲联:《梦苕庵论集》,中华书局,1993。
钱仲联:《钱仲联学述》,浙江人民出版社,1999。
《潜社汇刊》,1937。

R

任访秋:《中国新文学渊源》,河南人民出版社,1986。
《如社词钞》,1936。

S

桑兵:《国学与汉学——近代中外学界交往录》,浙江人民出版社,1999。
桑兵:《晚清民国的国学研究》,上海古籍出版社,2001。
上海文艺出版社、上海图书馆编:《中国新文学大系(1927—1937)》第20集(史料·索引),上海文艺出版社,1989。
邵洵美:《不能说谎的职业》,上海书店出版社,2008。
沈从文:《沈从文文集》第9、12卷,花城出版社、生活·读书·新知三联书店香港分店,1984。
沈从文:《沈从文全集》第15卷,北岳文艺出版社,2002。
沈松侨:《学衡派与五四时期的新文化运动》,台湾大学出版委员会,1984。
沈祖棻:《沈祖棻创作选集》,人民文学出版社,1985。
石曙萍:《知识分子的岗位与追求——文学研究会研究》,东方出版中心,2006。

司马朝军、王文晖:《黄侃年谱》,湖北人民出版社,2005。
《私立金陵大学一览》,(民国二十二年),金陵大学。
《思想家》第Ⅰ辑《杰出人物与中国思想史》,江苏教育出版社,2000。
《思想家》第Ⅱ辑《中国学术与中国思想史》,江苏教育出版社,2002。
宋原放主编:《中国出版史料》(现代部分),山东教育出版社,2001。
苏雪林:《中国二三十年代作家》,纯文学出版社,1983。
苏雪林:《浮生九四——雪林回忆录》,三民书局,1991。
苏云峰:《从清华学堂到清华大学 1911—1929》,"中央研究院"近代史研究所,1996。
苏云峰:《从清华学堂到清华大学 1928—1937》,生活·读书·新知三联书店,2001。
苏云峰:《三(两)江师范学堂》,南京大学出版社,2002。
孙敦恒:《清华国学研究院史话》,清华大学出版社,2002。
孙尚扬、郭兰芳编:《国故新知论——学衡派文化论著辑要》,中国广播电视出版社,1995。
孙永如:《柳诒徵评传》,百花洲文艺出版社,1993。
孙玉蓉编纂:《俞平伯年谱》,天津人民出版社,2001

T

汤一介编:《国故新知:中国传统文化的再诠释》,北京大学出版社,1993。
汤因比:《文明经受着考验》(沈辉等译),浙江人民出版社,1988。
汤因比:《历史研究》(上、中、下,曹未风等译),上海人民出版社,1997。
汤志钧:《章太炎年谱长编》(上、下),中华书局,1979。
唐金海、刘长鼎主编:《茅盾年谱》(上、下),山西高校联合出版社,1996。
唐纳德·肯尼迪:《学术责任》(阎凤桥等译),新华出版社,2002。
唐沅等编:《中国现代文学期刊目录汇编》(上、下),天津人民出版社,1988。
陶飞亚、吴梓明:《基督教大学与国学研究》,福建教育出版社,1998。
陶行知:《陶行知文集》,江苏人民出版社,1981。

W

汪辟疆:《汪辟疆文集》,上海古籍出版社,1988。

汪荣祖:《陈寅恪评传》,百花洲文艺出版社,1992。

王伯沆:《王伯沆〈红楼梦〉批语汇录》(上、下),江苏古籍出版社,1985。

王德滋主编:《南京大学百年史》,南京大学出版社,2002。

王东杰:《国家与学术的地方互动——四川大学国立化进程》,生活·读书·新知三联书店,2005。

王汎森:《古史辨运动的兴起》,允晨文化实业股份有限公司,1987。

王汎森:《中国近代思想与学术的系谱》,河北教育出版社,2001。

王汎森:《傅斯年:中国近代历史与政治中的个体生命》,生活·读书·新知三联书店,2017。

王国维:《王国维遗书》,上海书店出版社,1996年第二次影印本。

王海龙:《哥大与现代中国》,上海文艺出版社,2000。

王焕镳:《因巢轩诗文录存》,上海古籍出版社,2005。

王焕镳:《先秦文学著述四种》,浙江大学出版社,2009。

王力:《龙虫并雕斋琐语》,商务印书馆,2002。

王庆祥、萧立文校注,罗继祖审订:《罗振玉王国维往来书信》,东方出版社,2000。

王泉根主编:《多维视野中的吴宓》,重庆出版社,2001。

王森然:《近代名家评传》(初集、二集),生活·读书·新知三联书店,1998。

王世儒编撰:《蔡元培先生年谱》,北京大学出版社,1998。

王守仁、侯焕镠编:《雪林樵夫论中西——英语语言文学教育家范存忠》,南京大学出版社,2002。

王卫民编:《吴梅和他的世界》,河北教育出版社,2002。

王卫民编:《吴梅年谱》(修订稿),载《吴梅评传》,河北教育出版社,2002。

王学典、孙延杰:《顾颉刚和他的弟子们》,山东画报出版社,2000。

王学珍等主编:《北京大学史料》,北京大学出版社,2000。

王易、王浩:《南州二王诗词集》,黄山书社,2018。

王运来:《诚真勤仁 光裕金陵——金陵大学校长陈裕光》,山东教育出版社,2004。

威尔·杜兰:《文艺复兴》(幼狮文化公司译),东方出版社,2003。
魏定熙:《北京大学与中国政治文化》(金安平、张毅译),北京大学出版社,1998。
魏建功:《魏建功文集》第 4 卷,江苏教育出版社,2001。
温儒敏、丁晓萍编:《时代之波——战国策派文化论著辑要》,中国广播电视出版社,1995。
温源宁:《一知半解及其他》(南星等译),辽宁教育出版社,2001。
闻黎明、侯菊坤编:《闻一多年谱长编》,湖北人民出版社,1994。
闻一多:《闻一多全集》第 12 卷,湖北人民出版社,1993。
吴传钧、施雅风主编:《中国地理学 90 年发展回忆录》,学苑出版社,1999。
吴定宇主编:《走近中大》,四川人民出版社,2000。
吴芳吉著,贺远明等选编:《吴芳吉集》,巴蜀书社,1994。
吴梅:《吴梅全集·瞿安日记》(上、下),河北教育出版社,2002。
吴宓:《吴宓诗集》,商务印书馆,2004。
吴宓:《吴宓诗话》,商务印书馆,2005。
吴宓:《文学与人生》,清华大学出版社,1993。
吴宓:《吴宓自编年谱》,生活·读书·新知三联书店,1995。
吴宓:《吴宓日记》(10 卷),生活·读书·新知三联书店,1998—1999。
吴宓:《吴宓日记续编》(10 卷),生活·读书·新知三联书店,2006。
吴新雷编:《学林清晖——文学史家陈中凡》,南京大学出版社,2003。
吴新雷等编:《清晖山馆友声集》,江苏古籍出版社,2000。
吴学昭:《吴宓与陈寅恪》,清华大学出版社,1992。
吴学昭:《吴宓与陈寅恪》(增补本),生活·读书·新知三联书店,2014。
吴学昭整理、注释、翻译:《吴宓书信集》,生活·读书·新知三联书店,2011。
吴泽主编,刘寅生、袁英光编:《王国维全集·书信》,中华书局,1984。
吴稚晖:《吴稚晖学术论著》,上海书店,1991(影印本)。
吴梓明编:《基督教大学华人校长研究》,福建教育出版社,2001。
吴梓明:《基督宗教与中国大学教育》,中国社会科学出版社,2003。

X

萧公权:《问学谏往录》,学林出版社,1997。

谢长法:《借鉴与融合——留美学生抗战前教育活动研究》,河北教育出版社,2001。

谢维扬、房鑫亮主编:《王国维全集》,浙江教育出版社,2009。

谢泳:《西南联合大学与中国现代知识分子》,湖南文艺出版社,1997。

休·塞西尔:《保守主义》(杜汝辑译),商务印书馆,1986。

徐葆耕:《释古与清华学派》,清华大学出版社,1997。

徐葆耕编:《会通派如是说:吴宓集》,上海文艺出版社,1998。

徐规:《仰素集》,杭州大学出版社,1999。

徐清祥、王国炎:《欧阳竟无评传》,百花洲文艺出版社,1995。

徐雁平:《胡适与整理国故考论——以中国文学史研究为中心》,安徽教育出版社,2003。

徐正榜主编:《武大逸事》,辽海出版社,1999。

许美德:《中国大学 1895—1995——一个文化冲突的世纪》(许洁英主译),教育科学出版社,2000。

许小青:《政局与学府——从东南大学到中央大学(1919—1937)》,中国社会科学出版社,2009。

许啸天编:《国故学讨论集》(上、中、下),上海书店,1991(影印本)。

《学林漫录》第1—13辑,中华书局,1980—1991。

Y

亚伯拉罕·弗莱克斯纳:《现代大学论》(徐辉等译),浙江教育出版社,2001。

杨步伟:《一个女人的自传》,岳麓书社,1987。

杨东平编:《大学精神》,辽海出版社,2000。

杨洪勋:《才华内蕴——赵太侔》,中国海洋大学出版社,2020。

杨念群:《儒学地域化的近代形态——三大知识群体互动的比较研究》,生活·读书·新知三联书店,1997。

杨仁山:《杨仁山全集》(周继旨校点),黄山书社,2000。
杨树达:《积微翁回忆录·积微居诗文钞》,上海古籍出版社,1986。
杨天石主编:《钱玄同日记》(整理本)(上、中、下),北京大学出版社,2014。
杨文会等:《中国现代学术经典·杨文会　欧阳渐　吕澂卷》,河北教育出版社,1996。
姚丹:《西南联合大学历史情境中的文学活动》,广西师范大学出版社,2000。
姚奠中、董国炎:《章太炎学术年谱》,山西古籍出版社,1996。
姚柯夫:《陈中凡年谱》,书目文献出版社,1989。
叶嘉莹:《王国维及其文学批评》,河北教育出版社,1998。
叶隽:《另一种西学——中国现代留德学人及其对德国文化的接受》,北京大学出版社,2005。
以赛亚·伯林:《自由论》(胡传胜译),译林出版社,2003。
以赛亚·伯林:《浪漫主义的根源》(吕梁等译),译林出版社,2008。
余英时:《重寻胡适历程》,广西师范大学出版社,2004。
余英时:《现代学人与学术》,广西师范大学出版社,2006。
喻大华:《晚清文化保守思潮研究》,人民出版社,2001。
元青:《杜威与中国》,人民出版社,2001。
袁英光、刘寅生:《王国维年谱长编》,天津人民出版社,1996。
约翰·亨利·纽曼:《大学的理想》(徐辉等译),浙江教育出版社,2001。
约翰·凯克斯:《为保守主义辩护》(应奇、葛水林译),江苏人民出版社,2003。
约翰·卡洛尔:《西方文化的衰落:人文主义复探》(叶安宁译),新星出版社,2007。
约翰·范德格拉夫等编著:《学术权力》(王承绪等译),浙江教育出版社,2001。
乐黛云:《跨文化之桥》,北京大学出版社,2002。

Z

张彬:《倡言求是　培育英才——浙江大学校长竺可桢》,山东教育出版社,2004。
张弘:《吴宓——理想的使者》,文津出版社,2005。
张宏生、丁帆主编:《走近南大》,四川人民出版社,2000。

张杰、杨燕丽选编:《解析陈寅恪》,社会科学文献出版社,1999。
张杰、杨燕丽选编:《追忆陈寅恪》,社会科学文献出版社,1999。
张静庐辑注:《中国近现代出版史料》,上海书店出版社,2003。
张菊香、张铁荣编著:《周作人年谱》,天津人民出版社,2000。
张连科:《王国维与罗振玉》,天津人民出版社,2002。
张玲霞:《清华校园文学论稿》,清华大学出版社,2002。
张其昀:《中华五千年史》(第七版),中国文化大学出版部,1981。
张其昀:《张其昀先生文集》第1—10册,中国文化大学出版部,1988。
张其昀:《张其昀先生文集》第11—21册,中国文化大学出版部,1989。
张其昀:《张其昀先生文集》第22—25册,中国文化大学出版部,1991。
张其昀:《张其昀先生文集续编》第1—3册,中国文化大学出版部,1995。
张其昀:《张其昀先生文集三编》,中国文化大学出版部,2001。
张人凤整理:《张元济日记》(上、下),河北教育出版社,2001。
张树年主编:《张元济年谱》,商务印书馆,1991。
张宪文主编:《金陵大学史》,南京大学出版社,2002。
张源:《从"人文主义"到"保守主义"——〈学衡〉中的白璧德》,生活·读书·新知三联书店,2009。
张异宾主编:《百年南大》,南京大学出版社,2002。
张荫麟著,张云台编:《张荫麟文集》,教育科学出版社,1993。
张荫麟:《素痴集》,百花文艺出版社,2005。
张允侯等编:《五四时期的社团》(一、二、三、四),生活·读书·新知三联书店,1979。
章开沅主编:《社会转型与教会大学》,湖北教育出版社,1998。
章清:《"胡适派学人群"与现代中国自由主义》,上海古籍出版社,2004。
赵家璧主编:《中国新文学大系》(1917—1927),上海良友图书印刷公司,1935—1936。
赵宪章主编:《南京大学百年学术精品:中国语言文学卷》,南京大学出版社,2002。
赵新那、黄培云编:《赵元任年谱》,商务印书馆,2001。
浙江大学校庆文集编辑组:《浙江大学校庆文集——建校八十五周年》(内部印

刷),1982。

郑师渠:《晚清国粹派》,北京师范大学出版社,1993。

郑师渠:《在欧化与国粹之间——学衡派文化思想研究》,北京师范大学出版社,2001。

郑天挺:《郑天挺西南联大日记》,中华书局,2018。

郑逸梅编著:《南社丛谈》,上海人民出版社,1981。

郑振铎:《郑振铎全集》第2、3卷,花山文艺出版社,1998。

中国蔡元培研究会编:《蔡元培全集》第3、4卷,浙江教育出版社,1997。

中国社会科学院近代史研究所编:《五四运动回忆录》(上),中国社会科学出版社,1979。

中国社会科学院近代史研究所中华民国史组编:《胡适来往书信选》(上、中),中华书局,1979。

中国社会科学院近代史研究所中华民国史组编:《胡适来往书信选》(下),中华书局,1980。

中央大学南京校友会、中央大学校友文选编纂委员会编:《南雍骊珠——中央大学名师传略》,南京大学出版社,2004。

钟叔河、朱纯编:《过去的大学》(第三版),同心出版社,2011。

周策纵:《五四运动:现代中国的思想革命》(周子平等译),江苏人民出版社,1996。

周忱编选:《张荫麟先生纪念文集》,汉语大词典出版社,2002。

周勋初:《周勋初文集》第6、7卷,江苏古籍出版社,2000。

周文业、史际平、陶中源等编著:《清华名师风采》(文科卷),山东画报出版社,2012。

周文业、史际平、陶中源等编著:《清华名师风采》(理科卷),山东画报出版社,2012。

周文业、史际平、陶中源等编著:《清华名师风采》(工科卷),山东画报出版社,2012。

周先庚编订:《郑芳文集》,中国科学技术出版社,2013。

周文业编著:《中国近代心理学家传略及研究》,中州古籍出版社,2015。

周文业、胡康健、周广业、陶中源等编著:《清华名师风采》(增补卷),中州古籍出版社,2016。

周文业编著:《中国近代物理学家传略及研究》,中州古籍出版社,2019。

周作人著,钟叔河编:《知堂序跋》,岳麓书社,1987。

周作人著,钟叔河编:《知堂书话》,南海出版社,1997。
朱斐主编:《东南大学史》(1902—1949),东南大学出版社,1991。
朱谦之:《文化哲学》,商务印书馆,1990。
朱庆葆主编:《南京大学百年学术精品:历史学卷》,南京大学出版社,2002。
朱寿桐:《中国现代社团文学史》,人民文学出版社,2004。
朱鲜峰:《"学衡派"与近代中国大学教育》,南京大学出版社,2021。
朱维铮:《音调未定的传统》,辽宁教育出版社,1995。
朱维铮:《求索真文明》,上海古籍出版社,1997。
朱自清:《朱自清全集》,江苏教育出版社,1996—1997。
竺可桢:《竺可桢日记》第Ⅰ册、第Ⅱ册,人民出版社,1984。
邹鲁:《回顾录》,岳麓书社,2000。
邹振环:《晚清西方地理学在中国——以1815至1911年西方地理学译著的传播与影响为中心》,上海古籍出版社,2000。
左玉河:《从四部之学到七科之学——学术分科与近代中国知识系统之创建》,上海书店出版社,2004。

三、档案

南京大学档案馆

陈铨档案

郭斌龢档案

缪凤林档案

中国第二历史档案馆

全宗号—案卷号

五—1326　　　青年读物临时编辑徐作喆、余协中、李醒僧等要求工作救济增加生活费

与教育部高等司来往信函及相关文件

五—2121	国立东北大学校长臧启芳为应《星期评论》要求撰拟的《论大学精神》一文抄件
五—2142	国立南京高等师范学校学生一览 民国十年
五—6181	中央大学教务处编印国立南高东大中大毕业同学录(一九一七至一九四五年) 重大中大江苏南中镇中校友通讯录
五—13914	教育部关于战区专科以上学校教职员登记证明及救济补助生活费的有关文书
五—13918	教育部关于救济补助教育界人士的有关文书
五—15354	美国哥伦比亚大学师范校友会中国分会第一次筹备会议记录及名单
三四—2201	空军总司令部政治部赠送国民大会代表《国民大会全貌》及《中国的空军》等书刊
一七一—709	中央设计局战后建都问题座谈会记录
一七一—4444	邱致中呈战后首都与全国都市更生计划纲领案
一七一—4485	中央设计局等关于恢复首都建设委员会及都市建设计划讨论会记录
一七一(2)—83	战后复员计划纲要及有关文书
一七一(2)—85	战后复员计划纲要草案及有关文书
七一一(6)—41	第六届中央执行委员会第二次全体会议党务报告及内部通告
六四八—1	三江师范学堂聘请日本教习约章
六四八—7	两江师范学堂同学录(1907年)
六四八—8	两江师范学堂同学录(1909年)
六四八—23	南京高师筹备开校卷
六四八—27	南京高师校长各项联络函件
六四八—28	南京校长来往函件和校长移交接收
六四八—43	改南京高师为东南大学委员会
六四八—44	嘉奖郭秉文等三人及有关人事

档案号	内容
六四八—56	教育部省公署发到印刷物及各处寄来书籍
六四八—62	南京高师教员毕业生留学
六四八—80	南京高师开办国语讲习科及有关事宜
六四八—81	南京高师推选国语统一筹备会会员及推广注音国语
六四八—87	南京高师征集史化标本和采集动植物标本
六四八—119	南京南高社团
六四八—335	师生反对将校长郭秉文免职的有关文书
六四八—399	梅光迪出国留学有关文书
六四八—401	周铭三出国留学有关文书
六四八—426	东大毕业生名单及办理毕业证书和举行毕业典礼等
六四八—4781	教员薪俸表
六四八—4782	教职员薪俸表
六四八(4)—19(1)	国立中央大学第三届毕业生名册
六四八(4)—20(1)	中央大学二二级毕业纪念册
六四八(4)—20(2)	中央大学三六级毕业纪念册
六四八(4)—20(3)	中央大学复校第一届二届毕业纪念刊
六四八(4)—108	东南大学南京高师毕业同学录
七六一—211	中央设计局拟定战后复员计划纲要

后　记

一

我的学衡派研究,开始于1996年11月,至今已逾10年。最初的考虑是,把直面了11年的"中国现代自由主义运动"的亮点和核心人物胡适搁置一下,从胡适及新文化运动的"反对派"入手,深化自己关于五四思想史和学术史的研究。从"文化保守主义"到"人文主义",我的视野和思考在逐步扩大,一些阅读的感受和思考已在前期的阶段性著述《回眸学衡派——文化保守主义的现代命运》(人民文学出版社初版,1999;台北立绪出版社增订本,2000)中显示。

这本《学衡派谱系》的整体构思和写作,开始于2001年11月,个别章节起草于1999年冬。2002年1月,我到南京大学中文系工作后,有更多的时间在图书馆翻阅旧报刊,几乎每周都有几天是在翻旧报刊。关注学衡派成员的个人事功和著作是主要的,对他们个人的认识和理解,自然要在本书中体现。我之所以把学衡派的群体活动放置在文化载体(报刊)、大学场域中解说,是基于我10年来对1949年以前80多种旧报刊的阅读,和对中国10所大学校史的系统考察。南京大学文科的基础是原南京高等师范学校—东南大学—中央大学大学遗产的一部分。一些学衡派成员的学术活动一直延续到1980年代。这里,我对大学场域的关注是精神、学术层面,而不是学制、管理体制。

　　翻阅旧报刊的直接目的是找材料,感受原有的历史文化语境。我把这种"回到现场"的工作视为由树木而见森林,在森林里说树木。对大学场域的关注,体现在本书中相关内容,是以学衡派为中心的。这几年通过对中国10所大学校史的系统考察,我感觉到每一所大学都有属于自己的"历史",但不是每所大学都形成了可以言说的属于自己的所谓"大学精神"和"学术传统"。中国大学很多,有学术特色,形成学派的却很少。学衡派成员的活动,主要是在1949年前南京高等师范学校—东南大学—中央大学、清华学校—清华大学、浙江大学、中正大学四所大学展开的,因有各自的校史和相关的论述,本书没有就这些大学的体制和校史的具体问题展开,而是只选取几个兴奋点,作史论上的连接。

　　正如卡尔·曼海姆所说,对保守主义思想的发掘是由那些自命为保守主义者的理论家来从事的。作为20世纪90年代成长起来却又是受五四新文化精神养育的学人,我本人不属于保守主义者,因此,我所从事的工作不是要发掘保守主义的思想,而是从知识谱系上,进行历史的阅读和叙事。历史事实是客观的存在,我只是选取了自己可言说可叙事的那部分。为保存历史的真实,不忍丢失宝贵的史料,我宁可省去自己的论述,让事实说话。因此,书中移植了大量的原始材料。

　　我在前期工作中,对学衡派重要成员吴宓、胡先骕有过专门的论述,如今没有新的进步,这里就没专节涉及;对梅光迪又有专门的论述,是由于论题的深化。同时,我在本书中对前期著作中的一些错误,也进行了修正。通过对这一课题的全面关注,如今我已基本上摸清了学衡派各个时期的成员和他们活动的报刊、学校,明确了他们所关注的基本问题,同时也明晰了新文学如何进入大学的知识系统,与古典文学并重,形成相应的学术体系,并负载新思想的传播。

学衡派成员的亲属王绵（王伯沆之女）、柳曾符（柳诒徵之孙）、郭喜孙（郭斌龢之子）、张镜湖（张其昀之子）、陈光琴（陈铨之女）、王四同（王易之孙）和弟子徐规（张荫麟的学生）等许多相识、不相识的学人，在资料和信息方面都提供了积极的帮助。还有许多为此项研究、发表和出版提供帮助的朋友，在此请接受我诚挚的谢意。

沈卫威

2007年2月26日于南京大学中文系

二

在写作此书之后，我所完成的《民国大学的文脉》一书，实际是学衡派研究的继续和深化。两者之间的关联，首先体现在史实的进一步发掘上，继之才细化和明晰了民国学术史的几个基本的问题。

借花木兰文化出版社印行繁体字本之机，改正几处明显的错漏，增补一些材料，并为缪凤林加写了一节。

沈卫威

2014年4月12日于南京大学

三

在写作此书之后，我所完成的《民国大学的文脉》一书，实际是学衡派研究的继续和深化。两者之间的关联,首先体现在史实的进一步发掘上,继之才细化和明晰了民国学术史的几个基本的问题。

借南京大学出版社出版此书之机,改正多处明显的错漏,增补一些材料,并为胡先骕、缪凤林各加写了一节。其中关于胡先骕的一节,内容实际是原《回眸学衡派——文化保守主义的现代命运》一书中胡先骕一章的缩写、修订。缪凤林一节先行收录入《民国大学的文脉》一书,这里是增订稿。新近完成的《学衡派编年文事》一书,与《学衡派谱系》更是互为关联和补充。正视历史,确立"民国"这一基本的时空观念;联通文史,会通人事,明晰民国学术的基本理路。这是我的努力方向。

沈卫威
2015 年 5 月 16 日于南京大学

四

自 2017 年 8 月始,我到中国第二历史档案馆阅读、写作。在相关专题研究中,我随手将与学衡派有关联的重要史料,特别是建都问题讨论的新内容补入,改正多处错漏,又将文字重新梳理一遍,同时为《东南论衡》、汤用彤各加写一节。

沈卫威
2022 年 9 月 22 日于南京大学

图书在版编目(CIP)数据

学衡派谱系：历史与叙事 / 沈卫威著. — 北京：商务印书馆，2023
（古典与人文）
ISBN 978-7-100-22422-2

Ⅰ.①学… Ⅱ.①沈… Ⅲ.①学衡派—学术思想—研究 Ⅳ.① I209.6

中国国家版本馆 CIP 数据核字（2023）第 075945 号

权利保留，侵权必究。

古典与人文

学衡派谱系：历史与叙事

沈卫威 著

商 务 印 书 馆 出 版
（北京王府井大街36号 邮政编码 100710）
商 务 印 书 馆 发 行
南 京 鸿 图 印 务 有 限 公 司 印 刷
ISBN 978-7-100-22422-2

2023 年 11 月第 1 版	开本 890×1240 1/32
2023 年 11 月第 1 次印刷	印张 21½

定价：112.00 元